La Tour des Anges

MICHEL PEYRAMAURE

La Tour des Anges

FRANCE LOISIRS
123, boulevard de Grenelle, Paris

Une édition du Club France Loisirs, Paris,
réalisée avec l'autorisation des Éditions Robert Laffont.

ISBN 2-7441-1266-6.

1

L'Exil de Babylone

Avignon. Au nom du Seigneur, amen.
L'an de l'Incarnation 1378
et le onzième jour de décembre
suivant le deuxième dimanche
de l'avent. Lundi.

Il semble que cela ne doive jamais finir. La fatigue et l'âge m'accablent et pourtant je dois rester vigilant à mon poste jusqu'à ce qu'il ne subsiste plus dans cette Babel sinistre qu'est devenu le palais, avec les rats, les chiens errants et les corneilles, qu'une tourbe de mendiants, de moines errants, de gredins et de prostituées qui, jour après jour, ont envahi la citadelle et s'y sont installés comme dans un asile.

Je n'ai ni le courage ni la force de m'opposer à cette marée sacrilège. Quant aux sergents que le maréchal du palais m'a confiés, une compagnie de pauvres hères mal payés, incapables de me seconder dans ma mission, elle a fondu au fil des mois, depuis que Sa Sainteté, le Sacré Collège et les services de la curie ont regagné Rome, il y a de cela un an passé. Ils ont depuis longtemps vendu avec leur honneur, leurs armes et leurs uniformes. Quant à ceux qui restent — une poignée, sous les ordres du capitaine Barthélemy Cadan — on les trouve plus souvent à l'auberge que dans la salle de garde. À mes remontrances ils répondent par des rires, des grossièretés ou des blasphèmes. Le jour viendra, qui est proche, où l'on me retrouvera égorgé dans ma cellule, dépouillé de mes hardes, des quelques sous qui me restent et des ouvrages qui me sont chers.

Le capitaine des hommes d'armes chargés de garder le palais durant les ultimes opérations de déménagement, qui devraient être terminées depuis longtemps, est plus souvent dans ses olivettes de Barbentane à boire le vin de sa vigne, à caresser sa concubine, à écouter chanter les merles qu'en service au palais où son devoir est de me rendre chaque matin compte de sa mission.

La dernière fois qu'il a daigné se présenter, il y a une semaine, je n'ai rien pu tirer de lui que cette remarque désobligeante :

— Pauvre couillon de Grimaldi, qu'est-ce que tu fous encore dans cette baraque ? Tu devrais rejoindre ta famille, à Bédoin. Si tu t'obstines dans ta mission, je ne réponds plus de ta sécurité, avec tous ces gredins qui pullulent. On ferme les portes, ils entrent par les fenêtres. Quant aux déménageurs, ils ne déménagent que du vent, histoire de toucher leur salaire. Si tu crois que le camérier pense à toi... Il t'a sûrement oublié depuis belle lurette !

J'eus beau tenter de réveiller en lui le reliquat de conscience qui pouvait encore y subsister, lui faire observer que la trésorerie pontificale et le conseil de ville le payaient pour préserver cette baraque du pillage et du vandalisme, assurer ma sécurité et celle des déménageurs, il n'en avait cure. Il se contenta de me jeter un regard apitoyé et de lâcher, entre ses dents gâtées :

— Ta sécurité, je l'assume, puisque je suis là et que ce qui reste de ma compagnie te protège, mais je ne peux pas mettre un homme devant ta porte de jour et de nuit. Quant aux déménageurs, je les vois opérer : ce qu'ils peuvent encore racler, ils vont le vendre à la juiverie du quartier Saint-Pierre. Si tu avais un sou de bon sens, tu ferais comme eux et, depuis des mois, tu serais riche et à l'abri.

Du bon sens, je l'avoue, Barthélemy en a davantage que moi, mais je suis ainsi fait que la conscience de ma mission éclipse tout intérêt personnel. C'est cette honnêteté, alliée à de modestes talents, qui m'a mené là où je suis et m'a donné, à moi, un laïc, la place à part que j'ai occupée dans la hiérarchie curiale. Je me répète que je suis le gardien du temple et cela m'encourage à persévérer dans ma mission de confiance.

— Tout ce que je puis faire pour toi, ajouta Barthélemy, c'est te donner un conseil : constituer un petit arsenal pour te défendre des rôdeurs.

Me défendre, à mon âge, alors que je n'ai jamais eu le goût des armes et n'ai jamais su m'en servir... En manière d'arme, je n'ai que le couteau qui me sert à trancher le jambon quand j'en ai, à couper mon pain, le plus souvent rassis, et à tailler des bûchettes pour mon brasero. Je pourrais assommer un malandrin avec le lourd crucifix, cadeau d'une Éminence, mais j'éviterais de le faire, par respect pour ce symbole. Pourtant, je l'avoue, la peur me tord les tripes lorsque je croise dans les escaliers, les galeries ou les cours un groupe de ces truands qui me considèrent d'un regard torve, comme si je portais une bourse pleine d'or sous ma houppelande. Que pourraient-ils me voler qu'ils puissent négocier ? Peut-être le livre d'heures de mon ami Sulpice, mon seul trésor, mon seul bien mais auquel je tiens autant ou presque qu'à ma vie misérable ? S'ils hésitent encore à me dépouiller, c'est dans la crainte que cet acte ne les fasse chasser de leur repaire par la police du viguier.

Il est vrai que les déménageurs ne valent pas mieux que les sergents : ils ne mettent aucune ardeur à l'ouvrage, malgré mes objurgations et mes menaces qu'ils ne prennent pas au sérieux.

Je les désapprouve mais je puis les comprendre : ce sont des gens d'Avignon ou du Comtat Venaissin, des Comtadins comme on dit, et, pour eux comme pour toute la population, le retour de la cour pontificale dans la cité des Apôtres a été un déchirement. À côté des plaintes, des sanglots, des blasphèmes que j'ai entendus et entends encore depuis que s'est terminé l'exil de la papauté en terre de Provence, les lamentations du prophète Jérémie sur la dévastation de Jérusalem et la ruine du Temple ne sont que chansons.

Depuis plus de soixante-dix ans, Avignon était devenue la capitale du monde chrétien ; elle avait reçu des artistes, des écrivains, des rois, des empereurs, des saints et des saintes ; des marchands venus de tout l'Occident y avaient installé leurs comptoirs et l'or y avait coulé à flots. On a construit en Avignon et à Villeneuve des dizaines de livrées[1] *où les cardinaux ont vécu comme des princes et souvent comme des satrapes ; on a édifié l'une des plus fantastiques citadelles du monde chrétien : ce palais aujourd'hui vide et désert. Une évidence s'était établie dans la population : la demeure de l'épouse mystique du Christ, ce n'était plus cette lointaine cité de Rome en proie aux révolutions, aux guerres civiles, aux brigandages, aux intrigues et aux meurtres, mais cette modeste cité des bords du Rhône qui vivait dans la paix du Seigneur.*

1. Palais des cardinaux.

La nouvelle, à laquelle on ne croyait plus, était tombée comme un trait de foudre après de sempiternels atermoiements : la papauté allait quitter Avignon, et cette fois-ci pour de bon. De brillants esprits comme mon ami Pétrarque, des âmes pieuses comme la princesse Brigitte de Suède et Catherine de Sienne sont parvenus à convaincre le Saint-Père, malgré l'âge, la maladie, la crainte de se fourvoyer dans une aventure redoutable, de prendre le chemin des Sept Collines.

Ce matin encore, ils étaient là, un groupe d'irréductibles qui croient encore à un miracle qui ramènerait le pape Grégoire en Avignon. Je me suis approché d'eux sans crainte, conscient que ces malheureux m'accableraient de suppliques plus que d'injures. Lorsque je me suis avancé vers le groupe agenouillé, ce sont les mêmes lamentations qui ont frappé mon oreille et m'ont brisé le cœur :

— Messer Grimaldi, quand vont-ils revenir ?

— Rendez-nous notre Père à tous ! Sans lui nous nous sentons orphelins.

Lorsque j'eus fait une fois de plus l'aveu de mon impuissance, une femme a crié :

— Par la croix noire, nous vous maudissons, toi et tes pareils qui nous avez abandonnés !

Un vieillard a repris :

— Que le Ciel te maudisse, Grimaldi !

Que répondre ? Que faire ? J'ai eu beau, pour la centième fois, expliquer à cette meute aveugle et sourde que je suis impuissant à répondre à leurs vœux, que je ne puis, comme eux, que prier, il leur faut un coupable, et c'est moi, le dernier représentant de la curie. Je devrais leur expliquer que le pape Grégoire pourrait, comme l'a fait avant lui le pape Urbain, revenir prochainement, chassé de Rome par les mauvais vents de l'histoire, mais ce serait les bercer d'un espoir fallacieux.

Pour la plupart de ces gens qui assiègent le palais,

commerçants, artisans, ouvriers, la Ville éternelle, ce n'est pas Rome, mais Avignon. À leur naissance, la papauté avait déjà élu domicile dans leur ville ; ils pouvaient chaque matin à leur réveil voir bannières et gonfanons flotter dans le mistral ou la montagnère, défiler dans leurs rues les cortèges des princes et des prélats, les caravanes des marchands, les groupes de pèlerins venus de tous les coins du monde. Plus qu'un exil, le départ pour Rome était ressenti comme une trahison. Que dire d'un père de famille qui déciderait d'abandonner sa maison, de livrer sa femme et ses enfants aux incertitudes du sort ?

J'écoute, je baisse la tête et me retire, heureux, comme cela s'est produit les premiers temps, que personne ne me lapide. C'étaient alors des foules qui envahissaient les abords du palais, mais il y avait des sergents et des membres du conseil de ville pour leur tenir tête.

Les seuls à ne pas se lamenter sur le départ de la cour pontificale, ce sont les voyous qui ont investi la place, que l'on chasse mais qui reviennent par toutes les issues, parfois avec des échelles, et qui s'en donnent à cœur joie. Ils sont là à l'abri du froid, de la pluie, du vent, des chaleurs de l'été ; au milieu des salles, des chapelles, jusque dans l'ancienne scriptoria *qui était mon lieu de travail, ils font de grands feux avec les boiseries arrachées aux murs et les meubles dédaignés par les déménageurs ; ils laissent leurs excréments s'accumuler sous les grandes fresques de Martini et de Giovanetti et pissent contre les murs.*

La nuit passée, un groupe de ces ribauds, sans doute pris de vin, brandissant des torches, sont venus frapper à ma porte à coups de pied et de poing ; ils étaient accompagnés de femmes qui hurlaient comme des bacchantes. Que me voulaient-ils ? Je l'ignore. Venaient-ils me dépouiller ou me narguer ? Il eût été risqué de leur ouvrir ma porte pour le leur demander. Ils sont restés là près d'une heure, menant la sarabande, criant mon nom et menaçant d'entrer par la force, mais il leur eût fallu un bélier pour enfoncer ma porte fermée par une lourde barre de bois.

Ce matin, dès mon lever, encore frémissant d'indignation, j'ai abordé dans la salle de garde celui qui semble être le chef des ribauds et le responsable de cette cour des Miracles. C'est un Breton, rescapé d'une des grandes compagnies venues, treize ans auparavant, rançonner le pape Urbain sous la conduite du connétable de France Bertrand du Guesclin, que le diable ait son âme s'il en possède une ! Personne ne connaît son nom ; on l'appelle « le Breton ». Son apparence n'a rien qui puisse m'impressionner : il est bas sur pattes, affligé d'une bedaine de parturiente. Son visage, en revanche, est fascinant : lisse, brun, allongé à grands plis droits vers un menton puissant et autoritaire ; son regard bleu est difficile à soutenir : il est traversé d'un pétillement de lumière.

Le Breton était en train d'achever sa soupe au vin et s'apprêtait à se tailler un chanteau dans la miche de pain rousset que lui tendait une drôlesse au regard sombre, quand, sans daigner se lever, il m'a lancé :

— Qu'est-ce qui t'amène, Grimaldi ? La faim ?

— J'ai déjeuné. Merci.

— Alors, qu'est-ce que tu veux ?

— J'aimerais que tu me dises à quoi rime cette sarabande de la nuit passée, devant ma porte ? À qui en voulait-on ? À la pauvre créature que je suis ? Aux biens misérables que je possède ? Je vous laisse en paix, alors faites de même.

J'ajoutai, encore pantelant d'émotion :

— J'aimerais que tu fasses passer la consigne.

Il posa son chanteau sur la table, un coffre ayant appartenu au confesseur de Grégoire, Ameilh de Brennac, une vieille connaissance ; il se versa un gobelet de vin prélevé dans les réserves de Sa Sainteté, et me jeta, avec un soupir d'indifférence :

— Je ne vois pas de quoi tu parles. J'étais en ville cette nuit. Mais, si tu y tiens, je vais faire passer la consigne, comme tu dis. Ma Doué ! je suis le maître ici et, si l'un de ces gredins te cherche des poux, c'est à moi qu'il aura affaire.

D'un geste de la main, comme pour éloigner une mouche, il me signifia que l'audience était terminée, mais, à peine avais-je passé le seuil, il me rappela.

— Dis donc, Grimaldi, tu es sûr d'être le seul occupant de ce palais ?

— Avec toi et tes hommes, oui.

Il resta un moment méditatif, se torcha les lèvres avec sa manche et ajouta :

— Curieux... Deux de mes hommes m'ont dit qu'ils avaient aperçu une sorte de nabot qui aurait la forme d'un champignon, mal foutu, coiffé d'un large chapeau de cardinal, en train de se balader dans les parages de la tour des Anges. Ils ont couru après lui, mais pfuitt ! À ton avis, qu'est-ce que ça peut être ?

— Tes hommes avaient trop bu, voilà tout.

Il n'empêche : j'ai senti un mauvais frisson courir de ma nuque à mes reins.

Moi, Julio Grimaldi, suis né avec le siècle. Ainsi formulé, c'est vite expédier les choses car j'ignore la date exacte de ma naissance, dont mon père, Cesare, ne se souvenait pas non plus. Les recoupements auxquels je me suis livré, par simple curiosité, n'ont abouti qu'à des renseignements erronés ou contradictoires. Tout ce dont je suis certain, c'est que je n'étais pas de ce monde lorsque mon père, alors sergent de pied dans la puissante famille italienne des Colonna, fut un des témoins actifs des terribles événements d'Anagni au cours desquels le pape Boniface faillit être assassiné : Guillaume de Nogaret, secrétaire et homme de paille du roi Philippe de France, souffleta (ou faillit le faire, on ne sait au juste) le Saint-Père avec son gantelet de fer.

Au fond, la date exacte de ma naissance importe peu car, autant l'avouer d'emblée pour ceux qui, peut-être, liront cette relation de ma vie, je ne suis rien ou peu de chose. Ma fierté n'est pas d'être demeuré quarante ans le fidèle serviteur de la Cour pontificale, d'avoir eu l'amitié de quelques grands personnages, mais de finir ma carrière, et sans doute ma vie, comme une sorte de gardien du Temple : un titre qui pourrait susciter en moi quelque vanité si ce sentiment ne m'était étranger.

Je me dois aussi de confesser qu'à aucun moment de mon existence mon personnage n'a brillé de quelque éclat que ce fût, si ce n'est par un effet de réfraction. Je ne me suis distingué en aucune discipline digne d'intérêt dans un milieu où foisonnaient les personnages illustres qui se sont succédé en Avignon depuis l'an de grâce du Seigneur 1309 où le pape Clément V décida, après une longue errance, de fixer sa cour dans cette ville qui appartenait alors à la reine Jeanne de Naples et faisait partie du comté de Provence. J'ai conscience en toute humilité de n'avoir guère plus d'importance qu'un arbre du jardin ou que le pavé que l'on foule aux pieds, mais je prétends avoir l'œil vif, l'esprit éveillé et, malgré mon grand âge, une mémoire quasiment infaillible.

Je n'entreprendrai pas de relater les circonstances qui ont conduit mon père à émigrer en terre provençale. Il était destiné à finir ses jours comme sicaire à la solde de ces grands fauves féodaux qu'étaient les Colonna, mais, à la suite de divers accidents qu'il n'a pas daigné me révéler, il s'est retrouvé bandoulier dans une de ces meutes de truands qui faisaient régner la terreur dans le Latium.

Cesare Grimaldi devait avoir la trentaine lorsqu'il arriva en Avignon, au milieu d'une de ces troupes de gueux qui accompagnent les caravanes de marchands ou de notables. Je crois savoir qu'il suivait celle d'un cardinal napolitain dont j'ai oublié le nom, si tant est que j'en eus connaissance, venu s'installer dans le Comtat auprès du pape Clément.

Comment Cesare Grimaldi fit-il la connaissance de Garine Pellegrin qui devait devenir ma mère ? Mystère. Ni lui ni elle ne me parlèrent jamais de leurs rapports initiaux, pas plus que de la vie qu'ils avaient menée avant de se rencontrer : c'étaient des gens avares de confidences ; dans la vie quotidienne, ils n'échangeaient que les propos strictement indispensables à assurer une apparence d'harmonie dans leur ménage.

Au cœur de ce brouillard qui enveloppe les premiers temps de mon enfance se dessinent pour moi, de plus en plus confus, leurs deux portraits : celui de mon père, presque vieux déjà, fatigué par les guerres et les errances à travers l'Italie, boitant un peu à la suite d'une chute de cheval ou peut-être du choc d'une masse d'armes dans les reins ; celui de ma mère, grande, belle et forte femme dont les cottes relevées montraient des jarrets de bergère des montagnes, autoritaire à ce qu'il semble car habituée à se faire obéir, même de mon père qui, curieusement, ne contesta que rarement son autorité.

Il est vrai que Garine avait apporté beaucoup plus que lui dans la corbeille de mariage. Non pas un pactole mais des biens solides et qui ne demandaient qu'à fructifier.

Elle était la fille de maître Pellegrin, tenancier, pour les moines de Malaucène, d'un moulin à huile situé sur les premières pentes du Ventoux, dans les parages de Bédoin. Il avait hérité d'une fonction lucrative : la collecte des olives et le pressoir monumental. Le pécule que Cesare avait rapporté de sa vie errante avait permis au couple d'acheter aux Capucins une tenure déjà plantée en vignes et en oliviers, qui ne demandait que des bras solides et beaucoup de courage pour fournir aux deux ménages sinon la richesse, du moins une aisance enviable. Mes parents ne manquaient ni de l'une ni de l'autre.

Le cri que poussait maître Pellegrin pour faire avancer l'âne ou le mulet aux yeux bandés qui faisait se mouvoir les lourdes meules m'est resté dans l'oreille avec une stridence particulière :

— Arri ! Arri !

Il se mêlait à ce cri répété le grincement des aîtres, la

rumeur sourde des fruits éclatés, le bourdonnement de l'eau bouillante, le glouglou de l'huile chaude qui s'égouttait dans le grand bassin de calcaire. Il s'y ajoutait parfois un cinglon de fouet lorsque la bête fatiguée demeurait insensible aux exhortations du maître.

En dépit du froid des hivers, du souffle glacé tombant des neiges du Ventoux, la montagnère, du mistral qui taillait le ciel à coups de serpe, il faisait bon dans le pressoir d'où montaient les odeurs puissantes du crottin, de la paille foulée par les sabots de la bête, du liquide qui s'écoulait de la presse en filet d'or fumant.

Ma mère semblait avoir baigné dans l'huile d'olive depuis son enfance : son visage rude et lisse, humide de sueur, comme décoloré, surnage dans ma mémoire sous la clarté du chaleil dont la mèche fumait. Elle était d'une force peu commune pour une femme, si bien qu'on lui confiait la plus rude des besognes : écumer l'huile vierge, en remplir les grandes jarres de terre vernissée, les charger sur le tombereau qui prendrait le chemin de Malaucène. Plus tard, ayant lu Virgile, Horace et quelques autres auteurs de l'Antiquité, je voyais en elle, à travers mes souvenirs, l'image d'une déesse ou d'une héroïne de la Grèce ou de Rome : Junon, Cérès, Galatée…

Plus tard, j'appris que ma mère, comme je la vis opérer avec ma sœur cadette, arrêtait parfois son travail pour s'asseoir à même le tas d'olives pressées, sur une touaille, pour me donner le sein.

Je tiens de la Clarisse, une ventrière de Bédoin, que ma mère avait souffert le martyre pour me mettre au monde. C'était au printemps qui succédait aux olivades, deux ou trois ans après son mariage. Elle était devenue énorme, au point que l'on attendait des jumeaux. Jusqu'à son terme, en dépit des avertissements de la Clarisse, elle avait continué à assumer ses tâches ménagères et son travail à la vigne ; lorsque Cesare était absent, souvent à l'auberge voisine ou chez les putains de Malaucène, elle allait garder les brebis sur les pentes du Ventoux, dans la seule compagnie de son briquet, un bon gardien de troupeau, cadeau du supérieur des Capucins qui nourrissait quelque sympathie pour notre famille.

Lorsque les premières douleurs la prirent, un soir, avant le retour du troupeau, elle s'empressa vers le mas en se tenant le ventre à deux mains, haletant et appelant à l'aide. Rien ne se passa ce soir-là. Le lendemain, elle commit l'imprudence d'aller garder comme si de rien n'était, persuadée qu'elle en aurait encore pour quelques jours à attendre la délivrance.

Le troisième jour après la première alerte, alors qu'une chaleur immobile pesait sur la garrigue, Garine commença à perdre les eaux. Elle alerta un paysan qui binait sa vigne, lequel courut quérir la Clarisse. L'accouchement, à l'ombre du figuier, sous l'œil du briquet, fut laborieux. La Clarisse dut s'asseoir sur le ventre de ma mère pour l'aider à m'expulser. Avec ses mains trempées dans l'huile d'olive elle vint à ma rencontre, parvint à extraire ma tête, mais je devais être fort des épaules ou mal placé car le reste ne vint qu'avec peine. Je naquis ainsi, sur la caillasse recouverte de genêt sec.

C'est la ventrière qui, plus tard, me conta la scène, ajoutant :

— La pauvresse… J'ai bien cru que j'allais devoir couper son fruit en morceaux pour le faire sortir. Bougre, tu semblais te plaire dans le ventre de la Garine !

Pour ma sœur Filippa, les choses tournèrent au drame.

Instruite par l'expérience, ma mère, dès les premières douleurs, renonça à la garde des brebis et à son travail au moulin à huile. Elle confia le troupeau à mon père, alerta la Clarisse et attendit l'événement en filant la laine car elle ne savait pas rester oisive.

La naissance de Filippa, comme la mienne, fut difficile ;

la parturiente ne parvint à se délivrer qu'accroupie, comme chez les peuplades primitives, à ce que j'ai lu dans les livres. L'enfant était normal, bien constitué ; il donnait fort joliment de la voix après que la ventrière lui eut claqué les fesses et dégagé la bouche. Consciente d'avoir de nouveau échappé à un grand danger, ma mère ne put éviter la suite : une forte fièvre qui lui ardait dans les tripes comme un brasier et dont elle mourut dans la semaine qui suivit.

La Clarisse me dit :

— J'ai fait ce que j'ai pu pour sauver ta pauvre mère, mais il faut croire, robuste comme elle l'était, qu'elle n'était pas faite pour procréer. Ce ne sont pas les plus fortes femmes qui s'en tirent le mieux, tu sais.

Elle avait ajouté dans un soupir :

— Mon pauvre Julio, ce qui me fait le plus de peine, c'est l'attitude de ton père…

Il dut se trouver, comme on dit, inconsolable, car son comportement changea du jour au lendemain. Comme on ne pouvait se passer d'une femme jeune dans le ménage, les moines de Malaucène nous confièrent une orpheline employée comme lingère à l'hospice. C'était une grosse fille un peu sotte, qu'il fallait mener à la voix et à la trique comme une mule. Pour garder les ouailles, passe encore, bien que, par étourderie, elle nous fît perdre trois brebis parties vagabonder dans la montagne et des agneaux qu'elle ne sut pas disputer aux renards.

La Clarisse :

— Mon petit Julio, ton père n'était pas un mauvais bougre, mais il n'était pas fait pour la vie qu'il menait au mas. L'aventure, la guerre, ça, oui ! et on sentait bien que ça lui manquait, surtout après la mort de sa femme. Il n'en disait rien mais ça n'était pas difficile à comprendre. Il se plaisait davantage dans la compagnie des ivrognes, des vagabonds, des déserteurs que dans celle des paysans. Je l'engueulais. Il baissait la tête sans répondre. La fille que maître Pellegrin avait louée est restée trois ans dans la famille. Il était toujours à lui passer la main sous les cottes et l'obligeait à partager sa paillasse. C'est miracle qu'il ne l'ait pas engrossée...

Ma sœur Filippa et moi nous avons grandi à la va-comme-je-te-pousse. Par bonheur, maître Pellegrin et son épouse prirent soin de nous, si bien que nous vivions plus souvent dans leur compagnie que dans celle de mon père. C'étaient de rudes gens, mais ils avaient trop de fierté pour laisser à l'abandon les enfants de leur fille. Jamais ils ne nous firent comprendre qu'ils nous avaient recueillis par charité ; jamais non plus ils ne nous parlèrent en mal de notre père qui vivait comme un satrape, en compagnie, le plus souvent, des filles qu'il ramenait de l'auberge ou du bordel pour les garder l'espace d'une nuit dans un coin des communs où il s'était aménagé un refuge.

J'aimais bien le mas de maître Pellegrin. Il était situé au pied du Ventoux, qui gardait ses neiges jusqu'en mai. Autour s'étendait une grande plaine de marécages, d'herbes sauvages et de vents fous, avec quelques arpents d'olivettes, de vigne et d'arbres fruitiers. Nous étions là, pour ainsi dire, à la source des vents. Adolescent, en compagnie de Filippa qui était devenue une jolie plante, grande et forte comme l'était sa mère, je jouais, en entrebâillant la porte du mas, à prendre par la queue le mistral ou la montagnère pour les faire couiner.

J'aimais déjà à la passion, et j'aime encore, la Provence, cette terre de soleil et de vent, dure et brûlante, rigoureuse et ardente, et rien, jamais, n'a pu et ne pourra m'éloigner d'elle.

Comme j'avais l'esprit éveillé, maître Pellegrin décida de me confier aux Capucins de Malaucène pour me faire donner quelques bribes d'instruction, au motif, je pense, de me faire tenir les comptes de son moulin à huile et de ses vignes : une tâche qui lui répugnait et qu'il confiait à un convers, car il ne savait pas tenir la plume.

Hormis ce qu'il convient de connaître de la religion, je n'appris guère autre chose à Malaucène que de former des lettres et d'aligner des chiffres. On me poussait discrètement au noviciat, mais je n'en avais cure car je tenais de mon père le goût du vaste monde, de la société, et ce que j'apprenais de l'existence confinée de ces pauvres moines ne m'incitait guère à les rejoindre.

En dépit de l'intérêt que je prenais à ce travail, je n'envisageais pas non plus de passer ma vie à produire de l'huile et du vin. Je laissais aller les choses, sans perspective et sans ambition, d'autant que la vie m'était douce et facile.

Je voyais peu mon père. Je le trouvais le plus souvent en compagnie de vagabonds ou de filles qui n'étaient que rarement les mêmes. Dans la vie du mas, il s'acquittait convenablement des tâches qu'on lui confiait, mais on lui en confiait peu, sinon au temps des olivades et des vendanges où l'on exigeait sa présence.

Lorsque nous le retrouvions, Filippa et moi, il nous embrassait sur le front, glissait parfois dans notre poche une friandise achetée à Malaucène ou à Bédoin, sans un mot qui eût pu nous faire comprendre qu'il avait encore quelque affection pour nous.

Sulpice, le moinillon qui avait à charge mon éducation, me parla un jour de mon père. J'ignore comment il avait eu connaissance des événements qu'il me rapporta à son sujet.

Nous étions assis, jambes pendantes, sur la margelle de la fontaine qui se dresse sur la place du village et distribue en pluie l'eau du Ventoux, dans l'ombre d'un grand platane. C'était au fort de l'été, pour autant qu'il m'en souvienne.

— Sais-tu, me dit Sulpice, que ton père a participé à l'attentat contre le pape Boniface ? C'était dans la résidence italienne du Saint-Père, à Anagni...

Je l'ignorais, évidemment, mon père ne m'ayant jamais rien confié de son passé, que je supposais tumultueux, sans oser l'interroger.

Cette affaire d'Anagni, m'apprit Sulpice, était l'aboutissement d'un conflit entre le pape et le roi de France Philippe le Bel. Ils avaient des natures contraires et des points de vue opposés quant au gouvernement du monde. Philippe était une sorte de géant roux, taciturne et secret, un homme de fer, disait-on, qui refusait de transiger avec sa mission de souverain temporel absolu. Boniface était son contraire : violent, emporté, prêt à tout pour faire admettre par les princes laïcs que le spirituel devait prendre le pas sur le temporel et que le maître du monde occidental, c'était lui.

En réponse aux décrétales, aux bulles, aux menaces d'excommunication de ce furieux, le roi Philippe avait décidé de le faire enlever et conduire de force à un concile réuni à Lyon, où il comptait le contraindre à réviser son jugement. Avec la complicité des Colonna, une famille qui avait eu maintes fois maille à partir avec le pontife, il organisa une expédition en terre italienne. Il en confia la conduite à Guillaume de Nogaret dont le père, accusé d'hérésie cathare, avait péri sur un bûcher de l'Inquisition.

Arrivé à pied d'œuvre, Nogaret prit contact avec Sciarra Colonna, le bras armé de cette puissante famille, ennemie des Orsini qui, eux, avaient pris parti pour le pape. Les Colonna tenaient leur nom, me dit Sulpice, d'un de leurs ancêtres qui avait ramené de Palestine un fragment d'une colonne contre laquelle le Christ avait été flagellé.

Nogaret et Sciarra profitèrent de ce que Boniface se trouvait dans sa ville natale d'Anagni, au flanc d'une colline du Latium où il avait fait édifier un palais, pour tenter de le capturer. La horde de mercenaires qu'ils avaient rassemblée passa une journée à piller les demeures des cardinaux, à saccager la ville et à mettre le feu au *duomo*. Lorsqu'ils pénétrèrent dans le palais, sur la minuit, gardes et domestiques avaient pris la fuite, et le pape, pour ainsi dire, se trouvait seul.

Au fur et à mesure qu'il avançait dans son récit, des images fulgurantes me traversaient la tête : la rumeur du pillage, les blasphèmes proférés à la face du Saint-Père, le crépitement lointain de l'incendie pénétrant par les fenêtres, les cris des familles forcées dans leur intimité... Je m'efforçais d'imaginer le vieillard assis sur sa cathèdre, engoncé dans les vêtements du jubilé, coiffé de la tiare, immobile, muet sous les outrages, mal protégé par les derniers de ses familiers, les cardinaux Nicolas Boccassini et Pierre d'Espagne.

Sulpice ajouta, mimant la voix chevrotante du vieillard, ces quelques mots que je le soupçonne d'avoir inventés dans le vif de son récit :

— C'est ma tête que vous voulez ? Voici mon cou. Si je meurs, ce sera au moins dans l'exercice de mon ministère.

Le tumulte, les lueurs de l'incendie, les odeurs de la fumée, et soudain la voix de Nogaret proférant cette menace :

— Tu vas mourir, Boniface, prétendu pape. As-tu oublié que celui auquel tu as succédé, le pauvre anachorète Célestin, est encore vivant après avoir démissionné ? Tu ne représentes plus rien que toi-même, vieillard !

Sciarra Colonna ne parvenait plus à maîtriser sa haine. Emporté par la fureur, il leva son épée sur le pontife, mais Nogaret arrêta son geste qui eût fait un martyr de ce vieil homme sans défense et des criminels de ceux qui étaient venus simplement l'arrêter.

S'il faut en croire le frère Sulpice, Nogaret s'écria :

— Nous consentons à épargner ta vie, Benedetto Gaetani [1], à condition que tu acceptes de nous suivre en France où le roi Philippe souhaite ta présence au concile.

Nogaret dut répéter sa mise en demeure à plusieurs reprises car, outre que le tumulte était à son paroxysme, le pape semblait absent, la bouche, les oreilles et les yeux clos. Pour tout dire, il faisait le mort... Il finit pourtant par répondre :

— Si je refuse d'obtempérer, que fera-t-on de moi ?

— Tu seras déposé !

— Déposé par ceux qui ont soutenu la secte odieuse des cathares ? C'est un honneur que l'on me fera !

— Acceptes-tu de me suivre à Lyon ?

— N'insiste pas. Je refuse !

Le lourd gantelet de fer se leva lentement au-dessus du pontife.

— Nogaret, ajouta Sulpice, a-t-il ou non frappé le visage de Sa Sainteté ? Certains témoins l'affirment, mais la plupart demeurent sceptiques. Ton père aurait pu le dire. C'était un des sergents de pied à la solde de Sciarra Colonna. Peut-être, si tu l'interrogeais...

Je n'interrogeai pas mon père. Il n'aurait rien avoué, même sous la torture, tant il paraissait soucieux d'oublier son passé. Ma mère voulut un jour en savoir davantage sur la vie qu'il avait menée avant de la rencontrer : il avait levé la main sur elle et avait crié que c'était son affaire, que le passé était enterré !

Ces soldats ivres de vin et de carnage déambulant à grands cris dans la pénombre, je n'ai aucune peine à les imaginer, mais je ne parviens pas à mêler mon père à cette horde sanguinaire et tout en moi s'insurge contre cette idée. Je tente de l'insérer dans la tourmente ; elle le rejette.

Durant trois jours, Sciarra Colonna et Guillaume de

1. Le véritable nom du pape Boniface.

Nogaret retinrent le pape prisonnier dans son palais d'Anagni, incapables de lui arracher autre chose que le sourire du martyr qui attend son heure avec sérénité. On pouvait lire dans ce sourire plus de pitié que de colère. Au terme de ces trois jours, les ravisseurs constatèrent qu'il était trop tard pour mettre leur projet à exécution : alertés par la population, les Orsini avaient conduit sous les portes de la ville leurs meilleures troupes de mercenaires. Leur mission ayant échoué, Nogaret et Sciarra Colonna n'eurent d'autre recours que la fuite. Mon père dut les suivre et peut-être entamer son errance en direction de la Provence.

— Et le Saint-Père, dis-je, qu'est-il devenu ?

Il retourna à Rome, porté en triomphe par le peuple, mais profondément affecté par les événements qu'il venait de vivre au point qu'on craignait qu'il n'en perdît la raison et que ses jours n'en fussent abrégés. De fait, quelques semaines plus tard, il mourut dans une crise de folie.

Quant à mon père…

— Ton père, je suppose qu'il a dû rendre les armes, renoncer à servir les Colonna et suivre Nogaret dans sa retraite précipitée en direction de la France, ou se mêler à une meute de gueux.

Il ne faut pas chercher plus loin les raisons qui m'ont fait naître en Provence. Mon père a dû trouver un air de famille entre le Comtat et sa province italienne. Plutôt que de poursuivre une route incertaine chez des Français dont il ne parlait pas la langue, il a choisi de rester dans cette région dont il comprenait le langage et l'âme.

À l'époque où le petit moine Sulpice m'entretenait de ces événements tragiques si pleins d'enseignements quant à mes origines, Cesare Grimaldi avait abandonné notre mas de Bédoin sans daigner informer maître Pellegrin ni quelque autre membre de la famille de son départ.

C'était en l'an de grâce du Seigneur 1314. Depuis cinq ans déjà, le pape Clément V avait trouvé en Avignon sa terre d'exil et s'était installé en toute modestie non dans ce palais dont on était loin d'avoir posé la première pierre, mais dans le couvent des Dominicains, près du port des Périers, hors des remparts du sud.

Ce que l'on a appelé l'exil de Babylone, en souvenir de l'exode du peuple hébreux chassé de Palestine après la destruction du Temple de Jérusalem, venait de débuter. Il allait durer soixante-dix ans.

Ce long temps d'exil, j'en fus le témoin attentif et privilégié. C'est la raison pour laquelle, aujourd'hui, alors que tout est rentré dans l'ordre, que l'histoire chrétienne a relié les fils rompus, j'ai décidé d'entreprendre, malgré mon grand âge et ma mauvaise vue, mais grâce à une mémoire qui me fait rarement défaut, la relation de ces temps qui, en dépit de nombreux aléas, furent pour moi une époque bénie.

Sulpice, qui faisait office de secrétaire et de copiste auprès du supérieur de Malaucène, m'apprit les raisons du choix d'Avignon comme siège de la papauté.

L'élection de Clément V comblait les vœux du roi Philippe le Bel : c'était le premier pape originaire de son royaume. Il succédait à Benoît XI, qui n'avait occupé le siège de saint Pierre que durant un an mais avait apporté dans les rapports entre le spirituel et le temporel une ambiance plus sereine ; il avait maintenu l'excommunication fulminée contre Nogaret et Colonna mais levé celle qui frappait le roi de France, instigateur de l'attentat d'Anagni. L'essentiel des conditions favorables à une reprise des relations entre Rome et Paris était sauf, si bien que l'on parlait de nouveau d'une croisade en Terre sainte.

Exaltation à Paris ; lamentations à Rome où les Colonna, qui n'acceptaient pas le maintien de l'excommunication, entretenaient une ambiance de guerre civile. Réfugié à Pérouse pour échapper à la vindicte, le pape Benoît y mourait moins de sept mois après son élection.

— Empoisonné..., dit Sulpice. C'est du moins le bruit qui s'est répandu. Les Colonna manient volontiers cette arme contre leurs adversaires irréductibles. C'est la raison qui a amené la curie à chercher refuge sous des cieux plus cléments. Et c'est pourquoi les cardinaux réunis en conclave ont élu un pape d'origine française qui n'avait pas revêtu la pourpre cardinalice.

Sulpice aurait pu en dire long sur le périple qui avait conduit Clément dans ce pays et dans cette ville. Bertrand de Got (c'était son nom) descendait d'une famille noble de Villandraut, une petite cité de Gascogne. Ce n'était pas le premier venu et les cardinaux avaient fait un bon choix : il avait étudié les lettres à Toulouse, le droit à Orléans, et avait achevé sa carrière ecclésiastique comme archevêque de Bordeaux.

J'avais aperçu à plusieurs reprises le pape Clément,

monté sur sa mule blanche, à la tête d'un cortège sans éclat particulier, alors qu'il se rendait dans sa résidence d'été dans les environs de Malaucène dont environ huit lieues le séparaient d'Avignon. J'en garde une image floue : celle d'un visage mou et blême sous le chapeau de paille à larges bords qui le protégeait du soleil, d'une forme mince, voûtée, secouée parfois de toux violentes.

Outre sa résidence ordinaire, le couvent des Dominicains, en Avignon, ses refuges favoris durant les grandes chaleurs de l'été se situaient à Châteauneuf et à Malaucène. À moins d'une lieue de cette dernière localité, il avait élu domicile dans le modeste prieuré du Groseau ; il passait là les mois d'été, entre sa chambre et la fontaine où s'épanchaient les eaux du Ventoux. Sulpice accompagnait parfois le supérieur pour des visites où des controverses animées sur des auteurs de l'Antiquité prenaient le pas sur les problèmes austères de la curie.

Le choix d'Avignon ne s'était pas imposé d'emblée au souverain pontife. Après son couronnement, à Lyon, en novembre de l'an de grâce du Seigneur 1305, il avait erré comme une âme en peine pour trouver où installer ses pénates. Lyon ? Cluny ? Bordeaux ? Toulouse ? Nîmes ? Aucune de ces résidences ne lui convenait. Arrivant à Avignon, cité de la maison d'Anjou régnant à Naples, vassale de l'Église, il se dit qu'il avait trouvé sa terre promise.

— Pourquoi Avignon, Sulpice ?

— Parce que cette cité ne fait pas partie du domaine français mais du Comtat Venaissin, qui appartient au Saint-Siège. Elle se situe sur cette voie de communication très fréquentée qu'est le Rhône, avec cet avantage considérable : posséder un pont. De plus, avec ce qui reste de ses remparts et la forteresse naturelle que constitue le rocher des Doms, elle est facile à défendre.

Il y avait d'autres avantages dont Sulpice renonça à me parler, peut-être pour ne pas m'ennuyer, mais que j'appris par la suite : l'ouverture plus facile que Rome vers les nations septentrionales de l'Occident chrétien, jusqu'en Islande, alors que, en direction du sud, l'horizon était bloqué par l'Empire byzantin et les nations d'Afrique ; les possibilités d'expansion de la cité dans la plaine opulente limitant le fleuve ; la similitude, enfin, entre la terre italienne et celle de la Provence…

Sulpice ajouta pourtant :

— Avignon est devenue le cœur du monde chrétien. Tu regardes la rive droite : c'est la terre de France. Tu regardes la rive gauche : c'est l'Italie. Avec de bons yeux tu pourrais voir, du sommet du rocher des Doms, au nord les tours de Notre-Dame de Paris, au sud les sept collines de Rome. Babylone avait le Tigre et l'Euphrate ; nous avons le Rhône et la Durance. Avignon et le Comtat sont une sorte de Mésopotamie, avec le désert en moins. J'exagère, mais c'est pour mieux te faire comprendre.

Il s'interrompit pour saluer une paysanne qui apportait au marché, juchée sur son âne, des fruits et des fromageons. Elle s'approcha, lui tendit une poignée d'amandes qu'il fit glisser dans la besace de mendiant qui battait sa cuisse.

— Avec un morceau de pain, me dit-il, ça fera mon repas de midi. Nous le partagerons si tu veux, avec l'eau de cette fontaine en guise de boisson. Je n'ai pas mieux à te proposer.

J'aimais entendre parler le frère Sulpice. Ses propos suscitaient en moi des images vivantes et colorées. Bien qu'il fût à peine plus âgé que moi, je l'écoutais avec attention et respect. La Durance, le Rhône, les grands chemins qui rayonnaient de la ville en direction de Lyon, de Marseille, des Alpes et des Cévennes se mettaient à vivre dans la chaleur de sa voix. En regardant nos pieds se balancer sous la margelle de la fontaine, il me semblait voir les trains de bois descendre la Durance, la batellerie du Rhône sillonner le cours du fleuve de chalands halés par des attelages de bœufs ou d'hommes, les sapines chargées de futailles de vin de Beaune ou de Châteauneuf pour les caves des cardinaux et du pape, la nuée des fustes de toute forme et de toute dimension qui semblaient voleter avec des lenteurs de mouette sur l'étendue liquide. Dans la poussière et les cris, les grands chemins égrenaient sans fin des caravanes muletières descendant des Alpes ou des Cévennes, des groupes de roumieux [1] en quête d'une auberge ou d'un monastère, des files de bourricots et de mulets porteurs de jarres d'huile, de couffins de figues sèches, de fromages, d'amandes ou d'herbes aromatiques.

La personne du Saint-Père me fascinait. Sulpice m'en parlait volontiers.

— Je l'ai souvent approché, me dit-il. La dernière fois que je l'ai vu, à Notre-Dame-du-Groseau, il s'était endormi sous un olivier, au bord de la fontaine, sa robe relevée jusqu'aux genoux sur ses jambes maigres, sa tête inclinée sur son épaule. Je me souviens qu'il était coiffé d'un chapeau de jonc…

— On prétend qu'il est malade.

— C'est vrai. Il souffre d'un catarrhe mal soigné et de maux de ventre. Son médecin, Arnaud de Villeneuve, lui donne tout au plus cinq ans à vivre, mais à le voir marcher, à l'écouter parler, on serait moins généreux. L'essentiel de son mal tient, je crois, à l'atmosphère que ses compatriotes gascons font régner autour de lui. Dès son élection, ils se sont abattus sur la Cour pontificale comme une nuée de frelons, exigeant à grands cris des audiences, bousculant les dignitaires de la curie, insultant les cardinaux, campant dans les couloirs, sous les galeries, au milieu des jardins, et menant un tel tapage que le Saint-Père, indisposé, en a perdu le sommeil. Comment se débarrasser de ces

1. Pèlerins pour Rome.

quémandeurs arrogants, indisciplinés, tapageurs, querelleurs, qui font régner la terreur chez les commerçants de la ville ? Il faudrait faire appel aux compagnies de sergents du conseil de ville, mais ce serait déclencher une guerre civile dans Avignon, car ces Gascons sont d'excellents soldats et sont armés comme pour une croisade.

Il ajouta, avec un soupir :

— J'ai peine à l'imaginer, mais je crois que seule la mort de Sa Sainteté pourra nous en débarrasser. Et encore…

Ces Gascons avaient commencé à faire parler d'eux à l'occasion du couronnement de *leur* pape, à Lyon, un peu plus d'un an après la mort de Benoît XI. L'ambiance de la ville, à cette occasion, était rien moins qu'euphorique. Un incident faillit coûter la vie au Saint-Père.

J'avais, avant que Sulpice ne m'en parle, entendu conter l'événement par un roumieux qui avait fait halte au moulin à huile de maître Pellegrin, mais j'étais si jeune que je n'en avais gardé qu'un brouillon de souvenir.

Là encore, Sulpice, avec ce don qu'il possédait de faire un petit théâtre du moindre événement, raviva le feu qui couvait dans ma mémoire. Ses paroles suscitaient en moi des images ardentes : la ruée des Gascons dans la capitale des Gaules, l'élection du pape, le tumulte permanent qui montait des quartiers populeux, les pillages de boutiques, les provocations, les viols… Une meute de loups semblait s'être débandée à travers la ville.

— Après que le nouveau pape eut coiffé la tiare à trois cornes, me dit Sulpice, il traversa la ville en tête du cortège, chevauchant un cheval blanc tenu à la bride par le duc de Bretagne et Charles de Valois. Le roi Philippe venait ensuite, précédant les cardinaux et les autorités civiles. C'est en descendant vers le cœur de la cité que se produisit l'incident…

Le chemin que le cortège venait d'emprunter était surplombé de hauts murs lézardés, surchargés d'une population délirante. L'un de ces murs s'effondra au moment où le pape le longeait. Sous l'avalanche de moellons et de terre le cheval s'écroula, projeta le pape à terre et la tiare dans le ruisseau. Au milieu de la poussière, des hurlements de la foule et des gens du cortège, on se hâta de relever le pontife qui ne souffrait que de contusions. En revanche, on retira des gravats douze cadavres et des blessés. Parmi ces derniers, le duc de Bretagne : il devait mourir quelques heures plus tard de ses blessures.

— Outre la mort des gens de son entourage, ce qui affligea le plus le Saint-Père, ajouta Sulpice, c'est la perte du rubis qui ornait sa tiare et qui était estimé à six mille florins.

Cet incident n'était que le premier maillon d'une chaîne de drames.

Décidément incorrigibles, les Gascons ne pouvaient vivre, semblait-il, que dans une ambiance de querelle permanente. Le 23 novembre, jour de la Saint-Clément, ils engagèrent une expédition contre les gardes pontificaux au prétexte que ce corps comportait trop de sujets italiens. La ville devint en quelques heures et pour des jours le théâtre de batailles rangées, d'embuscades, de guets-apens. Dans cette aventure le Saint-Père perdit deux proches parents : un frère et un neveu.

— Si je puis me permettre cette observation, dit Sulpice, je crois que le Saint-Père eut le tort de prendre le parti de ses compatriotes contre l'archevêque de Lyon qui les tenait pour d'insupportables trublions. Il fallut l'arbitrage du roi pour ramener la paix entre les deux factions.

Ces événements se déroulaient sous les froides pluies de novembre, entre Rhône et Saône. Je n'avais pas de peine à imaginer le spectacle : des meutes de loups affrontées sous la conduite de grands personnages, le pape, l'archevêque et les cardinaux assistant aux batailles de leurs fenêtres, la population terrorisée fuyant dans les campagnes, et puis l'éclat des armes dans le jour gris et froid, le sang dilué par la pluie sur les pavés, les cadavres jetés au fleuve…

— Le plus grave, me dit Sulpice en s'arrachant à la fontaine, c'est que la réunion du conclave, qui a duré plusieurs mois avant que les cardinaux se décident à désigner un pape, aurait pu se terminer par un schisme. Un drame dont notre sainte Église n'a pas eu à redouter les conséquences.

À quelques jours de là, alors que j'avais accompagné Sulpice dans sa cellule où le supérieur m'avait donné permission de le suivre, mon ami me parla de l'affaire des Templiers qui n'était à l'honneur ni du roi Philippe ni du pape Clément, lequel lui avait emboîté le pas.

Suite à ces calomnies, ces moines soldats, qui ont tant fait, en Terre sainte, pour la gloire du Christ mais qui étaient de mœurs rudes et viriles, avaient été jetés en prison.

Sulpice m'invita à m'asseoir près de lui, sur le bord de sa couchette.

— Que ne leur a-t-on reproché ? soupira-t-il. Pratiques hérétiques et simoniaques, mœurs dissolues, sodomie, adoration d'idoles…

Sulpice resta un moment méditatif, ses mains pendant entre ses genoux, la corde de sa ceinture relâchée.

— À l'origine de cette affaire, si l'on en croit les nouvelles courant sous le manteau, on trouve la volonté du roi Philippe et celle de Guillaume de Nogaret, son âme damnée, de déposséder les Chevaliers du Temple de leurs biens, qui sont considérables. Les commanderies qu'ils ont bâties de leurs mains sont des modèles de prospérité. Si elles cachent des trésors, ils ne les ont pas volés.

Ses mains s'agitaient en parlant, sa voix se brisait et l'indignation lui mettait la sueur aux tempes. Parfois son regard parcourait les murs comme s'il craignait qu'ils n'eussent des oreilles.

— On les a contraints à avouer sous la torture des crimes contre la morale et la religion et des croyances diaboliques. On a mis à la question le grand maître, Jacques de Molay. Il a eu la faiblesse d'avouer, ce que l'on attendait de lui.

L'attitude passive du pape m'accablait. Pourquoi ne s'était-il pas élevé contre de telles pratiques du temporel, au nom du spirituel qu'il représentait ? Sulpice me répondit, d'une voix sourde :

— Il s'est plié de bonne grâce aux manœuvres de Philippe et de Nogaret. Il aurait eu trop à perdre à se rebeller contre la volonté d'un souverain puissant et proche de lui. Lorsque tu passeras par Avignon, tu regarderas, au-delà du Rhône, sur la rive française, la forteresse que Philippe a fait bâtir. Elle a l'éloquence d'une menace.

Sulpice poussa un long soupir tremblé, prit sa tête rasée entre ses mains.

— Philippe n'avait rien à reprocher aux Chevaliers du Temple, dit-il. Ils l'ont soutenu dans la querelle qui l'opposa au pape Boniface et qui devait s'achever avec le drame d'Anagni. Lorsque le peuple de Paris s'est révolté contre son souverain, ils l'ont recueilli et abrité dans leur citadelle du Temple. Et voilà leur récompense : la calomnie, le mur[1], la torture et la mort. Dieu me pardonne ; ce n'est pas chez les Chevaliers du Temple que le diable a élu domicile, mais dans le palais royal, et il est en train d'exercer ses séductions aux portes du pape Clément...

Il se redressa soudain, une expression d'inquiétude sur le visage, et me dit en posant sa main sur mon genou :

1. La prison.

— Julio, je me suis hasardé à te faire des confidences sur mon sentiment concernant cette affaire. Puis-je être certain que tu ne me trahiras pas ? Si tu le peux, oublie tout ce que je viens de te confier.

Je promis de garder le secret sur ces révélations et m'en tins à cette promesse. Quant à oublier, comment l'aurais-je pu, moi qui, au sortir de l'enfance, avais chevillé au cœur, avec une curiosité insatiable, le sens de l'amitié et de l'honneur ?

Je restai quelques jours sans rencontrer le frère Sulpice, retenu que j'étais au mas de maître Pellegrin par la cueillette des amandes. Lorsque je me rendis de nouveau au monastère pour une autre cueillette, celle du savoir, il me dit d'un air mystérieux et enjoué :

— Il faut que je te montre ce sur quoi je travaille. De simples essais… Je ne suis pas véritablement un artiste…

Sa cellule, qui ne différait pas des autres quant au dépouillement, avait l'apparence d'une modeste *scriptoria* : un pupitre occupait l'angle voisin de la fenêtre ouvrant sur le jardin du cloître où se pavanaient de grands rosiers constellés de fleurs rouges, et une gerbe d'eau qui sentait les neiges du Ventoux et dont le soleil faisait une cascade de lumière ; des feuillets s'y entassaient, à côté de gobelets de terre vernissée contenant des faisceaux de plumes, de roseaux et de pinceaux ; des coupelles de couleurs s'alignaient dans un coffret de bois blanc.

Sulpice s'assit à mon côté sur le bord de la couchette et posa sur mes genoux une liasse de feuillets de parchemin couverts de dessins enrichis en partie de couleurs vives.

— Le père supérieur, me dit-il, m'a confié le poste de secrétaire. Je tiens le compte des productions de nos diverses tenures, de nos acquisitions et de nos ventes. C'est l'essentiel de mes fonctions mais, après les offices et les prières, cela me laisse du temps libre, que j'utilise à ma convenance. J'étais destiné à devenir un artiste, mais le Seigneur en a décidé autrement. Pourtant je ne puis me résoudre à renoncer à ma vocation initiale, qui me porte vers la calligraphie et la peinture. Regarde…

C'est ainsi qu'il m'ouvrit les portes de son jardin secret. Aujourd'hui encore, je me souviens en avoir reçu comme un éblouissement.

J'avais pour la première fois entre les mains ce qu'on appelle un livre d'heures. Je commençai à feuilleter cette liasse de feuilles volantes. Ces images, cette calligraphie révélaient davantage de bonne volonté que de talent, mais Sulpice, jeune encore comme il l'était, pouvait espérer, à condition de persévérer dans sa passion, devenir un maître.

Il avait modestement intitulé son œuvre *Les Petites Heures du frère Sulpice*. C'était un livre de prières, avec les textes des offices à lire, à réciter, à méditer à différents moments de la journée. Ces heures comportaient quelques passages des Livres saints et, en préliminaire, un calendrier.

Le jardin secret de frère Sulpice était en fait l'image multiple d'un véritable jardin. Les textes rédigés d'une écriture élégante, un peu maniérée à mon goût, étaient bordés de lettrines en buissons, de rinceaux débordants de fleurs, d'oiseaux et de fruits, d'encadrements en forme de pampres interminables. On aurait pu, en feuilletant ces pages, entendre chanter des oiseaux de paradis, respirer l'odeur des fleurs étranges, goûter la saveur des fruits gorgés de jus, épier le frôlement des animaux fabuleux : chiens à tête de lion, lions au mufle de taureau, licornes, et cet animal au cou exagéré qu'il appela *girafe*. Cette arche de Noé voguait, toutes voiles dehors, vers des paradis où l'homme et la femme n'occupaient qu'une place modeste de témoins.

Sulpice m'avoua qu'il travaillait à une planche qu'il intitulerait *Le Paradis d'avant la faute*, mais…

Il se gratta le front en me montrant ses esquisses à la mine de plomb, qu'il appelait ses *sinopie*.

— La difficulté, me dit-il, consiste à montrer Adam et Ève à l'état de nature, tels que Dieu les a conçus, sans vêtements. J'avoue mon embarras. Passe pour l'homme : il suffit que je contemple mon image dans un miroir, mais la femme ? Comment est-elle faite ? Je ne suis qu'un pauvre moinillon ignorant et solitaire qui se méfie des tentations de la chair.

Je crus qu'il allait pousser plus loin sa confidence, me révéler les sulfureuses visites nocturnes de démons succubes, mais il s'interrompit pour ajouter joyeusement :

— Tout cela est très imparfait, tu en conviendras, mais je suis porté par une telle passion pour cette œuvre que la conviction ne m'a pas abandonné que je donnerai un jour la pleine mesure de mon modeste talent.

Avait-il montré ses esquisses à quelqu'un d'autre qu'à moi ? Il n'avait pu faire moins que d'en référer au père supérieur, lequel n'y avait pas trouvé à redire, pourvu que le travail ordinaire du scribe-secrétaire ne souffrît pas de cette occupation marginale, ce qui était le cas. Sulpice avait même obtenu la permission exceptionnelle de s'évader du monastère pour aller glaner dans la campagne, jusque sur les pentes du Ventoux, les plantes et les minéraux nécessaires à la confection de ses couleurs, le vermillon notamment, un sulfure rouge qu'il appelait *cinabre*, dont il obtenait, par des traitements subtils, des dégradés délicats.

Sulpice me montra d'autres *sinopie* jetées en désordre sur des feuilles de papier ou de parchemin poncé et reponcé au point de devenir transparent. On y distinguait des images du Christ en croix, de la Vierge Marie, d'anges et de démons, des semis de fleurs et des profils d'animaux fabuleux. Qu'un tel univers, flore et bestiaire, ait pu naître de cette tête rasée, plate, banale, qui ne se distinguait en rien de celles de ses confrères, me laissait pantois. En dépit des apparences, j'en venais à considérer mon ami Sulpice comme un être d'exception, qui me fascinait. Mon propre environnement ne me proposait qu'un échantillonnage succinct de personnages dont le seul souci était de survivre dans une existence qui leur réservait plus de misère que d'abondance, plus de peines que de joies.

À cette époque, alors que j'abordais l'adolescence, le seul être auquel je puisse témoigner mon affection était ma sœur Filippa.

La mort de notre mère, la vie dépravée de notre père, ses absences de plus en plus prolongées auxquelles il ne daignait pas donner d'explication nous avaient fait une enfance difficile. Sans les attentions de maître Pellegrin et l'amabilité un peu distante et convenue des gens du mas, qui sait ce que nous serions devenus ?

Nous aidions de notre mieux, Filippa et moi, aux travaux du domaine. J'avais appris à ma sœur à garder les moutons et les chèvres ; elle s'était accoutumée aisément à cette fonction et l'accomplissait sans rechigner. Au début, je manifestais quelque inquiétude à la regarder s'éloigner en direction de la montagne, seule avec son briquet qui en savait autant qu'elle sur la manière de conduire et de surveiller un troupeau, d'éviter sa dispersion, de le protéger contre les prédateurs. Je craignais surtout les loups, mais ils ne sont redoutables qu'en hiver, et d'ailleurs le chien était dressé à les affronter.

Filippa était, en ces temps, une fille de frêle apparence,

mais ce n'était qu'une illusion. Depuis que Dieu l'a rappelée à Lui, au temps de la grande peste, c'est ce visage d'enfance qui surnage dans ma mémoire et estompe celui de sa maturité : elle avait la figure ronde de notre mère, le regard bleu de Cesare, un joli menton impertinent en pointe de flèche. Toute jeunette, elle apportait un soin constant à sa chevelure comme si ce fût l'attribut essentiel de sa féminité : elle la tressait en nattes chaque matin avec l'aide d'une servante ; elle était d'un noir profond, riche de reflets qui paraissaient bleus sous une certaine lumière.

Investi à mon corps défendant de l'autorité parentale défaillante, je la surveillais, inquiet de voir les petits Pellegrin, les brassiers, les vagabonds la suivre de l'œil avec une expression de concupiscence. Il est vrai qu'elle était déjà séduisante avec sa minceur nerveuse, ses lourds cheveux et les seins qui pointaient déjà sous son corsage.

Ce que nous redoutions se produisit un jour de mai, alors que Filippa allait sur ses treize ans.

Maître Pellegrin me dit un matin :

— Petiot, j'ai une mauvaise nouvelle à t'apprendre : ton père a levé le pied.

Comme le sens de cette expression m'échappait, il ajouta :

— Il a foutu le camp, si tu préfères, et, cette fois-ci, je crois que c'est pour de bon. La Clarisse l'a vu prendre le chemin d'Avignon avec une grande fillasse aux cheveux roux et sa mule chargée de bastes. J'ai failli lui courir après, mais ça aurait servi à quoi ? Un drôle d'oiseau, ce Cesare Grimaldi. De son vivant notre pauvre Garine lui tenait la bride courte, mais après sa mort tu sais comment il a profité de sa liberté. Je crois que tu peux en faire ton deuil, de ton *Pater*. Moi, je dis : bon débarras ! Il finira comme il a commencé : ce sera bandoulier ou un de ces claquedents qui mendient leur pain sur la route.

Maître Pellegrin ajouta, une main sur mon épaule, une brume de larmes dans l'œil :

— Ne dis rien de ce départ à ta sœur. Elle comprendra bien assez tôt. Pour vous deux, mes petiots, rien de changé. Vous êtes nos enfants et vous resterez le temps que vous voudrez auprès de nous.

Dans les heures et les jours qui suivirent, je constatai avec surprise que rien en moi ne se révoltait contre la trahison de mon père. Ce départ ne suscitait non plus aucune émotion. Depuis longtemps déjà, depuis la mort de Garine surtout, il était devenu presque un étranger pour nous ; il venait de plus en plus rarement nous rendre visite au mas, où il avait cessé toute activité. Son départ était dans l'ordre des choses.

Lorsqu'elle apprit cette désertion, Filippa ne manifesta guère plus d'émotion que moi. Notre véritable famille, c'était désormais celle de maître Pellegrin, de son épouse et de leurs enfants avec lesquels nous entretenions d'assez bons rapports, en dépit d'une certaine indifférence de leur part, qui dégénérait parfois en hostilité, comme si nous étions des intrus.

Je savais gré à mon grand-père d'avoir décelé en moi une moindre attirance pour les travaux du domaine que pour l'étude.

Il me dit, un jour où la chaleur accablante m'avait contraint à une sieste plus longue que d'ordinaire :

— Je crois bien, mon petit Julio, que tu ne finiras pas tes jours à notre mas. Je t'observe depuis quelque temps et je constate que tu prends davantage de plaisir à la lecture des livres que tu rapportes de Malaucène qu'à l'épamprage de la vigne ou à la cueillette des olives. Souhaiterais-tu te faire moine ?

— Non, maître ! J'aime trop ma liberté.

Nous en restâmes là, mais, à plusieurs reprises, dans les

mois qui suivirent, en me voyant peiner sans conviction à des tâches qui m'importunaient, il m'interrogea.

— Alors, mon petiot, tu as décidé quelque chose pour ton avenir ? Je ne t'en voudrai pas si tu nous quittes, mais je te regretterai car tu nous aides de ton mieux et tu tiens convenablement les comptes.

Je n'avais rien décidé, d'autant que rien ne pressait et que je ne souffrais pas de ma condition. Je complétais l'enseignement que j'acquérais auprès de Sulpice, à Malaucène, en gravant sur des pierres de lauze, à la pointe de mon couteau, les lettres, les mots, les chiffres que j'avais appris. Après quelques mois d'étude, j'étais en mesure de lire et d'écrire couramment ; il me restait à apprendre ce qui se cachait derrière ces signes : l'esprit et la sensibilité, l'intelligence et le cœur. Sulpice m'avait ouvert une porte et fourni les outils nécessaires pour débroussailler le terrain de la connaissance. J'avais pénétré, franchie cette porte, dans un univers qui suscitait en moi le vertige de l'infini.

Sulpice me confiait de vieux grimoires rongés par les vers et, en secret, des œuvres de poètes et d'historiens de l'Antiquité que les rudiments de latin qu'il m'avait enseignés me permettaient de lire, sinon de pénétrer. J'emportais certains de ces ouvrages au mas et m'en gavais jusqu'aux derniers feux du jour et parfois, secrètement, à la lumière d'une chandelle offerte par Sulpice.

Un an environ après notre première rencontre, Sulpice me dit :

— Il faudra bientôt que tu prennes une décision. Je sais que les travaux du domaine te rebutent, mais tu ne peux passer ton existence à lire des livres. Quant à me rejoindre et à te faire moine, je sais ce que tu en penses. En un mot : que veux-tu faire à l'avenir ?

Cette question me prenait de court et ne faisait que me reléguer dans mes incertitudes. J'avouai ma confusion et mon ignorance. Quant à lui, il campait dans ce qui, depuis des mois déjà, lui apparaissait comme une évidence :

— Le mieux, je te le répète, serait de faire ton noviciat. Tu serais mon frère en religion, nous ne nous quitterions plus. Tu n'aurais d'autre obligation que d'assister aux offices, de prier, de travailler au jardin et à d'autres menus travaux. Mais, si c'est le siècle qui t'attire, il faut choisir la route qui t'y mènera.

Lorsque je rendais visite à Sulpice, il m'arrivait de prendre mes repas au réfectoire du couvent, en compagnie de pèlerins ou de mendiants. Ils parlaient beaucoup et je ne perdais rien de leurs récits ; j'en éprouvais la même fascination, le même vertige que j'avais découverts dans les grimoires, sauf qu'ils relevaient de préoccupations plus banales.

Ils parlaient souvent des localités qu'ils avaient traversées, des établissements qui les avaient hébergés. Avignon les fascinait. Avignon…

Cette ville, qui se trouvait pour ainsi dire à ma porte, je dus attendre longtemps avant de m'y rendre, alors que je devinais inconsciemment qu'elle m'avait fixé un rendez-vous auquel je ne saurais ni ne pourrais me dérober. Elle constituait pour moi, simultanément, un objet d'attirance et de répulsion, à la fois Jérusalem et Babylone. Je m'y promenais en songe et en imagination, comme si déjà mon choix était fait et que je dusse un jour prochain prendre ma besace et me lancer à sa conquête.

Au mois de mars de l'an de grâce du Seigneur 1309, la mort du Saint-Père paraissait imminente. On disait même qu'il avait dicté son testament. Sulpice me révélait que sa santé déclinait jour après jour. Il passait ses nuits à gémir contre ses maux de ventre et les accès de catarrhe qui le secouaient, le jour à prier et à tenter de dissiper les soucis qui s'assemblaient comme des nuages sur sa tête.

Clément V entretenait avec le roi Philippe des rapports complexes, autour de quelques sujets de conflit qui empoisonnaient la fin de sa vie.

L'affaire des Templiers avait eu un retentissement considérable non seulement en France mais à l'étranger. Les Allemands avaient rendu publiquement hommage aux martyrs ; l'Espagne les déclarait innocents des crimes qu'on leur imputait ; l'Angleterre refusait de prendre parti tout en suivant l'affaire de près. Les accusateurs avaient atteint un tel degré dans l'abjection, le mensonge, la calomnie, que le Saint-Père avait fini par s'en émouvoir. Ce n'est qu'à contrecœur qu'il avait consenti au procès des Templiers et à celui du pape Boniface.

La première de ces affaires avait débuté par un marché : le pape avait demandé au roi que les biens des Templiers fussent confiés à l'ordre des Hospitaliers ; on imagine la fureur du roi, qui voyait s'évanouir les résultats de sa manœuvre ; il obtint en échange pour un de ses proches, Philippe de Marigny, l'archevêché de Sens et le titre de primat des Gaules, avec la haute main sur le procès des Templiers et la consigne de le hâter.

Une autre exigence du roi se manifesta à l'occasion du procès que l'on avait entrepris contre le pape Boniface qui, n'ayant pas été choisi parmi le Saint-Siège et succédant à un pontife démissionnaire mais encore vivant, était accusé d'usurpation. Comme pour les Templiers, on ajouta à l'acte d'accusation des calomnies portant sur les mœurs du Saint-Père. Le procès eut lieu en Avignon ; il se solda par des injures, des rixes, et suscita un tel déchaînement de passion que le royaume et la papauté en furent ébranlés.

Pauvre pape Clément... J'avais fini par le prendre en pitié, éprouvé qu'il était par les exigences de ce roi sans scrupules, ainsi que par les pressions et les chantages de ces gredins : Nogaret et Marigny.

Le pape Clément, dès que les premières chaleurs de l'été accablaient la ville, trouvait refuge à Notre-Dame-du-Groseau, cet ermitage cher à son cœur. Il y passait presque toute la saison chaude avec seulement, lorsque la canicule n'était pas trop éprouvante, des séjours à Châteauneuf et à Roquemaure où il avait des résidences à sa disposition. Il tentait d'oublier dans les sereines campagnes comtadines les intrigues dans lesquelles il baignait quotidiennement ; il lisait Virgile ou Homère au bord de sa chère fontaine, dans le chant aigre des cigales. Entre le prieuré et la fontaine, il se retrouvait seul en face de lui-même, avec ses problèmes relégués à l'arrière-plan. Il puisait dans ces moments de solitude les ressources mentales et physiques nécessaires aux combats qui l'attendaient à son retour.

Sulpice lui faisait deux ou trois visites dans le courant de la saison, sans qu'une seule fois, me dit-il, il eût le sentiment d'être importun. Il me confiait à son retour de l'ermitage les impressions qu'il en avait rapportées.

— Comment le Saint-Père peut-il continuer à se battre alors qu'il n'est plus que l'ombre de lui-même, vidé par des diarrhées de sang, la poitrine brûlée par des toux incessantes, incapable qu'il est de faire dix pas sans le soutien de Villeneuve ou de quelque autre membre de sa *familia* ? En vérité, cela me semble tenir du miracle…

Sulpice exagérait en attribuant ce phénomène à un miracle. Dans la guerre perpétuelle où il s'était engagé à son corps défendant, Clément se contentait d'atermoyer, d'effectuer des semblants de retraite face aux offensives du roi Philippe, de faire des promesses à longue échéance, en se gardant de prendre l'initiative d'une offensive. Par contre, il usait volontiers, mais pour la bonne cause, du chantage.

Lorsque l'empereur d'Allemagne et le roi de Naples lui proposèrent de cautionner la reconstitution de l'ancien royaume d'Arles, il vit le parti qu'il pouvait tirer de ce projet pour faire pièce à Philippe. Il avait tout à gagner en donnant son accord, les deux souverains étant ses protecteurs ; en revanche, Philippe verrait d'un mauvais œil cette puissance se reformer à ses portes. Clément proposa un marché au roi de France : s'il renonçait au procès absurde fait au pape Boniface, lui, Clément, s'engageait à repousser le projet qui lui était présenté. L'accord eût été conclu si le roi Philippe n'avait ajouté un article au contrat : l'abandon par le pontife de l'ordre des Templiers et la mise à discrétion des Chevaliers entre les mains des sbires royaux : Nogaret et Marigny.

Clément ne pouvait plus reculer ; il avait fait un marché de dupes et, malgré lui, devenait la créature de Philippe.

— Philippe…, dit Sulpice. Philippe le Bel… La honte soit sur son nom !

L'attitude ondoyante et servile du pape dans cette dernière affaire suscitait en lui une fureur qu'il parvenait mal à contenir. Un matin de mai où nous nous promenions dans le jardin du cloître dans la fraîcheur de la fontaine et le parfum des roses, il me prit par le bras et me dit à voix basse, les dents serrées :

— Je me suis mis à détester le pape Clément depuis le jour, peu avant sa mort, où il reçut une délégation de sept Templiers qui se présentèrent au concile de Vienne pour plaider la cause de leur confrérie. Ce jour-là, Julio, Clément, se disant vicaire du Christ, a commis une impardonnable forfaiture, que la maladie et la vieillesse ne peuvent excuser…

Le pape avait accepté de recevoir cette délégation mais avait sursauté quand elle lui avait annoncé qu'une troupe de deux mille Chevaliers du Temple, rassemblés dans les parages de Lyon, viendrait, les armes à la main, défendre son honneur si justice ne lui était pas rendue. Le pape avait fait emprisonner la délégation et avait attendu le coup de force, qui n'eut pas lieu, cette menace n'étant qu'une manœuvre d'intimidation.

Comme pour racheter cette ignominie, Clément avait posé au concile cette question saugrenue : « L'ordre des Templiers est-il en droit de se défendre ? » La réponse avait été positive ; il en fut atterré.

En vue de contrecarrer cette rébellion ouverte contre le pouvoir royal, Philippe convoqua à Lyon des états généraux qui entrèrent facilement dans ses vues. Victime de ses atermoiements, le pape se sentait pris de nouveau comme dans un étau entre le pouvoir spirituel du concile et le pouvoir temporel de Sa Majesté. Il chercha refuge dans un nouveau compromis : oui, l'on pouvait condamner l'ordre du Temple ; non, on ne pouvait le supprimer…

— Clément avait sauvé la face, ajouta Sulpice, mais le remords le rongeait au point que, revenant sur la permission qu'il avait accordée, il demanda au roi de renoncer à la confiscation des biens du Temple. Trop tard ! le roi avait fait état, à l'aide de documents falsifiés, de dettes imaginaires pour spolier les biens de l'ordre.

Ces événements, ce marchandage digne d'un marché arabe, cette lutte pied à pied avaient épuisé le pape. Une retraite au Groseau lui était nécessaire. Sur le chemin du retour, il eut à affronter la population de Valence, armée en guerre à l'instigation du souverain mécontent de l'issue du concile. L'affaire se solda par une bataille rangée, des meurtres, des pillages et des incendies avant que les Gascons de la garde pontificale pussent rouvrir à Sa Sainteté la route d'Avignon.

Clément, sentant venir sa dernière heure, rédigea son testament. Il souhaitait mourir à Rome, mais son médecin parvint à l'en dissuader : dans l'état où il était il ne pourrait atteindre Marseille ; il n'échapperait aux pièges du roi

Philippe que pour en affronter d'autres, en Italie, plus redoutables encore. Il renonça.

L'hiver qui suivit cet été tumultueux devait marquer un répit dans les affrontements du pontife et du roi. L'été venu, il regagna son asile du Groseau mais, pris soudain d'un accès de nostalgie, il décida de consacrer ce qui lui restait de forces à un retour à sa terre natale, et Villeneuve ne put l'en dissuader.

Son domaine de Villandraut, berceau de la famille des Got, dont il était le descendant, baignait dans l'ardeur d'une fin d'été qui sentait les vendanges. Il retrouva avec émotion sa famille, ses appartements, ses objets familiers et ses vieux domestiques… Il somnolait dans les effluves de la lande et de la forêt, comme si la mort allait le cueillir, mais elle ne voulait pas encore de lui.

Revenant vers le Comtat il fit halte à Monteux, chez un de ses neveux, et crut bien sa dernière heure venue tant ce dernier voyage l'avait épuisé.

Jamais il n'avait souhaité mourir avec une telle détermination. Le roi Philippe ne lâchait pas prise : il sollicitait son appui dans la candidature de son fils, comte de Poitiers, à l'élection du nouvel empereur d'Allemagne. Dans la crainte d'autres représailles, il ne put refuser cette faveur à son vieil adversaire.

Ici et là, sur tout le territoire, en cette fin de règne du pontife et du roi, dans ce crépuscule nauséeux, s'allumaient les bûchers des Templiers. Le pape avait mollement sollicité la faveur de disposer du sort des dignitaires de l'ordre, mais sa démarche avait échoué.

Les bourreaux criaient aux oreilles des martyrs :

— Rétractez-vous ! Reniez votre hérésie, avouez vos crimes et vous serez épargnés !

À ceux qui consentaient à se rétracter, on chantait un autre refrain :

— Mécréants ! Parjures ! Vous avez renié votre parole ! Vous êtes revenus sur vos aveux !

Ils étaient de nouveau jugés comme relaps et brûlés vifs. Ainsi allait, en ce temps-là, ce qu'on osait appeler la justice de Dieu, alors que les décrets venaient du diable. On brûla les Chevaliers ; on brûla les dignitaires ; on brûla le grand maître, Jacques de Molay, à Paris, face à Notre-Dame, puis l'on jeta ses cendres dans la Seine.

Clément n'était plus qu'un moribond. Lorsqu'on lui rapporta la malédiction proférée par le grand maître à l'encontre de ses bourreaux, il n'eut pas un mot de crainte ni de regret, mais une larme sénile humecta son regard vitreux.

Guillaume de Nogaret avait précédé le pape Clément et le roi Philippe devant le Tribunal suprême. Avant de rendre ses comptes à Dieu, Philippe eut à affronter sa conscience : il baignait dans un scandale familial, ses trois belles-filles, de fieffées luronnes, étaient convaincues d'adultère…

L'amertume, l'écœurement me montaient aux lèvres en écoutant mon ami Sulpice remuer pour moi ce marécage aux odeurs putrides.

Il me dit un matin, en cueillant une rose :

— Je ne crois guère à cette fable que l'on raconte : les fantômes des Templiers hanteraient certaines commanderies et réclameraient vengeance, mais leur mémoire est en paix. À l'heure qu'il est, leurs bourreaux sont en enfer.

Le roi Philippe les a-t-il rejoints ? Il ne survécut que de quelques mois au pape Clément, mais la rumeur de leurs querelles et de leurs marchandages hypocrites doit les poursuivre et les accompagnera pour l'éternité.

Nous étions assis, jambes pendantes, sur la margelle de la fontaine de Malaucène lorsque Sulpice me raconta la fin du malheureux pontife.

— Clément, me dit-il, n'a pu mourir selon sa volonté ni à Rome, ni à Villandraut, ni même à Avignon. Il s'est éteint dans la demeure du chevalier Guillaume Ricard, à Roquemaure. Les médecins étaient impuissants à enrayer un mal qui empirait de jour en jour : le Saint-Père se vidait de son sang par le fondement. On lui fit prendre toutes sortes de médicaments où l'on mêlait des émeraudes pilées, en vain. Il avait soixante-dix ans passés.

Sulpice ajouta à voix basse :

— Que Dieu me pardonne, mais je crois que personne, hormis la cour des Gascons qui grouillait autour de lui, ne le regrettera.

C'est lui qui devait mettre à la mode, à Avignon, la pratique du népotisme qui allait empoisonner la papauté durant ses soixante-dix ans d'exil en Provence. J'ai fait le compte des faveurs que distribua généreusement le premier pape d'Avignon : le Sacré Collège comptait six cardinaux émanant de sa parentèle ; d'autres parents reçurent bénéfices, évêchés, archevêchés comme s'il en pleuvait ; il combla de bienfaits, qui ne lui coûtaient guère, une kyrielle de neveux et de petits-neveux qui reçurent des bénéfices, des fiefs et des honneurs auxquels ils n'auraient osé prétendre en d'autres circonstances ; par testament il répandit des trésors sur sa famille, ne laissant dans les coffres du trésorier que de la blanchaille ou du vent.

À l'heure où je rédige ce récit, on a achevé la construction du tombeau qui orne sa sépulture, dans une collégiale proche de Villandraut, à Uzeste. C'est un bel édifice. Taillé dans un marbre noir. Noir comme sa vie. Dante l'a fait entrer dans son *Inferno*.

2

Le Pape vert

Treizième jour du deuxième dimanche
de l'avent : mercredi.

J'ai attendu durant des mois le courrier de Rome que m'avait promis Pierre Ameilh de Brennac, chapelain et confesseur du pape Grégoire XI, qui l'a suivi à Rome. Depuis qu'on lui a conféré le titre d'évêque de Siniglia il a perdu, semble-t-il, la simplicité qui caractérisait ses rapports avec quelques personnes de son entourage, dont j'étais.

Il me semble le revoir, à quelques heures de l'embarquement, alors que son palefrenier harnachait le cheval qui devait le conduire au port dans la suite du Saint-Père. Il avait pour ainsi dire le pied à l'étrier. Un peu voûté par l'âge et la fatigue des préparatifs, il s'est incliné vers moi et m'a dit, en m'embrassant :

— Le Saint-Père m'a confié la tâche de relater jour après jour les événements de ce voyage afin d'en laisser une trace pour la postérité. Cela ne m'empêchera pas de t'adresser de temps à autre de petits courriers. C'est un adieu que je te fais, Grimaldi, mais je ne t'oublierai pas.

Veille bien sur ce palais où nous avons vécu le meilleur de notre longue amitié. Fais en sorte que ce ne soit pas un tombeau...

Il arrivait chaque jour des courriers au palais mais pas le moindre signe de la part de Pierre, à croire que l'amitié qu'il prétendait me vouer n'avait été qu'un feu de paille. Je me disais qu'il était peut-être mort au cours de ce voyage plein de dangers ou qu'il souffrait d'un mal qui l'empêchait d'écrire. Je n'avais de nouvelles que par les courriers que recevaient les six cardinaux que le pape avait laissés à Avignon ou les membres de la curie qui subsistaient encore pour expédier les affaires courantes et garder dans cette ville une ombre de présence pontificale.

Je me rendais fréquemment à la livrée du cardinal Bartolomeo Prigagno, archevêque de Bari, favori de Sa Sainteté, pour avoir des nouvelles. Elles étaient rares et succinctes. Le voyage se poursuivait de gros temps en escales dans les ports français et italiens, au péril de la mer.

J'attendais également des nouvelles de la part du scribe de Raymond de Turenne, parent du pape Grégoire : Hugues de Ligneyrac. Il avait juré de me tenir informé. Promesse de Gascon, pourrais-je dire, si Hugues, Raymond et le Saint-Père lui-même n'étaient originaires du Bas-Limousin.

La joie éclatait sur son visage le jour où, me croisant au bas de la tour des Anges, dans la cour d'honneur du palais, il m'avait annoncé triomphalement en posant ses mains sur mes épaules :

— Voilà qui est fait, Grimaldi ! Nous en sommes !

— Que veux-tu dire ?

— Nous allons accompagner Sa Sainteté à Rome, mon maître et moi.

— À Rome, dis-tu ? Je croyais que...

Grégoire avait nommé son neveu Raymond de Turenne, qui venait d'épouser en grand tralala Marie de Bourgogne, gouverneur d'Avignon et recteur du Comtat Venaissin afin de le remplacer pour l'essentiel : maintenir l'ordre, réprimer les mouvements de révolte qui risquaient de se manifester dans la population avignonnaise à l'annonce du départ, éviter que les six cardinaux restant autour du palais ne se chamaillent pour des questions de préséance. Et voilà que Hugues m'annonçait le départ de Raymond et le sien !

— Il était prévu que nous restions, ajouta Hugues, mais mon maître doit assurer la sécurité du cortège pontifical. Il commandera une troupe de cent vingt lances... Quant à savoir à quelle date il reviendra en Avignon, nul ne peut le dire.

« Mon maître... » Hugues en avait plein la bouche et la fierté brillait dans son regard. Il allait visiter l'Italie, Rome, s'installer sur la colline du Vatican, fréquenter les courtisanes romaines dont on disait qu'elles étaient la séduction même... Lui qui n'avait quitté son village du Limousin que pour Avignon... Il ajouta, avec une larme au coin des yeux :

— Je ne t'oublierai pas, Grimaldi. Je te donnerai de mes nouvelles. Lorsque je serai installé dans ma résidence, je ferai en sorte qu'on réclame ta présence.

Quitter Avignon pour Rome, moi, à mon âge ! Moi, un vieillard, au milieu de ces Italiens bavards, tapageurs, voleurs, querelleurs ? Merci.

Hugues n'a jamais écrit. Hugues a oublié de me recommander à l'attention des curiales, et c'est très bien ainsi. Mon ultime mission une fois achevée dans cette forteresse transformée en tombeau des nostalgies, je sais où me retirer.

J'ai secoué l'épaule du capitaine Barthélemy Cadan alors qu'il somnolait devant la grande cheminée de la salle de garde. Seul.

— Tu n'es pas prudent, lui dis-je. Ce palais est mal fréquenté. Où sont passés tes hommes ?

Il décroisa les bras, bâilla, fit un signe désinvolte de la main pour signifier qu'ils s'étaient égaillés comme une volée de moineaux.

— On aurait pu te dépouiller de tes armes et de ta bourse pendant que tu dormais, et cela m'aurait mis dans l'embarras.

— Rassure-toi, me répondit-il : je ne dors que d'un œil, comme les chats. Je dorveille, *comme on dit ici.*

Je lui rappelai la consigne : un détachement de trois hommes en permanence pour effectuer les rondes nuit et jour, chasser les gueux qui transformaient cet édifice en cour des Miracles. Je lui répétai que je le tenais pour responsable des incidents qui s'étaient produits et qui se produiraient encore si l'on n'y veillait. Il haussa les épaules, l'œil dans le vague, sans daigner quitter son fauteuil de vannerie.

Sa réponse, il n'avait pas besoin de la formuler car je la connaissais : ses hommes étaient mal payés ou pas du tout ; la plupart battaient la campagne ; d'autres refusaient d'assurer un service qui leur semblait inutile et dangereux. Celui qui se faisait appeler le Breton l'avait prévenu : qu'on leur foute la paix, à lui et à ses compagnons, sinon, il y aurait du grabuge. Le jour où il s'était mis en demeure avec deux de ses hommes de chasser cette meute de rats, on lui avait mis un couteau sur la gorge.

— Si tu veux avoir la paix, me dit Barthélemy en bâillant une nouvelle fois, relance le conseil de ville, le viguier, le bayle, mais je crains que ce ne soit inutile. Tu n'en tireras rien. Les gens d'Avignon ne pardonnent pas au Saint-Père de les avoir abandonnés. Alors, cette grande baraque, *ils s'en foutent !*

Ce que le Breton m'avait raconté de cette apparition qu'il appelait « la Naine rouge », et qu'il prétendait avoir aperçue dans la tour des Anges et les bâtiments d'alentour, m'a obsédé. J'ai procédé moi-même à une incursion dans ces lieux sinistres, récurés par les déménageurs, sans trouver trace d'une présence humaine sinon, dans la chambre du pape Benoît, des étrons superbes.

Je présume que cette Naine rouge n'est en fait, de la part des gueux, qu'hallucination d'ivrognes.

Je l'ai dit et persistais à le croire : l'existence semi-oisive que je menais me convenait parfaitement. Elle m'avait installé dans un équilibre qui était une forme de bonheur dépourvu d'ostentation et d'ambition. Dire que je ne sentais pas une chaleur au bas du ventre en voyant les petites paysannes de Pierrelongue ou de Crestet apporter leurs fromageons au couvent ou bien, à l'époque des olivades, les femmes du Barroux ou de Bédoin nous apporter au mas leurs bastes pleines d'olives attiédies par le soleil des collines serait un mensonge, mais je n'avais pas honte de ce désir d'homme : il n'avait rien de surprenant.

Alors que Sulpice et moi devisions au bord de notre fontaine, un jour où la montagnère brassait les platanes de la promenade, il surprit mon regard qui accompagnait la femme d'un bourgeois montée sur une mule, au retour de la célèbre foire de Beaucaire. Il sourit et me dit :

— Mon petit Julio, j'ai de plus en plus la conviction que tu ne viendras pas me rejoindre au couvent. La femme qui vient de passer et qui a de si jolies chevilles, il y avait deux manières de la regarder : la mienne qui n'est qu'un hommage discret à la beauté et la tienne qui se nourrit d'une vague espérance, celle qu'un jour tu pourrais avoir cette femme dans ton lit. Si tu entrais au couvent, tu apporterais avec toi ce fardeau de désirs refoulés. Tu serais malheureux et je le serais moi-même, par compassion et par regret de t'avoir incité à emprunter un chemin sans issue. Je suis jeune encore mais je connais bien l'âme humaine et le comportement de nos semblables, *urbi et orbi*. C'est pourquoi entre le froc du moine et le sarrau du paysan, moi, à ta place, j'aurais vite fait mon choix.

Je restai un moment sans répondre, honteux d'avoir été percé à jour, il est vrai, par celui que je considérais comme mon frère et mon ami. Un doute s'insinuait en moi, y creusait son nid, élargissait une blessure secrète. J'avais fait un si long chemin sur la voie de la connaissance, accompagné, guidé pas à pas par Sulpice, que la perspective de passer mon existence au moulin à huile m'était devenue insupportable, malgré l'affection que je portais à mes grands-parents et les quelques agréments, auxquels j'étais sensible, de cette manière de vivre.

Je répondis, sans réfléchir à la portée de ces propos :

— On n'abandonne pas de gaieté de cœur un ami en chemin.

Sulpice parut stupéfait. Il s'écria :

— Qui te parle de m'abandonner ? Nous n'avons ni l'un ni l'autre l'intention de quitter cette province et nous pourrons nous voir aussi souvent que nous le souhaiterons. Il faut que je te dise, Julio… Tu es mon seul ami et j'ai renoncé à ma famille.

Il avait quitté très jeune son village des Cévennes en raison de sa complexion délicate et de son manque de goût pour les travaux auxquels il était astreint. Son père, métayer, vivait du revenu d'une modeste colonge de quelques arpents comportant une condamine de chanvre, une saumée de conségal moitié seigle, moitié froment, autour d'une masure de six cannes de long où l'on cohabitait avec les moutons et les chèvres. Il gardait de cette enfance des souvenirs sans joie et sans perspective. Il n'avait commencé à vivre et à découvrir le monde que lorsque son père l'avait confié aux moines de Malaucène, dont le supérieur était de sa parenté.

— Quoi qu'il en soit, dit-il, il est temps que tu choisisses ta voie. Si tu souhaites me rejoindre au couvent, la porte t'est ouverte. J'en ai parlé au père supérieur. Il est tout disposé à t'agréer. Il pense que tu pourrais sous ma direction devenir un scribe très convenable.

Il ajouta, en me prenant la main avec une certaine violence :

— J'exige une réponse. Là, tout de suite !

Cette réponse, elle était déjà dans ma tête mais je me la dissimulais maladroitement, comme si son évidence risquait de m'aveugler.

— Eh bien, Julio, j'attends !

Je pris une longue inspiration comme pour me jeter dans le vide et lâchai :

— Tu as raison, mon frère : le mieux est que je renonce au couvent.

Il lâcha ma main et soupira :

— C'est bien. Je crois que tu as fait un choix raisonnable.

Toute mon existence semble avoir été gouvernée par cette devise : *Age quod agis*, fais bien ce que tu fais.

Je n'avais alors guère de mérite car cette expression naissait naturellement de l'ambiance de la famille. Les Pellegrin étaient de braves gens attachés à leur terre et à leur travail, non comme des bêtes de somme, ce qui est trop souvent le cas, mais avec un souci constant de mener à bien leur tâche et de ne faire de tort à personne. Les discussions avec les fermiers et les métayers qui livraient leur récolte d'olives au moulin étaient rigoureuses mais sans âpreté. Cette notion de moralité m'avait peu à peu imprégné, et si profondément que j'en ai gardé des traces toute mon existence.

Cette époque bénie de mon enfance et de ma prime jeunesse devait tourner court.

Un jour de juin, au retour d'une pâture dans les éboulis du Ventoux, où j'étais allé recueillir deux agneaux blessés par un loup, je trouvai mon père en discussion avec maître Pellegrin, à l'ombre de la treille muscate. Je confiai les agneaux à un berger pour les soigner ou les saigner.

En me voyant paraître mon père se leva, m'embrassa sans chaleur comme si nous nous étions quittés la veille, mesura de l'œil ma taille, inspecta mon apparence et parut satisfait. Son aspect à lui avait changé : il avait troqué le sarrau du paysan percé aux coudes et effrangé aux manches que je lui avais toujours connu pour un surcot de couleur rouge, à manches fendues, des chausses grises et un mantelet avec un capulet qui lui tombait sur les épaules.

— Cesare, dit maître Pellegrin en se levant à son tour, tu peux constater que nous avons pris soin de ton rejeton. Nous te le rendons en bonne santé et je suis persuadé que tu n'auras pas à te plaindre de lui. C'est un bon garçon et il est instruit.

Peu loquace comme à son ordinaire, mon père se contenta de hocher la tête avec un grognement satisfait. Il ne paraissait guère disposé à se lancer dans des explications quant à son retour, après des mois d'absence et de silence. Maître Pellegrin me prit par l'épaule pour me pousser à part et me dire :

— La visite de ton père m'a surpris et la raison de son retour me fait de la peine : nous allons devoir nous séparer de toi. Cesare a décidé de t'emmener avec lui en Avignon. Qu'en dis-tu ?

— Je ferai ce que vous me conseillerez, maître.

Sa main sèche serra mon bras.

— Je te reconnais bien là ! dit-il d'une voix brisée. Tu ne veux pas nous faire de peine. Moi, si je m'écoutais, je te dirais : reste, et toute la famille m'approuverait. Mais voilà, je ne suis pas ton père.

— Et si je refusais de partir ?

— Ça ferait des histoires et, de toute manière, il t'obligerait à le suivre. C'est un violent, tu le sais.

— Pourquoi veut-il me reprendre ? Qu'est-ce que j'irais faire en Avignon ?

— Ça, mon petiot, il te l'expliquera. Ou plutôt *elle*...

— C'est qui, *elle* ?

Maître Pellegrin pointa un doigt discret vers l'intérieur du mas où les femmes parlaient avec animation mais, semblait-il, sans colère. À la réflexion, je retrouvais dans ma mémoire l'image d'une grande fille rousse, dégingandée, qui suivait le mulet lorsque mon père avait quitté le mas, et je me demandais si c'était elle qu'il avait amenée jusqu'au mas.

C'était bien elle.

— De tout le temps qu'il est resté avec vous, dis-je, mon père ne vous a pas dit ce qu'il attendait de moi ?

— Pour ainsi dire rien. Tu le connais : il faut lui arracher les mots pour savoir ce qu'il a derrière la tête. Nous avons bu un verre de vin, mangé quelques amandes, parlé de la pluie et du beau temps. Moi surtout...

Elle surgit sur le seuil alors que maître Pellegrin et moi retournions vers mon père.

Le regard que nous avons échangé, j'en garde le souvenir d'une brûlure. Elle dépassait ma grand-mère de la tête, et la pauvre femme vêtue de noir paraissait être son ombre. La compagne de Cesare, sa femme peut-être, portait une robe de velours cramoisi, serrée à la taille par une grosse ceinture dorée qui lui faisait rebondir les hanches ; ses cheveux roux, librement répandus sur les épaules, n'étaient pas la coiffure d'une honnête femme comme celle de ces bourgeoises que je voyais passer à Malaucène, avec guimpe et bandeaux vernis à la moelle de bœuf. La daguette qu'elle portait dans sa ceinture acheva de me déconcerter.

Je le fus bien davantage lorsqu'elle vint vers moi. Autant l'accueil de mon père avait été réservé, autant le sien fut démonstratif et un brin affecté. Elle fit claquer des baisers sur mes joues, me serra contre sa poitrine épanouie, m'éloigna d'elle en tenant mes épaules dans ses mains brunes lourdement baguées.

— C'est donc toi, Julio ? me dit-elle d'une voix pleine d'alacrité. Je suis heureuse de te rencontrer enfin. Ton père m'a souvent parlé de toi.

Interloqué par cette dernière affirmation, je répondis par une banalité.

— Moi de même, madame.

Elle répliqua vivement :

— Mon prénom est Aliénor, comme la reine de France et d'Angleterre, mais Cesare a décidé de m'appeler Liénor, pour abréger.

Elle paraissait aussi à l'aise dans l'ambiance austère du mas que nous étions figés et attristés. On ne voyait qu'elle ; on n'entendait que sa voix ; chaque seconde, la moindre perspective était occupée par sa présence ; elle semblait désireuse de ne pas se faire oublier. Au fond, me dis-je, c'est la femme qui convient à mon père : elle compense généreusement ses insuffisances.

Liénor ajouta, en passant un bras autour de mon épaule :

— Il faut que nous ayons un entretien. Allons faire quelques pas de promenade.

Je n'eus pas à la guider : elle semblait connaître les lieux aussi bien que moi. Malgré la chaleur intense de cet après-midi de mai où le Ventoux disparaissait dans une gelée bleuâtre, elle me conduisit en me tenant toujours par le bras vers une olivette crissante de cigales, à laquelle on accédait par un chemin sans ombre, bordé d'une herbe jaune.

— Rassure-toi, me dit-elle, je n'ai pas l'intention de te

raconter ma vie. Sache simplement que je suis native de Carpentras où ma famille tient un négoce de ferblanterie sur la promenade. Moi, les casseroles, les *toupis*, je ne leur trouvais rien de passionnant. Alors je me suis placée dans une auberge tenue par un oncle, sur le chemin qui va de Carpentras à Mazan, à l'enseigne du *Pied-de-Chèvre*. Tu connais peut-être ?

Je ne connaissais pas cette auberge, n'ayant eu que rarement l'occasion de fréquenter ce genre d'endroit.

— J'ai trouvé là un lieu et une occupation à ma convenance. Servante d'auberge, ça n'ouvre pas forcément sur le chemin de la vertu. On me trouvait assez piquante, ce qui m'a permis de faire des rencontres, si tu vois ce que je veux dire. Autant te prévenir : je ne suis pas une sainte, mais tu n'auras pas à te plaindre de moi car je suis une bonne fille.

— Mon père, dis-je, comment l'avez-vous rencontré ?

La question parut la prendre de court. Elle s'éclaircit la voix ; sa main se crispa sur mon bras qu'elle agitait en marchant de petites secousses comme pour me mener à la bride.

— Ton père, je l'ai connu il y a des années, alors que ta pauvre mère était encore de ce monde. Ça ne marchait pas très fort entre eux, je l'ai compris tout de suite, et tu en sais peut-être plus que moi sur ce sujet. Il venait souvent au *Pied-de-Chèvre*, me reluquait, exigeait que je reste près de lui pendant mon service, ce qui ne faisait pas mes affaires ni celles de mon oncle, mais enfin… Après la mort de ta mère, ses visites se sont faites plus rapprochées, jusqu'au jour où il m'a proposé de partager sa vie.

Liénor s'arrêta pour cueillir une herbe et chasser un gravier de son escarpin en s'appuyant à mon épaule. La chaleur exaltait son odeur et son parfum : une riche odeur de femme, un âcre parfum de catin.

Elle se mit à chantonner en poursuivant son chemin,

insensible au soleil qui, depuis une semaine, réduisait la terre en poussière.

— Il n'était pas question pour moi, poursuivit-elle, après avoir échappé aux casseroles de mes parents et aux mains baladeuses des clients de l'auberge, de me retrouver dans ce mas à touiller les olives. Cesare l'a bien compris : il m'a proposé de partir pour Avignon. Il n'était pas fait pour la vie de brassier qu'il menait chez tes grands-parents. En Italie, sauf dans sa jeunesse, il n'a connu que la vie des bandouliers. À cheval, avec une armure, ça devait être un prince. À pied, habillé d'un sarrau, une houe à la main, c'est le dernier des derniers. Je lui ai donné d'autres armes dont il appris à se servir, le bougre !

Sur ces propos énigmatiques, elle s'assit sur une souche, à l'ombre d'un micocoulier, écrasant la terre sous son escarpin comme pour y marquer son empreinte. Elle releva sa robe jusqu'aux genoux et soupira, ses mains pendant entre ses cuisses :

— Je lui ai enseigné la manière de gagner de l'argent sans trimer comme un esclave. L'argent, il coule à flots en Avignon. Il suffit de savoir le capter. Je lui ai appris comment.

Elle cracha l'herbe qu'elle avait mâchonnée et ajouta :

— Tu dois être impatient de savoir pourquoi nous sommes là et ce que nous attendons du grand garçon, très instruit à ce qu'on dit, que tu es aujourd'hui. Simplement, le moment était venu…

Je sursautai.

— Le moment venu de faire quoi ?

Elle éclata de rire, me jeta un baiser sur la joue, près des lèvres.

— De s'occuper sérieusement de toi.

— Vraiment ? Après trois ans sans donner de nouvelles ? Je crois plutôt qu'on a besoin de moi.

— C'est vrai : nous avons besoin de toi. Nous avons

racheté un fond d'auberge, en Avignon, dans le quartier Saint-Agricol. Nous y servirons à boire et à manger, nous logerons à pied et à cheval, mais en plus nous rendrons aux clients esseulés quelques menus services.

— Vous voulez dire que cet établissement sera à la fois une auberge et un bordel ?

— Tu n'as pas peur des mots, et ça me plaît. Eh bien, oui, un bordel, mais pas du tout-venant. Certains de nos clients volent très haut : le maréchal du palais, des membres du conseil de ville, des maîtres de l'université et même un cardinal auquel nous livrons à domicile du premier choix. L'ennui, c'est pour les livres. Il faut tenir des comptes et Cesare, pas plus que moi, n'en est capable, alors que toi, Julio, tu es un petit savant.

— Ne comptez pas sur moi ! dis-je fermement en me levant.

Elle crocheta ma main d'un geste vigoureux en criant :

— Reste assis, puceau !

Sans lâcher ma main, comme si elle craignait que je ne prenne la fuite, elle ajouta :

— Tu n'as pas la possibilité de refuser. Ton père peut disposer de toi comme il l'entend.

— Et si, malgré tout, je refusais ?

— Imbécile ! s'écria-t-elle. Regarde !

Elle dégrafa le haut de sa robe, l'écarta vivement sur un espace de chair brune emperlée de sueur qui libéra une odeur d'œillet sauvage.

— Tu vois cette cicatrice ? C'est la marque de ton père. Un jour où je menaçais de le quitter, nous nous sommes battus et il a sorti son couteau. Alors toi, mon pauvre petit, si tu refuses de le suivre, je ne donnerai pas cher de ta peau.

— S'il le faut, je disparaîtrai.

— Il te retrouvera.

— Je vais demander à réfléchir.

— Il t'accordera une heure ou deux. La nuit entière, s'il est bien disposé, mais, si tu me promets de ne pas te dérober, je pourrai lui demander un délai supplémentaire pour te préparer à l'idée de quitter le mas.

Sur les instances de Liénor, mon père m'accorda un délai de trois jours que je mis à profit pour faire mes préparatifs. Maître Pellegrin accepta sans trop de peine l'idée de cette séparation ; il s'y était préparé depuis qu'il m'avait vu plus intéressé par la plume que par le bigot. La décision de Cesare ne concernait pas ma sœur Filippa : elle resterait à Bédoin, me dit Liénor, *jusqu'à nouvel ordre*.

Pour me consoler, elle ajouta :

— Bédoin n'est pas le bout du monde. Tu pourras y revenir quand ton service à l'auberge t'en laissera le loisir. Ton père n'est pas un bourreau. Quant à Filippa, elle n'est pas faite pour le travail qu'on lui impose. Un jour, elle aussi nous rejoindra en Avignon et je ferai d'elle une vraie femme.

Le lendemain, lorsque j'annonçai à Sulpice la décision que mon père avait prise pour moi et à laquelle je ne pouvais me soustraire, il se mit à tourner en rond autour de moi comme un coq autour d'un serpent.

— C'est impossible ! s'écria-t-il. Tu dois refuser ! Si tu acceptes, tu es perdu. C'est un abîme de turpitudes qui t'attend…

Il exagérait les dangers qui me guettaient ; je le lui dis. Il regimba violemment, me traita de lâche, de traître, d'ingrat, jura que, si j'acceptais de partir, nous ne nous reverrions plus.

— Mon père m'a donné un ordre, rétorquai-je. Je dois lui obéir. Si je refusais, il serait capable de me tuer.

— Cela vaudrait peut-être mieux que de perdre ton âme.

— Sottises ! Travailler sur un livre de comptes, que ce soit au mas ou dans un lupanar, quelle est la différence ? Tu oublies que je ne suis pas un moine et moins encore un saint ! Je ne vais pas risquer la damnation éternelle, que diable !

Il répliqua d'un ton glacé :

— Il n'est pas trop tard pour renoncer. Reste avec moi. Je te protégerai au cas où ton père voudrait te reprendre. D'ailleurs je doute qu'il franchisse cette porte. Nous avons une autre communauté, sur le versant nord du Ventoux, près du village de Buis. Il ne viendra pas te chercher là.

— Il remuerait ciel et terre pour me trouver, jusque dans les Espagnes ! Et il me tuerait.

La cloche de vêpres interrompit notre querelle et je m'apprêtai à quitter Sulpice, mais il m'en coûtait de partir sur ces aigres propos, alors que jamais la moindre discorde n'avait éclaté entre nous. Nous assistâmes de concert à l'office du soir, dans l'adorable chapelle de pierre blanche ouvrant sur le jardin du cloître inondé de parfum, baigné dans la suave lumière de la vesprée.

De tout le temps que dura l'office, Sulpice ne m'adressa pas un regard, mais je devinais qu'il priait pour que, dans le monde dangereux qui allait s'ouvrir à moi, je garde intacte cette richesse : mon innocence.

En sortant de la chapelle et avant de se diriger vers le réfectoire où il devait faire une lecture des Évangiles, il me dit d'un ton rasséréné :

— Pars donc, puisque tu acceptes ton sort. Lorsque tu sentiras que ton âme est en danger, songe à moi très fort et dis tes prières. Oublie notre dispute comme je vais tâcher de l'oublier. *Disputatio..., disputatio...* Pardonne-moi. En te tenant tête comme je l'ai fait, j'ai cédé à un sentiment d'orgueil et de prétention.

Il me prit dans ses bras, m'embrassa et me dit :

— Va donc, Julio, et souviens-toi que je t'aime.

Après avoir quitté le mas de Bédoin, je fis, le premier jour de mon départ, par le *camin roumieux*, le trajet de la première étape sur la route d'Avignon, jusqu'à Carpentras.

C'était, je m'en souviens, un samedi ; la route des pèlerins était peu encombrée et le mistral avait fini sa course, si bien que le paysage que je traversais paraissait figé dans une lumière molle et chaude. La mule que maître Pellegrin m'avait confiée, je la considérais comme mon bien depuis le temps qu'elle me servait pour me rendre à Malaucène ou ailleurs. Margot, malgré son âge respectable, trottinait vaillamment ; intriguée de me voir prendre une direction différente de celles que nous empruntions habituellement ; elle avait fini par prendre son parti de ce caprice et même, lorsque quelque songerie ralentissait mon allure, elle me poussait aux reins pour me réveiller et me faire avancer.

Ma grand-mère avait glissé dans mes bastes de jonc renforcées par des bandes de cuir un peu de linge de rechange, un fond de jambon cussonné mais agréable au goût et deux fiasques : l'une contenant l'eau de notre puits, l'autre le vin de notre vigne. Elle y avait ajouté, mais cela ne se voyait pas, beaucoup d'amour et de tristesse. La bourse contenant quelques livres en monnaie de Marseille, prélevées sur la somme que mon père avait laissée sur un coin de table, était solidement nouée à ma ceinture ; par sécurité, j'avais glissé quelques pièces dans la doublure de mon sarrau. C'était beaucoup plus qu'il n'en fallait pour ces deux jours de voyage. Je savourais le plaisir d'une agréable promenade sur cette belle terre de Provence quand on n'a pas la faim et la misère à ses trousses et qu'une étape sûre est au bout du chemin.

Passé la sieste, je faillis m'arrêter à l'auberge du *Pied-de-Chèvre* où Liénor avait fait ses premières armes, mais je me dis qu'il eût été absurde et imprudent de gaspiller mon argent pour satisfaire une simple curiosité, d'autant que ces lieux exposent souvent à de mauvaises rencontres. Je me contentai de contempler la façade de cette masure devant laquelle s'entassaient des futailles vides et décerclées et dont la porte s'ornait d'une branche de pin indiquant que la maison était une auberge.

Liénor m'avait dit :

— Tu t'y arrêteras et tu te feras connaître. On t'accueillera comme un prince.

Peu avant Carpentras, alors que la nuit était proche, je décidai de pousser jusqu'à la ville perchée sur son acropole, dont le clocher de Saint-Siffren commençait à se colorer de rose.

Près d'une chapelle située sur la rive gauche de l'Alzon, je passai un pont et me dirigeai vers la porte d'Orange.

Entrerai-je ? N'entrerai-je pas ? Margot prit la décision pour moi et rebroussa chemin en direction de la chapelle. Entre cette bâtisse et l'Alzon un espace de jonc et d'herbe grasse semblait m'inviter au repos. Je me fis une couche de joncaille et d'herbe en laissant Margot pâturer à son aise.

Au réveil, j'écartai l'envie d'une promenade en ville. Ce devait être jour de marché car, très tôt ce matin-là, des files de carrioles, de mulets et d'ânes chargés des produits des campagnes environnantes avaient fait résonner comme un tambour le tablier du pont.

La distance qu'il me restait à couvrir pour me rendre en Avignon n'était guère plus importante que celle que j'avais parcourue la veille. Le chemin traversait des plaines d'une belle opulence mais d'une affligeante monotonie. Aux approches de la grande cité le trafic prenait de l'importance.

J'entrai dans la ville par la porte Saint-Jacques, une poterne sans prétention, qui semblait faite pour des rats plus que pour des hommes, si bien que je dus ôter les bastes pour faire passer ma mule. À peine avais-je pénétré dans la cité, je sentis une angoisse me tordre le ventre. J'étais perdu au milieu de cette foule bourdonnante qui se pressait autour de vastes bâtiments d'allure sinistre qui devaient être ceux d'un hospice car il en sortait des cris. Je contournai un groupe de mendiants et de stropiats assis autour d'un platane, d'où montait un remugle de misère et de crasse. Pour me guider dans cette Babylone je n'avais que le nom de l'auberge tenue par Liénor et Cesare, à l'enseigne de *La Fille-en-Fleur*, dans le quartier et la paroisse de Saint-Agricol.

Ivre de fatigue et de chaleur comme je l'étais, la rumeur des quartiers populaires, faite de cris, d'appels, de chants, me faisait basculer dans un autre monde. Je demandai mon chemin ; on me l'indiqua de mauvaise grâce ; je m'égarai et m'apprêtai à chercher un refuge pour la nuit, dans un coin de mur ou sous un porche, quand j'avisai un sergent auquel je demandai ma route.

— L'auberge de *La Fille-en-Fleur* ? me dit-il. Tu en es loin. Tu passes devant Saint-Étienne, là, à ta droite, puis devant la commanderie. Là, tu demandes l'église Saint-Agricol. Ton auberge est juste derrière, au bas d'une rue en pente.

Je le remerciai. Il s'éloigna, se ravisa, revint sur ses pas pour me dire :

— Moi, à ta place, j'irais demander asile à la Pignotte, parce que l'auberge dont tu me parles n'est pas dans tes moyens, à moins que tu ne caches la bourse de Crésus dans tes bastes. De plus c'est davantage un bordel qu'une auberge, et je te trouve bien jeune pour aller chevaucher sans selle.

— C'est pourtant là que je dois aller, monsieur. On m'y attend.

— Alors fais vite. Ça va être l'heure du couvre-feu et on ne badine pas avec les amateurs de promenades nocturnes quand ils ne sont pas munis d'un viatique.

L'auberge était coincée entre deux bâtisses dont la façade semblait de haute noblesse et d'âge vénérable, mais qui suintaient de misère par toutes leurs ouvertures. L'enseigne de fer-blanc de l'auberge, découpée comme un écu tournoi, montrait l'image d'une grosse fille dépoitraillée tenant une bouteille dans chaque main, avec un sourire qui lui fendait la trogne jusqu'aux oreilles. Le fronton de la porte en chêne massif dotée d'un judas grillagé était orné du même rameau de pin que j'avais remarqué devant l'auberge du *Pied-de-Chèvre*. À travers les petits carreaux glauques des deux fenêtres qui encadraient la porte on devinait de l'animation et du bruit, mais pas une lumière ne filtrait aux fenêtres des deux étages dont les volets étaient clos.

J'hésitai à frapper à l'huis tant cette entrée m'impressionnait. Une fois encore, c'est Margot qui décida pour moi : elle prit d'un pas décidé la direction de l'écurie qui ouvrait à droite de l'auberge une gueule de four au fond de laquelle tremblotait un lumignon.

À peine avions-nous franchi ce seuil, un colosse s'avança vers moi et, brandissant sa lanterne sous mon nez, me souffla au visage, avec une haleine qui puait l'ail et le vin :

— Halte-là ! bonhomme, et demi-tour. C'est pas un asile de nuit ici. La Pignotte, c'est plus loin et on t'y logera gratis. Tu ne peux rester ici que si tu as du *vif*.

— J'ai du *vif*, répondis-je sur le même ton un peu narquois, mais il ne sortira pas de ma bourse et tu n'en verras pas la couleur.

L'homme, qui devait être un palefrenier, mit deux doigts dans sa bouche, siffla, cria :

— Titus.

Margot se mit à souffler et à piétiner la paille. Le molosse était en train de renifler ses jarrets avant de s'intéresser à mes chausses.

— Au pied ! cria le palefrenier. Nous allons attendre que Son Éminence daigne nous expliquer la raison de sa visite.

— C'est simple, dis-je. Mon nom est Julio Grimaldi. Mon père est ton patron. Alors, si tu veux bien le prévenir de mon arrivée…

— Fallait le dire tout de suite ! Vois-tu, des vagabonds, des roumieux vrais ou faux, j'en vois tous les soirs, qui voudraient dormir dans mon foin. Julio… J'ai entendu parler de toi. La patronne dit même que tu dois venir mettre de l'ordre dans les livres. C'est pas trop tôt.

Il me tendit une main grasse de suint que je serrai avec un sentiment de répulsion car ce que je voyais, dans la lumière de la lanterne, de la trogne du personnage n'avait rien d'angélique.

— Mon nom est Gauterouge, dit-il, mais comme c'est long et difficile à prononcer, on m'appelle de mon prénom : Esprit, pour te servir.

Je me dis que j'aurais du mal à me faire à ce prénom qui lui allait comme une paire d'escarpins à un cul-de-jatte, mais je savais aussi qu'il faut se méfier des apparences.

— Si Votre Éminence daigne me suivre..., dit-il avec un sourire qui découvrait une denture grise.

À travers l'écurie haute de plafond, dotée d'une sorte de loggia qui laissait couler des chandelles de paille et de foin de part et d'autre de l'échelle, il me guida jusqu'à une porte dessinée par des rais de lumière. Après les odeurs écœurantes des quartiers populeux que j'avais traversés, celle du bétail, de l'urine, de la crotte me rassurait.

Poussant la porte barrée d'un lourd madrier, il me fit pénétrer dans un local à usage de cellier ou de charnier qui sentait l'humide, le froid, la vinasse et autres odeurs peu délicates. Une torchère éclairait en permanence des rangées de futailles et des alignements en chapelets de jambons et de charcutailles diverses.

— Je prendrai soin, me dit Esprit Gauterouge, de ta mule et du bagage. Si Votre Éminence veut se donner la peine...

La grande salle de l'auberge se développait sur toute la longueur de la bâtisse, soit environ dix à douze cannes de long. Sous le plafond bas aux poutres armoriées dont les motifs s'estompaient sous la suie se déroulait une scène aux multiples tableaux, qui n'était pas celle que j'attendais et que je redoutais.

Une vingtaine de clients étaient installés à de longues tables, autour des chandelles que les servantes finissaient d'allumer. Dans le fond, une fille mafflue, aux joues luisantes de sueur, faisait tourner les broches au-dessus des lèchefrites en regardant d'un air morne la pointe de ses pieds nus.

Un simple regard suffit à me faire comprendre que je ne me trouvais pas dans un de ces bordels que les brassiers employés aux olivades évoquaient le soir, après boire, avec des mines salaces. Il n'y avait dans ce lieu, semblait-il, que des gens de bonne compagnie : marchands, notaires, officiers de la ville et du palais peut-être, qui soupaient et devisaient sans importuner les servantes qui évoluaient entre les tables.

Cesare semblait préposé à la cave à vin : il alignait les cruches sur une étagère placée devant lui. Lorsqu'il prit conscience de ma présence, il ne se dérangea pas et me dit simplement :

— Ah, te voilà…

Il appela Liénor, qui était en conversation avec un client. Elle accourut, me prit dans ses bras, m'embrassa avec sa vigueur habituelle et me dit :

— Tu arrives à point, mon mignon ! Tu as fait bon voyage ? Pas de mauvaises rencontres ?

Elle avait l'air d'une dame avec sa longue tunique verte qui gommait ses formes, la discrétion de sa parure et de ses bijoux, ses cheveux pris dans une guimpe, qui brûlaient comme le feu sous la cendre. Elle semblait soucieuse, par sa tenue et son comportement, de donner de son auberge une autre image que celle qu'on lui reprochait.

— Ta chambre est au deuxième étage, me dit-elle. Esprit va t'y conduire. Tu ferais bien de te coucher sans plus tarder car je te sonnerai le réveil demain à l'aube. Si tu as besoin de quoi que ce soit, fais appel à Esprit. Pas à moi ni à ton père : nous avons du travail jusqu'à la minuit et pas le temps de te faire chauffer un biberon.

Elle sourit en frottant ma tignasse empoussiérée par la route et me poussa vers Esprit Gauterouge.

C'est ainsi, rassuré quant à la sécurité de mon âme et de ma bourse, que je passai ma première nuit en Avignon.

Tenir les comptes de la maison n'était pas une affaire dépassant mes compétences. Ce n'était pas non plus une sinécure car ils étaient compliqués par le fait que certains services devait figurer sur les livres et d'autres demeurer occultes, et qu'il me fallait sans relâche louvoyer entre ce qui était toléré et ce qui l'était moins ou pas du tout. Un exercice que j'appris vite à maîtriser, encore que je n'eusse guère de goût pour les chiffres et les arcanes d'une administration financière aussi complexe que tatillonne.

L'auberge de *La Fille-en-Fleur* tenait une place particulière en Avignon.

Elle avait deux visages : celui de la respectabilité et celui de la licence. On pouvait y faire un bon repas à prix raisonnable sans soupçonner que cet établissement fût le théâtre de la moindre turpitude ; on pouvait aussi, lorsque la clientèle honorable s'était retirée, donner libre cours à d'autres gourmandises. Auberge d'un côté, bordel de l'autre.

On comptait alors dans la cité, depuis que la papauté y avait élu domicile, outre une centaine de cabarets et de maisons de jeu, une soixantaine d'établissements : tavernes, lupanars, maisons de courtisanes, tricheries, où les clients se faisaient plumer aussi facilement que dans une cour des Miracles, mais sans la qualité de l'accueil et la relative honnêteté qui avaient fait la renommée de *La Fille-en-Fleur*.

À quelque temps de mon arrivée, j'avais eu connaissance d'un décret du viguier stipulant que, passé l'heure du couvre-feu, les *jeux* (ceux des tables comme ceux du sexe sans doute) étaient interdits sous peine d'une amende de cinq sous, aggravée jusqu'à dix sous pour les récidives. À défaut de s'acquitter de cette amende, les contrevenants étaient sans ménagement rossés et jetés à la rue.

Les gens de qualité, nombreux en Avignon, qu'ils fussent nobles, bourgeois, officiers du conseil de ville ou du palais, fonctionnaires de la curie, étaient exemptés de ces rigueurs. Toute la nuit durant, ils pouvaient se livrer aux distractions qui leur convenaient, car ils étaient dotés d'un viatique.

Liénor avait très vite appris à jouer en virtuose de cette ambiguïté. Il lui suffisait de graisser la patte au maréchal de justice, voire au viguier, d'offrir une pinte aux sergents du guet lors de leur inspection, et passez muscade !

Au lendemain de mon arrivée, Liénor m'avait fait la leçon.

— Nous avons une réputation bien établie : celle de l'auberge la plus respectable de la ville et même de la région. C'est une apparence que nous devons préserver à tout prix.

— Une apparence ?

— Le monde, Julio, tu l'apprendras vite, n'est fait que d'apparences. L'honnêteté n'a pas cours dans les affaires. Comprends-tu ?

Je commençais à comprendre où je m'étais fourvoyé. Elle ajouta en me considérant, debout au pied de mon lit dans ma tenue de voyage :

— Tu vas te débarrasser de cette défroque de brassier et t'habiller comme un fils de bourgeois. Maintenant que tu es devenu notre ministre des finances, il convient que tu nous fasses honneur.

Elle me conduisit chez un tailleur d'habits de la juiverie, autour de Saint-Pierre ; il prit mes mesures et me fit livrer une tenue qui me changeait de mon sarrau de droguet et de mes chausses rapiécées. Sur une chemise de lin blanc, j'enfilai un doublet piqué de couleur verte, un surcot léger, sans manches à cause de la chaleur, une ceinture de soie et, ce que le juif me présentait comme une nouveauté qui avait la faveur des fils de bourgeois, des chausses mi-partie rouge et jaune, avec des bottes de cuir lacées haut sur le mollet.

Je protestai :

— Avec tous ces affûtiaux, je vais crever de chaleur, moi qui vivais presque nu au mas de Bédoin !

Liénor me rassura : rien ne m'obligerait à les revêtir ensemble ; par temps de chaleur, je pourrais me contenter de la chemise et des chausses. Elle apporta les mêmes soins à ma lingerie et me choisit dans une boutique voisine un lot de chemises et de caleçons d'une légèreté de plume et si fins qu'ils en étaient transparents.

— Il faudra prendre le plus grand soin de ta tenue, me dit-elle, et changer de linge de corps chaque matin, après ta toilette. Je déteste les mauvaises odeurs. Je te donnerai de quoi te parfumer : Chypre ou Venise à ton goût, mais le Venise est le plus délicat.

Elle me glissa à l'oreille :

— Beau comme tu l'es, vêtu comme un prince, tu vas en faire, des conquêtes…

J'avais appris le fonctionnement légal et occulte de la législation du conseil de ville ainsi que les habitudes de la maison ; il me restait à apprendre la ville.

C'est quelques mois après l'élection du successeur de Clément V, Jean XXII, soit au mois de mai de l'an de grâce du Seigneur 1317, que j'avais débarqué à l'auberge de *La Fille-en-Fleur*.

Ce nouveau pontife s'appelait de son nom de famille Jacques Duèse. Il était natif de Cahors en Quercy. On le disait fils d'un modeste savetier, je ne sais pourquoi car il était en fait l'héritier d'une dynastie bourgeoise, la plus fortunée de la province. Ce n'était pas un inconnu pour les gens d'Avignon car le pape Clément l'avait nommé archevêque, un poste qu'il avait occupé avec lucidité, maîtrise et bonhomie.

Son image, pour fugace qu'elle fût, est restée gravée dans ma mémoire : c'est celle d'un vieillard (il avait passé la soixantaine, mais la coutume n'est pas de choisir les pontifes parmi des jeunesses) ; de son visage de fouine, long et blême, on ne voyait au premier abord qu'un regard perçant, mobile, auquel rien ne semblait échapper ; il s'exprimait d'une voix grêle, acide, qui se brisait dans la colère, car sur ses vieux jours il était devenu irascible.

Sollicité par certains cardinaux ultramontains d'installer la papauté dans la Ville éternelle, il tergiversait car, outre qu'il parlait mal le français de langue d'oïl et plus mal encore l'italien, il ne tenait pas, à son âge, à se trouver confronté aux guerres civiles qui agitaient Rome et toute la Péninsule. Il résistait à ces pressions avec d'autant plus d'énergie qu'il s'était pris de passion pour cette ville et cette contrée où les conflits se réglaient au niveau des ambassades et des chancelleries sans que l'on eût, sinon à de rares occasions, à réprimer des mouvements de population. Le pape Jean avait fait son nid en Avignon et se passait fort bien du voisinage des tombeaux de Pierre et de Paul.

Sa vie était chargée d'honneurs ; il avait été secrétaire et chancelier du roi de Sicile, évêque de Fréjus, évêque et cardinal de Porto. Au cours de cette ascension exemplaire, il avait acquis sur les mœurs de ses contemporains des enseignements qui l'inclinaient à la rigueur pour lui-même comme pour ses semblables.

Et pourtant... Jamais pape français n'a autant que lui suscité, en même temps que les louanges qui lui étaient dues, de la haine et des calomnies. S'il n'eut certes pas, comme Boniface à Anagni, à supporter des violences physiques, sa vie fut une suite de tempêtes dont il me sera donné de parler au fil de ce récit. Qu'il suffise de savoir qu'il eut maille à partir avec les rois, les empereurs, les grandes familles italiennes, les hérétiques, les schismatiques de toute nature. Il gouverna dans la tourmente, à la voile ou à la godille, avec une énergie décuplée par le sentiment de la justice. Ses adversaires l'appelaient « Jean de Cahors » pour le rabaisser, mais il ne faisait qu'en rire, modeste comme il l'était, et il en avait rarement l'occasion.

À mon départ de Bédoin, j'avais redouté de ne pouvoir jamais m'adapter à la grande ville et à l'existence qui allait succéder à celle que j'avais connue au mas et qui me convenait. Sinon à de rares occasions (un voyage à Rome, notamment), je n'ai jamais quitté Avignon, et c'est là, si Dieu le veut, que je finirai mes jours.

Lorsque le pape Clément s'y était installé, l'*alter Roma* (l'autre Rome) n'était qu'une cité de moyenne importance, blottie au pied du rocher des Doms, entre des remparts en partie détruits le siècle dernier, au cours de la croisade des barons du Nord contre les cathares dont la ville avait pris le parti, et qui étaient alors le refuge des gueux et des truands. Une certaine opulence lui venait du dieu Rhône et du pont qui le franchissait, des grands chemins qui convergeaient vers elle, d'une riche campagne, d'un artisanat florissant. Rien, pourtant, en apparence, ne la destinait à supplanter Rome et à devenir à sa place la capitale du monde chrétien, la Babylone des temps nouveaux.

Clément avait vécu là, modestement, entouré d'une curie somnolente, comme si cet exil devait se terminer avec lui. Il n'avait de tout son règne, pour ainsi dire, pas mis pierre sur pierre, pris qu'il était par les tourmentes du siècle.

Les premiers frémissements d'une grande destinée se manifestèrent avec le nouveau pape, après des atermoiements pathétiques : resterait-il en Avignon ? Partirait-il pour Rome ? La réponse, on la connaît : la papauté est restée en Avignon soixante-dix ans et, malgré les péripéties de l'histoire et les catastrophes naturelles, elle a connu là une époque paisible et brillante.

Mon service à l'auberge me laissait suffisamment de temps libre pour aller flâner sous les platanes de la promenade, le long des remparts, sur la berge de la Sorgue où s'est installée la population bruyante et chaleureuse des tanneurs. Dans les quartiers populeux où s'incrustent encore des monuments datant de l'Antiquité romaine, j'ai vu des enfants jouer à la marelle sur les mosaïques d'Avenio, j'ai subi les sollicitations de mendigots me proposant des monnaies d'anciens empereurs et impératrices de Rome; j'ai assisté aux rondes des filles autour des colonnes à chapiteaux. Une nuit d'août, j'ai fait l'amour au milieu d'une *cella* décorée de fresques sur lesquelles évoluaient des divinités païennes.

Il me plaît que le passé suinte comme une source cachée dans le sous-sol d'une ville ouverte au progrès. Cela incite à une notion plus modeste de notre destinée et de nos ambitions. Il y a quelques années, j'en ai discuté avec Pétrarque, ce grand poète qui vécut longtemps dans cette ville et qui la détestait.

Liénor, à défaut de mon père qui ne me prêtait guère d'attention, m'avait laissé libre d'organiser mon existence à ma guise. Je profitais de cette latitude pour créer autour de moi un petit univers qui, peu à peu, se modelait sur ma nature et mes goûts.

Il m'avait paru d'emblée essentiel de m'isoler le plus possible de l'ambiance équivoque et délétère qui régnait dans la maison, tout en assumant mes fonctions au mieux de ma compétence.

La chambre que Liénor m'avait affectée était voisine de celle d'Esprit et des servantes. Pour la meubler j'avais fait l'achat, dans la juiverie, d'un mobilier d'occasion : un lit bas, deux chaises, un coffre vermoulu et une petite table qui me servait de bureau. Cette pièce ouvrait sur une galerie couverte qu'on appelle dans le pays un soleiladou, aux poutres duquel pendaient encore des tresses sèches et décolorées d'aulx, d'oignons et de piments. De cet endroit, j'avais vue sur les clochers de Saint-Agricol et de Saint-Étienne, sur les bâtiments austères de la commanderie désertée par les Chevaliers du Temple, sur de vieux quartiers parsemés de jardinets qui s'étendent sur les pentes menant au rocher des Doms, à la cathédrale Notre-Dame et au palais épiscopal où le pape Jean avait élu domicile, en même temps qu'au couvent des Dominicains.

C'est là que j'assumais le travail qu'on attendait de moi. Je prenais mes repas à la cuisine de l'auberge, en compagnie d'Esprit et des servantes qui, la nuit venue, la clientèle *honorable* s'étant retirée, trompaient les rigueurs du couvre-feu et se transformaient en courtisanes avec quelques autres hétaïres que Liénor allait pêcher dans le vivier des quartiers pauvres.

Une quinzaine après mon arrivée, nous eûmes, Liénor et moi, une querelle qui faillit s'envenimer. Elle avait décidé, en accord avec Cesare, de vendre ma mule à un négociant en vins de passage. Après m'avoir mis au pied du mur, elle ajouta, sans le moindre scrupule :

— Ta Margot, elle ne servait plus à rien et coûtait cher

en entretien. Cesare vient de la vendre. Deux livres. Il y en a une pour toi.

Elle posa la pièce sur la table. Je m'écriai :

— Vous avez vendu Margot ! Comme une volaille ! Sans même me prévenir !

Elle avait dû prévoir ma réaction car elle ne se démonta pas.

— Si nous t'avions prévenu, dit-elle, tu aurais sans doute refusé. Ai-je raison ?

— Certes.

— Tu vois bien…

C'était d'une logique irréfutable. Il est vrai que je ne m'étais servi de ma mule qu'à trois reprises depuis mon installation, pour aller traiter des marchés avec des fournisseurs, dans les environs, mais je tenais à cette vieille compagne avec laquelle je partageais bien des souvenirs.

— Nous avons notre propre mule et notre cheval. Lorsque tu retourneras à Bédoin, tu pourras t'en servir.

— Ce marchand de vins, je veux savoir où il demeure. J'irai le voir. Je lui rachèterai Margot.

Elle se mordit la lèvre, hésita à répondre :

— C'est inutile. En fait, ce n'est pas à un marchand de vins que nous l'avons cédée, mais à un équarrisseur. Il est trop tard pour la lui racheter.

Je faillis lui sauter à la gorge mais me contentai de marteler la table à coups de poing.

L'affaire en resta là, mais j'en gardai, durant des semaines, une rancune tenace contre Liénor et mon père.

Nous eûmes une autre querelle à quelque temps de là ; elle fit passer un gros nuage sur nos rapports.

Un matin, au saut du lit, je surpris une dispute entre Liénor et Cesare, sans y attacher la moindre attention car ces incidents étaient monnaie courante. Je ne décidai d'intervenir que lorsque je perçus les cris que poussait ma belle-mère. Redoutant une brutalité de la part de Cesare, j'ouvris la porte de leur chambre au moment où mon père brandissait son couteau au-dessus de sa compagne allongée sur le lit. Il se retourna vers moi, me saisit au col de sa main sèche et rude, me jeta contre le mur avec une telle violence que je perdis connaissance.

Lorsque je repris conscience, Liénor était agenouillée devant moi, le visage marbré de traces rosâtres, humide de larmes.

— Tu n'aurais pas dû t'interposer, me dit-elle. Si tu lui avais tenu tête, il t'aurait tué.

— Pourquoi s'en est-il pris à toi ?

Elle m'aida à me relever, me fit asseoir près d'elle au bord du lit, murmura :

— Il est jaloux.

— De qui, grands dieux ?

— De toi.

— De moi ?

J'avais presque crié. Elle me fit signe de parler plus doucement.

— Il m'a surprise hier soir en train de t'embrasser et ça lui a paru louche. Il a bu hier soir plus que de raison et il a dû toute la nuit ruminer sa colère. Tout à l'heure, elle a éclaté.

Elle ajouta en prenant ma main :

— Je t'aime bien, Julio, mais comme une mère, bien que je n'aie que trois ou quatre ans de plus que toi. Tu me comprends ?

Je la comprenais, mais j'aurais pu lui confier que les effusions qu'elle me dispensait comme autant de friandises me troublaient plus qu'elle ne le supposait. Qu'en était-il pour elle ? je l'ignorai et me gardai de m'en informer, ce qui eût risqué de dissiper entre nous une équivoque dans laquelle, Dieu me pardonne, je me complaisais.

Chaque semaine ou presque, j'adressais un courrier à Sulpice.

Nous étions convenus, avant mon départ, de confier nos lettres au messager à pied, le courrier, qui faisait la navette entre les divers établissements de l'ordre des Dominicains, si bien que nos missives parvenaient sans retard au destinataire.

Peut-être en raison de la rancune qu'il me gardait du choix que j'avais fait, il resta plusieurs semaines sans me répondre. Lorsqu'il se décida à donner de ses nouvelles, ce fut surtout pour me confier d'interminables recommandations relatives à ma santé morale, des mises en garde contre les dangers que me faisait courir la grande ville, des considérations banales sur la marche du siècle qui, vu du couvent, n'ouvrait que des perspectives sommaires. J'eus davantage apprécié la relation des menus événements de sa vie de cénobite, mais cela se bornait à quelques phrases banales.

Il est vrai que je ne lui répondais, moi qui aurais eu pourtant beaucoup à lui raconter, que par des rapports rassurants sur ma moralité et sur ma vie quotidienne. Oui, je suivais assidûment les offices à Saint-Agricol... Oui, je communiais... Oui, je disais chaque soir mes prières... Oui, je me repentais de mes péchés... J'aurais pu et peut-être dû évoquer dans mes lettres les rapports équivoques qui s'étaient établis avec Liénor, la visite des succubes qui troublaient mon sommeil, le désir que j'éprouvais en guettant le retour des servantes que j'entendais papoter de chambre à chambre, mais cela n'aurait servi qu'à compromettre la confiance qu'il me vouait.

J'aurais pu aussi, et peut-être l'aurais-je dû, lui confesser l'aimable tentation qui me harcelait lorsque je prenais le serein du soir durant ce début d'été, du haut de mon soleiladou, assis dans un antique fauteuil de vannerie rafistolé par mes soins.

J'ignorais son nom, mais cela m'importait peu.

Tout ce que je savais, c'est qu'elle était la fille d'un *tornejador*, tourneur sur bois et sculpteur, qui fournissait les monastères et les livrées des cardinaux. Ses frères travaillaient aux moulins à foulon de la Sorgue, dans ce quartier des tanneurs situé à l'autre bout de la ville, où j'allais souvent me promener.

Je ne pouvais voir la couleur de ses cheveux car elle portait, à la manière des moniales, une guimpe entourant son visage et dont les pointes retombaient de part et d'autre de sa poitrine. Le matin, elle travaillait à des broderies dans son jardinet, à l'abri d'un tilleul, son tambour sur les genoux ; le soir, elle s'installait dans son soleiladou, proche du mien d'un jet de pierre.

Nous restâmes des jours sans nous adresser le moindre signe, sinon des regards furtifs et sans conséquence. Je passais souvent devant chez elle dans l'espoir de la rencontrer en train de faire ses courses, mais mon espoir fut déçu. Nous paraissions condamnés à n'échanger que des regards.

Comme tout adolescent normalement pourvu par la nature, je ressentais des besoins de tendresse et d'amour, mais ils ne parvenaient pas à s'exprimer autrement que par des velléités.

Dans le milieu où je vivais, les occasions de jeter ma gourme et de donner libre cours à mes impulsions ne faisaient pas défaut. Liénor, qui ne manquait pas de franchise dans nos rapports, m'avait dit :

— Tout semble indiquer, mon petit Julio, que tu es encore puceau. À ton âge, ce n'est pas normal. Si des tentations te travaillent, il faut me le dire : tu as sur place de quoi te satisfaire, mais il faut faire le bon choix.

Je compris d'emblée ce que cachaient ces propositions. Les servantes, les chambrières étaient triées sur le volet en fonction de leurs charmes et de la facilité de leurs mœurs. Il n'eût tenu qu'à moi de faire mon choix parmi ces hétaïres, d'autant que les œillades qu'elles me décochaient étaient sans équivoque, mais, innocent que j'étais, j'avais encore, gravées dans ma mémoire, les adjurations de mon maître à penser, du gardien de ma moralité, le bon Sulpice, et n'osais trahir sa confiance. D'autre part, ma timidité naturelle s'opposait à mes désirs.

J'éprouvais quelque dégoût des activités nocturnes de l'auberge. Passé le couvre-feu, les clients de la nuit désertaient la grande salle pour se retrouver dans une longue cave voûtée où l'on entreposait jadis les futailles et que les nouveaux propriétaires avaient aménagée en vue de ce qu'ils appelaient par euphémisme des *parties fines*, en fait, d'ignobles orgies.

Afin de lever mes derniers doutes, Liénor avait usé d'une initiative perverse. Un soir, après la fermeture de l'auberge, elle m'avait conduit avec un air de mystère, en cachette de Cesare, jusqu'à la porte de la cave dont elle avait ouvert le judas. Autour de la grande table qui occupait le centre du local, sur les couchettes et dans les fauteuils installés le long des murs, on menait joyeuse vie. La décence m'interdit de pousser plus avant le récit du spectacle qui me fut offert. Je m'y arrachai rapidement, repoussai Liénor qui me retenait par le bras, pour regagner ma couche, la tête pleine de cette vision digne des récits les plus érotique de Boccace et que Dante n'aurait pu imaginer dans son *Inferno*.

Le lendemain, Liénor m'apostropha :

— Alors, Julio, que penses-tu de ce spectacle ?

Je l'écrasai d'un regard de mépris.

Je ne suis pas un saint. Loin de là. Au cours de ma longue existence, j'ai fréquenté des femmes que l'on dit de *mauvaise vie*, des courtisanes aux crinières de lionne, des filles et des femmes honnêtes ou qui le laissaient paraître, des tendrons pétris d'innocence, mais, dans cette Babylone où le vice coule à pleins bords, je me suis toujours refusé aux turpitudes collectives, sauf en une ou deux occasions dont je reparlerai.

À l'auberge de *La Fille-en-Fleur* les occasions étaient trop présentes et trop pressantes pour que je puisse longtemps m'y soustraire. J'y cédai donc à plusieurs reprises sans que jamais le moindre sentiment vînt se mêler à mes ébats. Pour reprendre le propos de Liénor, « la chair me travaillait », et il fallait bien que je finisse, si l'on peut dire, par me faire une raison.

L'occasion d'entrer en contact d'une façon plus concrète avec ma voisine, la jeune inconnue, survint à la suite d'un phénomène singulier, un soir d'août où, après une colère du mistral, une chaleur accablante stagnait sur la ville.

Au crépuscule, sans que l'on puisse en expliquer la raison, alors que nous nous tenions, elle et moi, à notre place coutumière, un vol de corbeaux se dessina sur les lointains bleuâtres du Ventoux. Sur le moment, je n'y prêtai guère attention mais je sursautai en constatant qu'il s'agissait d'une véritable nuée de volatiles, des milliers peut-être, qui tournaient en rond en s'approchant de la ville.

D'un même mouvement, comme si nous nous étions concertés, nous nous levâmes. Je sentis venu le moment de lui adresser la parole. Je lançai :

— C'est un phénomène curieux, ne trouvez-vous pas ? Pensez-vous que ce soient des corbeaux ?

— Je crois plutôt, dit-elle, que ce sont des corneilles ou peut-être des choucas.

— Vous avez raison : ce ne sont pas des corbeaux. Ils n'ont pas la même voix.

En vérité, j'étais incapable de faire la différence, mais j'éprouvais le besoin de prolonger coûte que coûte cet entretien qui augurait favorablement de nos rapports futurs.

— On prétend, dis-je, que de tels rassemblements de volatiles portent malheur et annoncent une catastrophe. Qu'en dites-vous ?

Elle haussa les épaules pour signifier qu'elle l'ignorait ou que cela lui était indifférent, mais elle se signa. Je pensais quant à moi que c'était un signe favorable du destin et que mon existence allait prendre grâce à lui un tour nouveau. Je criai :

— Je vous observe depuis longtemps et je ne connais même pas votre prénom.

Elle lança un nom que je n'entendis pas et que je lui fis répéter : Clémence. Elle y ajouta un nom de famille : Perrinet. Clémence Perrinet.

Sans qu'elle me le demandât, je lui révélai ma propre identité puis nous regardâmes en silence le vol noir tournoyer au-dessus du rocher des Doms dans une rumeur profonde de cris aigres, avant de se diriger vers Le Pontet et de disparaître derrière la cathédrale.

Clémence me fit, avant de se retirer, un geste de la main que je pris pour un signe qui pouvait signifier : à demain.

Je demeurai un long moment encore sur mon soleiladou dans l'espoir de la voir reparaître, et la nuit me surprit à mon poste d'observation. J'ai le sentiment que j'aurais pu rester là des années, comme Siméon le Stylite au sommet de sa colonne, dans l'attente de sa présence.

L'automne venu, j'obtins, non sans âpres discussions, que Liénor et Cesare me laissent quitter Avignon pour une quinzaine afin de me rendre à Bédoin, le temps des olivades. De sa grosse écriture maladroite (je lui avais appris à lire et à écrire), ma sœur Filippa m'avait fait comprendre que je « faisais besoin » au mas. On trouvait sans peine des oliveuses mais, pour le travail au moulin, le vieux *fabre*, le forgeron de Bédoin, était allé rejoindre sa femme sous les mauves et maître Pellegrin se trouvait dans l'embarras.

De crainte que, saisi par le démon de la liberté, je ne renonce à retourner à l'auberge, Liénor et Cesare avaient mis la main sur le pécule que j'avais amassé, en me promettant de me le rendre à mon retour.

La vie au mas de Bédoin n'avait guère changé depuis mon départ. On avait blanchi les murs à la chaux ; la fatigue et l'âge voûtaient davantage encore les épaules de mes grands-parents ; la force qui les abandonnait semblait s'être réfugiée dans Filippa : en quelques mois, elle s'était épanouie et avait embelli.

On m'accueillit comme le Messie en personne. En mon honneur, Filippa fit virer une omelette avec la poignée de truffes qu'un rabassier lui avait apportées le matin ; la grand-mère posa devant moi la miche, le jambon, une cruche de vin du Ventoux et une grande écuelle de cachat, ce fromage fermenté que j'aime tant.

Durant les deux semaines que je passai au mas, je n'eus guère le temps de me reposer et de penser à Clémence Perrinet. Du *Veni Creator* au rosaire, de l'aube au crépuscule, j'étais sur pied. Une frotte à l'ail enduite d'huile et un bol de lait ouvraient une journée laborieuse. Je suppléai au fabre pour l'entretien du pressoir, avec les moyens rudimentaires dont je disposais ; je remplaçai le carrier et le fustier pour le repiquage des meules et la réparation du cabestan. Une semaine après mon arrivée, le moulin était prêt à fonctionner. C'est la *cascavèu*, la clochette que le bourricot portait au cou, qui donna le signal joyeux des olivades.

Comme nous en étions convenus, maître Pellegrin et moi, je restai au mas jusqu'à ce que le dernier filet d'huile dorée se fût égoutté dans la cuve de pierre. Nous fêtâmes l'*année d'huile* par un repas dans la cave du pressoir, en compagnie de l'âne qui avait du mal à se tenir sur ses pattes, d'autant que des drôles lui avaient fait boire du vin. Contre le mur du fond, à l'opposé de la cheminée encrassée par les fumées grasses, on avait installé une grande table surchargée de soupe, de rôtis, de daubes et de ces grosses pâtisseries de campagne dans lesquelles la grand-mère Pellegrin mettait autant d'amour que de savoir.

Filippa avait pris place en face de moi. Elle me dit :

— Je sens bien que ce sont tes dernières olivades. Tu ne reviendras pas.

Incapable de répondre, je baissai la tête. Comment savoir ? Des événements imprévus pouvaient surgir, qui feraient dévier le cours de ma destinée. Ce qui était certain, c'est que, durant ces deux semaines, j'avais vécu intensément, découvrant en moi des énergies physiques et mentales que je croyais perdues ; j'avais renoué l'alliance que je croyais définitivement rompue avec la nature et le travail de la terre. Qu'est-ce qui m'obligeait à revenir en Avignon ? Le pécule qui m'avait été retiré ? Certes non, car l'argent n'a jamais été pour moi l'attrait suprême, encore que je ne le méprise point. L'envie de revoir Clémence Perrinet ? Peut-être.

Je passai l'avant-dernière nuit au mas à tergiverser. Restera ? Restera pas ? Filippa, d'accord avec nos grands-parents et les deux fils de la maison, m'incitait à renoncer au retour et à m'installer au mas où le travail ne manquait pas, en partageant avec eux les ressources du domaine. Je faillis céder à leur requête, lorsque l'idée me traversa comme un trait de foudre que mon père n'hésiterait pas à venir me chercher comme il en avait le droit car j'étais sous sa tutelle et ne pouvais lui échapper avant ma majorité.

Le lendemain, je dis à Filippa :

— J'ai bien réfléchi. Il m'est impossible de rester. Je le regrette, mais tu connais notre père.

Les larmes aux yeux, la grand-mère garnit de victuailles les bastes de ma mule, une bonne bête mais qui ne me faisait pas oublier ma vieille Margot. Comme si, en Avignon, je risquais de souffrir de privations ! Le grand-père me força à accepter la somme correspondant au travail que j'avais fourni. Quant à Filippa…

— Reviens souvent, me dit-elle. Je m'ennuie sans toi.

— Toi aussi, répondis-je, tu me manques. Peut-être un jour viendras-tu me rejoindre. Peut-être est-ce moi qui reviendrai. Qui peut le dire ?

Sur le trajet du retour, je rendis visite à Sulpice. Il bouda un peu sous le prétexte que mes lettres étaient trop rares et trop brèves, me reprocha de lui « cacher des choses », me pressa de lui confier ce que mes lettres ne lui disaient pas. Je m'en gardai, crainte de le voir se lancer dans d'interminables adjurations. Une longue absence avait creusé entre nous un vide qu'il eût fallu des mois pour combler.

Je n'en avais ni le temps, ni le désir, ni la volonté. Sulpice dut le comprendre car il abrégea de lui-même notre entretien, ayant, me confia-t-il, des « tâches pressantes » à accomplir.

Je n'étais pas dupe de ce mauvais prétexte. En remontant sur ma mule, je me disais que nous ne nous reverrions peut-être jamais.

Clémence Perrinet attendait mon retour.

Nous n'avions vraiment lié connaissance qu'une semaine avant mon départ pour Bédoin, mais cette première séparation nous coûta autant à l'un qu'à l'autre si j'en juge par la rapidité que je mis à revenir et par la joie qu'elle parut manifester lorsque je la retrouvai.

Le moment n'était pas encore venu de heurter à l'huis des Perrinet et d'ailleurs je m'en serais bien gardé car, pour la mère de Clémence, la demeure que j'occupais était un lupanar, la « maison du diable ». Nos rendez-vous, si l'on peut appeler ainsi nos brefs tête-à-tête, se déroulaient pardessus le mur séparant nos jardins : le leur était un modèle de potager, avec des rangées de légumes tirés au cordeau ; celui de l'auberge, dont devait en principe s'occuper notre factotum, Esprit Gauterouge, une allée d'herbe jaune, d'orties où les clients allaient soulager leur ventre et leur vessie. J'appliquais l'échelle contre le mur fleuri de clématites, derrière le figuier qui dérobait ma présence aux parents de Clémence.

Nous entretenions, elle et moi, des relations singulières qui auraient pu laisser supposer que nous ne franchirions jamais les bornes d'une simple et banale amitié.

De quoi parlions-nous ? J'ai du mal à m'en souvenir, d'autant que nos entretiens étaient brefs, contrariés de son côté par la crainte d'une intrusion de sa mère ou de sa grande sœur, ce qui l'obligeait à faire preuve d'habileté et de courage. Répondant à mon sifflet, elle s'avançait d'un pas de promenade vers le figuier, portant son tabouret d'une main, son tambour de l'autre, sans attirer l'attention des deux cerbères.

— Alors, monsieur Grimaldi, me disait-elle, vous êtes revenu de Bédoin ?

— Oui, comme vous voyez.

— Et vous avez fait bonne route ?

— Oui, mais il a fait bien chaud pour la saison et il y avait beaucoup de monde sur les routes, à cause de la foire de Beaucaire.

— J'aimerais bien aller à la foire de Beaucaire.

— Je vous y amènerai un jour si vous le voulez bien.

— Oh ! monsieur Grimaldi... Vous vous moquez de moi.

Il ne se passait guère de temps avant qu'une voix aigre ne retentisse : celle de la mère ou de la sœur.

— Clémence, où es-tu ?

— Je suis là. Je cueille des figues.

Je me demandais avec tristesse ce qu'elle pourrait répondre lorsque la saison des figues serait passée.

Ainsi se déroulaient nos rendez-vous furtifs dont, durant plusieurs semaines, personne n'eut le moindre soupçon, pas même Esprit Gauterouge, qui pourtant fourrait partout sa trogne. Ce n'était qu'un innocent badinage ponctué de petits rires qu'elle étouffait derrière sa main lorsque je lui faisais une plaisanterie. La banalité des propos que nous échangions était garante de notre innocence. Je n'osais m'aventurer au-delà, crainte de l'effaroucher ; il eût suffi, j'en avais conscience, d'un mot déplacé pour qu'elle se repliât sur elle-même et renonçât à nos rendez-vous. Clémence était une âme délicate, faite d'une étoffe si ténue qu'un rien pouvait la froisser ou la déchirer.

C'est Liénor qui, la première, eut vent de notre manège. Alors qu'elle était montée dans ma chambre pour je ne me souviens plus quelle raison, elle poussa jusqu'au soleiladou et m'aperçut, juché sur mon échelle, en train de parler aux oiseaux ou de voler les figues du voisin.

— Eh bien, me dit-elle sans acrimonie, il semble que tu files le parfait amour avec cette péronnelle ! Prends garde ! la mère et la sœur aînée de Clémence sont des harpies avec lesquelles nous avons eu maille à partir. À trois reprises, elles nous ont dénoncés au bayle sous le prétexte que nous étions une maison de débauche et que le bruit que nous faisions après le couvre-feu les empêchait de dormir. Heureusement, le bayle fréquente souvent notre auberge et ne s'est rendu compte de rien de louche. J'ai retenu Cesare qui voulait saigner ces deux garces comme des volailles. Cela dit, grand bien te fasse ! Si tu aimes le blanc de poulet froid et sans épices, tu seras servi.

Elle lui avait inventé un nom et me disait :

— Alors, comment vont tes amours avec Péronnelle ?

Parler d'amours à propos de cette discrète relation me paraissait outré. Certes, je ne pouvais m'empêcher de rêver : j'escaladais le mur, plongeais dans les ramures du figuier, couchais Clémence au milieu des aulx et des carottes et lui faisais l'amour dans le chant du rossignol et le murmure des aveux, comme il est dit dans le *Roman de la Rose*. Je ne sus que plus tard qu'elle eût accueilli cet assaut à bras ouverts, mais pour l'heure il ne s'agissait que de fumeuses rêveries.

Vint le jour où Clémence cueillit la dernière figue. Elle en mordit la moitié, me tendit l'autre : un geste qui scellait une amitié dérivant avec lenteur vers l'amour.

Le lendemain, après une nuit fiévreuse, je lui remis un billet sur lequel, de ma plus belle écriture, j'avais rédigé un poème d'amour qui ne laissait pas planer l'ombre d'un doute sur mes sentiments. Au rendez-vous qui suivit, elle me tendit un morceau de papier arraché à un livre de comptes, où elle avait griffonné non pas un poème — la pauvre en était bien incapable — mais quelques mots dont l'écriture et l'orthographe étaient loin d'égaler la qualité de ses sentiments. Au moins étais-je réconforté par deux constatations : Clémence savait lire et écrire. Et elle m'aimait.

Nous eûmes encore deux ou trois rencontres durant ce bel automne, puis un soir, alors que nous bavardions à travers le figuier qui, après ses fruits, commençait à perdre ses feuilles, un appel retentit, tout proche :

— Clémence ! Où es-tu encore passée ?

Je compris que c'était la fin de nos rendez-vous et, peut-être, celle de mon premier amour.

Un matin de la fin du mois d'août, bien avant mon départ pour les olivades de Bédoin, la ville sembla menacée par un séisme.

Les gens sortaient précipitamment de leurs demeures, marchands et bourgeois fermaient boutique, tandis que les clochers de toutes les églises répandaient sur la ville une obsédante sonnerie de glas. Tous couraient dans le même sens, vers un même but, comme si le mistral leur eût soufflé aux fesses, avec des cris, des rires, des quolibets féroces à l'intention d'un grand personnage de la cour pontificale, originaire du Quercy comme le pape Jean : Hugues Géraud, que la justice de Dieu allait livrer au bras séculier.

J'aurais dû être informé de cette affaire qui, depuis plusieurs jours, faisait l'essentiel des conversations bec à bec aux tables de l'auberge, mais je n'avais dans l'esprit et dans le cœur que mon amour pour Clémence Perrinet. Le reste du monde n'existait pas.

Liénor avait pris seule la décision.

— Il n'y aura plus personne en ville de la matinée. Nous allons fermer boutique.

Je lui demandai ce qui motivait cette décision. Ce n'était pas la fête. Avait-on pêché une tarasque dans le Rhône ?

Le pape Jean était-il mort ? Liénor haussa les épaules et soupira.

— J'ai parfois l'impression, mon pauvre Julio, que tu vis dans un autre monde que le nôtre. L'affaire des pains empoisonnés..., la condamnation de l'évêque Hugues Géraud... Ça ne te dit vraiment rien ?

Ça ne me disait rien, ou pas grand-chose.

— Alors, me dit Liénor, assieds-toi, innocent. Je vais t'expliquer...

Liénor ne savait ni lire ni écrire mais elle avait l'esprit ouvert et récoltait chaque jour ce que la ville charriait de nouvelles, de rumeurs et de ragots. Elle faisait le tri et engrangeait dans sa mémoire ce qu'elle jugeait le plus fiable.

— Cette affaire, me dit-elle, remonte au mois dernier, alors que tu travaillais au moulin à huile...

Depuis l'élection tumultueuse du pape Jean, on respirait une ambiance de complot autour du couvent des Dominicains et du palais épiscopal, les deux résidences de Sa Sainteté. Les Gascons, qui s'étaient battus en vain pour faire élire par le conclave un autre pape originaire de leur province et qui eût maintenu leurs prérogatives, déçus du résultat proclamé par les cardinaux, continuaient à nourrir des projets de vengeance.

Le hasard voulut que la maréchaussée mît le nez dans un étrange trafic. Elle arrêta un certain Perrot, originaire du Béarn, qui, avec la complicité de quelques compatriotes, transportait à dos de mulet des sacs de pains destinés au palais. L'un des sergents eut la curiosité d'en ouvrir un. Stupeur ! La mie contenait un flacon rempli d'un liquide de vilaine apparence.

On ouvrit par le milieu les autres pains, ce qui permit de découvrir d'autres flacons remplis du même liquide, ainsi que tout un attirail de *mascos*[1] : amulettes, phylactères, figurines de cire à l'image du Saint-Père...

Le pape n'était pas le seul visé par ce complot : deux cardinaux parents du pontife, Gaucelm de Jean et Bertrand de Pouget, étaient désignés comme victimes expiatoires.

Liénor interrompit son récit pour aller jeter un regard au-dehors. La foule continuait à s'écouler dans la rue et sur la place, autour de Saint-Agricol. Elle revint vers moi en soupirant.

— Toute cette foule pour voir torturer un malheureux qui est peut-être innocent...

Le maréchal du palais, Arnaud de Trian, et le magistrat Pierre de Via, neveu du pape Jean, furent chargés d'une enquête sur cette affaire. Elle remonta jusqu'à l'évêque de Cahors, Hugues Géraud. Le pape, malgré des antécédents prestigieux, l'avait fait condamner comme *simoniaque* et *incontinent* à la destitution et au mur. Hugues Géraud n'avait eu, dès lors, qu'une idée : se venger.

De l'enquête tortueuse qui suivit, des résultats obtenus par la mise à la question des complices, Perrot en tête, le maréchal du palais conclut à une chaîne de complicités. On y trouvait pêle-mêle des parents du pape Clément, un apothicaire toulousain spécialisé dans les poisons à base de fiel de porc, de crapauds et d'araignées, un juif pratiquant la sorcellerie qui avait accepté de façonner les figurines de cire, le prélat qui avait béni ces œuvres au cours d'une messe noire, un serviteur qui aurait prélevé pour la mêler à du poison un peu de la chair d'un pendu passablement faisandé...

Liénor ajouta :

— Peut-être te souviens-tu de la mort du neveu du pape, le cardinal Jacques de Via, en juin dernier, à quelques jours de ton arrivée à Avignon ? La ville était en deuil...

1. Sorciers.

Je me souvenais, oui : foule en prière devant le palais épiscopal, sonnerie funèbre des cloches, rues désertes, boutiques closes…

— On a pensé tout naturellement, dit Liénor, que ce personnage qui jouissait d'une santé florissante n'avait pu qu'être empoisonné par des comploteurs, mais tout cela reste à prouver. Qu'y a-t-il de vrai dans cette affaire ? Qu'est-ce qui est inventé, pour les besoins de quelle cause ? Je sens qu'il y a de la menterie des deux côtés.

Le jour du jugement venu, le pape Jean se fit présenter celui que l'on tenait pour le cerveau de cette conjuration. Pour éviter des incidents (le bruit s'était répandu que l'évêque risquait d'être soustrait à la justice pontificale par les armes), une forte escorte était allée le quérir à la prison de Noves pour le conduire en Avignon.

Détail étrange : les rares notables de la curie admis à assister à la confrontation témoignèrent du fait que le pape Jean, d'ordinaire volontiers irascible, ne s'était pas laissé emporter par le ressentiment et que l'évêque Géraud avait fort benoîtement reconnu les faits qui lui étaient reprochés.

— C'est lui que l'on va mettre à mort aujourd'hui, me dit Liénor. Ce sera un fameux spectacle. Ton père y est déjà et il sera au premier rang car il est friand de ce genre de réjouissance. Si tu veux t'y rendre, à ta guise. Moi, je reste.

Je n'ai pas eu de mal à me rendre sur le lieu du supplice situé sur la prairie bordant le port des Périers, au sud du vaste couvent des Dominicains, non loin du quartier Saint-Agricol. Il m'a suffi de suivre quelques groupes attardés.

Le matin est lourd, brumeux, fatigué. Une rumeur monte comme une menace d'orage de la masse humaine qui stagne en arc de cercle devant un échafaud construit au cours de la nuit. Une musique accompagnée de voix juvéniles vient d'une extrémité du croissant, d'une autre estrade où sont installés quelques musiciens et une petite *cantoria* toute blanche. À l'autre pointe du croissant qui touche presque au port se dresse le bûcher.

Le « spectacle », comme dit Liénor, n'a pas encore débuté. La foule retient son souffle, ruminant sans doute une vieille haine recuite contre ces grands prélats qui se gobergent du fruit de leur peine.

J'ai dû jouer des coudes, me faisant insulter et houspiller pour traverser ce tissu serré d'hommes, de femmes, d'enfants d'où monte un remugle de misère. J'ai eu beau crier : « Place ! Place ! » j'ai dû les écarter brutalement pour progresser dans ce magma comme on nage dans une eau limoneuse. Mes efforts ont été récompensés : je suis parvenu au premier rang et me suis assis, le cul dans l'herbe, au milieu d'un groupe de marmots pouilleux et morveux qui grouillent autour de moi comme des vers et touchent mes vêtements comme si un prince venait de surgir parmi eux.

Tirée par des bœufs, une charrette chargée de gardes armés et casqués s'est arrêtée au pied de l'échafaud, si proche des spectateurs du premier rang que je peux distinguer le détail des uniformes et des visages. Le condamné se tient debout au milieu d'eux, vêtu d'une tunique blanche qui lui descend aux talons : c'est un homme d'une corpulence commune, au visage encadré d'une barbe courte et grise, et qui manifeste un calme olympien — je l'ai même surpris à sourire en regardant le maréchal du palais, Arnaud de Trian, qui parade, les bras croisés sur la poitrine, coiffé d'un chapeau à larges bords sur lequel frémit une plume rouge.

Les cris qui jaillissent ici et là dans la foule ne sont pas repris par la multitude. Ces injures qui l'éclaboussent, peut-être le condamné les mérite-t-il. Nul ne conteste qu'il ait mené une existence de satrape, notamment dans l'entourage du roi d'Angleterre. De là à tenir pour véritables tous les crimes et péchés qu'on lui impute…

D'un pas ferme, sans hésitation, l'évêque escalade les quelques marches qui accèdent à l'escabeau et à la table derrière laquelle se tient le bourreau, un grand diable vêtu de rouge, coiffé d'une cagoule, qui manipule les instruments du supplice. Un prêtre s'approche du condamné, lui parle à l'oreille, lui montre un crucifix, le lui fait baiser.

Musiciens et chanteurs ont mis un terme au concert. On n'entend plus, dominant le murmure de la foule, que le grincement d'un chœur de cigales dans le bouquet de platanes qui domine le fleuve et le port.

Le maréchal du palais s'avance vers l'estrade, déroule une *rotula* et se met en devoir de lire l'acte d'accusation : une suite interminable d'horreurs apparemment trop lourdes à assumer pour un seul homme et qui, d'ailleurs, semblent laisser le condamné indifférent. Arnaud de Trian replie lentement le rouleau de parchemin, le glisse dans sa ceinture et fait signe au bourreau d'officier.

Mes mains deviennent moites et mon cœur se soulève, mais rien ne pourrait me faire renoncer à ce spectacle, comme si je souhaitais m'informer des limites de la cruauté humaine. J'ai appris, depuis, qu'elle n'en a pas.

Les images de cette séance de torture sont restées gravées si profond dans ma mémoire que le moindre détail se dessine comme si cet événement datait d'hier.

Je revois les gestes d'une lenteur obsédante du bourreau s'emparant d'un couteau, l'affûtant sur une pierre, en éprouvant le fil du bout du pouce, se penchant vers le patient dont deux sergents maintiennent le bras gauche immobile, tendu à l'horizontale. Je vois le visage de Géraud se crisper, ses yeux se fermer, sa taille se cambrer comme s'il allait se lever. La lame encercle délicatement le poignet, lui fait un bracelet rouge. Avec les mêmes gestes lents et précis, le tortionnaire dépouille la main de son épiderme comme d'un gant.

La victime ne peut réprimer quelques sursauts ; elle doit

débiter une litanie de douleur car sa bouche s'ouvre et se ferme comme celle d'un noyé. Malgré le silence oppressant qui stagne sur la foule, pas un cri, pas une plainte, pas une supplication ne me parvient. Près de moi les gosses se roulent dans l'herbe en hurlant de plaisir ; derrière, je sens la pression de la foule et j'entends geindre des femmes.

Sans le moindre signe de satisfaction, le bourreau montre à la foule le gant sanguinolent, le brandit, le jette sur l'estrade et passe à la phase suivante : écorcher la main droite.

Une nausée me monte aux dents, avec une sensation de vertige. Je songe à Clémence : elle doit être en train de travailler à ses broderies, dans l'ombre du tilleul où bourdonnent des abeilles. Le désir de la retrouver sur-le-champ lutte en moi contre un sentiment pervers : la fascination de l'horreur, à laquelle peu de gens sont insensibles. Je ferme un moment les yeux pour sonder, dans cette ombre qui m'habite soudain, les raisons qui me font rester là, en proie à des sentiments troubles où la perversité se mêle à la curiosité.

L'exécuteur des hautes œuvres a gardé pour la fin l'épisode le plus attrayant de ce spectacle. Il passe au visage auquel il va faire subir le même traitement qu'aux mains. Au cri que pousse la victime lorsque la lame lui entaille le cou au niveau de la glotte fait écho en moi une plainte sourde, une sorte de râle dont je ne suis pas certain qu'il n'ait pas descellé mes lèvres.

Le bourreau prend son temps, travaille en artiste. À petits coups, il détache la peau qui recouvre le visage, s'écarte par moments pour contempler son œuvre, essuie sa lame, reprend son ouvrage, arrache d'un coup sec le masque de sang qu'il brandit triomphalement aux yeux de la populace d'où montent des cris de plaisir et d'horreur.

Les deux sergents soulèvent la victime par les aisselles et l'aident à descendre les marches de l'échafaud. Je dois faire un effort de volonté pour regarder ce masque de carnaval, avec les globes oculaires pendant sur les joues à vif.

On le conduit, on le traîne plutôt, jusqu'au bûcher ; on l'y fait accéder par une échelle que l'on retire après qu'un aide du bourreau l'a lié au poteau central.

Ensuite, tout va très vite. Le tortionnaire en second met le feu au bûcher, le prêtre brandit le crucifix au bout d'une perche, la victime entame le *Veni Creator* qui lui reste au bord des lèvres et crie le nom de *Jésus*.

Jusqu'à la fin, mon regard est resté attaché à cette image : celle des flammes dansant dans l'air calme, de la fumée montant au-dessus du supplicié en tournoyant avec des grâces de volutes, des flammèches grimpant le long de la tunique ensanglantée. Les cris d'animal égorgé qui jaillissent de la dépouille informe n'en finissent plus de retentir, jusqu'à ce que le corps ne soit plus qu'un bloc informe et charbonneux qui semble bouger à travers les flammes.

Tout à l'heure, ce qui reste de la crémation, bois et ossements mêlés, sera jeté au fleuve.

— Alors ? m'a demandé Liénor lorsque je la retrouvai à l'auberge.

Je n'ai pas répondu et suis allé vomir dans les cendres de la cheminée, puis je me suis senti tout neuf, couvert de glaires tièdes et sanguinolentes, comme si j'entrais dans ce monde pour la deuxième fois.

Curieuse époque… Curieuses gens…

Bien qu'il se posât à juste titre en victime épargnée par le sort des manœuvres de sorcellerie, le pape Jean n'était pas lui-même exempt de pratiques condamnables aux yeux de la religion. Il avait fait des études de médecine à Montpellier, avait rédigé des ouvrages relatifs à certaines maladies et à leur guérison. Il avait glissé de cette préoccupation honorable vers l'alchimie, qui l'était moins. Il avait rédigé « mystiquement » un ouvrage en vers sur les « grands secrets », dédié au Seigneur. Superstitieux, il collectionnait d'étranges objets, notamment ceux qu'on appelle « languiers » parce qu'ils contenaient, entre autres ingrédients chargés de préserver du poison, des langues de reptiles mêlées à des raclures de cornes provenant d'animaux prétendument fabuleux d'Afrique ou d'Asie.

J'ai pu admirer, dans le trésor, au temps du dernier pape, quelques-unes de ces pièces qui, outre leur fonction utilitaire — préserver du poison —, étaient de véritables œuvres d'art. Le pape Jean avait découvert la plus belle de ces pièces d'orfèvrerie dans un coffret que le roi de France Philippe le Long, le « roi sage », deuxième fils de Philippe le Bel, lui avait offert en guise d'étrennes, avec de petits miroirs sertis de diamants, des joyaux et des perles rares. Ce languier était en forme de serpent aux yeux d'émeraude ; il était placé en permanence sur la table du pontife qui le promenait au-dessus de chaque plat et de chaque vin pour en éprouver le bon aloi.

On prétend que le pape Jean se livrait volontiers à des opérations d'alchimie dans les caves du palais épiscopal, mais il semble que l'on puisse attribuer ces rumeurs malveillantes à ses ennemis, les Gascons.

S'il est vrai que le Saint-Père s'adonnait au grand œuvre, recherchait la pierre philosophale et le procédé de transmutation des métaux, il n'en gardait pas moins un regard attentif sur les affaires du siècle.

Le pape Jean était obsédé par son projet de croisade en Terre sainte, persuadé que cette entreprise ouvrirait les plus grands espoirs quant à la paix entre la France et l'Angleterre. Elles venaient de réouvrir en Gascogne des hostilités qui renaissent fréquemment, encore de nos jours, comme des feux de broussailles sous le mistral.

Il se berçait d'illusions.

Au mois de janvier qui suivit les événements dont je viens de faire la relation, le roi Philippe paraissait disposé à convoquer le ban et l'arrière-ban de la noblesse, à déployer ses bannières à fleur de lys et, avec l'aide de Dieu, à prendre la route des Lieux saints.

Son premier soin fut de rassembler nobles et clercs en une vaste assemblée où, avec des sanglots dans la voix, il annonça sa décision en les suppliant de se montrer généreux. Dans l'enthousiasme suscité par son discours, personne ne lésina, les prélats surtout, pour lesquels la délivrance du tombeau du Christ était un souci constant.

Le trésor destiné à la croisade prit un autre chemin que celui de Jérusalem : le roi Philippe le versa dans ses coffres, qui étaient vides…, et l'on ne parla plus de croisade.

« Sage », ce souverain ? Voire…

L'affaire des Templiers faillit se prolonger avec celle des Hospitaliers qui avaient hérité des biens des condamnés, spoliés par le roi, lequel avait dû les restituer.

Les griefs que l'on avait suscités contre l'ordre du Temple se reportèrent sur l'ordre de l'Hôpital. Ces chevaliers, certes, ne manquaient pas de courage dans la défense de la chrétienté et leur attachement à la religion était incontestable. Ce qui plaidait contre eux, c'était la vie de sybarites qu'ils menaient et que l'on comparait à celle des Byzantins. Le grand maître, Foulques de Villaret, vivait en potentat dans son domaine de Lindos, sur cette île de Rhodes dont il avait fait à l'origine une base de départ pour une éventuelle opération de reconquête des Lieux saints. Cette conduite scandaleuse provoqua sa destitution avant qu'il eût mené l'ordre à sa ruine.

Le pape Jean devait appliquer la même rigueur à l'encontre des religieux de l'ordre de Grandmont, qui avaient élu domicile dans un « désert » proche de Limoges. Un « désert » où l'on menait une vie douce, luxueuse et luxurieuse. Le pape mania les étrivières, fit déposer le prieur, ce qui faillit susciter une révolte parmi les cénobites.

Mésentente avec les princes séculiers, révolutions dans les communautés religieuses, complots dans son entourage… À soixante-dix ans, ferme comme un roc, le pape Jean faisait front à l'adversité.

Par chance, ses rapports avec Philippe le Long étaient meilleurs que ceux que le pape Clément avait eus avec Philippe le Bel. Jaloux de son autorité spirituelle, le pontife évitait cependant de heurter de front le jeune souverain, persuadé que la sainte Église avait tout à redouter d'un nouveau conflit.

Leurs relations étaient empreintes de courtoisie et, de la part du pape, de paternalisme. Il écrivait à Philippe :

Soyez attentif aux offices, ne bavardez pas trop avec vos voisins par manière de moquerie... Priez pendant le divin mystère de la messe... Évitez de vous raser la tête le dimanche... Pénétrez à votre guise dans les communautés de femmes, sauf la nuit... Parlez, si vous le désirez, avec des excommuniés, mais en gardant vos distances... En rédigeant votre testament, vous pourrez stipuler que votre corps pourra être démembré à votre mort, malgré la défense qu'en a faite mon prédécesseur, le pape Boniface VIII...

Le pontife donna même la permission au souverain de se faire absoudre par son confesseur de « tous les péchés dont il se sera rendu coupable depuis moins d'un an », ce qui passait l'entendement et la raison. Le roi Philippe était devenu l'enfant chéri du pape qui lui avait pardonné un peu trop facilement l'abandon de la croisade et la manœuvre indélicate qui avait suivi.

Peu à peu, initié au second degré grâce aux informations que Liénor recueillait auprès des officiers pontificaux laïcs qui fréquentaient l'auberge, je pénétrais les arcanes de la cour.

À certaines occasions où l'on célébrait une fête religieuse, elle me conduisait à l'église ou dans la cour d'honneur. Mêlés à la foule des fidèles, nous attendions la bénédiction pontificale. Liénor ne manifestait pas une religiosité assidue, mais elle craignait Dieu.

Dans l'évocation des événements publics qui ont marqué mon adolescence en Avignon, j'ai quelque peu laissé sous le boisseau mon premier amour, Clémence Perrinet, et mon amitié pour Sulpice, qui connaissait, au fil de nos relations épistolaires, des hauts et des bas.

L'hiver venu — mon premier en Avignon —, le mistral s'en donnait fréquemment à cœur joie, courant les rues et les places comme un chien fou, sous un ciel d'un bleu de source.

Je ne voyais paraître Clémence que les jours où le soleil daignait se montrer ; abritée du vent, elle se livrait à son travail quotidien, son tambour sur les genoux. Je sifflais du haut de mon soleiladou, accoudé à la balustrade, pour attirer son attention ; elle levait la tête, me souriait, reprenait son ouvrage comme si je n'avais été qu'un oiseau de passage.

Un jour de décembre, n'y tenant plus, je plaquai l'échelle contre le mur de clôture et, décidé à brusquer les choses, je l'appelai pour qu'elle vînt me rejoindre. Elle se leva et disparut.

Dépité, amer, je confiai cet incident à Liénor, qui me donna un conseil :

— Le mieux est que tu renonces à cette pucelle. Elle

n'est pas pour toi. Tu l'aimes et elle t'aime ? Soit. Mais son comportement est clair : elle ne veut plus ou ne peut plus te voir. Il y a, me semble-t-il, deux raisons à cette attitude : ou bien ses parents vont la marier ou bien elle va entrer au couvent. De toute manière elle est perdue pour toi.

La mort dans l'âme, troublé par ces propos, je regagnai mon perchoir.

De tout l'hiver, je ne vis plus Clémence Perrinet. Le temps, il est vrai, ne se prêtait guère à des rendez-vous et à son habitude de travailler en plein air. Un matin, je décidai, prenant le taureau par les cornes, d'obtenir une réponse aux questions qui me harcelaient. Je revêtis mon costume le plus sobre pour aller frapper à la porte des Perrinet.

C'est le père qui m'ouvrit : un bonhomme maigrelet, tout en os, saupoudré de sciure jusqu'à ses moustaches et à ses sourcils. Il tenait un ciseau à bois à la main.

— Maître Perrinet, dis-je sentencieusement, pourrais-je voir votre fille et lui dire deux mots, en tout bien tout honneur, cela va de soi.

Il me tourna le dos sans refermer la porte, ce qui me parut de bon augure. En fait, il allait alerter son épouse. Je perçus, venant du fond de la masure, des éclats de voix âpres qui me donnèrent envie de rebrousser chemin. Une virago au visage fleuri de couperose sous une chevelure grise lâchement maintenue par un bandeau graisseux me fit face et me jeta, d'un ton peu amène :

— Qu'est-ce que vous lui voulez, à ma fille ?

Je répétai d'une voix étranglée :

— Lui dire deux mots, respectueusement. Je suis votre voisin. Mon nom est Julio Grimaldi.

— Vous êtes le fils de la maquerelle ?

— Je suis le fils de Cesare Grimaldi. Mme Liénor est ma belle-mère, et…

— Clémence n'a rien à vous dire, mon petit monsieur ! Fichez-lui la paix ! Vous avez assez de garces dans votre lupanar sans venir importuner vos voisines. D'ailleurs, autant vous le dire : ma petite Clémence va se marier.

Elle me claqua la porte au nez.

De retour à l'auberge, je confiai ma détresse à Liénor, qui n'en parut pas affectée outre mesure. Elle me dit, en me serrant contre elle :

— C'est bien ce que j'avais prévu, mon Julio. Il te reste le plus difficile : oublier. Je t'y aiderai si tu veux.

Elle devait m'y aider. À sa manière.

Quelques jours plus tard, étant allée aux nouvelles auprès des commerçantes et des commères du quartier, elle me révéla que la virago avait dit vrai : Clémence allait épouser un scribe attaché au service de banquiers lombards d'Avignon, client de papa Perrinet ; il avait vingt ans de plus qu'elle et il boitait ; les noces auraient lieu en janvier, le dimanche de la Sainte Famille.

Ce soir-là, pour la première fois de ma vie, je tentai de m'enivrer et passai la nuit avec une des filles de la cave que Liénor m'avait conseillée car elle était séduisante et exempte de maladie. Le lendemain, je me sentais si mal en point qu'il me fut impossible de me lever. Liénor me monta du bouillon de poule et me trouva fiévreux.

— Mon pauvre petit Julio, me dit-elle, les chagrins d'amour, c'est terrible. Je suis passée par là, tu sais. Quand j'avais ton âge, avant que je fasse la connaissance de Cesare…

Le reste de ses paroles se perdit dans l'onde de chevelure rousse qui déferla sur mon visage. Liénor avait soulevé la couverture et le drap ; sa main se promenait sur mon torse moite de sueur, sur mon ventre, sur mon sexe. Avant que je puisse me défendre, elle basculait sur le lit et m'enjambait. Je ne voyais d'elle que sa chevelure de feu et, à travers les mèches et les boucles, un visage humide de larmes.

— C'est ainsi, me dit-elle en se levant, qu'il faut guérir les chagrins d'amour.

La fin de l'hiver m'apporta une heureuse surprise.

Sulpice et moi n'échangions plus que de rares courriers, d'un ton conventionnel, sans chaleur, alors que nous nous manquions l'un à l'autre.

Une lettre de Malaucène, datée du dimanche de la Passion, m'annonça une nouvelle qui me bouleversa : Sulpice quittait son couvent pour celui d'Avignon.

Il ne me fixait pas la date précise de son arrivée, ce qui m'obligeait à me rendre, chaque jour ou presque, au couvent des Dominicains où, au milieu du va-et-vient intense et incessant des fonctionnaires laïcs ou religieux de la curie qui avaient installé là leurs services, je parvenais à trouver un moine-secrétaire à qui je demandais des nouvelles. Il commença par me répondre qu'il ignorait cet événement, puis, me voyant revenir sans relâche, que l'arrivée de mon ami ne tarderait guère.

Si j'effectuais ces démarches avec une telle assiduité, c'était pour éviter que Sulpice n'eût connaissance du lieu où je travaillais et de la nature de mon activité. Cette révélation eût risqué de me coûter une amitié qui m'était précieuse.

J'effectuai cette démarche durant une dizaine de jours sans rien voir venir. Un matin, une voix familière retentit dans mon dos :

— Julio ! C'est moi que tu cherches ?

Sous le scapulaire qui lui enveloppait la tête comme un capuchon avec des pans qui lui tombaient à la ceinture, j'aurais eu du mal à le reconnaître. Peu soigneux à son ordinaire, je le trouvai vêtu d'une robe blanche sous un manteau noir, avec à la taille une large ceinture de cuir à laquelle pendait un rosaire. Les *chiens du Seigneur*, comme on appelait les gens de cet ordre depuis saint Dominique, car ils avaient souvent un chien pour compagnon, s'attachaient à mener une vie austère imitée dans une certaine mesure de ces prêtres de la religion cathare, les Parfaits, que les Dominicains avaient envoyés par centaines au bûcher, à Montségur et ailleurs.

— Tu ne me reconnais pas ? dit-il. Ai-je tellement changé ?

Il avait changé, et pas en mieux. Ce visage osseux, ces yeux cernés de rouge, ces longues mains d'ascète disaient les nuits de veille dans sa *scriptoria*, passées à recopier à la chandelle de vieux textes latins et les œuvres des premiers disciples de l'ordre.

Lorsque je m'approchai pour l'embrasser, il marqua un recul et me dit :

— Ta santé ? Comment te portes-tu ?

— Fort bien, comme tu peux le voir. Mais toi ?

— Le mieux du monde, et mieux encore depuis que j'ai obtenu satisfaction.

Je me mépris sur cette dernière phrase et lui demandai si, muté en Avignon, il souhaitait y rester. Il me fit répéter ma question, l'arrivée d'un groupe de jeunes moines agités brouillant notre entretien.

— On se croirait à la foire de Beaucaire ! maugréa-t-il. Suis-moi au parloir.

Nous nous assîmes de part et d'autre d'une table, dans la haute salle froide et silencieuse qui, dans les foucades de mistral balayant la ville, ressemblait à un phare dans la tempête. Sulpice dit, en joignant les mains :

— Je ne dois rester en Avignon que peu de temps. Trois semaines, un mois peut-être. Peut-être trois jours. Qui sait ?

— Tu dois donc de toute manière quitter Avignon ?

— Oui.

— Pour une autre communauté de Provence ?

— Non.

— Pour la France ? Paris ?

Il secoua la tête avec un mince sourire avant de me faire cette réponse, tellement incongrue que je crus qu'il se moquait :

— Pour la Chine. Et pour très longtemps. Il est même probable que je ne reviendrai jamais.

Ma gorge se contracta. Il dut prendre conscience de mon émotion car une de ses mains se posa sur les miennes. Sa voix me parvint comme du lointain d'une forêt :

— Que cela ne t'attriste pas, mon petit Julio. Si tu savais quelle joie inonde mon cœur ! Notre monde occidental penche de plus en plus vers la raison au détriment de la foi naïve de nos pères. Il faut aller chercher ailleurs, parfois au bout du monde, des âmes vierges pour les offrir à Dieu. J'ai choisi, quant à moi, d'aller le plus loin possible, en Chine. Au-delà, c'est peut-être le vide éternel, peut-être le début du domaine du Seigneur. Marco Polo…

Parti de Venise pour l'Orient avec deux de ses oncles, à l'âge de dix-sept ans, le navigateur Marco Polo avait regagné son point de départ depuis plus de vingt ans. Il avait ramené de son périple, de la Chine notamment, où régnait un fastueux empereur mongol, Kubilay Khan, petit-fils du grand Gengis, des souvenirs consignés dans un livre dont Sulpice avait lu une copie lors d'un séjour à Marseille, effectué peu de temps après mon départ de Bédoin : *Les Devisements du monde*, dicté et rédigé en langue d'oïl. On avait cru à une affabulation tant ce qu'il relatait paraissait invraisemblable, mais les témoignages de ses oncles et les objets qu'ils avaient rapportés avaient fini par convaincre les plus sceptiques.

Sulpice s'animait en parlant.

— Ce ne sont pas les merveilles de ces pays qui m'attirent, dit-il, mais la virginité de ces centaines de millions d'âmes qui attendent la révélation. Imagine un peu ! Ils adorent, à la place de notre Dieu, qui est aussi le leur quoi qu'ils en pensent, une idole bouffie, ventrue, accroupie ou allongée, dont ils ont fait des effigies monstrueuses. Leurs temples sont plongés dans les ténèbres, souvent sous terre. Je leur apporterai la lumière, j'y ferai resplendir la croix.

Il ne se cachait pas que le voyage présentait des dangers : c'étaient des mois et des mois de navigation et de marches incertaines. Il fallait traverser l'Arménie, s'embarquer à Ormuz au débouché du golfe Persique, contourner l'Inde et le pays des Khmers avant d'arriver aux portes de la capitale de l'empire de Chine : Cambaluc [1].

Sulpice paraissait s'enivrer de ses propres rêves et de la magie qu'ils distillaient. Moi, j'étais atterré : cet être frêle, qui n'avait pour ainsi dire jamais franchi les murs de son couvent, ne pourrait affronter les dangers d'une telle odyssée, résister aux fatigues du cheminement interminable des caravanes, sur la route de la soie, à travers les déserts ! Jamais il ne supporterait la navigation sur des mers inconnues, infestées de pirates plus que la Méditerranée de Barbaresques ! Il mourrait en chemin dans ces solitudes qui ont vaincu les armées du grand Alexandre et son corps serait abandonné aux vautours ; son navire sombrerait et il servirait de pâture aux requins.

J'avais envie de l'interrompre, de lui jeter ses erreurs au visage, de l'implorer de rester, mais je devinais que rien n'aurait pu le convaincre : il était possédé par la foi comme d'autres par l'amour, mais avec plus de conviction et de violence.

Il s'interrompit soudain, fit en riant claquer ses mains sur la table. Deux incisives manquaient dans ce rire, ce qui lui faisait un visage de vieillard brèche-dent.

— Je crains, dit-il, que tu ne prennes ce récit pour une fable, comme d'autres avant toi. Eh bien, si tu en as

1. Pékin.

l'occasion, lis l'ouvrage de Marco Polo, et tu seras conquis. Tiens ! sais-tu que les sujets du grand khan se servent de papier en guise de monnaie ?

Du papier pour remplacer l'or, l'argent, le bronze ! Pour le coup je me dis que ce pauvre Sulpice devait battre la campagne. Il énuméra quelques autres « merveilles » qui ne purent chasser cette idée de mon esprit, bien au contraire. Je faisais mine d'être ébloui par ces révélations mais je n'en pensais pas moins.

— Comment le Dominicain que tu es, dis-je, s'y prendra-t-il pour convertir ces barbares ? S'ils se rebiffent, s'ils estiment que leur Dieu vaut bien le nôtre, que vas-tu faire ? Créer un tribunal d'Inquisition, les faire rôtir comme les hérétiques de Montségur ?

Je sentis que je tournais le couteau dans la plaie. Le visage de Sulpice s'assombrit. Il me répondit d'un ton âpre, ses mains crispées l'une dans l'autre :

— Tais-toi ! Tu ne sais pas de quoi tu parles et je sens bien que tu me prends pour un illuminé. Les gens dont nous parlons ne sont pas des barbares. Ils ont des prêtres, des philosophes, des poètes, des artistes, et en beaucoup de matières ils pourraient nous en remontrer. Mais, je te le répète, ils vivent dans l'erreur parce qu'ils n'ont pas encore été touchés par la parole de Dieu. Lorsque mes compagnons et moi leur auront révélé Sa toute-puissance, ils ne pourront que s'incliner.

— Qu'en pense ton Marco…, je ne sais plus son nom ?

— À vrai dire, il aborde rarement ce sujet dans son livre. De passage à Venise, j'ai l'intention de lui rendre visite.

Changeant de sujet, Sulpice me parla de son travail de secrétaire et de copiste à Malaucène. Il s'était attaché à recopier l'œuvre magistrale d'un docteur de l'Église, le théologien Thomas d'Aquin, *Summa contra gentiles* (*Somme contre les gentils*), terminée depuis environ une cinquantaine d'années. Dans cet ouvrage, le moine dominicain s'efforçait de démontrer que la vérité de la foi éclipse les croyances païennes. Sulpice avait également commencé à recopier la *Somme théologique*, du même Thomas, quand il avait reçu l'ordre de mission qu'il avait sollicité. C'est cette tâche énorme qui lui avait fait ce visage exsangue de vieil ascète.

— Et toi, me dit-il *ex abrupto*, que deviens-tu ? Tu travailles toujours aux écritures et aux comptes de ta maison de commerce ?

Je me sentis blêmir. Éludant la curiosité qu'il témoignait à mes activités, j'entrepris de lui raconter le supplice de l'évêque Géraud. Il hochait la tête, le regard dans le vague, les mains jointes comme s'il priait. D'une voix hésitante, il me dit :

— Il est des rigueurs qui s'imposent. J'ai pleinement confiance dans la justice du Saint-Père. Ce n'est pas un homme cruel de nature, mais il a conscience des dangers qui menacent sa mission terrestre.

— Certains prétendent, dis-je, que cette affaire de complot a été montée de toutes pièces pour faire échec aux cardinaux gascons. Il faut bien reconnaître qu'il y a du mystère dans cette histoire.

Il sursauta et me jeta :

— Ferais-tu partie de ces trublions qui voient dans notre Très Saint-Père un être sanguinaire sous prétexte qu'il punit sévèrement ceux qui voudraient s'opposer à l'exercice de son pontificat ? Fadaises ! Billevesées ! Crois-tu que, sans la rudesse des compagnons de Dominique et du pape Innocent III, au siècle dernier, nos provinces seraient purgées de la vermine cathare ? J'aurais aimé être au côté des inquisiteurs ou des juges qui ont condamné l'évêque Géraud.

Il reprit, d'une voix plus sereine :

— Mon pauvre Julio, je te plains et je regrette de ne pas rester plus longtemps pour te convaincre de tes erreurs.

Il ajouta que le pape Jean n'était pas au bout de ses peines et qu'il aurait à se colleter avec d'autres factions : les moines franciscains qu'on appelait les fraticelles, les bégards ou béguins, qui sapaient les fondements de la sainte Église, et, cela allait de soi, affronter la tourbe turbulente des Gascons, qui n'avaient pas désarmé.

Il dit en se levant :

— Nous nous reverrons avant mon départ, mon petit Julio. (Puis, ce qui me fit froid dans le dos :) Je compte te rendre visite d'ici peu sur ton lieu de travail...

Pour m'éviter ce risque, c'est moi qui pris l'initiative de nos rendez-vous. J'allais le retrouver au couvent. Il n'était pas toujours facile de le rencontrer, sollicité qu'il était par diverses initiatives relatives pour la plupart à sa mission en Extrême-Orient, qui nécessitait une longue préparation. Je ne pus faire pourtant qu'il ne mît son projet à exécution. Par chance, il me rendit visite à l'auberge à une heure où elle avait gardé une honnête apparence. Il marqua néanmoins sa surprise par une observation :

— L'auberge de *La Fille-en-Fleur*... Cette enseigne ne me dit rien qui vaille. Est-ce une maison sérieuse ?

— Elle a bonne réputation et elle est très honorablement achalandée. Nous recevons des officiers du conseil de ville...

— Vraiment ?

— Oui, et même des fonctionnaires laïcs du palais !

— Tiens, tiens...

Il me demanda si je me livrais assidûment aux pratiques de la foi, si je me confessais à date régulière, si je disais chaque jour mes prières. Je lui répondis que je ne manquais jamais à mes devoirs.

Je cachais mal le rouge qui me montait au front à l'idée

de berner aussi insolemment cette âme simple, mais comment aurais-je pu lui révéler la vérité, les péchés permanents dans lesquels je baignais ? Pouvais-je lui révéler que j'allais à la messe seulement le dimanche et les jours de fête carillonnée et qu'il m'arrivait de la sauter, que j'avais oublié mes prières, que je ne m'étais confessé qu'une fois, et encore avec des réticences. Je m'interrogeais parfois, non sans un sentiment d'angoisse : étais-je un bon chrétien ? Je n'avais nul besoin du missel que j'avais placé au fond de mon coffre et que je n'ouvrais jamais, pour croire en ce Dieu dont la présence ne m'a jamais quitté et qui, semble-t-il, ne m'a pas tenu rigueur de mes péchés.

Avouer à Sulpice ce que je me refusais de confier à un confesseur eût amené une rupture définitive entre nous et, ce que je redoutais avant tout, eût fait à mon ami une peine infinie. Je redoutais qu'il n'emportât dans le long voyage qu'il allait entreprendre une image de moi qui pût le faire souffrir comme une blessure secrète. Comment aurais-je pu oublier les heures passées au bord de la fontaine, à regarder le petit monde de Malaucène tourner autour de nous, l'enseignement que je lui devais, cette découverte des affaires du siècle dans laquelle il m'avait engagé ?

Je me gardai de le convier à me suivre dans ma chambre ; c'est lui qui me demanda où je logeais et si je consentais à lui faire les honneurs de ce qu'il appela un *retiro*. Je ne pouvais lui refuser cette faveur. Fort heureusement, tout était en ordre et le crucifix de bois trônait à côté du bougeoir sur ma petite table.

À peine eut-il franchi le seuil et promené autour de ma chambre un regard satisfait, il posa sur la table le paquet noué d'une ficelle de chanvre qui m'avait intrigué. Il s'assit au bord du lit, comme dans sa cellule de Malaucène lorsqu'il m'y recevait, m'invita à déplier le paquet et à venir m'asseoir près de lui.

— Je t'ai apporté mon livre d'heures, dit-il. Oui, c'est à toi que j'ai voulu le confier avant mon départ. C'est un travail maladroit, imparfait, mais j'y ai mis beaucoup de mon cœur et de ma foi. Tu es présent dans ce livre...

— Moi, présent ?

— Oui, toi, Julio. Regarde !

Il feuilleta la liasse qu'il n'avait pas eu le temps de coudre, me montra une planche coloriée un peu trop crûment à mon goût, qui représentait une scène rustique : un feu de la Saint-Jean, avec un groupe de bergers et de bergères dansant une ronde. C'est parmi ce groupe que je cherchai à deviner ma présence.

Il posa son doigt sur l'image de saint Jean-Baptiste qui dominait la scène.

— Te voilà ! s'exclama-t-il joyeusement. Jean-Baptiste, c'est toi !

Je faillis protester que ce portrait n'avait rien de ressemblant et que je ne méritais pas l'honneur qu'il me faisait. Sulpice avait dessiné et peint contre le ciel nocturne fourmillant d'étoiles une sorte d'Éliacin au visage poupin, en train de bénir la scène.

— C'est tout à fait mon portrait, dis-je effrontément, mais en plus beau. Et puis... le précurseur du Messie ne portait-il pas la barbe ? C'est ainsi, il me semble, qu'on le représente habituellement.

— Sans doute, mais avec la barbe il ne t'aurait pas ressemblé.

C'était d'une logique irréfutable.

Sulpice me laissa feuilleter le livre d'heures. Quand je l'eus refermé, après quelques observations flatteuses, mon mentor se lança dans une litanie de regrets : si, au lieu de risquer de perdre mon âme dans cette Babylone qu'était Avignon, j'avais suivi ses conseils, si j'avais accepté d'entrer en noviciat au couvent de Malaucène...

— ... aujourd'hui, mon petit Julio, nous serions deux à

partir et les dangers de ce voyage en auraient été allégés. Mais tu en as décidé autrement et je ne puis t'en tenir rigueur, d'autant que tu as gardé la foi très vive.

Avec délicatesse, il m'interrogea sur ma vie sentimentale qui, pour l'heure, était aussi stérile que les déserts de Judée et de Palestine réunis. Afin de ne pas le laisser partir avec en moi un poids de mensonges par omission, je lui contai ma brève aventure avec Clémence Perrinet. Je l'entraînai sur la scène de ce petit drame : mon soleiladou, que balayait une queue de mistral d'une température boréale.

— Elle se tenait là, dis-je, devant cette porte, sous le figuier par temps chaud, avec son tambour de brodeuse sur les genoux.

— Est-ce que tu l'aimais ?

— Je l'ai cru. Aujourd'hui, j'en doute. Je crains d'avoir été victime d'une illusion, de l'attrait de l'innocence, de la pureté. Clémence s'est mariée passé Noël et j'en ai souffert. Maintenant, je n'éprouve qu'un vague regret : je crois qu'elle aurait été pour moi une épouse très convenable.

Il me dit, en passant son bras autour de mes épaules :

— J'aurais eu plaisir à procéder à votre union.

Il ajouta :

— Nous allons prier ensemble, si tu veux bien.

Je retrouvai Sulpice quelques jours plus tard, dans le jardin du cloître où la dernière neige avait laissé une lessive de draps comme on en voyait sur les prairies au bord du Rhône, en été. Il paraissait comme transfiguré, parlait lentement, laissant fondre les mots sur sa langue comme des hosties.

Il me raconta que le Saint-Père l'avait reçu en audience avec quelques autres frères de Saint-Dominique candidats aux missions en Orient ou en Afrique, après une carrière de docteurs ou de prédicateurs.

— J'ai eu du mal, me dit-il, à maîtriser mon émotion. Comment une telle énergie, une telle intelligence, une telle mémoire peuvent-elles s'épanouir encore dans l'esprit de ce vieillard ? À soixante-dix ans, il est petit, laid, maigre comme un sarment, il parle difficilement la langue d'oïl, sa voix est aigre et pointue, mais une telle lumière émane de sa personne qu'on en est ébloui. Nous en étions tous fascinés et certains de nous avaient les larmes aux yeux en l'écoutant nous encourager dans notre mission, jusqu'au martyre si Dieu l'exigeait. Que de connaissances il a engrangées, et non seulement dans le domaine de la médecine, au cours de sa longue existence ! Il nous a parlé de la Terre sainte, de l'Afrique, de la Perse, de l'Inde, de la Chine, comme s'il avait passé sa jeunesse à courir le monde ! Il a terminé en nous bénissant et en nous disant : « Mes très chers enfants, je vous envie ! » Et je crois qu'il le pensait sincèrement.

La dernière rencontre que j'eus avec Sulpice avant son départ tourna très vite à l'aigre.

Il me prit la main, m'entraîna dans sa cellule qui comportait en tout et pour tout un lit, un prie-Dieu, un tabouret et un pot. En ôtant sa ceinture, il me dit d'une voix âpre :

— Ôte ton manteau et ta chemise !

— Plaît-il ?

— Fais ce que je te dis !

Je protestai, persuadé qu'il avait perdu la raison, ce qui, après tout, n'était pas pour me surprendre après les discours qu'il m'avait tenus précédemment. Comme il insistait, je me rebiffai, lui demandai s'il avait l'intention de me flageller et pour quel motif. En guise de réponse il me cingla le visage de sa ceinture de cuir, avec une telle violence que j'en ai longtemps porté la marque.

Au comble de la colère, il s'écria :

— Tiens ! voilà pour t'apprendre à tromper ma confiance !

J'esquivai l'autre cinglon, saisis la ceinture que je lui arrachai des mains. Comme ce moinillon de rien du tout ne pesait pas lourd, je n'eus aucune peine à le jeter sur sa couchette et à l'y maintenir. Je lui criai au visage :

— Vas-tu t'expliquer à présent ?

Il glapit :

— Voyou ! Chenapan ! Tu m'as trahi ! C'est dans un lupanar que tu travailles ! Et moi qui étais persuadé que tu menais une vie honnête…

— C'est vrai ! m'écriai-je. Je travaille dans un bordel, mais je n'ai fait que suivre la volonté de mon père, et c'était mon devoir de lui obéir. Qu'aurais-tu dit, qu'aurais-tu fait si je t'avais révélé la vérité ? Hein ? Qu'aurais-tu fait, qu'aurais-tu dit ? Tu m'aurais maudit, moi qui tiens tant à ton amitié ! Sache que je suis demeuré honnête et que je n'ai pas à rougir de ma condition. En revanche, que dis-tu de ces grands prélats à qui nous livrons à domicile non seulement des victuailles mais des filles ?

Je l'aidai à se relever, lui rendis sa ceinture. Il pleurait comme un enfant grondé. « Cette fois, me dis-je, tout est fini entre nous. »

Et j'en avais le cœur brisé.

Deux jours plus tard, veille de son départ, il fit parvenir à mon intention un billet que je trouvai glissé sous la porte de l'auberge : il me priait instamment de lui restituer le livre d'heures dont il m'avait fait présent. « Qu'il vienne le chercher ! » me dis-je, persuadé qu'il n'oserait pas se hasarder dans cet antre de turpitudes. Je tenais trop à ce cadeau qui perpétuait une amitié blessée mais vivante pour le lui rendre. Se fût-il montré plus compréhensif et plus indulgent à mon égard, peut-être aurais-je consenti à lui donner satisfaction, mais la trace de coup que je retrouvais tous les matins dans mon miroir entretenait ma rancœur.

Le navire qui emportait le frère Sulpice au bout du monde avait pris la mer à Marseille avec une semaine de retard en raison du mauvais temps. Il avait appareillé à la mi-février. Après avoir louvoyé le long des côtes d'Italie, puis du Péloponnèse et de Chypre, il avait piqué droit sur la forteresse d'Acre. Une caravane devait ensuite conduire la mission, à travers le désert des Ilkhans, la Mésopotamie et la Perse, vers le port d'Ormuz où commençait un autre long voyage de mer en direction de l'empire des khans mongols, la Chine.

Le secrétaire du prieur des Dominicains d'Avignon m'apprit plus tard que le responsable de la mission avait dû abandonner le frère Sulpice dans une infirmerie d'Acre où il se remettait difficilement des épreuves de la traversée. Rembarqué pour la France dans un navire marchand qui transportait un chargement de corail, d'épices et d'aromates, il avait été capturé en longeant les côtes d'Afrique par des pirates barbaresques, le navire ayant été arraisonné et conduit à Bougie pour y être désarmé, sa cargaison dispersée et ses occupants vendus comme esclaves.

L'ordre avait effectué des démarches par l'intermédiaire des chevaliers de Malte pour le rachat du prisonnier, mais les négociations s'éternisaient et j'avais quant à moi de bonnes raisons de penser que mon pauvre ami ne reverrait jamais cette Provence qu'il aimait et qu'il n'aurait jamais dû quitter.

Avignon changeait de visage de jour en jour.

Il semblait établi que la papauté s'y était installée pour y demeurer jusqu'à la fin des temps.

À l'auberge de *La Fille-en-Fleur*, nous accueillions souvent des négociants, des banquiers, des artisans, des officiers et même des docteurs de la loi venus dans le Comtat pour s'y installer, seuls ou en famille. Ce que nous révélaient les ultramontains des réactions des Italiens, des gens de Rome notamment, traduisait une inquiétude croissante de leur part : cette manne que constituait la cour pontificale leur échappait ; ils se souvenaient avec un frisson nostalgique des cérémonies du jubilé qui, à la fin du siècle dernier, avaient amené à Rome et dans les cités d'alentour une multitude de pèlerins qui avaient dépensé leur pécule dans les auberges, les boutiques et les tripots. Ce fleuve avait laissé en se retirant de grasses alluvions, et tous se demandaient si le prochain jubilé ramènerait les mêmes foules à Rome ou en Avignon.

Depuis l'installation du pape Clément au palais épiscopal et chez les Dominicains, la ville était devenue un gigantesque caravansérail.

Chaque jour, des dizaines de voyageurs se pressaient aux portes de la cité où ils faisaient queue en longues files, à pied, à dos de cheval ou de mulet, entassés par familles entières dans des carrioles ou des charrettes tirées par des haridelles vacillantes ou par une couple de bœufs. Si certains arrivaient par le fleuve, la plupart avaient emprunté routes et chemins ; ils s'annonçaient de loin par des bouquets ou des franges de poussière dorée qui, les jours de mistral ou de montagnère, flottaient comme des draperies.

Le conseil de ville, la curie, les établissements religieux (Dominicains, Franciscains, Augustiniens, Carmes, Cordeliers, Clarisses, Hospitaliers), ainsi que des asiles comme la Pignotte, se trouvaient confrontés quotidiennement à un problème qui paraissait insoluble : comment héberger tous ces gens, leur apporter la subsistance nécessaire, leur confier un travail ?

Le travail ? on en trouvait sans trop de difficulté pourvu que l'on fût valide, courageux et compétent. Quant à la subsistance, elle devenait rare et donc coûteuse. On palliait le problème du logement tant bien que mal, et plutôt mal que bien.

Le moindre espace abrité se payait cher ; les appartements à prix d'or, mais l'on n'en trouvait pour ainsi dire plus. Les nouveaux venus de condition modeste ou misérable nichaient où ils pouvaient : dans les rues, sur les places, dans les jardins et les cimetières, derrière les remparts, sous des charrettes, des carrioles ou des abris de toile. Ils allaient de porte en porte mendier leur pain, faisaient cuire leur maigre fricot entre deux pierres et buvaient l'eau des fontaines qui, Dieu merci, ne manquait pas.

Ces pauvres gens avaient fini par constituer des sortes de colonies regroupées selon les nationalités : les Italiens avaient trouvé refuge autour du couvent des Cordeliers, près de la porte Imbert, au bord de la Sorgue ; les Espagnols, mêlés à des immigrés venus du Languedoc et du Roussillon, autour de la commanderie de Saint-Jean, intra-muros ; les juifs chez leurs congénères de la juiverie Saint-Pierre ; les Français de toutes origines, dont la plupart parlaient la langue d'oc en usage dans notre région, dans les communautés religieuses, où ils commençaient à planter en légumes les jardins des cloîtres.

À l'auberge de *La Fille-en-Fleur*, Liénor et Cesare refusaient du monde. Ils avaient libéré le moindre recoin de la demeure, la plus sordide soupente, qu'ils louaient à des prix prohibitifs. Dans l'attente de la livrée qu'on avait promis de lui affecter, un cardinal espagnol avait trouvé asile avec deux de ses scribes dans un cabinet proche de ma chambre, d'où je les entendais le soir chanter des psaumes et réciter leurs prières. Nous hébergeâmes de nombreux pèlerins dont certains avaient fait une longue route, venant d'Écosse, de Pologne, du Danemark ; ignorant notre langue, ils s'exprimaient en latin, que j'avais mission de traduire, ou, mieux encore, en ce langage universel qu'est la monnaie sonnante et trébuchante.

Familles sans ressources, pèlerins impécunieux, vagabonds sans aveu parquaient par troupeaux, comme des brébiales, dans les prairies des bords du Rhône et de la Sorgue, sous des ramières de saules, où des garnements de la ville venaient se moquer d'eux et leur jeter des pierres. Les familles restaient groupées autour de leur véhicule ou de leur monture, sur des espaces de prairie délimités par de dérisoires palissades de piquets entrelacés de branchages ; la plupart s'étaient séparés de leur mule ou de leur bourrique en la vendant sur la place du Palais communal où les bouchers venaient s'approvisionner. On trouvait là, sous des tentes faites de lambeaux d'étoffe ajustés à la hâte, quelques filles de joie qui envoyaient des invites aux curieux.

Cette ville, j'avais du mal à la reconnaître.

Lorsque j'y étais arrivé, un an auparavant, elle avait

encore, si je puis dire, visage humain. L'installation du pape Clément n'avait attiré qu'un nombre limité de curiales et de serviteurs, le retour à Rome paraissant imminent. Les choses avaient changé le jour où le pape Jean, bien que la possibilité du retour vers l'Italie demeurât une éventualité, avait commencé à faire raser les masures de quelques quartiers pour y construire les premières livrées cardinalices. De ce jour, on crut que le miracle s'était accompli et que la capitale de la chrétienté était et resterait Avignon !

Chaque jour ou presque s'ouvrait un nouveau chantier où les immigrés trouvaient à s'embaucher comme maçons, tailleurs de pierre, brassiers et artistes. La misère s'estompait dans cette orgie de travail dont tous, directement ou non, profitaient. On construisait en ville, on construisait au-delà des remparts ; on voyait des Éminences, futures locataires des lieux, patauger avec leurs escarpins vernis dans le mortier ou la chaux pour évaluer l'avancement des travaux. Le vieux Napoleone Orsini campait pour ainsi dire sur place pour mieux surveiller le chantier de son futur palais : il avait loué une chambre chez un bourgeois du voisinage et passait le plus clair de son temps à la fenêtre.

J'étais bien placé pour apprécier la situation financière de l'auberge.

Jamais le sourire de *La Fille-en-Fleur* qui s'épanouissait sur l'enseigne n'avait paru aussi radieux. L'or et l'argent s'accumulaient dans le coffre. Parfois, au soir d'une journée fructueuse, Liénor, resplendissante, me disait :

— Regarde, mon petit Julio ! Touche, pèse ! Nous sommes riches, riches, riches ! Bientôt nous pourrons acheter à ton père une charge de chevalier, le faire adouber pour qu'il devienne capitaine au conseil de ville, nous faire construire un château au bord du Rhône ou de la Durance !

C'était devenu pour elle des idées fixes. Elle en parlait

le jour, elle en rêvait la nuit. À plusieurs reprises, accompagnée de Cesare, elle avait fait atteler le mulet de l'auberge à la carriole pour aller prospecter les parages afin d'y découvrir l'emplacement propice à la réalisation de son ambition. Mon père ne me soufflait mot de ces projets, mais il est vrai qu'il ne m'adressait pour ainsi dire jamais la parole, si ce n'est pour me jeter ordres et réprimandes d'un ton péremptoire, comme au chien Titus.

Liénor avait une autre idée en tête, moins avouable et dont elle ne m'entretenait que par périphrases.

Persuadée, depuis qu'elle s'était donnée à moi, que je lui témoignais quelque sentiment qui n'avait rien de filial, elle avait mûri un projet insensé. Elle me disait, dans un soupir :

— Si nous pouvions disposer de ce magot, toi et moi, seuls, la belle vie que nous mènerions…

— Tu oublies, ripostais-je, que mon père a sa part à ce trésor.

— Ton père… Je ne puis oublier ce qu'il est pour moi, mais nos rapports ne sont pas ce qu'ils devraient être. Ils tiennent davantage de l'association que du mariage.

— Qu'est-ce qui vous empêche de vous marier ?

— Je le lui ai proposé. Il a refusé. Je crois qu'il a une idée derrière la tête : lorsqu'il aura un pécule suffisamment important, il se fera la belle.

Liénor prenait ma main, la plongeait dans le coffre, me forçait à prendre des poignées d'écus et de florins, à les faire ruisseler. Elle écoutait, les yeux clos, ce bruit obsédant, comme au bord de la jouissance.

Je me méfiais de ces manœuvres mais il m'était difficile de m'y soustraire, persuadé qu'il ne tenait qu'à elle de faire en sorte que ma sinécure prenne fin et que je sois contraint de retourner à Bédoin garder les moutons et travailler la vigne. Je ne comptais guère sur mon père pour me retenir ; il trouverait facilement à me remplacer.

J'en venais à pressentir un danger plus grave : que Liénor, mettant son projet à exécution, ne quittât l'auberge et Avignon avec le magot... mais sans moi. Cette crainte m'incitait à la surveiller avec une assiduité constante.

Au palais épiscopal comme au couvent des Dominicains, les gens originaires du Quercy, province natale du pape Jean, remplaçaient peu à peu les Gascons que le pape Clément y avait amenés.

Ils étaient tout aussi turbulents, mal embouchés, tonitruants mais moins agressifs, et pour cause : ils étaient désormais chez eux dans la place, par familles entières. Il en vint loger chez nous, avec des sortes de billets de logement qu'ils faisaient rédiger par la chancellerie du palais. Pour ne pas attirer l'attention sur les activités occultes de l'établissement, nous étions contraints de les héberger et de chasser pour leur faire place de pauvres bougres qui payaient recta leur loyer.

— Ces gueux ! pestait Liénor. Il faut les servir comme des princes et ils se conduisent comme des pourceaux ! Ils pissent partout dans la maison, appellent les servantes pour vider leurs pots, donnent de la gueule avec ou sans motif, mais pour leur faire ouvrir leur bourse c'est la croix et la bannière ! Quand cette engeance lèvera le camp, ce n'est pas moi qui les regretterai.

Lever le camp ? il n'en était pas question. Les gens du Quercy continuaient à envahir Avignon par caravanes et jouaient des coudes pour se faire une place dans cette ville surpeuplée.

Nombre d'entre eux étaient des parents du pape. Avant lui, Clément V avait mis le népotisme à la mode et en avait fait une véritable institution. Le pape Jean ne fut pas en reste : plus de la moitié du Sacré Collège était composée de cardinaux de sa famille ou à sa dévotion, et l'on ne comptait plus les évêques, les abbés, les pères supérieurs et les prieurs qui tenaient leur bénéfice de sa générosité.

On appelait le pape Jean le « Pape vert » car il aimait orner ses vêtements de cette couleur qui lui rappelait peut-être les horizons de son pays natal ; il la recommandait à son entourage ; on disait même qu'il couchait dans des draps de couleur prune.

L'austérité, la grisaille du temps de son prédécesseur n'avaient plus cours. On vit s'installer la mode du chatoyant, du brillant, du clinquant, au point que certaines assemblées ressemblaient à des attroupements de perruches dans lesquels il jouait le perroquet. Notre pontife tenait tant à ce que sa vie se déroulât au milieu d'une symphonie de couleurs qu'il faisait confectionner et distribuer des coupons de tissus multicolores à ses familiers, ce qui donnait à l'ancien palais épiscopal une allure de fête permanente. J'étais présent un jour où l'on célébrait la mémoire de je ne sais plus quel grand personnage et j'en ai gardé dans l'œil une image de carnaval et dans l'esprit un sentiment de vanité.

Le palais et le couvent des Dominicains devenaient trop exigus pour abriter cette fourmilière humaine, ce qui décida le pape à faire effectuer des travaux comme la construction d'une vaste salle d'audience sur des terrains proches du palais, la transformation de l'antique église en élégante chapelle palatine et de l'ancien cloître en espace public où la foule pourrait recevoir sa bénédiction. Il confia à des artistes du Languedoc l'ornementation de ses appartements privés.

Sa Sainteté se montrait peu en ville. Sa promenade favorite, lorsque le temps le permettait, la conduisait sur la butte des Doms ou dans ses jardins transformés en ménagerie d'animaux sauvages d'espèces indigènes auxquels elle jetait les reliefs de ses repas.

Casanier comme il l'était, je ne rencontrais le pape Jean qu'en de rares circonstances et de loin, sans qu'il pût remarquer ma présence insignifiante, ce qui m'importait peu. Je garde mémoire d'un vieillard voûté, sautillant d'une jambe sur l'autre, redressant sa taille pour lancer à un serviteur un ordre ou une plaisanterie qui faisaient éclater un rire de crécelle, mais débordant de volonté et d'énergie.

Cette volonté, cette énergie qui habitaient un corps débile, le pape Jean en usa parfois avec une rigueur dans l'exercice de la justice qui contrastait avec sa mansuétude naturelle.

Le premier, l'évêque Hugues Géraud en fit les frais. Comme pour confirmer ces dispositions déroutantes, le pape Jean s'en prit par la suite aux sorciers, aux sorcières, aux *mascos* de toute nature et de toute origine qui avaient la faveur des basses couches de la population.

De temps à autre, ses sbires débusquaient et jetaient à ses pieds quelques spécimens de ces personnages, la plupart du temps d'innocents rebouteux incapables de concevoir des sentiments subversifs envers lui mais dont ses médecins, Villeneuve en particulier, lui disaient pis que pendre. On les jetait dans un cul-de-basse-fosse, on les mettait à la question, on les tourmentait avec les raffinements réservés naguère aux cathares, puis on les livrait au bras séculier pour la corde ou le bûcher.

La populace — dont je faisais partie — se plaisait à ces réjouissances publiques. Le spectacle était annoncé dans toute la ville à son de trompes et de tambours. La pendaison ne faisait pas recette ; on préférait le bûcher. Les crémations se déroulaient sur une prairie des bords du Rhône, à l'endroit où l'évêque Géraud avait été écorché vif. Les condamnés étaient souvent de vieilles gens livrés au bourreau à peine conscients, épuisés qu'ils étaient par la torture et le régime du mur, et qui se demandaient les raisons qui avaient bien pu leur valoir ce traitement.

Un matin de juillet, on conduisit sur le pré des Dominicains une grande fillasse d'origine piémontaise que l'on avait accusée, à tort ou à raison je ne sais, de faire profession de sorcellerie. On lui avait coupé les cheveux presque ras avant de la conduire sur le lieu du supplice. Pour la maîtriser et la faire taire, ce fut la croix et la bannière : elle bousculait les sergents, injuriait le moine qui lui présentait le crucifix, crachait au visage du bourreau, appelait, à ce que je crus comprendre car elle parlait en piémontais, la vengeance du Seigneur sur le pape « se disant vicaire du Christ » qu'elle traitait d'*infame porco* !

Lorsque le bourreau mit le feu au bûcher, ce n'est pas le *Veni Creator* qu'elle chanta mais une chanson profane de son pays. Elle chantait encore ou proférait des injures lorsque les premières flammèches dévorèrent sa chemise. Nue, enveloppée de fumée, elle chantait toujours mais sa voix était devenue une sorte d'aboiement furieux, lourd d'anathèmes.

Lorsque les aides du bourreau recueillirent les cendres encore brûlantes pour les jeter au fleuve, ils retrouvèrent la tête de la suppliciée ; ils la jetèrent encore fumante sur le pré où des enfants la recueillirent pour s'en amuser.

Plus tard, j'appris que cette fille avait commis un crime inexpiable : elle avait fourni à un vieux cardinal italien, un Ceccano ou un Orsini, une poudre de jouvence. Ce remède, dont il avait sans doute abusé, l'ayant indisposé, il avait livré la fille à la justice du maréchal du palais.

Liénor et Cesare auraient aimé que ma sœur Filippa vînt nous retrouver en Avignon. Ils me demandèrent d'intercéder auprès de maître Pellegrin, ce que je me gardai de faire. Filippa était trop jeune et elle menait à Bédoin la vie qui lui convenait et dont elle ne souhaitait pas changer. De plus, elle était trop utile au mas pour envisager de le quitter. Maître Pellegrin avait fait une mauvaise chute dans le puits qu'il avait entrepris de creuser ; son épouse s'enfonçait inexorablement dans une lente décrépitude physique et mentale qui l'éloignait de toute activité ; leurs deux fils, devenus adultes depuis quelques années déjà, avaient déserté le foyer familial pour chercher fortune, l'un à Lyon chez un regrattier, l'autre à Marseille chez un corroyeur. C'est Filippa, tout naturellement, qui avait pris la direction et assumait la responsabilité du domaine.

Je la retrouvais chaque automne, au temps des olivades et des vendanges ; elle était devenue grande et belle comme sa mère ; elle était douée d'une autorité que personne ne lui contestait et dont elle n'abusait pas.

L'afflux des étrangers qui envahissaient Avignon et ses abords m'avait incité à lui proposer de diversifier davantage les productions du mas et, pour ce faire, acheter de nouvelles terres. Je lui fournis une partie de l'argent nécessaire, au point de vider mon coffret, mais sans qu'à aucun moment j'eusse à le regretter. Filippa embaucha un personnel trié sur le volet, créa une porcherie, un poulailler, une laiterie pour produire ces fromageons de chèvre dont les gens de la ville étaient friands. Peu à peu elle se dégagea de la tutelle des moines de Malaucène qui se gobergeaient du cens, de la dîme et autres fouages qui faisaient de nombreux paysans des claquedents mûrs pour aller mendier sur les grands chemins.

En quelques années, le bourseron où elle rangeait les deniers péniblement arrachés aux moines devint un coffret. Je lui enseignai l'exercice des comptes et elle se révéla une élève très douée.

Je lui parlai un jour, sans la moindre volonté de la convaincre, du désir que Liénor et Cesare avaient qu'elle nous rejoignît en Avignon. Elle éclata de rire, haussa les épaules, s'écria :

— Moi ! En Avignon ! Dis-moi, Julio, tu me vois dans cette pétaudière ? Et qu'est-ce que j'y ferais ? Regarde-moi. Est-ce que j'inspire la pitié ? Et mon domaine, est-ce qu'il te semble à l'abandon ?

Je me hasardai à lui parler mariage. Elle pouffa et me répondit :

— Mon petit Julio, tu me présenterais le fils du seigneur de Beaucaire que je dirais non ! Pourquoi irais-je m'encombrer d'un mari qui prétendrait me dicter sa loi, de mioches qui mangeraient mon temps et mon bien ? Mon véritable ami, le voilà…

Elle posa sa main sur le coffret qui contenait ses modestes économies.

Quels arguments aurais-je pu tenter de faire valoir pour la persuader de renoncer à la vie qu'elle menait ? Un oiseau qui trouve le bonheur dans son nid va-t-il chercher ailleurs un abri plus confortable ?

Je constatais avec une surprise heureuse que ma sœur ressemblait de plus en plus à Garine, notre mère : cette ampleur des épaules et de la poitrine, cet éclat sombre et lisse de la chair brunie par le grand air, avec d'agréables reflets d'olive mûre quand le soleil la caressait de biais, ces longues jambes un peu fortes, cette chevelure d'obsidienne qu'elle laissait libre ou nouait dans le dos d'un simple ruban, c'était le portrait de Garine.

Notre mère reposait entre quelques cyprès, face au Ventoux, parmi les lavandes et les roses sauvages. Une simple dalle de calcaire jaunie par le temps, portant son nom gravé sous une croix, signalait seule sa présence. On avait dégagé autour un espace où ses vieux parents iraient sans tarder la rejoindre.

Maître Pellegrin rejoignit sa fille quelques années plus tard. Lorsque je me rendis à Bédoin pour assister à l'inhumation, Filippa me dit :

— Depuis cette chute qui lui a brisé les reins, il souffrait de se sentir inutile. Il se tenait assis sur le banc, devant la porte, à regarder le Ventoux, à compter mentalement le troupeau de retour au jas, à rabâcher des histoires que personne n'écoutait. Je crois qu'il s'est laissé mourir.

Notre grand-mère le suivit de peu : à quelques mois de là. N'ayant plus sa tête, elle macérait dans une consomption interminable qu'elle interrompait de hurlements, de chansons et de propos sans queue ni tête.

— Il reste encore un peu de place sous les cyprès, me dit Filippa en déposant un bouquet sauvage sur les trois tombes. Qui viendra l'occuper le premier ?

Autant qu'il m'en souvienne, ce doit être au mois de mars de l'an de grâce du Seigneur 1322 que François Bellejambe fit irruption dans ma vie. Ce n'était pas son nom véritable, mais je ne le sus que plus tard et d'ailleurs je ne le connus jamais.

J'ignore quel mauvais vent l'avait poussé vers le territoire du Comtat où l'on disait que la vie était plus douce et plus facile que dans le royaume de France et surtout qu'en Italie ou en Espagne.

Originaire de Picardie, François avait passé une partie de son enfance et de sa jeunesse à Paris où il avait étudié le droit puis les belles-lettres. Il se disait poète, et le fait est que la poésie coulait de son cœur et de ses lèvres, non sans talent d'ailleurs, comme d'une fontaine.

Ce que j'appris de ses antécédents, je ne sais trop qu'en penser car il était aussi habile fabulateur que bon poète. Ses récits sentaient le mensonge, mais, loin de m'en formaliser, je m'en divertissais et le relançais dans ses élucubrations.

Ce nom de Bellejambe dont il s'était affublé lui allait comme une paire de gants à un manchot. En fait il était bas sur pattes, maigre, laid avec son visage piqueté de vers noirs ; ses joues étaient marquées de deux cicatrices qui rosissaient sous l'effet de la jubilation ou de la colère. Il s'accompagnait volontiers, dans ses poèmes et ses chansons, d'un antique luth mal rafistolé qu'il portait en bandoulière, comme les jongleurs.

J'ai cru reconnaître en lui une survivance récurrente de ces personnages grotesques qui se donnaient pour des esprits cultivés et libérés, écoliers dévoyés pour la plupart, dont certains devaient devenir des personnages importants après avoir jeté leur gourme et renoncé à leur folie. On les appelait « goliards ». Ces joyeux trublions, révoltés contre l'ordre établi, brocardaient joyeusement, en vers, en prose ou par leurs propos, les institutions laïques ou ecclésiastiques, prônaient avec un allègre cynisme leur opposition à toute contrainte. La justice du roi les jetait au mur, mais, comme on ne les prenait guère au sérieux, on se garda d'en faire des martyrs.

Ce titre de goliard, d'ailleurs, François Bellejambe ne le reniait pas, et même le revendiquait comme un titre de gloire. Dans cette sorte de religion de la liberté, son maître était un certain Archipoeta qui vivait à Cologne deux siècles auparavant, mais dont on peut se demander s'il n'était pas une émanation fictive d'une époque un peu folle, une idole créée de toutes pièces, une sorte de mythe.

À quelques jours de notre rencontre, François me dit en découvrant sa poitrine :

— Tu vois ce pendentif ? C'est un reliquaire. Il contient l'os du doigt d'or d'Archipoeta, son auriculaire gauche, si tu préfères.

En fait, il me l'apprit plus tard dans un grand éclat de rire, c'était le cadavre desséché d'un rossignol.

François Bellejambe était venu, ce soir de mars, brandissant son luth, donner une aubade à la clientèle de l'auberge. Le premier réflexe de Cesare avait été violent : il avait jeté le baladin dehors avec son escarpin au bas du dos, comme il ne manquait pas de le faire chaque fois que l'un de ces malheureux se présentait. Il ne supportait pas ces gens qu'il appelait des *côtes-en-long* pour dire des fainéants, une expression glanée dans le pittoresque répertoire de maître Pellegrin.

Le poète devait avoir l'habitude de ce genre d'accueil car il n'eut pas la moindre velléité de riposte ; il se contenta de se planter de l'autre côté de la rue et d'improviser sur son luth un couplet vengeur contre le tenancier irascible.

— Qu'il aille se faire voir ailleurs, ce traîne-misère ! s'était écrié Cesare en retournant à son officine.

L'un de ses clients, un capitaine des sergents du conseil de ville, lui reprocha vivement son attitude.

— Vous avez tort d'expulser cet artiste, Grimaldi ! dit-il. On trouve souvent parmi ces jongleurs des gens de bonne compagnie et fort divertissants, qui vous troussent une poésie ou une chanson en un clin d'œil. J'avoue que celui-ci n'est pas d'apparence très avenante, mais il semble avoir de l'esprit.

Je me demandais où il avait puisé cette opinion lorsque Cesare, bougonnant, s'écria, campé sur le pas de la porte :

— Hé toi, là-bas ! Oui, toi, l'artiste… Rapplique !

Il le fit entrer, demanda à Liénor de lui faire servir une cruche de piquette que le poète vida d'un trait, sans prendre la précaution de la verser dans son gobelet. Il s'éclaircit la voix, fit courir ses mains délicates et déliées sur les cordes de son instrument, comme une caresse propitiatoire.

Mon père lui glissa à l'oreille :

— Nous avons ce soir une clientèle huppée. Tâche de ne pas nous chanter des insanités, sinon je te casse cette cruche sur la tête.

Bellejambe fit un peu le bouffon, juste ce qu'il fallait pour éprouver la qualité et la nature de son public, de manière à ne pas lui servir du lapin s'il n'aimait que le poulet.

D'une voix puissante et bien timbrée il se présenta

comme l'héritier d'une longue lignée de poètes qui, depuis Archipoeta l'Ancien, protégé de l'empereur Frédéric Barberousse, en passant par Gautier de Lille et Hugues d'Orléans, dit le Primat, avaient offert des ailes à la poésie. Il se donnait de la branche, coupait son phébus de quelques notes de musique, mais ce préambule parut laisser la clientèle indifférente.

Cesare commençait à le regarder d'un œil assassin, si bien qu'un nouvel incident me parut inévitable.

Le poète réclama une deuxième cruche, que le patron lui refusa sèchement.

— Dans ce cas, dit Bellejambe, je vous tire ma révérence.

Il ajouta, tourné vers les dîneurs, d'un air arrogant, en faisant grincer les cordes de son luth, ces quelques vers dont je vais tenter de me souvenir :

De même qu'un moulin s'arrête de chanter
Lorsque tarit le cours de la rivière
De même mon gosier demeurera muet
Si le fond de ma cruche est sec comme une pierre...

— Hé là ! s'écria Liénor en le rattrapant par le fond de son mantelet, ça fait deux sous, à moins que tu ne continues ton numéro. Ici, rien n'est gratis.

Le capitaine lui offrit sa propre cruche, encore à moitié pleine. Bellejambe la vida d'un trait, sans un mot de remerciement.

— Voilà, dit-il d'un air réjoui, un châteauneuf digne de la table d'un cardinal. Meilleur que le vinaigre que tu m'as offert, tavernier, et dont tu ferais mieux de te servir pour occire tes morpions !

Cesare prit un nouvel élan pour le chasser, mais les rires montant de l'assistance l'en dissuadèrent. Il disparut dans la cuisine en rongeant son frein.

J'assistais à cette scène au côté d'un jeune artiste peintre, Arnaud Fabri, qui venait de recevoir le premier acompte pour une commande de fresques destinées à la chambre d'un cardinal. Il avait encore de la peinture au bout des doigts.

La liberté de Bellejambe dans ses propos, dans ses chansons et ses poèmes, les commentaires auxquels il se livrait me laissèrent pantois et admiratif, prêt à intervenir au cas où Cesare menacerait de lui fendre le crâne ou d'envoyer Titus mordre le fond de ses chausses rapetassées.

Arnaud se tenait les côtes et me tapait sur l'épaule lorsque le bouffon imitait un vieux cardinal espagnol en train de faire une cour désespérée à un tendron de servante à laquelle il souhaitait faire découvrir le paradis. Et la servante de lui jeter à la figure cette repartie cinglante :

Votre paradis, je le connais
C'est un champ de raves blettes !

Il mimait avec cocasserie tantôt le cardinal, tantôt la servante, et la salle croulait sous les rires, la plupart des clients ayant dans leurs relations, à ce qu'il semblait, un cardinal espagnol d'une identique lubricité.

Lorsque le bouffon s'en prit au pape, je me dis que les réactions du public allaient virer à l'aigre, d'autant que nul ne pouvait ignorer lequel de ces pontifes se cachait derrière cette voix aigre et cette attitude sautillante. Bellejambe évoquait dans une improvisation satirique les crémations qui s'étaient succédé en Avignon ces temps derniers.

De quoi se plaignent mes chers frères
Moi qui fais d'eux des légères fumées
Qui prennent le chemin du Ciel
Et ramènent leur âme au Seigneur ?

— Il est bien imprudent, ce bouffon, dis-je à Arnaud. Cette salle comprend des gens de la curie, des sergents, notamment. S'il continue sur ce ton, je ne donnerai pas cher de sa peau.

Comme s'il avait entendu ce propos, Bellejambe s'approcha de notre table, que nous partagions avec trois jeunes clercs non tonsurés, vêtus de défroques disparates, mal lavés, qui libéraient leur enthousiasme à grand bruit, car ces fraticelles ne portaient pas dans leur cœur le pape et les cardinaux qui les persécutaient.

Bellejambe posa un pied sur notre banc et poursuivit :

Mon existence, jeunes gens, est ainsi faite
Que j'ignore de quoi demain sera fait
Pour le mauvais esprit que je suis
Mais ce que je redoute le plus, sachez-le,
C'est de baiser le cul d'une Éminence...

Cette fois, le bougre passait les bornes de la liberté et de la décence. Les trois fraticelles applaudirent frénétiquement, mais des murmures réprobateurs montèrent de toute part.

Cesare toucha l'épaule de l'insolent et lui dit à l'oreille :

— Tu en as assez dit. Maintenant, fous le camp. Mon auberge n'est pas un tréteau de foire. Allez, ouste !

Bellejambe toucha du bout des doigts le bord de son bonnet de laine crasseux, rejeta son luth dans son dos puis, ôtant sa sébille de sa ceinture où elle pendait, il passa de table en table pour récolter le fruit de son talent. Arnaud lui donna un gros sou, d'autres de la clinquaille, les fraticelles des compliments. Il salua en ôtant son bonnet et, en se retirant, chanta un dernier couplet.

Je ne suis que chose légère
Une feuille dont se joue le mistral
Aujourd'hui ici, demain ailleurs...

Un garçon qui paraissait avoir une vingtaine d'années le rejoignit au moment où le baladin allait franchir la porte ouverte sur la rue où s'était groupée une poignée de badauds. Ils s'entretinrent un moment et parurent se donner rendez-vous.

— Qui est-ce ? demandai-je à Arnaud.

Le peintre le connaissait pour l'avoir rencontré dans l'entourage du cardinal pour lequel il travaillait. Il me répondit :

— C'est un Italien originaire d'Incisa, une petite paroisse des environs de Florence. Son père est l'héritier d'une dynastie de notaires. Il lui a fait suivre des cours de jurisprudence à Montpellier et de grammaire à Carpentras. La famille est du parti guelfe. Elle a été chassée de Florence par les gibelins, qu'on appelle les *Noirs*. Les premiers sont partisans de la papauté, les seconds de l'empire. C'est un poète lui aussi, et de plus un esprit cultivé. Il se nomme…, attends…, Francesco Petrarca ou Petrarco. Ici il se fait appeler Pétrarque…

Jean XXII était un grand chasseur : de sorciers, d'hérésiarques, de schismatiques.

Créé par saint François d'Assise il y a environ un siècle et demi, l'ordre des Franciscains fonde l'essentiel de sa doctrine sur la mendicité et la prédication, sans l'obligation de vivre cloîtré. Les moines appartenant à cet ordre mineur, errants, gyrovagues, prônent la pauvreté absolue — celle du Christ, disent-ils — et le retour à la pureté spirituelle des Évangiles.

Cet ordre a largement débordé les limites du monde occidental pour répandre ses missionnaires aux quatre coins de notre univers, jusqu'en Mongolie.

À l'époque dont je parle, les Franciscains avaient connu de graves divisions : certains souhaitaient une règle moins rigoureuse et une vie cénobitique conforme à la tradition, et on les appelait les « conventuels » ; les autres, spirituels ou fraticelles, préféraient vivre sans attaches, prêcher au coin des rues, tendre la main, vivre pour tout dire dans le siècle.

C'est cette seconde fraction de l'ordre qui donnait du fil à retordre au pape Jean, partisan de la discipline en matière de foi et adversaire acharné de toute forme d'hérésie.

Les fraticelles semaient en Avignon le trouble et la

panique par leur ostentation et les excès de leur comportement. Ils portaient des frocs délavés, rapiécés, découvrant leurs mollets. On aurait pu penser qu'ils ne connaissaient ni Dieu ni diable s'ils n'avaient eu chevillé au cœur l'attachement farouche à leur mission : gagner à la religion l'âme des humbles, à leurs yeux aussi pure, sinon davantage, que celle des grands prélats et des princes séculiers.

Cette engeance pullulait en Avignon comme dans toute la Provence. Je rencontrais souvent ces fraticelles dans mes promenades. Ils se tenaient assis au coin des rues, sur une borne, sous un platane, dans l'herbe d'un jardin, entourés de curieux qui les écoutaient raconter l'Évangile en termes simples et qui touchaient le cœur des humbles. La nuit, ils dormaient dans des abris de fortune ou à la belle étoile, insensibles, semblait-il, au froid, au vent, à la pluie. Esprit Gauterouge, notre factotum, en avait recueilli un et l'avait hébergé dans le foin en cachette de mon père qui l'eût fait déguerpir avec Titus à ses trousses.

Au temps où j'étais amoureux de Clémence Perrinet et où je sentais dans mon cœur les bourrasques de pureté évangélique qu'elle y avait suscitées, je m'arrêtais pour les écouter. Ils parlaient d'Avignon comme si elle eût été la Babylone des Écritures, du pape comme d'un antéchrist, des sacrements comme de pratiques inutiles. Ils se référaient parfois à un certain Joachim de Flore, moine calabrais vivant il y a près de deux siècles, qui avait fondé une demi-douzaine de communautés en Italie et qui, excédé par les mœurs déliquescentes des serviteurs de Dieu, se penchait vers les gens du peuple pour semer dans leur âme les préceptes des Évangiles et glorifier la pauvreté. Les fraticelles citaient de mémoire des textes extraits des *Commentaires de l'Apocalypse*, l'œuvre majeure de cet illuminé, qui semblait être leur livre de chevet.

Ces trublions menaient une guerre ouverte contre leurs adversaires, les conventuels, qui, eux, suivaient rigoureusement la règle, couchaient dans un lit douillet, mangeaient à une table bien garnie et remerciaient Dieu de Ses faveurs. Les fraticelles allaient les provoquer à domicile, leur jetaient des pierres et des ordures, les discréditaient dans la population.

Le pape Jean jugea qu'ils en prenaient trop à leur aise avec l'orthodoxie de la foi. Il était excédé d'entendre chaque jour ces énergumènes proclamer que l'Église ne faisait que se survivre depuis l'empereur Constantin, qu'elle était devenue une prostituée soumise au lucre et au stupre, que Babylone était la première étape sur la route de l'enfer… Autant de propos qu'on lui rapportait complaisamment, avec une telle assiduité qu'il finit par fulminer une bulle proclamant que le châtiment était proche : ou ils obéiraient ou ils seraient excommuniés ; qu'ils portent un vêtement décent ; qu'ils cessent de mendier et fassent des réserves de vivres qui leur permettent de subsister…

Les fraticelles ne prirent pas ces menaces au sérieux. Dans toutes les contrées où ils sévissaient, ils renouvelèrent avec une vigueur accrue leurs anathèmes contre les pontifes de Babylone.

La mesure était comble et le pape Jean décida de faire un exemple.

Depuis la fin de la croisade contre les cathares, le grand bûcher de Montségur, la chasse aux derniers Parfaits, l'Inquisition n'était plus que le bras mou de la chrétienté. Le pape s'attacha à la stimuler, à lui donner un regain de vigueur. Au Franciscain conventuel Michel Lemoine fut confié le soin de sévir, de procéder aux arrestations, aux tortures, aux procès. À Marseille, quatre moines rebelles à la règle payèrent de leur vie les erreurs qu'ils avaient répandues.

Aux cendres de cette quadruple crémation répondit chez les rebelles une flambée d'indignation. Loin de déposer les armes, ils se lancèrent dans de nouvelles invectives, proclamant que « l'ordre était devenu une prison, la foi une écorce, l'Église une synagogue et son pasteur un monstre » ! L'un d'eux se proclama leur porte-parole. Il s'appelait Bernard Délicieux ; toute son existence avait été consacrée à la lutte sans merci livrée aux inquisiteurs qui sévissaient contre les siens. Décidé à régler cette affaire au plus haut degré, il se rendit à Avignon, accompagné de quelques acolytes, pour déposer ses griefs aux pieds du Saint-Père.

Pour le pontife, l'occasion était trop belle de se débarrasser d'un gêneur. Arrêté, accusé de complot, de projet d'empoisonnement comme le malheureux évêque Géraud, il accepta sereinement la sentence ; pour ne pas donner aux rebelles des raisons de célébrer un martyre, on évita de brûler le condamné ; on l'emprisonna à vie au mur de Carcassonne, la grande cité cathare, où il mourut peu de temps après.

Décidé à en finir une fois pour toutes avec cette engeance, le pape Jean convoqua un consistoire en Avignon. Un frère franciscain s'étant permis de rappeler au Saint-Père que les ordres mendiants étaient de droit divin et ne relevaient pas de son autorité, il fut incarcéré.

Le pape promulgua une bulle afin d'en terminer avec cette affaire. Le Christ, les apôtres ne possédaient rien en propre ? Hérésie ! Ils n'avaient pas le droit d'acheter, de vendre ? Hérésie ! Hérésie ! Hérésie !

Débarrassé de cette pénible affaire, les fraticelles réduits au silence, le pape Jean se tourna vers les princes d'Europe.

Pour une affaire de succession au trône de l'empire d'Allemagne, deux souverains, Henri de Luxembourg et Louis de Bavière, qui se trouvaient en compétition se livrèrent une guerre sans merci ; après la rude bataille de Muhldorf, c'est Louis de Bavière qui l'emporta : il reçut la couronne de fer des anciens rois lombards avec le titre d'empereur, des mains d'une *persona non grata* auprès de la papauté, Sciarra Colonna, devenu préfet de Rome, le même qui, quelques années auparavant, avait comploté avec le roi de France pour l'enlèvement du pape Boniface à Anagni.

Riposte du pape Jean : une bulle d'excommunication à l'adresse du nouvel empereur, lequel ne se privait pas de manifester sa haine contre cet exilé volontaire qu'était le pontife. Réplique de l'empereur : déposer le pape Jean et faire élire un autre pontife nécessaire à son couronnement à Rome. Son choix se porta sur un Franciscain fraticelle, Pietro Rainalluci. Marié dans sa jeunesse, ce pauvre moine avait fui la société pour trouver la paix dans les Abruzzes. On dut lui faire violence pour le coiffer de la tiare, le présenter au peuple, lui faire poser la couronne impériale sur la tête de l'excommunié.

Rainalluci, pape malgré lui, nomma des évêques et des cardinaux qui boudèrent cette faveur. Il ne rencontrait partout qu'indifférence ou hostilité.

Encombré de cette tiare qui lui pesait, mal à l'aise sur le trône de saint Pierre, trop grand pour lui, le pape, qui avait pris le nom de Nicolas, quitta la Ville éternelle sous les vociférations de la populace. Revêtu du simple froc de son ordre, la corde au cou, il alla faire amende honorable auprès du vrai pape, en Avignon. Reçu avec mansuétude, grondé pour sa naïveté, le malheureux antipape, conduit dans une cellule préparée à son intention, y mourut trois ans plus tard, accablé de regrets et de remords. On montrait encore, récemment, cet humble réduit, la couchette étroite, le prie-Dieu où il méditait sur ses faiblesses.

Il m'est difficile et pénible d'évoquer la période de ma vie qui a succédé à ma rencontre avec trois personnages qui allaient me marquer profondément : Arnaud Fabri, François Bellejambe et Francesco Petrarca, dit Pétrarque. Non parce qu'ils sont morts mais parce que j'ai plongé de concert avec eux dans des turpitudes qui ont laissé dans ma mémoire une saveur douce-amère. Au terme de ma vie, je dois pourtant scruter sans complaisance à la fois l'époque où j'ai vécu et ma modeste personne.

Sans le soutien affectueux mais égoïste de Liénor, mon père m'eût mis à la porte ou fracassé le crâne. Il est vrai que mes nouvelles fréquentations m'entraînaient à des excès et à l'abandon relatif de mes fonctions à l'auberge. Je désertais de plus en plus souvent et mon travail et ma chambre. De rudes empoignades avec Cesare faillirent me décider à lever l'ancre ; j'étais plus robuste que lui mais je me défendais mal de ses violences : Cesare était mon père et l'on ne frappe pas son père.

Liénor, en intervenant pour nous séparer, me disait :

— Mon petit Julio, il faut choisir : ou tu restes et tout continue comme avant, ou tu pars et tu risqueras de le regretter car tu ne trouveras nulle part ailleurs une situation aussi facile et aussi lucrative.

Persuadée de peser ainsi sur ma décision, elle se donnait à moi en profitant des absences de mon père qui, depuis quelque temps, bien que l'urgence ne s'en fasse pas sentir, se livrait à des activités aussi fructueuses que louches et dangereuses, en compagnie de personnages patibulaires en rupture de prison ou de galère.

— Il veut son château et son titre de chevalier, me disait Liénor, mais nous sommes loin du compte.

Ces tête-à-tête ardents et passionnés entre Liénor et moi ne me déplaisaient pas. J'avais trouvé en ma belle-mère une maîtresse brûlante, insatiable, animée d'une fougue d'amante et d'une tendresse de mère, encore qu'elle fût loin d'en avoir l'âge. Ces effusions contribuaient pour une large part à ma décision de conserver à la fois mes fonctions et mon domicile.

En cachette de mon père de plus en plus absent, et avec la complicité de Liénor, je recevais dans mon réduit mes trois amis et parfois quelques autres. Rien de trouble ni de répréhensible dans ces réunions. J'allais quérir dans les caves de l'auberge quelques bouteilles de châteauneuf, de canteperdrix ou de côtes-rôties destinées à donner à nos entretiens un tour intéressant.

C'est François Bellejambe qui jouait le rôle de *capo ameno*, comme disait Pétrarque : de boute-en-train. Il était intarissable quand il entreprenait de nous raconter son existence brouillonne et tumultueuse. Il avait très tôt fait son choix, refusé toute contrainte, gardé sa liberté d'expression en dépit des représailles auxquelles il s'exposait. À plusieurs reprises, il avait goûté de la prison et même de la question, à Toulouse, où l'on voulait lui faire avouer qu'il était un fraticelle déguisé !

C'est surtout de Paris qu'il nous parlait : de ses aventures sentimentales qui n'étaient que de banales coucheries, de ses séjours à la cour des Miracles où il jouait les aveugles ou les bancroches selon les circonstances, de l'île aux Vaches où il avait quelque temps tenu un bordel pour les mariniers…

Il prétendait avoir connu la poétesse Christine de Pisan qui s'épuisait en écriture en rêvant de son amour perdu. Il se vantait d'avoir souvent vidé des pintes en compagnie du poète musicien Guillaume de Machaut avec lequel il jouait de la bouzine et déclamait des vers pour les écoliers qu'ils guidaient ou accompagnaient lors des équipées nocturnes dans les quartiers bourgeois. Il nous donnait de la grande cité qu'était la capitale du roi de France des images grandioses, fascinantes, cocasses, qui s'accrochaient à ma mémoire et que je n'ai pas oubliées.

Dans ses poèmes François s'inspirait des œuvres des anciens goliards, ses pères, des *jaculators* qui campaient en marge de la société, se moquaient des institutions, chantaient à tue-tête l'amour, le vin et la liberté.

Nous l'interrogions :

— Comment les rois de France ont-ils pu tolérer les excès de ces rebelles ?

Il nous répondait :

— Parce qu'ils passaient pour des baladins, des bouffons, et que leurs violences n'étaient que verbales. Les clercs du palais royal avaient sans doute compris qu'une certaine forme de subversion est nécessaire afin que la société ne sombre pas dans un conformisme dangereux. C'était, ma foi, fort bien raisonné, et j'ai moi-même profité de cette indulgence. Il faut dire que le vent a tourné et que les goliards se font rares. Mes amis, peut-être suis-je un vestige de ces temps heureux où l'on ne coupait pas ses ailes à la liberté.

Lorsqu'il était ivre, ce qui lui arrivait chaque jour, il entonnait sa chanson préférée :

Je veux mourir à la taverne
Où le vin est proche des lèvres du mourant
Les chœurs des anges chanteront :
À ce franc buveur, que Dieu accorde Sa clémence !

François Pétrarque, lui, se montrait plus réservé.

Toujours vêtu avec distinction, bien pourvu en deniers par son père qui occupait une charge de notaire en Avignon, avec des curiales comme clients, il faisait dans notre groupe figure de mentor, pontifiait volontiers et nous gourmandait lorsque nous passions les bornes de la convenance. Triste de visage et de nature, peu enclin aux débordements lyriques qui, le vin aidant, nous possédaient, il se contentait de nous lire avec ostentation des poèmes et des fragments de prose qui ne manquaient pas de talent mais glissaient trop souvent vers l'amphigouri.

Il n'avait pas le vin gai, mais nous ne le vîmes vraiment ivre qu'à de rares occasions. Il prenait alors des mines de prophète, éructait avec son fort accent italien des anathèmes contre cette ville qu'il détestait, contre ce pontife déguisé en papegai, contre les rigueurs de l'Inquisition, l'arrogance des clercs pontificaux, les moines..., contre le monde entier. Son visage de cénobite s'allongeait, se crispait, ses yeux se révulsaient, et soudain il se levait pour aller vomir dans mon pot. Nous devinions en lui la triste violence d'un Jérémie.

Arnaud Fabri était, dans notre groupe, celui avec lequel nous avions les rapports les plus faciles. Ce petit bonhomme sans attraits physiques, au visage empreint d'une sagesse souriante, était un modèle de discrétion : ce n'est qu'à notre requête qu'il acceptait de nous montrer ses carnets de croquis ; ils révélaient un talent conformiste et, à certains détails, une intention de le dépasser. Les exigences du cardinal dont il décorait la chambre l'excédaient.

— Il est toujours présent, nous disait-il. Il observe mon

travail, me suggère des sujets, intervient même dans la physionomie des gens et le choix des couleurs. Sa dernière lubie : que les saints et les personnages des Écritures qui figurent dans mes fresques aient les traits des membres de sa famille. Et Dieu sait qu'ils sont laids et stupides !

Ce dont rêvait Arnaud, c'était d'être introduit au palais épiscopal et de se voir confier, avec une grande marge de liberté dans l'inspiration et la conception, la décoration d'une chapelle ou d'une salle.

François Pétrarque, qui avait ses entrées à la cour pontificale et assistait fréquemment aux audiences du Saint-Père, avait promis de l'y conduire, mais il convenait de montrer patte blanche et d'être patient.

Un incident faillit troubler la belle harmonie de notre groupe.

J'avais eu l'imprudence de révéler à Bellejambe ma passion mal éteinte pour Clémence Perrinet, en lui montrant, depuis mon soleiladou, la demeure et le jardin de ma bien-aimée. Il avait paru compatir à ma peine et m'avait même promis d'en faire une chanson qu'il aurait intitulée *La Fille du tornejador*.

À quelques jours de cette confidence, alors que mon père était je ne sais où, je reçus à l'auberge la visite d'un petit monsieur fort timide, semblait-il, qui tenait son bonnet entre les mains et parlait en balayant le parquet du regard.

Il me dit d'une voix douce, sans la moindre trace d'acrimonie :

— S'il vous plaît, monsieur Grimaldi, veuillez faire cesser ce charivari.

Je lui demandai de s'expliquer plus clairement. Il soupira :

— Je me doutais que vous n'êtes pas responsable de ce tapage. Cela fait trois nuits que moi et mon épouse ne pouvons fermer l'œil. Elle attend un enfant, voyez-vous, et je crains pour sa santé, car elle est fragile. Alors, je vous en prie, dites à vos amis de ne plus nous tourmenter.

L'instigateur et l'auteur de ces sarabandes nocturnes ne pouvait être que cette canaille de Bellejambe, avec la complicité non de Pétrarque et de Fabri, dont je répondais comme de moi-même, mais de ces voyous qui s'amusaient la nuit à faire courir les sergents du guet. Le bonhomme ajouta qu'ils cognaient à coups de pied contre sa porte, lançaient des pierres contre ses fenêtres, pissaient et déféquaient sur son seuil et chantaient des couplets où il était question de jeunes femmes insatisfaites et de vieux cocus.

Il avait les larmes aux yeux en me disant :

— Cocu, moi, monsieur ! Vous avez, je crois, connu ma Clémence, en tout bien tout honneur. Dites-moi si vous la croyez capable de cette infamie. Et comment le pourrait-elle ? Nous ne nous quittons pour ainsi dire jamais.

La correction et l'indulgence du petit monsieur me touchèrent. Je n'avais aucune peine à croire ce qu'il me disait de Clémence.

— Je vous sais gré, dis-je, de n'avoir pas supposé que j'étais pour quelque chose dans ce charivari, et je souhaite que votre épouse ait la même conviction. Faites-moi confiance : on ne viendra plus vous importuner.

Le soir même, je pris Bellejambe au collet et le jetai sur mon lit comme un tas de hardes, mon genou sur sa bedaine flasque. Je l'interrogeai, prêt à le frapper s'il niait ce dont je l'accusais. Il avoua sans trop d'hésitation, mais en s'efforçant de tourner l'affaire en innocente plaisanterie ; il alla même jusqu'à m'assurer qu'il n'avait organisé ce charivari trois nuits de suite que par amitié pour moi, pour me venger ! Le lui avais-je suggéré d'une manière ou d'une autre ? Lui avais-je confié que je gardais rancune à Clémence d'avoir aussi facilement renoncé à moi ?

Je ne tins pas outre mesure rigueur au poète de cet abus de confiance et il oublia la vigueur de ma réaction. Comment se brouiller avec un tel personnage ? Il appartenait à un autre monde que le nôtre ; sa façon de vivre était incompatible avec les normes morales qui gouvernaient la société. Il pouvait se montrer menteur, hypocrite, cruel, lâche, insolent, mes amis et moi ne pouvions le considérer comme un personnage détestable et songer à le rejeter ; nous nous contentions, Pétrarque surtout, de le sermonner. On peut tout pardonner aux poètes. Ou presque tout.

Après quelques semaines passées à Avignon, François Bellejambe connaissait la ville mieux que nous, que moi surtout, alors que j'y vivais depuis quelques années déjà.

Il avait fait de la nuit un domaine dangereux mais riche de personnages hors du commun et d'événements inattendus. Lorsque nous partions en sa compagnie, nous avions la certitude que le jour ne se lèverait pas sans que nous ayons découvert quelque aspect insolite de la cité.

Dans les fondations de Saint-Didier, cette basilique que l'on édifiait au sud de la ville, il avait découvert un tripot clandestin où se donnait rendez-vous la ribaudaille nocturne la plus vile, mais où, à condition de porter un poignard dans sa manche et d'être expert en tricherie, on pouvait escompter quelque gain non négligeable. Bellejambe, qui avait traîné ses grègues dans tous les bouges de Paris et de quelques autres villes, était devenu maître en piperie, que ce soit aux dés ou au tournoi. Il n'avait aucun mérite à plumer ces pauvres hères ; il le reconnaissait volontiers et il lui arriva, peu soucieux qu'il était de faire fortune, de laisser son gain dans le pot. Il nous disait :

— Moi, pourvu que j'aie de quoi boire, manger, aller au bordel de temps à autre, je ne demande rien de plus. Le reste m'est offert *gratis pro Deo*.

Ce qui lui était offert avec générosité, c'était, entre autres présents, l'amour de Myriam, la fille d'un marchand d'amandes et d'épices de la juiverie, qu'on appelle aussi la Carrière, un quartier situé au sud du rocher des Doms et du palais épiscopal, autour de Saint-Pierre. Placées sous la protection de l'autorité pontificale, quelque cent cinquante familles paisibles vivaient là de commerce, de petits métiers, de prêt et de change. Une partie des juifs chassés de Carpentras au début du siècle précédent y avaient trouvé un refuge provisoire avant d'être réintégrés il y avait une cinquantaine d'années. Certains étaient restés en Avignon et n'avaient pas à le regretter, l'installation de la papauté favorisant leurs affaires.

En apparence, la juiverie était un quartier pauvre, mais, si l'on avait pu comparer les trésors qu'il abritait à celui des papes et des cardinaux réunis, je ne sais lequel l'aurait emporté. Ces gens industrieux, économes, intelligents, ne frayaient guère avec la communauté, si ce n'est pour parler affaires. On les voyait rarement se promener en ville en raison des quolibets qu'ils s'attiraient et des querelles que suscitait le port du *pétasson*, cette rouelle jaune que les hommes devaient arborer sur leurs tuniques, et du ruhan de même couleur que leurs femmes et leurs filles devaient porter dans leurs cheveux, comme un signe ignominieux.

Paisibles de nature, habitués aux vexations, ils étaient, pour les trublions et les malandrins de tout poil, une proie facile. Ils redoutaient surtout les jours de pèlerinage où les chrétiens, stimulés par les prêches des Capucins, venaient saccager et piller leurs boutiques en toute impunité, car les sergents, quand ils daignaient intervenir pour répondre à la consigne, ne le faisaient qu'avec retard. Ces pogroms ne les laissaient pas indifférents mais ils se gardaient de riposter, comme s'ils portaient toujours en eux le remords du crime capital qu'on leur imputait : le supplice du Christ.

La juiverie ouvrait sur la ville qui l'entourait par trois portes que, par sécurité, l'on fermait la nuit venue.

Un soir, très excité, François Bellejambe nous proposa de faire une incursion dans ce quartier.

— Je vais vous conduire, dit-il, au *royaume d'Israël.*

Comme il était ivre et que nous-même avions fait honneur au côtes-rôties de Cesare, nous ne prîmes pas cette proposition au sérieux.

— On t'a confié les clés d'une porte ? demanda Fabri.

Le poète eut un sourire salace et un geste indécent ; il montra sa braguette en disant :

— Ma clé, la voilà ! Faites-moi confiance et suivez-moi. Je vais vous faire découvrir les merveilles de la Palestine.

Il insista, prétendant qu'il n'y avait aucun danger, mais nous hésitions à suivre ce fou, certaines équipées nocturnes dans lesquelles il nous avait entraînés s'étant soldées par des querelles et des fuites à travers les mauvais quartiers, le guet à nos trousses. Bellejambe nous assura que nous n'aurions pas ce genre d'inconvénient dans ce quartier réputé calme, la nuit surtout.

Pétrarque et Fabri boudaient cette aubaine ; j'acceptai et parvins à les convaincre.

En fait de clé ou de mot de passe, le poète ne possédait qu'un secret : celui d'une entrée confidentielle, que ladite Myriam lui avait enseignée.

— En route ! nous dit-il. Surtout, ne me quittez pas d'une semelle.

À la nuit tombée, oubliant que ma présence à l'auberge eût été appréciée, je suivis mes trois compagnons.

Nous traversâmes sans encombre, en nous guidant sur les pots à feu qui brûlaient sous les monts-joies au coin des rues, les venelles sombres qui menaient à la paroisse Saint-Pierre. Par chance, l'afflux d'immigrants, leur hébergement à même les chaussées, sur les rudes calades de galets, interdisaient aux sergents du guet de montrer une vigilance trop stricte.

— Il va falloir faire un peu d'escalade, souffla Bellejambe, mais c'est sans danger. Je vais vous guider.

Nous avons pris pied, non sans peine, à la base d'un haut mur tapissé de giroflées et de lilas sauvages qui embaumaient. Nous nous trouvions entre la masse rocheuse de l'ancienne carrière qui avait donné son nom au quartier juif et une barrière de cyprès et de laurières à travers laquelle Bellejambe s'engagea sans marquer la moindre hésitation. Nous nous retrouvâmes dans un verger ou un potager qui sentait la fiente de poule et l'eau gâtée. Le poète nous regroupa autour de lui et nous montra une maison à deux étages au-delà de laquelle nous distinguions dans la clarté brumeuse de la lune les murailles du palais épiscopal et la tour carrée surmontant le porche de la cathédrale Notre-Dame.

— Nous voici arrivés, dit notre cicérone. Myriam loge au premier étage avec sa sœur, Sarah, et les parents au rez-de-chaussée, derrière la boutique.

Il alla chercher une longue échelle qui devait servir à la cueillette des cerises et des prunes, l'appliqua contre le mur de manière que le dernier barreau fût de plain-pied avec la fenêtre du premier étage. Il l'escalada, frappa à la fenêtre qui s'ouvrit quelques instants plus tard sur un visage laiteux, épais, et une opulente chevelure brune sur laquelle jouaient des reflets. Il franchit ce dernier obstacle après avoir parlementé brièvement et siffla pour nous inviter à le rejoindre.

— Moi, je reste, dit Pétrarque. Cette équipée ne me dit rien qui vaille. D'ailleurs, j'ai le vertige.

— Moi de même, ajouta Fabri. Qui sait ce qui nous attend là-haut ? C'est un bordel ou un coupe-gorge ?

— Ni l'un ni l'autre, dis-je. Nous ne pouvons plus

reculer. Sans François nous serions bien incapables de retrouver notre chemin. Allons-y !

La pièce était de modestes dimensions, mal éclairée par un chaleil et une grosse chandelle de cire rouge. Un grand tapis sarrasin étouffait le bruit de nos pas. J'observai que les murs étaient recouverts de tentures qui paraissaient anciennes, de même origine que le tapis et ornées de signes mystérieux. Des aiguières et des vases d'argent, un coffret de bois précieux, des gobelets métalliques étaient disposés sur une table basse. Deux couchettes drapées de tentures se faisaient face. Sur l'une d'elles était allongée une adolescente qui triturait les grains de son collier de perles.

— Myriam, dit Bellejambe, je te présente mes amis. Ce sont des garçons de bonne compagnie, artistes et poètes comme moi.

Je fus surpris de cette qualité qu'il m'affectait et rassuré qu'il n'eût pas dévoilé notre identité.

— Mes amis, ajouta-t-il, voici Myriam, perle de la Palestine, rose du Cédron, et sa petite sœur Sarah.

— Soyez les bienvenus, dit Myriam d'une voix chaude et un peu rauque.

Elle était vêtue d'une tunique de soie verte galonnée de franges dorées qui dissimulaient des formes que je jugeai opulentes. Son visage luisant, d'une étrange beauté, rappelait celui de certaines vierges orientales. Elle était constellée de bijoux d'or et d'argent comme une idole asiatique.

Elle se tourna vers la couchette de sa sœur, au-dessus de laquelle pendait une lampe de métal richement travaillée où scintillait une modeste pétoche de cire, et demanda à Sarah de nous rejoindre.

La chambre de ces demoiselles sentait l'étoffe d'Orient et celle, complexe, des épices et des amandes dont leurs parents faisaient commerce. À peine avais-je pénétré dans cette pièce, j'avais été pris d'un léger vertige, comme si je venais de basculer dans un univers mystérieux après une course dans les étoiles. Je restai debout, immobile, entouré de Pétrarque et de Fabri, qui n'en menaient pas large, tandis que Bellejambe s'entretenait à voix basse avec notre hôtesse. J'aurais vu surgir derrière un rideau l'eunuque du palais, le grand vizir ou quelque sultan enturbanné que je n'eusse pas été autrement subjugué.

— Mes amis, dit Myriam, ne restez pas debout. Sarah, fais asseoir nos visiteurs et sers-nous le *thé*.

Sarah se leva, avança vers nous des sièges bas, capitonnés, sans dossier, ouvrit un placard, en retira des pâtisseries et un récipient que Myriam appela une *théière*. Tandis que la gamine faisait chauffer de l'eau sur un réchaud, Myriam nous proposa de l'eau de rose, un cordial odorant et généreux dont elle-même s'abstint, sans doute, pensai-je, pour sacrifier aux interdits de sa religion. Les pâtisseries étaient des sortes de cubes de couleur suaves, onctueux, un peu écœurants, et des tartelettes faites d'une pâte massive parfumée au cumin et au gingembre.

La tisane qu'elle appelait thé et à laquelle se mêlait un parfum de menthe me surprit par sa saveur inconnue et déconcertante. Si j'avais eu à ma disposition l'un de ces languiers dont le pape se servait pour déceler le poison, je m'en serais servi ; mais, à la réflexion, il était évident que ces deux filles ne nourrissaient pas de mauvaises intentions à notre égard.

Elles nous le témoignèrent d'ailleurs très vite.

À son quatrième gobelet d'eau de rose, Bellejambe commença à s'agiter et à déblatérer d'une voix forte.

— Ne crains-tu pas, dis-je, qu'on nous entende ?

— Soyez sans crainte, me dit Myriam. Ma mère est à moitié sourde et mon père a un sommeil si profond que le tonnerre ne le réveillerait pas.

Elle témoignait à notre poète des familiarités qui m'offusquèrent, malgré les premiers titillements de l'ivresse. Elle glissait ses mains grasses et lourdement baguées dans sa chemise, descendait jusqu'au *loquet* qu'elle caressait d'un doigt expert avec de petits gloussements de plaisir et des rires épais. Sarah se montrait plus discrète, mais elle avait des façons de servir Arnaud qui ne laissaient guère de doute quant à ses sentiments et à ses intentions.

— Compagnons, s'écria Bellejambe d'une voix pâteuse, il est temps pour moi de passer au déduit ! Cette garce m'a mis le feu aux couilles.

Il prit Myriam toute fondante de désir par la taille, l'entraîna vers la couchette qui faisait face à celle de Sarah, et s'y allongea avec une flatulence généreuse. Pudiquement, Myriam tira le rideau, et le spectacle, si je puis dire car nous en étions absents, débuta avec bruit.

Sarah, quant à elle, ne demeurait pas inactive ; elle passait de l'un à l'autre de nous trois, sans mot dire, au point de m'inciter à croire qu'elle était muette. Elle s'asseyait sur nos genoux, attirait notre tête entre ses seins qu'elle avait menus pour nous faire respirer les effluves de sa chair imprégnée de benjoin ou de chypre. Dire que je restais insensible, ivre comme je l'étais, à cette haleine de fleur d'anis qui glissait sur mon visage, serait mensonger. Que Dieu me pardonne, je bandais allègrement et avais bien du mal à me contenir, d'autant que mon loquet menaçait de céder sous la pression.

Arnaud, plus ivre encore que moi, n'y allait pas avec des gants : il avait dénudé la poitrine de la fillette, la tripotait et la baisait avec des mines gourmandes. Ils disparurent bientôt derrière les rideaux de la seconde couchette. Et la deuxième partie du spectacle débuta.

Pétrarque était le seul de nous trois à avoir gardé ses distances. Non sans courtoisie, il avait repoussé les avances de la fillette, détourné la main qui lui prodiguait des agaceries et gardait un visage renfrogné.

— Que faisons-nous là ? me dit-il. M'est avis que Bellejambe nous a entraînés dans un bordel clandestin. J'espère que nous ne sommes pas tombés dans un traquenard et que nous n'allons pas y passer la nuit.

Je l'espérais aussi, malgré le désir que Sarah avait suscité en moi et qui perdurait, à entendre les rumeurs des ébats qui, de part et d'autre, nous parvenaient sans discrétion.

Bellejambe fut le premier à écarter les courtines. Il était nu comme le père Adam, vacillant et joyeux. Il nous jeta, dans ce langage gras qui lui était coutumier :

— Je vous ai beurré la tartine. À qui le tour ?

— Sûrement pas à moi ! protesta Pétrarque. Je ne me sens pas bien.

— Alors à toi, Julio ! La place est chaude et la fille brûlante.

J'avais repris du thé à la menthe et de l'eau de rose, si bien que je me sentais dans des dispositions telles que j'aurais pu copuler quatre ou cinq fois dans la nuit. Je me dévêtis et m'avançai vers la couchette. Dans la lumière de la chandelle le corps de la juive, nacré de sueur d'amour, large et gras, tenait tout l'espace du lit, échoué sur le drap comme l'un de ces énormes cétacés qui gisent à la suite d'une tempête sur les grèves de l'océan.

Je plongeai en elle avec un râle, les yeux clos, en songeant à Sarah.

Cette longue nuit a laissé en moi une saveur étrange, faite d'un peu de honte et de beaucoup de plaisir.

Bellejambe, Arnaud et moi, laissant Pétrarque endormi sur le tapis sarrasin, avons toute la nuit passé de l'une à l'autre de ces hétaïres, renouvelé nos exploits interrompus par des libations de thé et d'eau de rose. De temps à autre, les filles disparaissaient dans un cabinet attenant d'où nous parvenaient des bruits d'ablutions et nous revenaient fraîches, parfumées, prêtes pour de nouvelles joutes. Elles étaient aussi expertes que les grandes putains de l'auberge et avaient le don de renouveler leurs caresses, dont elles paraissaient avoir un répertoire inépuisable.

Comme l'aube pointait, Bellejambe, l'œil vitreux, la bouche pâteuse, décréta qu'il était temps de tirer nos grègues. Il ajouta :

— Quelle nuit, nos agneaux ! J'espère que vous ne regrettez pas de m'avoir fait confiance !

Il tint à dissiper une équivoque : cette chambre n'était pas celle d'un bordel. Cependant nous ne pouvions nous montrer ingrats : un petit cadeau serait le bienvenu. Arnaud et moi crachâmes au bassinet, et généreusement. Bellejambe, quant à lui, non seulement ne délia pas le cordon de sa bourse, dont il était dépourvu, mais préleva une pincée de blanchaille, jetant ce qui restait dans une coupe. Il réveilla Pétrarque d'un coup de pied dans les côtes. J'entendis le dormeur grommeler :

— Mon père… Je lui avais promis que je rentrerais de bonne heure.

— Eh bien, s'écria jovialement Bellejambe, tu ne lui auras pas menti ! Il commence à peine à faire jour…

Au surlendemain de cette folle nuit, j'allai me promener dans la juiverie.

Je m'arrêtai devant la boutique où s'entassaient des sacs d'amandes et d'épices. Lavée à grande eau, la rue pavée de calades était propre comme un promenoir d'église, avec, dans un souffle léger de montagnère, des odeurs de fruits et d'épices.

Il y avait du monde dans la boutique, d'où venait une rumeur de voix. Je restai un moment à contempler cette façade d'aspect modeste, que rien de particulier ne distinguait de ses voisines et derrière laquelle, pourtant, j'avais connu la nuit la plus fascinante de ma jeunesse.

Prenant mon courage à deux mains, je décidai d'entrer, avec les mines d'un client ordinaire, mais au risque de paraître suspect car je ne portais évidemment pas la rouelle jaune. Il est vrai que, de jour, la Carrière est ouverte au tout-venant.

Une odeur suave et complexe régnait dans l'étroite boutique d'où montaient le tintement des balances et le feulement des palettes de bois s'enfonçant dans les sacs. Le père, Isaac Naquet, petit homme trapu, visage rond et débonnaire, coiffé d'un bonnet noir rejeté sur la nuque, la mère, une femme de petite taille, à la poitrine rebondie, n'eurent pas un regard pour moi, trop occupés qu'ils étaient à peser et à encaisser. Myriam et Sarah, qui s'occupaient à remplir les sachets des clients, ne me prêtèrent pas davantage attention.

Le commerce paraissait prospère. On entendait chanter cette litanie : « Amandes de Smyrne..., amandes de Sicile..., amandes de Damas... » Toute la boutique chantait cette gamme, si savoureuse que l'eau m'en venait à la bouche.

Je portai mon choix sur les amandes de Smyrne, grosses et rousses, les plus chères. C'est Sarah qui me servit, sans un regard, sans un mot, puisant dans le sac de jonc avec des gestes précis, tandis que Myriam, aussi réservée que sa sœur, servait un vieillard barbu comme un prophète, qui portait un drôle de couvre-chef : le rabbin, peut-être...

Après avoir réglé le montant de mon achat, je profitai d'un moment d'inattention de la mère et du fait qu'elle fût « à moitié sourde », pour glisser à l'oreille de Sarah :

— Sarah, j'aimerais te revoir.

Elle me répondit, sans sourciller :

— Mais, monsieur, la boutique est toujours ouverte.

Je l'ai écrit : malgré mon âge, ma mémoire est toujours fidèle, mais je dois reconnaître que parfois elle me joue des tours. Si je suis certain de la véracité des faits que je rapporte — ceux qui me concernent directement et ceux qui font marcher le monde —, je suis moins certain de l'ordre chronologique dans lequel je les relate.

Je suis à peu près convaincu pourtant que la nuit passée avec mes trois compagnons de débauche dans la demeure des Naquet a coïncidé avec la mort du roi Philippe, dit le Long, cinquième du nom, soit au mois de janvier de l'an de grâce du Seigneur 1322.

Ce souverain, né peu avant le début de ce siècle, n'était guère plus âgé que moi. Deuxième fils de Philippe le Bel, il avait assuré la régence du royaume à la naissance de son neveu, son frère Louis étant mort jeune et son fils ne lui ayant guère survécu. À l'âge de vingt-quatre ans il devint roi ; à vingt-neuf ans il décédait à son tour. Nos rois meurent jeunes.

Philippe le Long était un souverain juste et sage, conscient de l'importance de sa mission. S'il avait vécu plus longtemps, il aurait peut-être ramené la paix dans les nations d'Occident et l'ordre dans le royaume. Au moins s'y attacha-t-il.

J'ai écrit que ses rapports avec le pape Jean étaient ceux d'un fils avec son père. Si l'on excepte l'affaire de la croisade volontairement interrompue et qui laissa le pape déçu dans la confiance qu'il témoignait au jeune souverain, leurs relations furent marquées par la bonne foi car ils avaient d'un commun accord fixé des limites souples à leurs pouvoirs respectifs.

Pris d'une mauvaise fièvre accompagnée d'une dysenterie tenace, le roi avait quitté Crécy où il séjournait pour retourner dans son domaine du Parisis. Il lutta courageusement contre la mort, mais la maladie dont il souffrait était irrémissible. Elle le vidait de sa substance et de sa vie sans qu'il renonçât à ses audiences, à son travail de roi ; sa porte demeurait en permanence ouverte à tous et tous pouvaient contempler ce jeune vieillard à l'agonie.

Pieds nus dans la neige et la pluie de janvier, des pénitents vinrent le visiter. On procéda à des ostensions en vue de conjurer le mal : le bois de la croix qui a supporté le Christ, le saint clou qui a déchiré sa chair, le bras de saint Siméon... Rien n'y fit.

Douze domestiques portèrent le corps martyrisé à la basilique de Saint-Denis, dans la crypte où il gît aujourd'hui.

Beaucoup de rois sont morts alors que je vis encore, humble et inutile fonctionnaire de la curie, attendant que Dieu me rappelle à Lui, mais, chaque fois que j'apprenais la nouvelle du décès d'un de nos souverains, mon cœur se serrait et les larmes me montaient aux yeux.

Un autre fils de Philippe le Bel monta sur le trône, le roi n'ayant engendré que des filles. Le nouveau souverain ne devait régner que six ans, mais il eut le temps de voir renaître de ses cendres encore tièdes, en Aquitaine, l'hydre de la guerre franco-anglaise. En souvenir du terrible et magnifique roi que fut son père on avait accolé à son nom, Charles, le qualificatif de « le Bel ».

Lorsqu'il fut question de désigner son successeur, les barons de France se trouvèrent devant un choix difficile. De préférence à Édouard d'Angleterre, marié à une fille de Philippe le Bel, ils choisirent Philippe de Valois, régent du royaume.

Comme on avait mis longtemps avant de se fixer sur son nom, le peuple lui donna le nom de « roi trouvé », semble-t-il sans y ajouter malice.

Ce « roi trouvé » fut un roi malchanceux. La destinée est ainsi faite que le malheur semble attirer le malheur et que, dans une société ou une nation qui éprouvent l'attirance du vide, rien ne peut les retenir sur la pente inexorable. La France de Philippe VI de Valois passa d'épreuve en épreuve jusqu'à devenir pour ainsi dire une ruine de nation.

Il avait l'âme d'un chevalier mais la tête pleine de nuages : il ne rêvait que guerres, chevauchées, conquêtes, et ne passait pas une semaine sans nourrir des projets aventureux. Les Flamands s'étant soulevés contre leur roi, Philippe prit la tête d'une armée pour aller châtier les rebelles ; il écrasa les milices flamandes de la bourgeoisie sur la butte de Cassel, mais il échappa de peu à leur contre-attaque.

Sous son règne débuta vraiment la guerre qui restera peut-être comme la plus longue de notre histoire : elle dure encore alors que je rédige ces pages.

Le roi Édouard III d'Angleterre, retardant puis refusant l'hommage qu'il devait à Philippe pour ses domaines de Gascogne et d'Aquitaine, lança un défi à la Couronne de France, déçu sans doute de ce qu'on ne l'eût pas choisi pour succéder à Charles, bien qu'il fût, comme son épouse, de sang français.

Cela se passait en l'an de grâce du Seigneur 1337, alors que, depuis trois ans, le pape Jean avait été rappelé à Dieu. Tandis qu'Édouard prenait contre la France des mesures de rétorsion économique, Philippe battait le rappel de ses alliés allemands et espagnols.

Dans les brumes de novembre, la flotte anglaise avait mis le blocus aux bouches de l'Escaut ; peu après, des navires français, partis du Havre, débarquaient sur les côtes d'Angleterre, pillant, incendiant, massacrant, violant femmes et filles. C'était un dimanche ; les églises étaient pleines de fidèles…

Le conflit débutait dans l'horreur, et l'horreur, durant des décennies, fut le lot quotidien de l'Aquitaine et de la Gascogne, où la guerre mena son carnaval de mort.

Pauvre roi… Pauvre France…

Comme si la guerre et la révolution des Flandres ne suffisaient pas, le ciel s'en mêla : une année de sécheresse succédant à une année pluvieuse, la peste prit le relais dans les campagnes stériles. Les prix des denrées, qui atteignaient des sommets insupportables aux petites gens, engendrèrent la misère et son corollaire naturel : le banditisme organisé.

Pour renflouer les caisses de la nation, le roi créa un impôt sur le sel : on le baptisa *gabelle*, terme synonyme de misère. Cette précieuse denrée, entreposée dans des greniers tenus par des grainetiers patentés, gardés militairement, ne sortait qu'au compte-gouttes et à des prix prohibitifs. Le peuple mangeait sa soupe à la grimace saupoudrée de cendres pour lui donner du goût. La contrebande s'instaura rapidement ; elle fut punie de mort.

Accablé par toutes ces épreuves, le pauvre roi Philippe avait en outre à faire face aux charognards de sa cour : grands féodaux, barons cupides, prélats avides guettaient sa mort pour se libérer d'une tutelle qui leur pesait ; ils lui suscitaient des traverses auxquelles il avait du mal à faire front.

Cette fin de règne prit des couleurs crépusculaires.

Avignon eut sa part dans les malheurs qui accablaient le pays de France, de Dunkerque à Marseille, de Lille à Bayonne. Ils sont présents, inscrits en traits de feu et en traces de sang dans ma mémoire.

Le pape Jean semblait las de la chasse aux hérétiques, écœuré par l'odeur des bûchers qui montait jusqu'à la butte des Doms et imprégnait les pierres du palais épiscopal et du couvent des Dominicains.

À quatre-vingts ans passés, il semblait avoir épuisé sa réserve d'énergie en procès de sorcellerie et d'hérésie. Celui qui avait conduit au bûcher l'évêque Hugues Géraud suscitait en lui des remords, les prétendus complices du prélat supplicié ayant proclamé que ses aveux lui avaient été arrachés sous la torture et qu'il était innocent des crimes qu'on lui imputait.

Peut-être en allait-il de même pour un autre prélat, l'évêque d'Aix, Robert de Mauvoisin. L'Inquisition lui avait fait avouer des crimes dont le moindre aurait dû lui valoir la corde ou le bûcher : simonie, violences, incontinence, blasphèmes, messes noires et parties de chasse scandaleuses (j'ignore de quelles parties de chasse il pouvait bien s'agir...). Singulièrement, le pape Jean s'était contenté d'exiger la démission de ce prélat démoniaque.

Une autre affaire touchait plus directement Sa Sainteté. On avait saisi chez un baron italien de la famille des Visconti, Matteo, une étrange statuette à l'effigie du pape, avec une inscription révélatrice : *Jacobus papa Johanes.* Ce *papa Johanes* ne pouvait être que lui : le pape Jean. Cette amulette était destinée, avec des invocations diaboliques et autres pratiques cabalistiques, à provoquer la mort du Saint-Père. Cette affaire rappelait curieusement celle de l'évêque Géraud. La disparition du pape semblait être l'obsession de toute la famille des Visconti car, peu de temps après, le fils de Matteo fut accusé du même forfait : il faisait brûler des statuettes de cire au cours de cérémonies occultes.

Le comble, c'est lorsque l'on apprit, à la Cour pontificale, que le propre neveu du pape Jean, l'évêque Pierre de Via, se livrait, à Toulouse, à des maléfices sur la personne en effigie de son oncle ! À qui se fier ? Les habitants de Toulouse portèrent l'accusation à la curie, mais j'ignore si elle a donné suite à cette ténébreuse affaire.

Tout le règne du pape Jean a été marqué par ces pratiques : superstition, magie, sorcellerie... Les demeures des évêques, des cardinaux semblaient être devenues les antichambres de l'enfer. Dante a jeté pêle-mêle dans les abîmes de son *Inferno* les plus grands personnages de la chrétienté, mais c'est la société tout entière qu'il aurait dû condamner aux flammes éternelles car elle semblait contaminée par les miasmes qui, montant de la terre, des cryptes, des souterrains, éclaboussaient le visage de Dieu.

Sans une intervention divine nous aurions eu en Avignon le spectacle d'une autre crémation publique.

Un adolescent venait d'être conduit au pré des Dominicains pour répondre de je ne sais plus quel forfait, afin d'y être livré aux flammes. Lorsque le bourreau entreprit de mettre le feu au bûcher, un murmure courut dans la foule et, peu à peu, se transforma en protestations véhémentes : l'image de la Vierge venait d'apparaître devant un nuage. Effet de soleil ? Miracle ? Allez savoir. Toujours est-il que, sur un signe du maréchal de justice, le bourreau défit les liens du condamné, que la foule raccompagna jusqu'à son domicile en chantant des cantiques.

Ces événements, pour la plupart liés à notre ville, ajoutés aux soucis que suscitaient l'expansion du noyau ancien qui craquait de toutes parts derrière ses défenses vétustes, le déroulement des fêtes liturgiques ou profanes dans les quartiers populeux, avaient, pendant les dix-huit ans qu'avait duré le pontificat de Jean XXII, fait un peu oublier la situation en France, en Italie et dans les autres nations occidentales.

Quant à l'éventualité du départ pour Rome du Saint-Père et de sa curie, on s'efforçait de ne pas y penser.

Le pape Jean, lui, y songeait sans relâche.

Peu de mois avant la fin de sa mission terrestre, alors qu'il procédait à la consécration d'un cardinal portugais, on lui annonça une visite qu'il n'attendait plus et qui faillit lui causer une émotion fatale.

Bertrand du Pouget était de retour d'Italie à la tête de ce qu'il restait de son armée. Couvert de poussière, sa barbe grise largement éclaircie par la gale, les jambes flageolantes, il s'agenouilla devant le Saint-Père en pleurant, lui baisa les pieds, les mains, les joues. Le pape le fit relever, le confia à son camérier pour qu'il lui trouvât un logement, de la nourriture et des vêtements dignes de sa condition de cardinal-légat. Lorsqu'il considéra qu'il devait être remis de sa fatigue, il le convoqua et lui fit conter par le menu sa mission et ses épreuves.

Deux ans après son accession à la dignité suprême, le pape Jean avait décidé de préparer la voie de son installation dans la cité des Apôtres. De même que son prédécesseur, Clément, il ne la connaissait pas mais il sentait que sa présence y était nécessaire.

Pour cette mission, il avait désigné l'un de ses proches, le cardinal Bertrand du Pouget, prélat énergique et volontaire : une belle âme de soldat. Bertrand troqua la pourpre cardinalice pour l'armure et le chapeau à quinze glands pour le morillon et, à la tête d'une armée de mercenaires, il franchit les Alpes.

La situation que le légat avait trouvée dans la Péninsule était pire que celle qu'il avait imaginée : le pays était en pleine décomposition ; des révolutions permanentes bouleversaient les villes et les États ; de grandes familles comme les Visconti, les Scaliger, les Colonna, les Gaetani, réparties dans les deux factions principales des guelfes et des gibelins, se livraient une guerre sans merci. Les officiers que le pape Clément avait nommés pour représenter son autorité — recteurs, trésoriers, la plupart d'origine gasconne — n'avaient d'autre préoccupation que de remplir leur ventre et leur bourse. Robert d'Anjou, roi de Naples, vicaire pontifical à Rome et l'une des têtes du parti des guelfes favorable à la papauté, paraissait animé de bonnes intentions mais demeurait impuissant à assurer l'ordre dans la Ville éternelle.

La mission de Bertrand du Pouget s'annonçait périlleuse et difficile. Grâce au soutien du roi de Naples, il parvint néanmoins à ramener un semblant de sérénité dans les esprits et dans les mœurs. C'est alors que survint une affaire qui allait enflammer l'Europe : l'élection d'un empereur en Allemagne, avec deux compétiteurs également acharnés à se saisir du trône rendu vacant par le décès de Charles VII, Frédéric d'Autriche et Louis de Bavière. J'ai raconté ce qu'il advint de cette querelle et comment elle se régla.

Lorsque Louis de Bavière entreprit cette fameuse marche sur Rome pour se faire couronner par l'antipape Nicolas, il trouva sur son chemin Bertrand du Pouget et son armée occupés à faire le siège de Milan pour débusquer et soumettre Matteo Visconti, l'un des chefs gibelins.

Devant l'armée impériale, celle du cardinal-légat, composée d'éléments disparates, ne pesait pas lourd. Pour Bertrand du Pouget ce fut un premier échec, et de taille : il fut contraint de se retirer.

On sait ce qu'il advint de l'antipape Nicolas et de quelle manière honteuse il fut chassé de Rome à coups de pierres, par une population excédée de son insignifiance et de sa maladresse. Cette réaction populaire, appuyée par Robert de Naples, retomba sur le nouvel empereur, au point qu'il fut contraint de rebrousser chemin pour aller trouver refuge en Allemagne, loin de ces Italiens décidément intraitables. Du coup, la ligue gibeline éclata.

Bertrand du Pouget reprit sa mission : préparer la venue du pontife. Une nouvelle comblait ses vœux : le roi Jean de Bohême avait avancé le projet d'un État implanté dans les riches plaines du Pô : une fédération de villes susceptibles de constituer un royaume vassal du Saint-Siège et dont il prendrait les rênes. Le projet semblait sur le point d'aboutir quand un événement stupéfiant se produisit : l'opposition *manu militari* des guelfes, alliés aux vestiges de la ligue gibeline.

Campé à Bologne avec ses troupes, le cardinal-légat aperçut un matin, du haut des remparts, une armée immense portant les fanions et les insignes des guelfes et des gibelins réconciliés. Il dut quitter précipitamment la ville. Harcelé de toutes parts, talonné sans relâche, livrant des batailles et les perdant, il parvint à franchir les Alpes pour aller se jeter aux pieds de Sa Sainteté.

— Allons, dit le pape Jean, ne prends pas cette mine de pénitent ! Je suis persuadé que tu as fait ce que tu devais et pouvais faire. Puisque Dieu refuse que j'occupe le trône de saint Pierre, je m'incline. Nous ne devons plus songer qu'au salut de notre âme, en souhaitant que le Seigneur ne nous tienne pas trop rigueur de nos erreurs.

Il ajouta avec un sentiment de tristesse, une larme au coin de l'œil :

— Ce qui m'attriste le plus dans cet échec, c'est la certitude que j'ai désormais de mourir sans m'être incliné sur le tombeau des Apôtres…

Les vieilles personnes du Comtat ont gardé en mémoire l'été de l'an de grâce du Seigneur 1334, le plus torride que le pays eût jamais subi.

Canicule et sécheresse durèrent des semaines. Nous voyions arriver par vagues de l'arrière-pays des caravanes de paysans, les yeux brûlés par la lumière intense et la poussière ; ils avaient abandonné leurs troupeaux, les sources et les fontaines ayant tari ; ils campaient sur la berge du Rhône, au-delà des *estels*, ces alluvions de gravier que le fleuve déroule comme un tapis aux portes de la ville ; d'autres trouvaient refuge dans l'île de Bartelasse. La plupart de ces pauvres gens mouraient de faim. Des groupes d'Avignonnais se pressaient sur le pont Saint-Bénezet ou sur les chemins de ronde pour s'esbaudir de ce spectacle de misère et écouter les litanies de la détresse montant de cette horde de damnés. Cette cruauté fait les hommes pires que des bêtes, car je ne connais pas de bête, fût-elle redoutée pour sa férocité, qui pût se réjouir du spectacle de la souffrance.

À l'insu de Liénor et de Cesare, je jetais dans un sac les restes de l'auberge, dont Esprit Gauterouge nourrissait Titus et nos porcs, et j'allais porter cette provende à ces malheureux. Dès le premier jour, je fus sur le point de regretter ce banal acte de charité : ces pauvres claquefaim, lorsqu'ils me virent venir vers eux avec mon sac bien gonflé, se ruèrent sur moi et, non contents de m'arracher cette subsistance, me délestèrent de ma bourse. Je ne renonçai pas pour autant à leur porter secours, mais en prenant soin de garder mes distances et en me contentant de les regarder se battre pour un quignon de pain ou une couenne de lard.

En ville, nous ne manquions ni d'eau ni de subsistances car le Rhône était proche et nos greniers bien remplis, malgré les prélèvements du conseil de ville et de la curie, destinés à porter secours aux pensionnaires de la Pignotte.

Ce dont nous souffrions tous, c'était de la chaleur. On voyait des passants s'écrouler brusquement, en pleine rue, victimes d'une insolation. Certains ne se relevaient pas. On interdit aux enfants d'aller jouer dehors ; on supprima les marchés et les foires. À plusieurs reprises, des cortèges religieux promenèrent les reliques de sainte Anne et de saint Pons à travers la ville pour appeler la pluie ; dans toutes les églises d'Avignon, on exposa le saint sacrement.

Une nuit, alors que l'orage se déchaînait au-dessus de la ville, la population se jeta dehors dans le flamboiement des éclairs. Il tomba du ciel quelques gouttes tièdes, puis l'orage se dissipa. Le lendemain, le même ciel implacable pesait sur le pays. Du haut du rocher des Doms, la vue sur les campagnes environnantes était une désolation : ce n'était, aussi loin que pouvait porter le regard, que champs déserts, prairies calcinées, arbres déjà roussis qui perdaient leurs feuilles. Avignon était comme une oasis de pierre au milieu d'un désert.

C'est la deuxième semaine après le début de la canicule que se déclarèrent les premiers cas de maladie dus à ce phénomène. Le visage des malheureux se desquamait par lambeaux, ce qui leur faisait des masques tragiques. La dysenterie s'en mêla et fit des ravages. Un frisson de panique courut dans la population : des gens, devenus fous furieux, se ruaient dans les rues pour aller se plonger dans les fontaines dont l'eau commençait à se faire rare. Les puits, la Sorgue et la Durançole ne laissant fluer qu'un mince filet d'eau, foulons et tanneurs durent cesser leur activité.

De derrière les vitres de l'auberge, nous voyions passer des fantômes vacillants, aux braies souillées, qui se laissaient mourir sous un platane ou l'auvent d'une boutique.

Certains proclamaient que la fin du monde était arrivée, que le pape Jean avait eu tort de permettre, par une bulle, que les cadavres des princes fussent démembrés, car ils ne pourraient pas se recomposer dans leur intégralité le jour de la résurrection des corps.

Âgé comme il l'était et de faible constitution, le pape Jean n'avait pas échappé aux tourments qui nous accablaient, mais, comme il ne quittait guère son palais où régnait, en raison de l'épaisseur des murailles, une température supportable, il en fut quitte pour une faiblesse générale et des flux de ventre sans conséquences graves.

Nous attendions chaque jour, malgré tout, la nouvelle de sa mort, mais il survécut à cette catastrophe qui, en quelques semaines, avait fait déborder les petits cimetières d'Avignon.

À l'auberge de *La Fille-en-Fleur* nous souffrîmes peu de la canicule car — l'ai-je dit ? — le bâtiment qu'elle occupait faisait partie d'une ancienne annexe de la commanderie des Templiers laissée inoccupée par l'ordre et dont les murs avaient environ une toise d'épaisseur. Que Dieu nous pardonne ce sacrilège : la cave où avaient lieu les parties fines, comme disait Liénor, était l'ancienne crypte.

Durant cette période, les affaires de l'auberge périclitèrent. Plus de voyageurs, plus de pèlerins, de rares marchands. Quant aux gens de la ville, qui composaient l'essentiel de notre clientèle, ils préféraient rester chez eux. Nous dûmes licencier le gros de nos servantes qui allèrent se mêler à la horde des mendigotes et des putains qui n'eurent guère de clients, elles non plus, durant ces semaines d'abomination.

Ce n'est que le soir, peu avant le couvre-feu, que nous voyions surgir en tapinois quelques habitués, notamment un vieux diacre de Notre-Dame-des-Doms qui, un large chapeau noir en visière, toquait à notre porte et, d'une allure cassée, descendait les marches conduisant à la cave aux plaisirs où l'attendait l'arrière-garde de nos catins.

Le trafic clandestin sur le sel auquel se livrait Cesare souffrit également du marasme car les convois se faisaient rares sur le Rhône. La contrebande du sel, échappant à la vigilance des responsables des greniers, se déroulait entre le port des Périers et la rive française de Villeneuve ; elle lui avait ouvert une autre source de profit qui avait un relent d'aventure, ce qui n'était pas pour lui déplaire. Ce personnage taciturne, d'une intelligence commune, fait davantage pour porter les armes que pour se livrer au commerce, s'était révélé un négociant avisé. À le voir amasser une fortune, on eût pu penser qu'il cherchait à se venger de l'enfance déshéritée qu'il avait connue en Toscane.

— Tout cet argent, demandai-je un jour à Liénor, que compte-t-il en faire ?

Il le portait aux banquiers florentins ou lombards. Pas aux juifs : il s'en méfiait comme de la peste. Il avait ainsi amassé quelques milliers de livres, une somme suffisante pour s'offrir une charge de chevalier et le château — modeste tout de même — qui allait de pair. Il puisait dans ce trésor pour s'assurer la complicité de quelques personnages importants de l'autorité municipale et de la maréchaussée.

Mes rapports avec Liénor tournaient à la routine. Elle était devenue fort jalouse. Sa vigilance et ses réprimandes m'agaçaient, mais je les subissais patiemment, conscient qu'il eût suffi qu'elle me prît en grippe pour que mon père me signifiât mon congé.

Au mois d'août, à la suite d'une nouvelle période de canicule, je rendis visite à Filippa pour encaisser un peu de l'arriéré de sa dette, comme je le faisais ordinairement à date fixe ou à peu près.

Ma sœur s'était enfin décidée à convoler. Elle avait épousé un modeste chevalier de Crestet, assez impécunieux mais qui était propriétaire de quelques belles oliveraies sur les premières pentes du Ventoux. Il s'appelait Jehan de Coustelle. En apparence, il n'avait rien qui trahît sa dignité, d'ailleurs acquise de fraîche date et dont le blason sentait la peinture fraîche. C'était un gentil garçon, peu causant, timide, qui me considérait comme le Messie parce que j'avais de la pécune, que je vivais en ville et que j'avais fait quelques études. Il donna deux enfants à Filippa : l'un mort-né, l'autre ne valant guère mieux. Filippa était de nouveau enceinte, ce qui ne l'empêchait pas de tenir d'une main ferme sa maison et son domaine.

J'eus pitié d'eux et ne leur réclamai rien de mon argent car ils avaient souffert de la canicule qui les avait obligés à sacrifier la moitié de leur troupeau de brebiales et de biques, mais ils s'étaient mieux tirés de cette terrible épreuve que beaucoup d'autres car maître Pellegrin, avant de quitter ce monde, avait pris soin de creuser des puits et de capter plusieurs sources dans les parages immédiats du mas.

Je dois remonter de quelques années le cours du temps pour parler de mes amours avec Sarah Naquet.

J'avais gardé un souvenir doux-amer de la première nuit que nous avions passée chez les deux petites juives. À plusieurs reprises, depuis cette visite, j'étais retourné à la boutique aux amandes. Sarah avait très vite eu vent du manège ; elle m'accueillait en souriant et répondait sans timidité à mes propos.

Un matin, en me faisant servir des amandes de Syrie, je parvins à lui confier que j'aurais aimé la revoir dans un autre décor que cette boutique trop fréquentée. Je n'oublierai jamais son regard : j'y lus à la fois de la surprise, de la joie et du scepticisme.

— Me revoir ? dit-elle. Ailleurs qu'ici ?

— Ailleurs qu'ici ou que dans votre chambre. Vous et moi. Seuls.

— Revenez demain. Vous aurez ma réponse.

Je revins. Elle me glissa un billet dans la main, sans un mot ni un regard : c'était une invitation à la rejoindre à la nuit tombée dans le jardin situé derrière sa demeure, « au lever de la lune ». Le billet était rédigé dans une écriture hachée, cursive, avec des fautes et des impropriétés, mais cela m'importait peu. Je passai une journée dans l'impatience, suivant le cours du soleil qui ne m'avait jamais paru aussi lent.

Les rues sombres…, l'ancienne carrière…, la haie de cyprès et de laurières… J'attendis au pied d'un prunier que la lune parût. Lorsque sa lueur toucha le toit de la demeure, je posai l'échelle contre le mur et heurtai de la main le volet, qui s'ouvrit aussitôt. J'aidai Sarah à enjamber le rebord de la fenêtre et à descendre, en me persuadant que je ne rêvais pas, qu'elle n'allait pas soudain fondre entre mes mains, que je n'allais pas entendre la voix rude de Cesare m'appelant pour me réveiller.

Je lui dis sottement :

— C'est bien toi, Sarah ?

Elle me répondit, en étouffant un rire derrière sa main :

— Qui veux-tu que ce soit ?

Elle me prit par le bras pour m'entraîner vers une sorte d'appentis où s'entassaient des sacs de jonc. Elle en disposa quelques-uns sur le sol et m'invita à m'asseoir près d'elle. La lune venait de se dégager des arêtes de la carrière et m'indisposait comme un regard qui nous eût épiés.

Sarah me dit, en me prenant la main :

— Qu'attends-tu de moi ? J'ignore tout de toi, même ton nom, et tu ne sais rien de moi non plus. La nuit que nous avons passée ensemble…

Je l'interrompis sèchement :

— Cette nuit-là, je veux l'oublier.

— Il faut pourtant que tu saches… Ma sœur Myriam et moi avons toujours vécu ensemble. Elle est mon aînée de six ans et, que cela me plaise ou non, j'en suis toujours passée par sa volonté. Si je l'avais écoutée, nous serions déjà des prostituées, et moi, je…

Je me dis que c'était bel et bien en prostituées qu'elles s'étaient conduites l'autre nuit.

— … je résiste parce que je sens que je suis sur la mauvaise pente. Nous nous querellons souvent à ce sujet, mais elle est autoritaire et je suis faible. Je n'ai que quatorze ans. Elle me domine et je la crains.

Et moi qui l'avais crue muette…

— Il faut renoncer à ces rendez-vous galants, Sarah. Cela ne t'apportera que des ennuis et des remords. Tu n'as pas un tempérament de…, de courtisane.

J'avais failli dire : de putain. Je sentis sa main se contracter dans la mienne comme pour me remercier de ma délicatesse. Elle répéta :

— Qu'attends-tu de moi ?

J'avais une première fois coupé à cette question qui m'embarrassait. Que lui dire ? Que je l'aimais ? C'eût été une imposture et une flagrante invraisemblance. Ce qui m'avait attiré en elle, c'est sa fragilité, son attitude d'esclave contrainte, sa passivité dans l'acte d'amour qu'Arnaud lui aussi avait observée. J'éprouvais pour cette petite juive un sentiment trouble mais obsédant : elle me *fascinait*, je ne saurais mieux dire ; une fascination qui n'avait fait que s'exacerber au cours de nos brèves rencontres dans la boutique : « Des Smyrne ou des Damas, monsieur ? »

— Tu ne réponds pas ? dit-elle. Pourquoi ? Peut-être veux-tu simplement que nous fassions l'amour, là, tout de suite ?

— Non, dis-je. Pas ce soir. Il faut attendre un peu.

— Tu n'en as pas envie ? Tu n'as pas de désir pour moi ?

— Tais-toi ! dis-je d'un ton sévère. Ce n'est pas ça.

Je me levai ; elle me força à me rasseoir près d'elle, me prit dans ses bras, me souffla à l'oreille :

— Tu as raison, Julio. Il faut d'abord que nous fassions le ménage. Je veux me sentir propre le jour où tu me reviendras.

— Promets-moi de renoncer à te donner au premier venu.

— Je te le promets. Nous n'avons reçu personne depuis l'autre nuit. J'ai décidé de résister à Myriam, de changer de chambre. Au fond, je suis plus forte que tu ne le crois. Si tu m'aimes, ton amour m'y aidera.

Une légère irritation vint m'effleurer. Aimer... Amour... Sarah employait les mots que je n'osais lui dire, incertain que j'étais encore sur les sentiments qui me poussaient vers elle. J'en étais à la fois ébloui et indisposé. Elle avait fait un pas vers moi et je reculais.

— Pars maintenant, me dit-elle. Je crains que Myriam ne se réveille. Si elle me surprenait, elle me battrait. Elle ne supporte pas que j'aie des secrets, que quelque partie de moi lui échappe.

Elle me serra de nouveau contre elle. Je cherchai ses lèvres qu'elle avait épaisses, bien dessinées, d'une grâce d'acanthe, et qui sentaient l'anis.

Lorsque je me levai pour partir, Myriam était à la fenêtre.

François Bellejambe venait de me débiter sa dernière chanson : une diatribe contre les paysans qu'il détestait parce qu'ils étaient, disait-il, sales, incultes, sots, avares, et qu'« ils n'avaient pas d'âme ».

Outré de ce jugement sommaire et injuste, je répliquai :

— Qu'en sais-tu ? Pour les connaître, il faut avoir, comme moi, vécu parmi eux. Sans eux tu ne serais pas en train de dévorer ce jambon, de manger ce pain, de boire ce vin. Ta sottise et ton ingratitude me navrent. Ils ne sont ni plus sales ni plus sots que les gens de la ville et j'en connais qui ont une très belle âme. Incultes ? Sans doute, mais parce qu'ils n'ont pas eu comme toi et moi des maîtres pour leur apprendre l'écriture, la rhétorique, la dialectique...

Arnaud abondait dans mon sens. Pour lui, Bellejambe sacrifiait à une mode : en se moquant de ces *lourdauds* dans ses couplets et ses poèmes il faisait s'esclaffer les gens de la ville qui n'avaient que mépris pour ceux qui les faisaient vivre.

Pétrarque, quant à lui, n'avait jamais manié de fourche à fumier, mais il ne méprisait pas le paysan. Il rêvait la vie rurale dans le style de Virgile, d'Horace ou de Jean de Meung, auteur célèbre du *Roman de la Rose* ; il leur faisait une existence idyllique sous les oliviers et les pampres, au son de la flûte pastorale ; ses bergers portaient des habits de soie et des fleurs derrière l'oreille ; il enrubannait de ramures les cornes du bélier et lui accrochait au cou une clochette d'or. Autre forme d'incompréhension.

— Rompons là ! s'écria Bellejambe. Nous n'allons pas nous quereller pour des vétilles. Je vous propose de revenir ce soir consommer les *délices de l'Orient*.

Je répliquai sèchement :

— Ne compte pas sur moi. Je ne retournerai jamais chez ces filles. Vous non plus, d'ailleurs. Au nom de notre amitié, je vous conjure de renoncer. Avignon ne manque pas de lupanars.

Cette scène se déroulait, je le précise, à quelques jours de ma rencontre avec Sarah dans le jardin. Ils échangèrent des regards outrés.

— Peut-on savoir, dit Bellejambe, en vertu de quel décret nous devrions renoncer ?

— Oui, insista Arnaud, pourquoi ?

— Julio a raison ! intervint Pétrarque. Nous ne savons pas où nous mettons les pieds. Qui sont ces filles ? Font-elles profession de leurs charmes ? Moi, quand la chair me tourmente, je la satisfais avec les servantes de mon père. Mais… j'aimerais connaître tes raisons, Julio.

Je me trouvais au pied du mur et dans l'embarras. Pour me tirer avec honneur de cette situation, je leur racontai la fable qui me vint soudain à l'esprit.

— Peut-être l'ignorez-vous, mais le bruit de leurs frasques est venu à l'oreille d'une sorte de préfet des mœurs qui opère dans la juiverie. Les parents ont été mis au courant pas plus tard qu'hier, et cette révélation a fait scandale dans la famille. Depuis, la maison est gardée par deux sergents. Si cela ne vous ennuie pas d'aller en prison, je ne vois rien à y redire, mais vous irez sans moi.

— Ça, par exemple ! s'exclama Arnaud. D'où tiens-tu cette information ?

— D'un sergent client de l'auberge. Il est au courant de tout ce qui se passe en ville et dans la juiverie où il fait souvent des rondes.

Bellejambe paraissait méfiant.

— Ne serais-tu pas en train de nous embobeliner ? Ton histoire paraît invraisemblable.

Je jurai mes grands dieux que j'avais dit la vérité. Ils me crurent.

Quant à savoir si Myriam n'ouvrait pas sa porte, ou plutôt sa fenêtre, à d'autres visiteurs, c'était un autre problème. Je m'informai des circonstances qui nous avaient conduits chez les petites juives avec Bellejambe comme cicérone. Il nous révéla qu'un adolescent de sa connaissance, qui travaillait pour un changeur juif dans la maison voisine de celle des Naquet, lui avait fourni cette adresse. Il s'y était rendu seul une première fois.

— Il faut croire, dit-il, qu'elles n'en étaient pas à leur coup d'essai, ces garces, et qu'elles ne doivent pas souvent coucher seules dans leur caverne à stupre. Si vous voulez mon avis, ces deux putains finiront là où elles devraient être déjà : dans un bordel. Faut dire qu'elles ont de bonnes dispositions, Myriam surtout, mais Sarah est à bonne école et d'ici peu l'élève dépassera la maîtresse.

Mes poings se crispèrent. Je dus me contenir pour ne pas lui sauter à la gorge.

Quelque chose venait de se briser entre Bellejambe et moi, qui avait, par contrecoup, entraîné une rupture insensible avec mes trois compagnons. Le destin, d'ailleurs, devait nous séparer dans les mois qui suivirent.

François Pétrarque, qui allait devenir le plus grand poète de sa génération, nous quitta pour aller terminer ses études à Bologne ; je ne devais le revoir, déjà célèbre, que des années plus tard et dans des circonstances particulières.

François Bellejambe tira ses grègues, comme il disait, pour une destination inconnue ; arrivé en Avignon la bourse plate, il en repartit de même, enveloppé de ce petit brouillard de mystère qui était sa coquetterie ; je lui remis un pécule pour le voyage et c'est à peine s'il me remercia. Je ne le vis pas sans tristesse quitter Avignon ; il pleura en m'embrassant et me promit de donner de ses nouvelles mais, à peine eut-il le dos tourné, il avait, semble-t-il, déjà oublié sa promesse.

Arnaud avait réalisé son ambition : la décoration de la chambre du cardinal terminée, il était parvenu à se faire accepter au palais épiscopal grâce à quelques accointances précieuses. On lui avait confié l'ornementation d'une chapelle ; le projet prenait corps ; il avait désormais ses entrées au palais et s'offrit à plusieurs reprises de m'y accompagner. J'acceptai, un jour de décembre, alors que des pluies aigres, portées par la montagnère, balayaient la ville.

Le silence de cette grande bâtisse me surprit, d'autant qu'une foule de curiales, d'officiers, de visiteurs encombrait les galeries, les couloirs et les salles donnant sur le cloître. J'ai gardé mémoire d'un demi-jour gris, d'un grondement de vent dans les étages, d'un froid humide... Autant de sensations qui sont aujourd'hui mon lot quotidien.

Arnaud m'apprit que cette ambiance silencieuse, ces conciliabules à voix basse, ces mines affligées étaient consécutifs à l'état de santé du pape Jean. Il restait alité depuis trois jours et son médecin, Villeneuve, qui avait été celui du pape Clément, ne le quittait pas et réservait son avis quant à l'issue de la maladie due aux épreuves infligées au Saint-Père par la canicule, et surtout à son grand âge : il avait, disait-on, passé les quatre-vingt-dix ans, mais son âge est toujours demeuré un mystère. Ce Mathusalem n'était plus, au creux de son lit, derrière les courtines de brocart, qu'un vieux fagot desséché. Arnaud me raconta qu'il pleurait son espoir déçu : s'asseoir sur le trône de saint Pierre et baiser le tombeau des Apôtres.

Quelques jours avant sa mort, dans un accès de lucidité, le pape Jean avait édicté une bulle dont le camérier avait donné une lecture publique, le dimanche suivant, sur le parvis de Notre-Dame-des-Doms, et que l'on avait affichée sous le porche.

Cette bulle proclamait que *les âmes séparées des corps et pleinement purifiées sont au Ciel, dans le royaume des Cieux, au paradis, avec Jésus-Christ, en la compagnie des anges...* Elle ajoutait : *Suivant la loi commune, elles voient Dieu et l'essence divine face à face et clairement, autant que le comportent l'état et la condition de l'âme séparée.*

Je lus ce texte, le relus, l'appris par cœur, sans bien comprendre, je le confesse, pourquoi certains le soupçonnaient d'hérésie. On ne m'enlèvera pas de l'idée que le moribond avait eu une vision béatifique et l'avait traduite dans le langage abscons des clercs familiers des Écritures saintes. Toujours est-il que cette profession de foi, édictée au seuil des ténèbres, fit grand bruit dans le présent comme dans le futur.

La dépouille du pontife n'allait pas, comme celle de Clément, traverser des provinces avant de se fixer. La neuvaine de prières imposée par les canons de notre Sainte-Mère terminée, le corps fut enseveli dans une petite chapelle récemment construite selon la volonté du défunt :

celle-là même dont on avait confié l'ornementation à mon ami Arnaud Fabri.

Arnaud… Le décès du pape, qui avait fait confiance à son talent et à son sérieux, l'affligea profondément, mais la nouvelle qu'on lui annonça, passé le conclave qui devait élire le nouveau pape, lui fut aussi sensible : le projet était remis *sine die*.

Je le revois, les larmes aux yeux, assis au milieu de ses esquisses, dans le réduit qu'il occupait chez le cardinal espagnol. Il gémissait :

— Tout ce travail pour rien ! Que vais-je devenir ?

Je lui avais confié le manuscrit du livre d'heures de frère Sulpice afin qu'il y puisât, s'il en voyait l'opportunité, des idées de personnages, de scènes, de couleurs. Il y avait relevé quelques détails fautifs, des maladresses, comme on arrache la mauvaise herbe dans un parterre. Il avait pourtant mis à profit sa lecture, autant que je pus en juger par les esquisses qu'il me soumit à quelque temps de là et qui avaient belle allure, avec des mouvements souples et harmonieux dans la composition.

— On ne peut pas dire, me confia-t-il, que ce Sulpice soit un grand artiste, mais il avait le sens des volumes et de la composition. En revanche, ses couleurs sont à vomir. Garde précieusement cette œuvre. Peut-être un jour y mettrai-je du mien pour l'améliorer et la terminer.

Ce manuscrit de frère Sulpice, il est là, dans un coffret placé dans une niche, et Arnaud ne l'a ni amélioré ni terminé. Le jour où je mourrai, qui sait ce qu'il en adviendra ?

Troisième jour après le troisième
dimanche de l'avent : mercredi.

Après le départ du Saint-Père, Avignon était pareil à une ruche dont la reine serait morte.

Chaque matin, dès l'aube, ils étaient là : une foule à genoux, hommes, femmes, enfants, vieillards, malades et infirmes que l'on portait sur des civières improvisées. Certains tenaient des cierges ; des femmes tendaient leurs bijoux dans leurs mains comme si ce don pouvait inciter le pape Grégoire à retourner en Avignon, cette ville qui était sienne depuis que le pape limousin Clément VI l'avait achetée à la reine Jeanne de Naples.

J'avais donné à Barthélemy Cadan, capitaine des sergents, l'ordre de laisser les portes fermées et d'y tenir deux gardes armés de lances, en lui recommandant de ne pas user de violence pour contenir cette marée de pauvres gens. Je l'entendais crier d'une des fenêtres du palais donnant sur la place :

— Dispersez-vous ! Ça ne sert à rien de rester plantés

là. Il n'y a personne pour vous recevoir. Vous entendez ? Plus personne !

Ils savaient bien que le pape n'avait pu laisser son palais abandonné, désert ; ils avaient dû voir des clercs entrer ou sortir furtivement. Un matin, une voix dans la foule cria mon nom. J'entendis Barthélemy répondre du haut de son perchoir :

— Messer Grimaldi est malade ! Il ne peut recevoir personne ! Foutez-lui la paix !

En désespoir de cause, c'est aux déménageurs qu'ils s'en prenaient lorsque leurs chariots arrivaient sur la place et que la grande porte s'ouvrait pour eux et eux seuls et se refermait aussitôt, lances croisées. Ils protestaient :

— Pourquoi tout emporter ? Laissez donc quelques meubles pour le retour du Saint-Père.

— Pourquoi nous a-t-il abandonnés, nous, ses enfants ? Il va se faire assassiner à Rome. Ces Italiens sont tous des voleurs et des criminels !

— Quand vous le verrez, dites-lui que nous attendons son retour avec impatience et que nous faisons brûler des cierges pour qu'il revienne vite.

Barthélemy venait me rendre compte, la tête basse, encore frémissant d'émotion :

— Je ne sais plus que leur dire ! Ils ne comprennent pas ou ne veulent pas comprendre. Cette comédie dure depuis plus d'une semaine et ils seront encore là dans une semaine, dans un mois peut-être.

J'ai répondu :

— L'espérance, Barthélemy, est une flamme difficile à éteindre…

J'ai réussi à soustraire à l'avidité des truands qui encombrent certains coins du palais quelques bouteilles de vin du Ventoux que j'ai dissimulées derrière mon coffre, sous un tas de hardes. Il m'arrive, dans la journée et parfois la nuit, quand j'ai du mal à trouver le sommeil, d'en boire un gobelet ou deux.

Ce vin vient du mas de Bédoin où l'on a dû renoncer à me voir revenir. Je lève mon verre dans la lumière du fenestron ou dans celle de ma chandelle : le vin est sombre, presque noir, épais, traversé de reflets comme une perle. Je songe en le dégustant au vers de L'Odyssée *: « La haute mer, sombre comme le vin... » Celui-ci vient de nos anciennes vignes situées sur les premiers contreforts du Ventoux, exposées à la grande lumière de l'occident. Ou du moins ce qu'il reste de ceps encore en état de fructifier, après le passage des Grandes Compagnies. Le savourer est pour moi une joie toujours nouvelle, car ce nectar des dieux, ample, plantureux, corsé, est riche de bouquets mystérieux, de fragrances et de saveurs complexes. Après deux ou trois gorgées, il suscite dans ma tête des chants de cigales et des images de ma jeunesse, autour du moulin à huile où s'activaient mon père Cesare, ma mère Garine, maître Pellegrin et les ouvriers, où Filippa encore enfant volait les plus grosses olives et les plus beaux raisins dans les bastes des oliveuses et des vendangeurs.*

J'ai renoncé à recevoir des nouvelles du chapelain et confesseur de Grégoire, mon ami Pierre Ameilh de Brennac, comme de n'importe qui, d'ailleurs. Il m'avait pourtant promis de me tenir au courant des péripéties du voyage et de l'installation du pape dans ses nouvelles résidences du Vatican et de Latran. Dès qu'ils prennent de l'importance, mes meilleurs amis oublient leurs promesses.

Tout ce que je sais, et que je tiens des cardinaux calfeutrés dans leur livrée, c'est que la flotte pontificale est arrivée au port après une interminable période d'incertitude due au mauvais temps qui régnait au large.

Je ne regrette pas de ne pas avoir suivi le convoi comme

on m'y invitait : les moindres vagues agitant une nacelle me causent des nausées atroces. J'en ai fait l'expérience au cours de mon propre voyage à Rome et m'en suis mal remis.

Pas de nouvelles non plus de la Naine rouge.

Barthélemy et le Breton, aidés de quelques sergents, se sont mis en chasse puis ont renoncé : il faudrait des jours et des jours pour inspecter tous les étages, tous les coins et recoins de cette citadelle.

De quoi vit-elle ? Je soupçonne que la nuit, après la sarabande des truands, elle va leur voler sa subsistance.

Il faudra bien qu'on la capture. Avant de quitter ce palais et cette ville, si Dieu le permet, je n'aimerais pas laisser derrière moi ce fantôme.

Il fallait s'attendre au pire de la part de ces Gascons que le pape Clément avait accueillis par familles entières et qui ne cessaient de faire retentir les étroits espaces du palais épiscopal de leurs criailleries, de leurs querelles et de leurs chansons. Instruits de l'échec de leurs prétentions, eux qui auraient tant souhaité que le pontife succédant à leur compatriote Clément fût aussi de leur province, ils avaient dû mettre une sourdine à leur arrogance. La mort de Jean avait suscité de leur part une nouvelle vague d'exigences, mais la tribu s'était peu à peu désagrégée et dispersée. Ceux qui restaient donnaient encore de la voix, pas suffisamment fort cependant pour qu'on les prît en considération.

C'est ainsi, malgré les craintes qu'ils suscitaient encore, que l'élection du successeur de Jean au trône pontifical se passa sans incidents notables.

On avait de même redouté un complot des Quercynois pour faire élire un cardinal originaire de leur province, mais c'étaient des gens moins batailleurs que les Gascons, encore que fort susceptibles et au verbe haut.

La difficulté dans la tenue du conclave venait principalement du caractère bipartite du Sacré Collège, où Français et Italiens composaient les fractions les plus importantes.

On ferma à la barre la porte où se tenait la réunion du conclave, et on la fit garder militairement par les sergents du sénéchal de Provence, avec consigne de ne la laisser se rouvrir que lorsque Leurs Éminences auraient fait leur choix. Ils ne pouvaient communiquer avec l'extérieur que par un judas à travers lequel on glissait leur subsistance.

Contrairement à ce que l'on redoutait, me raconta le jeune cardinal Guillaume Fournier, neveu du pape, qui me témoignait de la sympathie, les murs de la salle ne retentirent pas des querelles qui, souvent, troublaient les débats. Afin de ne pas susciter d'emblée de vives réactions, les cardinaux examinèrent plusieurs propositions qui, toutes, avaient trait à des prélats dont on estimait qu'ils ne franchiraient pas le cap d'un premier examen, ce qui était procéder par élimination.

C'est ainsi que surgit le nom d'un personnage qui, sans être un inconnu, ne semblait pas avoir la moindre chance de coiffer la tiare : Jacques de Novellès, qui se faisait appeler Jacques Fournier, dont j'ai parlé à propos du procès de Bernard Délicieux, au cours duquel il s'était montré un impitoyable inquisiteur et un si fidèle serviteur de la foi chrétienne que le pape Jean lui avait passé le saphir au doigt et lui avait fait revêtir la pourpre.

On avait prévu de l'écarter d'emblée ; certains revinrent sur cette décision et imposèrent ce candidat.

La crainte des Avignonnais de voir élire un pape italien qui n'aurait eu de cesse de retourner à Rome n'avait d'égale que leur hâte de voir s'ouvrir la porte du conclave.

Une semaine après l'ouverture des débats, la nouvelle courut la ville comme une foucade de mistral : le nouveau pape était français et se nommait Jacques Fournier. Qu'il fût fils d'un boulanger de Saverdun, localité du comté de Foix, qu'il fût considéré dans son ancien diocèse, du fait de sa haine contre les cathares, comme un « monstre dévorant » importait peu. Chacun était persuadé qu'il resterait en Avignon. J'étais, je l'avoue, de ceux qui considéraient que le retour de la papauté à Rome serait une catastrophe pour la ville et le Comtat.

Dès le début de son pontificat on donna à Fournier, qui prit le nom de Benoît XII, le surnom de « Pape blanc », car il portait la robe des moines de Cîteaux. Cistercien, il l'était non seulement dans sa tenue mais dans la profondeur de sa nature.

Mon ami Niccolo Pazzi, clerc laïc à la trésorerie du palais sous les ordres du grand trésorier Jean de Cojordan, qu'il appelait familièrement « patron » dans le privé, me raconta que, lorsque Fournier avait appris son élection, il avait cru à l'invention de mauvais plaisants. Ayant eu confirmation de la nouvelle, il s'était écrié en se tapant sur les cuisses, dans le rude langage de sa province :

— La belle affaire qu'ils ont faite ! Ils viennent d'élire un âne !

Une humilité aussi choquante présageait défavorablement de son pontificat. Nous nous demandions si le Sacré Collège n'avait pas cédé à la lassitude en désignant un prélat aussi insignifiant. N'allait-on pas voir s'installer au palais un hurluberlu dans le genre de l'antipape Nicolas, créature de Louis de Bavière ?

— Rassure-toi ! me dit Niccolo. Le passé de Benoît suffirait à balayer tes craintes.

Ce fils d'une famille modeste avait étudié à Paris après avoir appris les rudiments de ses humanités à l'abbaye de Boulbonne, avant d'assumer la charge d'abbé de Fontfroide, d'évêque de Pamiers et de Mirepoix. Le pape Jean lui avait fait coiffer le chapeau aux quinze glands. Il était très attaché à sa province dont la terre semblait coller à ses semelles, de même que l'habit blanc lui collait à la peau.

C'est dans la grande chapelle conventuelle des Dominicains, au milieu d'espaces encore vierges de toute construction, qu'eut lieu la cérémonie du couronnement. Niccolo fit en sorte que j'y fusse invité.

Je ne sais pourquoi, j'avais imaginé un pontife d'une maigreur ascétique, renfrogné, comme resurgissant de son propre tombeau. Quelle ne fut pas ma surprise lorsque je vis s'avancer dans la nef baignant dans un flot de musique et de *cantoria* un prélat qui paraissait jeune encore, de taille moyenne et de carrure massive ; son visage ne me surprit pas moins : il était rond, rougeaud, avec un regard perçant, énergique, qu'il promenait sur l'assistance comme pour scruter chaque visage.

Était-ce le froid intense de la matinée, la durée de la cérémonie, la qualité détestable des musiciens et des chanteurs, il semblait manifester son impatience par des expressions et des gestes indiquant qu'il était pressé d'en finir avec cette cérémonie fastidieuse.

Niccolo se pencha vers moi.

— J'ai l'impression, me dit-il, que le pape Benoît ne sera pas un personnage commode, malgré le nom qu'il s'est choisi. Nos cardinaux, nos évêques, nos curialistes n'ont qu'à bien se tenir.

Nous n'allions pas tarder à comprendre que cet humble Cistercien, ce « Pape blanc », différait sur de nombreux points de son prédécesseur, par son physique et par son caractère.

3

Le Pape blanc

Peu avant la mort du pape Jean, au temps de la grande canicule, j'appris une nouvelle qui eût dû me bouleverser mais qui ne remua en moi que des sentiments tiédasses et une vague émotion : la mort de Clémence Perrinet.

Il m'arrivait de la rencontrer aux messes du dimanche à Notre-Dame-des-Doms où je me rendais avec Liénor. Elle assistait à l'office en compagnie de son mari et de leurs deux enfants. Elle était devenue presque obèse. Le sourire discret qu'elle m'adressait lorsque nos regards se croisaient ne me la rendait pas plus attrayante. Un sentiment récurrent m'incita mollement, à deux ou trois reprises, à lier conversation avec elle, mais je n'en eus pas l'occasion car elle n'était jamais seule, que ce fût à la messe ou lors des promenades de fin de soirée, *à la fraîche*, comme on dit chez nous. Un sentiment de curiosité me poussait à savoir si elle était heureuse, mais je me disais que ce mot ne devait pas avoir pour elle, soumise qu'elle était à sa famille, une signification précise.

Toujours à l'affût des ragots et des nouvelles, Liénor m'apprit que Clémence avait été victime de la dysenterie qui avait fait dans la ville des centaines de victimes.

— Tu devrais bénir le Ciel de ne l'avoir pas épousée,

me dit-elle. Tu t'imagines au bras de cette dondon ? Te vois-tu au lit avec elle ?

Elle ajouta, en se pendant à mon cou :

— Mon petit Julio, ne te marie jamais : tu le regretterais. Tu tiens trop à ta liberté.

J'ai suivi ses conseils.

François Bellejambe tint parole, ce qui me surprit de sa part. Ce personnage aux semelles de vent, ce gyrovague, avait gardé pour moi, dans un coin de son cœur usé par les passions, un sentiment d'amitié.

La première lettre qu'il m'écrivit venait de Montpellier. Il avait trouvé son Parnasse dans cette ville grouillante d'écoliers qui l'avaient intronisé roi des Goliards, une dignité qu'il prenait au sérieux. La seconde lettre venait de Marseille où, en revanche, il n'avait trouvé que des négociants et des banquiers incapables d'apprécier son talent. Il comptait se rendre en Italie, mais, de nature peu téméraire, il redoutait de se faire assassiner au coin d'une rue.

Son absence m'était légère. Autant je prenais plaisir à le voir faire le bouffon, chanter, déclamer ses poèmes, conter ses aventures réelles ou imaginaires dans le grand Paris, autant son insupportable prétention, sa perversité, ses prises de position outrées contre la religion et la paysannerie m'incommodaient. Il avait d'ailleurs une si mauvaise réputation en Avignon qu'un jour ou l'autre, et sans tarder, les autorités l'auraient expulsé ou jeté au mur.

Les craintes d'Arnaud Fabri s'étaient confirmées : non seulement l'ornementation de la chapelle avait été ajournée, mais, de la propre volonté du pape, la commande avait été annulée. Ce pontife passait pour n'aimer guère les artistes ; cistercien au plus profond de lui-même, il n'appréciait rien tant que la pierre nue.

Je consolai Arnaud tant bien que mal, mais cette déception le faisait douter de lui au point qu'il songeait à briser ses pinceaux et à quitter Avignon.

— Ne désespère pas, lui disais-je. Avec l'affluence de cardinaux que nous connaissons, dans notre ville et dans les alentours, ce sera bien le diable si tu ne trouves pas à exercer tes talents. Les livrées poussent comme des champignons, et il y aura des arpents de murs à décorer de fresques. Il faut te remuer, aller proposer tes services à Leurs Éminences…

Il avait fait quelques tentatives infructueuses et, comme il n'avait pas le tempérament d'un quémandeur, il avait fini par renoncer.

Arnaud retourna dans sa famille. Je ne le revis que quelques années plus tard, rassuré quant à son talent et maître de sa destinée.

François Pétrarque ne donna pas signe de vie et ne daigna pas répondre à mes lettres. Il écrivait tant pour lui-même — des poèmes notamment — qu'il n'avait, me dit-il plus tard pour s'excuser, ni le goût ni le temps d'entretenir une correspondance.

Je crois me souvenir qu'à cette époque il s'était fixé à Bologne et que la Provence lui manquait, mais pas Avignon, qu'il avait en horreur. La Provence, mais surtout une certaine dame Laure de Noves qui hanta toute son existence et fit de ce grand esprit une fontaine d'amour. Avait-il gardé des remords de nos frasques de jeunesse, de ce qu'il appelait ses *folies* ? Je l'ignore. Nous n'en avons plus jamais parlé.

La dernière entrevue que j'avais eue avec Sarah Naquet, dans le jardin familial, m'avait laissé sur ma faim, quoi que j'en aie dit.

Qu'est-ce qui m'avait retenu de lui faire l'amour comme elle s'y était, semblait-il, préparée ? La nécessité, comme elle l'avait exprimé, de « faire le ménage » ? Ma chair appelait sa chair, mais mon cœur avait besoin d'établir une distance entre la Sarah du lupanar et celle de l'innocence et du repentir. Car Sarah, j'en avais la certitude, était une innocente dévoyée ; elle n'avait été projetée dans un tourbillon de lubricité que par la volonté de sa sœur, son âme damnée : Myriam.

J'avais raison de me méfier de cette dernière. Quelques années après notre visite, elle mit la main sur le magot du vieux Naquet et prit le large. Elle a fini son existence comme maquerelle dans un bordel de Pézenas.

Avant de tenter une nouvelle démarche pour revoir Sarah, j'avais laissé passer quelques jours. Mes élans se heurtaient à un désir de sérénité que j'avais du mal à m'imposer, comme si j'avais souhaité que, depuis ma dernière visite, Sarah eût pu se refaire une virginité.

La rencontre suivante eut lieu dans des conditions identiques. Après la chaleur intense de la journée, la nuit était douce et paisible.

À peine nous étions-nous assis sous l'appentis, Sarah me dit d'une voix grave :

— Ma sœur est au courant de notre dernier rendez-vous. Peut-être est-elle là-haut, en train de nous épier. Elle ne décolère pas. Ce matin même nous en sommes venues aux mains et il a fallu que notre père nous sépare. Je lui ai arraché une poignée de cheveux. Regarde !

Elle sortit de sa ceinture une touffe noire qu'elle brandit en direction de la fenêtre, comme un trophée.

— À présent, les choses sont claires entre nous, poursuivit-elle. Je la laisse mener sa vie à sa guise, recevoir qui elle veut dans sa chambre, et elle se désintéresse de mes rapports avec toi. J'ai déménagé. Ma chambre est au deuxième étage. Il me sera impossible de t'y recevoir : l'échelle n'est pas assez haute.

Voilà qui posait le problème auquel j'avais déjà songé : nous ne pouvions nous cantonner, pour nos rendez-vous, à cet appentis inconfortable, à cette paillasse de joncaille. Sarah parut suivre le cheminement de ma pensée car elle ajouta :

— Comment allons-nous faire ?

L'idée ne me vint pas, et je peux m'en féliciter, que la solution logique eût consisté à revêtir mon costume le plus convenable et à aller trouver papa Naquet pour lui demander la main de Sarah. Ni mon père ni Liénor n'auraient toléré que je prenne pour épouse une juive : ils m'auraient jeté dehors. Cette idée me serait-elle venue, elle n'eût pas été suivie d'effets car toute contrainte m'exaspère, et celle du conjungo plus que toute autre. Durant mon existence, si l'on excepte les devoirs de ma charge, je suis resté un homme libre, à une époque où ce mot n'avait guère de sens pour l'ensemble de la société, sauf à se référer à des goûts individuels, ce qui était le cas pour moi.

Ce soir-là, nous fîmes l'amour avec une ardeur et une application qui me surprirent et me ravirent. Sarah semblait avoir renoncé aux caresses savantes qu'elle m'avait prodiguées lors de notre première rencontre. L'intensité de ses étreintes allait de pair avec des élans de tendresse et je vis même briller dans ses yeux des larmes de bonheur qui confirmèrent la sincérité de son comportement.

— Il faut que nous trouvions une solution, lui dis-je en la quittant.

Au milieu de la nuit, nous avions retenu notre souffle en voyant deux silhouettes furtives escalader l'échelle. Nous savions aussi que Myriam nous observait, mais sans pouvoir discerner le détail de nos gestes car nous avions creusé une sorte de nid dans l'amoncellement des sacs de jonc.

— Le mieux, ajoutai-je, serait que nous nous retrouvions chez moi, à l'auberge.

Elle avait sursauté.

— Chez toi ? Dans ce lupanar ? Comment pourrais-je m'y rendre en pleine nuit ? Le jour, tu le sais, je ne suis pas libre.

À la réflexion, ce choix était absurde : Esprit et Titus faisaient bonne garde pour l'accès aux communs où mon escalier extérieur aboutissait ; quant à entrer par la grande porte, même en l'absence de Liénor et de Cesare, Sarah n'y aurait jamais consenti.

J'avais fini par découvrir une solution qui me semblait acceptable : louer à un pêcheur avec lequel j'avais des rapports commerciaux une cabane qu'il possédait, sur une butte, au-dessus des *estels* du Rhône, sous une ramière de saules. Je me heurtai à une ferme opposition de la part de Sarah.

— Près du fleuve ? Au milieu de cette population de miséreux et de bandits ? Jamais.

On dit que l'amour rend ingénieux. J'en doute. Toutes les solutions que je passais et repassais dans ma tête étaient plus irréalisables et grotesques les unes que les autres. Amoureux comme je l'étais, soucieux de découvrir la retraite favorable à nos rendez-vous, je constatais avec dépit que nous étions, elle comme moi, incapables de sortir de l'ornière le *char de l'amour*, comme disent les auteurs de l'Antiquité.

Fort heureusement, il nous restait notre refuge provisoire : l'appentis.

Nous nous retrouvions là plusieurs nuits par semaine, en proie à des élans dont l'ardeur, loin de s'estomper, ne faisait que s'amplifier. Cela nous donnait à penser qu'en dépit de son inconfort et du risque que nous courions d'être dénoncés par Myriam cette niche convenait à nos ébats.

Au-delà du plaisir que nous partagions, je découvrais une Sarah que je n'avais pas soupçonnée : tendre, intelligente, spirituelle. J'avais le sentiment, après l'avoir délivrée de la tutelle perverse de sa sœur, d'éveiller en elle un être nouveau ou bien caché, qui ne demandait qu'à faire éclater sa coquille de silence.

Comme je lui demandais si elle était consciente de ces changements, elle me répondit :

— Si j'ai changé, ce n'est pas dans ma nature mais dans mon comportement. Ton regard me découvre telle que je suis vraiment et que j'ai toujours été.

Sarah abordait l'adolescence, et déjà une étonnante maturité s'exprimait en elle. Elle avait une élocution lente, parfois hésitante ; elle allait chercher au plus profond de sa mémoire et de son savoir, qui était rudimentaire, des termes souvent impropres mais dont je me délectais.

Elle évoquait volontiers les exercices de la foi hébraïque auxquels elle sacrifiait en compagnie de ses parents, lorsque la présence des femmes et des filles était tolérée. Deux fois par semaine, elle aidait les femmes à la boulangerie communautaire, située sous la salle où se déroulaient les offices. Au temps de la Pâque juive, les boulangères écoutaient les prières et les chants à travers les rainures du parquet.

Un été passa, puis un hiver, puis un autre été.

Lorsque je me regardais dans un miroir, je me disais que le bonheur m'allait bien. La fréquentation de Sarah, l'amour qu'elle me prodiguait et qui avait la force d'une passion qu'il m'arrivait de partager avaient développé en moi un équilibre qui semblait faire écho à la stabilité de ma condition sociale. J'avais renoncé à ces pis-aller : les brèves étreintes de Liénor, les coucheries décevantes avec les servantes-putains ou avec des filles de rencontre.

Liénor… Passé la quarantaine, elle avait perdu le charme épicé que j'avais aimé en elle, et la bonne chère de l'auberge, gourmande comme elle l'était, l'avait dotée de formes rebondies. Naguère, les gens qui nous voyaient passer lorsque nous allions faire nos emplettes sur les marchés ou nous observaient aux messes dominicales devaient se dire : « Voyez le beau couple ! » Ils devaient songer à présent : « Cette jeune maman promène son grand fils ! »

Pauvre Liénor... Cesare, m'avait-elle confié, avait renoncé depuis quelques années déjà à l'honorer, et moi je la laissais sur sa faim, elle qui portait son désir des hommes à fleur de peau et dans son regard. Souffrait-elle de ce renoncement involontaire à l'œuvre de chair ? Elle compensait ce manque par des libations de vin et une orgie de pâtisseries. Sa chevelure léonine faisait encore illusion, mais au feu ardent qui croulait sur mon visage lors de nos étreintes se mêlait un peu de cendres.

J'éprouvais pour la petite juive un amour sage, sans véritable passion. Elle m'était devenue aussi nécessaire que l'air que je respirais. À ce degré d'intensité de nos rapports, m'aurait-elle demandé de l'épouser et aurait-elle menacé de me quitter en cas de refus, qui sait si je n'aurais pas cédé ? Moi, Julio Grimaldi, marié à une juive !

Au cours d'une nuit brumeuse d'automne qui sentait les eaux mortes et les feuilles pourries, je perçus un éclat de larmes insolite dans son regard et une trace humide sur sa joue. Comme je m'étonnais de ce chagrin que rien ne paraissait justifier, elle me confia, avec des hoquets dans la voix :

— Ne sois pas fâché, mon Julio. Je crois..., je crois que je suis enceinte.

Elle m'avoua qu'elle n'avait pas eu ses fleurs deux mois de suite, si bien qu'elle avait acquis la semi-certitude de sa grossesse. La foudre tombant à mes pieds ne m'aurait pas autant terrifié. Je prononçai les mots qui, instinctivement je crois, viennent à l'esprit en de telles circonstances :

— En es-tu vraiment certaine ?

J'attendais qu'elle me répondît par des arguments dilatoires, mais sa réponse tomba, catégorique, et j'en fus assoté comme d'un vin trop lourd.

— Quand je dis « je crois », je devrais dire que j'en suis certaine. J'en ai parlé à Myriam car, de toute manière, elle s'en serait très vite aperçue. Elle m'a giflée, m'a reproché mon imprudence, m'a donné des herbes pour préparer des tisanes, mais sans résultat. Je suis même allée consulter une *masco*, une sorcière que Myriam connaît bien pour avoir fait appel à ses recettes : elle s'est contentée de promener une branchette sur mon ventre en chantant une litanie incompréhensible. Alors, voilà…

Alors, voilà !

Je décidai d'une double attitude : n'exprimer ni pitié ni plaisir, écarter la perspective d'une scène qui nous aurait amenés à nous affronter. Que dire ? que faire ? D'abord consoler Sarah, ce qui n'engageait à rien pour l'immédiat, la persuader que cela n'avait rien de tragique. Je pris sa tête entre mes mains, lui baisai les lèvres qu'elle avait brûlantes, l'inclinai vers le creux de mon épaule. Je sentais son petit nez bouger contre ma peau comme si elle voulait pénétrer en moi.

Elle gémit :

— Qu'allons-nous devenir ?

Je ne trouvai à répondre que la pire des banalités :

— Il faudra bien que nous trouvions une solution.

Elle eut cette réponse, qui me fit froid dans le dos :

— Puisque nous nous aimons, nous en trouverons une.

Il fallait bien abonder dans son sens, lui répondre que je l'aimais et ne l'abandonnerais pas, mais c'était comme si quelqu'un d'autre s'exprimait à ma place. Je sentais grouiller en moi jusqu'à la nausée les petits démons de la peur, de la lâcheté, de la désertion ; ils me dictaient une conduite odieuse, grignotaient ce qui se débattait encore en moi de mes sentiments pour elle.

— J'ai besoin de réfléchir, répondis-je, prudent. Laisse-moi le temps de me retourner. Cette nouvelle est tellement inattendue…

Elle répliqua d'un ton sévère :

— Ne tarde pas trop, Julio. Maintenant, tu vas sagement revenir chez toi.

Elle dut s'imaginer que je ne reviendrais peut-être pas, car, quelques jours plus tard, alors que je faisais dans la boutique l'acquisition d'une livre d'amandes de Smyrne sous l'œil glacial de Myriam, le regard de Sarah s'éclaira quand elle m'entendit lui proposer une rencontre pour la nuit suivante.

Ce rendez-vous faillit tourner au drame.

Sarah me confia en se jetant dans mes bras qu'elle avait songé à un abandon de ma part et que Myriam en était persuadée.

À Dieu ne plaise : je ne suis pas un monstre. À cette époque, j'étais un homme, tout bonnement, un homme avec son poids d'erreurs et de péchés. Je protestai :

— Moi, t'abandonner, après ce que nous avons vécu ensemble ? C'est ridicule.

J'avais imprudemment haussé le ton ; Sarah fit de même.

— Alors j'attends une réponse. Que comptes-tu faire ?

Je me gardai de lui parler de l'entretien que j'avais eu la veille avec Liénor. Je lui avais confié ma situation ; elle m'avait fait une scène terrible, me reprochant de m'être conduit comme un innocent, m'annonçant qu'il n'était pas question que j'épouse une juive ou même que je vive avec elle. À son avis, la seule solution était de convaincre Sarah d'avorter avant qu'il ne soit trop tard. Je n'avais pas de faiseuse d'anges dans mes relations ; elle, si.

Elle me prit par les épaules, me secoua, m'avoua qu'elle n'avait pu avoir d'enfant de Cesare, que d'ailleurs elle n'en voulait pas, mais qu'avec moi elle en était à son troisième avortement.

— Tu ne t'en es pas rendu compte, évidemment ! Tu es bien comme tous les hommes ! Ils prennent leur plaisir et se moquent des conséquences.

Cette révélation ajoutait à ma confusion. Ainsi, j'aurais pu avoir trois enfants de ma belle-mère ! Certes, ce n'était pas un inceste, mais c'en avait toutes les apparences.

— Si Cesare avait appris..., dis-je, la gorge contractée. Est-ce que tu imagines ?

Elle avait eu un mauvais sourire pour répondre :

— J'imagine sans peine : il nous aurait tués tous les deux et nous aurait jetés dans le Rhône, puis il se serait donné la mort.

Je me sentais comme au cœur d'une tempête qui, vague après vague, me submergeait. Liénor, devenue plus calme, s'était laissée tomber au bord de mon lit et avait ajouté simplement :

— Eh bien, nous voilà dans de beaux draps ! J'irai donc voir la Fanette. Tu lui amèneras cette petite garce. C'est la seule solution.

Elle avait dit « nous »...

— La seule solution, Sarah, dis-je en avalant une salive amère, est d'aller voir une sorcière que Liénor connaît. Elle te fera avorter.

Elle se dressa devant moi comme un buisson ardent jaillissant du sol avec d'âpres paroles :

— Me faire avorter, Julio ? Tuer notre enfant ?

Je devinai ce qu'elle attendait de moi : que je propose de lui passer la bague au doigt — à elle, une juive ! — ou de quitter Avignon pour éviter le scandale. Je me contentai de répéter cette litanie :

— Je ne vois pas d'autre solution.

Elle s'écria :

— Julio, tu ne m'aimes plus ! Tu ne m'as jamais aimée !

Je n'ai jamais été pour toi qu'une… qu'une catin juive que tu baisais gratis ! Alors va-t'en et ne reviens jamais !

Comme j'hésitais à me lever, elle ajouta, en me frappant le ventre avec son pied :

— Tu entends, Julio ! Je ne veux plus te voir. Si tu remets les pieds dans la boutique, je demanderai à mon père de te jeter dehors !

Cette fois-ci, je devinai que la tempête était sur le point de m'engloutir. Je me décidai à me lever, tentai de prendre Sarah dans mes bras, bouleversé soudain à l'idée de ne plus la revoir. Elle me repoussa en criant :

— Tu n'es qu'un salaud et un lâche ! Je regrette de t'avoir rencontré. Fous le camp !

Je m'éloignai dans la nuit à travers l'ancienne carrière, impuissant à contenir mes larmes.

Je ne devais plus revoir Sarah.

À une semaine de cet incident, Myriam pénétra comme une tornade dans la grande salle de l'auberge et demanda à me voir. J'étais absent, en train de traiter avec un négociant un achat de volaille et d'œufs autant qu'il m'en souvienne. Elle s'attabla et attendit mon retour.

— J'ai à te parler, dit-elle. Seule à seul.

Je l'invitai à me suivre dans ma chambre. Elle refusa de s'asseoir. Le visage altéré, les yeux rouges, la bouche amère, elle me dit :

— Sais-tu où est ma sœur ?

— Je ne l'ai pas revue depuis une semaine. Nous avons eu une scène assez pénible, et depuis…

— Je suis au courant. Sarah a disparu depuis trois jours et nous sommes aux cent coups. Nous l'avons cherchée dans toute la Carrière et dans les quartiers d'alentour, sans succès.

Je me laissai tomber au bord de ma couchette. En cet

instant, repoussant mes petits démons égoïstes, j'aurais accepté n'importe quelle condition pour qu'elle reparût.

— Il faut chercher encore, dis-je. Ça ne peut être qu'une fugue. Je t'y aiderai. Nous finirons bien par la retrouver.

Elle me jeta d'une voix sèche :

— Je souhaite de tout mon cœur que nous la retrouvions. Mais gare à toi s'il lui est arrivé malheur ! Je t'en tiendrai pour responsable.

Un flot de colère me monta au visage. Je criai, en bondissant :

— Tu n'aimais pas ta sœur ! Tu l'utilisais pour tes rendez-vous, pour t'en faire une complice. Ce qui arrive est ta faute plus que la mienne !

— Si tu avais eu avec elle des rapports *normaux*, glapit-elle, si tu ne lui avais pas donné je ne sais quels espoirs, elle n'aurait pas disparu. Tu lui as conté fleurette, innocent, mais tes fleurs étaient empoisonnées !

Aidé de Liénor, je passai deux jours entiers à parcourir Avignon et les parages immédiats, interrogeant les habitants, quartier par quartier, maison par maison, les passants, les sergents du guet… Peine perdue. Sarah avait bel et bien disparu. Myriam me confia qu'elle avait poussé jusqu'à Carpentras où elle et sa sœur avaient passé leur enfance, et jusqu'à Cavaillon, qui abritait une importante juiverie. Partout la même réponse : Sarah restait introuvable.

Une semaine s'écoula sans que nous eussions de nouvelles. Un mois plus tard, un marinier informa la maréchaussée d'Avignon qu'il avait repêché un corps de femme dans un amas de branches à moitié immergées sur les berges du fleuve, en amont de Barbentane, alors qu'il remontait le Rhône par halage.

Il s'agissait bien de Sarah ; Myriam la reconnut au bracelet que je lui avais offert peu avant notre rupture : il était fait de grains d'or, avec une médaille gravée de deux prénoms enlacés : les nôtres.

Myriam avait-elle oublié les menaces qu'elle avait proférées à mon égard et qui restaient gravées dans ma mémoire ? Je me disais que la douleur avait dû prendre le pas sur son intention.

C'était mal la connaître.

La mort de Sarah m'avait en quelque sorte délivré, mais comme de l'un de ces organes malades dont on est amputé sans être guéri. Je traînais une vie que je croyais désormais sans utilité et sans but dans un Avignon indifférent et hostile sous les caprices du vent qui faisait battre les fenêtres, arrachait aux arbres leurs dernières feuilles et faisait se lever dans les campagnes environnantes les dernières poussières de l'été avant le temps des pluies.

Un soir, passé de peu le couvre-feu, alors que je revenais à l'auberge après une promenade, j'entendis, venant d'une venelle, une voix d'homme qui me hélait. La prudence aurait dû m'inciter à prendre la fuite, d'autant que j'étais dans les parages de Saint-Agricol, à deux pas de l'auberge, mais j'étais à ce point absent de ce monde que je me dirigeai sans crainte vers l'endroit d'où l'on m'appelait.

Une main puissante et autoritaire m'attrapa par la chemise et me plaqua contre le mur, au creux d'une sorte de niche où l'ombre était totale. Le feulement d'une lame sortant de sa gaine m'avertit que ma dernière heure était venue. Je protestai à peine, renonçai à me débattre, surtout lorsque je sentis le froid de la lame sur mon cou.

— Qui es-tu ? dis-je. Que me veux-tu ? Si c'est ma bourse, tu peux la prendre.

Une voix rauque me répondit :

— Mon nom ne te dirait rien. Quant à ce que je veux,

tu ne tarderas pas à le savoir. Julio Grimaldi, c'est bien ton nom ?

— Tu ne t'es pas trompé. Tu peux le demander à l'auberge de *La Fille-en-Fleur*. C'est là, derrière Saint-Agricol. Je suis le fils de la maison.

À ma grande surprise, il éclata de rire, m'envoya au visage une haleine qui puait l'eau ardente et la viande gâtée.

— Alors, dit-il, je crois qu'on se connaît. Julio Grimaldi... Il y a un mois, tu m'as payé une pinte et nous avons parlé de la pluie et du beau temps. J'étais en compagnie de ce bouffon qui joue du luth. Tu l'appelles comment ?

— François Bellejambe.

— C'est bien ça ! Ce qu'il a pu me faire rire, l'animal ! Tu te souviens ?

Je n'avais gardé aucun souvenir de cette soirée, mais je l'assurai qu'elle était encore présente dans ma mémoire. Inoubliable !

— Tout ça ne me dit pas à qui j'ai l'honneur de parler et ce que tu attends de moi.

— J'ai un message à te transmettre de la part d'une dame généreuse mais qui ne semble pas te porter dans son cœur. Elle m'a dit : « Avant de lui trancher la gorge, tu lui annonceras que c'est de la part de Myriam. » Alors je vais te faire une jolie boutonnière. Tu ne souffriras pas : j'ai la pratique.

La lame qu'il avait abaissée remonta vers ma gorge. Je la vis briller. Durant quelques instants qui me parurent durer des heures, elle resta en suspens. L'homme dit :

— À moins que...

J'avais la bouche sèche mais je parvins à articuler :

— À moins que quoi ? Dis toujours... De toute manière, je sais de quoi il retourne et quelle est la *dame généreuse* qui t'a confié cette mission.

L'homme éclata de rire une nouvelle fois et me dit à l'oreille :

— Touché ! J'aime parler avec toi et je regrette que notre entretien doive être abrégé. On sent que tu comprends les choses. De plus, tu n'as pas appelé le guet. Malin… Si tu l'avais appelé, tu ne serais déjà plus de ce monde, et moi j'aurais dix livres tournois dans ma bourse.

— Je me fous d'être de ce monde ou d'un autre. Si tu savais…

— Tu me facilites la tâche, Julio Grimaldi ! Si toutes mes victimes te ressemblaient…

La lame quitta la proximité de ma gorge pour redescendre. L'homme relâcha sa pression et ajouta :

— Je vais te faire une offre : la *dame généreuse* m'a donc proposé dix livres pour que tu débarrasses le plancher. Moitié à la commande, moitié à la livraison. Si tu m'en donnes dix de plus, nous sommes quittes, toi et moi. Enfin, presque, parce que, demain, je dois livrer à domicile.

— Et qu'est-ce que tu dois livrer ?

— Tes couilles, mais il faudra qu'elle se contente d'une oreille.

— Si tu m'essorilles, je me mettrai forcément à hurler et tu risqueras d'avoir le guet aux fesses. Je te rachète mon oreille.

— C'est cinq livres de plus : la somme que la dame devait me remettre demain. Ça fait que tu me dois quinze livres. Si tu y ajoutes un verre de gnole, ce sera la preuve que tu es un chic type.

— Marché conclu ! dis-je, soulagé. Suis-moi.

— Attention ! dit l'homme en me mettant sa lame sous le nez. Pas d'entourloupe, sinon je te retrouverai.

Il m'a suivi jusqu'à ma chambre. J'avais l'argent dans mon coffret, et même un peu plus. Je lui versai un verre d'eau ardente qu'il avala d'un trait, puis je le priai de déguerpir.

— C'est un plaisir, dit-il, de rencontrer des gens honnêtes.

Il réclama un autre verre et ajouta :

— Par la fesse-Dieu, elle est raide ! Merci, Grimaldi. Si un jour tu as besoin de mes services, tu demandes Tonio à l'auberge de *La Grosse-Fanny*, derrière le temple. On te dira où me trouver.

Il redescendit l'escalier en titubant, accueilli en bas par Titus qui grognait et montrait ses crocs. Peut-être aurais-je dû laisser ce bon gardien faire son devoir et mettre en pièces le malandrin, mais un marché est un marché et j'ai toujours répugné à trahir la confiance qu'on me témoigne. Je fis taire Titus, qui retourna à sa niche.

J'entendis Tonio me crier de la cour, d'une voix pâteuse :

— Merci, Grimaldi, et bonne nuit ! Prends soin de tes oreilles et de tes couilles !...

J'avais tout de suite eu de la sympathie, puis de l'amitié pour Niccolo Pazzi, un des adjoints au maître trésorier du palais, Jean de Cojordan.

Niccolo était un petit Italien aimable, subtil, frétillant comme une ablette, tout rose et tout blond, ce qui laissait penser que sa famille descendait des barbares wisigoths qui, repoussés d'Espagne par les sarrasins, ont trouvé refuge, il y a des siècles, dans la Gaule du Sud et en Italie.

Je l'avais rencontré à l'auberge. Il venait souvent y tromper sa solitude en compagnie de Mouret, maître portier du cardinal Guillaume Fournier. Il était originaire de Tavernelle, un petit village de Toscane d'où, me disait-il, on apercevait les tours de San Geminiano plantées sur une lointaine colline, derrière les vignes et les oliviers.

Volubile, volontiers observateur sans complaisance à l'égard des autres et de lui-même, il m'avait raconté son odyssée : il avait quitté sa famille et le métier de tailleur d'habits envers lequel il ne se sentait guère de disposition, pour passer les Alpes et prendre la route du Comtat Venaissin où l'on disait que la vie était plus facile qu'en Italie, et moins aléatoire. Grâce à un lointain cousin, frère d'un cardinal italien, il avait eu sans peine accès aux services de la curie : on l'avait employé comme porteur d'eau aux cuisines, puis comme marmiton et enfin comme scribe au service des approvisionnements. Comme il avait pu faire valoir ses connaissances en matière d'écriture et de calcul, on l'avait dirigé vers la trésorerie. Il avait eu beaucoup de chance et le reconnaissait volontiers.

Par son intermédiaire, j'avais, chaque jour ou presque, des nouvelles du palais. Il s'y passait des choses surprenantes et qui annonçaient de profonds changements.

Celui que le conclave avait désigné pour diriger la barque de saint Pierre à travers les écueils du siècle, Benoît XII, n'avait guère de points communs avec ceux qui l'avaient précédé. Il n'avait pas les hésitations, la manie de l'atermoiement de Clément ; il ne suivait pas la voie tracée par Jean au chapitre de la répression et n'éprouvait aucune obsession de la sorcellerie et de l'hérésie, bien qu'il eût été lui-même un fameux chasseur d'hérétiques. Il différait également de ses deux prédécesseurs par sa haine du népotisme et de l'ostentation : il était là pour remplir son devoir de chef de la chrétienté et il y apporta toute son énergie.

On a dit du pape Benoît qu'il était un médiocre politique. Peut-être. Le fait est qu'il ne s'engageait jamais sans une infinie prudence dans les démêlés des nations occidentales. Ce fils de boulanger se sentait mal à son aise dans la compagnie des grands de ce monde. Peut-être aussi des œillères l'empêchaient-elles de juger sainement de l'ensemble des problèmes et d'en faire une synthèse cohérente.

Ce qui est certain c'est que Benoît était un pape irascible. Il est vrai qu'il avait fréquemment des occasions de laisser éclater sa colère : la gabegie était devenue la règle.

Niccolo Pazzi me disait :

— Le Saint-Père est en train, comme le dit mon maître, de nettoyer les écuries d'Augias. Cela lui demandera du temps et de la patience car la couche de fumier est si épaisse que beaucoup en sont éclaboussés. Il faut l'entendre courir dans les couloirs ou sous les galeries comme si on lui avait volé sa bourse !

Le souverain pontife tomba un jour comme la foudre sur un groupe de prélats, évêques et archevêques, qui, en toute innocence, se promenaient dans les jardins. D'un ton peu amène, il leur demanda ce qu'ils faisaient là. Ils ne surent que répondre, sinon qu'ils se promenaient. De sa voix rude, qui mêlait le français au provençal que l'on employait comme langue commune à la cour, il leur jeta :

— Je vais vous proposer une autre sorte de promenade ! Vous allez retourner dans vos diocèses. Lorsque j'aurai besoin de vos services, vous en serez informés !

Je doute fort que l'incident se soit déroulé dans ces circonstances et que les propos de Sa Sainteté aient été fidèlement rapportés, car Niccolo est expert en fioritures et en inventions. Les choses se sont passées ainsi dans l'esprit sinon dans la lettre.

L'ami de Niccolo, le maître portier Mouret, n'était pas tendre pour le Saint-Père avec lequel son maître avait eu maille à partir pour un problème de népotisme.

— Ce pape, me confiait-il à voix basse, est un furieux. Il ne devait pas faire bon se présenter à son jugement quand il était inquisiteur !

— Erreur ! protestait Niccolo. Il était, paraît-il, extrêmement méticuleux dans ses jugements : sévère, mais juste.

— Nous verrons bien. Je crains que les cardinaux qui l'ont élu ne regrettent très vite leur choix.

Ils n'attendirent pas longtemps avant de le regretter, en effet.

J'ai dit que ce pape avait la pratique du népotisme en horreur et qu'il s'y refusait. Lorsque des gens du comté de Foix, sa province d'origine, frappaient à sa porte, la fleur aux lèvres, pour quémander quelque faveur, il les renvoyait dans leur province. Les membres de sa propre famille, cousins, neveux ou qui se prétendaient tels, n'échappaient pas à cette mesure.

Benoît fit le vide chez les Gascons et les Quercynois, ne gardant pour les services curiaux, qui comptaient près de quatre cents personnes, que ceux qui étaient nécessaires au bon fonctionnement de l'administration pontificale. Criait-on au scandale ? il se bouchait les oreilles. Versait-on des larmes à ses pieds ? il écartait l'intrus sans la moindre prévenance.

A-t-il bien dit, comme me l'a rapporté Niccolo : « Le pape que je suis doit raisonner comme Melchisédech, qui prétendait n'avoir ni père, ni mère, ni généalogie » ? Je n'en suis pas certain, mais le Christ tenait le même langage.

Les accès de colère du Saint-Père ponctuaient les récits que Niccolo me faisait de la vie du palais. Ainsi le jour où Benoît apprit que le roi de Naples, vicaire apostolique à Rome, avait honoré de ses faveurs son neveu, Guillaume Fournier, dans l'intention évidente de s'attirer en retour celles du pontife. Ainsi lorsqu'on lui proposa de nommer un autre membre de sa parenté à l'évêché d'Arles. Certains, comme le maître portier, m'assurèrent qu'il avait renié sa famille ; ce qui est certain, c'est qu'il refusait de l'associer trop étroitement à son ascension.

Mouret avait d'autres griefs contre le Saint-Père : il le jugeait avaricieux sous prétexte qu'il prenait le temps de la réflexion avant d'ouvrir son coffre, soit pour doter ses parents, soit pour donner de l'éclat aux fêtes liturgiques ou aux cortèges dont le faste l'exaspérait.

Une pratique scandaleuse s'était instaurée, avec la bénédiction des pontifes précédents : celle des commandes. Cela consistait à confier l'administration des biens monastiques à des laïcs qui grugeaient les pauvres moines. Il supprima ces méthodes d'un trait de plume. Cette mesure intempestive n'était pas faite pour assurer de bonnes relations avec le roi de France qui profitait de cette odieuse habitude pour remplir sa bourse.

Les fraticelles, ces Franciscains rebelles qui se signalaient par leur tenue excentrique et leurs prêches hétérodoxes, attirèrent sa vigilance et ses foudres. Il les menaça d'excommunication et leur cloua le bec.

On pensait qu'il montrerait davantage de mansuétude envers ses anciens frères, les Cisterciens ; il fallut déchanter. Lorsqu'il leur reprocha de somnoler sur le doux oreiller de la foi, il parlait en connaissance de cause. Il les fustigea vigoureusement.

La même sévérité s'appliqua aux autres ordres monastiques où régnaient l'indolence, le lucre, l'abus des biens temporels.

Devenu pape, Benoît était demeuré cistercien : il avait gardé le goût du dépouillement, de la rigueur, de l'honnêteté. Ces qualités ont marqué tout son pontificat qui fut bref, hélas, car il ne devait survivre que huit ans à son élection.

Lorsque l'on opposait à cette sévérité la misère de la plupart des ordres religieux, il se contentait de sourire. Il devait pourtant en convenir : la plupart des monastères vivaient au seuil de la pauvreté, le corollaire étant un phénomène généralisé : las d'être privés des moyens de subsister dignement, de nombreux cénobites quittaient la maison mère et partaient sur les routes, la sébile à la main. Exposés aux dangers du temps, ces gyrovagues se transformaient vite en vagabonds dont on se moquait et que l'on chassait à coups de pierres.

Il en passait tous les jours par Avignon, traînant les franges de leur robe dans la poussière ou la boue, hâves, hirsutes, couverts de vermine et mendiant au coin des rues ou devant les églises. Lorsqu'ils se présentaient à l'auberge pour demander des restes, Cesare menaçait de lâcher Titus.

Un jour de grand froid, je recueillis devant notre porte un de ces malheureux, presque un adolescent, crevant de faim et de froid. En dépit des protestations de Liénor, je le fis entrer, le réconfortai d'une soupe, d'une cruche de vin, et lui confiai les quelques sous que j'avais dans ma ceinture. Il pleura dans mon épaule et promit qu'il dirait une prière pour moi chaque jour.

Lorsque le nom d'Arnaud de Trian surgit dans ma mémoire, je ne puis réprimer un frisson : il était l'image d'un prédateur.

Ce personnage assurait au palais les fonctions de maréchal de justice : un titre qui s'alliait mal à ce fauve d'une sottise et d'une férocité insignes. Le pape Jean avait découvert ce neveu dans la tourbe des familles quercynoises auxquelles il s'apparentait et qui étaient venues chercher fortune en Avignon. Dans sa province, ce devait être un de ces capitaines de milice médiocrement installés dans une fonction médiocre et qui faisaient payer par des brimades leur insatisfaction au pauvre monde.

Il faut en convenir, Arnaud de Trian avait belle allure. Il imposait par sa taille hors du commun, sa carrure massive, ses mains larges comme des battoirs à linge, dont il usait volontiers, par jeu, pour assommer des ânes. Son visage paraissait façonné dans un bloc de glaise, par un potier ivre, à coups de poing. Un verbe tonitruant, un rire fracassant, un accent rocailleux accentuaient cet aspect farouche.

On le méprisait mais on le redoutait, car il était le véritable maître du palais et que Sa Sainteté, curieusement benoîte à son égard, lui vouait de la sympathie et lui accordait volontiers des audiences au cours desquelles ils s'exprimaient dans le galimatias de leur province en riant comme des bossus.

Il ne faisait pas bon passer entre ses mains.

J'eus affaire à lui lors d'une livraison de vivres que j'effectuais au palais à l'occasion de je ne sais plus quelle fête. J'avais fourni à l'intendance quelques pipes du clairet que l'on buvait pour célébrer un événement d'importance. Celui-ci venait des vignes de Filippa. C'était, je m'en souviens, au cours de l'automne qui avait succédé à la grande canicule. Le pape Jean avait bu deux verres de ce vin du Ventoux, l'avait trouvé excellent mais en avait été incommodé. Le bruit courut que ce breuvage était empoisonné, bien qu'il eût été *prouvé* par le maître queux.

Le lendemain, Arnaud de Trian me convoqua au palais. Il m'expliqua l'affaire d'un ton bourru.

— Nous avons, me dit-il, fermé les yeux sur le caractère licencieux de votre établissement. Je pourrais en ordonner la fermeture car les témoignages ne manquent point. Passons…

Le maréchal faisait mine d'ignorer qu'il était de nos bons clients. Il se leva, fit le tour de sa table de travail sur laquelle figuraient une miniature du pont Valentré et un crucifix.

— J'aimerais que tu avoues ce que tu as mis dans ton vin qui ait pu indisposer Sa Sainteté.

Je protestai que ce n'était pas *mon* vin mais celui qui venait des vignes de ma sœur, à Bédoin, et qu'il n'avait rien, à ma connaissance, qui puisse causer le moindre trouble.

— Tu mens ! hurla-t-il. J'en ai fait boire un gobelet à un prisonnier. Il en est mort !

J'appris plus tard qu'il m'avait raconté des sornettes.

— Je vais m'efforcer, me dit-il, d'être conciliant. Si tu avoues tout de suite, tu en seras quitte pour quelques années de mur. Si tu nous contrains à te faire avouer ton forfait par la torture, tu seras pendu ou brûlé vif.

Je sentis la peur m'envahir et m'écriai :

— Tout cela est faux ! C'est une machination ! Faites apporter de ce vin. Je le boirai sans crainte.

— Insolent ! s'exclama-t-il. Tu oses mettre en doute ma parole ?

D'un vigoureux coup de pied, il renversa mon escabeau et m'envoya heurter le mur. Il me releva de sa poigne puissante, me souffleta, me cracha des injures au visage avant de me confier à un sergent qui me jeta au cachot. J'y restai une nuit et un jour, attendant mon supplice. Au soir du lendemain, le geôlier vint ouvrir la porte du cachot.

— Tu es libre, me dit-il.

Je n'eus garde de lui demander les motifs de cette libération inattendue, mais il m'apprit que l'on n'avait sans doute rien retenu contre moi. Il me confia à un capitaine de la garde pontificale, qui me glissa dans le creux de l'oreille :

— Innocent ! Sache que, lorsque tu effectueras des livraisons de vin ou d'autre chose au palais, il faut en passer par le maréchal de justice qui prélève un petit bénéfice au passage. C'est la règle.

Il ajouta, en me frappant amicalement l'épaule :

— Dis-toi, Grimaldi, que tu as eu beaucoup de chance !

Cette chance, c'est à Liénor que je la devais. Elle avait fait un tel tapage dans le palais pour demander les raisons de mon emprisonnement qu'elle était parvenue à se faire entendre du grand chancelier.

Succédant au pape Jean, le nouveau pontife s'informa des qualités et des actions — et exactions — de cette brute d'Arnaud de Trian. Son verdict fut implacable : le maréchal fut chassé du palais, de la ville, du Comtat, et ses biens, qui n'étaient pas minces, lui furent confisqués. Il eût suffi au pape de savoir que cette sombre brute était un neveu de son prédécesseur pour lui signifier son congé.

Benoît n'eut pas plus de chance avec le remplaçant du maréchal en qui, pourtant, il avait placé sa confiance.

Au début de son mandat, avec le concours du grand trésorier Jean de Cojordan, le nouveau maréchal de justice, Arnaud de Lauzières, fit régner la terreur dans cette cour des Miracles qu'était devenu le palais sous le règne du pape Jean : il traquait les malversations, les concussions, les incuries, faisait éclater les réseaux de trafiquants qui avaient leur siège dans la curie. En bref, il fit le ménage.

Arnaud de Lauzières abusa-t-il de ses prérogatives ? Se trouva-t-il mêlé à quelque scandale ? Toujours est-il qu'il fut à son tour remercié.

En la personne de Bernard Cotarel, le pape Benoît se dit qu'il avait enfin découvert l'oiseau rare. C'était un ancien serviteur du comte de Foix, homme réputé honnête s'il en fut. Il s'installa dans cette grasse prébende et, sous cette main de fer et ce regard sourcilleux, l'ordre, enfin, régna. C'est du moins ce dont on était persuadé.

C'est à peu de temps de là que devait éclater le plus grand scandale qui, avec l'affaire d'Anagni, ait secoué la Cour pontificale.

Niccolino Fieschi vint un soir dîner à l'auberge avec quelques officiers de son service.

Lorsqu'il se fut fait connaître, Liénor mit en son honneur les petits plats dans les grands, lui réserva la meilleure table, les vins les plus capiteux, les servantes les plus accortes.

Alors que je remplissais les pichets de vin pour aider au service, la salle étant comble, elle me dit :

— Mon petit Julio, nous avons ce soir une Excellence : le *signore* Niccolino Fieschi, ambassadeur du roi d'Angleterre auprès de Sa Sainteté. Il vient tout juste d'arriver et s'est mis en quête d'un logis. Mets-toi dès demain en campagne pour lui en trouver un, digne de son rang. Ce signore a de la pécune. Tâche de prélever une petite commission, comme c'est l'usage. Pour ce soir, il couchera ici avec sa famille. Cesare n'aime guère les Anglais, mais celui-ci est à moitié italien, et d'ailleurs, quand il verra briller les picaillons...

Trois jours durant, en compagnie de Cesare, je cherchai un logis convenable pour l'ambassadeur, assez vaste pour accueillir ses services. Nous trouvâmes une maison à deux étages située sur le bord de la Sorgue, proche du quartier des tanneurs et de l'église Saint-Didier dont on avait commencé la construction. Je tirai de cette affaire quelques livres que je partageai avec Cesare et Liénor.

Le matin du Vendredi saint, quelques semaines plus tard, une nouvelle stupéfiante courut à travers la ville : on avait enlevé l'ambassadeur d'Angleterre et sa famille. Stupeur à l'auberge, où Fieschi, pour nous marquer sa reconnaissance, venait parfois dîner.

— Ce sont sûrement des gens du parti français qui ont fait le coup, me dit Liénor. Une ruse de guerre, ni plus ni moins.

Nous apprenions par la suite que l'enlèvement avait eu lieu dans la nuit du jeudi au vendredi. Une troupe de bandouliers ou de gens d'armes avait fait irruption dans le logis de Son Excellence, s'était saisie de sa femme et de son fils, le petit Gabrielli ; on les avait entraînés au-dehors, en chemise, alors que soufflait un vent glacé. Ces bandits étaient entrés dans la ville sans encombre, en étaient sortis de même, alors que les portes avaient été fermées comme chaque soir à l'heure du couvre-feu.

— Difficile à comprendre, me dit Liénor. Ces bandits n'ont pas pu entrer sans des complicités à l'intérieur des remparts, mais lesquelles ?

Elle eût été clouée de stupéfaction si elle avait appris le nom de ces complices.

L'ambassadeur et ses proches avaient été conduits sur l'autre rive du Rhône, à Villeneuve, en territoire français, pour y être retenus en otages.

Le palais présentait l'aspect d'une ruche affolée. Des clameurs en montaient, avec des lamentations et des murmures de prières. Je tiens de Niccolo que le Saint-Père, fou de colère, avait convoqué le maréchal de justice Bernard Cotarel, qui assumait la responsabilité de la sécurité et qui n'aurait pas dû ignorer ce projet d'enlèvement.

Cotarel protesta de sa bonne foi, mais il était difficilc de le croire. Décidé à faire la lumière, instruit par les expériences précédentes qui lui avaient montré que la corruption avait gangrené et ankylosé l'administration pontificale, le Saint-Père fit mener rondement l'enquête, avec les méthodes dont il avait usé contre les cathares.

La preuve d'une collusion de Cotarel avec les auteurs de l'attentat ne tarda pas à éclater. Sans autre forme de procès, il fut jeté dans un cul-de-basse-fosse où, dit-on, il mit fin à ses jours par le poison. Je crois plutôt qu'on l'aida à mourir, car il devait en savoir trop long sur les protagonistes de cette affaire. On le pendit pour la forme avant de le jeter au fleuve. Certains, ce jour-là, durent respirer…

La justice du souverain pontife ne s'en tint pas là.

Il protesta auprès du roi Philippe, soupçonné d'être l'instigateur de cet enlèvement. Comme Cotarel avant lui, le roi prétendit que cette accusation était gratuite et outrageante. Quant à Édouard d'Angleterre, il mit dans le même sac le pape, le roi, le diable, et promit des représailles au cas où l'on tarderait à délivrer Fieschi.

L'ambassadeur et sa famille restèrent deux mois captifs de leurs ravisseurs avant de rentrer en Avignon. Ils revenaient de loin. Les interventions du pape auprès du roi Philippe avaient fini par porter leurs fruits.

On en revint à la question des complicités : il avait bien fallu que l'on ouvrît l'une des portes de la ville aux ravisseurs. Je n'en ai pas la certitude et personne ne put le prouver, mais tout semble indiquer que c'était Cotarel. En revanche, l'homme qui avait conduit les bandouliers jusqu'à l'ambassade à travers l'entrelacs des rues sombres, en évitant les patrouilles du guet, je le connais bien.

C'était mon père.

Un matin, alors que je venais tout juste de me réveiller, j'entendis un bruit de dispute et des chocs de meubles en bas de l'escalier donnant dans la grande salle. Devant l'auberge où les passants commençaient à s'agglutiner, deux sergents croisaient la lance. Je me vêtis hâtivement et descendis quatre à quatre, fouetté par la voix de Liénor qui réclamait ma présence à grands cris.

Trois sergents venaient de se saisir de mon père, qui, encore en chemise, se défendait furieusement. Je tentai d'intervenir pour l'aider à se libérer, mais les sergents me repoussèrent brutalement.

— Ils veulent l'emmener ! gémissait Liénor. Et ils refusent de dire pourquoi !

Il le savait bien, lui, car il renonça bientôt à se débattre. Il demanda simplement la permission de s'habiller décemment.

— Toi au moins, lui dit Liénor en lui apportant ses vêtements, tu dois bien savoir ce dont on t'accuse !

Il se contenta de baisser la tête, de sourire et de répondre, d'un air bravache :

— Tu comprendras bien assez tôt. Rassure-toi, on ne me gardera pas. Si je parlais, les prisons seraient bientôt pleines.

Sur ces propos énigmatiques, il nous embrassa, Liénor et moi. J'étais surpris, consterné, mais, Dieu me pardonne, aucune émotion ne me remuait. Jamais Cesare, en ma présence, n'en avait autant dit. C'est sur moi qu'il fixa son dernier regard ; il semblait dire : « Ne t'inquiète pas, Julio, nous ne tarderons pas à nous revoir. »

Nous avons pensé, Liénor et moi, qu'on l'avait incarcéré pour un de ces trafics louches, la contrebande du sel notamment, dont il tirait des ressources importantes. J'appris peu après par Niccolo Pazzi qu'à la suite des aveux d'un complice il était accusé d'avoir guidé le groupe des ravisseurs jusqu'à l'ambassade et de leur avoir indiqué la façon d'y pénétrer sans trop de remue-ménage.

Mon père n'eut pas l'occasion de faire des révélations, car, à peine l'avait-on mis aux fers, on lui avait signifié sa sentence : la pendaison. Ainsi il n'eut pas le temps de mettre en cause les protagonistes de haut vol qui avaient dirigé l'attentat, dont certains furent simplement révoqués et d'autres laissés en paix ou absous, comme le roi Philippe.

La sentence fut affichée à la porte du palais où j'allai en prendre connaissance.

Le lieu choisi pour le supplice n'était pas, comme d'habitude, le pré des Dominicains. On conduisit les condamnés le long de la Sorgue, à travers une foule aussi agressive que l'averse d'avril qui cinglait la ville. J'eus du mal à reconnaître mon père, car il était vêtu simplement d'une chemise qui lui collait à la peau et dans laquelle il grelottait ; de plus, son visage était tuméfié, avec de gros bourrelets violâtres autour des yeux ; ses avant-bras étaient couverts de cicatrices comme si l'on avait commencé à l'écorcher. Parmi les autres prisonniers, certains protestaient de leur innocence et d'autres priaient à voix haute. Un grand diable à la tête rasée chantait un hymne à la Vierge Marie. Mon père, lui, restait muet, tête basse ; lorsqu'il passa près de nous, il eut un sourire mais ne dit pas un mot.

On pendit les condamnés un à un au madrier posé en face de la demeure de Fieschi.

Je n'en dirai pas davantage sur cette scène dont je ne vis qu'une partie, car j'allai vomir contre un platane quand on pendit mon père. Je retrouvai Liénor inanimée, allongée contre un mur. J'avais, jusqu'au moment du supplice, évité de regarder mon père de crainte de rencontrer son regard et d'y lire cette interrogation muette : « Pourquoi ne m'as-tu pas aimé ? »

C'est vers cette période que je vis reparaître en Avignon celui que je ne m'attendais plus à revoir : le frère Sulpice.

Un homme plein d'enthousiasme était parti quelques années auparavant ; c'était un vieillard qui me revenait.

Les négociations des chevaliers de Malte avec les pirates barbaresques installés à Bougie avaient abouti après plusieurs années de discussions et de marchandages, de promesses et de parjures. Sulpice et les frères qui l'accompagnaient et, comme lui, avaient été arrêtés dans leur voyage par la maladie avaient été rapatriés par un navire génois.

Il était de retour depuis une quinzaine de jours et n'avait pas daigné me donner signe de vie. Il devait me garder rancune de l'algarade qui nous avait opposés avant son départ. Un matin, lors d'une cérémonie en la chapelle des Dominicains, je le reconnus et l'abordai.

— Pardonnez-moi : vous êtes bien le frère Sulpice ?

— Oui et non. Oui, je suis bien le frère Sulpice. Non, je ne suis pas celui que tu as connu. Il suffit de me regarder pour comprendre. D'ailleurs, tu as hésité avant de me reconnaître.

— J'aimerais, dis-je, que tu me racontes ton odyssée.

Il sourit, secoua la tête.

— Mon *odyssée* ? Tu veux dire mon calvaire !

Il s'était renseigné sur moi dès son retour, mais, ayant appris que je vivais toujours à l'auberge, il avait renoncé à me revoir. Lui, il avait élu domicile au couvent ; je pourrais venir l'y retrouver à ma guise. Il ajouta :

— Julio, m'as-tu pardonné ?

— Quoi donc, Seigneur ?

— Mon orgueil. Le manque de confiance que j'eus en notre amitié. J'ai douté de toi et je le regrette.

Pour confirmer ce renouveau dans nos sentiments, je lui rapportai le livre d'heures que j'avais refusé de lui restituer lors de son départ. Il le feuilleta en riant, se moqua de certaines de ces miniatures qu'il jugeait grotesques ou médiocres. Montrant le portrait de saint Jean-Baptiste, il ajouta :

— Tu n'as pas trop changé, Julio. Peut-être as-tu un peu épaissi. La bonne chère de l'auberge, sans doute…

Il referma le livre, soupira.

— J'ai eu tort de vouloir te le reprendre, mais j'ai regretté de te l'avoir donné. C'est un travail bâclé.

Je lui parlai d'Arnaud Fabri, lui dis ce qu'il en pensait, en bien et en mal, lui confiai qu'il avait prélevé dans ce manuscrit des personnages et des motifs pour ses œuvres futures. Sulpice parut flatté.

— Si mon livre d'heures a servi à quelque chose, je m'en réjouis. Garde-le et prends en soin en souvenir de notre vieille amitié. Tu te souviens ? Malaucène, la fontaine, les platanes, les petites bourgeoises sur leurs mulets…

Si je me souvenais ! Je n'avais pas retrouvé et ne devais jamais retrouver ces moments de sérénité, de confiance réciproque, de chaleur, d'insouciance. Nous étions au bord de cette fontaine comme en marge d'un monde qui allait bientôt nous emporter, moi dans la vie, lui dans un rêve qui était devenu un cauchemar.

— Si tu savais…, me disait-il d'une voix tremblante qui

dérapait entre ses gencives déchaussées. Sans le secours de la Providence, sans mes prières, je ne serais pas revenu de cet enfer.

Ses ravisseurs l'avaient accablé des pires sévices. Malgré sa santé chancelante, on l'obligeait à travailler à la houe une terre ingrate, à tirer à la bretelle des charges qui auraient fait renâcler un mulet. À la moindre protestation il était privé de nourriture et d'eau, ce qui était pis. Lorsqu'il se révélait incapable d'assumer le travail qu'on attendait de lui, il était roué de coups.

Sulpice offrait ses souffrances en holocauste au Seigneur, mais il y avait tant de misère autour de lui que l'attention du Maître de la Vie et du Pardon avait dû s'y égarer comme dans une forêt. La plupart de ses compagnons de misère étaient morts et lui, petit moine sans importance, il avait survécu. Je me dis qu'il devait croire à un miracle, mais le mot ne lui monta jamais aux lèvres.

La nouvelle jeta la consternation dans la ville : le pape Benoît avait décidé de ramener la papauté à Rome.

Cette décision avait été prise en consistoire et avait obtenu l'accord du Sacré Collège, non sans certaines résistances. On avait même prévu de partir au début du mois d'octobre de l'an de grâce du Seigneur 1335 : une date que je jugeai mal choisie, les routes de la mer étant incertaines à cette époque de l'année en raison des tempêtes.

Des sergents partirent pour l'Italie afin de tracer l'itinéraire le plus favorable, de prévoir les gîtes d'étape et de préparer l'installation du pontife à Latran.

Cette décision était d'autant plus insolite que la situation dans la Péninsule, à Rome notamment, n'était pas, contrairement à ce que proclamait le vicaire épiscopal Robert de Naples, au beau fixe. Après une courte période d'accalmie, la guerre avait repris entre les grandes familles et le banditisme sévissait à l'état endémique.

Le Saint-Père avait dû se trouver dans une alternative redoutable : s'il décidait de rester en Avignon, il serait contraint d'effectuer des travaux de construction considérables pour loger ses services, trop à l'étroit dans le palais épiscopal et le couvent des Dominicains, ce qui créait d'inévitables frottements entre les curiales religieux et laïcs, et des querelles de préséance pour l'occupation des locaux ; d'autre part les cardinaux, malgré leur accord, traînaient les pieds ; enfin les rapports des sergents envoyés en éclaireurs n'étaient guère rassurants.

La décision fut ajournée puis annulée. Fausse alerte ! Nous respirions...

Pourtant, je m'étais dit que, si le pape Benoît mettait son projet à exécution, je poserais ma candidature pour embarquer avec la curie ; j'espérais trouver au-delà des Alpes sinon mes racines, ce qui ne m'importait guère, du moins une qualité de vie plus conforme à mes origines et à ma nature. Malgré les dangers et les incertitudes auxquels je me serais exposé en partant, ce pays m'attirait et me fascinait. Sulpice, qui avait caboté le long des côtes de la Méditerranée, jusqu'à Marseille, au retour de son odyssée, avait ramené des souvenirs éblouis de ces villes blanches, de ces ports grouillant de toutes les races du monde, de ces palais somptueux, de ces grandioses monastères. La passion qui somnole en moi, toujours prête à se ranimer, s'exaltait à l'évocation de ces images. Je serais parti sans regret, d'autant que rien ne me retenait en Avignon, Liénor ayant remplacé Cesare dans les semaines qui avaient suivi sa pendaison par un compagnon actif et efficace : Agricol Gastaldy.

Niccolo Pazzi bondit de plaisir lorsque je lui fis part de cette éventualité, qu'il dut prendre pour une décision ferme.

— Nous partirons ensemble ! s'écria-t-il. Avant de gagner Rome nous séjournerons un mois dans la grande demeure de ma famille, à Tavernelle, au milieu des vignes et des oliviers !

Des vignes... Des oliviers... Voilà un décor qui ne risquerait pas de me dépayser. Je rêvais plutôt des tours ocre de San Geminiano, des murailles et des places de Sienne, des ponts de Florence, de la colline vaticane...

Ainsi, le pape décida de prolonger un exil qui durait depuis trente ans, paisiblement, si l'on excepte les excès du pape Jean dans sa chasse aux sorciers et aux hérétiques, l'enlèvement de l'ambassadeur d'Angleterre et quelques autres événements sans conséquences graves. Avignon était le lieu d'un exil doré et, de l'avis de la majorité des fidèles, s'était imposée comme la capitale de la chrétienté.

Rester, pour Benoît, c'était se résoudre à construire.

Deux architectes[1] arrivèrent en Avignon : Guillaume de Couron, qui avait déjà œuvré pour le pape Jean, et Pierre Poisson, de Mirepoix. Le Saint-Père leur confia la construction du palais pontifical.

Un palais ? Plutôt une forteresse destinée à abriter à la fois le trésor, composé principalement d'objets sacrés, et la curie. Par leur allure massive, inspirée de l'art cistercien, ces constructions détonnaient dans une ville où l'art roman, deux siècles avant, avait fait fleurir des formes harmonieuses.

Le pape répétait :

— Je veux des lignes sobres, de solides défenses, des espaces vastes et pratiques, mais aucun luxe superflu. Je laisse cela à mes cardinaux…

Les deux architectes se mirent à l'ouvrage avec enthousiasme mais sans génie. Il a fallu attendre le pape Clément VI pour voir s'épanouir des formes d'art plus élaborées.

Je venais presque chaque jour, souvent accompagné de Sulpice, avec lequel j'avais renoué des rapports amicaux, constater l'état d'avancement du chantier. Des compagnons, des ouvriers, des manœuvres arrivaient de toutes

1. L'auteur écrit « architecte » pour la commodité. Le mot n'était pas inventé à l'époque. On disait maître d'œuvre.

parts à l'annonce de ces perspectives d'embauche. On avait craint que le départ de la cour pontificale n'entraînât la désertification et la misère, et c'est une ambiance de vie, de travail, de gaieté qui rayonnait autour de ce chantier.

À défaut d'être agréables à l'œil, les murs de ce palais forteresse impressionnaient par leur ampleur. Auprès d'eux, la cathédrale ressemblait à une barque de pêcheur accostée à une galère.

L'une des premières constructions à sortir de terre, la tour des Anges, semblait piétiner ce qu'il restait de l'ancien palais épiscopal devenu un amas de ruines grouillant de compagnons chargés de la démolition. Cette tour, je l'ai visitée en compagnie de Niccolo Pazzi, qui, exalté comme à son ordinaire, voyait en elle une sorte de phare de la chrétienté.

Elle s'élève sur cinq niveaux. Au-dessus de la cave se situait la trésorerie dite basse d'où l'on accédait à la chambre de ce grand personnage qu'était le camérier, un monseigneur directement attaché à la personne du Saint-Père, dont la chambre se trouvait au-dessus et qui n'avait lui-même qu'un escalier à gravir pour s'installer dans sa librairie ou dans les locaux de la trésorerie haute. Les sergents d'armes logeaient dans une sorte de châtelet d'où la vue balayait la plaine de toutes parts, avec, au-delà du Rhône, la masse du Ventoux et les aiguilles de Montmirail, domaines du vent. Peut-être aussi des anges…

Élaboré conjointement par la curie et les deux architectes, ce projet prévoyait d'entourer d'ailes le cloître, en fait une vaste place où le pape accueillait la foule des fidèles les jours de grandes célébrations.

La salle dite du Conclave était vouée à la réception des dignitaires de haut rang. Le bâtiment dit des Familiers abriterait ultérieurement le camérier et le cabinet de travail de Sa Sainteté. La tour de la Campane donnait directement sur la ville ; elle servait à loger les parents des papes et quelques officiers pontificaux. À l'orient, à proximité des remparts, s'élèverait l'énorme tour du Trouillas, ainsi nommée parce qu'à l'origine, en cet endroit, on pressait le vin destiné aux chanoines. Dans son prolongement s'élèverait l'immense salle du Consistoire où se dérouleraient les événements majeurs de la cour.

Deux chapelles, la haute et la basse, une tourelle pour le campanile dont la cloche rythmait les heures, une tour des Latrines pour les nécessités, un grand jardin accoté aux remparts de l'orient compléteraient cette suite d'édifices dignes de Babylone.

Niccolo, qui s'était penché à diverses reprises sur les plans de Pierre Poisson, ne me cachait pas son admiration.

— Tout cela, me dit-il, me donne le vertige. Dans tout le royaume de France on ne pourra trouver de construction aussi gigantesque.

Mon ami François Pétrarque était revenu de Bologne doté d'un impressionnant bagage de connaissances dont il tint à me faire généreusement profiter.

C'était bien avant le début de la construction du palais par le pape Benoît, quelques années avant la mort du pape Jean : en l'an de grâce du Seigneur 1327, si ma mémoire ne me trahit pas. Je souhaite qu'il en soit ainsi car l'événement auquel se rattache cette date, s'il n'a pas compromis l'ordre du monde, a eu, dans le domaine des lettres, un retentissement dont les siècles futurs se renverront l'écho.

François se rendait chaque dimanche à l'office dans la chapelle du couvent Sainte-Claire situé intra-muros au sud de la ville, près de la porte Imbert : c'est un lieu clos, baigné de verdures épaisses, avec, au centre du jardin, un énorme platane dont on disait qu'il avait vu passer les légions de César.

Cet arbre, dont six personnes se tenant par la main

n'auraient pu faire le tour, fascinait François, avant qu'une autre fascination, plus sentimentale, dominât son âme de poète.

Il me disait, non sans ostentation :

— Cet arbre géant me rappelle le platane de Lycie, à l'intérieur duquel le consul Licinius Mutianus banquetait avec une vingtaine de convives. Il est aussi grand que celui qui abritait dans ses branches l'empereur Caligula et une quinzaine de ses proches.

Il avait insisté pour que je le suive un dimanche chez les Clarisses, dont le jardin et la chapelle étaient accessibles à tous. Dotés d'une échelle, nous nous étions installés au milieu des grosses branches. Je me souviens que nous avions du mal à nous exprimer car le platane, en train de débourrer, nous paralysait la glotte. François entreprit néanmoins, avec des efforts risibles, de me parler de son enfance à Arezzo, sur une colline dominant la vallée de la Chiana, de sa famille qu'il disait pauvre mais qui ne l'était pas. Il évoquait avec complaisance ses études à Carpentras, à Montpellier, à Bologne, où il était resté trois ans.

Quant à son apparence, je le trouvai changé : les cheveux que jadis il frisait au fer disparaissaient sous une cuculle monacale ; il avait renoncé aux escarpins brodés, aux vêtements bariolés à la mode du temps qu'il revêtait à l'occasion de nos équipées. Il avait dû renoncer aussi à ce que, dans le récit de sa vie, il a appelé ses *folies*.

Un vendredi d'avril, alors que j'aidais Liénor à préparer les tables pour le dîner, je vis surgir François Pétrarque. Il semblait transfiguré.

— Eh bien ? dis-je. Que t'arrive-t-il ? Tu viens de gagner une fortune au jeu ?

— Je ne joue plus depuis longtemps ! dit-il en haussant les épaules. Julio, il faut que je te dise : je viens de vivre le plus beau moment de mon existence ! Regarde-moi ! Je suis heureux ! Est-ce que cela se voit ?

— Ça se voit et ça s'entend. Raconte…

Il ne se fit pas prier, me tira à l'écart et m'annonça qu'il venait de rencontrer la femme qui allait changer le cours de sa vie.

— Une femme ! s'écria-t-il au comble de l'enchantement. Je devrais plutôt dire une apparition. Un ange…

— Peut-être, dis-je avec un sourire narquois, est-ce la Sainte Vierge qui t'est apparue sur un nuage doré…

Il me regarda sévèrement.

— Ne plaisante pas ! dit-il. Durant toute la durée de l'office à Sainte-Claire, j'ai eu loisir de la regarder, de la contempler, de la boire des yeux. Cette femme est… une fontaine de bonheur. J'en suis fasciné à un point que tu ne peux concevoir. C'est… la femme la plus belle du monde !

Il s'enivrait de sa vision comme d'un vin généreux. La musique de l'orgue, l'odeur des lilas et des roses du jardin, le soleil qui jouait à effeuiller des pétales chatoyants sur les dalles, le mystère de la messe et, là-bas, à deux ou trois rangées devant, cette jeune femme blonde au visage de madone florentine…

— Elle s'est retournée vers moi à plusieurs reprises, Julio, et elle m'a souri. Tu entends ? Elle m'a souri ! C'est bien la preuve que je ne lui suis pas indifférent. Il faut que je la revoie, que je lui parle, que nous convenions d'un rendez-vous. Il le faut !

— Connais-tu son nom ?

Il l'ignorait mais il ne tarderait pas à l'apprendre.

— Peut-être est-elle mariée, fidèle…

Il me considéra comme si je venais de proférer une incongruité.

— Après tout, c'est sans importance. Mariée ou non, même avec des enfants, cette femme, cette déesse, sera mienne.

L'inconnue était peut-être une fontaine de bonheur ; ce qui est certain, c'est qu'elle fit de François Pétrarque une fontaine de poèmes. Il n'avait pas tardé à laisser se répandre un premier flux : ce fut un sonnet qu'il me montra, ajoutant que j'en avais la primeur.

Je ne me souviens que du premier quatrain, mais il est comme incrusté dans ma mémoire et, aujourd'hui encore, je me le récite comme on respire un bouquet de fleurs fanées dans les pages d'un livre, alors que Pétrarque est mort, momifié dans sa gloire.

Mon désir insensé s'est tellement égaré
À la poursuite de cette dame qui, s'enfuyant
Légère et exempte des lacs d'amour
Vole en avant de mon trop lent essor...

François fit tant et si bien qu'il finit par découvrir l'identité de son apparition : elle s'appelait Laure de Sade. Née quelques années après mon ami, à Noves, à une dizaine de lieues au sud d'Avignon, entre Châteaurenard et la chartreuse de Bonpas, elle avait épousé, deux ans avant que Pétrarque ne la remarquât, Hugues de Sade, un personnage sans relief, qui n'est sorti de l'ombre que par réfraction, grâce à la lumière que Pétrarque a fait rayonner sur son épouse.

Je la rencontrai moi-même sur la fin du mois d'avril, chez les Clarisses où François m'avait entraîné, et n'en fus pas illuminé. Laure de Sade était belle, il fallait en convenir. Élégante, lumineuse, peut-être. Mais *froide*. Sans doute aurait-on pu la comparer à une Vierge peinte par un artiste florentin ; aujourd'hui, je la reconnaîtrais plutôt dans la *Vierge de l'Annonciation* peinte par celui qui devait devenir mon ami et l'un des plus grands artistes italiens, Simone Martini : une vierge *boudeuse*.

À dater de ce jour béni, Pétrarque devint un autre homme : il ne parlait plus que de sa dame qu'il appelait parfois Laura, à l'italienne, et il n'écrivait que sur elle. Il avait du talent; Laure lui insuffla le génie. Il ne se passait guère de semaine où François ne me confiât des liasses de poèmes, souvent raturés pour ajouter du lyrisme à ses vers.

Les jours où sa dame ne lui était pas apparue sur un nuage doré, dans le parfum des lilas et des roses, il présentait un visage affligeant. Son expression m'était apparue particulièrement dramatique un jour de mai où, ayant tenté de lier conversation avec son égérie, elle l'avait éconduit.

— J'ai l'impression, dit-il, qu'elle ne partage pas mes sentiments.

— Et pourquoi les partagerait-elle ?

Ma question dut lui paraître incongrue, car il me tourna le dos sans répondre. Il débordait d'une telle intensité de passion qu'il ne pouvait admettre qu'elle n'en fût pas inondée. Je suggérai qu'il lui écrivît, qu'il lui adressât ses poèmes… Il avait pensé à se déclarer ainsi, mais il redoutait que Laure ne donnât ces textes à lire à son mari; il répugnait à s'engager dans une farce et d'y jouer un rôle ridicule.

Le jour où je lui conseillai de renoncer à cette passion dévorante mais sans issue, sa colère éclata.

— Sache, s'écria-t-il, que rien, jamais, ne me fera renoncer à mon projet de la conquérir ! Tu entends, Julio ? Jamais et quoi qu'il arrive ! Qu'elle devienne grosse, laide, qu'elle ait une douzaine de marmots ne changerait rien !

Cela ne changea rien, en effet, sauf que Laure de Sade eut onze enfants seulement et non pas douze…

Si Pétrarque n'avait orné la passion de sa vie des grâces de son génie, cette aventure sentimentale eût sombré dans l'oubli comme une plate comédie. De même que Christine de Pisan, il a vécu toute sa vie dans le souvenir d'un amour sans issue.

Dans les années qui suivirent je devais le revoir souvent, entre deux voyages qu'il entreprenait, en France, dans les Flandres et les Pays-Bas... Si j'en juge par les billets qu'il m'adressait de temps à autre, il cherchait à oublier sa vaine passion, mais elle le poursuivait. Pierre après pierre, il recomposait son amour pour Laure, chaque matin, comme on édifie une cathédrale, et chaque moellon était un poème ou de petits écrits qu'il appelait ses *nugeliae*.

François avait fini par détester Avignon comme si cette cité, dans un geste à l'antique, eût refusé de lui livrer son amour. Pour lui, c'était une Babylone perdue de vices, qui s'enfonçait peu à peu dans l'ignominie. Il s'y accrochait encore, en espérant le miracle qui lui confierait l'objet de sa passion.

Pour s'éloigner de cette pourriture de ville sans quitter la province où vivait Laure de Sade, il choisit de s'installer à Vaucluse, où il trouva son havre de grâce.

Je devais souvent l'y retrouver.

Dans la grisaille de la cour pontificale où le pape Benoît regardait d'un mauvais œil les fantaisies vestimentaires de certains de ses curiales laïcs, la venue d'une délégation chinoise fit l'effet d'une éclosion insolite au cœur d'un hiver.

C'est le frère Sulpice qui m'informa de cette nouvelle stupéfiante, avec d'autant plus d'enthousiasme que les moines dominicains, qui avaient suggéré cette idée au grand khan des Mongols, étaient de ceux avec lesquels il était parti en mission sous la conduite de Jean de Montcornin. Il n'avait jamais autant regretté que la maladie et l'épuisement eussent interrompu son voyage.

— Te rends-tu compte, me disait-il, de l'importance de cette mission ? Des millions d'âmes à sauver de l'erreur, à arracher aux démons et aux idoles ! Si Dieu l'avait voulu, j'aurais moissonné et engrangé pour Lui des gerbes d'âmes.

Sulpice m'apprit que Jean de Montcornin avait créé en Chine un premier évêché et se proposait d'en créer d'autres à travers cet immense empire. Le pauvre frère voyait les étendues sauvages de l'Asie couvertes d'églises et de monastères ; il ne rêvait que de repartir, mais, plus modestement, pour l'Afrique, où il y avait aussi beaucoup à faire.

C'est un Dominicain, André Franc, ancien compagnon de route de Sulpice, qui guidait l'ambassade sur les routes de l'Occident.

Je garde des cortèges qui sillonnèrent la ville l'image d'une de ces bourrasques de fleurs d'amandier et d'abricotier que le mistral arrache aux vergers et disperse sur le gris des pierres. J'imaginais bien que ces gens n'avaient ni notre apparence physique, ni nos vêtements, ni nos comportements, mais de là à supposer cette vision de carnaval… Les gens d'Avignon se massaient sur le passage du cortège, persuadés qu'il s'agissait d'une de ces bouffonneries comme on en voit aux foires de Beaucaire ; ils s'esclaffaient et brocardaient ceux qu'ils appelaient des *sauvages* et des *barbares*.

Des sauvages, des barbares, ces Chinois ? Il est vrai que ces visages larges, plats, aux yeux bridés, ces cheveux tressés en natte sur la nuque, ces moustaches fines et tombantes, l'immuabilité des traits ne donnaient pas une haute idée du degré de civilisation qu'ils avaient pu atteindre. Et pourtant ces êtres étranges avaient réalisé des progrès qui passaient l'entendement : leurs vêtements de soie, brochés d'or et d'argent, leurs bijoux qui n'auraient pas déparé les toilettes des reines et des impératrices d'Occident, les musiciens qui les précédaient laissaient pantois.

Des entretiens entre les Chinois et les curiales, des cérémonies et des fêtes qui se déroulèrent dans ce qui restait du palais épiscopal au cœur du grand chantier, je ne sais que ce que m'en a dit Niccolo Pazzi.

Les ambassadeurs du grand khan des Mongols repartirent dotés de cadeaux et de promesses de donner suite à ces rapports, qui furent vite oubliées. Nos visiteurs laissaient au Seigneur Pape quelques présents insolites qui révélaient un esprit inventif déconcertant : une poudre noire qui explosait avec bruit à la moindre étincelle, une tisane excitante, brunâtre, qu'ils appelaient *cha*[1] et qui était leur boisson ordinaire, des rames de papier délicatement filigrané, des statuettes d'ivoire et des coupons de soie.

Peu de temps après, une autre ambassade se présentait aux portes d'Avignon : elle était envoyée par Andronic Paléologue, troisième du nom, empereur de Constantinople. Le but de cette visite était de demander au pape de lui procurer des secours contre les armées turques qui menaçaient son empire. Les facéties de ces étrangers, dont ils semblaient être coutumiers, apportèrent quelque distraction au bon peuple d'Avignon, mais le résultat des négociations fut décevant pour l'empereur : comme il exigeait trop, il n'eut rien.

En ce temps-là, alors que bourdonnait au cœur de la ville le grand chantier du palais, que les tours élevaient leurs silhouettes massives au-dessus du magma de ruines et des excavations géantes d'où sortirait le palais des Papes, une guerre ensanglantait le sud de l'Espagne. La victoire remportée par les chrétiens contre les Maures, à Tarifa, cité voisine de Cadix, retentit dans toute la chrétienté comme le signe annonciateur du retrait des Maures de la péninsule Ibérique et de leur repli sur l'Afrique d'où ils étaient venus.

La victoire de Tarifa était due en grande partie à la croisade prêchée par la papauté ; elle méritait, de la part du roi de Castille allié à celui du Portugal, un geste de reconnaissance.

Un matin d'octobre, des beuglements de trompe et des roulements de tambour annoncèrent au peuple d'Avignon que l'ambassade espagnole allait se présenter devant les portes de la ville, après avoir franchi le pont Saint-Bénezet.

Très excité, Niccolo vint me chercher à l'auberge et

1. Le thé.

m'entraîna, à la suite du groupe de scribes turbulents sur lequel il semblait régner, en direction du châtelet qui se dressait à l'extrémité du pont.

Nous parvînmes à nous faufiler à travers la foule de façon à nous trouver sur le chemin de ronde qui domine la chapelle et l'espace compris entre la porte Eyguière et l'ancien château des comtes de Provence. De cet observatoire nous avions vue sur le cortège qui se déroulait jusqu'à la tour du roi Philippe et au-delà, brasillant de couleurs, de lumière dans des bourrasques de musique tonitruante.

— Regarde ! me dit Niccolo. Ce grand personnage en cape rouge brodée d'or, qui chevauche un cheval pie, est don Juan Martinez de Leyna, un des favoris du roi de Castille. Quelle allure ! On dirait le Cid Campeador... Mais...

— Quoi donc ?

— Je ne vois pas les chevaux.

Il voulait parler de la centaine de destriers andalous que le roi de Castille avait pris à l'ennemi et dont il faisait présent au souverain pontife. Ils devaient être tout harnachés et conduits par des prisonniers maures en grande tenue. C'étaient, disait-on, les plus beaux chevaux du monde, et les plus rapides.

— Je les aperçois ! s'écria un scribe. Ils sont encore sur la rive française. Ils commencent à franchir le premier bras du Rhône !

Ils étaient faciles à repérer malgré la distance, car le soleil faisait étinceler à travers un voile de poussière armes et harnois comme une rivière pétillante. Une autre rumeur montait au loin, sourde comme un orage : les tambours et les flûtes qui précédaient le dernier détachement.

Le talent de François Pétrarque eût été utile pour décrire la somptuosité de cet interminable cortège : les grands d'Espagne précédant des compagnies de Castillans et de Portugais, les prisonniers caracolant sur leurs cavales d'un bord à l'autre du parapet comme s'ils luttaient contre le vent qui venait de se lever, chariots, charrettes, carrioles chargés de présents...

Niccolo, qui était au courant des événements de la cour, m'annonça qu'il s'agissait effectivement de cadeaux du roi de Castille à l'intention de ses hôtes : bibelots, bijoux, armes et étendards ravis aux Maures...

— Mes amis, s'écriait-il en s'accrochant au parapet. Quelle *cavalcata !*... Regardez, près de la chapelle, ce...

Le reste de ses propos se perdit dans le tumulte des musiques qui se confondaient à nous briser le tympan.

Dans les heures qui suivirent, le Saint-Père distribua une partie des présents à ses familiers, confia les armes damasquinées et les joyaux les plus précieux à son grand trésorier, fit tapisser avec les étendards du Prophète les murs de la chapelle palatine.

Il semblait, avec toutes ces réceptions, ces embrassades et ces ambassades, ces cortèges interminables et ces spectacles de rues, que le monde, vague après vague, vînt battre aux portes d'Avignon. On eût dit que tous les peuples de la terre étaient pris du désir de rencontrer le pasteur suprême de la chrétienté pour lui apporter l'hommage de leur affection et lui témoigner leur désir de voir la paix régner enfin sur l'humanité.

Tout cela n'était que mirages.

Les artistes italiens affluaient en Avignon à la suite d'un certain Jean Dalbon. Revenant sur ses préventions contre l'afféterie, le pape Benoît avait décidé de confier la décoration de son *studium* à ce peintre. Il voulait que l'on restât simple : des rinceaux courant le long des murs suffiraient.

Les grandes fresques que je peux voir encore aujourd'hui viendraient plus tard, avec d'autres artistes.

Simone Martini suivit de peu. Dalbon était à peu près inconnu ; Martini, lui, était déjà célèbre.

Quand il se présenta au palais, un jour de l'an de grâce du Seigneur 1339, en compagnie de son frère Donato et de ses exécutants, il avait de peu passé la cinquantaine. Dans son genre, il faisait figure de prince fastueux. Les grandes familles italiennes lui confiaient l'ornementation de leurs demeures et la réalisation de portraits de famille et les églises ou les monastères des scènes religieuses.

Simone et Pétrarque se connaissaient. Ils s'étaient rencontrés à Sienne, dont Simone était originaire ; depuis, ils échangeaient des correspondances par-dessus les frontières pour entretenir une solide amitié qui se nourrissait des différences de leur nature et de leur talent.

En Toscane et dans toute l'Italie, Simone Martini était

considéré comme le meilleur artiste peintre, après le grand Giotto, qui venait de disparaître. Il dominait de son autorité et de son génie l'école de Sienne. Tout ce que l'Occident éclairé comptait d'amateurs d'art connaissait au moins sa *Maestà*, cette Vierge couronnée d'angelots, peinte une vingtaine d'années plus tôt pour le *Palazzo pubblico* de sa ville natale.

Niccolo Pazzi m'apprit que Simone Martini avait cédé aux instances du cardinal Jacopo Stefaneschi, ami et bienfaiteur des artistes, qui avait connu Giotto avant de venir s'installer dans le Comtat. À peine avait-il débarqué en Avignon, Simone, fasciné par l'ampleur des espaces proposés à son talent et par la perspective d'une fortune à réaliser, avait décidé de rester.

L'œuvre qu'on lui confia peu après son arrivée n'était pas destinée au palais mais à la cathédrale : il s'agissait d'une Vierge d'humilité et d'un Christ en majesté. Ces deux œuvres présentent un spectacle frappant : d'une part, la grâce incarnée par un visage tendre et un regard rêveur ; de l'autre, la rigueur et l'autorité du Fils de Dieu soulevé par une double vague d'anges en oraison.

Quelques mois plus tard, grâce à l'entregent de François Pétrarque, je pus rencontrer Simone Martini alors qu'il travaillait sous le porche de la cathédrale avec son frère et ses exécutants qui étaient aussi ses élèves. Il m'apparut comme un homme simple, un peu bourru, au visage de paysan égaré dans la ville ; on pouvait être surpris que ses grosses mains poilues pussent dessiner et peindre des œuvres délicates et maîtriser des couleurs subtiles.

Simone venait de terminer pour son ami Pétrarque l'illustration d'une *Énéide* de Virgile ; il y avait joint sur la page de garde un portrait de Laure de Sade. Il avait également illustré d'une miniature les *Géorgiques*, un ouvrage que le poète avait découvert dans la bibliothèque des Dominicains.

Avec son rude accent de Toscane, Simone Martini me confia que son rêve était de peindre à fresque les murs du palais dont on achevait la construction.

— À l'heure présente, me dit-il, le Saint-Père n'est pas favorable à cette idée, mais j'arriverai bien à le convaincre. *Pazienza*...

Simone avait présenté au pape quelques-unes des *sinopie* qu'il avait jetées sur le papier.

— Sais-tu ce qu'il m'a répondu, ce saint homme ? Que je voulais le ruiner, lui, le pauvre pasteur qui n'avait plus un sou vaillant dans ses coffres ! *Miseria*... *Miseria*... Il exagère, notre *papa*. C'est bien un *Francese* !

C'est à cette époque, une dizaine d'années environ après son retour de Bologne, que François Pétrarque eut l'idée saugrenue d'escalader le Ventoux.

— C'est un projet insensé ! lui dis-je. Personne n'y est parvenu à ce jour à ma connaissance. J'ai tenté cette escalade avec le frère Sulpice, au temps où il était moine à Malaucène, mais nous avons dû renoncer à mi-parcours. Pourtant nous étions alors jeunes et pleins d'ardeur. Toi, à ton âge, tu n'as aucune chance de parvenir au sommet.

Il me répondit d'un ton bourru qu'il était plus ingambe que je ne le supposais. Puis il se mit à rêver tout haut, parlant de ce mamelon imposant comme s'il s'agissait de l'Athos ou de l'Olympe, ces montagnes des dieux.

Beaucoup plus tard, j'eus connaissance de la relation écrite qu'il fit de cette expédition dangereuse, par la lettre qu'il adressa à un professeur de théologie de l'ordre de Saint-Augustin, Dionigi da Borgo San Sepulcro, et qui devait figurer dans son *Familium Rerum Libri*, livre IV, autant qu'il m'en souvienne.

En dépit des mises en garde d'un vieux berger qui lui avait présenté cette ascension comme une folie, François persista dans son intention. Il s'embarqua pour l'aventure en compagnie de son frère Gerhardo, qui devait finir sa vie dans un monastère, et de quelques serviteurs.

Je me disais qu'il cherchait peut-être à disperser dans les vents du sommet les reliquats de sa passion pour Laure de Sade, mais il avait des idées plus austères : il souhaitait se retrouver dans ces solitudes face à lui-même. Son seul véritable compagnon de voyage était un minuscule manuscrit des *Confessions* de saint Augustin.

— La première fois que j'ai ouvert ce livre au cours de mon escalade, me dit-il, c'était à l'une de nos haltes. Je m'étais assis à l'abri du vent. Les premières lignes qui me sont tombées sous les yeux, je les connais par cœur. Elles m'apportaient un message de l'au-delà : *Les hommes vont admirer les cimes des montagnes, les vagues des mers, le vaste cours des fleuves, l'immensité de l'océan, le mouvement des astres, et ils s'oublient eux-mêmes*... Tu imagines ma surprise ! Je n'étais pas monté jusque-là pour m'oublier mais pour me découvrir, pour rapprocher du Ciel mon corps terrestre.

François avait ajouté, l'œil dans le vague :

— Les cols que nous devons franchir dans notre existence sont nombreux et dangereux, mon petit Julio. De même, nous devons progresser degré par degré, de vertu en vertu, vers la perfection. La cime d'une montagne, comme celle de notre parcours terrestre, vois-tu, c'est la fin de toute chose, le but vers lequel nous devons sans crainte diriger nos pas...

Revenant à des considérations plus matérielles, François s'était plu à me raconter les épreuves inhumaines qu'il avait dû affronter. Alors que Gerhardo et les serviteurs escaladaient les pentes avec une légèreté et une aisance de bouquetin il traînait la jambe, devait s'arrêter tous les dix pas pour reprendre son souffle, s'abreuver à sa gourde, chercher les traverses les moins abruptes.

Mais une fois arrivé au sommet...

— Ah, Julio ! Un éblouissement... Tu ne peux imaginer l'état dans lequel je me trouvais. J'embrassais d'un seul regard les neiges éternelles des Alpes, mes montagnes d'Italie, des espaces qui se déroulaient à l'infini vers les Pyrénées que la brume et la distance dérobaient à mon regard. Dieu me pardonne, mais je me disais que si Laure avait été présente près de moi nous aurions goûté la perfection du bonheur.

Laure, toujours Laure...

François ne manquait aucune occasion propice pour se rapprocher d'elle, mais toujours avec le même insuccès, ce qui, à la longue, aurait dû le décourager. Eh bien, non ! Malgré la froideur qu'elle lui témoignait, qui n'était peut-être pas de l'indifférence car le poète jouissait d'une grande renommée, il persistait dans son espoir de la conquérir. À chacune de leurs rencontres, dans la chapelle des Clarisses ou chez des relations communes, leurs rapports se bornaient à des échanges de propos anodins et de regards furtifs.

— Pourquoi, lui répétais-je, ne pas déclarer ton amour à cette dame ? Peut-être n'attend-elle que cela ? Une femme de sa condition ne peut prendre cette initiative.

— Patience, Julio ! Elle viendra vers moi d'elle-même, au moment qu'elle aura choisi, sans que j'aie à l'en prier, ce qu'à Dieu ne plaise !

— Peut-être... Mais si tu tardes trop...

S'il tardait trop, Laure de Sade tournerait à la matrone blette, enrobée de graisse et encombrée d'une progéniture abondante.

Et c'est bel et bien ce qui devait se produire.

En apparence plein d'allant, souvent en proie à des humeurs coléreuses qui alternaient avec des accès de jovialité, le pape Benoît, en réalité, était malade. Son tempérament sanguin l'obligeait à sacrifier à de fréquentes saignées, mais il souffrait d'un mal plus profond qui allait avoir raison de sa résistance.

Il éprouvait de plus en plus de difficulté à se déplacer et traînait la jambe avec une expression de souffrance. Je me disais innocemment que cette allure pouvait être occasionnée par l'exiguïté de ses escarpins ou la pesanteur de ses vêtements : c'est en fait d'ulcères aux jambes qu'il souffrait.

Au printemps de l'an de grâce du Seigneur 1340, son sang trop lourd et trop lent le contraignit à s'aliter. Il recevait dans sa chambre les dignitaires en visite, y tenait parfois les réunions du consistoire et n'en bougeait pratiquement plus. Chaque matin, la foule s'assemblait aux portes du palais pour s'informer de sa santé et prier pour sa guérison. Au début de l'automne, il parut se rétablir et recommença à se lever. Les bourgeois qui avaient prié chaque jour pour lui firent brûler à Notre-Dame un cierge de cire rouge pesant un demi-quintal, autour duquel, durant une semaine, résonnèrent les *Deo gratias*.

Ce n'était qu'une rémission.

Moins de deux ans plus tard, au mois de janvier, son état s'aggrava au point qu'il dut de nouveau garder la chambre. Afin de dissiper l'odeur putride qui émanait de son corps, ses médecins firent brûler des herbes en permanence, mais on la respirait, me dit Niccolo, qui exagérait peut-être, jusque dans les salles d'alentour.

Nous apprîmes la mort du souverain pontife au mois d'avril suivant, par le glas qui, de clocher en clocher, se répandit sur la ville. Toute la population se jeta dans la rue et sur les places. C'était à l'heure de vêpres, alors que le soleil se couchait. En quelques instants notre auberge se vida et nous fermâmes nos portes.

François Pétrarque ne me cacha point que cette mort ne le touchait guère, mais son jugement était entaché d'un parti pris évident : il détestait Avignon.

— *Ton* Benoît, me dit-il, malgré le respect que je porte à ses fonctions, était un médiocre : un paysan balourd, déguisé en Cistercien puis en pape. Il était ignare en matière de théologie, incompétent et maladroit en politique. En revanche, j'en conviens, c'était un honnête homme.

Je m'élevai avec vigueur contre ce jugement sommaire et injuste.

Lorsque je fis part de l'opinion du poète à Niccolo Pazzi, il bondit, gesticula, s'écriant :

— Il a beau jeu, *ton* Francesco Petrarca, de critiquer un personnage qu'il n'a pour ainsi dire jamais fréquenté. Je crois savoir ce qui explique sa réaction : le Saint-Père a renoncé à s'installer à Rome où ton poète aurait été plus à même de lui faire sa cour.

Pour Niccolo, le pape Benoît, sous ses manières frustes, son langage peu châtié, était un esprit largement ouvert à la connaissance, et pas seulement en matière de théologie. Il a traqué les hérétiques, mais pas, comme le pape Jean, pour les envoyer au bûcher. Il a ramené l'ordre dans son domaine et assaini l'atmosphère du palais qui, avant lui, sentait la corruption à plein nez. Il est vrai qu'il était peu généreux, mais c'est parce qu'il se sentait comptable des deniers de la religion, ce qui lui a permis de laisser à son successeur des coffres bien garnis de florins. S'il a fait édifier une forteresse au lieu d'un palais, c'est pour assurer la sécurité des personnes et des biens plus que pour mener une existence de facilité et de luxe. Durant tout son règne, il est resté le *moine blanc* qu'il était au monastère de Boulbonne. Sa simplicité a fait sa grandeur.

Cette oraison funèbre avait les couleurs de la vérité. Plus que François Pétrarque, c'est Niccolo Pazzi qui avait raison.

4

Le Magnifique

Quatrième jour après le troisième
dimanche de l'avent : jeudi.

Ils ont fait la fête toute la nuit dans la cour centrale, autour du puits, sous la fenêtre de l'Indulgence où naguère les papes donnaient leur bénédiction à la foule.

J'ignore comment ils s'y sont pris, mais ces gueux sont parvenus à grands ahans à descendre de la chambre du Saint-Père la baignoire en plomb. Ils ont dû la faire rouler sur des rondins et glisser en la maintenant avec des cordes le long de l'escalier. J'ai appris par Barthélemy Cadan que les cordes ont cédé et que la baignoire a écrasé dans sa chute deux de ces malandrins.

— Le pillage continue, protestai-je. Ces gredins vont mettre à sac ce qui reste du mobilier.

— Ce n'est pas du pillage, rectifia le capitaine. Cette baignoire a été simplement déplacée. D'ailleurs, tu sais bien que les déménageurs l'ont dédaignée car elle est trop pesante, difficile à bouger et sans valeur.

Ils ont installé la baignoire près du puits, y ont déversé l'eau qu'ils faisaient chauffer avec ce qui reste de bois au bûcher, dans de grandes bassines trouvées aux cuisines qui restent à déménager, ce qui ne se fera sans doute jamais.

Malgré la température rigoureuse de ce mois de décembre, ils se sont dévêtus, hommes et femmes, et à tour de rôle ou à plusieurs, avec des jeux sans équivoque, ils ont récuré leur crasse. J'ai hurlé, du haut de ma galerie :

— Sacrilège ! Vous osez laver vos culs là où les papes baignaient leurs saintes fesses !

Ils se sont esclaffés en voyant cette vieille peau emmitouflée dans sa houppelande s'égosiller entre deux accès de toux. L'un d'eux me jeta :

— Va te faire foutre, curé ! Notre cul n'est pas plus sale que celui de ton patron.

Une ribaude s'est dressée dans la baignoire et m'a lancé, en balançant ses gros seins dénudés :

— Si le cœur t'en dit, messer Grimaldi, tu viens me rejoindre. On s'amusera bien tous les deux.

Moi, un curé... Moi qui suis entré comme laïc dans ce palais et qui le suis resté...

Dans l'après-midi, ils ont trouvé un autre genre de divertissement.

L'un de ces énergumènes a découvert, dans un coffre oublié par le vice-chancelier, une garde-robe que les déménageurs n'ont pas jugé bon d'emporter. Ils en ont extrait des vêtements vieux d'un demi-siècle, si j'en juge par leur état de vétusté. Ils s'en sont affublés, hommes et femmes, puis, au son aigre d'un cornet à bouquin et d'un tambour plat qu'on appelle tarole, *ils ont dansé toute la matinée à l'endroit où ne résonnaient jadis que les accents de la musique et de la* cantoria *pontificales.*

J'attends toujours, mais désormais sans la moindre impatience car je suis certain qu'il n'honorera pas sa promesse, la lettre de Pierre Ameilh me donnant des nouvelles de Rome. Ce qui est certain, c'est que le voyage s'est déroulé dans des conditions difficiles, qu'il a duré longtemps, mais que Sa Sainteté le pape Grégoire est arrivé à bon port.

Quant au recteur du Comtat, Raymond de Turenne, il doit se prélasser en Italie car il ne semble pas pressé de venir assumer ses nouvelles fonctions.

J'ai demandé hier à l'un des sergents de Barthélemy de fouiller la tour du Trouillas où il se peut que la Naine rouge se soit réfugiée. Il a cherché pendant une heure. Vainement.

J'en étais, hier soir, à me demander si Barthélemy n'avait pas rêvé, mais, peu avant l'heure de vêpres, alors que, chaudement emmitouflé, je faisais un brin de promenade le long de l'aile des Dignitaires, j'ai perçu une sorte de flamme pourpre qui déambulait sur le pont de l'aile opposée, sa tête dépassant à peine la balustrade.

J'ai crié. L'apparition a disparu comme dans un souffle d'air.

L'idée m'est alors venue de proposer aux ribauds d'effectuer des recherches à travers ce labyrinthe, avec une récompense pour celui qui mettrait la main sur cette apparition. Puis j'ai réfléchi et renoncé : ce serait donner à ces gueux l'occasion de parcourir des salles encore fermées et de piller ce qui avait échappé aux déménageurs. De plus, leur montrer qu'il me reste quelque pécune risquerait de leur mettre la puce à l'oreille et de les inciter à me mettre le couteau sur la gorge pour me dépouiller.

D'ailleurs il en va de ce genre d'apparition comme d'un rêve banal : à solliciter leur retour, ils s'estompent et disparaissent. J'attendrai une certitude.

Agricol Gastaldy n'avait guère de sympathie pour moi et me le montrait en toute circonstance.

J'avais conscience, et m'en étais ouvert à Liénor après la mort de mon père, qu'elle ne pouvait gérer seule l'auberge et qu'il lui fallait un compagnon qui occupât à la fois sa table et son lit. Les affaires tournaient rond car en Avignon l'argent coulait à flots.

Agricol avait travaillé aux cuisines du palais. Il avait débuté comme porteur d'eau sous le pontificat du pape Jean ; le maître queux l'ayant à la bonne, il était devenu marmiton, un travail aussi pénible que le précédent, mais avec des avantages non négligeables : les cuisiniers faisaient, si je puis dire, leur beurre en retenant les cuirs, les têtes et les pattes des animaux sacrifiés.

Il avait dû renoncer à ce travail lucratif à la suite d'un accident qui avait failli lui coûter la vie.

Lors de la réception qui accompagnait je ne sais plus quelle ambassade, on avait demandé aux cuisines un tel effort que l'incendie avait dévasté les locaux. Agricol avait été brûlé grièvement.

Peu après le décès de Cesare, il frappa à la porte de Liénor pour trouver de l'embauche. Il lui raconta les circonstances de sa blessure (il avait une main littéralement épluchée par le brasier), lui dit son souhait de travailler à l'auberge. D'assez bonne apparence, aussi prolixe que mon père était taciturne, il fut agréé.

Un peu trop hâtivement à mon gré.

Ce grand escogriffe brèche-dent, voûté, qui sentait la sueur et l'ail, s'érigea très vite en maître des lieux. Il commandait à tous, à moi comme à Liénor ; elle se pliait avec une surprenante inertie à ses ordres mais, moi, je regimbais. Lorsqu'il émit la prétention d'empiéter sur mon domaine dans le but de m'évincer, je lui fis comprendre que l'ancien marmiton qu'il était avait à s'occuper des fourneaux et de rien d'autre. Il se le tint pour dit mais me garda une rancune tenace de cette mise au pas.

Avant de se balancer à la poutre où on l'avait pendu, mon père nous avait laissé un pécule qui nous aurait permis, à Liénor et à moi, en plaçant ce magot chez un notaire, de vivre de nos rentes, mais notre activité nous plaisait.

Après la mort de son époux, Liénor était revenue gratter à la porte de ma chambre. Je la lui avais ouverte, mais je ne tardai pas à le regretter : elle avait grossi, sentait mauvais et je supportais mal ses couinements dans les moments de plaisir. J'avais fini par la dissuader de revenir m'importuner et elle en avait pris son parti sans trop de rancœur.

Nous en étions là lorsque Agricol Gastaldy s'était présenté.

— Je ne peux plus supporter cet énergumène, dis-je un jour à Liénor. Ses insolences passent les limites. S'il persiste, tu devras choisir entre lui et moi.

Cette alternative causait beaucoup de soucis à mon *associée*. Elle me confia que choisir lui était impossible. Elle tenait trop à moi pour provoquer de son chef une séparation, car elle ne voyait pas qui aurait pu tenir les comptes, assurer l'approvisionnement, mettre la main à la pâte quand le service pressait. Congédier Agricol lui était également pénible : elle s'était attachée à lui, et j'imagine aisément par quels liens ; d'autre part, il lui était utile pour la cuisine et ne rechignait pas à la tâche.

Liénor tergiversait indéfiniment. Je finis par comprendre qu'elle ne pourrait jamais, de par sa propre volonté, prendre la décision qui me semblait inévitable.

C'est ainsi que je décidai, à la première occasion, de prendre le taureau par les cornes, de réclamer ma part et de prendre le large.

À quelques mois de la mort du pape Benoît, dont la dépouille avait été inhumée dans une chapelle du palais où un artiste français, Jean Lavernier, travaillait à son tombeau, l'occasion que j'attendais se présenta.

Au cours d'une conversation avec Niccolo Pazzi, dans une auberge de mariniers du port des Périers, je lui avais confié mon embarras.

— On embauche des scribes au palais, me dit-il. Des laïcs. Tu as une belle écriture, des connaissances en beaucoup de matières, et tu es d'humeur facile. Je puis proposer ta candidature.

Scribe... Scribe au palais. Travailler sous la férule du vice-chancelier ou de quelque autre prélat de haut rang. Rester des heures à gratter le parchemin ou le papier, à tailler des plumes, tout cela pour un salaire de misère ? Cette perspective n'avait rien d'exaltant, et je fis comprendre à mon ami que cette situation ne me convenait guère.

— Tu as tort de penser ainsi, me dit-il. Malin comme tu l'es, tu peux doubler ton salaire et prendre rapidement du galon. Et puis vivre au palais n'a rien de désagréable. Il y a des avantages dont il faut savoir profiter et l'on peut avoir du temps libre. Moi, je ne me plains pas.

Il revint à la charge. Je finis par accepter sa proposition.

À quelques jours de cet entretien, alors que je commençais ma sieste sur mon soleiladou, Niccolo frappa à ma porte. Il posa les mains sur mes épaules et m'embrassa. Il semblait rayonnant.

— C'est fait ! me dit-il. Il y a un poste vacant à la chancellerie. Tu pourras te présenter demain. J'ai dit au cardinal grand chancelier que tu étais mon ami, que nous avions Francesco Petrarca dans nos relations et que je te faisais entière confiance. Il n'a pas hésité à me donner son accord.

J'attendais une crise de larmes de la part de Liénor ; elle s'accompagna d'une telle bordée de remontrances que je crus qu'elle allait me gifler. Elle m'injuria : Mauvais fils ! Ingrat ! Niais ! Je n'allais pas tarder à comprendre que j'avais lâché la proie pour l'ombre. Insensé ! Moi, un scribe ! En avais-je seulement les capacités ? On ne me garderait pas plus d'une semaine ! Je viendrais supplier pour qu'elle me reprenne !

— Julio, si tu pars tu ne remettras plus jamais les pieds dans cette maison. Si ton père était encore de ce monde, tu n'aurais pas osé lui jouer ce tour !

Cette maison, l'oubliait-elle ? était aussi la mienne. Je réclamai ma part du magot et de l'auberge. Elle bondit, hurla :

— Tu oses réclamer de l'argent ? Cette auberge, qui est-ce qui l'a faite ce qu'elle est : la mieux achalandée de la ville et des environs ? C'est moi et ton père ! Alors, pour le magot, bernique !

Elle ne réussit pas à m'ébranler. Les papiers que j'avais conservés montraient à l'évidence que j'héritais de la part de mon père. Je les exhibai. Elle s'arracha les cheveux, glapit :

— Tu veux me tuer ! Tu veux m'obliger à vendre notre auberge !

Commediante ! me dis-je. Je tins bon et elle se raisonna. Elle ne pouvait faire autrement sans risquer de passer en justice, ce qu'elle tenait à éviter. Lorsque l'affaire fut réglée, je fus stupéfait de l'entendre me dire :

— Mon petit Julio, il faut me pardonner mes colères et mes reproches. Tu seras toujours chez toi dans cette maison. Tu pourras même venir y manger gratis.

— Agricol est-il d'accord ?

— C'est moi la patronne ! Je lui ai fait la leçon. Il a protesté, mais s'est incliné. Il est à ma botte, comme jadis le pauvre Titus.

Ces bonnes dispositions cachaient une contrepartie, Liénor avait une faveur à me demander : que je continue à tenir les comptes, ce dont ni elle ni Agricol n'étaient capables. Pour les approvisionnements, ils s'arrangeraient.

J'acceptai le marché, avec une réserve : je garderais ma chambre ; j'y avais mes habitudes et m'y plaisais. Liénor ne fit aucune difficulté pour accepter.

— Si tu ne me l'avais pas demandé, dit-elle, je te l'aurais proposé. Ainsi, toi et moi, nous ne serons pas séparés.

L'élection du successeur de l'apôtre Pierre fut un modèle de diligence et d'unanimité. La réunion du conclave dura quatre jours seulement, grâce, dit-on, à l'« inspiration divine ». Grâce surtout, il faut le dire, aux qualités et à la carrière de Pierre Roger qui devint pape sous le nom de Clément, sixième du nom.

À l'origine, rien ne prédisposait à cette consécration ce modeste personnage. Il était né dans une famille de petite noblesse, à Maumont, en Bas-Limousin, non loin de Tulle, dans un diocèse qui ne brillait ni par l'éclat de son histoire ni par sa richesse, landes et forêts constituant l'essentiel de son espace.

Pierre Roger devait être d'une intelligence vive et précoce car, à l'âge de dix ans, on le plaça comme novice à l'abbaye bénédictine de La Chaise-Dieu, en Auvergne. Il fit de tels progrès, témoigna d'une foi si intense, que son protecteur, le cardinal de Mortemart, l'envoya parfaire son éducation et ses études de théologie à Paris. Il s'y distingua avec un rare brio, gravit aisément les échelons qui devaient le faire accéder à la dignité suprême. Nommé abbé de Fécamp, évêque d'Arras, archevêque de Sens puis de Rouen, il coiffa le chapeau cardinalice et fut remarqué par le roi Philippe qui en fit son chancelier, premier personnage du royaume, son conseiller et son confident.

C'est dire que ce prélat, en arrivant en Avignon, avait derrière lui la plus belle carrière qui pût se concevoir. À ses qualités intellectuelles, à sa foi profonde, il ajoutait une grande ouverture d'esprit, une tolérance, un entregent, une générosité qui attiraient la sympathie.

D'emblée nous fûmes conscients de ce que ce nouveau pape différait de ceux qui l'avaient précédé en Avignon : il ne manifestait ni les atermoiements sempiternels de Clément V, ni la rigueur excessive de Jean XXII, ni la rugosité de caractère de Benoît XII.

Sans jamais faire litière de sa dignité, ce pape demeurait humain.

Niccolo Pazzi me dit, peu de temps après mon entrée à la chancellerie :

— Tu ne pouvais pas commencer ta carrière sous de meilleurs auspices. Le pape Clément est plein d'idées, de projets, de bienveillance. Nous allons vivre grâce à lui une grande époque. Dieu le bénisse !

Niccolo ne se trompait pas. Austère, renfermée, contrainte sous le pontificat de Benoît, l'ambiance du palais devait changer rapidement. On y respirait un air plus léger ; on devinait à des frissons imperceptibles que l'on entrait dans une ère nouvelle, que rien, désormais, ne serait comme avant.

Mon travail à la chancellerie n'était, comme je l'avais présumé, guère exaltant. En revanche, il me permettait de tremper dans un milieu qui m'était à ce jour demeuré hors de portée et mystérieux. Fier d'une promotion au service de la trésorerie, qui en faisait une sorte de chef, Niccolo veillait sur moi comme sur un frère.

Nous avions de fréquentes rencontres, soit à l'auberge où je prenais mes repas et dont je tenais les comptes, soit dans quelque autre établissement, soit aux cuisines du palais où quelque blanchaille suffisait à nous introduire dans les bonnes grâces du maître queux.

J'avais d'abord été chargé d'un simple travail de scribe, affecté au courrier banal, afin de me permettre de faire mes preuves. Elles durent paraître concluantes car le grand chancelier me convoqua pour m'annoncer qu'il me confiait un poste de confiance : bullateur.

Le vice-chancelier, Guido Aquaviva, ancien prieur de Lombardie, m'initia lui-même à cette tâche qui exigeait un personnel dont il fallait être sûr. Je recevais à ma table de travail les actes émanant de la chancellerie ou du pape lui-même, après qu'ils étaient passés entre les mains d'un correcteur qui les mettait au propre et qui, d'une minute, faisait une grosse prête pour l'expédition.

J'avais la charge du scel.

Dans le pli des lettres qui arrivaient sur ma table et dans les trous que j'y pratiquais, je devais enfiler les liens : des cordelettes de soie de différentes couleurs pour les personnages importants, de chanvre pour le commun. J'écrasais ensuite une boulette de plomb dans une presse comportant deux matrices : l'une avec les portraits gravés des apôtres Pierre et Paul, l'autre portant le nom du pape en exercice.

Lorsque les circonstances l'exigeaient, notamment à la suite de l'élection du pape Clément qui suscitait un courrier torrentiel à destination de tous les pays de la chrétienté, jusqu'en Islande et à Byzance, j'aidais les correcteurs dans leur tâche, ce qui était de leur part une marque de confiance à laquelle j'étais sensible. Bulles et lettres courantes étaient confiées à des courriers qui partaient à cheval sur les routes du monde.

Parfois le Saint-Père nous rendait visite, en toute simplicité, ce que faisaient rarement ses prédécesseurs, à ce qu'on me dit. J'eus même à plusieurs reprises l'honneur d'être interrogé par Sa Sainteté. Elle me dit un jour :

— J'ai appris que mon bullateur est un ami de François Pétrarque. Est-ce exact ? Demandez-lui de me rendre visite. J'aimerais que nous parlions de Virgile, d'Aristote et de Cicéron. Voyez cela avec mon camérier, je vous prie.

N'eussent été le temps et le lieu, j'aurais volontiers baisé les pieds du pontife.

Clément était de taille moyenne mais de formes harmonieuses. On lisait dans son regard à la fois la bienveillance et l'esprit. Son allure était souple, ample, dégagée ; il paraissait en marchant suivre les mouvements de sa pensée plutôt que de courir après une idée ou un projet. Il donnait envie de le suivre au bout du monde : à Rome, par exemple.

Rome... Malgré les pressions insistantes des cardinaux italiens, il avait renoncé à s'y installer. Mieux encore, il avait sur sa table de travail des projets d'agrandissement du palais. Chaque matin ou presque, il recevait l'architecte Jean de Louvres auquel il avait demandé de prévoir des constructions qui doubleraient la superficie de cette citadelle.

Il avait une mémoire étonnante, que certains attribuaient à un choc violent qu'il avait reçu à la tête dans sa jeunesse, mais c'est là une assertion sans fondement. Le fait est qu'il pouvait réciter plusieurs pages d'un livre qu'il venait de lire.

Le Saint-Père n'avait pas renoncé à son intention d'avoir

un entretien avec François Pétrarque. Peu après notre brève rencontre à la chancellerie, alors que, par timidité, j'hésitais à me mettre en rapport avec le camérier, c'est ce dernier qui me relança en me reprochant ma négligence.

Le jour même, je me rendis chez mon ami qui demeurait, entre deux voyages ou des séjours dans sa résidence du Vaucluse, chez son père, dans une belle demeure accolée aux remparts. François blêmit, se mordit les lèvres, se jugeant sans doute indigne de cet honneur. Il commença par refuser puis demanda à réfléchir ; il se décida enfin à accepter. Je le conduisis moi-même au maître des audiences afin qu'il prît rendez-vous.

Tel était le désir du Saint-Père de rencontrer le grand poète qu'il le reçut deux jours plus tard. L'audience dura un si long moment que Clément en oublia l'heure du dîner.

Pétrarque revint de cette entrevue rayonnant de bonheur, exalté au point de bégayer, de gratter frénétiquement sur sa joue la gale qui le harcelait.

— Il s'en est fallu de peu, me dit-il, que le Saint-Père me demande de partager son repas. Il m'a fait promettre de revenir. J'en suis encore tout retourné. Quel être délicieux et quel érudit ! Il en sait plus que moi sur Virgile. Il m'a récité des poèmes entiers des *Géorgiques* et des pages de *L'Énéide*...

Ils avaient parlé longuement de Cicéron. Clément avait demandé au poète de traduire et de lui présenter quelques œuvres de ce philosophe qu'il tenait en haute estime. Comme il comptait s'installer définitivement en Avignon, il voulait doter le palais d'une importante bibliothèque où Pétrarque aurait ses entrées et dont il pourrait, si cela lui convenait, prendre la responsabilité.

À l'intention du pontife, Pétrarque avait fait recopier par un de ses scribes quelques-uns de ses sonnets sur un joli papier filigrané, en lin d'Espagne, qu'il avait acheté à Toulouse. Par décence, il s'était gardé d'inclure dans ce florilège ses hommages à Laure de Sade. Il avait de même renoncé à lui confier les impressions de son récent voyage à Rome, à lui dire la désolation qui régnait au Vatican et à Latran, dans les basiliques éprouvées par le pillage et le tremblement de terre qui avait secoué la ville.

Lorsque Clément lui avait demandé s'il souhaitait toujours le retour de la papauté en terre italienne, François avait jugé prudent de nuancer son opinion : certes, il souhaitait ce retour, comme cette sainte fille, la princesse Brigitte de Suède, qui en prêchait l'urgence devant les populations et qui se proposait de venir plaider cette cause en Avignon.

Quelques semaines m'avaient été nécessaires pour me familiariser à la fois avec mon travail et avec l'ambiance du palais, cette ruche qui grouillait dans des locaux trop exigus, autour d'une reine débonnaire.

Au nombre d'une trentaine, les cardinaux directement rattachés au Sacré Collège logeaient en ville et aux alentours, dans les livrées dont les papes précédents avaient commencé la construction ; ils avaient à leur service entre vingt et trente serviteurs. Une nuée de curiales envahissaient les services, les couloirs, le jardin, les *tinels*, autrement dit les salles à manger, et menaient grand tapage par leurs discussions et leurs querelles. Si l'on ajoutait aux clercs tonsurés les laïcs œuvrant dans le palais, cela faisait, en comprenant les familles de ces derniers, environ trois mille personnes rattachées, directement ou non, à la curie.

Niccolo me prenait par la main et me disait :

— Il faut que tu apprennes comment fonctionne la curie. Tu ne peux pas vivre enfermé dans ta coquille de la chancellerie en ignorant ce qui se passe autour de toi.

Il fit s'entrebâiller à mon intention la porte de la *familia* où évoluaient les personnages les plus proches du pontife, dans une ambiance plus feutrée que les autres services curiaux. Il me conduisit comme un visiteur ordinaire dans les locaux de la chambre apostolique où se traitaient les affaires financières sous la direction du cardinal camerlingue, personnage intouchable, dont la *scriptoria* était le domaine inviolable. Il m'introduisit discrètement dans la salle du Consistoire, vaste nef froide et nue où siégeaient les assemblées de cardinaux présidées par le pape, ainsi que les tribunaux où auditeurs et avocats se livraient des joutes oratoires.

— C'est ici, me dit-il, que se déroulent les audiences du tribunal de la rote. On le nomme ainsi parce que les auditeurs siègent sur ces bancs alignés en forme de roue pour juger les affaires relatives aux bénéfices.

Mon cicérone m'entraîna sur la pointe des pieds dans les salles qui abritaient la pénitencerie apostolique, laquelle avait à connaître principalement des causes d'ordre spirituel.

Nous pénétrâmes sans difficulté dans la grande salle où étaient installés les services de sécurité, de garde et d'honneur.

— Des gens de petite noblesse, dit Niccolo : chevaliers, écuyers, sergents, portiers assurent l'ordre à l'intérieur et à l'extérieur du palais. Ils composent l'escorte de Sa Sainteté lorsqu'elle quitte sa demeure. Ils sont environ cent cinquante et leur nombre va augmenter.

Nous fîmes un autre jour la tournée des services qui assuraient la vie matérielle du palais : les cuisines monumentales aux murs encore marqués par les traces de l'incendie qui avait failli coûter la vie à Gastaldy, la paneterie où l'on fabriquait le pain, l'impressionnante bouteillerie où trônaient les grands crus favoris des pontifes, la maréchalerie…

— Ce service, me dit mon guide, ne compte pour le moment qu'une trentaine de chevaux et de montures diverses. C'est peu lorsque l'on sait que certains cardinaux richissimes comme Annibal Ceccano ou Pierre de Banhac ont des centaines de chevaux, et pas des haridelles !

Nous terminâmes notre visite par l'aumônerie, à l'heure où l'on servait un repas pour deux cents pauvres qui se jetaient avidement sur la baleine salée, le pain et le vin.

— Ce que tu vois là, me dit Niccolo, n'est rien comparé à ce que l'on distribue chaque jour en divers points de la ville, et notamment à la Pignotte : environ huit cents repas !

Cette variété des services, ce tumulte et ce mouvement qui agitaient en permanence la citadelle, tous ces chiffres que Niccolo me glissait à l'oreille me fascinaient et me donnaient le vertige. Je n'en avais rien supputé de l'extérieur, ou peu de chose, car ce que nous apercevions de la vie de ces lieux, hormis les messes de la cathédrale, les cortèges, les bénédictions publiques, c'était uniquement le groupe de sergents qui gardaient les entrées. Le palais se remplissait le matin, se vidait le soir ; par longues files, les curiales laïcs à pied, les cardinaux en selle entraient dans la place ou en repartaient pour se disperser dans la ville et les environs.

Comment aurais-je regretté la vie que je menais précédemment ? Mon temps était moins libre mais autrement riche et d'un niveau sans commune mesure avec le précédent, pour ce qui est notamment de mes relations. Je n'avais pas d'autres amis que Niccolo Pazzi, François Pétrarque, quand il était présent, quelques collègues de travail, mais c'étaient des gens de qualité qui me changeaient des relations vulgaires qui se nouaient à l'auberge.

J'allais oublier frère Sulpice.

Il avait repris son obscur travail de copiste chez les Dominicains où j'allais parfois le retrouver, le dimanche, pour une brève promenade dans le cloître. Son existence n'avait rien d'exaltant : elle sombrait dans la routine des heures et dans la grisaille. Sa seule distraction, son unique plaisir, m'avoua-t-il, étaient mes visites. Je n'aurais pas eu le cœur de l'en priver, bien que sa fréquentation ne me procurât pas l'alacrité que je connaissais jadis, sous les platanes de la fontaine, à Malaucène.

Le régime du couvent, malgré la réputation de frugalité qui s'y attachait, lui avait réussi : il avait retrouvé sinon une santé florissante, du moins un équilibre physique satisfaisant. En revanche, il s'ennuyait. Il avait renoncé à ses miniatures, par manque de temps et de goût. Il trompait la monotonie des jours par des travaux de jardinage. La lecture avait cessé de le passionner et il ne poussait plus la porte de la bibliothèque, d'ailleurs assez mal pourvue. Lorsque je lui confiai les *Confessions* de saint Augustin que m'avait données François, il me rendit cet ouvrage en m'avouant qu'il n'avait pas eu le loisir de le lire.

— Il ne faut pas m'en vouloir, me dit-il en me le tendant. Vois-tu, je suis comme l'oiseau sur la branche.

Je sursautai en me disant qu'il pensait que sa mort était prochaine. Il me rassura : ce qu'il attendait, c'était de revivre, *enfin*. Il m'en avait trop dit, ou pas assez. Je lui demandai ce qu'il entendait par cette réflexion énigmatique. Il se gratta la barbe, parut chercher ses mots.

— Sais-tu, me dit-il en souriant, où se trouve la Tartarie ?

J'avouai mon ignorance, encore que j'eusse récemment entendu nommer cette nation dans les couloirs du palais. Je me souvenais aussi que l'on m'avait confié l'expédition (avec un cordonnet de soie verte) d'une longue et emphatique missive de Sa Sainteté à l'intention du « magnifique prince Djani-Beig Khan, illustre empereur des Tartares, qui connaît, aime et craint dévotement le Vrai Créateur de toute chose ». Le contenu de cette lettre m'avait fait sourire : le Saint-Père, avec un luxe de circonlocutions, priait ce prince barbare de continuer à protéger dans ses domaines les propagateurs de la Vraie Foi qu'étaient les missionnaires de Saint-Dominique.

Je ne mis pas longtemps à comprendre où Sulpice voulait en venir avec son histoire d'oiseau sur la branche. Je lui dis, en plongeant mon regard dans le sien :

— Ne me dis pas... Tu ne vas tout de même pas... Serais-tu devenu fou ?

Comme s'il avait suivi le cheminement de ma pensée, il me répondit :

— Je sais, moi, où se trouve la Tartarie : à la limite des royaumes musulmans et de l'Asie. Deux de mes frères sont revenus l'an passé de ces déserts où ils ont accompli des prodiges pour la plus grande gloire de Dieu. Je serai de la prochaine mission.

— Mais ce n'est pas possible ! m'écriai-je. Tu...

— Ma décision est prise. Comme tu peux le constater, je suis dans une excellente condition physique et, ce qui est important, je n'aurai pas à voyager dans un navire, à affronter la mer. Nous descendrons le Danube jusqu'au Pont-Euxin par le royaume de Hongrie, nous contournerons la mer Caspienne et, en quelques semaines, nous serons à pied d'œuvre.

Je renonçai à le contredire, certain que mes efforts pour le ramener à la raison ne feraient que l'irriter ou même le conforter dans sa décision. J'avais la certitude qu'il ne survivrait pas longtemps, à condition qu'il parvînt au bout du voyage, dans ces terres désertiques, peuplées de tribus barbares, sous la férule de princes sans religion et sans morale.

Je m'écriai avec colère :

— Eh bien, pars ! Tout ce que tu trouveras dans cet enfer, c'est la mort.

— J'en suis persuadé, dit-il. Tout ce que je souhaite, c'est de connaître une bonne fin : celle des martyrs.

J'ignore encore quels animaux sauvages on trouve en Tartarie, mais ce dont je peux témoigner, c'est que nous pouvions en voir en Avignon, dans le palais.

Je n'ai jamais pu savoir quel prince, quel empereur des lointains avait offert ce présent à notre pontife : un lion. Toujours est-il que je me trouvai un matin, en traversant le jardin, nez à nez avec cet animal de légende et que le regard qu'il m'adressa lorsque je poussai un cri de terreur ne m'incita guère à lui prodiguer mes caresses. Le gardien affecté à ses soins et qui le tenait en laisse me dit en riant que je n'avais rien à craindre : ce fauve était apprivoisé et doux comme un agneau.

— Est-ce vraiment un lion ? dis-je. Ces animaux ont une crinière et celui-ci en est dépourvu. Serait-ce une espèce particulière ?

— Cet animal n'a rien de particulier, me répondit le belluaire, sauf que ce lion est une lionne et que les femelles n'ont pas de crinière.

J'appris que ce pensionnaire insolite du palais émargeait au registre de la chambre apostolique à raison d'un mouton par jour, soit la valeur d'un florin. Le Saint-Père avait une telle passion pour ces monstres qu'il avait ordonné que l'on sculptât deux d'entre eux à ses pieds lorsque le moment serait venu d'exécuter son tombeau.

La mode étant aux animaux exotiques, nous vîmes surgir d'autres étranges créatures : ours, autruches, perroquets, de quoi nourrir l'imagination des enlumineurs, friands de ce genre de motifs.

Le pape Clément vivait depuis quelques années déjà à la cour de Jean puis à celle de Benoît, alors qu'il avait revêtu la pourpre cardinalice. Il était auréolé de la confiance et de l'amitié du roi Philippe. Dans toutes les affaires qui relevaient des relations avec le royaume de

France et les princes étrangers, on s'en référait à sa compétence.

Une fois élu à la dignité suprême, l'épine que le nouveau pontife avait plantée dans le pied accusa sa douleur : après des trêves dérisoires, que nul ne respectait, la guerre entre la France et l'Angleterre reprenait comme ces incendies de landes et de guérets que l'on croit maîtrisés et qui se réactivent de plus belle au moindre souffle.

L'intensité de cette guerre interminable, faite d'escarmouches incessantes à travers le royaume de France, atteignit le sommet de l'horreur à la bataille de Crécy, petite ville de la France du Nord, dans le comté de Ponthieu. Durant trois jours les troupes françaises, anglaises, avec l'appoint de hordes de mercenaires, s'affrontèrent dans une mêlée indescriptible. La victoire resta aux Anglais grâce à leurs corps d'archers qui faisaient barrière contre la lourde cavalerie du roi Philippe, mais surtout aux bouches à feu qui creusaient des sillons de mort dans les troupes adverses. J'entendis pour la première fois, en même temps que la nouvelle de cette défaite, des mots que l'histoire devait faire souvent retentir à mes oreilles : poudre, boulets, bombardes... Ils me rappelaient cette ambassade chinoise et les serviteurs du grand khan qui, dans les jardins du palais, s'amusaient à provoquer des coups de tonnerre avec leur poudre noire. Ce qui alors était un jeu était devenu une redoutable arme de guerre.

Victorieux à Crécy, Édouard d'Angleterre avait dirigé ses troupes sur Calais et commencé devant cette ville un siège qui devait durer près d'un an. De guerre lasse, les bourgeois devaient se rendre à l'ennemi, en chemise et la corde au cou.

Certains crurent la guerre terminée : elle se mit à flamber de plus belle, et nul n'en voyait le terme.

Depuis qu'il s'intéressait aux affaires internationales, le pape Clément vouait une animosité tenace à Louis de Bavière, cet empereur sans scrupule qui avait eu des démêlés avec Jean XXII pour avoir fait élire à Rome ce triste épouvantail, l'antipape Nicolas. La revanche de Clément sur la déloyauté de ce prince envers la papauté ne tarda guère.

Nous vîmes arriver un jour en Avignon, la mine basse, les membres d'une ambassade allemande envoyée au Saint-Père pour que soient rétablies des relations de bonne courtoisie avec l'empereur. Louis avait pris de l'âge et flairait l'approche de la mort, d'autant plus insistante que ses excès avaient abouti à sa déposition. L'image délavée de cet adversaire obstiné de la papauté semblait se profiler derrière ces courtisans penauds venus quémander la remise de l'excommunication qui frappait leur maître, et son pardon.

Clément les reçut sans acrimonie, les sermonna et les mit en garde contre toute nouvelle velléité de rébellion vis-à-vis du pouvoir spirituel. Il les renvoya avec son pardon et sa bénédiction.

J'imagine que ces ambassadeurs n'auraient pas reçu le même accueil des papes précédents. Si j'en juge par leur caractère, Jean les eût jetés en prison et Benoît les eût couverts d'injures.

Clément devait éprouver peu après une cuisante déception : son candidat à la succession de Louis de Bavière, Charles de Moravie, choisi par les Grands Électeurs allemands avec le titre de roi des Romains, s'était désisté.

Simone Martini ne tenait plus en place : face aux projets d'extension du palais par le souverain pontife, il se sentait comme sur le rivage d'une terre nouvelle à conquérir et à ensemencer de son génie.

À la suite d'une indiscrétion de Niccolo Pazzi, il avait insisté pour que je lui confie le livre d'heures de Sulpice : il ne me cacha pas son intérêt puis sa déception.

— Il est étonnant, me dit-il, qu'un simple *monaco* ait pu réaliser ce travail sans être passé entre les mains d'un *maestro*. Ce Sulpice a du talent, des idées, son écriture est savante, mais il lui manque de savoir dessiner. Certains détails des vêtements sont à hurler.

Et il hurla. Cependant, il me proposa de lui céder ce manuscrit pour cinq florins. Je refusai. C'étaient sans doute les idées de l'auteur qui le tentaient. Il m'aurait proposé le double, j'aurais de même refusé.

Martini ne m'en voulut pas de mon refus. Il m'invita même à examiner, dans le cabinet qu'on lui avait affecté, quelques *sinopie* tracées à la mine ocre sur des papiers de chiffon. J'en fus fort impressionné. Ces essais témoignaient d'une sûreté de trait, d'une puissance et d'une rigueur peu communes.

Alors que le chantier du nouveau palais battait son plein, que les premières constructions nouvelles sortaient de terre et s'ajoutaient à celles du palais ancien, nous eûmes la visite d'un autre artiste au talent déjà reconnu mais sans commune mesure avec Simone Martini. Il s'appelait Matteo Giovanetti.

Qu'il fût né à Viterbe ou à Rome, peu importait. On disait déjà de lui à cette époque qu'il était « le plus inventif des peintres siennois du Trecento ». Il connaissait bien Simone Martini, mais ils n'avaient que des rapports de simple courtoisie, le second accusant le premier de l'imiter. Il est vrai que Matteo était d'une dizaine d'années environ plus jeune que le maître de Sienne.

L'amitié de François Pétrarque m'avait ouvert celle de Matteo sans que j'eusse tenté aucune démarche pour me rapprocher de cet artiste, avec lequel je me sentais davantage d'affinités qu'avec cet ours mal léché de Simone. Au physique, Matteo était frêle, délicat, de manières élégantes et de propos subtils, un peu efféminé dans ses attitudes.

Très vite Matteo était devenu le peintre favori du pape, son *pictor papae*. Ils avaient de longs entretiens dans le *studium* du pontife en compagnie de l'architecte Jean de Louvres. Simone en était un peu jaloux, sans que cette faveur créât entre eux des conflits. Matteo revenait de ces colloques comme illuminé. Il avait trouvé dans le Saint-Père, me disait-il, un interlocuteur digne de son talent et de ses goûts. Il est vrai que Clément avait fait de longs séjours à la cour de France où il avait rencontré des artistes du Nord. Il avait un sens aigu de la composition et de l'harmonie d'une œuvre d'art. Le véritable maître d'œuvre c'était lui, autant, sinon plus, que Jean de Louvres.

Avant même que les bâtiments fussent construits, deux grandes œuvres étaient en projet pour Giovanetti. Le pape tenait à ce que le jeune maître fût prêt à exécuter les commandes dans l'heure qui suivrait la fin du chantier. Pour sa chapelle privée, il attendait de Matteo une décoration entièrement consacrée à l'apôtre saint Martial, évangélisateur de sa province ; il voulait qu'aucun événement ne fût oublié de cette existence vouée à la gloire du Christ, jusqu'à la décollation finale. Ce n'était pas un travail facile, le peintre ayant à maîtriser un espace complexe, fait de plans concaves, d'arêtes, d'arcs brisés qui présentaient autant de traquenards.

L'autre grand projet que le pape soumit à l'artiste était la décoration de la chambre pontificale. Là, changement de motifs : Clément voulait que Matteo imaginât des scènes rustiques, avec les animaux qu'il aimait. Il souhaitait que tout, dans ces tableaux traités à fresque, fût aimable et lui rappelât ses parties de campagne à travers son Limousin.

Liénor n'aurait pu me reprocher d'être ingrat et de l'oublier.

À maintes reprises, depuis mon départ de l'auberge, je lui amenai des amis auxquels j'avais vanté la qualité de son accueil et de sa cuisine. Ils faisaient honneur à l'un et à l'autre, mais Simone était le seul à se risquer dans ce qu'il appelait la *cella*, les oubliettes. De fait, il oubliait dans ce lieu sa dignité et sa renommée pour sombrer dans des plaisirs qui lui rappelaient les soirées orgiaques de Florence ou de Rome. Il ramenait de ces pratiques une sorte d'exaltation qui ne laissait pas de me surprendre ; il est vrai que sa nature sanguine avait des exigences. Il justifiait son comportement avec sa voix rocailleuse de berger toscan :

— Mon petit Julio, il faut bien faire la part des choses dans cette vie. Dieu nous a créés avec un *corpo* et une *anima*, un corps et une âme. Le corps a ses exigences, suivant notre nature : le mien est gourmand de plaisirs. Quant à mon âme, rassure-toi : je n'oublie jamais de l'honorer comme elle le mérite. *Lei capisce ?*

On m'eût fort surpris en m'assurant qu'au sortir du bordel ou des étuves des Trois-Testons où il avait ses habitudes il se livrait à des macérations, se flagellait dans sa chambre, se retirait plusieurs fois par jour à la cathédrale pour prier.

Simone me conviait parfois à venir constater les progrès de son travail, sous le porche de Notre-Dame. À chacune de mes visites j'étais impressionné par la rigueur de ses compositions, qu'il s'agisse de la Vierge d'humilité en train d'allaiter le Christ ou du Seigneur en majesté dont le regard sévère me troublait.

Simone me demandait ce que je pensais de ces *sinopie*. Je prenais des précautions pour lui répondre car, s'il était sensible à mes avis, il supportait mal les critiques et se repliait sur lui-même comme un hérisson. Sa déception se retournait alors contre ses exécutants.

— Qu'est-ce que c'est que cette couleur, Antonio ? De la *merda di oca* ? De la merde d'oie ? Et toi, Paolo, redresse cette épaule ! Où as-tu appris à dessiner ? Chez les *Turci* ?

La préférence que le pape témoignait à Matteo l'indisposait. Il grommelait :

— *Pederasta !* Qu'est-ce qu'il a bien pu inventer pour plaire autant au *papa* Clemente. Dis-moi : est-ce qu'ils ne seraient pas…

Je lui pardonnais ces excès de langage mais je les oubliais dès qu'il parlait de son art et de son travail. Et, là, c'était l'enchantement…

Benoît XII, s'il avait pu avoir conscience de l'ambiance de la cour depuis l'élection de Clément, se serait retourné dans son tombeau.

À peine le nouveau pontife installé sur le trône, une nuée de femmes s'était abattue sur le palais, comme des abeilles dans le crâne d'un mouton. La plupart venaient du Limousin et certaines étaient jeunes et jolies. Elles se disaient toutes parentes de Sa Sainteté ; celles qui étaient jeunes, il les appelait ses « nièces ».

Comment oserais-je juger l'attitude du Saint-Père ? Force m'est pourtant de reconnaître que ces perruches qui transformèrent le palais en volière n'auraient pas, du moins pour certaines, détonné dans une maison de courtisanes.

Elles traversaient le palais par essaims, comme s'il se fût agi d'un pensionnat de demoiselles. Elles papillonnaient à travers les services, venaient tirer la barbe des docteurs penchés sur leurs grimoires, jeter le trouble chez les scribes et, à la moindre remontrance, s'éparpillaient avec des éclats de rire et des quolibets.

Leur tenue n'avait rien à envier à leur comportement : leur tunique était décolletée à la limite de la décence ; elles en relevaient le fond pour montrer leurs mollets et leurs genoux ; elles arboraient des clinquailles provocantes.

L'une de ces *nièces* m'avait pris en affection. Elle portait un nom inhabituel, du moins sous nos climats : Faïaga. Cette demoiselle se prétendait apparentée au pape par son père qui possédait, disait-elle, un manoir en Limousin, dans les parages de Limoges. C'était un joli tendron de dix-huit ans, semblait-il, rieuse et qui avait l'esprit tourné à la facétie et à la moquerie. Le genre de femelle dont, en général, je me méfie.

Avec elle ma méfiance tourna court.

Elle venait me voir travailler à mon pupitre, en dépit de l'interdiction d'ouvrir la porte de la chancellerie à des étrangers. Mais pouvait-on considérer comme étrangère une *nièce* de Sa Sainteté ? Elle s'amusait à me voir manier les matrices, les boules de plomb, les cordonnets, insista pour que je lui permette de jouer à son tour.

— C'est impossible, lui dis-je. Interdit ! Si j'étais pris à parler avec vous, je serais renvoyé.

— Vous ne risquez rien. Je suis la nièce du Saint-Père.

— Je fais un travail lié au secret. Personne ne doit y assister.

Elle éclata de rire. Elle ne savait ni lire ni écrire. Alors, le secret...

— Vous vous appelez Julio Grimaldi et vous êtes un poète, à ce qu'on dit.

— Moi, un poète ? C'est une idée absurde.

— Au moins vous connaissez François Pétrarque. C'est même votre ami : le plus grand poète, à ce qu'on dit. Vous voulez bien me parler de lui ?

J'avais d'autres soucis en tête et le lui fis comprendre sans ménagement, ajoutant :

— Êtes-vous vraiment la nièce de Sa Sainteté ? Je trouve qu'il en a beaucoup...

— Je ne vous permets pas d'en douter ! s'écria-t-elle avec colère.

C'était tombé raide comme une pierre de fronde. Elle bouscula d'un revers de main rageur une pile de documents qui attendaient l'expédition et me tourna le dos en faisant flotter autour d'elle sa tunique de soie mauve, les bras écartés comme pour prendre son vol.

Je me dis que Faïaga m'avait oublié et ne conçus aucun désagrément à l'idée qu'elle ne viendrait plus m'importuner. Trois jours après sa visite, je la vis surgir, croquant une pomme d'un air détaché, sous les regards narquois de mes scribes. Elle s'assit sur un escabeau après avoir jeté à terre d'un revers de main les lettres qui attendaient le scel et le cordonnet. Je continuai ma tâche comme si elle n'eût pas été là.

Quand elle eut croqué sa pomme, elle jeta le trognon par la fenêtre donnant sur la cour, où s'activaient maçons et tailleurs de pierre, puis elle me dit :

— Julio Grimaldi... Vous êtes italien ?

— Mon père était italien. Moi je suis né à Bédoin, près d'Avignon.

— Bédoin…, gloussa-t-elle. C'est un drôle de nom. Vous avez toujours vos parents ?

— Ils sont morts.

— Mon père à moi est un ami du comte de Limoges. Vous connaissez le Limousin ?

— J'ai peu voyagé, mais je sais où se situe cette province.

Faïaga m'apprit qu'elle avait deux sœurs et trois frères qui étaient restés dans sa lointaine province, qu'on avait prévu de lui faire épouser un consul de Limoges mais qu'elle avait refusé parce qu'il était vieux et qu'il n'avait plus de dents, qu'elle avait un cheval, ici même, au palais : celui qui l'avait menée en Avignon… Tout cela jeté en vrac. Elle ajouta :

— J'aurai bientôt dix-huit ans. Et vous ?

— Je l'ignore, mais ce qui est certain, c'est que je pourrais être votre père.

Je comptais sur cette révélation pour mettre un terme à ce que je considérais comme une manœuvre de séduction, mais elle ne parut pas découragée. Au contraire, elle rapprocha son siège du mien et, tournant la tête de droite et de gauche, lança :

— Qu'est-ce qu'ils ont tous à me regarder ?

Il faut dire qu'elle avait relevé sa tunique jusqu'aux genoux en posant ses escarpins sur le barreau de son siège. J'attendais, le rouge au front, que le vice-chancelier Guido Aquaviva, qui se tenait au fond de la salle et à qui le manège de la péronnelle n'avait pu échapper, vînt me délivrer ; il n'en fit rien, pris qu'il était à corriger une lettre.

— Mon pauvre Julio, me dit-elle, vous faites un travail stupide. Ces petits trous, ces cordonnets… Occupation de femme. Vous méritez mieux. Je vais parler de vous à mon oncle.

Je crus défaillir.

— N'en faites rien, je vous en conjure ! dis-je. Ce travail me convient parfaitement.

— Alors c'est que vous êtes stupide vous-même ! Adieu !

Elle se leva, me tourna le dos pour gagner la porte, revint sur ses pas.

— Pardonnez-moi, me dit-elle en posant sa petite main sur mon bras : c'est moi qui suis stupide.

Faïaga ne reparut pas d'une semaine ; je pensai que, cette fois, elle m'avait oublié. Dire que j'en ai éprouvé du soulagement serait inexact : il m'arrivait de me surprendre en train de lorgner vers la porte, mais il n'entrait dans notre cabinet que des scribes porteurs de lettres à sceller.

Un jour de juillet, alors qu'un aigre mistral brassait les platanes et arrachait les feuilles torréfiées par la canicule, je m'étais assis pour me sustenter d'un rogaton dans un coin de mur, sur le coup de midi. Niccolo m'avait faussé compagnie pour aller courir le guilledou avec une hétaïre du *harem pontifical,* comme il disait.

Mon en-cas terminé, je m'apprêtais à réintégrer mon cabinet quand j'aperçus, passant à quelques pas, un essaim de femmes papillons dont le vent retroussait gracieusement la tunique. L'une de ces filles s'avança vers moi : Faïaga.

— Que faites-vous ici, Julio ?

— Je me repose avant de reprendre mon travail. Et vous ?

— Je me promène avec mes cousines. Nous venons de regarder travailler les tanneurs, mais le quartier pue et ces ouvriers sont laids à faire peur. Je rentre au palais. Voulez-vous me raccompagner ? Au fait, nous n'avons pas encore dîné. Et vous ?

Je me gardai de lui avouer que j'avais dîné sur le bout du pouce. Elle me proposa de nous rendre dans une auberge voisine ; je refusai, prétextant les devoirs de ma charge. Elle en faisait son affaire ! Je fus contraint de céder à sa volonté, persuadé que je n'échapperais pas aux remontrances du vice-chancelier, qui, en dépit des apparences, devait m'avoir à l'œil.

L'auberge de *La Pomme-de-Pin* se situait derrière le palais, au bout d'une ruelle tortueuse qui passait entre deux hautes falaises de murailles comme dans un tunnel à ciel ouvert. On nous servit une soupe, une fricassée de volaille et du fromage, avec une cruche de châteauneuf. Je mangeai modérément, mais Faïaga fit honneur à ces modestes agapes : elle parlait peu, mangeait avec appétit et buvait sec. Parfois elle laissait son couteau en suspens et me regardait comme si je tombais de la lune.

— Julio, me dit-elle en posant sa main sur la mienne, j'espérais qu'un jour je serais seule avec toi. Je remercie le Ciel d'avoir exaucé mon vœu. Je crois..., je crois que je t'aime.

Je crus bien ne revoir jamais mon ami Pétrarque.

Le pape Clément lui avait confié une ambassade en Italie afin d'avoir des informations dignes de crédit sur cette malheureuse nation en proie au désordre. Pour le conforter dans sa mission, le Saint-Père lui conféra le titre de protonotaire apostolique et, plus tard, d'archidiacre de Parme.

Les quelques lettres que François m'adressa au début de sa mission reflétaient un désespoir profond et une immense anxiété : il avait trouvé tout au long de sa route des signes de désolation, de ruine, et une insécurité permanente qui faisait de chaque voyage une aventure.

À Naples, la confusion était à son comble.

Le roi de Sicile, Robert, ancien vicaire apostolique à Rome, décédé sans descendance mâle, c'est sa fille, Jeanne, qui lui avait succédé sur le trône. Deux ans plus tard, en l'an de grâce du Seigneur 1343, si ma mémoire est bonne, elle épousait André, frère du roi Louis de Hongrie : un personnage aussi falot que sa jeune épouse était énergique et capricieuse.

Le ménage allait cahin-caha lorsque éclata un coup de théâtre dont les conséquences allaient bouleverser tout l'Occident : André était assassiné.

L'affaire se déroula dans la petite ville d'Aversa, en Campanie, au nord de Naples. Deux jours avant le couronnement de son époux, imposé par le pape, Jeanne avait décidé de faire dans cette campagne une brève retraite. Une nuit, le couple fut réveillé par des bruits insolites. André se leva pour inspecter la demeure quand, au fond d'un couloir, il fut saisi et étranglé.

Selon Pétrarque, qui me révéla cet événement dans l'une de ses lettres, il ne fallait pas chercher très loin le coupable : il accusait la reine. Tout, en vérité, lui donnait raison : elle s'était longtemps refusée à faire couronner son époux, ce qui avait provoqué des vagues d'indignation et le recours à l'arbitrage du Saint-Père, lequel avait tranché en faveur du couronnement.

L'affaire n'en resta pas là. Le frère d'André, le roi Louis de Hongrie, prit les armes pour le venger, mais avec un autre dessein : s'emparer du trône de Sicile.

L'avis de Pétrarque dans cette affaire m'apparut quelque temps plus tard sujet à caution : le meurtre d'André avait pu être prémédité par une autre candidate à la succession : Catherine de Valois, épouse de Philippe de Sicile, prince de Tarente et frère du roi Robert. On attribua à cette Messaline une complice qui s'était glissée dans l'intimité du couple royal : Philippa de Catane. Elle fut punie de mort.

Je me garderai bien de fouiller dans le détail les coulisses de cette affaire aussi confuse et obscure que dramatique. Pétrarque lui-même m'avoua qu'il avait failli en perdre son latin.

Pauvre Pétrarque ! il n'était pas au bout de ses peines.

Au drame qui bouleversait l'Occident, alors que l'armée hongroise déferlait sur l'Italie, il assistait avec inquiétude à la métamorphose de son ami Cola di Rienzo qui, devenu tribun à Rome de par la volonté du peuple afin de restaurer l'ordre, sombrait dans la mégalomanie.

Rienzo avait de grands projets et des ambitions démesurées. Avec le soutien de l'évêque d'Orvieto, vicaire du pape Clément, il avait entrepris une sorte de croisade pour régénérer les mœurs et obtenir le retour de la papauté sur le trône de saint Pierre. Il était doué d'une éloquence et d'un don de visionnaire qui jetaient les foules à ses pieds.

L'an de grâce du Seigneur 1348, nous vîmes arriver au palais la reine Jeanne de Naples.

Il semblait qu'il n'y eût jamais assez d'espace autour d'elle pour lui permettre de se mouvoir. Elle était toujours agitée de quelque problème qui effaçait tous les autres. Entrait-elle dans une salle, elle jetait un regard furtif derrière la porte pour s'assurer que personne ne s'y cachait dans l'intention d'attenter à sa vie ; elle tenait, pour chaque réception à laquelle elle était conviée, à connaître l'identité précise de chaque invité et à s'assurer que personne ne vînt armé. Elle plaçait chaque nuit deux sergents devant sa porte. Lorsqu'elle sortait en ville, elle se faisait accompagner d'une compagnie de gardes.

Jeanne était aux abois. Deux ans après le meurtre d'André, elle avait épousé le prince Louis de Tarente, mais la ruée des armées hongroises l'avaient contrainte à la fuite. Où serait-elle allée chercher refuge si ce n'est dans son comté de Provence où elle était à peu près certaine de jouir sinon d'une vie luxueuse, du moins d'une relative sécurité.

Elle vint, dès son arrivée, se prosterner aux pieds du pape Clément, qui avait excommunié les coupables sans connaître leur identité. Jeanne plaida son innocence, réclama l'indulgence du Saint-Père pour ses fautes passées et se lamenta sur sa situation présente qu'elle présenta comme proche de la ruine.

C'est alors, pour soulager cette détresse, que le pape proposa à la reine de lui acheter la ville d'Avignon.

Comment aurait-elle pu refuser ? Clément passa ce marché contre quatre-vingt mille florins, une somme dérisoire au regard de l'importance de cette acquisition qui faisait la papauté propriétaire de ce coin de terre.

La population laissa éclater sa joie ; elle voyait déjà la papauté fixée *ad vitam aeternam* autour du rocher des Doms. À Rome, ce furent des lamentations qui accueillirent la nouvelle ; Pétrarque, qui venait d'être couronné sur le Capitole Prince des poètes, en versa des larmes de rage.

Une promesse du pape vint tempérer ces sentiments opposés : le jubilé de l'an de grâce du Seigneur 1350 se déroulerait non en Avignon mais à Rome, comme le précédent, célébré sous le pontificat du pape Boniface. C'était pour la Ville éternelle l'assurance de voir des centaines de milliers de pèlerins converger vers elle et de faire durant des jours de cette ville un vaste comptoir générateur de richesses. En Avignon, on regretta cette décision ; à Rome, on exulta. Pétrarque écrivit au Saint-Père pour le remercier de cette mesure de justice. Quant à la princesse Brigitte de Suède, elle décida de s'installer à Latran pour prophétiser en attendant le retour du Saint-Père ; elle eut le temps de voir pousser quelques cheveux blancs…

Le premier séjour de François Pétrarque à Vaucluse date de l'an de grâce du Seigneur 1337, ce qui me fait remonter loin dans ce siècle.

Il avait fait l'acquisition dans le village, sur une rive de la Sorgue, d'une modeste demeure à laquelle on accède par un tunnel creusé dans la roche, où il se retirait par temps de grandes chaleurs. Un vaste jardin (son *Hélicon transalpin*, disait-il), dévasté régulièrement par les crues du torrent qui jaillit au bas de l'immense falaise dominant le site, s'étendait devant sa porte, sillonné de sentiers menant au bord de l'eau à travers une végétation dense et sauvage.

À chacune de mes visites il m'accueillait en me disant :

— Mon bon Julio, j'ai découvert mon havre de grâce.

Il trouvait dans cet éden, plus que nulle part ailleurs, un air pur, une lumière légère, une eau limpide, un silence profond. Son temps se passait en promenades, en lectures, en siestes, en travaux d'écriture. Il ne s'ennuyait jamais à Vaucluse.

Il me disait, en me guidant vers son cabinet de travail :

— J'ai ajouté quelques pages à mon épopée, *Africa*. Je viens de terminer mon *Bucolicum Carmen*. Je travaille mieux ici qu'en Avignon. J'y suis moins dérangé.

Je lui demandai s'il avait renoncé à la poésie ; il me détrompa : il écrivait un poème chaque jour ou presque. Laure de Sade était toujours au cœur de son inspiration. Il s'était dit que peut-être ce bain de solitude le guérirait de ses obsessions, mais elles le poursuivaient. Ce n'était plus une femme, d'ailleurs, que je retrouvais dans ses poèmes, mais un mythe, une projection désincarnée de son imagination, un fantôme. Ce n'est plus Laure qu'il célébrait mais sa passion pour elle. Dans quelle mesure était-il sincère ? Quelle dose de vérité entrait dans l'élaboration de ces philtres dont il se délectait avec amertume ? Mystère. Son ami Boccace doutait de la sincérité de ses sentiments et même de l'existence de cette égérie.

Célèbre comme il l'était mais en apparence d'une austérité monastique, Pétrarque eut d'autres aventures au cours de son existence. Des femmes lui ont donné une progéniture et il n'a pu échapper aux sentiments. Pourtant, aucune de ces créatures n'a stimulé son inspiration au point de faire jaillir d'autres sources de poèmes, alors que la fontaine que Laure avait fait sourdre malgré elle accompagna le poète jusqu'à sa fin.

En devisant sous un figuier, nous vidions une cruche de vin du pays, rafraîchi par la cave ou l'eau de la Sorgue. Il me lisait quelques pages de son *Africa*, une œuvre écrite en hexamètres latins, conçue lors d'une promenade dans les forêts voisines ou dans les environs de Parme : il y racontait l'épopée de Scipion l'Africain et de ses légions face aux armées puniques et aux éléphants d'Hannibal. De toutes ses œuvres, c'était celle qui lui tenait le plus au cœur, mais il n'en vint jamais à bout.

Quand il se sentait las, que sa voix commençait à s'enrouer, il s'excusait de devoir faire un brin de sieste. Il se retirait dans son tunnel en priant son régisseur, Raymond Monet, ou sa femme de veiller à ce qu'il ne fût pas dérangé. Il reparaissait environ une heure plus tard, guilleret, et me lançait :

— Viens-tu, Julio ? Nous allons faire une promenade.

Nous suivions le sentier qui, longeant la base d'une falaise et la berge du torrent, mène à la résurgence de la Sorgue. Il interrompait souvent notre entretien pour se glisser à travers la saulaie jusqu'à la rive où il restait debout quelques instants, abîmé dans la contemplation de quelque génie des eaux. Il se pénétrait de silence, de lumière, d'odeurs aromatiques. Il amenait parfois avec lui des croûtons de pain qu'il distribuait aux canards dont les évolutions et la gourmandise faisaient sa joie.

François ne se lassait jamais du spectacle de la fontaine, soit qu'elle demeurât lisse comme un miroir et révélât des profondeurs céruléennes ; soit que ses eaux jaillissent du ventre de la falaise, muraille colossale, tailladée de fissures, mouchetée de verdures suspendues, qui servait de repaire aux rapaces. François s'asseyait sur une roche et se perdait dans la contemplation de l'abîme de cristal ou du bouillonnement fantastique des eaux, comme la prêtresse de Delphes au-dessus des fumées oraculaires, et je devinais que le moulin à poèmes devait tourner dans sa tête.

Pétrarque m'invita à l'accompagner chez son ami Philippe de Cabassole, évêque de Cavaillon, auquel il avait dédié un poème qui chantait les grâces de Vaucluse :

De vita solitaria. Je ne le regrettai pas, bien que cette promenade fût éprouvante.

Le château de l'évêque, véritable nid d'aigle, se confond avec le sommet du gigantesque piton rocheux envahi par la verdure qui domine la vallée. Il fallait une bonne heure pour y accéder, mais nous étions récompensés de nos efforts par le panorama vertigineux qui s'ouvrait à nos pieds.

Philippe de Cabassole était un seigneur de bonne compagnie ; nous trouvions dans son repaire sobrement aménagé de quoi nous désaltérer et nous restaurer. Face à l'abîme d'où montait la rumeur des moulins et des eaux vives, à l'immensité du ciel où planaient des aigles et des circaètes chasseurs de serpents, François se laissait aller à déclamer, pour peu que nous l'y invitions, quelques-uns de ses poèmes préférés, notamment celui qu'il avait dédié à cette *Valle locus Clausa* où il souhaitait finir ses jours :

Nul lieu au monde ne m'est plus cher
Nul endroit n'est aussi favorable aux études...

C'est à Vaucluse, lors de son premier séjour, qu'il rencontra une femme dont l'identité m'est restée inconnue et dont il ne me parla jamais. Il eut d'elle un fils, Giovanni, qui devait mourir de la peste, à Milan.

Que l'on me passe cette prétentieuse comparaison : si Laure ne marquait qu'indifférence pour Pétrarque, il en allait tout autrement de Faïaga à mon égard.

J'avais beau m'insurger contre les assauts qu'elle me livrait, tenter de réprimer en moi les sentiments que je sentais sur le point de bourgeonner, je cédais du terrain pied à pied et, à ma grande honte, je me prenais à désirer cette-fille-dont-j'aurais-pu-être-le-père. Au début de nos relations, pas une seule fois je ne tentai de lui donner la moindre espérance de me faire céder, mais elle menait le train, prenait les initiatives de nos rencontres, déployait ses charmes.

Ces rencontres n'étaient d'ailleurs pas précisément des rendez-vous, du moins dans les premiers temps. Elle pénétrait dans mon cabinet de travail, m'irritait par l'absurdité ou la vulgarité de ses propos ; nous nous croisions dans les couloirs et les galeries ; je la trouvais parfois sur mon chemin lorsque je regagnais l'auberge…

Nos relations se bornaient à des entretiens sans conséquence et dénués d'intérêt. « Je crois que je t'aime », m'avait-elle avoué lors de notre premier repas en tête à tête, à l'auberge de *La Pomme-de-Pin* ; elle ne revint pas sur cette déclaration, si bien que je me demandais si elle la reniait, ce qui m'eût soulagé.

Un soir qu'elle me raccompagnait, alors que les cloches venaient de sonner vêpres, elle me dit en me prenant la main :

— Julio, embrasse-moi !

Je déposai un baiser sur sa joue ; elle en voulut davantage : que je la prenne dans mes bras, que j'embrasse ses lèvres. Là, sur cette place envahie de monde ? Je m'écartai d'elle en m'écriant :

— Tu es folle, Faïaga ! Cesse de me provoquer. Qui sait où cela pourrait nous mener…

Elle pouffa, la tête dans mon épaule.

— Pleutre que tu es ! dit-elle. Pourquoi pas jusqu'à ta chambre ?

Je sentis le rouge me monter au front et la terre se dérober sous moi. Afin peut-être que sa proposition parût moins abrupte, elle ajouta :

— J'aimerais connaître l'endroit où tu vis…

De par mon travail à la chancellerie, j'étais à même de constater comment allait le monde.

Des dizaines de lettres émanant du pape, du cardinal camérier, du trésorier, de tous les services, passaient entre mes mains chaque jour. Je ne les lisais pas toutes et n'en aurais d'ailleurs pas eu le temps, me contentant d'y glisser un regard, sans m'attarder, de crainte de m'attirer une réprimande de la part de Guido Aquaviva.

Le pape Clément semblait désireux de mettre en pratique son omnipotentialité. Il ne se passait guère de jour où il ne mêlât sa voix au concert des nations. Un mois après son couronnement, il avait proposé son arbitrage dans l'interminable conflit qui opposait la France de Philippe à l'Angleterre d'Édouard pour de ridicules questions de préséance qui eussent dû se régler au sein des chancelleries et sans mort d'homme. Il envoyait ses cardinaux plaider auprès des deux souverains la cause de cette paix qui lui était chère, mais les résultats de ces ambassades le décevaient : on n'avançait que par à-coups, d'un mouvement syncopé, en faisant alterner les périodes de conflit et les temps de trêve.

D'autres troubles retenaient son attention : en Espagne, où se battaient Pierre d'Aragon et Jayme de Majorque..., en Italie, où ces deux reines des mers, Gênes et Venise, se disputaient les places de commerce en Orient..., dans le royaume de Naples, où ses émissaires tentaient de convaincre Louis de Hongrie de faire refluer ses armées vers ses frontières..., au nord de l'Europe, où s'étripaient les princes de Pologne et de Lituanie...

Je perforais les feuilles de parchemin ou de papier, enfilais les cordonnets dans les trous, pressais les boulettes de plomb dans les matrices, confiais ces plis aux courriers qui allaient les porter aux confins de la chrétienté.

Des coulisses de ce gigantesque théâtre qu'était le palais, nous assistions, mon ami Niccolo Pazzi et moi, à ce que nous appelions « l'invasion des sauterelles ».

Soucieux de secourir les prélats plongés dans la pauvreté, de les faire profiter de sa munificence, le Saint-Père avait édicté une bulle dans laquelle il invitait ceux qui le souhaitaient à venir lui présenter leurs doléances.

Il attendait une centaine de requérants ; il en vint des milliers, des dizaines de milliers, plus de cent mille selon Niccolo. Pour ne pas épuiser d'un coup le trésor pontifical, le pape fit usage de son droit de réserve envers les évêchés et les établissements monastiques qui auraient, sur présentation d'un billet dit *de grâces expectatives*, le devoir de secourir ces malheureux. Peu à peu l'invasion recula. La trésorerie l'avait échappé belle.

Elle était soumise à des ponctions énormes, justifiées par le faste dans lequel vivait la cour et par les travaux d'extension du palais. Heureusement, le pape Benoît avait laissé à son successeur des coffres bien garnis. Clément allait profiter de cette manne et y puiser largement. Quand on lui reprochait ses dépenses et ses libéralités, il répondait avec esprit :

— Mes prédécesseurs n'ont pas su être papes !

On n'avait jamais vu autant de chantiers et d'une telle amplitude en Avignon.

Il en était de même à Villeneuve, où de nombreux cardinaux avaient installé leurs livrées et leurs services.

On n'avait jamais vu non plus, en Avignon comme à Villeneuve, autant d'artistes, peintres italiens et sculpteurs français, jamais autant de tailleurs de pierre et de maçons, venus pour une grande part du Limousin.

Tous ces gens, il fallait leur trouver du travail, les loger, les payer, parfois très cher. Il fallait aussi se consacrer à des tâches que les papes précédents n'avaient eu ni l'intention ni le temps de réaliser : restaurer des monastères comme celui de La Chaise-Dieu, reconstruire les piles du pont Saint-Bénezet emportées par les crues, entreprendre, à travers le monde chrétien, les travaux nécessaires à maintenir la dignité de l'Église.

Les bénéfices disponibles, les ressources de la curie fondaient comme neige au soleil. Le Saint-Père, comme le Seigneur Dieu, trônait sur une colonne de nuées, indifférent aux affres de ses trésoriers, dont Niccolo se faisait l'écho à mon intention. Il ne paraissait s'intéresser vraiment qu'à la construction de son nouveau palais, à la résidence qu'il faisait édifier sur l'autre rive du Rhône, et à leur décoration.

Dans l'esprit du Saint-Père, le fossé se creusait entre ses deux peintres favoris, Simone Martini et Matteo Giovanetti, ce dernier ayant de plus en plus ses faveurs. Clément proclamait volontiers son intérêt pour la vivacité des scènes, la richesse et la diversité des couleurs, l'originalité des compositions dans les fresques que Giovanetti réalisait pour la chapelle Saint-Martial. Il était moins séduit par la rigueur, l'ampleur, l'éloquence de celles que Martini exécutait pour la salle du consistoire.

Sans avoir l'audace de prétendre critiquer les goûts du pontife, je crois que, chez Simone Martini, il jugeait l'artiste à travers l'homme.

Il est vrai — j'en fus témoin — que le maître de Sienne s'abandonnait, comme le disait Niccolo, à l'« intempérance de ses reins » ; il signifiait par cette expression que cet artiste s'adonnait outrageusement aux jeux de l'amour, au point d'avoir sa putain et son lit réservés dans plusieurs bordels de la ville, ainsi que sa table dans les auberges. Il avait dû être victime, comme on dit, d'un « coup de pied de Vénus » car, en quelques semaines, il changea de mine et d'allure. Il marchait voûté, incertain, grimaçant, avalait des potions vertes qui lui arrachaient des râles de dégoût. Sa peau se desquamait par lambeaux et le blanc de sa cornée se striait de veinules rouges.

— C'est un homme fini ! proclamait Niccolo. Il est malade et désespéré. Plus rien ne peut le sauver de la déchéance. J'ai tenté à plusieurs reprises de lui faire entendre raison, mais il ne m'écoute pas…

Le médecin privé de Sa Sainteté, Guy de Chauliac, s'était proposé de l'examiner, de sonder ses urines, mais Simone avait davantage confiance dans les sorciers qui lui empoisonnaient le sang avec leurs mixtures.

Simone souffrait dans sa chair ; Simone souffrait dans son âme. Pourtant, jamais son talent n'avait connu une expression aussi vigoureuse, comme si le mal qui le torturait ne pouvait atteindre ce domaine sacré.

Simone Martini, le plus grand peintre de sa génération, mourut dans le bouge où il demeurait, seul, rongé à vif par son mal. Niccolo finit par découvrir son cadavre après l'avoir cherché sur tous les chantiers d'Avignon et de Villeneuve.

Il n'était resté chez nous que quatre ans.

Matteo, quant à lui, rayonnait des faveurs du pape et de l'amitié des quelques chevaliers et damoiseaux dont il préférait la fréquentation à celle des belles dames du palais. Niccolo était de ceux-là.

Tandis que Matteo fignolait dans la chambre à coucher du pontife des rinceaux de feuilles de châtaignier qui rappelleraient au pape les forêts de sa province, trois sculpteurs travaillaient à la réalisation du tombeau qui abriterait le corps de Clément.

Je me souviens d'eux et de leur nom. C'étaient des gens d'un commerce agréable, qui alliaient le talent à la simplicité. Le maître d'œuvre était Pierre Roye ; ses deux aides, Jean David et Jean Seignolle. Je crois me souvenir qu'ils venaient tous trois du Limousin.

Le sarcophage est taillé dans un marbre noir et l'effigie du pontife dans un marbre blanc. Il est coiffé de la tiare à trois cornes ; ses pieds reposent contre le flanc de deux lions aux crinières dorées ; broderies et ornements sont recouverts d'or fin. Autour du tombeau, une quarantaine de personnages contemplent le pontife : les membres de sa famille.

J'ai assisté à la naissance du visage du pape Clément sous le ciseau de maître Roye : il est très ressemblant. On peut le voir aujourd'hui à l'abbaye de La Chaise-Dieu, où ce prince de l'Église a tenu à être inhumé, dans un décor qui avait été celui de sa jeunesse.

Au cours de mes pérégrinations dans le Palais-Vieux et le Palais-Neuf, j'ai rencontré souvent les personnages que le sculpteur a placés autour de sa dépouille.

Dispensateur de la pourpre cardinalice, le pape Clément a, comme on l'a dit, « empourpré sa province » : la plupart des cardinaux, des évêques, des archevêques qu'il nomma au cours de son apostolat étaient français ; la plupart de ces Français venaient du Limousin ; presque tous étaient de sa famille : celle des Roger.

Après sa mort, certains ont avancé que ce pontife avait succombé à une maladie similaire à celle qui avait emporté Simone Martini, mais seuls ses médecins seraient fondés à lever le voile sur ce mystère. Ils s'en sont bien gardés, à ma connaissance, préférant jeter le manteau de Noé sur ce personnage. Ce que l'on ne peut nier, c'est que Clément aimait les femmes. Si j'en avais douté, Niccolo et Faïaga me l'eussent confirmé.

Pour se reposer des servitudes et des fatigues de ses fonctions, Clément allait frapper à la chambre des dames où il retrouvait ses *nièces*. Il passait là une heure ou deux, y prenait parfois son souper, jouait au roi-ne-ment, son divertissement favori, écoutait les chansons de toile des filles ou celles des troubadours de son pays, en se laissant masser la nuque et les jambes qui le faisaient souffrir.

Lorsque l'on évoquait devant lui ce népotisme dont certains lui faisaient grief, il rappelait qu'il n'avait pas mis cette pratique à l'honneur. Elle remontait loin dans le passé. Il se justifiait sans peine en rappelant les querelles que les papes Clément et Jean avaient eues avec les cardinaux italiens, et notamment ce Napoleone Orsini qui avait mené contre eux une politique hostile.

Ce pasteur des âmes avait annoncé qu'il allait planter dans le sol d'Avignon un rosier limousin qui donnerait des fleurs durant des siècles. Il distribuait aux princes qui s'étaient signalés par leur amour de la paix des roses d'or, sous forme d'une branche de rosier ornée d'un saphir et *parfumée*. Il remettait ces joyaux au cours de cérémonies solennelles, le quatrième dimanche du carême.

Chargé de représenter le vice-trésorier Jean de Cojordan, son supérieur, à l'occasion d'une fête donnée par le pontife dans sa résidence sur la rive gauche du Rhône, d'où l'on surplombe la forteresse du roi Philippe, Niccolo Pazzi m'invita à l'accompagner.

C'était pour moi une faveur insigne, qu'il devait me renouveler en une autre circonstance tout aussi mémorable.

À peine avions-nous pénétré dans le jardin, je ne pus réprimer un sursaut : je retrouvais là, au naturel, le décor dont Matteo Giovanetti s'était inspiré pour ses fresques du *studium* de Clément, que l'on appelle aussi la « chambre du Cerf » et où, depuis le départ du pape Grégoire, je viens parfois retrouver à travers mon regard celui de son premier occupant. C'était le même espace de prairies, de guérets, de boqueteaux aux profondeurs ténébreuses, image en réduction du paradis terrestre. À l'exception de la lionne qui tournait en rond dans une fosse au milieu des os des moutons qu'elle avait dévorés, les animaux favoris du pape se promenaient en liberté : des lapins broutaient au milieu d'une tribu de grues à aigrette et de paons majestueux ; on voyait pointer sous les feuillages, regard inquiet, naseaux frémissants, des cerfs accompagnés de leurs biches et de leurs faons, des daims à la robe mouchetée, des chiens jouant avec des cygnes et des canards, autour d'un grand bassin où nageaient des carpes.

Dotée d'un seul étage, la bâtisse se déployait jusqu'à une tourelle coiffée d'une boule de cuivre scintillant au soleil, surmontée d'une croix. De la terrasse qui s'étendait sur toute la façade, on apercevait, au-delà du fleuve et du pont, la ligne des remparts, la masse dentelée, un peu folle, comme animée, dominant une plantation de clochers et de tours.

Des femmes de la cour donnaient à manger aux animaux sous le regard amusé du pape et de sa *familia*. Je cherchai des yeux Faïaga : elle était absente.

De toutes les festivités qui se déroulèrent en Avignon au temps du pape Clément — et Dieu sait qu'elles furent nombreuses ! — la plus brillante, qui est restée dans toutes les mémoires, est celle que donna dans sa livrée de Villeneuve le cardinal Annibal de Ceccano, afin, je le présume, de faire oublier au Saint-Père l'hostilité latente des cardinaux italiens et lui marquer sa propre loyauté. De tous les membres du Sacré Collège, le cardinal Ceccano était le plus fastueux et le plus généreux.

Comme pour la réception précédente, Niccolo Pazzi m'avait prêté les vêtements qui devaient me permettre sinon de faire impression, du moins de passer inaperçu.

La somptuosité des appartements dans lesquels le cardinal recevait ses invités dépassait de loin celle de la résidence pontificale. On ne voyait de toutes parts que tapis de Perse et d'Arabie, tapisseries flamandes alternant sur les murs avec les fresques des artistes italiens, lits monumentaux dotés de courtines à brocart, de piliers ouvragés, de courtepointes de soie et d'hermine.

Niccolo n'avait pas tardé à constater que je prêtais davantage attention aux dames de l'assistance qu'au décor. Il me dit, à voix basse :

— Ne rêve pas trop. Chasse gardée… Mais c'est vrai qu'elles sont belles, ces filles du Limousin…

Je me refusais à lui avouer que je cherchais la nièce du pape, cette Faïaga dont je ne lui avais pas encore parlé. Faïaga avait paru gênée comme je lui demandais si elle serait présente : elle l'ignorait.

La table était à l'image du décor, mais je ne fis que goûter aux mets, porté que j'étais à faire plutôt honneur aux vins de Beaune et du Rhin. Je n'ai gardé qu'un souvenir confus des neuf services qui composaient ce balthazar, soit au total la bagatelle de vingt-sept plats.

Je ne pus réprimer une exclamation de plaisir lorsque je vis paraître, porté par une demi-douzaine de serviteurs, un archétype de château fort qui contenait un cerf, un sanglier, des chevreuils et une multitude de menu gibier. Et que dire de cette fontaine grandeur nature d'où coulaient cinq vins d'origines différentes et sur la margelle de laquelle on avait placé des colombes vivantes ?

Après le septième plat, j'eus la surprise de voir surgir deux cavaliers en armure, flambant d'étoffes bigarrées et de rubans, montés sur des destriers richement caparaçonnés, qui se livrèrent à un tournoi en forme de ballet, comme on pouvait en voir, mais selon les règles, les jours de fête à Beaucaire ou à Tarascon.

Ivre comme je l'étais, je ne fus guère en mesure d'apprécier le concert, les danses, les soties qui suivirent. Je crois même me souvenir que je m'endormis sur mon assiette que venait lécher un petit chien blanc. Je n'étais pas le seul à céder à l'ivresse ou à la fatigue. Niccolo me réveilla en me poussant du coude au moment de la distribution des cadeaux. Le pape reçut un destrier blanc estimé à quatre cents florins ; les seize cardinaux présents, les prélats, les seigneurs, des bijoux ; les clercs de la curie, une bourse contenant vingt-cinq florins ; moi et quelques autres, le plus modeste de ces présents : une ceinture d'argent qui devait valoir trois ou quatre florins.

Alors que, vêpres ayant sonné, la danserie s'achevait sur le pré, autour du grand bassin, Niccolo me raccompagna de l'autre côté du Rhône en me soutenant par les aisselles.

Faïaga m'avait bien dit : « J'aimerais connaître l'endroit où tu vis. » Je crois me souvenir lui avoir répondu : « Pas aujourd'hui. Un jour prochain, peut-être. » Elle avait fait la moue mais n'avait pas insisté.

Pourquoi avais-je reporté cet événement que j'attendais avec tant d'impatience, sûr que j'étais de mes sentiments et des intentions que je lisais en elle ? Voulais-je prendre le temps de la réflexion avant un acte qui risquait de m'engager ?

Elle ne me parla plus de rien de toute une semaine. Je me dis que, capricieuse comme elle l'était, elle avait dû oublier. Un soir que je lisais sur mon soleiladou une petite édition du *Daphnis et Chloé*, de Longus, que Niccolo m'avait passée sous le manteau, on frappa à ma porte. J'allai ouvrir et blêmis en me trouvant nez à nez avec une Faïaga radieuse.

— Toi, ici ? Comment as-tu fait ?

— Le plus simplement du monde. J'ai demandé si tu étais présent afin que je te remette un paquet de la part du vice-chancelier. Une servante m'a montré le chemin. Voici le paquet en question.

Encore sous le coup de l'émotion et alors qu'elle gloussait dans mon dos, je défis le ruban. Le paquet contenait un joli volume orné de miniatures du *Roman de la rose*.

— Où l'as-tu trouvé ? dis-je en fronçant les sourcils.

— Je l'ai *emprunté* à la bibliothèque de mon oncle. Il ne s'en apercevra pas. Il y a tant d'ouvrages qu'il ne lira sans doute jamais…

Je faillis éclater.

— Eh bien, dis-je, tu le rapporteras où tu l'as pris !

Je compris très vite que cet emprunt n'était qu'une ruse pour me rencontrer seul à seule, entre quatre murs, avec un lit entre nous. C'est sur lui qu'elle s'allongea en me disant :

— Julio, fais-moi l'amour.

Je protestai, mais faiblement. Si le Saint-Père apprenait qu'un simple bullateur avait séduit une de ses *nièces*, je serais au mieux licencié, au pis jeté en prison.

Elle murmura, avec un sourire mystérieux :

— Je t'assure que nous ne risquons rien. Après tout, nous sommes libres tous deux et tu es ici chez toi. Est-ce que je me trompe ?

Elle ne se trompait sur aucun point.

La chaleur de cette fin du mois de juin avait réduit sa tenue au plus simple : elle était nue sous sa tunique et, par transparence, lorsqu'elle passait devant mon soleiladou, je voyais bouger ses jambes à travers l'étoffe.

Nous avons fait l'amour puis nous avons dormi dans la première fraîcheur de la soirée toute tintante de cloches qui annonçaient pour le lendemain la fête du Précieux-Sang. Elle voulut de nouveau se donner à moi avant de me quitter, mais, alors que nous avions amorcé une nouvelle étreinte, elle s'arracha brusquement à mes bras en criant :

— Il faut que je parte ! Mon Dieu, je suis en retard !

Faïaga revint une fois ou deux par semaine, par un itinéraire que je lui avais indiqué, grâce auquel elle échappait à la vigilance de Liénor, de Gastaldy, de Gauterouge et du chien : un passage hasardeux situé derrière les écuries qui lui donnait accès directement à ma porte.

Par esprit de provocation, elle se dévêtait devant le soleiladou, avec la tranquille impudeur d'une Bethsabée. Il semblait qu'elle eût été créée pour vivre nue et faire l'amour. Elle n'était pas vierge, mais je n'avais garde de lui demander des comptes sur son passé, dont d'ailleurs elle ne me parlait jamais.

Ce passé ne me vint aux oreilles que plus tard. En eussé-je eu connaissance lors de nos premiers rapports amoureux, il est probable que je n'eusse pas persisté.

Faïaga… Je n'appréciais guère ce prénom prétentieux dont l'origine m'échappait. Je l'en dépouillai et lui demandai d'en choisir un autre. Elle m'avoua qu'elle s'appelait en fait Maria ou Marie, mais que ce prénom lui semblait si banal qu'en débarquant à la cour pontificale elle avait décidé d'en changer. Elle n'était pas la seule à avoir pris cette décision ; d'autres *nièces* de Sa Sainteté portaient des prénoms de fantaisie : Coredamor, Aramburge, Enemonde...

Dans nos étreintes, lorsque je me sentais emporté au-dessus des nuages, je l'appelais ma « guerrière d'amour », ma « grâce incarnée », ma « nigelle bleue »... Au cours de nos débats, elle faisait savamment alterner la tendresse, la force, l'autorité. Tantôt je me heurtais à son pubis de pierre, tantôt je me fondais dans la douceur de ses bras, tantôt je me vautrais sur le lit frais de son corps. Elle semblait être née d'un conte de Boccace plus que des mièvreries du *Roman de la rose*.

Au soir de notre deuxième rencontre, alors que nous baignions dans la chaleur épaisse qui stagnait sous mon toit, moites des sueurs de notre longue lutte, je lui demandai ce qui avait occasionné la cicatrice qui, partant de sa joue, montait vers la tempe. Elle parut gênée et ne me répondit pas. Ce soir-là, avant de prendre congé, elle me dit :

— Au sujet de cette cicatrice, il faut que je t'explique...

Son père, ainsi que je l'ai rapporté, avait décidé de la marier avant qu'elle ne quitte sa province. Faïaga estimait qu'elle était trop jeune et que le parti qu'on lui proposait était trop vieux. Une alternative se présentait à elle : Faïaga avait le choix entre se suicider ou se lacérer le visage afin de n'être plus désirable pour quiconque. Elle avait fait ce dernier choix et commençait à se taillader le visage lorsqu'un de ses frères était intervenu. Il lui restait une marque de cette tentative désespérée.

Elle ajouta d'un air sombre :

— Jamais je n'aurais accepté d'épouser ce nabot sénile. Sache-le, Julio, personne n'a pu et ne pourra m'imposer sa volonté. Ma vie m'appartient et je la mène à ma guise. Tu en sais quelque chose. Je te voulais ; aujourd'hui, tu es à moi...

Nous passâmes tout l'été dans un ravissement sans fin renouvelé.

À la suite d'une sévère observation que me fit maître Aquaviva, Faïaga avait renoncé à venir m'importuner pendant mon travail et, semble-t-il, à intervenir pour que son oncle me confiât une tâche « plus digne de moi », mais cela m'importait peu.

De la galerie surplombant la cour d'honneur, dissimulé à moitié derrière les piliers de la fenêtre de l'Indulgence, je la guettais : elle parlait fort, riait avec des gestes, dansait autour du puits avec ses compagnes, jouait à la paume ou aux quilles. Les réunions des *nièces* se déroulaient le plus souvent dans le jardin attenant aux remparts de l'orient et dans le verger où ces folles dansaient le branle ou la carole ; elles donnaient à manger aux biches, aux autruches, aux cygnes et aux canards, autour du bassin dans lequel, m'avoua-t-elle, elles allaient parfois, durant les nuits chaudes, se baigner nues.

La voir, simplement la voir sans qu'elle me vît, était une joie délicate. Faïaga était la plus belle et la plus vivante de toutes malgré sa petite taille. Son visage ressemblait à celui de cet angelot qui orne le linteau d'une porte dans la chartreuse de Villeneuve : les mêmes joues rondes, les mêmes yeux plissés, la même grâce. La cicatrice en plus.

Avec Faïaga je n'étais jamais au bout de mes surprises.

Je n'avais pu faire moins, étant donné la tournure qu'avaient prise les choses, que de confier ma nouvelle passion à Niccolo Pazzi en lui recommandant le secret.

— Une nièce du pape ? me dit-il. Fichtre ! Tu vises haut.

Il me pria de lui en dire plus long et je m'exécutai, non sans une certaine délectation : je lui racontai ses manœuvres d'approche, mes réticences, nos rencontres, à l'auberge d'abord, dans ma chambre ensuite, les charmes de la belle amour…

Niccolo, malgré sa promesse, ne put tenir sa langue. En l'espace de quelques jours tout le palais fut au courant de cette liaison.

Un matin, une dame entra en coup de vent dans la chancellerie et jeta :

— Je cherche un certain Julio Grimaldi. Est-ce vous ?

J'acquiesçai.

— Veuillez me suivre sous la galerie, je vous prie.

J'obtempérai. Elle se présenta : Aliénor de Chaumont, nièce du pape.

— J'ignore, dit-elle, ce que Maria a bien pu vous raconter.

— Maria, dites-vous ?

— Sans doute la connaissez-vous mieux sous le nom de Faïaga qu'elle s'est donné par fantaisie, mais son véritable nom est Maria Essartier. Elle a dû vous raconter qu'elle est fille d'un châtelain du Limousin, nièce du pape, et vous l'avez crue, innocent que vous êtes ! Cette fille n'a aucune parenté, même lointaine, avec mon oncle. C'est la fille d'un de nos fermiers. Je l'ai acceptée dans ma suite parce qu'elle est gaie, amusante, intelligente aussi, bien que capricieuse. Vous devez en savoir quelque chose !

Singulièrement, loin de m'accabler, cette révélation me laissait presque indifférent. J'étais déconcerté, sans plus.

— Eh bien, me dit la demoiselle, c'est tout ce que vous trouvez à dire ?

— Elle semblait bien un peu délurée pour une nièce de Sa Sainteté, mais j'étais loin de supposer…

— Dois-je vous dire que, désormais, je l'aurai à l'œil et que vous pouvez faire une croix sur vos rendez-vous galants ! Que comptez-vous faire ? L'abandonner ? L'épouser ?

Je me sentais soudain comme au bord d'un gouffre.

Abandonner Faïaga pour la punir de son mensonge ? L'épouser alors que j'ai toujours manifesté des réticences à l'idée de renoncer au célibat ?

— Eh bien, Grimaldi, répondez ?

— Vous me prenez de court, madame. Cela demande réflexion. *A priori* je crois que Faïaga, ou Maria, pourrait faire une épouse convenable.

— Bien. Mais, avant que vous ne preniez une décision définitive, je vous dois une autre confidence…

Elle me prit par le bras, m'attira vers la balustrade de la galerie, comme si son secret risquait de tomber dans une oreille indiscrète. Maria, me dit-elle, avait été la maîtresse épisodique d'un cardinal espagnol : Pablo Sobirats. Il lui avait fait un enfant. Cette sotte était venue pleurer dans le giron de sa maîtresse, qui lui avait chanté pouilles à sa façon.

— Cet enfant, dis-je, la gorge contractée, qu'est-il devenu ?

La demoiselle parut embarrassée, comme si elle en avait déjà trop dit.

— C'est un être difforme. Nous la cachons ici même, dans une cellule d'où elle ne sort jamais. Maria a renoncé à la voir, mais ça ne lui coûte guère. Vous ne la verrez pas non plus. Personne n'en a le droit. L'enfant du péché, vous comprenez ?

Faïaga me manquait trop pour que, malgré ses mensonges et ses omissions, j'envisage de me séparer d'elle définitivement. D'une part, je lui en voulais de m'avoir berné ; d'autre part, le fait qu'elle ne fût pas de la famille de Clément la rapprochait de ma condition. Ce qui me gênait bien davantage, c'est la dernière révélation d'Aliénor de Chaumont : cette naissance illégitime.

Ce qui me surprenait plus que tout, c'est la facilité avec laquelle j'envisageais la fin de mon célibat et de ma liberté. Restait à savoir si Faïaga serait dans les mêmes dispositions.

Une semaine passa sans que j'eusse de ses nouvelles. Le poids des heures et des jours était insupportable. Je gardais dans mon travail un œil sur la porte, dans l'attente de voir surgir Faïaga.

C'est Aliénor de Chaumont qui se montra, une semaine environ après notre entretien. Je sentis mon cœur bondir. « Ma vie, me disais-je, va prendre un nouveau cours et je n'en serai plus tout à fait maître. » Le plomb des jours se changea en diamant et parut crisser comme sur une vitre. Elle me fit signe de la suivre, et j'étais si pressé de l'entendre que je ne demandai pas au vice-chancelier la permission de m'absenter.

— J'ai eu un entretien avec Maria, me dit la demoiselle. Je lui ai dit que je vous avais mis au courant de sa condition et de sa liaison avec le cardinal. Elle m'a injuriée, mais je lui pardonne. J'ai la certitude que cette fille tient beaucoup à vous, Grimaldi. La certitude aussi que vous tenez à elle, sinon vous l'auriez rejetée à la suite de mes confidences. Avez-vous réfléchi ? Acceptez-vous de l'épouser ? Comme elle ne possède rien, je la doterai selon mes moyens car je n'ai eu qu'à me louer de ses services et de sa compagnie. Si vous savez l'apprivoiser, vous ne serez pas malheureux avec elle. Malgré ses allures délurées, Maria n'est pas une garce, mais prenez garde : elle est plus fragile qu'il n'y paraît. Décidez-vous. J'ai promis de lui rapporter une réponse sur-le-champ.

J'allais lui faire une réponse dilatoire, demander un nouveau temps de réflexion, mais je me ravisai : à quoi bon réfléchir alors que ma décision était prise ?

Nous nous sommes mariés de la manière que nous avions souhaitée d'un commun accord : en toute simplicité, dans l'église Saint-Agricol.

J'avais redouté, sans savoir au juste pourquoi, une vive réaction de Liénor : ma décision la laissa indifférente car elle avait depuis longtemps renoncé à nos ébats auxquels, quant à moi, je pensais sans la moindre nostalgie. Gastaldy ricana : la pauvre fille ne tarderait pas à regretter ce faux pas ; l'original que j'étais lui rendrait la vie difficile. Je me retins de ne pas l'injurier.

Lorsque j'annonçai à Liénor mon intention de quitter ma chambre de l'auberge, elle protesta. N'étais-je pas chez moi ? Pourrais-je trouver un logis plus agréable et à moindre prix ? Faïaga, quant à elle, n'avait pas d'avis à formuler : là ou ailleurs, que lui importait pourvu que nous ne fussions pas séparés ; elle n'était pas habituée à vivre dans la soie ; au palais, elle couchait sur un pauvre lit de bourre et mangeait davantage de baleine salée que d'ortolans.

Elle me sauta au cou lorsque je lui offris une bague portant une grosse émeraude, avec nos deux noms gravés, achetée chez l'orfèvre André Guetti. C'était, me dit-elle, le premier vrai cadeau qu'elle recevait.

Liénor lui proposa de travailler à l'auberge comme servante, mais avec un statut particulier : elle ne serait nullement sollicitée pour descendre vers ce que Simone Martini appelait « les oubliettes » — une précaution qui me parut saugrenue.

La vie était facile pour Faïaga. Sans lui peser, du moins en apparence, le mariage avait mis du plomb dans cette cervelle d'oiseau.

Nous prenions nos repas à la table de l'auberge, et gratis, car j'avais quelques droits sur l'entreprise, encore que cette charogne de Gastaldy les contestât, mais Liénor tenait bon : j'étais sa seule famille.

Au début de l'an de grâce du Seigneur 1348, nous eûmes le désagrément de voir surgir, descendant du nord en longeant le Rhône, les avant-gardes d'une armée de gueux qui pillaient et brûlaient tout sur leur passage.

La ville connut des jours d'angoisse. Les sergents d'armes, ceux du palais comme ceux du conseil de ville, restaient à l'*escout* de jour et de nuit et donnaient l'alerte au moindre mouvement suspect à l'horizon.

Les trêves entre la France et l'Angleterre libéraient des mercenaires enrôlés par le roi Philippe. Se trouvant sans emploi, ils déferlaient par bandes sur la Provence. Ces compagnies, comme on les appelait, étaient souvent commandées par des barons de haute noblesse qui trouvaient davantage de profit dans le pillage et le rançonnement que dans l'exploitation de leur domaine. Ces bandes étaient précédées d'une réputation détestable. Les pèlerins, les négociants, les voyageurs qui faisaient halte à l'auberge en parlaient comme de la nuée de sauterelles qui a envahi les terres de Pharaon.

Sur la fin de l'an de grâce du Seigneur 1347, en prévision de cette invasion que tout annonçait, le pape avait pris des mesures.

Depuis que les barons du Nord, un siècle auparavant, sur

le chemin de la croisade contre les cathares, avaient réduit nos remparts à l'état de ruine, la ville était incapable d'opposer une résistance efficace à une attaque, et moins encore à un siège. Il fallait d'urgence pallier cette carence. Le pape en appela à la population, aux institutions monastiques, aux cardinaux. Tous répondirent d'enthousiasme. Il fallait des bras pour relever les remparts ? On en trouverait. Je me laissai entraîner par le courant de ferveur qui traversait la population et me trouvai du jour au lendemain occupé à charrier des moellons, à préparer du mortier, à manœuvrer la chèvre.

Les premiers éléments des grandes compagnies ne causèrent de dégâts que dans les campagnes ; elles étaient encore trop peu nombreuses pour oser tenter une opération contre la ville.

Plusieurs fois par jour, du haut des remparts, je portais mes regards vers la masse sombre du Ventoux, dans la crainte de découvrir des lueurs d'incendie dans la direction de Bédoin où je redoutais que cette ribaudaille ne fût allée exercer ses actes de pillage et de destruction. Isolé, bien pourvu en subsistance, le mas que tenaient ma sœur Filippa et son mari, avec une poignée de bergers et de brassiers, était une proie tentante et facile.

Je me dis que mon devoir était de me rendre à Bédoin pour tâcher de convaincre Filippa de se replier sur Avignon afin de laisser passer l'orage. J'obtins sans difficulté le congé de quelques jours que je demandais.

Je partis un matin de grand vent avec la mule empruntée à Liénor. Sous les coups de fouet du mistral, la campagne se hérissait et paraissait prise de folie. La mule renâclait à affronter les foucades et la poussière. Je devais sauter à terre et la tirer par la bride, ce qui ralentissait ma progression. Je tenais à arriver avant la nuit, coucher au mas et en repartir le surlendemain, de manière à ne perdre que trois jours.

Il faisait nuit noire lorsque j'arrivai, fourbu, couvert de poussière, ayant marché à pied presque tout au long du parcours, mais, par chance, je n'avais fait aucune mauvaise rencontre.

Je dus crier, frapper, cogner ferme à la porte pour que Jehan, le mari de Filippa, consentît à m'ouvrir. Ses traits me parurent altérés dans la lumière de la chandelle. Il sembla surpris de ma visite. Filippa me sauta au cou.

— Je suis heureuse de te voir, mon Julio, me dit-elle. Si tu savais…

Je ne tardai pas à savoir.

Ils avaient eu la visite de trois ribauds quelques jours avant, à la tombée de la nuit, alors que les brébiales venaient de rentrer et que la famille était à table. Ils avaient exigé qu'on leur livrât une dizaine de moutons. Filippa les avait envoyés au diable ; ils avaient sorti leurs armes et menacé de voler le troupeau tout entier et de mettre le feu à la maison. Elzéar, le maître bayle, leur avait dit : « Nous ne voulons pas d'histoires. Suivez-moi ! » C'était un géant barbu comme un prophète, qui avait durant de longues années occupé un poste de capitaine des sergents au marquisat des Baux.

Deux bandits sur les trois l'avaient suivi dans la bergerie ; le troisième était resté pour surveiller la famille, en mangeant un morceau. Le berger n'avait pas été long à revenir, seul, essuyant son couteau sur sa manche. Il avait dit simplement, en s'adressant au troisième larron : « À ton tour ! Fais ta prière… » Avant que le ribaud pût réagir, il l'arrachait à son banc, le plaquait contre le mur et lui ouvrait la gorge.

On était allé, sans orémus, jeter les corps dans un trou de carrière abandonnée.

— Vous devez quitter ces lieux, dis-je. Ils sont malsains. Suivez-moi en Avignon. Vous y serez en sécurité. Je vous trouverai un logement et le travail ne manquera pas.

— Tu nous proposes de quitter notre mas ?

— Il faut choisir ; c'est lui ou vous : toi, ton mari, tes enfants, tes serviteurs... Entre mourir sur ce coin de terre et vivre en ville, le choix me semble évident.

Il l'était moins que je ne le pensais : je compris très vite que je prêchais à des sourds, dans un désert, que jamais Filippa n'accepterait de se séparer de ce qui était sa raison de vivre et qui faisait son bonheur. La réserve d'huile, les futailles bien remplies, le troupeau, que deviendraient-ils s'ils partaient ? Pouvait-on laisser tout cela à l'abandon ? Et pour vendre il faudrait du temps... Que pouvais-je alléguer contre de tels arguments, moi qui n'avais pas grand-chose à perdre ?

Je m'attablai. Filippa me vira une omelette aux truffes, sortit le pain, le jambon et les fromageons de la huche, posa une cruche de vin devant moi. Des bribes du bonheur que j'avais connu dans cette grande salle, à cette table, se promenaient dans ma tête, me faisaient mieux comprendre les raisons de Filippa et l'inanité de ma démarche. Jehan partageait son avis : c'était une chiffe molle de mari, un sans-couilles, comme on dit, un prince consort domestiqué qui ne se hasardait pas à contrarier son épouse.

Les enfants, qui venaient de sortir de leur lit, considéraient l'oncle Julio comme si le Saint-Esprit venait de tomber du ciel. Je leur demandai d'aller fouiller dans les bastes encore accrochées aux flancs de ma mule : ils y trouveraient des cadeaux.

Le bayle, dont je n'avais pas sollicité l'avis, me le donna.

— Vous pouvez partir rassurés, dit-il à Filippa. Moi, je resterai. Je sais me défendre et je l'ai prouvé. Le mas sera sous bonne garde. Je connais quelques compagnons qui ne demanderont pas mieux que de me donner un coup de main.

— C'est non, dit Filippa. Nous restons.

Je me levai avec le jour. Le bayle m'accompagna jusqu'à une épaule de terre et de roche d'où l'on domine les parages, jusqu'à Saint-Estèphe et Mazan. Le pays paraissait calme ; on distinguait bien, à environ une lieue de là, une lumière d'incendie, mais le berger me rassura : c'était un simple feu d'herbes et de sarments.

J'avais pris congé de Filippa et de sa famille avec émotion, comme si nous ne dussions jamais nous revoir. De crainte que je ne meure de faim en ville, elle avait bourré mes bastes de victuailles et de bouteilles. Avant de reprendre ma route, je poussai avec elle jusqu'au petit cimetière sous les cyprès. Sur les tombes soigneusement entretenues quelques fleurs se fanaient.

— Les enfants..., me dit Filippa. Ils viennent tous les jours. Je leur ai appris le respect des morts.

Après la course folle du mistral, le ciel était redevenu pur et bleu comme l'eau de la Sorgue à Vaucluse, sans le moindre flocon de nuage, comme lessivé par le vent. Je forçai l'allure, talonnant ma mule pour éviter d'avoir à marcher trop longtemps dans la grande chaleur de midi. Derrière moi, le Ventoux était pareil à un tas de cendres.

Je marchai à bonne allure jusqu'à Carpentras où les juifs, qui en avaient été chassés, commençaient à rouvrir leurs boutiques et leurs comptoirs. Je songeai à Sarah qui avait vécu là dans sa prime enfance, au drame qui m'avait laissé un goût de fiel. Je dormis un peu sous un platane de l'avenue, dînai d'un fromageon et de quelques rasades de vin gardé frais dans ma gourde.

Il me restait environ quatre heures de route pour arriver à Avignon. C'était amplement suffisant pour que la nuit ne me surprît pas. Ce qui m'inquiétait, c'était de devoir faire seul ce parcours. Aux dires des gens de Carpentras qui m'avaient obligeamment renseigné, la région était calme, hormis quelques vols de poules ou de moutons par des gredins de passage, mais l'incident survenu à Bédoin ne laissait pas de me créer du souci.

Passé Monteux, on est dans la plaine, avec des bois, des vignes, des champs de froment à perte de vue. Cette relative vacuité du paysage me rassurait. Arrivé près d'un hameau appelé Valobre, alors que je tournais à la corne d'un bois, je vis s'avancer vers moi deux individus à mine patibulaire qui me demandèrent, comme si cela leur importait, où je me rendais.

Je répondis abruptement :

— Ça vous intéresse, l'endroit où je vais ? Vous voulez peut-être me faire un brin de conduite...

— Pourquoi pas ? dit l'un des gueux. Sauf que c'est toi qui vas nous accompagner, et sans faire d'histoires.

— Alors permettez que j'enfourche ma mule. Ce voyage m'a éreinté.

Avant qu'ils aient pu répondre, je sautai sur ma mule, lui piquai rudement la croupe avec mon couteau et nous partîmes après deux ou trois ruades qui firent s'écarter les gredins. Je croyais leur avoir échappé quand, après une course vertigineuse, ma monture s'arrêta net, les jarrets raidis par la peur : une couleuvre de belle dimension traversait le chemin sans se presser. Pour lui faire reprendre son élan, bernique ! Les deux malandrins n'eurent pas beaucoup de chemin à faire pour me rattraper.

L'un d'eux me dit, d'un ton matois :

— C'est pas gentil à toi de refuser notre invitation. Allons, suis-nous. Nous voulons tout juste te donner un coup de main. À ta mule, plutôt : tu as trop chargé cette pauvre bête. Nous allons la soulager.

À travers un boqueteau de chênes, ils me conduisirent vers une cahute faite de branches devant laquelle était posé un trépied sur lequel cuisait une soupe qui sentait bon. Ils n'eurent pas le toupet de me demander mon aide. Tout y passa des victuailles et du vin dont Filippa m'avait pourvu, sans oublier le reste de mon repas de midi et les bastes elles-mêmes.

— Au moins, protestai-je, laissez-moi ma mule : elle ne m'appartient pas.

— Ça te fera du dommage en moins. De plus, comme tu sembles être de ces braves gens qui donnent volontiers leur chemise aux malheureux, la tienne nous sera bien utile.

Ils ne se contentèrent pas de me voler ma chemise. Je dus me gendarmer pour qu'ils me laissent mon caleçon. S'ils ne me prirent pas ma vie, c'est qu'ils n'avaient rien à en faire.

Le mistral avait laissé sur la campagne flotter des nappes d'air glacé qu'il ne faisait pas bon traverser à moitié nu comme je l'étais. Je m'y engageai avec autant de plaisir que si j'avais plongé dans le Rhône au mois de décembre. Évitant villages et hameaux, je marchai d'un bon pas et arrivai en Avignon peu avant la tombée de la nuit, transi mais heureux de m'en être tiré à si bon compte.

J'avais eu le nez creux : prévoyant ce qui venait de se produire, je n'avais pas emporté d'argent, ce qui avait laissé les gredins tout déconfits.

L'an de grâce du Seigneur 1348 fut marqué par des épreuves terribles.

Grâce à Dieu, les quelques avant-gardes de la ribaudaille du roi de France ne furent pas suivies du gros de la troupe : elle devait revenir en force quelques années plus tard et répandre la terreur dans tout le Comtat. En revanche, le Ciel, pour nous punir de nos péchés, nous envoya le pire des fléaux : la peste.

Pour commencer, c'est une singulière variété de peste qu'il fit surgir en Avignon. Elle avait un nom et un visage : ceux de la reine Jeanne de Naples.

Elle avait, ainsi que je l'ai dit, quitté son royaume péninsulaire pour fuir les hordes hongroises du roi Louis. Arrivant à Naples, ce dernier avait trouvé la cage vide. Il s'était vengé en procédant à une série de décapitations publiques sur de présumés coupables de la mort de son frère.

La reine arriva dans le Comtat à la mi-janvier. Elle se hâta de demander audience au Saint-Père, lequel la fit lanterner, dans l'attente du rapport du cardinal Aymeric de Chameyrat, envoyé par ses soins en mission pour tenter d'élucider le mystère sur la mort d'André, l'époux assassiné de la reine. De tout le temps qu'elle resta en Provence, elle ne cessa de remuer ciel et terre pour obtenir justice. Elle était accompagnée comme d'un petit chien par son deuxième époux, Louis de Tarente, dont elle était enceinte et que l'on soupçonnait d'avoir été l'amant de Jeanne et d'avoir prêté la main aux tueurs.

Quoi qu'il en soit, la reine fut disculpée. Elle demanda au Saint-Père de faire procéder au couronnement de son nouvel époux. Comme elle n'avait plus de ressources, elle accepta de vendre la ville d'Avignon au pape, en se disant qu'elle y reviendrait un jour, la tête haute, en souveraine.

Il y avait pour elle urgence de retourner dans son royaume de Naples que Louis de Hongrie venait de quitter, sa vengeance en partie assouvie. Elle prit congé avec d'autant plus de hâte que la peste était à ses trousses.

Elle emportait dans ses bagages un précieux trophée : la rose d'or que le Saint-Père avait offerte à son époux.

La Dame noire venait de Chine.

Elle était sortie de terre dans un de ces villages pouilleux dont parlent les missionnaires qui ont vécu là-bas. Après avoir flairé le vent, elle s'était dirigée vers le couchant, répandant autour d'elle l'infection et la mort. Traversant les déserts, sautant par-dessus les fleuves et les montagnes, elle avait atteint l'Inde où elle avait fait des ravages parmi ces païens grouillant dans des villes misérables mais dont les temples et les palais ont des toits d'or.

Prenant son élan, la Dame noire avait traversé en trombe la Tartarie en direction de Byzance où toutes les églises avaient sonné le glas à l'annonce de ses premiers méfaits. Arrivée en Grèce, elle avait embarqué sur un navire en partance pour Venise où elle s'était arrêtée le temps d'accumuler des centaines de cadavres dans les palais, les églises et les bouges. Florence l'attirait : elle y parvint en quelques jours, en compagnie des marchands, des pèlerins et des mendiants. Les Alpes lui avaient été plus aisées à franchir qu'aux éléphants d'Hannibal.

En quelques jours, elle avait atteint la Provence, franchi les frontières du Comtat Venaissin et pénétré en Avignon.

Celle que j'appelle « la Dame noire » (les Anglais, qui en ont souffert autant que nous, disent « la Mort noire »), c'est la peste.

On se refusait à y croire, et pourtant elle était là, frappant discrètement aux portes puis pénétrant par toutes les issues. Les remparts que l'on avait entrepris de relever n'y faisaient rien ; le mistral était impuissant à dissiper les miasmes ; les gardes qui veillaient aux portes du palais et des livrées n'auraient pu lui en interdire l'entrée car elle était dans son essence plus subtile qu'une fumée ou qu'une vapeur, aussi invisible qu'un souffle d'air, mais il ne faisait pas bon se trouver sur son chemin.

Peut-être est-ce à l'auberge de *La Fille-en-Fleur* qu'elle a fait halte le premier jour, mais comment le savoir alors que la ville comptait en ce temps-là une centaine de lieux publics : auberges, tavernes, étuves et bordels ?

Liénor et Gastaldy recevaient un soir un corroyeur d'Arles venu prendre livraison d'un chargement de peaux et qui voyageait avec un commis. Rien n'attirait l'attention sur eux. Ayant fait une longue route avec leurs mules, ils mangeaient gras et buvaient sec. Des clients, somme toute, assez ordinaires.

Le souper terminé, le corroyeur jeta un florin sur la table et attendit la monnaie. Il avait triste mine, ce que Faïaga, qui se trouvait près de moi, à deux tables de là, me fit remarquer. Lorsqu'il se leva en demandant que l'on préparât sa chambre, il tenait à peine sur ses jambes et marcha en titubant vers l'escalier donnant accès aux étages. Si le commis ne l'avait rattrapé par le bras, il se serait affalé dès les premières marches.

Le lendemain, le commis vint prévenir que son maître

était souffrant et ne pouvait se lever. Il demanda si l'on connaissait un médecin. Ce grand estafier de Gastaldy répondit avec arrogance :

— Pas de malade chez moi ! Cet établissement est une auberge, pas un hospice. Conduis ton maître à la Pignotte où on le soignera.

Son visage vira au gris de la cendre lorsque, se tournant vers Liénor et vers moi qui partais pour mon chantier des remparts, il s'écria :

— Nom de Dieu ! Pourvu que ça soit pas la peste... Faut le faire déguerpir, et vite !

On parvint à hisser le corroyeur sur une des mules. J'indiquai au commis la direction de l'hospice. Son patron était livide, les joues creuses, secoué par des accès d'étouffement qui lui arrachaient la gorge et le faisaient cracher rouge. Je me dis que Gastaldy avait peut-être raison d'avoir foutu le corroyeur à la porte : avec cette saloperie de maladie, on ne fait pas de sentiment ; c'est chacun pour soi.

Dans la journée, je parvins à me libérer un moment de mon travail à la chèvre pour aller faire un tour du côté de la Pignotte, histoire de m'informer s'il subsistait des risques d'épidémie. On avait constaté une douzaine de cas et les religieux baignaient dans l'angoisse. Je profitai de la présence du responsable de l'infirmerie pour faire état de mon témoignage. Il s'éloigna de moi, se mit un tampon sous le nez et haussa les épaules d'un air accablé.

— Avec cette humidité, dit-il, c'est peut-être la grippe, ou peut-être une nouvelle forme de dysenterie. La peste ? Hum... Je préfère attendre l'avis des médecins avant de me prononcer.

Dans les jours qui suivirent, je ne pus en savoir davantage. Il semblait qu'un mur de silence se fût dressé autour de la Pignotte : on m'en interdit la porte, puis le portail du jardin. Ils ne s'ouvraient que si l'on entrait les pieds devant.

Je revins au palais pour tâcher d'avoir des informations plus précises par Niccolo Pazzi. Il était en général bien renseigné et toujours à l'affût de la moindre nouvelle. Il parut à la fois surpris et mécontent de ma visite. L'air renfrogné, en se tenant à bonne distance de moi, son mouchoir parfumé sous le nez, il me dit :

— D'où viens-tu ?

— Tu le sais bien : des remparts.

— Alors tu es peut-être contaminé. Donne-moi ton mouchoir.

Il l'arrosa de parfum qu'il portait sur lui dans une petite fiole. Certains préféraient le vinaigre, qu'ils jugeaient plus efficace, mais l'odeur en était déplaisante.

— C'est bien la peste, dit-il. Selon les médecins du Saint-Père, cela ne laisse aucun doute. Nous allons avoir à déplorer des dizaines, peut-être des centaines de morts dans les semaines à venir.

— On n'a pas trouvé de remède pour s'en protéger ?

— Si fait : un tampon imbibé de vinaigre ou de parfum à se mettre sous le nez, mais le mieux est de foutre le camp : dans le Lubéron par exemple, où l'air est excellent.

Niccolo avait pour ami un infirmier travaillant dans le service du docteur Guy de Chauliac, l'un des médecins particuliers du Saint-Père. Prudent comme il l'était pour sa santé, il avait amassé des informations susceptibles de prévenir la contagion. Les parfums, bien sûr, le vinaigre, naturellement, mais encore des ingestions d'alcool comme l'eau de rose, le voisinage d'un bouc dont l'odeur était réputée éloigner les miasmes, l'invocation des saints auxiliaires : Pons, Antoine, Adrien, Sébastien, la confection de sachets d'herbes aromatiques à porter sur soi…

Il ajouta :

— Il faut aussi prendre la précaution de ne parler à des gens de rencontre que sous le vent, éviter de croiser le regard d'une personne qui présente les signes de la contagion.

— Et tu crois, toi, à toutes ces sornettes ?

— À vrai dire, non, mais sait-on jamais ?

Niccolo se fiait davantage à un remède plus orthodoxe : l'électuaire thériacal que préconisait Guy de Chauliac, mais sa préparation était si compliquée, avec la quarantaine de substances qui la composaient, dont l'*os de cœur de cerf*, qu'il avait renoncé.

Il m'apprit qu'il existait trois variétés de peste : bubonique, intestinale et pulmonaire, avec chacune des caractéristiques particulières et des effets différents, mais, en règle générale, le malade mourait au bout de deux ou trois jours.

Un sorcier que le cardinal Napoleone Orsini allait parfois consulter prétendait que la peste s'annonçait par des signes célestes et terrestres : une comète (il en était passé une trois ans plus tôt), la conjonction de Jupiter et de Saturne dans le Verseau, des oiseaux qui volent bas et de nuit, des serpents et des vers de terre qui apparaissent en quantité anormale…

Niccolo ajouta, en renouvelant le parfum sur son mouchoir et en le respirant profondément :

— J'ai pris une décision prudente : je ne quitte pas ce palais de jour ni de nuit. J'y prends mes repas et j'y ai mon lit. Dans l'entourage du Saint-Père, les risques sont limités. La peste n'oserait tout de même pas s'attaquer à lui ! D'ailleurs, il a fait fermer toutes les issues et trier les visiteurs sur le volet.

Je m'informai de ce que le pape Clément avait fait de ses *nièces* et des artistes qui vivaient à l'intérieur du palais : il les avait dirigés vers les livrées des cardinaux, loin de la ville.

Avant de prendre congé de moi, Niccolo renouvela le conseil qu'il m'avait donné entre beaucoup d'autres : celui que j'avais donné moi-même à Filippa : partir, mais en sens inverse. Il était persuadé que la contagion ne toucherait guère ou pas du tout les campagnes.

Je me disais que ma sœur avait bien fait de ne pas m'écouter, d'autant que le calme était revenu dans le Comtat, les compagnies de sergents du palais ayant débarrassé la campagne des premières bandes.

Quand je proposai à Faïaga de la conduire chez Filippa, elle regimba.

— Je refuse de te quitter. Ce n'est pas le moment.

— Pourquoi ?

— Parce que je suis enceinte !

Comme je restais muet de stupéfaction et de bonheur, elle répéta :

— Oui, mon Julio, j'attends un enfant de toi. Je tiens à ce que tu voies mon ventre s'arrondir et mes mamelles gonfler.

— Mais tu oublies la peste !

Elle haussa les épaules.

— Je cours moins de risques que toi. Je quitte peu cette pièce et d'ailleurs on dit que cette contagion touche moins souvent les femmes que les hommes.

À défaut d'obtenir qu'elle quittât Avignon, je la priai de renoncer à son travail aux cuisines de l'auberge. Le contact des clients, pour une grande part des voyageurs qui pouvaient véhiculer toutes sortes de miasmes, risquait de lui être néfaste. Elle promit, mais n'en fit rien ; elle était trop vive de nature, elle aimait trop la compagnie, celle de Liénor notamment, avec qui elle s'entendait mieux qu'avec les servantes ou avec Gastaldy, pour rester cloîtrée.

La peste frappa à deux reprises, coup sur coup, chez nos voisins, les Perrinet. Par la *porte du mort*, comme on dit, je vis sortir la mère, puis le père : le *tornejador*. La maison retentissait de cris et de gémissements. On fit brûler dans le jardin, près du figuier où Clémence venait s'abriter de la chaleur, les vêtements des morts. Puis on n'entendit plus rien. Le reste de la famille quitta la maison et l'on traça une grande croix sur la porte.

Les services de la Pignotte étaient encombrés. De jour et de nuit, on y amenait des moribonds qui vomissaient et déféquaient en hurlant comme des damnés.

La Dame noire semblait avoir une prédilection marquée pour les enfants, les vieillards et les personnes affligées de débilité physique. Elle semblait dédaigner les femmes et les juifs : en l'espace d'une semaine, on ne vit pas une seule civière quitter la Carrière, mais le bruit courut que ces hérétiques brûlaient leurs cadavres. Une autre rumeur, plus stupide encore, les accusa d'avoir volontairement déclenché l'épidémie en empoisonnant les fontaines. Des énergumènes allèrent jeter des pierres dans leurs fenêtres et renverser leurs étalages.

En dépit des interdits du pape, ils devaient faire bien pis dans les mois qui suivirent.

En me rendant à mon travail, au petit matin, je longeais des demeures devant lesquelles on avait abandonné des cadavres enveloppés dans un linceul ou entièrement nus. Les maîtres de santé, assistés de prisonniers et de paysans de la montagne, les Gavots, auscultaient les morts et, sur un simple geste, les cadavres entassés dans une charrette prenaient sans sacrements le chemin du cimetière.

Ces maîtres de santé portaient des couvre-chefs étranges, qui leur couvraient entièrement le visage, avec un appendice proéminent, en forme de bec de corbeau, où ils fourraient une mixture aromatique ; une longue robe de couleur sombre leur tombait jusqu'aux talons. Ils ressemblaient à de gros oiseaux sinistres qui se seraient, comme les vautours, nourris de la chair des pestiférés.

À plusieurs reprises, sur le chantier des remparts, je vis des ouvriers se dresser, vomir ou déféquer sans avoir eu le temps d'ôter leurs chausses, brasser l'air comme pour s'envoler et s'abattre d'une pièce, le nez dans le mortier ou les gravats.

À la moindre indisposition, c'était l'affolement. On se tâtait pour découvrir l'émergence de ces bubons ou de ces abcès qui surgissaient insidieusement à l'aine ou aux aisselles, déclenchant de fortes fièvres qui rendaient toute activité impossible. On appelait d'urgence un maître de santé, un médecin ou, à défaut, car ils étaient très sollicités, un barbier-chirurgien.

Les malheureux nous quittaient avec un triste sourire en réclamant un prêtre, en vain le plus souvent, car rares étaient ceux qui se risquaient à affronter la contagion. Nous leur faisions un salut de la main mais nous savions qu'ils ne reviendraient pas.

Un matin du mois de juin, je crus bien que mon tour était venu. Pris soudain d'un vertige, je lâchai la corde de la chèvre qui faisait virer un moellon et prévins le contremaître de mon état. Il respira un bon coup le bouquet de thym qu'il portait en sautoir, tourna, chercha d'où venait le vent, puis il me dit pour me rassurer :

— Mon pauvre Grimaldi, je t'aimais bien. Tu étais le meilleur de mon équipe. Je souhaite que tu ne souffres pas trop. En deux ou trois jours, tu seras délivré. Pauvre de nous…

Cette oraison funèbre ne me fit pas sourire. Je ne souffrais que d'une banale insolation, un de ces coups de chaud que l'on prend quand on travaille sans chapeau, au soleil, comme c'était mon habitude. Cette alerte me servit de leçon : je me coiffai d'un chapeau en paille de jonc et bus abondamment.

Le contremaître, qui devait se croire hors d'atteinte de la contagion, mourut avant moi.

Très vite s'était posé le problème des inhumations.

Avignon n'avait, intra-muros, autour des églises, que de modestes cimetières paroissiaux qui s'étaient rapidement révélés insuffisants. Le pape décida d'acquérir un terrain d'une importante superficie au lieudit Champfleury, au-delà des remparts, au sud du couvent des Dominicains : un espace de guérets fréquenté surtout par les moutons et les amoureux. On y creusa des tombes et des fosses communes ; on aurait pu, tant cet espace était vaste, y enterrer tous les habitants. Le pape avait vu grand et n'avait pas eu tort. Il ordonna la construction immédiate d'une chapelle sur cette nouvelle nécropole.

Nos cimetières paroissiaux étaient devenus des lieux étranges, comme certains le sont encore aujourd'hui.

Avant l'épidémie de peste, on s'y retrouvait pour la promenade, les jeux du hasard et de l'amour, la parlote et la beuverie. On y partageait, dans le voisinage des défunts, une aimable familiarité. Depuis l'apparition de la Dame noire, ces lieux étaient devenus des repaires de brigands ; il s'y tenait, la nuit surtout, des conciliabules et des complots dont le but était généralement de livrer au pillage les maisons abandonnées : une mine d'or pour ces gueux !

La bande la plus redoutable et la plus importante était celle des *Alpéruches*. J'ignore ce qui leur a valu cette appellation : peut-être leurs défroques bleu et vert qui leur donnaient l'apparence d'oiseaux des îles.

Le pillage des maisons infectées ne se faisait pas sans risques et il mourait beaucoup de cette gueusaille. Pourtant les effectifs allaient croissant. Les sergents leur faisaient la chasse et les livraient à la justice, mais sans zèle, car eux-mêmes ne se privaient pas de mettre à sac les maisons abandonnées.

Afin que leur supplice servît d'exemple, on y apportait des raffinements. Chaque jour ou presque, on en traînait sur la place du palais pour les livrer au bourreau : il leur coupait les oreilles, leur détachait un membre, leur perçait la langue au fer rouge.

Ces malandrins avaient la partie belle : judicieusement renseignés sur les maisons désertées, ils ne se présentaient qu'à coup sûr, la nuit de préférence, et, dans les logis déserts, raflaient tout ce qui pouvait l'être.

Les sergents les chassaient d'un cimetière ; ils se regroupaient dans un autre. Il en mourait dix de la peste ou du bras séculier ; vingt autres se présentaient. On se demandait d'où ils venaient et qui ils étaient : ils venaient des bas quartiers et n'étaient la plupart du temps que de pauvres bougres poussés à la délinquance par la misère.

Durant tout l'été, c'est par centaines puis par milliers que les cadavres cheminèrent au pas lent des bœufs vers le dernier asile : Champfleury. À ce rythme, si la peste s'accrochait encore des mois en Avignon, la population fondrait comme neige au soleil.

Liénor et Gastaldy, sur ma suggestion, avaient décidé de fermer l'auberge, la clientèle étant réduite à sa plus simple expression. Les voyageurs préféraient dîner et coucher au bord du Rhône plutôt que d'affronter une promiscuité dangereuse ; les clients habituels ne sortaient de leurs repaires qu'en cas de nécessité ou les pieds devant. Les patrons de l'auberge ne quittaient pour ainsi dire plus leur antre ; ils vivaient sur leurs réserves qui n'étaient pas négligeables, cuisaient leur pain, buvaient leur vin, qu'ils partageaient avec moi et Faïaga. La Dame noire pourrait bien frapper à leur porte : elle devrait passer son chemin.

Faïaga s'épanouissait dans la gloire de sa grossesse. Elle

s'ennuyait à ne rien faire, restait des heures assise dans l'ombre du soleiladou à regarder planer des vols de corbeaux et de rapaces attirés par l'odeur de la mort, à suivre la course lente des nuages, à écouter les plaintes et les cris qui montaient des maisons voisines et du parvis de Saint-Agricol.

Elle attendait avec impatience mon retour, m'interrogeait sur les travaux du chantier, le moral des habitants, la mort des personnages importants. Puis elle m'examinait, me faisait tirer la langue, me tâtait l'aine et les aisselles pour y déceler des bubons ou des abcès.

Avant le souper qu'elle avait préparé avec les produits prélevés dans le fonds commun de l'auberge, elle s'allongeait sur le lit, en chemise, parfois nue à cause de la chaleur, et m'invitait à lui faire l'amour. J'embrassais le ventre rond, les seins lourds, les cuisses charnues qui recelaient des trésors de douceur fraîche et satinée. L'enfant commençait à bouger sous ma main.

Elle me confiait que son attente, chaque jour, à chaque heure de chaque jour, était un supplice : elle redoutait la voix qui l'appellerait de la rue ou de l'escalier pour lui annoncer que j'étais atteint. Il est vrai qu'elle avait de quoi s'inquiéter : sur plus de mille ouvriers employés au chantier des remparts, un tiers avait disparu, soit qu'ils eussent déserté pour fuir dans la campagne, soit que la peste les eût emportés.

Parfois elle pleurait en se blottissant contre moi. Si j'étais victime de la peste, que deviendraient-ils, elle et son enfant ?

— Si Dieu veut qu'il m'arrive malheur, lui répondis-je, il faudra quitter Avignon le plus vite possible, sans rien emporter. Tu emprunteras une mule à Liénor et tu iras demander asile à Filippa. Quand le moment sera venu, elle t'aidera à accoucher.

J'ignorais encore que la peste n'avait pas épargné le mas

de Filippa. Elle appréciait particulièrement les villes mais ne dédaignait pas de faire quelques incursions dans nos campagnes. Des villages entiers étaient décimés. Le mari de Filippa et l'un de mes neveux, le plus malingre, étaient morts, mais je ne devais l'apprendre que plus tard.

Durant toute l'épidémie, le pape Clément demeura dans son palais. Dans la mesure de ses possibilités, il s'attachait à soulager ses sujets et à venir en aide aux familles atteintes. Il puisait largement dans le trésor pour procurer des subsistances aux plus démunis, faisait distribuer des secours à la Pignotte et aux établissements monastiques transformés en hôpitaux, pressait ses chapelains de se rendre auprès des mourants pour accompagner leur agonie des derniers sacrements, mais le plus souvent ils arrivaient trop tard.

Le parfum et le vinaigre avaient été impuissants à préserver mon ami Niccolo des approches de la Dame noire. Il avait succombé, au bout de quatre jours d'agonie, me confia plus tard Guy de Chauliac, d'« apostèmes et de carboncles sur les parties externes ». On avait brûlé ses bubons au fer rouge dès qu'ils apparaissaient, mais ils renaissaient sans cesse.

Niccolo était un ami charmant ; je prenais un vif plaisir à nos entretiens et à nos controverses qui révélaient chez lui un goût très sûr et des jugements nuancés. Je lui garderai une place dans mon cœur jusqu'à la fin de mes jours.

Je souffre par avance à la pensée que je doive poursuivre ce récit sans rien omettre des événements qui sont survenus dans ma vie. Chaque phrase, chaque mot, je le sais, va me déchirer le cœur.

Ce matin-là, j'avais laissé Faïaga un peu lasse, après une nuit chaude et orageuse, sans le moindre souffle d'air, qui l'avait éprouvée. Je l'avais sentie, collée à moi, fiévreuse, agitée ; incapable de trouver le sommeil, gémissant de temps à autre en pressant son ventre, si bien que je craignais une naissance avant terme qui nous eût privés de notre enfant. Elle se levait de temps en temps pour aller boire de l'eau à la cruche, chercher un peu de fraîcheur sur le soleiladou, et tardait à se recoucher.

Je mis cette indisposition sur le compte de la chaleur et de la grossesse, mais j'avais eu moi-même du mal à trouver le sommeil, dont me tirait chaque sonnerie de cloche à Saint-Agricol.

Je partis pour mon chantier un peu rassuré, Faïaga ayant préparé ma soupe et mon repas de midi que j'emportais dans une besace pour n'avoir pas à retourner à la maison. Son visage, lorsqu'elle m'embrassa, présentait des marbrures rougeâtres qui faisaient ressortir sa cicatrice, mais je les attribuais à son état. Elle m'apparut d'ailleurs assez gaie en m'annonçant qu'elle allait se recoucher pour tenter de récupérer le sommeil perdu, en profitant de la fraîcheur relative du petit matin.

À mon retour, je la trouvai plus lasse que d'ordinaire. Des marbrures étaient apparues sur son corps et ses membres. Lorsque je voulus l'embrasser, elle me repoussa doucement et me dit :

— Non, mon Julio. Il fait trop chaud. Et tu vois bien, je suis laide et je pue.

Je pris ces réflexions à la légère, non sans ressentir un nouveau trouble.

— Faïaga, est-ce que tu vas bien ? Est-ce que ces traces sont normales ?

— Comment veux-tu que je me porte, avec cette chaleur et ce petit monstre qui gigote sans cesse dans mon ventre ? Quant à ces marbrures, j'en ai parlé avec Liénor : elle m'assure que c'est normal.

Elle eut une crise de larmes et me dit :

— Tu ne peux pas savoir comme je m'ennuie ! Tu avais

peut-être raison : nous devrions partir pour Bédoin. Je sens que le changement d'air me ferait du bien et que mon accouchement se passerait dans de meilleures conditions. C'est dans deux mois, Julio…

La nuit suivante nous ne dormîmes pas mieux, Faïaga surtout.

Des rumeurs, des cris, des appels déchirants montaient du quartier juif où les fanatiques devaient se livrer à une orgie de violences et de pillages. J'entendais fréquemment cette réflexion absurde : « Maudits juifs ! C'est eux qui nous ont amené la peste ! Ils ont répandu des poudres dans nos fontaines, ils se sont livrés à des maléfices. Vous en connaissez beaucoup qui sont morts de l'épidémie ? »

Il fallait bien en convenir : les juifs mouraient en moins grand nombre que les chrétiens. Comme tous les gens de bon sens, j'attribuais cette chance à la propreté qui régnait dans la Carrière, à une alimentation saine, au sérieux de leur médecine.

Je commençais à m'endormir vers la minuit lorsque Faïaga s'agita violemment en murmurant mon nom. Elle suffoquait, gémissait, se tordait ; elle avait, me dit-elle, une barre sur la poitrine et une fièvre qui lui brûlait tout le corps.

L'angoisse au cœur, je me levai, lui versai un gobelet d'une mixture que j'avais achetée à un charlatan : l'Aquavita, un remède souverain, disait-il, contre la peste. Je ne croyais guère à ces vertus mais je tenais à mettre toutes les chances, même minimes, de notre côté. Elle but avec une grimace, se recoucha puis, un moment plus tard, se releva pour aller vomir une salive spumeuse mélangée de filets de sang. Malgré ses réticences, je parvins à lui ôter sa chemise et ce que je vis finit de m'alarmer : elle portait à l'aine et aux aisselles des bubons gros comme des œufs.

— Ne me touche pas ! criait-elle d'une voix que je ne

reconnaissais pas. Je suis pestiférée. Si tu me touches, tu seras toi-même contaminé. Toi au moins, tâche de survivre. Pour moi c'est la fin.

Elle eut cette réflexion, qui me fit monter les larmes aux yeux :

— Tu dois survivre. Si tu mourais toi aussi, il n'y aurait plus personne pour se souvenir de moi, mais, au fond, peut-être que ça n'a guère d'importance.

Cette nuit-là, je la passai à son chevet, assis sur un escabeau, dans la lumière de la chandelle autour de laquelle tournoyaient des éphémères et des papillons. Je la regardais se débattre, frapper le lit avec ses poings fermés. Elle se mit soudain à délirer, à chanter, à rire en découvrant des gencives enflammées. Parfois elle me regardait fixement, me demandait qui j'étais et ce que je faisais là et si je n'avais rien d'autre à faire qu'à la contempler. Un moment après, elle me prenait la main et me disait :

— Dis, mon Julio, tu ne m'oublieras pas ? Moi, je pars avec ton souvenir dans mon cœur et ma dernière pensée sera pour toi. Je t'ai aimé, Julio, dès le premier jour, mais tu faisais semblant de ne pas t'en rendre compte. Tu m'entends, Julio ? Tu m'entends ?

Je l'entendais, encore que sa voix ne fût qu'un murmure. Elle m'appelait de si loin, semblait-il, que j'avais du mal à percevoir ses paroles.

Je me retrouvai au petit jour allongé sur le parquet, moulu au point de souffrir pour me lever.

Faïaga semblait dormir encore. Son pouls s'était apaisé, son visage avait retrouvé des traits sereins, elle respirait doucement mais elle baignait dans ses déjections. Je me dis que, si elle vivait encore, Dieu pouvait l'épargner. J'avais passé une partie de la nuit en prières. Je la lavai, la séchai, et partis, non pour me rendre à mon travail, mais pour chercher un maître de santé. Ils étaient tous occupés à la Pignotte et je dus patienter avant que l'un d'eux, enlevant son masque, vînt vers moi. Quand je lui eus expliqué les raisons de ma présence, il hocha la tête, me montra la grande salle envahie par les malades, certains encore allongés sur des civières, d'autres à même les dalles, sur de la paille. Des moines arrosaient le sol à grande eau et poussaient les déjections vers l'extérieur.

— Tout ce que je puis vous conseiller, me dit le praticien, c'est de m'amener votre femme tout de suite. Si Dieu le veut, elle vivra et vous pourrez considérer cela comme un miracle.

Il recoiffa son masque et me fit un geste de la main pour me donner congé.

Je retraversai la ville dans un concert de lamentations montant de toutes parts. Une charrette déjà chargée de cadavres s'était arrêtée devant un troupeau de pourceaux en train de s'attaquer au corps encore chaud d'un enfant. Une procession venait de quitter le porche de Notre-Dame-des-Doms avec des cierges, des bannières, des reliques, dans le chant des *Dies irae* et des *Libera me* ; elle descendait vers l'enfer à travers les rues nauséabondes.

Le maître de santé ne m'avait laissé qu'un faible espoir de sauver Faïaga, mais je m'y accrochai comme à une épave dans la tempête. Je grimpai jusqu'à mon galetas, poussai la porte, cherchai mon épouse des yeux : elle n'était ni dans la chambre, ni sur le soleiladou, ni dans le cabinet attenant. Le cœur affolé, je redescendis, appelai Liénor, que je trouvai en larmes dans le local de la resserre.

— Faïaga ! m'écriai-je. Où est-elle ?

— Je ne sais pas, dit-elle en tournant la tête.

Je la forçai à me regarder en face, répétai ma question, la secouai, la giflai. Elle me répondit, d'une voix brisée :

— Agricol... C'est lui. Moi je ne voulais pas. Il a dit que si elle restait ici nous mourrions tous, à commencer par toi. Il a dit aussi...

Je me moquais de ce qu'avait bien pu dire Agricol Gastaldy. Ce que je voulais savoir, c'est ce qu'il avait fait de Faïaga. Liénor me l'avoua en pleurnichant : aidé d'Esprit Gauterouge, il l'avait descendue, enveloppée d'un linceul, jusqu'à la rue et déposée devant la porte.

— J'ai eu beau lui dire que ça n'était pas chrétien, qu'elle n'était pas morte, il m'a répondu que, de toute manière, elle n'en avait pas pour une heure à vivre et qu'elle était inconsciente. Une charrette est passée la prendre peu avant que tu reviennes.

Comme je me retournais brusquement, elle accrocha mon bras et me jeta :

— Reste, Julio ! Tu ne vas pas…

Je la rassurai : non, je n'allais pas courir après la charrette des morts et tenter d'arracher Faïaga à un sort inéluctable. Je ne me voyais pas remuant les cadavres pour la retrouver. Les premières atteintes de la maladie remontaient à trois jours et c'eût été un miracle qu'elle eût pu vivre davantage, car, passé cinq jours, plus un seul malade ne peut survivre.

Je dis simplement :

— Où est Gastaldy ?

— À l'écurie, je crois.

— Va le chercher.

Je m'efforçai de garder mon calme, mais Liénor devait bien se rendre compte que mes mains tremblaient. Gastaldy émergea à pas lents du corridor ouvrant sur la cour, pâle comme un cierge, l'œil mauvais. Avant que j'articule une parole, il prit les devants, me lança :

— Il fallait s'en débarrasser, Julio ! Elle nous aurait tous contaminés. Tu n'avais tout de même pas l'intention de la garder ici ?

— Elle n'était pas morte, Gastaldy. Elle va être jetée vivante dans la fosse avec son petit.

Je bondis, le saisis à la gorge. Il tenta d'appeler

Gauterouge à la rescousse, mais sa voix s'étranglait. Il était sec, nerveux, mais j'étais plus robuste que lui, et la colère décuplait ma force. Je le tenais à demi allongé sur la table et m'apprêtais à l'étrangler quand il réussit à saisir un couteau et à m'en labourer le dos. Je hurlai de douleur mais sans desserrer ma pression, tandis que Liénor me criait d'arrêter et s'efforçait de dégager son compagnon. Je ne relâchai mon étreinte que lorsque je sentis qu'il ne résistait plus. Son visage avait pris la couleur de la brique et ses yeux me fixaient intensément.

— Tu l'as tué ! s'écria Liénor.

Elle s'abattit sur lui, le secoua comme pour tenter de le ramener à la vie. En quelques instants, tandis que je serrais sa gorge, les pouces sur sa carotide, je songeais que j'avais toujours haï ce triste sire ; il avait l'impudence de se prendre pour le seigneur des lieux et, s'il l'avait pu, il m'aurait évincé sans vergogne car il ne m'aimait pas non plus.

— Qu'allons-nous faire de lui ? gémissait Liénor.

— Va chercher un linceul ! dis-je. Le plus usagé que tu trouveras sera toujours assez bon pour lui.

Nous l'avons allongé sur les dalles, enveloppé d'une grande touaille rapiécée et l'y avons ficelé. Liénor m'a aidé à le placer devant la porte de l'auberge qui, pour la circonstance, devenait la *porte du mort*.

Après la disparition de ma compagne, Dieu me pardonne, je n'avais plus tous mes esprits et la vie m'importait peu. Une sorte de folie me poussait à rechercher la mort pour moi-même, qui n'avais plus que faire de mon existence, mais en tentant, en guise de vengeance, d'arracher à la Dame noire le plus de proies possible. Un défi que je lui lançais ; un combat que je lui livrais. Je la suivais pas à pas, me riant d'elle, la défiant de venir me prendre comme elle avait pris Faïaga et mon enfant. Sa vengeance à elle contre cette provocation, c'était le mépris.

J'allai voir le maître de santé qui m'avait accueilli à la Pignotte : il était mort. Je demandai à voir le responsable de l'infirmerie : il surgit, couvert de sang, de vomissures, de sanies jusqu'au visage. Quand je lui eus expliqué que je voulais racheter au prix de ma vie l'âme de ma femme et de notre enfant qui étaient partis sans sacrements, il me dit simplement :

— Tu fais partie des élus. Suis-moi.

Il me montra comment soulager les pestiférés, débrider un abcès, brûler un bubon au fer rouge, déceler les différentes formes de la maladie et les phases de leur évolution afin de mieux les traiter.

Les soins que nous prodiguions étaient presque toujours

inutiles. Lorsqu'on nous amenait les malades, il était en général trop tard, mais nous accomplissions les gestes qu'il fallait et personne, pas même Dieu, ne pouvait rien nous reprocher. Je voyais sans émotion les praticiens — maîtres de santé, chirurgiens-barbiers, infirmiers, simples volontaires, venus certains par esprit de sacrifice — disparaître à leur tour. La Dame noire ne voulait pas de moi alors que je m'exposais en permanence à la contagion. Je dormais une heure ou deux lorsque la fatigue était la plus forte, ne mangeais que pour ne pas tomber d'inanition, et buvais beaucoup de vin pour me soutenir.

Je me disais : « Saloperie de peste ! Si je peux t'arracher une poignée de malades, je n'aurai pas été inutile ! » De tout le temps que je restai dans cet enfer, je n'en sauvai qu'une dizaine, mais ils rachetaient le meurtre que j'avais commis sur la personne d'Agricol Gastaldy.

Parfois je me disais que le jour du Jugement dernier était proche et que, par faveur divine, mes compagnons et moi étions destinés à préparer dans cet enfer la résurrection des corps, mais il en remontait fort peu des limbes de la mort, si peu que j'en venais à douter de cette mission.

À plusieurs reprises, chaque semaine, nous recevions la visite des praticiens du palais : Guy de Chauliac et le vieil Arnaud de Villeneuve. Je parvenais mal à les distinguer l'un de l'autre derrière leur masque contenant l'un des tampons de vinaigre, l'autre des herbes aromatiques, si bien que nous ne les reconnaissions qu'à leur odeur et à leur voix.

Le pape Clément leur avait accordé une autorisation qui relevait du sacrilège : pratiquer des autopsies. Ils inspectaient les rangées de cadavres, choisissaient les moins gâtés, les faisaient transporter dans une salle voisine, celle du grand dortoir, qui avait été transformée en infirmerie et en salle de dissection, véritable dépotoir de restes humains.

Ils ouvraient parfois des cadavres encore tièdes, les étripaillaient, contemplaient comme des haruspices les organes jetés sur la table.

Curieusement, les animaux n'échappaient pas à la contagion. Les rues d'Avignon étaient jonchées de cadavres de chats, de chiens, de porcs, de volailles abandonnés par leurs maîtres et qui se décomposaient en répandant une odeur écœurante. La ménagerie du palais avait payé son tribut à la Dame noire, mais on se borna à jeter dans le Rhône les restes de ces étranges animaux. La lionne du pape mourut, ainsi que plusieurs autruches et un sanglier apprivoisé dont Faïaga me disait qu'il venait manger dans sa main.

On pourrait croire en lisant ce récit que seule Avignon avait subi les assauts de la peste. En fait, elle sévissait partout, jusqu'aux confins de l'Occident, jusqu'en Écosse et en Islande, avec une préférence pour les grandes cités.

Elle frappait aussi aux portes des palais. Le pape échappa à la contagion, mais six cardinaux disparurent, ainsi que nombre de clercs de la curie.

Mon ami Niccolo Pazzi avait été l'une des premières victimes.

Un matin où, dans un concert de hurlements et d'imprécations, j'étais occupé à brûler au fer rouge des bubons d'où jaillissaient le sang et le pus, une main toucha mon épaule. En me retournant, je me trouvai en face d'un petit bout de femme au visage rond sous la guimpe ; elle portait l'habit des Clarisses, avec un rosaire à la ceinture et une grosse croix en bois d'olivier sur la poitrine.

— Vous ne me reconnaissez pas, dit-elle en souriant. Pourtant vous m'avez soignée et sauvée il y a une semaine. Oui, c'est bien vous.

Elle s'appelait Agnès. Novice au couvent de Sainte-

Claire, celui-là même où Pétrarque allait retrouver Laure de Sade, elle était plus spécialement affectée au jardinage. Je me souvenais d'elle, en effet : un joli corps de femme encore marqué par l'adolescence : imprécision des formes sous lesquelles se dessine la féminité, poitrine à peine saillante comme l'umbo d'un bouclier, attaches délicates, visage de poupée sous les stigmates de la maladie…

— Ne restez pas là ! dis-je en me relevant. Je vous ai peut-être sauvée une fois, mais la prochaine risque de vous être fatale.

Elle éclata d'un rire incongru.

— Vous semblez l'ignorer, dit-elle, mais, dans cette contagion, la mort qui vous a dédaigné ne revient pas sur sa décision. Autrement dit, je ne risque rien. Voulez-vous de moi ?

Elle rougit, mit une main sur sa bouche.

— Pardonnez-moi, dit-elle : je veux dire, pour vous donner un coup de main, si ma présence ne doit pas vous déranger. Je peux vous être utile, ne serait-ce que pour assister les agonisants. Avant de paraître devant leur Créateur, ils ont besoin de se laver de leurs péchés autant que des souillures de leur corps.

C'est elle, la petite Clarisse, qui m'apprit la mort de Laure de Sade.

L'égérie de François Pétrarque était enceinte de son onzième ou douzième enfant, je ne sais, quand la contagion pénétra son logis de la rue Dorée. J'y suis entré jadis : c'était une triste demeure en forme de quadrilatère, flanquée d'une tour d'angle à six pans, sans la moindre grâce. On y entrait par des voûtes basses de prison. Des enfants jouaient dans une cour sans arbres, autour d'une matrone plantureuse, assise sur un tabouret, en train de travailler à un ouvrage de broderie. J'eus peine à reconnaître dans cette Junon au visage adipeux la délicate apparition à demi dissimulée derrière son voile qui, un jour d'avril qui sentait la rose et le lilas, il y a vingt ans, avait bouleversé la vie du poète. Laure, lorsque je la vis à son domicile, était ronde, près d'accoucher, comme la Béatrice du *Chevalier au cygne*, d'une portée de six enfants.

Lorsque Laure mourut de la peste bubonique, Pétrarque était en mission pour le pape Clément auprès du roi Louis de Hongrie. Il n'apprit la nouvelle que plus tard et en fit un immortel sonnet.

De petite taille, menue, d'apparence fragile, Agnès cachait une volonté de fer et un courage à toute épreuve. On pouvait lui confier les tâches les plus sordides, comme la toilette des morts, elle ne rechignait pas et même s'exécutait en souriant. Sa propre lutte contre la maladie, sa résurrection lui avaient fait une cuirasse qui la rendait apte au sacrifice qu'elle s'imposait.

Elle me dit un jour :

— Notre mère supérieure est persuadée que si je me donne ainsi aux malades c'est par orgueil. Dieu m'en garde ! C'est le contraire. La souffrance des autres, celle de tous ces malheureux, est ma souffrance. Ce qu'ils ont vécu, je l'ai vécu moi-même. Si je me bats pour leur venir en aide et préparer leur âme à paraître devant Dieu, ça ne peut être par orgueil.

Son sourire s'était estompé et une larme faisait briller son regard. La révolte contre ce que la mère supérieure pensait de son comportement se transformait en chagrin.

Je lui confiai à mon tour les raisons de ma présence dans cet enfer. Là, comme chez elle, on ne pouvait déceler la moindre trace d'orgueil, pas même d'ostentation, mais une volonté de vengeance contre la Dame noire.

— La Dame noire, dites-vous ?

Je lui expliquai ce que j'entendais par cette appellation. L'audacieuse personnification d'une épidémie fit refleurir le sourire sur ses lèvres.

— La Dame noire… Eh bien, nous serons deux à la combattre pied à pied : vous au nom de votre épouse, moi au nom du Christ.

L'épidémie régressait lentement, mais nous avions du mal à nous en rendre compte, à la Pignotte, car nous ne cessions de passer d'un malade à un autre.

Le bruit courait — mais comment le vérifier ? — que plus du tiers de la population avait disparu. On avança même des chiffres absurdes, qui dépassaient celui de la population totale avant l'épidémie. Dans certaines contrées, une personne sur deux était morte. Contrairement à ce que nous pensions, le fléau n'avait pas circonscrit ses effets à la Provence et à la France : il avait accablé l'Angleterre et l'Écosse plus férocement encore que la France.

Les campagnes n'avaient pas échappé à l'holocauste. Dès que l'on sortait d'Avignon, on traversait des campagnes silencieuses, des villages déserts, des champs en friche. Les églises avaient perdu leurs fidèles, leurs desservants, leur voix. La désolation se lisait partout.

Peu à peu, cependant, l'activité reprenait : les commerçants survivants rouvraient leurs boutiques, les artisans leurs ateliers, les maçons leurs chantiers ; les artistes reprenaient leurs pinceaux et leurs ciseaux. Pour remercier le Ciel d'avoir mis fin au fléau, le pape fit dire à Notre-Dame-des-Doms des messes d'actions de grâces ; je refusai de m'y rendre en me disant que ce que le Ciel avait permis je ne saurais le remercier de l'interrompre. Hérésie ? Peut-être, mais à mon âge on peut se permettre quelque liberté sans avoir à craindre le bûcher.

Une idée absurde m'était venue : je m'étais mis en tête de retrouver les traces de l'enfant que Faïaga avait eu du cardinal espagnol, comme si je souhaitais retrouver un peu d'elle dans cette progéniture et lui dispenser sous forme d'affection l'amour que j'avais prodigué à sa mère. La livrée cardinalice était close ; certains m'affirmèrent que le prélat était mort de la peste, d'autres qu'il s'était retiré en Catalogne. Je cherchai à savoir dans quelle cellule du palais on l'avait enfermé : personne ne sut me le dire.

Le palais avait abrité, sans que j'en sache rien — Niccolo non plus, qui était pourtant bien informé sur les événements qui se déroulaient dans l'entourage du Saint-Père —, le personnage le plus célèbre de toute l'Italie : Cola di Rienzo.

Il était arrivé en Avignon alors que la peste commençait à faire des ravages. Le pape Clément avait fait enfermer celui qu'il considérait comme le plus dangereux des trublions dans une cellule de la tour du Trouillas, et ce n'était certes pas pour le protéger de l'épidémie...

Ce fils d'un cabaretier et d'une blanchisseuse de Rome n'était guère plus jeune que moi. Celui qui passait pour un illuminé, voire pour un dément, était en fait un visionnaire et l'un des plus grands esprits de ce siècle.

Alors que le bruit de sa renommée et de son génie courait le monde occidental, le pontife, sans doute pour le neutraliser et en faire sa créature docile, l'avait nommé notaire de la Chambre urbaine pour la ville de Rome. C'était faire un mauvais choix. Outre les auteurs de l'Antiquité qu'il avait assidûment pratiqués, Rienzo était devenu l'adepte fervent d'un hérétique de haut vol : Joachim de Flore, ce moine cistercien qui, après avoir rompu avec la règle, avait créé sa propre doctrine et fondé plusieurs monastères. Il annonçait dans ses propos et dans ses écrits le règne du Saint-Esprit qui serait appelé à prendre le relais d'une papauté indigne. Les fraticelles de saint François, qui prêchaient à leurs risques et périls la pauvreté évangélique, lui emboîtèrent le pas. Rienzo se déclara leur partisan.

Porté par la populace, il marcha sur le Capitole, se fit élire tribun du peuple, soldat du Saint-Esprit, et proclama la République romaine non seulement dans la Ville éternelle mais dans toute l'Italie. Il parvint à rétablir — pour un temps — l'ordre et la paix.

Peu à peu, Rienzo, devenu l'ami et le confident de François Pétrarque avec lequel il partageait la haine de la papauté française, avait subi les atteintes de cette maladie dangereuse, qui affecte beaucoup de grands personnages : la mégalomanie.

Inquiet de la tournure que prenaient les événements, le pape Clément avait délégué à Rome le cardinal Bertrand de Déaulx afin de tenter de ramener le tyran dans le sein de l'Église ; si le besoin s'en faisait sentir, il pourrait brandir la menace de l'excommunication.

Le plénipotentiaire pontifical arriva alors que la contre-révolution était en marche.

Rome bouillonnait comme le cratère du Vésuve : il en jaillissait des imprécations et des menaces de mort contre le réformateur. Pour échapper à la furie de la foule bien décidée à l'écharper, Rienzo n'avait trouvé d'autre recours que la fuite. Il tourna ses regards vers le seul asile sûr qui pourrait l'accueillir : Avignon.

Son intention était de baiser les pieds du pontife bien qu'il en eût fait sa bête noire, de lui offrir son repentir. Il comptait obtenir, outre l'absolution de ses erreurs, la possibilité de reconquérir gloire et pouvoir. C'est dans l'ergastule de la tour du Trouillas qu'on l'invita à méditer sur les aléas de la destinée humaine, qui font bien souvent que la roche Tarpéienne est proche du Capitole, ce qui en l'occurrence était le cas…

Rienzo devait rester sept ans prisonnier de la tour. Ce n'est pas un repentir définitif qu'il ruminait, mais des projets de retour.

Une fois libre, il partit à la reconquête de ses titres. Comme la situation à Rome avait empiré en son absence, la population lui fit un triomphe. Un an plus tard, renversement spectaculaire : ceux qui l'avaient accueilli comme le Messie et porté au pinacle le rejetèrent comme un criminel et un fou car il avait commis des excès inexpiables. Il décida de s'enfuir une nouvelle fois, quitta son palais déguisé en paysan, mais, reconnu par la foule furieuse, il fut massacré sur place.

Le génie, s'il n'est maîtrisé par la raison, conduit à ce genre de dénouement.

Le pape Clément avait échappé à la peste, mais elle l'avait durement éprouvé.

Aux épreuves morales qu'il avait traversées, aux soucis quotidiens que sa charge lui imposait pour faire face à l'épidémie, s'ajoutaient les maux qui le harcelaient; ses rhumatismes l'obligeaient souvent à garder la chambre; la gravelle qui le torturait se transformait peu à peu en tumeurs et en abcès que les praticiens de son entourage attribuèrent à une espèce larvée de peste à incubation lente.

La nouvelle de sa mort courait la ville de temps à autre, sans que rien ne vînt la confirmer.

Un matin, alors que j'avais repris mon travail au chantier des remparts dont la construction se poursuivait mais qui ne devait être terminé que beaucoup plus tard, toutes les cloches de la ville se mirent à sonner le glas. Peu après, la foule, à laquelle je me mêlai, se pressait aux portes du palais.

Le pape Clément était mort, après une semaine de fièvre intense : un abcès avait éclaté, provoquant une hémorragie.

Que n'a-t-on raconté sur cette fin prématurée, le Saint-Père ayant tout juste passé le cap de la soixantaine! Certains avancèrent qu'elle était consécutive à sa passion pour les femmes, d'autres qu'il abusait des plaisirs de la table, des vins capiteux de la région notamment. Je suis convaincu pour ma part, ainsi que Guy de Chauliac, que la version officielle était la véritable.

Ce pontife dont Avignon n'avait eu qu'à se louer et qui le pleura, fit de cette ville le carrefour des nations, lui donna richesse et sécurité, mais n'avait pas que des amis. Pétrarque et beaucoup d'autres s'étaient faits ses contempteurs acharnés et injustes, sous prétexte que ce sage pontife avait refusé de s'installer sur le trône de Pierre.

Si j'avais à prononcer son oraison funèbre, je dirais que le pape Clément avait la sagesse et la bonté. Il était, comme on dit, le bois et l'écorce. Il était le *Magnifique*.

Allongé sur un lit de chaux vive, enfermé dans un cercueil de fer, le corps du pontife resta en Avignon le temps de la neuvaine ordinaire et au-delà. Ce n'est qu'au mois de mars suivant de l'an de grâce du Seigneur 1353 que le corps, précédé et suivi d'un cortège de grands prélats, prit, à travers les Cévennes balayées par la pluie et la neige, le chemin où, quelques mois auparavant, son tombeau l'avait devancé.

En décembre de l'année précédente, alors que le corps reposait encore en Avignon, vingt-huit cardinaux se réunirent en conclave afin de désigner le cent quatre-vingt-dix-septième successeur de Pierre sur le trône pontifical.

Il régnait sur toute la Provence, je m'en souviens, un froid de banquise. Il fallut, dans l'attente de la réunion des Éminences, aménager des chambres confortables, chauffées de cheminées ou de braseros, pour éviter à ces prélats, pour la plupart vieux et séniles, de ne pas mourir de froid.

Deux jours après l'ouverture du conclave, le nouveau pape était élu. Il s'appelait Étienne Aubert ; il avait assumé les fonctions de grand pénitencier, avec un chapelain attaché à son service.

Une fois de plus, le népotisme avait fait son œuvre. D'origine limousine, neveu du pape Clément, Étienne était né d'une modeste famille rurale, domiciliée dans la petite paroisse de Beyssac, diocèse de Limoges. Il prit le nom d'Innocent VI.

De la fenêtre de sa cellule, dans la tour du Trouillas, Cola di Rienzo, soldat du Saint-Esprit, notaire de la Chambre apostolique, dut entendre avec joie carillonner les cloches de la ville en se disant que, peut-être, celles de Rome sonneraient de nouveau un jour pour lui.

5

Les Grandes Compagnies

Sixième jour après le troisième dimanche de l'avent : samedi.

Je n'attendais plus de nouvelles de Pierre Ameilh de Brennac, chapelain et confesseur de Sa Sainteté le pape Grégoire. Des mois ont passé depuis le départ pour Rome et je me disais que mon vieil ami était mort ou qu'il m'avait oublié.

Pierre ne m'a pas oublié et il est sans doute encore vivant au moment où j'écris ces lignes.

Barthélemy m'a remis ce pli en me priant de lui rembourser le marc d'argent qu'il a donné au courrier. Ce messager, j'aurais bien aimé le rencontrer pour lui demander les raisons de ce retard, mais il était déjà parti livrer d'autres lettres aux trois cardinaux qui restent encore en Avignon ou à Villeneuve.

En commençant à lire cette lettre, je n'ai pu réprimer un sourire. En matière de lyrisme amphigourique, Pétrarque n'aurait pas fait pis. Ce n'étaient pas les qualités littéraires qui m'intéressaient mais le récit lui-même.

Ses commentaires sur le départ d'Avignon ne

m'apprennent pas grand-chose. J'étais présent lorsque le Saint-Père traversa la ville plongée dans l'affliction pour gagner le port des Périers où l'attendait une nombreuse flottille composée d'embarcations diverses : fustes, allèges, barcots, qui entouraient ou précédaient le navire du pape au-dessus duquel palpitaient de lourdes voiles rouges. Ces adieux furent pathétiques. Le Saint-Père, les joues humides de larmes, se retournait tous les dix pas pour regarder une dernière fois le palais resplendissant dans cette lumière de l'automne qui met du velours dans les sentiments. Tout le monde pleurait : les sergents qui escortaient le pape, les gens de la curie, la foule. Moi non plus, je ne pouvais cacher mon chagrin.

Et voilà Pierre repris par son goût pour le lyrisme !

« Cité splendide, on a dit de toi des merveilles. Et maintenant tu gis, prostrée, dans la poussière et dans la cendre. Te voilà veuve de ton époux sans qu'il y ait de ta faute. Tu restes là, méprisée de tous, pareille à une pécheresse qui n'aurait pas connu les amours légitimes… »

Dans l'attente des ultimes préparatifs, le pape a pris une dizaine de jours de repos à Marseille, d'où il s'est embarqué pour Gênes. Dix jours d'adieux interminables, de châteaux en monastères pour les ultimes salutations. Dix jours à tenter de retenir le temps, d'ajourner le moment de poser pied sur la galère aux armes de Rome qui attendait dans le port. « Adieu ! *s'exclame Pierre,* adieu terre qui es la beauté du monde. Prie pour moi… »

Le départ avait été retardé par des menaces de tempête ; les galères pontificales toutes frasillantes d'étendards, de bannières, de gonfanons, tanguaient dangereusement. Le jour du départ, toute la population attendait sur le port, agitée de soubresauts de chagrin et d'angoisse pour l'issue de cette aventure. « Jamais, *écrit Pierre,* on ne vit tant de larmes, de pleurs, jamais on n'entendit autant de gémissements ! »

La mer elle-même semblait contrarier ce départ ; elle contraignit la flotte à faire escale à Cassis ; elle se retrouva à quelques jours de là devant Monaco, dans un piteux état, plusieurs embarcations ayant leurs voiles déchirées ou leur mâture brisée. Le temps ne s'améliora guère jusqu'à Gênes où la flotte fit escale après avoir, durant une quinzaine de jours, caboté de port en port.

« Nous logions, à Gênes, *poursuit Pierre,* dans un palais qui domine le port dont l'animation est intense et colorée. Ma chambre était voisine de celle du Saint-Père qui, très éprouvé par la traversée, a passé la majeure partie de son temps allongé sur la terrasse, à l'ombre d'une treille. Nous sommes restés là une dizaine de jours avant de reprendre la mer, à la grâce de Dieu ! »

Il m'annonçait pour les jours à venir *une lettre, dans laquelle il relaterait l'installation de la curie. S'il me fait attendre cette deuxième lettre aussi longtemps que la première, il est probable que son destinataire sera absent.*

Que s'imaginent tous ces gueux ? Que je détiens les trésors de la papauté, que ma cellule est une de ces cavernes où les pirates barbaresques, dit-on, entassent les fruits de leurs rapines ?

Hier soir, j'ai eu du mal à m'en défaire.

Après leur sarabande ordinaire dans la cour d'honneur et leurs indécentes danseries, ils sont montés jusqu'à mon logis en faisant retentir l'escalier de leurs clameurs, comme s'ils allaient prendre ma retraite d'assaut. Certains étaient armés de gourdins, d'autres de couteaux ; l'un d'eux brandissait une hallebarde rouillée empruntée à la salle de garde.

Arrivés devant ma porte ils ont hurlé mon nom, avec des menaces :

— Grimaldi, de par le diable, montre-toi !

— Ouvre, cul bénit : on a deux mots à te dire !

— Si tu n'ouvres pas, on va te faire griller comme un porc, par le cul de la Vierge !

Ces bougres n'avaient pas l'air de plaisanter. Je voyais les lumières inquiétantes des torches glisser sous ma porte. Je ne suis pas un pleutre, mais, là, j'ai craint que ma dernière heure ne fût venue. Comme ils commençaient à cogner à coups de pied et de poing, j'ai pris la décision d'ouvrir et de faire front. Une brute se tenait dans l'entrée, bras écartés, comme pour contenir l'élan de la meute.

— On te veut pas de mal, Grimaldi ! Nous te respecterons. Parole !

Cette promesse, venant d'un gredin, ne me rassurait pas du tout. Je lui demandai ce qu'il attendait de moi.

— On sait que tu caches un magot. Tu nous le donnes et on te fout la paix.

J'ignore qui leur a mis en tête que je possède un trésor, mais ils semblaient tenir à cette idée. Ils parurent déconcertés lorsque j'éclatai de rire.

— Tu peux entrer, dis-je, mais seul. Je n'ai pas confiance dans tes acolytes.

Flatté de cette observation, il s'avança de quelques pas, surpris, semblait-il, du dénuement de mon retiro *: une couchette au matelas de bourre, une couverture rapiécée, un escabeau, une garde-robe sommairement garnie, un pupitre et une petite table couverte de grimoires et de matériel d'écriture, avec un crucifix en bois d'olivier sans valeur, cadeau d'un artiste de mes amis, quelques manuscrits sur une étagère…*

Il ferma la porte, perplexe, muet.

— Eh bien, dis-je, qu'attends-tu pour chercher le trésor ?

Penaud, il se gratta le menton, regarda sous la couchette où trônait mon pot, ouvrit la garde-robe. Soudain son visage s'éclaira en me montrant la niche où je range quelques écrits sans intérêt et mon trésor le plus précieux : le livre d'heures de frère Sulpice.

— Tu as trouvé le pot aux roses..., soupirai-je, ironique. Grand bien te fasse !

Il me réclama la clé : il n'y en avait pas. Il ouvrit le coffret. Stupéfaction ! Il ne contenait que des paperasses. Avec un geste de colère, il répandit les feuillets du manuscrit sur le sol, vérifia que le coffret n'était pas doté d'un double fond, le jeta d'un geste violent contre le mur.

— Vous, les curés, me dit-il, c'est à croire que vous vivez en bouffant du parchemin !

Je lui fis observer que je n'étais pas un curé *mais un clerc laïc et que Barthélemy m'apportait, chaque jour ou presque, ma pitance. Il balaya du pied les feuillets et se retira sans ajouter un mot.*

J'ai reconstitué le livre d'heures qui n'a pas trop souffert de ce mauvais traitement, remis en place le coffret. J'avais redouté que, dans sa déception, le chef des ribauds ne se vengeât en faisant brûler cette œuvre, réceptacle de tant de souvenirs.

Mon trésor, il ne l'a pas eu : les quelques florins que le trésorier m'a confiés avant le départ de la curie sont là, dans une bourse de cuir, sous une dalle descellée, qui bouge quand je marche dessus.

Ce matin, je l'ai croisé dans une galerie. Il m'a salué en portant la main à son bonnet. Je lui ai lancé :

— Au lieu de chercher un trésor qui n'existe que dans ta tête, tu ferais mieux de chercher cette naine qui semble nous narguer.

— Et qu'est-ce que nous en ferions, de ce monstre ?

— C'est simple. Vous le capturez, vous l'apprivoisez et

vous le vendez à des saltimbanques. Vous pourriez en tirer un bon prix.

Il m'avoua qu'il n'avait pas songé à cette éventualité et me remercia de l'idée.

— Je vais mettre mes gars en campagne. C'est bien le diable si nous ne mettons pas la main dessus.

Ce matin, une pluie fine, délicate comme une broderie, tombe sur la ville. L'air a la couleur de la cendre. Il fait doux pour un mois de décembre. Je suis resté un moment sous la galerie, à regarder les ribauds en train d'exciter deux molosses à se battre dans la cour d'honneur, là où, naguère, la foule se rassemblait pour recevoir du Saint-Père bénédiction, pardon et coulpe.

Une fille à cotillons rouges était perchée sur la fenêtre de l'Indulgence, ses jambes entourant une colonnette se balançant dans le vide.

Elle m'a fait des signes de la main pour m'inviter à la rejoindre.

La peste avait eu des conséquences singulières.

Du fait de l'holocauste, l'argent ne manquait pas, des bâtiments et des immeubles se trouvaient disponibles alors que naguère on s'entassait dans la ville ; le prix des denrées, dont certaines étaient devenues rares, avait augmenté. Dans le même temps on pouvait constater un relâchement des mœurs, sans précédent dans cette cité qui passait, au dire de certains, pour une succursale de Babylone et de Sodome.

L'espace intra-muros, peuplé d'un nombre restreint d'habitants, était animé d'une activité qui laissait bien augurer d'une reprise rapide des affaires.

Agricol Gastaldy emporté par la charrette des morts, Liénor se retrouvait seule avec Esprit Gauterouge et les trois ou quatre servantes qui avaient échappé à la contagion. Elle me proposa d'abandonner le chantier des remparts pour l'aider à l'auberge. De toute manière, je ne comptais pas poursuivre mon travail de maçon, et je souhaitais revenir au plus vite reprendre ma place à la curie où je venais de faire l'objet d'une promotion, moins en raison de mes qualités professionnelles que de mon « dévouement au service des pestiférés ». Le vice-chancelier ayant payé son tribut à la peste, on m'offrit de le remplacer.

Malgré le pont d'or que l'on me proposait, j'hésitai. La morne ambiance de la chancellerie, sa sujétion m'étaient pénibles, et je ne me sentais guère de compétence pour diriger et maîtriser une vingtaine de scribes turbulents, fainéants et volontiers portés à la paillardise malgré la sainteté du lieu.

Liénor insistait :

— Les affaires vont reprendre et je crains de ne pouvoir suffire seule à la tâche. Certains jours, je dois fermer ma porte, la salle étant comble. Et où trouver les approvisionnements nécessaires ? Toi, tu savais à quelles portes frapper et tu nous faisais réaliser de bonnes affaires. Si tu reviens, nous gagnerons des picaillons à la pelle !

Les clients de l'auberge n'avaient jamais paru à ce point exigeants sur la qualité et la quantité, comme si, en se gavant, ils souhaitaient compenser les angoisses qu'ils avaient traversées. Ils bâfraient, buvaient sec, réclamaient des filles. Plus auberge que bordel avant la peste, *La Fille-en-Fleur* était en passe de devenir le plus grand lupanar de la ville, ce qui ne répugnait pas à Liénor, l'essentiel étant pour elle d'encaisser des *picaillons*.

Si j'avais cédé à ses instances, il aurait fallu qu'elle en passât par ma volonté et faire de ce qui était devenu un bouge un endroit honnête où les Avignonnais auraient pu se retrouver en famille et les pèlerins faire halte sans sentir l'enfer brûler sous leurs pieds.

Finalement, après avoir longuement tergiversé, je renonçai à la proposition de Liénor.

Le nouveau pontife qui, bien que limousin, avait comme moi des origines italiennes, étant le descendant d'une dynastie de banquiers d'Arezzo, avait recueilli des propos flatteurs à mon égard. Sans qu'on m'en eût fait la promesse formelle, on m'avait laissé entendre que la charge de vice-chancelier était à ma portée pourvu que je fisse preuve de mon autorité et de ma compétence, ce qui me surprenait car cette charge était en principe réservée à des ecclésiastiques.

Esprit Gauterouge me remplaça auprès de Liénor. Déçue de mon refus, elle me fit comprendre qu'elle ne pouvait plus continuer à m'héberger gratis, ce qui me laissa indifférent, encore que cette mesure de sa part fût sujette à caution, mais il m'eût été insupportable de plaider contre elle.

De toute manière, étant donné ma nouvelle qualité, il m'aurait fallu renoncer à loger dans ce galetas auquel me rattachaient tant de souvenirs. J'y étais retourné rarement depuis la mort de Faïaga ; je dormais là où je me trouvais, la plupart du temps au milieu des morts et des agonisants ou à la belle étoile, dans les jardins de la Pignotte.

La fin de l'épidémie avait ramené les artistes peintres au palais où beaucoup d'œuvres, des fresques notamment, n'étaient pas achevées ou restaient à réaliser. Certains avaient disparu ; d'autres étaient marqués par les épreuves qu'ils avaient traversées.

Matteo Giovanetti avait échappé à la contagion en se repliant sur l'un des villages les plus isolés de la Provence : Les Bories, dans les solitudes du Lubéron, un groupe de bâtisses construites et couvertes de lauzes où vit une population pastorale qui, depuis des siècles, n'a guère plus de contacts avec le monde extérieur que les tribus que le frère Sulpice était allé évangéliser en Tartarie.

Il s'était, me dit-il, beaucoup ennuyé, se nourrissait uniquement de fromage, de viande de mouton ou de sanglier, et d'olives, ne buvant que de l'eau ou du lait de chèvre. Pourtant ces quelques mois d'existence au milieu d'une population primitive, outre qu'ils lui avaient permis d'échapper à la peste, lui avaient inculqué des idées de simplicité et de modestie, qualités dont il était naguère dépourvu.

Il se remit au travail avec ardeur : il ne manquait ni de l'un ni de l'autre.

Lasse mais radieuse, sœur Agnès avait rejoint le couvent de Sainte-Claire pour y achever son noviciat. Comme il était d'accès facile, j'allais parfois prendre de ses nouvelles.

Il s'était instauré entre nous une manière de familiarité, agrémentée d'un sentiment dont ni elle ni moi n'osions nous entretenir mais qui existait bel et bien.

Cela depuis certaine nuit, en plein cœur de l'épidémie.

La journée avait été pénible et harassante. Malgré nos masques que nous garnissions d'herbes aromatiques, la puanteur était telle dans les dortoirs-infirmeries de la Pignotte que cela nous donnait la nausée et que nous éprouvions le besoin de quitter cet enfer pour nous détendre et respirer autre chose que des miasmes.

— Je n'en puis plus, m'a-t-elle dit. Il faut que je dorme, sinon je manquerai demain de force et de courage.

J'en étais au même point et lui proposai de chercher un endroit tranquille où nous reposer. Je la pris par la main et la menai au fond du jardin limité par les remparts, non loin de l'endroit où l'on avait creusé les premières fosses avant la création du vaste cimetière de Champfleury. Il y avait là, entre des haies de houx et de myrte, un espace de pré à peine jauni par la canicule, au milieu d'un carré de vieux platanes qui commençaient à perdre leurs feuilles.

— Arrêtons-nous là, dis-je. Personne ne viendra nous déranger.

Nous nous allongeâmes au pied d'un platane, adossés au tronc. L'heure de vêpres répandait ses sonnailles sur la ville et le crépuscule déployait ses grandes bannières de feu rouge pour annoncer le vent du lendemain.

J'ignore comment cela se produisit, duquel de nous deux vint cette initiative, mais, peu de temps après que nous eûmes sombré dans le sommeil, Agnès se retrouva dans mes bras, son visage contre ma poitrine, son souffle contre ma chair, sa main dans la mienne. Je me gardai de l'éveiller.

Pour la première fois depuis des semaines, nous avions dormi d'une seule traite malgré l'inconfort du lieu. Quand j'ouvris les yeux, alors que le soleil venait de dépasser la crête des remparts, elle était agenouillée devant moi et me regardait avec une mine qui me bouleversa. Son regard disait à la fois la tristesse et l'inquiétude.

J'allais l'attirer contre moi, mais, comme si elle avait prévu cet élan, elle se leva, me tendit la main en s'écriant d'une voix joyeuse :

— Au travail, Julio ! Je sens qu'aujourd'hui je vais arracher quelques proies à la Dame noire...

Je faillis suffoquer de surprise, le jour du couronnement, lorsque je vis pour la première fois le pape Innocent. Il avait vécu de longs mois en Avignon, avec le titre de grand pénitencier, mais je n'avais jamais remarqué sa présence.

Assis sur sa cathèdre de cérémonie, engoncé dans ses lourds vêtements, la tiare monumentale au ras des sourcils, on ne vit de lui, au cours des neuf heures que dura la cérémonie, qu'un visage souffreteux, minuscule, enfoui dans une barbe grisonnante d'où dépassait un museau de musaraigne. On aurait pu croire qu'il somnolait, mais, de temps à autre, son regard aigu balayait l'assemblée des cardinaux, allant de Cardaillac qui avait prononcé l'allocution à Boulogne qui avait posé la tiare sur sa tête.

Le froid intense de ce dimanche de l'octave de la Nativité semblait avoir figé le cérémonial comme dans l'étau d'une banquise. Le Sacré Collège dont Étienne Aubert était le doyen ne bougeait que lorsque la *cantoria* pontificale entonnait un psaume. Des sergents avaient tendu sur les murs de la vaste chapelle clémentine des tapisseries déployant des floraisons exubérantes de roses rouges sur fond vert (les fleurs du *rosier limousin*, sans doute) ; ils avaient recouvert les dalles de nattes de paille tressée.

Le Saint-Père se tenait à gauche de l'autel, les cardinaux sur les premières travées, les chantres à l'arrière ; les clercs, parmi lesquels je me trouvais, occupaient le fond de l'immense nef, debout ou assis sur des bancs, selon leur rang, certains luttant contre le sommeil ou s'y abandonnant. La lumière parcimonieuse de décembre suintait des fenêtres à ogives occultées par du parchemin peint par Giovanetti.

Le nouveau pontife n'avait aucun point commun avec son oncle Clément. C'est la raison pour laquelle le Saint-Siège l'avait désigné. Clément était d'allure aisée et séduisante ; Innocent présentait l'aspect d'un vieillard rabougri. Clément faisait figure de mécène et l'argent lui coulait des mains comme d'une source intarissable ; Innocent était ménager des deniers pontificaux. Clément se plaisait dans le luxe et les fêtes ; Innocent détestait toutes ces vanités. Clément manifestait en toute circonstance une autorité naturelle bienveillante ; Innocent paraissait disposé à obéir plus qu'à commander.

J'écris volontairement *paraissait*, car il n'allait pas tarder à manifester sa volonté et à mettre au pas ces Éminences qui avaient médité d'en faire une sorte de marionnette qu'ils auraient pu manipuler à leur convenance.

Sûrs de leur fait, ils avaient élaboré, dès la fin des cérémonies du couronnement et de la gigantesque *cavalcata* qui avait traversé la ville, une sorte de pacte destiné à limiter le pouvoir du Saint-Père et à accroître d'autant le leur. Las de subir les décisions des pontifes sans pouvoir y faire obstacle, ils aspiraient à davantage d'autorité. Innocent fit mine de se plier à leur volonté, mais, quelques semaines après son couronnement, à la stupéfaction du Sacré

Collège et de toute la curie, il remit en cause ce pacte qu'il ressentait au fond de lui comme une humiliation.

Les cardinaux se dirent que, décidément, ils avaient fait le mauvais choix.

De toute la durée de son règne, qui fut bref, ce vieillard, qu'une foucade de mistral aurait pu emporter, ne s'en laissa jamais conter. Il accueillait avec faveur les hommages de la princesse Brigitte de Suède et de François Pétrarque qui voyaient en lui le restaurateur de l'Église, le pontife qui saurait imposer un repentir à la « grande prostituée », dicterait sa loi à ces « boucs » qu'étaient les cardinaux et ne tarderait pas à mettre un terme à l'exil de Babylone.

Le pontife respirait cet encens mais ne se laissait pas griser. Il n'avait que ses bras pour tenir le gouvernail de la barque de Pierre, mais ils n'étaient débiles qu'en apparence.

Si la peste, à en croire certains prédicateurs de carrefour, s'annonçait par des invasions de rats, de serpents et de sauterelles, que dire de toutes les humeurs putrides qui suintèrent du sol de la chrétienté une fois passé la contagion ? Le diable à deux têtes de Simone Martini, qui ricane dans l'ombre du porche de la cathédrale sur les misères du monde, avait de quoi se réjouir.

Un jour où, sur le trajet qui me conduisait au palais, je suivais le pas lent des bœufs tirant des charrettes pleines de sacs de farine et de fourrage destinés aux services pontificaux quand mon attention fut attirée par un attroupement au bas de la muraille que surplombe Notre-Dame. Je me dis qu'il devait s'agir de quelque bonimenteur proposant un élixir de santé ou un philtre d'amour. Je m'avançai. La surprise me cloua sur place.

Un groupe de moines, de cette secte étrange des flagellants, qu'on appelle aussi les Frères de la Mort, se donnait en spectacle devant un public éberlué. Un grand diable vêtu d'une défroque hétéroclite clamait, en brandissant un fouet aux lanières armées de pointes :

— Mécréants que vous êtes ! Vous croyez que la peste vous a épargnés et que vous pourrez vivre jusqu'à la fin de vos jours dans le péché, en toute impunité ! Misérables ! La peste n'est pas loin : elle est là, à l'affût, prête à revenir. Lorsque le poids de vos péchés deviendra si lourd qu'il vous sera impossible de fuir, elle sautera sur vous et vous dévorera !

Il mordit à belles dents le manche de son fouet, comme si la peste venait de se concrétiser dans sa personne, et ajouta :

— Voulez-vous libérer votre âme du péché, lui assurer une éternité de béatitude ? Alors deux voies se présentent à vous : la macération et la flagellation. C'est le seul traitement qui convienne à cet amas de putréfaction qu'est votre corps !

Sur un signe de sa main, les moines barbus qui l'entouraient laissèrent le haut de leur robe tomber sur leur ceinture et, torse nu, s'allongèrent en rond sur les calades, les bras en croix. Sans cesser de vaticiner, le mauvais prophète entreprit de les flageller sur leur dos et leurs reins déjà labourés de cicatrices. À chaque cinglon des pointes de fer, ils sursautaient sans le moindre gémissement. Je vis le sang couler, j'entendis les protestations indignées de la foule que le prophète semblait prendre une joie perverse à provoquer. Il continuait à déblatérer :

— Ces pénitents que vous voyez ici sont mes frères et je les aime. Ils souffrent en silence pour la rémission de vos péchés et la rédemption de la chair. Trente-trois jours de ce traitement en souvenir des trente-trois ans de Notre-Seigneur Jésus-Christ, à raison de deux flagellations par jour, et leur âme aura retrouvé la pureté du baptême. Ils seront insensibles à la peste, à tout autre fléau, et le

Seigneur sera prêt à leur ouvrir les portes de la félicité éternelle.

La séance terminée, le prophète annonça qu'il allait se rendre avec ses frères dans la Carrière.

— Nous allons montrer à ces hérétiques, à ces Judas, clamait-il, qu'un bon chrétien accepte le supplice sans protester. Les juifs ont crucifié Notre-Seigneur, mais, tandis qu'ils croupissent sur leur or, nous entrons dans la lumière du salut éternel. N'en doutez pas, mes frères, ce sont eux qui nous ont envoyé la peste, qui ont empoisonné nos sources et nos fontaines. C'est de leur haleine pourrie que sont nés les miasmes qui ont tué vos proches ! Suivez-nous !

Arguant de ma charge de vice-chancelier, j'alertai les sergents qui veillaient aux portes du palais et leur demandai d'intervenir pour faire cesser ce scandale qui prenait un tour dangereux. Ils refusèrent, aucun ordre ne leur ayant été communiqué.

Je décidai de suivre ces illuminés à travers la juiverie. Ils s'arrêtaient de temps à autre pour se flageller les uns les autres en chantant un psaume :

Battons nos charognes, mes frères
En souvenir de la grande misère
Du Seigneur portant sa croix...

Tous les dix ou quinze pas, ils offraient leur dos au fouet sous le regard mi-amusé mi-terrifié des commerçants et des clients, les insultant et les menaçant. Devant la boutique aux amandes que tenaient les parents de Myriam et de Sarah, ils se contentèrent de prélever quelques poignées de fruits dans les sacs alignés sur la chaussée et de les distribuer à la foule.

Le soir, ces oiseaux de mauvais augure s'étaient

envolés. Leur règle voulait qu'ils ne restent pas plus d'une journée dans chaque ville où ils passaient.

L'Église, malade de ces sectes, de cette vermine qui la rongeait de l'intérieur, risquait de s'écrouler sur elle-même comme une statue de bois vermoulu. Au cours de ce siècle possédé par une folie mystique sans précédent, la chrétienté présentait et présente encore de nos jours, hélas, l'image d'une famille déchirée.

Dans la bibliothèque du pape Clément j'avais découvert un ouvrage qui m'avait horrifié : *De planctu Ecclesiae.* C'est l'œuvre d'un moine franciscain espagnol, Alvaro Pelayo. Il énumère les sectes qui ont proliféré de notre temps dans le monde occidental. Un véritable répertoire des aberrations de l'âme humaine.

Les béguines, secte de femmes mi-religieuses mi-laïques fondée (d'où ce nom) par Lambert Le Bègue, prélat de Liège, avaient fait vœu de chasteté ; leurs membres priaient et se dévouaient aux malades. Leurs émules masculins, les béguins ou béghards, étaient des « gens incultes, mendiants et vagabonds », qui proclamaient qu'« une âme parfaite est dispensée de pratiquer la vertu », que « les actes charnels ne constituent pas un péché », que « l'homme n'a pas besoin en ce monde de prier ni de jeûner »...

Les joachimistes, adeptes des doctrines proclamées par Joachim de Flore, prêchaient « la contemplation dans la pauvreté et le détachement intégral » ; ils jouissaient de la protection de quelques cardinaux égarés et de quelques souverains.

Les bizoques se signalaient par la besace où ils plaçaient le fruit de leur mendicité... Les bisets portaient une tenue grise. Celle des agaches était de couleur blanc et noir comme le plumage des pies... Les frères du Libre-Esprit prêchaient des doctrines panthéistes, amorales et antisociales en proclamant que l'Homme, étant l'égal de Dieu, n'a nul besoin de Son secours et qu'il peut par conséquent faire tout ce qui lui plaît, y compris dans le domaine de la chair…

Alvaro Pelayo mentionnait également les amalriciens, les ortlibiens, les lollards, les lucifériens, les apostoliques, les flagellants, les vaudois et les cathares… À ses dires, la pire de ces engeances était celle des turlupins : ils avaient décidé une fois pour toutes que l'Homme, arrivé au monde en état de perfection absolue, peut accorder à son corps toute la part des jouissances terrestres qu'il désire, ses sens étant soumis à la raison.

Traquée, chassée, emprisonnée, excommuniée, jetée au bûcher, cette vermine renaissait de ses cendres et proliférait sans qu'on pût rien faire d'efficace pour l'exterminer. Elle était le fruit vénéneux de courants mystiques imprévisibles, qui brouillaient l'image de Dieu. Elle pourrissait non seulement la sainte Église mais la société : c'était une forme de peste qui s'attaquait non au corps mais à l'esprit.

Elle me prenait par la main pour me conduire jusqu'au verger, détachait un fruit de l'arbre et le présentait à mes lèvres. Nous passions de là au potager où elle me faisait admirer les rangées de légumes. Nous terminions notre visite par le jardin du cloître où, entre des touffes de lavande et de buis, elle faisait pousser les plus belles roses que j'aie jamais admirées.

Lorsque je l'interrogeais sur les causes de sa vocation, elle me répondait :

— L'amour de la vie que l'on trouve rarement dans ce siècle. De la vie sous toutes ses formes, car tout être vivant est une émanation de Dieu. Regarde ces fourmis qui processionnent, là, entre tes pieds. Ce sont nos compagnes de vie. Dieu les a créées, j'ignore pourquoi, mais je respecte Sa création. Vois-tu, Julio : si je n'étais chez les Clarisses, je serais chez les Franciscaines. Sainte Claire et saint François étaient contemporains et ils avaient la même vision du monde.

Agnès était la fille d'un maître tanneur des bords de la Sorgue. Elle avait vécu son enfance dans le bruit des foulons et l'odeur puissante des peaux. La grâce lui était venue un jour de soleil et de vent où elle avait cru voir surgir, entre deux cyprès, une image de la Vierge.

— Je n'ai pas eu, me dit-elle, la prétention de croire à un miracle. Je doute d'ailleurs aujourd'hui de la réalité de cette vision. Pourquoi la Vierge serait-elle apparue à l'humble créature que je suis ?

Elle ne doutait pas, pourtant, de la réalité des miracles.

— Pourrais-tu m'expliquer pourquoi, à la fin du siècle dernier, les cloches d'Avignon se sont mises en branle, seules, à deux reprises : pour la mort du général des Cordeliers et pour la béatification d'un moine franciscain.

— Ma foi, je l'ignore ! Je ne suis pas dans le secret des dieux.

Elle m'expliquait que, dans cet ordre mendiant auquel elle appartenait, où les moniales étaient vouées à la contemplation, à la pauvreté et au travail, il y avait deux sortes de consœurs : celles qui prononçaient des vœux solennels et celles, des externes comme elle, qui pouvaient n'émettre que des vœux simples.

— Cela signifie, lui dis-je un jour, que tu peux renoncer à ta vocation à tout moment, selon ta volonté, sans que personne ne puisse s'y opposer ?

Elle hocha gravement la tête : c'était cela, mais son intention n'était pas d'abandonner la robe. Au contraire : la novice qu'elle était n'allait pas tarder à prononcer ses vœux perpétuels.

— Agnès…

Son sourire se figea comme si elle avait deviné ce que j'allais lui proposer. Les mots me venaient difficilement. J'avais l'impression de devoir apprivoiser un écureuil qui, à la moindre maladresse de ma part, risquait de disparaître à jamais.

— Tu pourrais donc quitter ce couvent, revenir dans le siècle et… épouser l'homme de ton choix ?

Elle hésita à répondre :

— Je le pourrais, mais je te répète que ce n'est pas mon intention.

Nous en restâmes là, mais Agnès avait ouvert une porte au bas de laquelle j'avais glissé un pied pour qu'elle ne se refermât pas complètement.

Un jour de mai, l'année qui suivit la fin de la peste, je lui demandai de me conduire jusqu'au platane géant où Pétrarque et moi avions grimpé quelques années auparavant, alors qu'il était encore ébloui, transfiguré par la rencontre de Laure de Sade. C'était aussi, autant qu'il m'en souvienne, au mois de mai, et la montagnère jouait avec une nuée de passereaux dans les hautes branches.

Agnès avait entendu parler de cet amour contrarié, des poèmes qui fleurissaient l'édifice austère de l'œuvre de mon ami.

— Laure..., dit-elle pensivement. Laure de Sade... On dit qu'avant sa mort elle venait souvent prier ou assister aux offices avec son mari et ses enfants, dans notre chapelle. La mère supérieure était persuadée qu'elle demanderait à être inhumée dans notre petit cimetière, mais elle a choisi celui des Cordeliers. Peut-être a-t-on choisi pour elle...

— Peut-être aussi ne voulait-elle pas que l'on pût supposer que le choix de Sainte-Claire était dicté par le souvenir de Pétrarque. Elle n'avait aucun sentiment pour lui, j'en ai la conviction, et tout ce tapage indiscret autour de sa personne devait l'importuner. C'était une âme pure mais un cœur sec. Quelle autre femme aurait pu résister aux avances du plus grand poète du siècle, à la force et à la constance d'une telle passion ?

Elle me fit cette réponse, qui me fit froid dans le dos :

— Moi, Julio. Moi, j'aurais pu.

Nous avons poursuivi notre entretien dans les branches du platane. Les novices y avaient installé des planchettes de bois avec des coussinets ; elles s'asseyaient au milieu des feuilles et des oiseaux pour lire leurs heures et peut-être des ouvrages défendus. Je parlai à Agnès de mes rapports avec François, de la prémonition qu'il avait eue de la mort de sa bien-aimée, de ses lamentations traduites en vers lorsque la nouvelle l'avait foudroyé.

— Pétrarque, me dit-elle, reviendra-t-il en Avignon ?

— Je ne crois pas. À Vaucluse, peut-être. Il déteste Avignon, le luxe de la cour pontificale, les cardinaux qu'il accuse de tous les vices, le pape qu'il juge hérétique parce qu'il refuse de ramener la curie à Rome.

Ce manège : mes visites à Sainte-Claire, nos entretiens dans le cloître et dans le platane ont duré quelques mois. Un matin de juillet, Agnès m'a dit :

— Julio, tu ne dois plus revenir.

Stupéfait, je lui pris les mains ; elles ne m'avaient jamais paru si douces et si fines.

— Ne plus revenir ? Ne plus te revoir ? Pourquoi ?

— Parce que j'en ai décidé ainsi.

— Mais, moi, je t'aime, Agnès ! Ne t'en es-tu pas rendu compte ?

— Si. Et moi aussi, je t'aime. C'est pour cela que nous ne devons plus nous voir.

— Tu as peur d'être heureuse !

— Je veux être heureuse, mais dans le Christ. Pour moi, il ne saurait y avoir d'autre félicité en ce monde. Je vais prononcer mes vœux perpétuels la semaine prochaine. Si tu en as le courage, tu pourras assister à la cérémonie, mais je préfère que tu t'abstiennes.

Je lâchai ses mains et me mis à tourner machinalement autour d'elle comme pour la lier à moi, symboliquement. Je lui dis, d'un ton sévère :

— Agnès, tu es en train de commettre une folie. Passe encore si tu doutais de mes sentiments, mais tu as pu éprouver depuis longtemps leur sincérité. J'avais l'intention de t'épouser, pourtant je repoussais sans cesse le moment de te le dire, par crainte de t'effaroucher. Avec toi, d'ailleurs, j'ai toujours pris soin de mesurer mes paroles, de marcher sur la pointe des pieds pour t'approcher…

Elle sourit.

— Comme pour apprivoiser un écureuil ?

— Un écureuil, oui ! Et tu n'as pas plus de cervelle que lui !

Elle se mit à rire, me prit par le bras pour me conduire jusqu'au platane où nous grimpâmes. Le vent faisait se détacher les akènes des fruits mûrs qui pendaient par grappes.

— J'ai une surprise pour toi, dit-elle. C'est le seul souvenir que je t'autorise à garder de moi.

Elle sortit de derrière une grosse branche, où elle l'avait dissimulé, un collier fait d'un entrelacs de buis, de romarin et d'une brindille de rosier avec ses épines.

— On appelle cela un chapelet d'amour, dit-elle, mais ça pourrait être aussi la couronne de mariée que je ne porterai jamais. Et puis voilà une bague pour mettre à ton doigt. C'est un simple lien de roseau, un anneau mystiquc, en quelque sorte.

Elle arrêta mon geste.

— Non ! Il ne faut pas le mettre à l'annulaire mais à l'auriculaire de la main gauche, celle du cœur : on l'appelle le doigt d'or.

Elle ajouta, en me prenant les mains :

— Il ne faut pas m'en vouloir, Julio. J'ai passé des nuits sans sommeil, à lutter contre toi, à te repousser, à te désirer, à te chasser de mes pensées, à te rappeler… Depuis quelques jours, mon choix est fait : je me suis promise à sainte Claire et au Seigneur. Tout ce que je puis te permettre, c'est de me dire adieu et de m'embrasser.

C'est elle qui tendit son visage vers moi et embrassa mes lèvres et mes joues humides où mes larmes se mêlèrent aux siennes.

Le 19 décembre, jour de la Saint-Janvier de l'an de grâce du Seigneur 1356, un événement terrible bouleversa le royaume de France.

Ce jour-là, les armées de France et d'Angleterre se trouvèrent face à face dans la plaine de Maupertuis, proche de Poitiers. Comme à Calais quelques années auparavant, les Anglais alliés aux Gascons avaient mis en ligne les meilleurs corps d'archers du royaume et, comme à Crécy, avaient traîné sur le champ de bataille leurs terribles bouches à feu qu'on appelle des bombardes. En face d'eux, sous les bannières aux fleurs de lys, la chevalerie française, massée autour du roi Jean le Bon, fils de Philippe VI, un preux de bonne race.

Vainement, durant des jours, le cardinal de Talleyrand-Périgord, envoyé par le pape Innocent, avait plaidé pour éviter l'affrontement des deux armées chrétiennes.

Le grand prieur d'Emposte, Juan de Heredia, qui servait dans l'armée française avec comme compagnon Arnaud de Cervole, dit l'Archiprêtre parce qu'il était vraiment passé par cet état, m'a raconté les péripéties de la bataille.

L'armée du roi Jean était deux fois plus importante que celle de l'ennemi que commandaient le Prince Noir et le captal de Buch, mais moins mobile. Alors que les Français comptaient sur leur sens de l'improvisation, les Anglais se fiaient à la poudre et aux flèches. Malgré les assauts furieux des chevaliers en armure que le roi Jean menait lui-même à l'assaut, les Anglais l'emportèrent. À l'issue de la bataille, sûr de sa défaite, il refusa de prendre la fuite par esprit chevaleresque et fut fait prisonnier.

Quand il évoquait l'une des plus grandes batailles de ce siècle, Heredia était intarissable. Au jour tombant, il m'entraînait dans sa cellule, allumait une chandelle et me disait :

— J'ai oublié de te raconter... Ce jour-là, l'artillerie anglaise a fait merveille. Chaque trait de foudre creusait des brèches dans nos rangs. Quel spectacle ! Ces chevaliers qui gisaient à terre, incapables de se remettre sur pied à cause du poids de leur armure, ces chevaux éventrés, cette odeur de sang et de merde qui flottait partout...

— J'aurais aimé être là ! dis-je sottement.

Il posa sa lourde main poilue sur mon genou.

— Ne regrette rien, Julio ! La guerre n'est un spectacle fascinant que vue de loin. De près, c'est une ignoble boucherie. Aujourd'hui, j'ai oublié le spectacle, pas la boucherie, et la nuit, souvent, je n'en dors pas.

La trêve intervenue entre les deux nations à la suite de cette bataille devait avoir des conséquences désastreuses non seulement pour la France mais pour la Provence. Licenciés par les chefs d'armée, les mercenaires se voyaient soudain rejetés, incapables de trouver leur place dans la société, habitués qu'ils étaient, comme me l'a confié Heredia, à agrémenter leurs chevauchées de pilleries, de viols et de « superfluités » diverses.

Quelques années avant la grande peste, nous n'avions vu surgir dans le Comtat que des groupes isolés, faciles à repérer, à traquer, à éliminer. Je n'avais eu avec ces gredins qu'une brève confrontation ; j'y ai laissé ma chemise alors que j'aurais pu y laisser ma vie.

Ce n'était qu'un avant-goût des tribulations qui nous attendaient.

Liénor, avec l'aide de Gauterouge qui avait pris, dans le lit sinon dans le cœur de la patronne, la place de Gastaldy, avait fini par transformer *La Fille-en-Fleur* en gargote malfamée et en lupanar pour basse clientèle. Si j'avais accepté la proposition de Liénor, si j'étais devenu gargotier au lieu de vice-chancelier, il en eût été autrement, par souci de dignité autant que par intérêt bien compris.

Ma position nouvelle m'imposait de me loger convenablement. Je dus renoncer à mon *retiro* de l'auberge et à mon soleiladou, non sans regret en raison des souvenirs qui s'y attachaient. Je m'étais mis en quête d'un logis et n'avais pas tardé à découvrir celui qui me conviendrait et que j'acquis dans de bonnes conditions. Il était situé dans les parages de l'église Saint-Didier nouvellement construite. Comme il était de vastes dimensions, je louai à un poissonnier le rez-de-chaussée donnant sur une placette ombragée de platanes, une partie du premier étage à une famille de bourreliers et, comme j'ai des goûts modestes et des besoins sommaires, je me contentai de deux pièces, dont l'une, donnant sur la place, était dotée d'une imposante cheminée, et dont l'autre ouvrait par une belle fenêtre géminée sur un jardin que prolongeait, au-delà d'une simple haie de fusains, celui du presbytère.

Le renoncement d'Agnès à une vie commune avait libéré en moi de mauvais penchants. Je ne faisais rien pour les réprimer.

J'ai un peu honte à le confesser : j'ai vécu dans mon nouveau logis un peu comme un satrape. Les filles de rencontre s'y succédaient, et rarement les mêmes. J'allais les choisir dans le vivier des quartiers pauvres où une pièce d'argent brillant au creux de ma main m'ouvrait un marché d'esclaves et tous les plaisirs de Babylone.

Comme j'avais peu de goût pour l'ameublement, Matteo Giovanetti, avec qui j'avais renoué des liens d'amitié, se fit un plaisir de m'aider dans le choix du mobilier et la décoration de mon logis. Il m'arrivait de regretter la confiance que je lui avais témoignée car il était de nature dispendieuse et, comme l'argent sortait de ma cassette, il ne lésinait pas. Il me fallait un lit à colonnes et à courtines de Bruges avec courtepointe de petit-gris, un coffre vénitien à ferrures de cuivre, une garde-robe façon bourguignonne, une table massive aux pieds chantournés pour au moins dix convives, des tapisseries sur les murs, des tapis sur les dalles, et pas de ces serpillières qu'on trouve chez les fripiers juifs. Il rapporta de chez un marchand de curiosités quelques bibelots et une armoire florentine qu'il fit transformer en bibliothèque pour des ouvrages que je n'avais pas.

Comme il était d'un naturel aimable et généreux, il me proposa d'exécuter gratis une peinture murale, en se réservant toutefois le choix du sujet.

Je ne pus réprimer un sursaut lorsqu'il me montra les *sinopie* qu'il avait concoctées : une jeune religieuse aux tresses serrées dans une guimpe, au corps légèrement déhanché, tenait un chapelet d'amour d'une main, un anneau d'herbe de l'autre, devant un énorme platane qui cachait une partie des bâtiments conventuels.

— Mais c'est Agnès ! m'écriai-je. Tu la connais donc ?

— Tu m'as si souvent parlé d'elle que j'ai eu envie de la rencontrer. Je suis donc allé un dimanche à la messe à Sainte-Claire. Elle était assise dans une stalle, près du chœur. J'ai crayonné son portrait sur mes genoux. Tu la trouves ressemblante ? *È bella !*

Les larmes me montèrent aux yeux et je l'embrassai.

— Oui, Matteo, dis-je, elle est très belle et sûrement

d'une absolue chasteté de pensée, mais elle a bien fait de renoncer à moi. Je tiens trop au siècle et elle vit trop en Dieu.

Pour rien au monde je ne serais revenu au couvent de Sainte-Claire. Revoir Agnès, replonger, après des semaines de séparation, dans les regrets, les nostalgies, le chagrin qui avaient accompagné notre rupture, m'abandonner à ces tristes délectations, je n'en avais ni le besoin ni l'envie. Je n'étais pas Pétrarque pour m'enivrer de mon désespoir, ressasser les souvenirs et m'en inventer. J'avais même renoncé à relire le *Canzoniere*, un recueil de sonnets et de poèmes dont il m'avait envoyé quelques extraits écrits par un de ses scribes sur un mauvais papier de chiffon : je redoutais d'y découvrir des échos prémonitoires de mes propres déconvenues amoureuses.

Je me plaisais dans mon nouveau logis.

La place résonnait en permanence des rumeurs et des cris de la vie ; le jardin me proposait son silence et sa fraîcheur ; au rez-de-chaussée, la femme du poissonnier chantait pour attirer le chaland, ce qui ne me gênait guère car je passais mes journées à la chancellerie.

Fier des services qu'il m'avait rendus, Matteo faisait souvent visiter mon intérieur à des compagnons de travail ou à des relations plus intimes.

— Julio, me disait-il, peux-tu me laisser ta clé ? Je voudrais montrer ton armoire florentine à un ami.

Il vivait à pot et à feu avec un de ses élèves que, par dérision, il appelait Giotto. C'était un blondinet vaporeux qui, s'il était loin d'avoir le talent du maître italien, était plus séduisant, avec ses longues jambes serrées dans des chausses dont Matteo avait choisi les couleurs et dessiné les motifs, un justaucorps mi-partie jaune et mi-partie rouge, avec un collet de Bruges qui faisait ressembler son visage aux couleurs fanées à un fruit posé sur un compotier.

Je n'étais pas innocent au point d'ignorer les motifs de ces visites, les traces des ébats se lisant un peu partout. Ces mœurs napolitaines auraient pu s'exercer ailleurs qu'à mon domicile, mais je ne faisais qu'en sourire. Je connais de grands prélats qui s'y abandonnent sans discrétion ni retenue, de même qu'à l'inceste qui, s'il n'était pas monnaie courante dans les livrées d'Avignon ou de Villeneuve, n'était pas rare. Ceux qui prônaient le retour de la papauté à Rome, sous prétexte que la Babylone des bords du Rhône est le réceptacle de ces turpitudes, oublient que les mœurs, dans la Ville éternelle, étaient pires.

Lorsque mon travail à la chancellerie me laissait quelque temps libre, j'allais voir Matteo Giovanetti opérer, avec ses élèves et ses exécutants, aux dernières scènes de la chapelle Saint-Martial, à celle de Saint-Jean-Baptiste, à la salle de la Grande Audience ou en quelque autre lieu d'Avignon et de Villeneuve où il avait ouvert des chantiers.

Dès qu'il avait pris ses pinceaux, Matteo n'était plus l'homme léger, jouisseur, insouciant, amateur d'agapes amicales, à propos desquelles il proclamait qu'« un bon repas est le fondement de l'amitié ». Il arborait, dès qu'il pénétrait sur son chantier, un visage sévère, dardait un regard inquisiteur sur le travail de ses compagnons, les rabrouait d'une voix qui détonnait avec son personnage habituel et qui, dans ces vastes salles, prenait l'ampleur du tonnerre.

— *Madonna!* hurlait-il. Où as-tu appris à peindre un drapé, Riccone ? Redresse le pli de droite : il est raide comme la queue de Jupiter ! Pietro, travaille un peu mieux tes couleurs : elles sont à vomir ! *Vomitivo !*

Le travail de la fresque m'intéressait.

Matteo avait loué les services d'un tâcheron pour préparer le mortier fin, en passer plusieurs couches de fond avec, pour les dernières, un mélange plus subtil, fait de chaux et de poudre de marbre : l'*abricio*. Armé d'une mine en terre rouge de Sinope, Matteo traçait sur l'enduit frais la *sinopia,* sur laquelle travailleraient ses exécutants. Ils commençaient par le fond et peignaient très vite, avant que l'enduit ait le temps de sécher. On appelait ce travail de la journée la *giornata*.

La plupart des artistes qui travaillaient sous sa direction venaient comme lui de la Péninsule. Ils s'exprimaient dans leur langue, que je comprenais assez bien mais que je parlais avec difficulté.

Le panneau achevé, je me délectais de voir Matteo escalader l'échafaudage avec ses pinceaux et sa boîte à couleurs pour rectifier la broderie d'une auréole, fignoler le fond d'une tunique, cerner le contour d'une main… Il semblait alors détaché du monde, indifférent aux plaisanteries des garçons, se laissant aller parfois à parler tout haut, à chantonner ou à se réciter un poème de Dante. Avec sa tenue de travail bariolée de taches, il ressemblait à un perroquet sur son perchoir.

Lorsqu'il remettait pied à terre, le perroquet était souriant et soupirait :

— *Ora, tutto va bene…*

Depuis la fin de la peste qui avait emporté le mari de Filippa et deux de ses enfants, je n'étais revenu qu'une fois au mas de Bédoin.

C'était peu après qu'Agnès m'eut signifié notre rupture, si l'on peut parler ainsi de sentiments qui n'avaient eu qu'une amorce d'accomplissement. J'avais besoin de reporter sur quelqu'un le mouvement d'affection qu'elle avait suscité en moi et qui se trouvait subitement sans objet.

Je trouvai Filippa à l'ombre du figuier, en train de casser des amandes sur une pierre et de les picorer du bout des ongles. Il faisait un temps doux de fin d'automne. La colline dominant le mas poussait vers nous un ventoulet doux comme un museau de chat.

— Toi ! dit-elle simplement.

Elle se leva pour m'embrasser, se rassit sur le banc, me fit signe de prendre place auprès d'elle.

— La peste ! ajouta-t-elle. Cette saloperie qui vient de je ne sais où… J'ai bien cru que toute la famille allait y passer. Qu'elle s'attaque aux villes, ça se comprend car l'air y est corrompu, mais s'en prendre à nos campagnes… Qu'est-ce qu'on a fait pour mériter ce châtiment ? Jehan, deux de mes petiots… Ah, tristesse !

J'avais appris par le supérieur de Malaucène, peu avant la fin de l'épidémie, que la contagion avait durement frappé la contrée et ce qui était arrivé à ma famille. Dans ce malheur j'éprouvais un réconfort : Filippa et deux autres de ses enfants avaient échappé à la mort.

Elle avait épongé ses larmes et s'était remise au travail, s'efforçant, avec l'aide de son bayle, de reconstituer une équipe de travailleurs et d'oliveuses dans l'attente de la récolte qui, Dieu merci, n'était pas pour demain.

Elzéar, avec sa barbe majestueuse, sa carrure puissante, son allure de berger de Palestine, paraissait indestructible. Filippa se sentait près de lui comme dans l'ombre tutélaire d'un vieux chêne. Il avait consolé ma sœur à sa manière : par des mots d'abord, par des actes ensuite, quand il l'avait sentie consentante. Tout naturellement, comme si cela allait de soi, il avait remplacé le pauvre Jehan dans son lit. Je n'avais rien à redire à cette forme de compagnonnage, d'autant que je reconnaissais à Elzéar les qualités d'intelligence, de courage, de compétence, qui manquaient au petit chevalier de Crestet.

Cahin-caha, le mas avait retrouvé son activité d'avant la

peste. Le troupeau de moutons ayant été décimé par l'épidémie, Elzéar s'était rendu à Manosque, important centre moutonnier, et avait acheté à un *nourriguier* deux trenteniers de brébiales, ce qui avait permis de reconstituer le troupeau et même d'en rajouter.

— Je suppose, dis-je, que vous ne devez pas rouler sur l'or.

— C'est bien le cas de le dire. Nous sommes dans un régime de basses eaux.

— Si tu veux, je peux te prêter de quoi vous remettre à flot.

— C'est pas de refus. Ça mettra du beurre dans les épinards. Nous avons les épinards mais pas le beurre. Et bientôt, avec les olivades, il faudra payer les ouvriers et les nourrir.

Filippa complétait le revenu que lui fournissait la tonte des moutons avec le ramassage des truffes par une équipe de rabassiers et la cueillette des herbes qu'elle allait vendre au marché de Malaucène avec la volaille et les fromageons. On ne roulait pas sur l'or, certes, mais on roulait.

Pendant que nous grignotions les amandes, l'idée m'apparut que je pourrais lui venir en aide plus efficacement. Je connaissais bien le chef des cuisines qui, devenu mon ami, me comblait de gentillesses lorsque j'allais chercher ma pitance dans son antre. Il me serait facile de lui proposer les produits du mas.

J'exposai mon projet à Filippa ; elle hocha la tête : il faudrait en parler avec Elzéar. Nous le fîmes le soir même, alors qu'il ramenait le troupeau au jas.

— Riche idée ! dit-il. Peut-être un peu trop riche pour nous.

— Que veux-tu dire ?

— Que si ta barrique contient deux cents litres de vin, tu ne pourras jamais en tirer trois cents.

— Sans doute. Mais, si tu as cent moutons, personne ne

peut t'empêcher d'en avoir deux cents. C'est une question de sous…

— C'est vrai, mais des sous nous n'en avons guère.

— Je vous prêterai ce qu'il vous faudra et vous me rembourserez quand vous le voudrez et si vous le pouvez. Pas question d'intérêt, évidemment. Comme la première fois…

— Julio, me dit Elzéar d'une voix brisée, c'est le bon Dieu qui t'envoie.

— L'histoire des moutons, c'était pour dire, mais tu sais qu'il s'en consomme des centaines chaque mois au palais, car ces messieurs de la curie ont de fameux appétits. Et je ne parle pas des cardinaux dans leurs livrées…

— Je suis d'accord, dit Elzéar, mais la patronne…

— Elle est d'accord, dit Filippa. Va falloir mettre nos rabassiers en campagne. C'est la truffe qui rapporte le plus. Nous les vendrons plus cher aux messieurs de la curie qu'aux bourgeois de Malaucène.

Elle ajouta en m'embrassant :

— Mon petit Julio, c'est pas le bon Dieu qui t'envoie : tu es le bon Dieu en personne.

Nous avions été nombreux à croire que le pape Innocent, comme Clément avant lui, avait définitivement renoncé au retour auprès de son épouse mystique : l'Église de Rome. C'était se bercer d'illusions. Étaient-ce les messages que lui adressait Brigitte de Suède ou les écrits de Pétrarque ? Le Saint-Père inclinait de plus en plus à penser qu'Avignon et le Comtat ne pouvaient être que le lieu d'un exil provisoire, que le pape ne serait jamais vraiment le Père de la chrétienté, le pasteur universel, le conseiller des grands chefs temporels de ce monde, tant que sa personne, le Sacré Collège, la curie continueraient à macérer dans l'exil d'Avignon, loin du tombeau de Pierre.

À peine installé dans sa cathèdre, le pape Innocent songea au départ. Il ne prit aucune décision, ce qui eût été prématuré, sinon une seule : il ne fallait préparer ce voyage de retour qu'après s'être informé de la situation dans la Péninsule. Il chercha l'homme qui convenait pour cette mission et le découvrit sans peine car il l'avait à sa portée.

Le moins qu'on puisse dire, c'est que Gil Álvarez Carillo de Albornoz n'était pas le premier venu. Au palais, nous l'appelions Albornoz. Cette Éminence, devenue grand pénitencier, était un de ces grands d'Espagne fiers jusqu'à la vanité de leurs origines et de leurs titres, qui souffraient de voir les Maures installés dans le royaume de Grenade faire flotter les bannières vertes du Prophète sur les riches *vegas* d'Andalousie. Il avait quitté son pays très jeune pour Toulouse où, comme le pape Innocent quelques années avant lui, il avait fait des études de droit canon.

Il était revenu dans son pays d'origine et s'était fixé à Tolède, l'œil rivé sur les lointains du sud où il voyait parfois passer des caravanes maures. Devenu évêque, il avait senti sa vocation d'homme de guerre se préciser. En quelques années, il était devenu le détenteur implicite de l'autorité religieuse dans les Espagnes, l'ami et le confident du roi de Castille, Alphonse.

Deux ans après son installation à Tolède, Albornoz, quittant ses habits sacerdotaux, revêtait la cotte de mailles, plaçait l'épée à son côté, sautait sur son destrier. Sans sa présence active et stimulante, la bataille que les nations d'Espagne livraient contre les Maures, à Tarifa, aurait été une défaite ; ce fut une victoire écrasante. Ceux qui vivent encore se souviennent de la caravane de chevaux et de prisonniers qui, traversant le Rhône, alla jeter aux pieds du pape les trophées rapportés de cet affrontement.

Albornoz avait rétabli la paix dans la péninsule Ibérique, donné une sévère leçon aux Maures en arrêtant leur élan de conquête, mais le différend qui l'opposait au successeur d'Alphonse, Pierre le Cruel, le contraignit à passer les

Pyrénées une nouvelle fois et à venir chercher refuge en Avignon.

Il étouffait dans sa fonction de grand pénitencier qui le cantonnait à des affaires sans commune mesure avec le goût de l'action qui bouillonnait en lui. Il en eut vite assez de brandir la baguette au-dessus des pénitents, alors qu'il était destiné, comme le cardinal Bertrand du Pouget avant lui, à frayer un chemin à coups d'épée à sa sainte mère l'Église.

Il m'arrivait de le rencontrer dans les couloirs du palais et sa seule vue m'en imposait : il était de haute taille, légèrement voûté, maigre et nerveux comme un vieil olivier ; son regard aigu, inquiétant, était affligé d'un discret strabisme qui le rendait plus énigmatique ; je l'ai toujours vu vêtu de noir, avec en guise de bijoux un simple collier de grains d'or portant un crucifix.

Lorsque le pape Innocent le reçut en audience et lui annonça qu'il avait été choisi pour préparer le retour de la papauté à Rome, Albornoz devina que le moment était enfin venu pour lui de donner sa mesure à la fois de diplomate et d'homme de guerre, non plus pour la turbulente petite cour castillane mais pour la gloire du Christ.

Il quitta Avignon en l'an de grâce du Seigneur 1353, avec le titre de légat pour toute l'Italie, de vicaire général dans les États et domaines de l'Église.

Là où le cardinal Bertrand du Pouget avait échoué, Albornoz fut sur le point de réussir. C'était compter sans l'astuce de Barnabo Visconti. Ce dernier fit tant et si bien qu'Albornoz fut remplacé par un pâle neveu du pape, Ardrouin, abbé de Cluny, qui laissa, sur le chemin tracé par son prédécesseur, repousser ronces et orties.

Tout le monde au palais se plaisait à louer le talent de Matteo Giovanetti. Ses collaborateurs le respectaient et ses élèves le vénéraient. Ses compagnons les plus prestigieux se nommaient Jean Dalbon (il avait décoré la chambre du pape Benoît, au troisième étage de la tour des Anges), Robin de Romans, Bernard Escot, Pierre de Castres (ils avaient œuvré à la tour de la Garde-Robe), Lippo Memmi, parent de Matteo, qui avait son chantier aux Cordeliers, Filippo et Dulcio de Sienne (ils avaient décoré en trompe-l'œil des cages à oiseaux pour la chambre de Clément), Pierre Dupuy (il avait dirigé l'équipe des peintres toulousains)…

Je n'aurais su dire ce qui était le plus admirable dans le talent de Matteo : la vivacité des scènes, leur construction habile, les perspectives architecturales où évoluaient ses personnages, les lointains où se développaient des demeures à balcons, des porches, des tours donnant au regard l'impression d'un monde détaché du nôtre, où tout s'harmonisait pour créer l'image d'un paradis urbain.

Les couleurs aussi, sans doute.

Matteo avait pour elles une passion exigeante. Il parlait avec amour de celles qu'il préférait. Il me disait, en écrasant les couleurs sur sa palette :

— Regarde ce vert d'eau. Tu ne trouves pas qu'il est un peu… *come dire* : *profondo*. Peut-être qu'avec une pointe de céruse, un *piccolo*…

Il aimait jouer avec l'espace : il s'y baignait, y nageait, jouait avec les trompe-l'œil, les angles des murs et les arcatures, élargissait les perspectives comme par un tour de magie. Nous nous disions qu'il n'arriverait pas à peindre la vie de saint Martial dans les angles de la voûte, que les arêtes briseraient son élan, brideraient son imagination et son talent, mais il paraissait se jouer de ces chausse-trappes, et cette voûte est devenue son chef-d'œuvre.

Assez vaniteux, Matteo aimait les compliments et les pêchait avec insistance dans son entourage comme pour se rassurer sur son talent.

— Alors, Julio, ce Prophète, qu'est-ce que tu en

penses ? *Molto rigido, no ?* Tu ne trouves pas que la *tunica* du roi David est un peu sombre. Alberto va arranger ça. *Bene... Bene...*

Il était à ce point pénétré par sa peinture, soucieux de se dépasser, vivant à travers elle, en elle, que la moindre critique lui était sensible, alors qu'il paraissait la rechercher. Nous avons failli nous brouiller un jour où je lui fis remarquer que deux personnages peints sur les murs de la Grande Audience, Sophonie et Joël, ressemblaient à des chandelles.

— À des *candelas* ! s'écria-t-il. Tu entends, Lippo ? *Puta di merda !* Ce petit monsieur se permet de nous donner des leçons. *Non è vero !*

Ses bouffées de colère, comme le mistral, ne duraient guère.

Il me prit un jour par le bras pour me conduire en grand mystère devant une de ses fresques de la chapelle Saint-Jean-Baptiste : celle qui représente le sacrifice de Zacharie. Il me dit :

— Regarde, *amico*. Tu ne remarques rien ?

Je me grattai le menton. La scène représentait au premier plan un étalage de robes et de tuniques. Une longue femme vêtue de bleu et la chevelure rousse d'une de ses voisines crevaient la fresque. Derrière elles s'étageaient des visages entassés comme des calades.

— Tu ne remarques vraiment rien ? insista-t-il d'un air déçu. *Nulla affatto ?* La deuxième femme à partir de la gauche : celle qui nous regarde...

— Agnès !

C'était Agnès, de nouveau, comme sur la cheminée. Comment n'avais-je pas reconnu d'emblée ce visage rond, ces traits délicats, à peine accusés, cette expression d'innocence ?

— Hein, Julio ? Tu la reconnais à présent ? *È bella, no ?*

On eût dit que Matteo prenait un plaisir pervers à tourner le couteau dans la plaie. Il se pouvait aussi...

— Dis-moi, Matteo, est-ce que tu ne serais pas amoureux d'elle ?

Il rougit, haussa les épaules et parla d'autre chose.

Il semblait, au tournant de ce demi-siècle, que le Ciel eût amassé sur l'Occident chrétien toutes les plaies de l'Égypte et quelques autres en sus. L'élévation de la cité, sa richesse, son rayonnement à travers le monde paraissaient attirer la foudre et la malédiction.

Y eut-il, y aura-t-il dans l'histoire de l'humanité un autre exemple d'une alternance aussi obsédante de grandeur et de misère, la misère primant la grandeur ?

Certains voyaient la cause de nos épreuves dans cette guerre interminable entre la France et l'Angleterre qui, en période de trêve, jetait les compagnies de mercenaires sans emploi sur les routes du Sud. D'autres en cherchaient les raisons dans le maintien de l'exil en Avignon, qui offensait le Seigneur.

À la pluie de cendres et de sang qui flagellait la Babylone rhodanienne s'ajoutaient les orages d'invectives de quelques prophètes de mauvais augure.

On avait brûlé en Avignon deux fraticelles particulièrement virulents dans leurs propos. Un troisième larron, moine franciscain nommé Jean de Pierretaillade, originaire de l'Auvergne, avait simplement — Dieu sait pourquoi — été jeté dans un cul-de-basse-fosse où ses geôliers l'entendaient vomir des injures et des menaces qui annonçaient la venue des monstres de l'Apocalypse.

La princesse Brigitte de Suède, ce trublion en jupon, mère de huit enfants et affiliée au tiers ordre franciscain, fulminait des prophéties dans ses *Révélations*, ensemençait sans discernement l'avenir de la chrétienté en mélangeant le bon grain et l'ivraie. Elle écrivait au pape Innocent, à l'occasion de son couronnement : *Le Saint-Père est d'un airain meilleur que son prédécesseur et d'une matière apte à recevoir les plus belles couleurs.* Devant les hésitations du pontife à venir s'installer à Rome, elle avait modifié sa chanson : *Le pape Innocent est plus abominable que les usuriers juifs, plus traître que Judas, plus cruel que Pilate !* Elle appelait les flammes de Sodome à le dévorer, lui et ses cardinaux.

François Pétrarque n'était pas en reste.

Autant, dans son *Canzoniere*, il pouvait se révéler tendre, tolérant, émotif, autant dans ses écrits et ses propos ordinaires il pouvait faire preuve d'agressivité. Il reprochait aux papes français de faire acte de simonie, de « vendre le Christ pour de l'or ». La gale qui lui rongeait la peau depuis des années s'était-elle communiquée à son cœur ? Il s'exclamait, en s'adressant aux prélats d'Avignon : *Ne vivez plus dans les festins, les débauches, les voluptés impudiques, la lutte et l'envie, mais revêtez-vous de Notre-Seigneur Jésus-Christ !*

Il est vrai qu'au début de son règne le pape Innocent n'avait pas ménagé ses cardinaux, les traitant d'« excréments de la curie » !

Ce qui nous rassurait, c'est en partie l'idée qu'à Rome la situation eût sans doute été pire. Pauvre Église… Elle était construite, comme Venise, sur des pieux pourris et se lézardait de toute part. Nous attendions que surgisse celui qui imposerait silence à ces chiens et ferait enfin régner la loi.

Dieu ne nous l'a pas encore envoyé au moment où j'écris ces lignes.

À Rome, le banditisme s'était banalisé. Avignon, à ce jour, avait été protégée de cette malédiction, mais les mauvais démons veillaient, et nous regardions monter sur l'horizon les nuages précurseurs de la tourmente.

À la suite de la bataille de Poitiers, où le roi Jean le Bon avait été capturé, la France respirait sur des monceaux de cadavres et les vestiges de sa dignité. Le ciel était redevenu serein, l'orage se déplaçant vers la Provence.

À voix basse, certains rendaient le pape responsable du fléau qui s'annonçait. Au temps où il était conseiller du roi Jean, il l'avait poussé à conclure une trêve à Calais : c'est elle qui avait ouvert la voie aux Grandes Compagnies.

Une nouvelle stupéfiante nous parvint au mois de mai de l'an de grâce du Seigneur 1357 : le chef de bande le plus célèbre des mercenaires du roi Jean, Arnaud de Cervole, dit l'Archiprêtre, souhaitait faire une « petite visite » dans le Comtat. Les estafettes envoyées par ce bandit eurent le front de proposer à Sa Sainteté une entrevue avec leur chef.

Nous savions ce que cet événement annonçait : une invasion de sauterelles pareille à celles qui dévastèrent les campagnes d'Égypte sous Pharaon.

Aussitôt la nouvelle annoncée, branle-bas de combat ! Le Saint-Père, émergeant de sa somnolence sénile, mit à l'ouvrage tout ce que la ville comptait de Gavots, de maçons, de brassiers de tout ordre et de condamnés, afin d'accélérer la reconstruction des remparts, de remplir les vides par des fossés où l'on amenait l'eau de la Sorgue et de la Durançole et par des palissades. Ce n'était pas un mince chantier et il fallut y employer des milliers de tâcherons mêlés à des volontaires.

Cette fois, je restai en marge de cet élan dont dépendait

la sauvegarde de notre ville. L'âge venu, la fatigue aussi, je me sentais incapable d'un effort physique intense. D'ailleurs, l'importance de ma charge ne me permettait pas de jouer les héros.

Le pape ne se contenta pas de compléter notre système de défense : il recruta cent cinquante gens d'armes à cheval, avec mission de se porter en cas de besoin sur les cités comtadines menacées par les hordes. Pour la défense d'Avignon, il leva quelques centaines de piétons et de cavaliers.

L'histoire se répétait. Un siècle auparavant, au cours de leur croisade contre les cathares, les barons du Nord étaient venus camper devant Avignon, avaient pris la ville et détruit ses remparts. Nous invoquions Dieu pour qu'Il nous épargnât la même épreuve, mais Dieu devait être atteint de surdité (qu'Il me pardonne !) ou occupé à d'autres affaires plus importantes.

J'eus, en ce temps-là, à m'occuper de la correspondance du pape destinée à réclamer des secours. Des lettres scellées partaient aux quatre coins de l'Occident, demandant l'aide du régent Charles, fils du roi Jean, de l'empereur d'Allemagne, du roi d'Aragon, mais tous ces princes, comme le bon Dieu, devaient avoir d'autres tracas. On espérait que le régent au moins interviendrait et nous enverrait, comme il l'avait annoncé, quelques compagnies de gens d'armes, mais nous ne les vîmes jamais arriver.

Nous nous demandions d'où pouvait bien sortir un tel ramassis de pouacres. Du haut des remparts, nous les regardions traîner leurs grègues dans la poussière ou la boue, le bonnet sur l'œil, couvant d'un regard d'envie la cité fabuleuse qu'ils voyaient se déployer au-dessus des fortifications. Nous leur adressions des injures et leur jetions des pierres, mais ces gestes hostiles les laissaient indifférents car la plupart venaient de lointaines contrées, ne parlaient pas notre langue, et nos pierres ne les effrayaient pas.

Les incursions que ces gueux effectuaient autour des remparts avaient l'apparence de ces cortèges de carnaval qui traversaient à la saison les rues de la ville : ils avaient revêtu non la broigne, la cotte et le casque des soldats mais les défroques qu'ils avaient arrachées aux victimes de leurs pilleries. On comptait parmi eux, disait-on, des moines qui faisaient office d'aumôniers et tenaient les comptes, mais je doute qu'ils se fussent trouvés là de leur propre volonté.

Il vint quelques compagnies auxquelles nos chevaliers donnèrent la chasse et qu'ils décimèrent aisément, mais il en arriva bientôt des centaines d'autres, puis des milliers. Il semblait que les bouches de l'enfer eussent commencé à vomir les damnés promis au gril depuis le commencement du monde.

Certaines compagnies étaient commandées par des barons de France qui caracolaient à leur tête, en armure pour faire impression, la lance au poing, un chevalier banneret suivant avec leur enseigne. Leur chef suprême venait d'arriver dans le pays : c'était Arnaud de Cervole, l'Archiprêtre.

Le capitaine Juan de Heredia me rappela qu'il avait eu ce triste sire comme compagnon alors qu'il se battait dans l'armée du roi Jean. Je lui demandai d'où lui venait ce surnom. Heredia me confia que Cervole, avant de *tourner soldat*, avait été en charge d'une paroisse du Périgord, Vélines. Destitué en raison de ses mœurs détestables et de ses brutalités, il s'était enrôlé puis, les trêves survenant, il avait mal tourné. Il n'était habité d'aucun scrupule et ne reculait devant aucun obstacle pour parvenir à ses fins.

Inquiet pour ma famille — et j'avais raison de l'être —, je pris la décision de me rendre à Bédoin pour lui demander, comme au temps de la peste, de se replier en Avignon. Heredia m'en dissuada.

— Tu ne ferais pas trois lieues en dehors de la ville, me dit-il. Ces gueux sont partout, par compagnies, et mettent le pays en coupe réglée.

Nous les regardions passer au loin, encadrant des charrettes chargées des fruits de leurs pillages et suivis de troupeaux de moutons. La nuit, l'horizon s'illuminait parfois de lueurs d'incendie. Nous disions : c'est Morières qui brûle, ou Montfavet, ou Graveson... Des cris montaient du Rhône quand ces gredins s'en prenaient aux bateliers et à leurs femmes. Ils traînaient leurs victimes pantelantes devant nos portes, jouaient à les torturer, à les faire courir derrière des chevaux emballés, à les injurier dans toutes les langues d'Occident.

— Cette attente est insupportable, dis-je à Heredia. Qu'est-ce qui les retient de nous attaquer ?

— Ils n'attaqueront pas, me répondit-il. L'Archiprêtre va envoyer de nouveaux émissaires au Saint-Père pour réclamer une rançon. Il n'y a que l'or qui les intéresse. S'ils donnaient l'assaut, ils seraient repoussés car ils n'ont pas de matériel de siège. Alors ils patientent, et ils s'amusent pendant ce temps.

Cervole avait introduit des espions dans la place. On voyait parfois des individus à mine patibulaire en train de regarder innocemment voler les mouches, les mains dans le dos, marchant d'un pas de promenade, observant en fait le chantier des remparts ainsi que les entrées et les sorties de nos soldats. On en avait pris plusieurs ; sévèrement mis à la question, ils avaient avoué. Avant de monter au gibet, ils demandaient un prêtre car c'étaient de bons chrétiens.

Une semaine après l'arrivée des premiers éléments de routiers, toujours rien.

Nous commencions à nous inquiéter pour notre subsistance car plus rien ne parvenait en ville ni par le fleuve ni par les chemins. J'avais ma pitance assurée au palais, où les réserves étaient abondantes, mais en ville les denrées se faisaient rares, les prix augmentaient et il ne se passait pas de nuit qu'on ne signalât aux sergents des pillages de boutiques, chez les juifs notamment.

Un matin de la fin du mois de mai, un portier vint me prévenir qu'on me demandait dans la cour : un certain Jordan, qui se prétendait de ma famille.

J'eus du mal à reconnaître mon neveu : il portait des vêtements en lambeaux, couverts de sang et de terre, et son visage était méconnaissable ; il avait de la difficulté à s'exprimer car la plupart de ses dents étaient brisées.

Malgré le temps qui s'est écoulé depuis que s'est produit cet événement, je peine encore à le relater car j'en suis bouleversé. Une compagnie de routiers avait fait irruption au mas, et… Je lui coupai brutalement la parole :

— Ta mère ?

— Morte.

— Tes frères, tes sœurs ?

— Morts. Sauf Jehan : il était allé vendre notre lavande à Carpentras. Et moi.

— Elzéar ?

— Mort le premier en voulant nous défendre.

Je lui demandai de me suivre aux cuisines, lui fis donner de la nourriture, puis à la garde-robe où on lui fournit des vêtements décents après une toilette sommaire. Ensuite je le laissai prendre un peu de repos dans une cellule voisine de mon cabinet. Il dormit une bonne couple d'heures puis il s'éveilla, hurlant, pleurant, des signes de terreur sur son visage tuméfié.

— Calme-toi, lui dis-je. Raconte-moi ce qui s'est passé.

Nous restâmes plus d'une heure en tête à tête. Il avait autant de mal à s'exprimer qu'il en avait eu à manger, à cause de ses dents, bien sûr, mais aussi des souvenirs qui se bousculaient dans sa tête et qu'il avait du mal à mettre en ordre.

— Tes dents ? dis-je. Raconte.

Les routiers voulaient savoir où Filippa cachait son magot, mais, plutôt que de garder l'argent au mas, on le confiait au notaire de Malaucène qui avait un coffre de fer scellé dans son mur. Un routier avait pris une pierre et un gros clou. Il avait forcé Jordan à garder la bouche ouverte en la bloquant avec un morceau de branche. On lui avait fait sauter une à une les canines et les incisives. Quand il perdait connaissance, on le giflait ou on l'arrosait d'une seille d'eau. Les routiers s'amusaient pour se venger de leur déception.

Ils étaient une douzaine, plus acharnés les uns que les autres à faire le mal. Après avoir mis une futaille en perce, ils avaient violé les deux sœurs de Jordan, assommé un garçon à coups de gourdin parce qu'il s'interposait.

Quand ils s'en étaient pris à Filippa, Elzéar était sorti de ses gonds. Il s'était jeté comme un dément sur ces coquins, mais ils étaient trop nombreux. Il avait renoncé après en avoir mis quatre hors de combat. « Toi, lui dirent-ils, tu dois savoir où la patronne cache son magot ! » Il répondit qu'il n'en savait rien et qu'ils aillent au diable. Ils lui tranchèrent un poignet, puis l'autre, lui coupèrent une oreille, puis l'autre, et ils avaient achevé leur œuvre par le nez et les lèvres.

Je sentais le parquet se dérober sous moi, mais j'eus la force de demander, d'une voix étranglée :

— Et ta mère, Jordan, que lui ont-ils fait ?

Il éclata en sanglots et ne put m'en dire plus, tant l'horreur était encore présente à sa mémoire. Je n'eus garde d'insister. Je lui demandai simplement comment il avait pu se tirer de cette boucherie. Il était le dernier encore vivant. On l'avait laissé pour mort. Heureux qu'on ne l'ait pas jeté dans le puits comme ces maudits avaient fait de ses sœurs. À la nuit tombée, il avait filé.

Ce n'est que le lendemain qu'il put achever son récit.

Ils avaient violé Filippa, tous, après l'avoir assommée avec un bâton, comme un chien. Ils parlaient un baragouin épouvantable et se querellaient pour un jambon ou un pot de miel, mais ils étaient d'accord pour se partager les modestes bijoux de ma sœur et de ses filles. C'est sur la table à laquelle ils l'avaient attachée avec des cordes qu'ils avaient violé Filippa, devant ses enfants, devant Elzéar dont le visage pissait le sang et qui était comme mort.

— Ces gueux sont des monstres, dit Jordan. Il faut les exterminer, tous ! Les écraser comme de la vermine. Je vais m'y employer.

Des monstres, oui… Je ne puis trouver la moindre excuse à leur comportement, mais, en écoutant le récit de Jordan, simple épisode de ce drame qui avait affligé toute la Provence, je me disais : ces misérables ne portaient pas le mal en eux à leur naissance ; ils étaient purs comme le jour ; c'est la misère des temps, l'injustice, les lois atroces de la guerre qui en ont fait ces créatures de la nuit. L'eussé-je pu, je les aurais égorgés de ma main, sans hésitation, sans remords et sans haine, non pour venger Filippa et les siens — le Seigneur Dieu s'en chargera sûrement — mais pour en débarrasser le monde. Certes, mais encore ? C'eût été un geste inutile : cette engeance se propage comme les ronces et les orties ; ils renaissent de leurs racines nourries de tous les maux du siècle.

La venue de l'Archiprêtre Arnaud de Cervole au palais après des tractations difficiles de part et d'autre de la porte Eyguière a suscité un tel mouvement de réprobation dans la ville que le maréchal du palais a dû faire déployer un cordon de gardes et faire escorter le bandit d'une troupe armée jusqu'aux dents. Ce chef des routiers ne paraissait nullement impressionné par ces démonstrations d'hostilité et les sarcasmes qui les accompagnaient : il saluait la foule débordante de haine avec des gestes chargés à la fois d'ironie et de commisération. C'était un petit homme bedonnant bien que jeune encore, qui marchait d'une allure souple et féline. Il était vêtu de vêtements civils d'une sobriété qui ne l'eût pas fait distinguer dans la foule, à la sortie de la messe, par exemple. Son escorte se composait d'un moine si gras qu'il peinait à marcher sur les calades et de deux notaires porteurs de petites écritoires auxquelles se balançaient des encriers de corne.

Je n'avais aucun titre à assister à l'entretien que l'Archiprêtre eut avec le pape, entouré de Juan de Heredia, de quelques cardinaux et du grand chancelier. J'en eus des échos dès le lendemain par Heredia, qui, connaissant ma discrétion, me parlait en toute confiance. De par ses fonctions de capitaine général, il était au fait de tous les événements importants qui se déroulaient à la fois au palais, dans la ville et dans le Comtat.

Non seulement le pape avait eu un entretien fort courtois avec ce gredin mais il l'avait invité à sa table. Le respect que le chef de bande avait témoigné au chef de la chrétienté n'était pas gratuit : il attendait de lui une rançon. Après un marchandage âpre mais sans éclat, on traita sur la base de quarante mille écus, les routiers s'engageant (sur l'honneur sans doute !) à aller porter ailleurs leurs ravages.

Ainsi sonne-t-on les cloches des églises pour que la grêle aille dévaster les champs des voisins…

Juan de Heredia me dit d'un ton rogue, en mordillant les pointes de ses moustaches :

— J'ai honte pour le Saint-Père. Traiter avec des gens sans foi et sans honneur, c'est s'exposer à la récidive. Il reviendra, le bougre, j'en mettrais ma main au feu ! Je rougis en me souvenant que, pour complaire à notre souverain pontife, j'ai dû trinquer avec ce monstre, alors que j'avais envie de l'étriper. Si j'avais été à la place du pape, je l'aurais fait enfermer dans le cachot de la tour du Trouillas !

Lorsque je lui eus rapporté ce que Jordan m'avait dit des traitements que les routiers avaient fait subir à ma famille, il haussa les épaules d'un air accablé et me dit :

— Mon pauvre Julio... Depuis que cette engeance du diable a pris pied sur nos terres, l'horreur est quotidienne. Nous aurons du mal à nous en remettre. Je suis, tu le sais, un homme de guerre, et même, je peux te l'avouer, je trouve certains charmes à cette garce, mais, quand on se bat au sein d'une armée, on se doit de respecter un code de l'honneur. L'honneur..., pour ces monstres c'est un mot dont ils ignorent le sens. Ils pillent et violent par habitude et ils tuent pour le plaisir.

Qu'allais-je faire de mon neveu Jordan ?

Afin qu'il se remît de ses émotions, je l'avais installé douillettement dans mon logis où je le retrouvais chaque soir. Sa présence n'était pas importune car, avec les atteintes de l'âge (j'avais franchi le cap de la soixantaine), je n'invitais des garces que de plus en plus rarement.

Je me disais : une fois que la vie aura repris son cours normal, il me sera aisé de lui trouver un emploi en conformité avec ses compétences. J'en avais parlé au maître queux : il avait bougonné à son habitude mais m'avait promis de prendre Jordan dans son service, comme marmiton. C'était mieux que rien. Il lui fallait une occupation. Pour oublier.

Embauché dans les jours qui suivirent, Jordan ne resta pas longtemps aux cuisines. Il m'avoua qu'il était perdu dans cet univers insolite, que la cheminée géante lui donnait le vertige, que la chaleur intense, les odeurs âcres des viandes rôties, le tumulte, mais aussi un certain mépris que l'on vouait à ce lourdaud de paysan lui étaient devenus insupportables.

Son intention était de revenir le plus vite possible à Bédoin, où il espérait retrouver son frère Jehan. Lorsqu'il s'en ouvrit à moi, je l'en dissuadai : certes, le gros des Grandes Compagnies de l'Archiprêtre était reparti pour tâcher de trouver un prince qui veuille bien d'eux, les hostilités ayant repris entre la France et l'Angleterre, mais des partis de routiers erraient encore dans les campagnes, tenaient quelques châteaux et, de toute manière, la tragédie qu'il avait vécue était trop proche pour qu'il se réinstallât dans les lieux où elle s'était déroulée.

— Rien ne presse, lui dis-je. Tu peux rester à Avignon aussi longtemps que tu voudras. Si tu veux travailler, je trouverai à t'employer au chantier des remparts.

Cette perspective ne le tentait guère. Il m'avoua que ce dont il rêvait depuis longtemps c'était d'être batelier sur la Durance. Il voulait pousser à la gaffe la fuste à fond plat qu'on appelle *tirade*, ou ces grandes *sapines* de quatorze toises que l'on voyait descendre le Rhône, chargées jusqu'au pont des vins de Beaune, et dont il aurait pu tenir l'ampeinte ou le timon. Il avait été appelé, quelques années auparavant, à mener entre Avignon et Châteauneuf, lui second, un chargement de chevaux de Camargue halé par un attelage majestueux de huit bœufs. Il avait gardé de cette équipée un souvenir inaltérable, mais c'est la Durance qui avait ses faveurs : il en parlait comme d'une femme que l'on a envie de coucher dans son lit. Cette rivière capricieuse le fascinait.

En dépit des conseils que je lui prodiguai, il tenait à son idée de retourner à Bédoin et d'y retrouver Jehan. Il partit, nanti par mes soins d'un pécule confortable et de vivres. Je le vis revenir quelque temps plus tard, comme halluciné.

Non seulement il n'avait pas retrouvé Jehan mais ce qu'il avait découvert avait failli le rendre fou. Les routiers ne s'étaient pas contentés de tuer les occupants et de les jeter dans le puits, ils avaient tué à coups de pierres les briquets du grand bayle, égorgé les moutons qu'ils ne pouvaient emporter. Les odeurs des cadavres et de l'incendie qui avait détruit le mas et les communs empuantissaient l'air et le rendaient irrespirable. Une autre compagnie était venue ; ne trouvant plus rien à piller, les hommes s'en étaient pris aux vignes et aux oliviers qu'ils avaient arrachés et coupés. Même la petite condamine de chanvre attenante au logis avait été brûlée.

— Plus rien, mon oncle, se lamentait Jordan. Ils ne reste plus rien. Un désert !

Il avait passé des jours à creuser des fosses pour enterrer les cadavres, le plus difficile étant de les extraire du puits. Il avait été aidé par un voisin qui avait pu échapper à l'hécatombe.

Jordan ne songeait plus à faire l'amour à la Durance. Il avait des projets plus urgents et qui lui tenaient davantage au cœur. Il me dit, d'un air sombre et résolu :

— J'ai pris la décision de me venger. Ils ont tué six des miens. Je tuerai douze des leurs, et peut-être plus.

Je sentais la colère dure en lui comme une pierre.

— J'aimerais t'aider, Jordan, mais, à mon âge, je te causerais plutôt de l'embarras.

Je lui proposai de le faire engager dans la garnison du capitaine Heredia. Il bouda cette proposition car la discipline des armées n'était pas son fort. Il tenait à agir seul, à ne pas avoir à rendre des comptes à des supérieurs. Ses comptes, il les réglerait seul. Ce n'était pas un hercule, loin de là, mais il semblait animé d'une telle détermination que rien de son projet ne lui semblait impossible.

— La première chose que je dois faire, me dit-il, c'est retrouver Jehan. Quelque chose me dit qu'il est encore en vie et qu'il me cherche lui aussi. À deux, la tâche sera plus facile.

À l'automne suivant, comme nous l'avions redouté, l'Archiprêtre était de retour avec ses compagnies. Il avait trouvé naguère dans le Comtat une pitance généreuse, mais ses quarante mille écus s'étaient envolés. Il se fit la main sur plusieurs châteaux, Lagnes et Cabrières notamment, revint faire la causette par-dessus la porte Eyguière avec son vieil *ami* Heredia. J'étais présent à cet entretien ; il se déroula dans une ambiance de mauvaise humeur de part et d'autre.

— Salut, capitaine ! s'écria l'Archiprêtre en balayant le sol de la pointe de son bonnet. Me revoilà !

— Qu'est-ce que tu veux encore ?

— Les temps sont de plus en plus difficiles, compagnon. Je n'ai pas eu comme toi la chance de me remplir les poches en gardant mes couilles bien au chaud. La guerre, vois-tu, j'en ai ma claque. Se battre au profit de tristes sires qui te jettent des rogatons pour aller te faire trouer la peau, grand merci !

— Ça ne me dit pas ce que tu veux.

— Ce que je veux, Juan, c'est un modeste *retiro* dans la campagne, en Périgord si possible, un mur où raccrocher ma panoplie et une femme à câliner. Mais, même modeste, un *retiro*, ça coûte cher, et une femme, je te dis pas...

— J'en ai un à te proposer, et gratis : dans la tour du Trouillas, avec vue sur la cathédrale, ce qui te donnera peut-être des idées plus catholiques. Pour ce qui est de la femme, je ne peux rien te promettre.

— Va te faire foutre chez les Turcs, grand salaud ! Tu le sais bien ce que je veux, nom de Dieu ! Des picaillons, du quibus, du blé ! Tu te souviens de ce que disent les Français : « Amour peut moult, argent peut tout. »

— Je me souviens qu'ils disent aussi : « Qui n'a point d'argent en bourse a miel en bouche. » La tienne en dégouline. Alors, du vent ! Tu ne m'auras pas !

L'Archiprêtre tenta de faire chanter la corde sentimentale :

— Tu te souviens, compagnon, de la pile qu'on a flanquée aux Gottons, à Penne et à Blaye ? Ce qu'on a pu s'amuser... C'était le bon temps.

— Tu vas me faire pleurer.

Ils continuèrent sur ce ton pendant un long moment, à la grande joie des badauds. L'Archiprêtre se lassa le premier de ces joutes. Il annonça qu'il faudrait bien que nous nous décidions à cracher au bassinet une nouvelle fois, sinon il ne resterait âme qui vive à trois lieues à la ronde. On lui refusait un nouvel entretien avec Sa Sainteté ? Alors les gens d'Avignon et des alentours trinqueraient.

Il lança, avant de remonter à cheval :

— Va faire cette proposition à ton maître, valet. Ce sera mille florins pour que nous décampions. C'est un cadeau !

Comme nous redescendions du châtelet où le capitaine avait eu cet entretien, il me dit :

— Je connais trop bien ce drôle pour savoir qu'il mettra sa menace à exécution. En revanche, si nous payons ce qu'il demande, et qui n'est pas exagéré, il reviendra une fois de plus, et nous n'en serons débarrassés que lorsqu'il se balancera au bout d'une corde.

Il rendit compte de sa mission au Saint-Père, qui se mit en colère et s'écria d'une voix grinçante comme une roue de brouette :

— Ce fils du diable n'aura rien ! S'il attaque notre ville, nous nous défendrons.

Le lendemain, Sa Sainteté avait changé d'avis. L'Archiprêtre ne s'était pas montré trop gourmand. On lui paierait une nouvelle rançon, mais ce serait la dernière.

Le traité de Brétigny entre la France et l'Angleterre, qui fut signé le 8 mai de l'an de grâce du Seigneur 1360, semblait mettre fin à une guerre interminable. Les deux partis étaient exsangues. Le sommet de l'horreur avait été atteint lors de la journée qu'on a appelée le « lundi noir », soit le 13 avril, jour de Quasimodo, lorsqu'une tornade de grêle tua des milliers de chevaux du roi Édouard. Finie, la guerre ? Nous étions encore loin du terme.

Ce que nous craignions arriva. Au début de l'été, on nous annonça le retour des Grandes Compagnies, et notamment de la compagnie Blanche commandée par l'Archiprêtre. Il prit d'assaut Pont-Saint-Esprit, fit occuper la ville par une autre compagnie, celle des Tard-Venus, qui, étant passés à table après tous les autres, étaient bien décidés à mettre les bouchées doubles. En quelques jours, ces forcenés transformèrent la ville en prison, en lupanar et en cimetière.

L'Archiprêtre, quant à lui, reprit le chemin d'Avignon, certain de pouvoir une nouvelle fois, comme il disait, « faire chanter son *Kyrie eleison* au pape » et lui arracher quelques milliers de florins de plus. Il était accompagné dans cette nouvelle chevauchée par un petit seigneur du Périgord, Seguin de Badefols, qui avait pris pour devise : « Ami de Dieu, ennemi de tous. » Leurs contingents étaient composés des résidus de l'armée de mercenaires que le Prince Noir avait licenciée après Brétigny.

Ils s'installèrent avec un millier de routiers à une lieue de Villeneuve, sans se hasarder à franchir le pont que Juan de Heredia était bien décidé à défendre âprement. Lorsqu'ils souhaitaient tailler une bavette avec les habitants en se tenant sur le bord des fossés où l'on avait dévié les eaux de la Sorgue, ils passaient le bras du fleuve sur des bacs. Nos sergents les recevaient avec des flèches mais ces coquins ne faisaient qu'en *rire* et les dispersaient facilement.

En ville, on n'avait pas envie de rire. L'Archiprêtre avait fait bloquer les routes et les chemins ainsi que le fleuve par où nous parvenait l'essentiel de notre subsistance.

L'hiver venu nous manquions de tout, même de bois de chauffage. Je ne retournais pour ainsi dire plus à mon domicile pour ne pas risquer une mauvaise grippe qui, à mon âge, eût risqué de me conduire au cimetière de Champfleury. La consternation des Comtadins fut à son comble lorsqu'ils apprirent que le sénéchal de Beaucaire, Jehan Souvain, qui tentait de délivrer Pont-Saint-Esprit, avait été capturé par la ribaudaille.

Les Tard-Venus, qui venaient se frotter à nos défenses et banqueter sous nos yeux pour nous faire baver d'envie, opéraient sous le commandement d'un chevalier limousin en armure. Ils nous narguaient, nous injuriaient, proclamaient qu'ils viendraient baiser nos femmes et nos filles et enculer nos garçons.

Juan de Heredia ne décolérait pas.

— J'en ai assez, hurlait-il, de voir ces gueux pisser sur nos palissades ! La prochaine fois qu'ils viennent nous défier, je leur lâche ma meilleure compagnie aux trousses !

Il n'attendit pas une semaine. Un jour de froid intense, où le Rhône avait gelé au point qu'on pouvait le franchir avec des chariots attelés de bœufs, il disposa une cinquantaine d'hommes dans une ancienne commanderie à demi ruinée, avec mission d'anéantir cette racaille.

Lorsque les hommes du chevalier limousin, groupés sous la porte de l'Oule, à une dizaine de toises du fleuve, commencèrent à nous chanter leur chanson, les mercenaires de Heredia surgirent de leur cachette et se déployèrent de manière à ne leur laisser aucune chance de s'échapper. Ce fut un fameux massacre ! Les bandits avaient beau crier merci, pleurer, jurer qu'ils ne nous voulaient pas de mal, ils furent tous occis. Tous, sauf un : le chevalier limousin en armure.

Il se battit avec une telle ardeur, un tel courage, qu'il nous tua une dizaine de sergents, avant de prendre la fuite et de disparaître derrière un bois de saules. Des gosses qui le suivaient en longeant les défenses franchirent les palissades et se jetèrent à ses trousses, armés de frondes et de bâtons. Ils parvinrent à le dénicher au moment où il s'apprêtait à traverser le Rhône. Quand il s'aperçut que ses agresseurs lui avaient coupé la retraite avec deux ou trois mariniers qui se trouvaient là, il fit front mais son cheval, les jambes brisées par des coups de gourdin, s'abattit, le projetant cul par-dessus tête. La pesanteur de son armure lui interdit de se relever. Il cessa même de bouger lorsqu'un coup de gourdin sur le heaume l'estourbit.

Fiers de leur coup, les gosses et les mariniers tentèrent de le soulever pour l'amener triomphalement en ville, mais ils y renoncèrent.

— Ce gros crabe est une belle prise, dit un marinier. Nous allons ouvrir sa cuirasse pour voir à quoi il ressemble.

Ignares qu'ils étaient, les uns et les autres, en matière d'armure, ils essayèrent vainement de déboîter l'armet par le couvre-nuque, le gorgerin, le nasal et le frontal. Peine perdue ! Le coup de gourdin qui avait cabossé le heaume avait faussé les attaches métalliques. Un marinier courut chercher un marteau et un poinçon pour faire sauter les rivets, sans autre résultat que de provoquer à l'intérieur de l'armure, de la part du chevalier qui avait repris ses esprits, une sorte de meuglement caverneux.

Ils parvinrent à faire sauter un côté de la dossière, mais il leur fut impossible de l'arracher.

— Je ne vois qu'une solution, dit un marinier. C'est de le hisser avec des cordes jusqu'au châtelet. En le jetant du sommet, il y a des chances pour que son armure se disloque.

Le marinier alla chercher des cordes dans son embarcation et tous, tirant comme des haleurs, parvinrent à le hisser jusqu'au chemin de ronde. Ils crièrent à la foule qui venait de les rejoindre de s'écarter et, soulevant le prisonnier avec un levier, ils le firent basculer dans le vide. Le chevalier et l'armure s'écrasèrent sur les dalles dans un énorme cliquetis. Un gantelet se leva, comme cherchant où s'agripper. Un marinier posa l'oreille contre le ventail et se redressa, stupéfait.

— Il a la peau dure ! dit-il. Il parle !

— Et qu'est-ce qu'il raconte ?

— Il veut peut-être nous dire où il a placé la clé.

— Il n'y a qu'une solution : l'attaquer à la hache.

On en chercha une que l'on emprunta à un sergent. À chaque coup qui s'abattait sur l'armure, soit sur les épaulières, soit sur les flancs de la dossière, montait du tréfonds de cette carcasse une voix qui prenait des accents de plus en plus aigus. De temps en temps, le marinier qui opérait se penchait sur le prisonnier et criait :

— Hé là, compagnon ! Tu m'entends ? Comment on ouvre ce foutu machin ?

Il se relevait, disait d'un air penaud :

— Je crois qu'il m'entend. Il répond, mais je comprends pas un mot de ce qu'il dit.

Un forgeron qui travaillait aux remparts arriva avec un pied-de-biche, écarta ces incapables et se mit en devoir d'ouvrir cette boîte maléfique avec ses moyens à lui ; qui se révélèrent efficaces. En quelques secondes il parvint à faire sauter le heaume.

— Nom de Dieu ! s'écria-t-il en chancelant. C'est une femme.

Il ajouta, en jetant son pied-de-biche à terre :

— … et je crois bien qu'elle est morte.

L'hiver passa sans qu'Avignon fût débloquée. Le froid devait durer des semaines ; il se retira comme une mauvaise marée, laissant des centaines de pauvres gens morts de faim ou pétrifiés par le gel, surtout dans les familles de paysans et de Gavots venus chercher refuge entre nos murs. Le temps s'étant radouci et la terre se dégelant, on creusait de nouvelles tombes à Champfleury.

Une vieille connaissance revint nous faire visite : la peste.

Un premier cas se déclara début mars, avec les premières chaleurs. Débilités par les épreuves de l'hiver, les organismes ne trouvaient pas en eux suffisamment d'énergie pour résister au fléau. Entre la fin mars et la fin juillet, des milliers de personnes moururent, et parmi elles neuf cardinaux et un grand nombre de clercs. Le poissonnier à qui j'avais loué le rez-de-chaussée de ma demeure disparut dans l'épidémie avec toute sa famille.

Une fois de plus, j'avais échappé à la contagion. À quoi ai-je dû mon salut ? À l'*Aquavita contra pestilencium* dont j'avais pris soin de me munir ? Aux herbes dont j'avais tapissé ma chambre du palais ? Au vinaigre dont j'imbibais mon mouchoir ? Au soin que je prenais de rester sous le vent en parlant à des gens de rencontre ? Je l'ignore. Toujours est-il que, lorsque le dernier pestiféré eut été enseveli, j'étais toujours là, affaibli, accablé de tristesse, mais, Dieu merci ! vivant…

Le pape Innocent en réchappa lui aussi, mais on devinait qu'il avait jeté ses dernières forces dans la lutte contre la mort qui assiégeait le palais, et contre cette autre forme de peste, tout aussi néfaste, qu'étaient les Grandes Compagnies.

Il avait dû de nouveau, la mort dans l'âme, céder au chantage de l'Archiprêtre et lui verser une somme colossale pour qu'il se retirât. Nouveau marché de dupes : l'Archiprêtre ne tint pas parole.

C'est alors que le Saint-Père, en accord avec les membres du Sacré Collège qui avaient survécu, lança l'idée d'une croisade contre ces routiers. Il alerta le duc de Bourgogne, le gouverneur du Dauphiné, deux provinces qui avaient beaucoup souffert des incursions des compagnies ; durant tout l'été, il envoya des émissaires jusque dans les sénéchaussées des Cévennes afin que l'on se liguât pour libérer Pont-Saint-Esprit, ville martyre et base d'opération des Tard-Venus.

La croisade vint mourir comme une vague exténuée sous les murs de la ville. Les ribauds étaient puissamment retranchés et savaient se battre ; les croisés manquaient d'hommes, de moyens, et leur armée s'effritait avec le temps. Heredia, qui en avait pris le commandement, fut invité par le pape à composer.

On en était là lorsqu'une autre idée germa dans l'esprit du Saint-Père.

Dans le nord de l'Italie, la guerre faisait rage entre Galéas Visconti et le marquis de Montferrat. On proposa à Visconti de lui fournir un contingent de mercenaires que l'on solderait sur les fonds du trésor pontifical. On fit miroiter aux chefs des compagnies les merveilles et les richesses de la Péninsule, et l'affaire fut conclue : coûteuse mais radicale ! Les ribauds abandonnèrent Pont-Saint-Esprit où les derniers habitants se terraient comme des bêtes ; ils évacuèrent les châteaux et les villages où ils s'étaient implantés et descendirent le Rhône en entonnant des chants de guerre.

Les cardinaux italiens qui avaient échappé à la peste jugèrent le moment venu de donner corps à leur ambition majeure : le retour de la papauté à Rome. Le moment, assuraient-ils, était bien choisi : la mort de Cola di Rienzo avait calmé les passions et, si la basilique de Latran avait été détruite accidentellement par un incendie, le Vatican, lui, était toujours debout, ouvert au pape et à la curie. Albornoz, qui, devant l'incapacité du neveu du pape, Ardouin, avait repris le chemin de l'Italie, veillait à la sécurité sur les routes et à l'ordre dans les villes.

Partir, quitter Avignon où il avait fait édifier son mausolée, affronter les dangers d'un long voyage et les périls de la mer, c'était pour le Saint-Père un projet irréalisable. Il avait dépassé, dit-on, quatre-vingts ans ; sa santé chancelante le contraignait à garder la chambre ; il était plongé dans l'amertume en songeant qu'il n'avait pas été aussi habile que son prédécesseur en matière de diplomatie — : il s'était laissé flouer par les Visconti, le roi d'Espagne Charles le Mauvais, cette « vipère mâtinée de tigre », par les chefs des Grandes Compagnies ; ses prières avaient été impuissantes à éloigner la peste… Il ne lui restait plus qu'à mourir en souhaitant que ses successeurs pussent régner sur le trône de saint Pierre et que Dieu lui pardonnât ses faiblesses.

Si le laïc que je suis demeuré dans un palais où l'on croisait davantage de robes ecclésiastiques que de tenues civiles a conscience de devoir à cet honnête pontife les faveurs d'une promotion inespérée, si les rapports que j'eus avec lui m'ont conforté dans l'estime que je lui porte, cela ne peut effacer en moi les déceptions que son règne m'a inspirées. Après avoir suscité un ordre nouveau dans la curie, mis au pas le Sacré Collège, être intervenu dans la guerre franco-anglaise, il s'était peu à peu assoupi, ne présentant plus de lui que l'image navrante d'un chêne rabougri qui perd ses feuilles sous l'assaut des bourrasques.

Innocent aimait Villeneuve plus qu'Avignon. Loin de l'agitation de la cour, du tumulte et du faste qu'il exécrait, il résidait dans l'immense et paisible chartreuse qu'il avait fait édifier. Il aurait aimé y finir ses jours comme un simple moine, sous les hauteurs sauvages du mont Andéon. Il surveillait les artistes occupés à sculpter son mausolée et son gisant. Il se plaisait surtout dans le cimetière : un vaste quadrilatère envahi par l'herbe, avec comme seul horizon le ciel et la crête fauve du mont.

Ce goût pour la retraite me rappelait celui du pape Clément V qui, par temps de grandes chaleurs, allait demander au prieuré du Groseau, près de Malaucène, le silence des arbres et la fraîcheur des eaux.

Innocent est mort sans un mot, sans une plainte, au milieu de son sommeil, le 12 décembre de l'an de grâce du Seigneur 1362.

J'assistai aux trois cérémonies qui précédèrent sa mise au tombeau, en trois lieux différents : dans la grande chapelle Clémentine, à Notre-Dame-des-Doms où des messes pour le repos de son âme furent célébrées durant neuf jours, et sur les lieux mêmes de sa sépulture, le 12 novembre suivant.

6

Le Voyage de Rome

Quatrième jour après le quatrième
dimanche de l'avent : jeudi.

J'ai célébré la Nativité à ma manière : à la lumière d'une humble chandelle, seul dans la chapelle Clémentine dont les parchemins huilés peints jadis par mon ami Matteo Giovanetti laissaient passer le mauvais vent de décembre. J'ai récité à voix basse toutes les prières qui me passaient par la tête et chanté mezza voce *les psaumes et les hymnes que nous entonnions jadis, ma famille et moi, en compagnie du grand bayle et de ses bergers, dans l'église de Bédoin.*

Ce sera sans doute mon dernier Noël. Je suis trop vieux, affligé de douleurs, sans raison de vivre, pour espérer que Dieu m'accorde encore de longues années de présence sur cette terre.

De retour dans ma cellule, j'ai jeté ce qui me reste de charbon de bois sur le brasero qui me donne une illusion de chaleur. Je n'avais pas sommeil et la fatigue que je ressentais dans tout mon corps n'était pas de celles qui incitent à le rechercher. J'ai laissé la chandelle allumée pour lire quelques pages de l'Évangile, mais mon esprit était ailleurs : il accompagnait dans le ciel des bienheureux l'âme du moine Bonagratia.

J'avais lancé les truands sur la piste de celle que j'appelle la Naine rouge d'après la description que l'on m'en avait donnée, mais ils avaient fait buisson creux. Après deux jours de perquisition, le Breton m'avait dit :

— Tout ça ne me semble pas très sérieux. En revanche...

En revanche, ils avaient fait une découverte macabre. Dans une cellule de la tour du Trouillas ils avaient trouvé, au milieu de cette niche glaciale, le froc d'un moine franciscain étendu au milieu du plancher. En voulant le ramasser ils avaient reculé, horrifiés : cette défroque contenait le corps de son propriétaire, mais si ratatiné, si parcheminé, avec juste la peau sur les os, qu'il faisait à peine saillie sous la bure.

— Sais-tu qui ça peut être ? m'a demandé le Breton. Bizarre qu'on l'ait oublié là !

Je creusai ma mémoire pour tâcher de me souvenir, puis je demandai à voir cette dépouille. Et soudain je l'ai reconnu : il ne pouvait s'agir que de ce frère Bonagratia que le pape Innocent avait fait enfermer, estimant que ses prédictions apocalyptiques de fraticelle risquaient de troubler l'ordre public. Il est vrai que le frère n'y allait pas de main morte : de sa voix tonitruante, il prédisait la fin des temps et jetait l'anathème sur le pape et les cardinaux.

Il avait dû mourir de froid ou d'inanition, mais son cadavre, léger comme un fagot de sarments, ne répandait aucune odeur et les traits de son visage n'avaient guère été altérés ; néanmoins sa barbe avait continué à pousser et elle lui arrivait à la ceinture.

Soudain, alors que j'examinais son corps, je me suis souvenu que le responsable de la prison, Pierre de

Fonfroide, m'avait dit de veiller sur lui après le départ de la curie, de ne pas le laisser manquer d'eau et de pain, de vider son pot... Et moi, dans le remue-ménage qui avait accompagné le déménagement et les soucis de toutes sortes, je l'avais oublié !

J'obtins du capitaine Barthélemy Cadan qu'il mît à ma disposition deux sergents pour qu'ils m'aident à donner au pauvre frère une sépulture décente, dans les jardins du palais. Accablé de remords et de contrition, je dis une prière des morts pour le repos de son âme rebelle.

Toujours pas de nouvelles de Pierre Ameilh. J'imagine qu'il a d'autres sujets de préoccupation. Il a dû depuis des mois oublier cette épave que le reflux a laissée sur la grève d'Avignon.

Quant au recteur du Comtat, Raymond de Turenne, j'ai acquis la certitude qu'il ne reviendra pas avant plusieurs mois, voire des années, et que je ne serai plus là pour l'accueillir.

Il neige sur Avignon depuis deux jours.

Ce matin le chef des truands, le Breton, est venu frapper à ma porte.

— Je viens te faire mes adieux, me dit-il, et te prier de nous pardonner si nous avons troublé la paix de cette grande bicoque. Mes gars ne sont pas de mauvais bougres, mais faut les comprendre : ils sont jeunes et ils ont le sang chaud.

— Tu quittes Avignon ?

— Tu plaisantes ? Avec cette neige... J'ai trouvé un logis proche du cimetière de Saint-Didier. En débitant quelques planches nous trouverons bien de quoi nous chauffer. Ici, nous crevons de froid. Hier, nous avons fait brûler quelques bancs de la chapelle Clémentine que nous avons disputés aux déménageurs.

Il a ajouté, en haussant les épaules :

— Qu'est-ce qu'ils peuvent bien trouver encore à déménager, je te le demande ?

C'est vrai qu'il ne reste pour ainsi dire rien : des tapisseries mitées, des bahuts intransportables, de vieilles guenilles entassées dans des coffres.

En raison du froid, j'ai du mal à former mes mots. Mon encre se fige, si bien que je suis obligé de placer l'encrier de corne sous mes aisselles pour que l'encre se liquéfie, mais elle garde son apparence boueuse.

Qu'est-ce que je fais ici, dans cette grande baraque, *comme dit le chef des truands ? Qu'est-ce qui me retient de mettre la clé sous la porte et d'aller réchauffer ailleurs ma vieille carcasse ? Pourquoi, pour qui risquer de connaître le sort du frère Bonagratia ?*

Il me reste une somme assez rondelette du capital que j'ai placé chez un banquier juif de la Carrière pour vivre modestement jusqu'à la fin de mes jours. C'est peut-être la solution à laquelle je me résoudrai. Il est bien évident que je ne puis honorer la promesse faite à Pierre Ameilh de rejoindre la curie à Rome dès que le déménagement sera terminé : ce voyage me tuerait. D'ailleurs, qu'irais-je faire dans ce royaume des vanités ? Mourir pour mourir, je préfère que ce soit ici, sur cette terre comtadine qui est mienne depuis que je respire.

Cela me rappelle ma dernière entrevue avec mon neveu Jordan, il y a trois mois : il voulait m'arracher à ma solitude, m'emmener vivre à Bédoin où il a accompli des miracles, replantant de la vigne et des oliviers, reconstruisant le mas et la bergerie avec l'aide de son frère Jehan qu'il a enfin retrouvé. Aujourd'hui, il possède un troupeau de plus de trois cents moutons et il va vendre ses fromageons jusqu'à Tarascon et Beaucaire. Il s'est marié l'année passée, au temps de Pâques, et un fils lui est né.

On lui a donné mon prénom.

L'alternance est, dit-on, une loi naturelle au comportement humain. Il m'est difficile d'en juger, mais c'est en tout cas celle qui, depuis le début de l'exil de Babylone, semble présider à l'élection des papes. Quelles sautes d'humeur du hasard ou de la volonté divine ont provoqué ces choix contradictoires, signes d'une grande anxiété ? C'est miracle que ces changements de cap, ces louvoiements du Sacré Collège à travers les écueils du siècle, n'aient pas entraîné au naufrage la barque de Pierre.

À la mort de chaque pontife, les cardinaux ont choisi pour remplacer le défunt un personnage de nature différente, voire opposée. Coup de barre à gauche… Coup de barre à droite… Rarement, pour ainsi dire jamais, le « droit devant » qui eût assuré une continuité à la politique de la papauté et la sérénité à toute la chrétienté. Du haut de presque quatre-vingts ans d'exil en terre provençale, on ne peut distinguer qu'incertitude et confusion.

Pour assurer le remplacement du pape Innocent, le conclave avait à choisir entre deux cardinaux : Guy de Boulogne et Élie de Talleyrand-Périgord, tous deux descendants de grandes familles françaises. Dans les coulisses, les cardinaux d'origine limousine avancèrent leur pion, en la personne du propre frère du pape Clément VI : Hugues Roger. Sur la ligne de départ, c'était — qu'il me pardonne — un cheval borgne : il ne se sentait pas capable d'assumer les hautes fonctions qu'on lui proposait. Bien placé, il renonça. On vota, on revota, on discuta et on se querella. *Disputatio…*, *disputatio…*, disait jadis le frère Sulpice. On prit pour en finir la sage mais tardive décision de pêcher un élu non parmi les cardinaux, trop marqués qu'ils étaient par leurs origines, mais dans le vivier des établissements monastiques situés à l'écart des intrigues du siècle.

C'est l'abbé du monastère de Saint-Victor de Marseille qui fut choisi.

L'an de grâce du Seigneur 1362, le 31 octobre, l'abbé Guillaume de Grimoard, bénédictin, devint pape sous le nom d'Urbain V. Le campanile du palais donna le signal des réjouissances, et toutes les cloches d'Avignon sonnèrent pour célébrer l'événement.

Le nouveau pape était originaire du château de Grizac, proche de la ville de Florac, dans les Cévennes. Sa carrière l'avait conduit à Montpellier, puis à Toulouse, à Avignon et à Paris. Il avait, comme on dit vulgairement, roulé sa bosse d'université en université jusqu'à devenir professeur de droit canon. Depuis l'année précédente, il occupait la charge d'abbé de Saint-Victor. Il avait de peu passé la cinquantaine.

Les affaires de la papauté ne lui étaient pas étrangères, les deux papes précédents lui ayant confié des missions en Italie.

Son arrivée en Avignon, un mois après son élection, m'est restée en mémoire : le Rhône en crue avait inondé les quartiers bas de la ville et la navigation était devenue périlleuse sur le fleuve comme sur la Durance.

Guillaume de Grimoard, ignorant ce que signifiait cette convocation qu'on lui avait adressée, ne fut pas accueilli avec faste. Je le revois, entouré de quelques domestiques, suivi d'une petite caravane de mulets portant ses bagages. Il entra dans la ville par la porte Eyguière sur son cheval qui renâclait, ayant de l'eau jusqu'au poitrail, au milieu des détritus divers charriés par la crue. Les sergents de garde ne prêtèrent qu'une attention distraite à ce moine de modeste apparence, et personne ne se dérangea pour l'accueillir. Il déclina son identité à la grande porte, exhiba le document par lequel on le convoquait et attendit sous la pluie battante.

Quelques minutes plus tard, la porte s'ouvrit en grand pour lui livrer passage. En un moment, les galeries, les couloirs furent en proie à une sorte de délire collectif. Les cardinaux présents vinrent en groupe au-devant de l'abbé, qui se demandait ce qui lui valait ce débordement d'attention et de respect. On le conduisit à la cellule qu'on avait fait préparer à son intention et où l'attendaient un repas plantureux et des vins fins. Il dut passer la nuit à se demander si c'étaient les résultats d'une de ses récentes missions en Italie qui lui valaient un tel accueil.

Le secret de cette élection avait été si bien gardé que Guillaume de Grimoard n'apprit la nouvelle que le lendemain, de la bouche du cardinal camerlingue. Il chancela, blêmit, se laissa tomber sur le bord de sa couchette et se releva brusquement comme s'il avait commis une inconvenance.

La curie avait mis toute la nuit à préparer la véritable entrée de Sa Sainteté dans sa nouvelle dignité. Les tapis étaient déroulés, les objets du culte disposés sur l'autel de la chapelle Clémentine, les grandes tapisseries clouées au mur par des équipes de sergents, les cassolettes bourrées d'encens et les cierges plantés sur les râteliers.

Le choix de ce personnage relativement effacé à la dignité suprême en surprit plus d'un, à commencer par le modeste fonctionnaire du palais que j'étais. Contrairement aux précédents, le nouveau pontife n'avait pas été choisi dans le sérail, si je puis dire ; il n'ignorait pas le fonctionnement de la curie, mais il ne lui était pas familier ; il n'avait pas arpenté à la cour de France les allées du pouvoir temporel.

Les différences avec ses prédécesseurs portaient sur d'autres points concernant son caractère et sa nature. Spécialiste du droit canon qu'il avait étudié dans les grandes universités, il ne se plaisait que dans l'atmosphère des bibliothèques et des *studia*, dans ses entretiens avec les étudiants, dans les controverses relatives aux problèmes de la foi. Généreux, d'esprit ouvert, tolérant, ce moine était loin d'être un fanatique, ayant fait de son existence l'antichambre de la sainteté.

Il avait arrêté lui-même le cérémonial de son couronnement : il ne voulait d'aucun faste ; il exigeait que l'on respectât la sévérité monacale dont il avait fait sa règle de vie. Les cardinaux commencèrent à le regarder avec inquiétude en se disant qu'ils venaient peut-être, étourdiment, d'élire un fraticelle. N'allait-il pas imposer aux Éminences des mœurs austères, une discipline cénobitique ? Ils renoncèrent à lui présenter le pacte qu'ils avaient souhaité imposer au pape Innocent car ils craignaient qu'il ne le déchirât sous leurs yeux.

Urbain n'avait pas l'apparence d'un vieillard ; il jouissait d'une excellente santé et d'une activité débordante : il travaillait dans son *studium* de l'aube au crépuscule, faisait alterner prières, méditation et offices avec les obligations de sa mission. Lors des assemblées du consistoire, il refusait la tenue d'apparat : la tiare, la chape, l'étole, et, pour se vêtir, le service du chambrier. Dans ses sorties à travers la ville, il refusait le dais porté par les sergents ou les damoiseaux ; il dînait souvent seul, en se passant du sous-diacre chargé ordinairement de la lecture des Évangiles ; il se contentait d'un seul chambrier, d'un unique médecin, sous le prétexte qu'il était capable, comme à Saint-Victor, de faire lui-même son lit et qu'il n'avait pas besoin d'une kyrielle de praticiens pour lui prendre le pouls ou mirer ses urines matinales.

Il venait souvent me rendre visite à la chancellerie, examinant la bonne tenue des documents, corrigeant les correcteurs, rectifiant de ses propres mains, machinalement, l'équilibre d'une liasse et des *rotulae* sur les étagères. Sa tenue ordinaire — la simple robe des Bénédictins — n'enlevait rien à sa dignité et à son autorité et nous le rendait plus proche. Nous aimions ce religieux humble, doux mais exigeant.

Le service de sa table était à l'avenant : il répugnait aux festins qui insultaient à la misère de la population et risquaient de dégrader sa santé ; il ne buvait que de l'eau, jeûnait trois jours par semaine et ne s'en portait que mieux ; pour le carême, des Cendres à Pâques, il se contentait d'eau et de pain, sans renoncer à ses fonctions et à ses études.

Ses rares distractions étaient les entretiens avec ses familiers et la visite quotidienne de ses jardins. Quelque temps qu'il fît, il sacrifiait à cette dernière habitude, lisant ses heures dans les allées, donnant à manger aux animaux, méditant sur un siège pliant à l'ombre des cyprès. Parfois il invitait quelques familiers à le rejoindre pour s'entretenir avec eux des affaires de la curie. Il aimait à ce point cet espace de nature qu'il le fit agrandir et le dota d'une galerie couverte à laquelle il donna le nom symbolique de « galerie Roma ».

À la mi-novembre, le pape Urbain eut la visite du roi Jean le Bon. Cette entrevue se déroula à Villeneuve.

Je demandai au grand chancelier pourquoi l'on avait choisi cet endroit au lieu du palais. Il me répondit :

— C'est le roi qui a fait au Saint-Père cette proposition. Il a voulu ainsi témoigner du respect qu'il voue à l'autorité pontificale. Demander à être reçu au palais eût été considéré comme un geste indécent de sa part.

Ce n'est que quelques jours plus tard que le roi fit son entrée en Avignon, à l'invitation de Sa Sainteté, avec un déploiement de faste digne de sa condition.

— Ce n'était pas une visite de simple courtoisie, ajouta le grand chancelier. Le roi Jean a d'autres idées en tête : solliciter le secours du trésor pontifical pour honorer la rançon que, sur l'honneur, il a promis de payer au roi Édouard après la défaite de Poitiers. Il souhaite également faire procéder à la nomination au Sacré Collège de cardinaux à sa dévotion. Il souhaite aussi voir se rétablir des relations normales entre la papauté et les Visconti...

— Cela signifie, dis-je, qu'ils ne manqueront pas de sujets de discussion !

On prêtait au roi Jean une autre intention : demander au Saint-Père d'intercéder auprès de la reine Jeanne de Naples afin de la prier de prendre pour troisième époux son fils, Louis. Malheureusement...

Malheureusement la reine avait déjà pris sa décision : c'est le roi de Majorque, Jayme, qui serait l'élu.

Nouvel échec dans la démarche auprès des Visconti. Le vieux Barnabo, sur l'intervention d'Albornoz, avait décidé de renoncer, contre une somme de quatre cent mille florins, à se maintenir sur le territoire de Bologne, fidèle à la papauté. Le roi Jean vit dans cette manne une occasion de s'acquitter du montant de sa rançon. Il se mit en mesure d'intercepter ce pécule, mais le pape lui tapa sur les doigts et l'affaire échoua.

La fin de la peste, le départ des Grandes Compagnies vers d'autres cieux ramenèrent dans notre ville Matteo Giovanetti et son équipe.

Je ne l'avais pas revu depuis des mois et le trouvai changé, miné peut-être par la maladie. On lui eût donné dix ans de plus que son âge réel, si bien que j'eus du mal à le reconnaître. Il avait pris un embonpoint de vieille abbesse, son visage était plâtré de fard et il se vêtait comme un histrion. Un Éliacin chlorotique l'accompagnait, qu'il appelait Coco, habillait comme une courtisane, couvrait de verroteries et de bijoux de pacotille, malmenait et caressait sans retenue suivant son humeur.

Simone Martini disait jadis de lui qu'il vivait « entre ses fresques et ses frasques », et cela, semblait-il, n'avait pas changé.

Lorsque nous nous retrouvâmes, il me prit dans ses bras, promena sur mon visage une haleine qui sentait l'anis et puait l'estomac fatigué.

Il me dit, avec une alacrité qui sonnait faux :

— Je suis heureux de te revoir, mon Julio. *Madonna !* Tu ne peux pas savoir comme il me tardait de revenir. Tout ce travail qui m'attend…

La réputation d'austérité et d'économie du nouveau pontife lui était parvenue dans sa retraite de Lyon, et il avait craint qu'on ne le licenciât. Il n'en était rien. Urbain avait décidé de reconduire le contrat passé par les papes qui l'avaient précédé. Matteo pourrait remonter sur ses échafaudages et reprendre le grand œuvre là où il l'avait laissé.

Malgré les apparences, il n'avait rien perdu de ses qualités artistiques et de son courage. J'éprouvais toujours le même plaisir à le voir travailler, imaginer, critiquer. Il se conduisait en maître, toujours habile à concevoir et à corriger, sous l'œil indifférent de Coco qu'il employait au broyage des poudres et à la préparation des couleurs. Il était, cet eunuque suave, complètement ignare en matière de peinture. Matteo s'exclamait, en me le montrant du doigt :

— C'est un âne, un *asino*, un *somaro* ! Ah, si je pouvais me séparer de lui, je lui botterais le *culo* avec plaisir. Mais voilà : il a un corps de nymphe, des grâces de Vénus callipyge. Dans l'intimité, c'est une véritable *putana napoletana*. Ah, Julio, *l'amore, l'amore*…

Occupé par ses nouvelles amours, Matteo me négligeait, mais, apprenant que je jouissais des faveurs du nouveau pontife, il s'était de nouveau rapproché de moi.

Ces faveurs, je ne les avais nullement recherchées, n'étant guère enclin de par ma nature à ce genre de pratique.

Comment le Saint-Père avait-il appris les bons rapports que j'entretenais avec François Pétrarque ? Je l'ignore et cela n'importe guère. Toujours est-il qu'un matin le frère de Sa Sainteté, le cardinal Anglic de Grimoard, se présenta à la chancellerie pour me faire part du désir que le Saint-Père avait de me recevoir en audience.

— Vous le trouverez, me dit-il, sous la galerie Roma, passé l'heure des vêpres. Venez comme vous êtes. Mon frère aime avant tout la simplicité.

Je passai des heures à me demander les motifs de cette invitation, mais pas la moindre angoisse ne m'effleura, car j'avais conscience d'accomplir ma tâche avec compétence et assiduité, mieux que le grand chancelier, qui ne faisait dans son service que de brèves apparitions.

À l'heure dite, Anglic de Grimoard vint m'accueillir au portail du jardin pour me précéder jusqu'à la galerie. Vêtu de sa robe noire de Bénédictin, le pape était assis sur la balustrade dominant le jardin où un jeune domestique maure, adjoint au concierge chargé de l'entretien du jardin, jouait avec un chevreuil.

Le Saint-Père me tendit sa main à baiser, m'invita à

prendre place sur un banc, entre deux de ses familiers, et me fit compliment de ma bonne mine et de la qualité de mon travail.

— Mon fils, me dit-il, j'ai appris que vous avez bien connu François Pétrarque. De quelle nature étaient vos rapports ? Parlez librement.

J'étais si ému que les idées se brouillaient dans ma tête et que les mots venaient mal. Souriant de mon embarras, le Saint-Père m'encouragea à poursuivre, attentif à mon propos malgré les regards qu'il portait au spectacle du jardin d'où montaient les odeurs de la vesprée.

— L'on m'a assuré, ajouta le pontife, que notre poète eut une jeunesse dissipée, ici même, en Avignon. Il a lui-même parlé de ses *folies*. Que faut-il en penser ?

Je rassurai mon illustre interlocuteur d'un pieux mensonge par omission, en évitant de lui parler de nos équipées nocturnes. J'expliquai qu'en fait Pétrarque était soucieux de tout connaître de la société des hommes de manière à nourrir d'expérience son œuvre. Cette innocente dissipation, qui lui fut sans doute bénéfique, ne risquait pas de lui faire perdre son âme.

Cette dernière formule parut amuser le saint pontife.

— Fort bien, me dit-il. Il a en quelque sorte, comme on dit vulgairement, jeté sa gourme. Qui pourrait le lui reprocher dans la mesure où, par la suite, il a mené une vie édifiante ?

Édifiante, la vie de Pétrarque ? Ce grand contempteur des mœurs papales et cardinalices avait connu des femmes hors mariage et avait eu d'elles des enfants, mais je me gardai bien de révéler cette conduite au Saint-Père. J'attendais qu'il daignât s'informer de la passion du poète pour Laure de Sade. Elle vint sous une forme narquoise :

— Selon vous, a-t-il vraiment connu et aimé cette dame d'Avignon dont il parle dans son *Canzoniere* ? Ne fut-elle pas pour lui prétexte à faire s'épanouir ses dons ? Il parle de cette femme comme d'un personnage mythique qui lui serait apparu en songe. Certains prétendent même, comme Giovanni Boccaccio, qu'elle n'a existé que dans son imagination. Qu'en pensez-vous, mon fils ?

Je répondis que Laure avait existé et que je pouvais en témoigner, l'ayant rencontrée à plusieurs reprises. J'affirmai aussi que Pétrarque l'avait passionnément et désespérément aimée.

— Sans doute..., sans doute..., fit le Saint-Père d'un air embarrassé. Si je vous parle de ce poète, c'est qu'il m'inonde de courriers me demandant d'aller m'installer à Rome. Quand ce n'est pas lui, c'est sœur Brigitte ou quelque autre importun. Quant à lui, croyez-vous qu'il reviendra un jour dans cet *Hélicon de Vaucluse* dont il parle dans ses œuvres ?

Pétrarque ne reviendra pas en Provence, ni en Avignon, ni à Vaucluse. Sa dernière visite remontait à l'an de grâce du Seigneur 1353. Je l'avais rencontré dans sa demeure du bord de la Sorgue, vieilli, amaigri, plus désespéré que jamais par son amour sans issue pour Laure, dont la mort avait été pour lui une douleur déchirante, et par la tournure que prenaient les affaires du monde.

Il m'apprit qu'il se trouvait à Naples lorsqu'on lui avait apporté la nouvelle qui allait le bouleverser. La nuit qui avait précédé ce drame, il avait eu un rêve prémonitoire : un ange des ténèbres lui était apparu pour lui annoncer que Laure était à l'agonie ; il s'était réveillé en gémissant, couvert de sueurs froides. Disait-il la vérité ? Était-ce une affabulation ? Comment discerner, chez cet être qui vivait constamment entre rêve et réalité, le vrai du faux ?

Avant de nous quitter pour ne plus nous revoir, nous avions fait une ultime visite à son ami, l'évêque de Cavaillon, dans le nid d'aigle où il passait l'été entre terre et ciel, face à la haute falaise hantée par les rapaces.

François m'avait confié qu'il renonçait à revenir en

Provence et que ce séjour à Vaucluse serait le dernier. Il en avait les larmes aux yeux et moi le cœur brisé. J'avais la certitude que nous ne nous reverrions jamais.

Je gardai de cet entretien aimable et détendu une impression si intense que son souvenir est demeuré vivace dans ma mémoire et que je pourrais répéter mot pour mot les propos du Saint-Père et ceux que j'ai moi-même tenus. Il était la simplicité même : celle du Bénédictin qu'il était demeuré. C'était la première fois qu'un souverain pontife s'adressait directement à moi, hormis les brèves visites qu'Innocent nous faisait à la chancellerie.

Lorsque je rapportai cet entretien à Matteo, il parut d'autant plus intéressé qu'il ambitionnait de nouveaux contrats pour la décoration de je ne sais plus quel bâtiment et qu'il désirait que j'intervinsse en sa faveur. Ce n'est pas lui qui aurait souhaité le départ de la curie ; il avait fait son nid en Avignon au point d'envisager d'y finir ses jours, adulé comme un génie des arts et menant l'existence d'un sybarite du Bas-Empire.

C'est lui qui m'apprit la mort de sœur Agnès, emportée par la dernière épidémie de peste. Curieusement, il semblait plus affecté que moi par ce drame. Cela m'incite à croire — ce que j'avais déjà subodoré — qu'il avait été amoureux de cet ange tombé du ciel, comme François l'avait été de Laure, mais avec moins de passion. Peut-être, si elle s'était montrée plus accessible aux sentiments humains, lui eût-elle évité de sombrer dans la dépravation.

Agnès… Je retrouvais son visage dans quelques *sinopie* de Matteo et dans ses peintures : ce visage rond d'angelot, ce regard brumeux, ce voile de tristesse qui enveloppait parfois ses traits, c'était bien elle.

Je m'étais quant à moi assez vite dépris de cette passion impossible. Le Seigneur m'a accordé ce que je considère comme une faveur insigne : le détachement rapide de la passion. Agnès s'était dissoute dans le brouillard du temps ; elle avait rejoint mes amours passées pour Clémence, Sarah, Faïaga et quelques créatures de moindre importance. Toutes les quatre étaient mortes, ce qui me mettait à l'abri de rencontres qui eussent avivé mes regrets et ma peine.

Jordan, lui, était bien vivant, avec dans le cœur un bloc de haine et de vindicte.

À diverses reprises, j'eus sa visite à la chancellerie et je l'accueillais volontiers à mon domicile. Il était peu loquace à son habitude et j'avais souvent du mal à lui déluter les lèvres. J'appris cependant qu'après la dernière épidémie de peste il avait, avec son frère Jehan et quelques jeunes paysans de Bédoin, constitué une bande d'une dizaine de soldats indépendants aussi décidés que lui à se venger des méfaits de l'Archiprêtre, des Tard-Venus et de la compagnie Blanche. Ils tendaient des embuscades à ces gredins sans faire de quartier, leur dérobaient leurs armes et les fruits de leurs rapines. Le bruit de ces exploits était parvenu aux oreilles des chefs des Grandes Compagnies qui avaient décidé d'en finir avec ces trublions, mais la bande dirigée par Jordan leur échappait sans cesse car elle n'opérait qu'à coup sûr, la nuit de préférence et dans des lieux isolés.

— Nous avons massacré une centaine de ces bandits, me raconta Jordan le plus tranquillement du monde. Nous avons marqué au fer rouge les femmes qui les accompagnaient et qui étaient souvent plus féroces qu'eux.

Le talion était pour lui une loi naturelle. Il l'appliquait sans plaisir mais sans remords, avec la tranquille assurance des juges de l'Inquisition, sauf qu'il n'accordait aucune rémission.

À son exemple, de nombreux paysans avaient pris les armes pour harceler les compagnies. Les routiers avaient sur eux l'avantage de l'expérience (ils avaient combattu dans des armées régulières), de connaître la stratégie et les astuces de la guerre et d'avoir à leur disposition un arsenal perfectionné, alors que leurs adversaires n'avaient pour les attaquer que leurs outils quotidiens, parfois un bâton ferré, mais ils en faisaient bon usage.

— Vous n'en viendrez jamais à bout, dis-je. Vous en tuez dix, il en arrive vingt. Vous éloignez les Gascons, et ce sont les *godons* d'Angleterre qui surgissent. Où il faudrait une armée vous n'avez qu'une poignée de gueux sans expérience.

— Nous le savons bien ! bougonna Jordan, mais le peu que nous faisons suffit à assouvir notre désir de vengeance.

Nous étions loin d'être débarrassés de cette nouvelle forme de peste : elle fit régner l'insécurité durant des années encore, entre Lyon et Marseille, avec une prédilection pour le Comtat Venaissin et Avignon.

Lorsque le pape Urbain apprit que les princes d'Occident, répondant à son appel, mobilisaient leurs forces pour aller combattre les Turcs qui menaçaient les États chrétiens du roi de Chypre, Pierre de Luzignan, il proposa que l'on utilisât les Grandes Compagnies. Il s'adressa à leurs chefs, leur promit monts et merveilles, avec en prime des années d'indulgence. Ils écoutèrent ces propositions mais dédaignèrent d'y répondre : les monts et les merveilles, ils les trouvaient en Provence ; quant aux indulgences, ils s'en passaient fort bien.

À quelque temps de là, le duc de Bourgogne et le roi de France décidèrent de prendre les armes pour une autre croisade destinée, cette fois, à interdire aux janissaires turcs les frontières de la Hongrie qui, en cédant, leur auraient permis d'envahir le reste de l'Europe. Ils renouvelèrent aux chefs des compagnies la proposition que leur avait faite, sans succès, le Saint-Père : seul l'Archiprêtre consentit à participer à cette croisade. Il se mit en campagne derrière les armées de Bourgogne et de France, mais les autorités allemandes, connaissant sa réputation, lui interdirent la traversée de leur territoire.

Restait, pour se débarrasser de ces hordes, une troisième et ultime solution : les envoyer en Espagne.

En Castille, une guerre civile mettait aux prises deux frères ennemis : Pierre le Cruel et Henri de Trastamare. Ce dernier demanda et obtint l'appui du roi Charles V, fils de Jean le Bon, qui lui envoya, sous la conduite de Du Guesclin, quelques bandes choisies parmi les plus féroces.

À cette époque, je faisais partie d'une délégation de la curie accompagnant le Saint-Père à Marseille où il était appelé à célébrer la consécration de la nouvelle abbaye de Saint-Victor, dont Sa Sainteté avait été l'abbé avant de coiffer la tiare.

La cérémonie venait tout juste de prendre fin et nous assistions au grand repas donné dans l'abbaye lorsqu'un émissaire venant d'Avignon remit un pli au pontife qui, l'ayant lu, blêmit, se leva et annonça une nouvelle qui fit courir dans l'assistance un murmure de stupéfaction : des bandes de routiers ayant à leur tête un chevalier breton connu pour sa bravoure et son manque de scrupules, Bertrand du Guesclin, marchaient sur Avignon avant de prendre la direction de l'Espagne. Ce n'était dans le réfectoire que gémissements, larmes et prières. On imaginait déjà la petite troupe du capitaine Heredia réduite à la capitulation ou anéantie, Avignon pillée et incendiée par ces démons.

Dans l'heure qui suivit, nous remontions vers la ville en brûlant les étapes, précédés d'une compagnie d'arbalétriers de Marseille. Les nouvelles que nous recevions n'avaient rien de rassurant : les compagnies de Du Guesclin étaient signalées à Montélimar, à Bollène, à Orange. Selon leur habitude, elles mettaient en coupe réglée les pays qu'elles traversaient.

Arrivant en vue d'Avignon et apprenant que le pape était absent, le chevalier breton avait fait camper ses compagnies sur les pentes du mont Andéon où venaient de débuter les travaux de construction du fort Saint-André destiné à abriter des garnisons françaises. Avignon vivait des heures d'angoisse dans l'attente d'une attaque brutale qui, malgré les remparts dont on achevait la construction, malgré le courage des troupes du capitaine Heredia, aurait en moins d'une journée livré la cité au meurtre et au pillage.

Nous pûmes sans encombre arriver sous les murs de la ville et regagner nos pénates. Restait à savoir pourquoi le chevalier breton, au lieu de prendre la direction des Pyrénées, s'était dirigé droit sur Avignon. Pour s'agenouiller devant le Saint-Père, faire bénir ses étendards, acquérir quelques années d'indulgence et des prières pour la réussite de sa mission ? C'eût été faire preuve d'innocence que de le croire.

À trois jours de notre retour, un émissaire du preux chevalier vint demander audience à Sa Sainteté pour lui présenter les respectueuses salutations du sire du Guesclin et lui demander non des indulgences mais de l'argent.

On imagine la surprise et l'indignation du Saint-Père. De l'argent alors qu'il venait d'effectuer une ponction dans son trésor pour payer une rançon aux compagnies anglaises ! De l'argent alors que les finances pontificales étaient à sec, comme la Durance en été ! De l'argent alors qu'il fallait en terminer avec les chantiers du palais et des remparts !

À cette riposte indignée, l'émissaire précisa benoîtement qu'il s'agissait d'un prêt qu'il serait aisé au sieur du Guesclin de rembourser avec intérêt grâce aux trophées et aux trésors qu'il rapporterait de Castille. Le pape ne fut pas dupe et eut raison, comme l'avenir devait le lui démontrer. Il consentit à verser quatre mille florins au chevalier qui plia bagage et se replia sur-le-champ, comme il l'avait promis ; il fit descendre la vallée du Rhône à ses bandes, s'arrêtant dans chaque ville qu'il traversait pour mettre le couteau sous la gorge des bourgeois afin qu'ils participent à cette sainte croisade, arguant de la nécessité pour ces croisés d'un nouveau genre de se nourrir convenablement afin de mieux se battre pour le Christ et pour la Croix.

Autant de chantages, et qui lui réussirent.

L'ardeur vengeresse de Jordan se maintint durant quelques mois puis s'estompa, et la sagesse finit par l'emporter. Conscient d'être paysan plus que soldat, il résolut de consacrer ses forces et son courage à reconstruire ce que les Grandes Compagnies avaient détruit.

Le pécule qu'il avait soustrait aux pillards, il en distribua une partie à ses compagnons d'armes ; ce qui restait, et qui n'était pas mince, il l'employa à reconstruire, à replanter, à redonner vie à ce grand cimetière qu'était devenu le domaine de Filippa. Il épousa la jeune veuve d'un notaire de Malaucène emporté par la peste et, de ce grand arbre de Jessé mutilé par les orages et réduit en cendres, rejaillirent bientôt des surgeons prometteurs. Jordan voulait des enfants : il en eut.

Venu vendre un trentenier de moutons au palais, grâce à mon intervention auprès du chef des cuisines, il me rendit visite à la chancellerie et me dit :

— J'ai presque achevé la construction du mas et du jas. Le jour où tu en auras assez de ta vie de scribe et de cette ville de merde, fais-moi signe : il y aura toujours pour toi un lit et une place à notre table, parce que, sans toi, je crois que je me serais laissé aller.

Son premier enfant fut mon filleul, et on lui a donné mon prénom. Je fus prié d'assister au baptême, et cette petite fête familiale, au cœur d'un domaine en train de renaître, me causa une ineffable émotion : celle qui me saisit à chaque printemps lorsque, dans les vents aigres de mars, je vois apparaître les premiers bourgeons d'amandier.

Je n'éprouvais pas les mêmes sentiments lorsque mes pas me conduisaient à l'auberge de *La Fille-en-Fleur* : ce n'était pas l'odeur des fleurs d'amandier que je respirais mais celle de la pourriture.

Esprit Gauterouge, en quelques années, avec l'accord passif de Liénor qui n'était plus que l'ombre d'elle-même, avait fait de cette auberge florissante l'un des bouges les plus malfamés de la ville.

Liénor avait un éclat de larmes dans les yeux lorsque, après lui avoir reproché son indifférence, je lui rappelai le temps où notre table était fréquentée par des clercs laïcs de la curie, des capitaines, des négociants florentins ou lombards, des prud'hommes…

— Pourquoi ne pas réagir ? lui disais-je. Rien ne t'empêche de jeter dehors ce grand ribaud de Gauterouge et de repartir d'un nouveau pied.

— À mon âge, soupirait-elle, et dans l'état où je suis…

— Je pourrais t'aider. Je suis riche, car je gagne bien ma vie et suis économe.

Je me berçais d'illusions. Malade, Liénor l'était de toute évidence. Elle me confiait qu'une sorte de crabe lui tenaillait les entrailles à la faire hurler. Elle buvait pour noyer sa souffrance et, quand elle était ivre et incapable de s'occuper du service, Esprit la jetait dans la cour et la fouettait.

— Qu'attends-tu pour foutre le camp ? Tu as de l'argent placé quelque part ?

Elle en avait, et Gauterouge le savait : il la tannait pour qu'elle consente à le lui donner, mais elle résistait. Quant à partir…

— Pour le temps qu'il m'est laissé de vivre, autant rester. D'ailleurs, où veux-tu que j'aille ?

Je renonçai à la convaincre et à lui rendre visite, ce qui ne faisait que la chagriner. Le cours des choses se chargea de la débarrasser de Gauterouge. Les autorités pontificales l'obligèrent à fermer son auberge qui était devenue le repaire d'une sorte de secte proche du banditisme, qu'on appelait, je crois, les *dampirites*. Gauterouge, à la suite d'une enquête sévère, fut jeté en prison après une exposition publique au pilori. Liénor n'évita ces rigueurs que parce qu'elle était au bout du rouleau, comme on dit. Elle mourut d'ailleurs quelques semaines plus tard.

Un banquier juif m'informa qu'elle me léguait toute sa fortune, soit deux mille florins. Un cadeau royal, dont Jordan hérita à son tour.

C'est au début de l'an de grâce du Seigneur 1367 que le pape Urbain prit la décision que certains redoutaient et que d'autres attendaient avec impatience : le départ pour Rome.

Un grand rêve prenait fin. Pour moi, ce que je considérais comme un exil changerait peu de chose : ma vie allait vers son déclin et je savais l'endroit où elle s'achèverait : le mas de Bédoin, entre les vignes et les olivettes, dans la paix du Seigneur.

Le roi Charles multipliait ses interventions auprès du Saint-Père pour le faire renoncer à ce projet. À quoi bon, disait-il pour justifier son opposition, avoir édifié cette immense forteresse qu'était le palais pontifical, si c'était pour l'abandonner ? Que ferait-il en Italie qu'il ne pouvait réaliser en Provence ? Il redoutait les méfaits des Grandes Compagnies ? on en était débarrassés : elles ne reviendraient pas de sitôt d'Espagne…

François Pétrarque et la princesse Brigitte exultaient : l'Église de Rome allait enfin retrouver son époux mystique et la papauté allait connaître un nouvel âge d'or !

Battu de hautes vagues par tribord et bâbord, le navire de Pierre tanguait mais gardait le cap, la décision du Saint-Père étant inéluctable. Là où ses prédécesseurs avaient échoué, il avait la certitude de réussir : il ramènerait dans les eaux romaines l'esquif que Dieu lui avait confié. Les uns disaient : Enfin nous avons un pape ! D'autres murmuraient : Urbain renoncera au moment d'affronter les dangers du voyage. Les uns, parmi les cardinaux, préparaient leurs bagages ; les autres — les Français — refusaient de suivre le pasteur, comme ils en avaient le droit.

De toute manière, une grande partie de la curie devrait rester en Avignon pour assurer la continuité des services. Deux grands prélats maintiendraient l'autorité du pape sur cette terre comtadine : l'évêque de Cavaillon, Philippe de Cabassole, l'ami de Pétrarque, et Jean de Blauzac, qui m'était inconnu. C'est à eux que j'aurais affaire, car il ne m'était pas venu à l'esprit que l'on pût me prier d'accompagner la papauté dans son voyage.

Le pape me le demanda instamment et je ne pus que me plier à sa volonté, mais de mauvaise grâce, cela va sans dire.

Un soir de février, le Saint-Père me fit convoquer dans la galerie Roma, qui n'avait jamais si bien mérité son nom, car Anglic de Grimoard me révéla que, depuis quelque temps, à chacun des entretiens avec sa *familia*, c'est le départ pour Rome qui faisait l'essentiel des préoccupations de son illustre frère.

— Mon fils, me dit le pape sans préambule, connaissez-vous Rome ?

Je sentis mon sang se figer dans mes veines et j'eus envie de répondre que je n'y avais jamais mis les pieds et que je n'en avais nulle envie, mais c'eût été cavalier de ma part et le Saint-Père eût été fondé à prendre ombrage de cette réponse à une question qu'il ne m'avait pas posée.

— J'ai pris la décision, me dit-il, de faire suivre la chancellerie. Le cardinal grand chancelier est trop âgé et trop éprouvé par la maladie pour nous accompagner. C'est donc à vous que j'ai pensé. Vous n'êtes plus très jeune vous non plus, c'est vrai, mais vous jouissez d'une excellente santé et vous êtes très actif. Il faudra donc vous faire à l'idée de quitter Avignon pour ne plus y revenir. J'ai le sentiment d'exiger de vous un sacrifice, mais vous ne le regretterez pas.

Un sacrifice... Je faillis m'insurger respectueusement contre cette décision, mais je me retins. À aucun moment de ma longue vie, je n'avais envisagé de quitter cette région, cette ville auxquelles me rattachent, outre mes origines, tant de souvenirs.

Le pape avait ajouté, en me congédiant :

— Retenez cette date : le 30 avril. C'est celle que j'ai fixée pour notre départ.

En me raccompagnant, Anglic me confia que son frère n'envisageait pas de gaieté de cœur cette aventure, alors qu'il était en train de faire achever la construction du palais et que la situation en Provence était de nouveau calme.

— Votre réserve, me dit-il, le peu de chaleur que vous avez mis dans votre accord n'ont trompé personne. De plus, je peux bien vous le confier, Sa Sainteté a horreur de la mer et des voyages en bateau. La simple idée qu'il pourrait avoir à subir une tempête le rend malade...

Toutes les semaines qui précédèrent notre départ, les ambassades du roi Charles à la cour pontificale en vue de le faire renoncer à sa décision s'intensifièrent. Le dernier émissaire parvint en Avignon alors que ce départ était imminent ; ses adjurations furent sans effet.

Les arguments du roi, nous les connaissions : le pape ne pouvait quitter la Provence sans avoir réglé le différend entre la France et l'Angleterre et arrêté cette guerre qui flambait de plus belle ; s'installer en Italie, c'était se rapprocher de l'empire d'Allemagne et s'éloigner de la France ; le Saint-Père allait trouver en Italie le banditisme banalisé et des guerres permanentes. Pour le décider, il lui adressa cette parabole sous forme de dialogue entre le pape et lui. Le roi : *Saint-Père, où allez-vous ?* ; le pape : *Je vais à Rome* ; le roi : *Vous voulez donc vous faire crucifier, comme le Christ ?*

Le Saint-Père ne quitta pas ses États de Provence d'une manière brutale.

Son premier souci avait été d'effectuer une tournée dans les monastères où il avait vécu, pour faire ses adieux. En quittant Avignon, au lieu de descendre le Rhône, il le remonta en longeant l'île de la Bartelasse, jusqu'à Sorgues, resta quelques jours à reprendre des forces et à méditer dans le château forteresse que le pape Jean avait fait construire au-dessus de la rivière enjambée par un pont romain.

Anglic m'apprit qu'au moment de quitter cet asile où il se rendait parfois pour échapper à la canicule il s'était agenouillé pour baiser la pierre du seuil et qu'il avait pleuré.

Le pape fit halte à la chapelle de Bonpas où les moines furent heureux de le recevoir, puis à Noves, où Laure était née dans les premières années du siècle. Il semblait se faire violence pour s'arracher à cette terre et à ces gens.

À la fin de la première semaine de mai, le Saint-Père arrivait à Marseille. Il trouva une ville plongée dans l'affliction. Les religieux de l'abbaye Saint-Victor, qu'il avait dirigée et qu'il avait honorée de ses bienfaits, vinrent l'accueillir.

Anglic de Grimoard devait me confier plus tard :

— Le bon peuple de Marseille, croyant que mon illustre frère allait prendre la mer dans les heures qui suivaient son arrivée, s'était rassemblé sur le port afin de lui interdire l'accès aux navires et de le supplier de surseoir à son départ. Il a fallu l'intervention des sergents du guet pour le disperser.

Les supplications de la foule étaient superflues, le pape

ayant été contraint d'annuler son départ car les vents n'étaient pas favorables. Nous entrions dans l'aire de calme qui dure jusqu'à juillet, mais la Méditerranée avait encore quelques colères. Ce n'est qu'ensuite que nous pourrions voyager sans trop d'appréhension.

Je ne rejoignis la suite du pape qu'après avoir expédié les affaires courantes de la chancellerie et formé un jeune clerc laïc pour prendre sans hiatus ma succession.

Matteo Giovanetti était du voyage. Prévenu en même temps que moi, il ne se consolait pas de devoir quitter Avignon, ses amis, ses amours, ses fresques inachevées. Il s'était accroché à moi comme s'il allait sombrer dans la tempête, en me faisant promettre de ne pas l'abandonner ; il était déjà affaibli par la maladie qui n'allait pas tarder à l'emporter et dont il avait la prémonition.

C'est ce spectre fardé, inquiet, morose, qui me suivit dans la cité phocéenne. Comme il peinait pour se déplacer à pied, je louai un coche qui nous conduisit aux portes de l'abbaye Saint-Victor. Il fallut traverser des quartiers somnolents sous la pluie, repliés sur eux-mêmes comme des coquillages. L'abbaye se situait à l'extrémité de la rue Sainte, au-dessus d'un bassin de carénage, sur la rive droite d'une petite rivière, le Lacydon.

Matteo me dit, en levant le nez :

— Nous avons dû nous tromper d'adresse. Cette bâtisse ne semble pas être une abbaye mais une forteresse. Demi-tour !

— Non, lui dis-je. C'est bien ici. Souviens-toi que les pirates barbaresques sont souvent venus faire des incursions dans la région et que l'abbaye avait des trésors à protéger. Cette bâtisse est bien l'abbaye Saint-Victor. D'ailleurs, écoute…

Un carillon de vingt-trois cloches se répandit au-dessus de nos têtes.

J'appris à Matteo que ces imposantes murailles, ces courtines crénelées, ces tours abritaient les catacombes et les cryptes des premiers chrétiens, que l'on vénérait des reliques comme le saint suaire, les vêtements de la Vierge et de Madeleine, les sarcophages des saints Innocents et les restes des soldats de la Légion thébaine.

— J'espère, bougonna Matteo, que nous n'allons pas nous éterniser dans ce lieu sinistre !

Nous y restâmes jusqu'au 19 mai, soit plus d'une semaine après notre arrivée à Marseille, le temps pour les vents de mer de virer de bord et de gonfler les voiles des galères pavoisées aux armes de Venise, de Gênes, de Naples et de Pise qui attendaient dans le port le bon vouloir des éléments.

Pour éviter le retour d'une foule à la fois éplorée et hostile, le pape donna le moins de publicité possible à l'annonce de son départ. Il n'empêche : le peuple de Marseille était présent sur le port, agenouillé, se lamentant, priant et menaçant. Dans les heures qui avaient précédé la mise à la voile de la flotte au chant du *Veni Creator Spiritus*, les cardinaux français tentèrent une ultime démarche pour retenir le Saint-Père.

De tout le voyage par mer, qui dura jusqu'au 3 juin, agité de rares foucades qui ne méritaient pas le nom de tempêtes, le pape ne quitta guère sa cabine, en compagnie de son frère, de son médecin et des membres de sa *familia*. La mer lui faisait horreur. C'est avec une expression de ravissement, en arrivant aux escales, qu'il mettait pied à terre.

Matteo, lui, ne quittait pas la galère pisane qui nous hébergeait. Il restait prostré sur sa couchette, ne gagnait le pont que sur mon insistance. Il vomissait par-dessus le bastingage au moindre roulis. Lorsque je lui parlais, pour ramener en lui un peu de sérénité, du travail qui l'attendait à Rome, une brume passait dans ses yeux globuleux. Il secouait la tête et me répondait :

— *Finita la commedia, Julio !*

Lorsque je le poussais à se confier davantage, il ajoutait qu'il se sentait stérile, à sec comme ces fontaines de Provence qui cessent un jour de donner de l'eau. Sa véritable patrie, c'était Avignon, son lieu privilégié, le palais.

— Tout ça, on me l'a arraché, Julio. Il ne me reste plus qu'à mourir.

La flotte pontificale prit terre dans le petit port de Tarquinia, qu'on appelle aussi Cornetto. Il est situé au débouché d'une vallée où coule la rivière Marta, et dominé par un éperon rocheux sur lequel est construite cette cité, l'une des plus importantes de l'ancien royaume des Étrusques et l'une des plus anciennes d'Italie.

C'est un pontife transfiguré qui descendit à terre au milieu des vivats d'une population qui rompait les cordons de sergents pour venir baiser sa robe noire, la toucher simplement, recevoir sa bénédiction, chanter les grâces, le remercier d'avoir ramené la papauté en terre italienne.

Le cortège observa un repos de quelques jours avant de se diriger, à travers les douces collines du Latium, déjà dorées par l'été, vers Viterbe : une vaste cité ceinte de remparts dominés par le mont Cimino. Viterbe était, dit un proverbe, « la ville des belles femmes et des belles fontaines ». Je n'y vis pour ma part, durant les quelques mois d'été qui précédèrent notre entrée à Rome, qu'un cloaque d'où montaient une chaleur d'étuve, des odeurs pestilentielles et le tumulte des passions.

Cette première étape sur la route de la Cité éternelle n'était guère rassurante quant à la fin de notre voyage.

Peu après que les curiales se furent regroupés dans le *palazzo papale* qui jouxte la cathédrale, des troubles éclatèrent pour d'obscures raisons entre certains membres de la curie et les habitants, comme aux temps où Cola di Rienzo agitait Rome. Chaque nuit, parfois même en plein jour, retentissaient sous les murs du palais des clameurs hostiles à l'Église, au pape, aux cardinaux. Nous regardions de nos terrasses ou de nos fenêtres passer les émeutiers qui, par la via di Faul ou San Clemente, déferlaient jusqu'à nos portes en brandissant des torches et des armes. Il fallut que les autorités se décident à pendre une dizaine de ces énergumènes pour que la cité retrouve un semblant de calme.

C'est dans cette atmosphère éprouvante, en marge d'une ville surchauffée, que j'appris une nouvelle qui me bouleversa : la mort du cardinal Gil Álvarez Carillo de Albornoz, qui était venu nous rejoindre à Viterbe. L'âge, la fatigue provoquée par les missions que les papes lui avaient confiées avec le titre de légat avaient eu raison d'une santé robuste.

Matteo voyait dans ces événements des signes annonciateurs que cette équipée se terminerait en catastrophe. Personne ne nous obligeait à rester ! Qu'attendions-nous pour retourner en Avignon ?

Je devais en convenir : personne ne nous retenait vraiment et c'est avec joie que j'aurais repris le chemin de la Provence, au besoin en traversant les Alpes, mais j'étais trop engagé moralement avec le Saint-Père pour reculer.

— Pars si tu veux, dis-je. Moi, je reste.

Il savait bien que, seul, ce retour était pour lui impossible. Dans l'état de santé où il était, il n'aurait pas fait dix lieues. Il avait laissé à Avignon ses compagnons et Coco, son giton. En revanche, il n'avait pas oublié ses mines et le carnet où il consignait ses notes et ses *sinopie*. Il aurait pu employer cet espace de temps libre pour imaginer des formes et des compositions, mais il n'en avait pas le goût ; il se contentait de feuilleter d'un air morne ses anciens croquis, rectifiant telle attitude, reprenant le dessin d'un visage, jetant des notules en marge pour les couleurs, comme s'il allait reprendre ses pinceaux le lendemain.

Anglic me conduisit un jour à la salle du conclave qui avait été le cadre de l'élection de cinq papes. Le Sacré Collège venait souvent siéger, jadis et naguère, dans ce palais, soit pour fuir les révolutions de Rome, soit pour y trouver la sérénité nécessaire à l'élection d'un nouveau pontife.

Sur la fin du siècle passé, le dernier conclave avait donné lieu à une humiliante comédie. Les cardinaux siégeaient interminablement, se querellaient, se battaient sans parvenir à se mettre d'accord. La discussion durait depuis plus de deux ans lorsqu'un saint personnage, Giovanni di Fidenza, eut l'idée de faire appel à un officier de la ville pour hâter la conclusion des débats. L'officier commença par mesurer la nourriture aux cardinaux, puis il les en priva. Comme ils continuaient à s'affronter, il fit enlever les tuiles qui recouvraient le toit de la salle du conclave. La pluie et le froid aidant, un nouveau pape fut élu en quelques jours.

Nous commencions à nous demander si le Saint-Père n'allait pas, devant la tournure que prenaient les événements, décider de repartir pour Avignon. Anglic fit un beau matin irruption dans ma cellule, l'air triomphant.

— C'est fait ! s'écria-t-il. Nous partons demain. Dieu soit loué !

— Dieu soit loué ! répondis-je en écho. Mais le palais de Latran est-il prêt à nous recevoir ?

— S'il ne l'est pas, il le sera. Sa Sainteté vient d'envoyer des émissaires au vicaire pontifical pour lui annoncer notre arrivée.

Nous étions dans les premiers jours d'un octobre roux

et blond, traversé parfois de lourdes averses encore tièdes, lorsque nous prîmes la route en direction de Rome.

Comme une escorte armée était nécessaire pour traverser des contrées contrôlées par des chefs de bande, le pape avait pris la précaution de demander à ses alliés de lui procurer celle qui l'accompagnerait. Une armée de deux mille hommes fut mise à notre disposition, sous le commandement du marquis de Ferrare, du comte de Savoie et des représentants de deux grandes familles italiennes : les Este et les Malatesta.

Oubliés les troubles de Viterbe et l'ambiance délétère du *palazzo papale* ! Cette randonnée d'une dizaine de jours, de ville et de château en monastère, prit l'allure d'une marche triomphale. Enfoui dans ma cape de pluie, monté sur un robuste destrier de Hongrie, je regardais, passé le miroir d'étain du *lago di Vico*, défiler les plus belles campagnes du monde. Des paysans misérables se massaient à l'entrée des villages en agitant des bouquets et des rameaux ; les autorités nous offraient des présents et nous accueillaient en fanfare. On dansait chaque soir autour des demeures qui nous hébergeaient ; dans les monastères, les frères passaient la nuit en prière pour implorer le Ciel de guider et de protéger notre voyage.

Le 16 octobre apparurent sur les horizons du Latium les coupoles de la Ville éternelle. Malgré la répulsion que m'avait inspirée ce voyage d'exil, je ne pouvais me défendre de l'intense émotion qui me poignait. Matteo pleura dans mon épaule lorsque nous descendîmes de cheval au milieu des éteules rousses pour jouir de ce panorama sous le ciel laiteux d'octobre.

L'accueil de Rome tenait du délire. Sur notre passage, la foule était si dense que, malgré les cordons de soldats, elle nous encerclait, baisait nos vêtements, effarouchait nos montures qui se cabraient dangereusement. De toute part montaient des cantiques, des hymnes, des chants profanes, des musiques, des rumeurs profondes de prières. Nous n'avancions que pas à pas sur des tapis de verdure et de fleurs, inquiets de cet enthousiasme qui nous soulevait, nous portait, nous ballottait, et d'où aurait pu jaillir une main meurtrière.

Les jours, les semaines qui succédèrent à notre entrée dans Rome se déroulèrent dans une ambiance de fête qu'aucun événement fâcheux ne vint perturber.

Installé au palais de Latran avec la quasi-totalité de sa curie, le Saint-Père donnait audience sur audience. Après s'être abîmé durant quelques heures dans les prières et la méditation sur le tombeau de l'apôtre Pierre, le pape Urbain s'était consacré à ses fonctions et ne prenait pas le moindre repos entre l'heure du *Veni, sancte Spirite* et celle du rosaire, sans qu'il parût en éprouver la moindre fatigue.

La reine Jeanne de Naples, accompagnée de son troisième époux, Jayme de Majorque, fut parmi ses premiers visiteurs ; elle avait pris l'apparence d'une matrone sans rien perdre de son entregent et de sa pétulance. Elle fit tant et si bien que le Saint-Père, comme il l'avait fait pour son deuxième époux, lui décerna la rose d'or : c'était le quatrième dimanche de carême, jour du Laetare, où le temps, dit-on, prend la couleur de cette fleur.

Nous vîmes apparaître une princesse Brigitte longue et jaune comme un cierge. Pétrarque ne tarda pas à venir se prosterner aux pieds du Saint-Père ; je le trouvai amaigri, plus austère et pontifiant que jamais sous les lauriers dont il avait orné son front ; il daigna me gratifier d'un sourire pincé accompagné d'une banalité, comme si je lui rappelais, devant cet aréopage, le souvenir importun des « folies » de sa jeunesse ; depuis que le peuple de Rome l'avait couronné sur le Capitole Prince des poètes, il se prenait pour Apollon ; l'indifférence qu'il me témoigna ne me touchait guère : il avait si souvent, et avec une telle constance, accablé Avignon de ses sarcasmes et de ses calomnies que je me sentais à cent lieues de cette statue vivante.

Cette ambiance de fête allait vite tourner au vinaigre.

L'Église de Rome avait pris des libertés avec les règles morales et religieuses. Le laxisme s'était banalisé : on voyait des prêtres vivre en ville avec leur concubine et leurs enfants, hanter les mauvais lieux, n'assister aux offices ou les célébrer que selon leur fantaisie et porter des tenues excentriques. Les religieuses arboraient des robes qui leur découvraient le genou et accueillaient des laïcs dans leurs cellules. On voyait fréquemment des moines traverser la ville à cheval, l'épée à la ceinture…

La princesse Brigitte ne décolérait pas contre ces mœurs scandaleuses, mais ses invectives demeuraient lettre morte.

Je ne m'occupais guère, quant à moi, que de mon travail à la chancellerie, et il prenait tout mon temps. Ma *scriptoria* de Latran, au cœur de cet immense bâtiment d'architecture disparate et laid, sans comparaison avec l'ampleur et la majesté du palais d'Avignon, occupait deux cellules donnant sur un petit cloître qui eût été agréable si l'on n'y avait installé une écurie pour les courriers qui allaient et venaient sans cesse.

Les rares promenades que j'effectuai dans la ville au cours de l'automne et de l'hiver ne m'encouragèrent nullement à poursuivre et à approfondir mes découvertes.

Le Tibre pourri d'ordures puait à un quart de lieue à la ronde ; les rues étroites et mal aérées étaient dangereuses pour le promeneur solitaire. Je ne me plaisais que dans les ruines de l'Antiquité, mais elles étaient si malfamées que je renonçai vite à les explorer : chaque colonne cachait une *putana*, chaque *cella* un *ladrone*. À chacune de mes sorties, j'étais le spectateur de scènes violentes qui me révoltaient mais devant lesquelles je demeurais impuissant car, à la moindre intervention, j'aurais risqué de me faire détrousser et égorger. La nuit, de nos cellules, nous entendions les loups hurler aux portes de la ville.

J'avais obtenu que Matteo Giovanetti restât près de moi plutôt que de le laisser occuper un galetas dans cette Sodome surpeuplée.

Grâce à l'intervention d'Anglic de Grimoard, le pape lui avait proposé un contrat pour la décoration des nouvelles salles qu'il comptait faire réaménager ou construire à Latran. Cette proposition parut réveiller en lui une ardeur créative : il ne rêvait et ne parlait que des murs nus qu'il allait recouvrir de fresques, mais il se heurtait à des incertitudes : quand allaient commencer les travaux ? Quels architectes allait-on choisir ? Quels motifs lui imposerait-on ? À ces questions, aucune réponse. Après cette flambée d'enthousiasme, il retomba peu à peu dans son marasme.

Matteo se pomponnait devant son miroir, se poudrait, se fardait, revêtait ses tenues les plus excentriques. Quand je lui demandais où il allait encore traîner ses grègues, il me répondait qu'il l'ignorait mais qu'il était certain de s'amuser davantage que dans ce palais sinistre.

Il rentrait tard ou pas du tout. Le matin, voyant sa couchette déserte, je me disais qu'il était peut-être mort, assassiné dans un bouge, et je reprenais mon travail le cœur rongé d'inquiétude. Il réapparaissait dans la journée, les vêtements en désordre, blafard et l'œil vitreux. Il me jetait un sourire narquois, allait d'un pas chancelant s'allonger sur sa couchette et dormait jusqu'à la tombée de la nuit.

Son pécule avait fondu en quelques semaines de ce régime. Il en était réduit à m'emprunter de l'argent que je ne savais lui refuser, persuadé qu'il le dépenserait dans les salles de jeu ou dans la compagnie d'invertis des quartiers louches.

Un matin, deux sergents me le ramenèrent en le soutenant par les aisselles, juste avant que je quitte ma cellule. Il portait une blessure à la cuisse, mal ligaturée avec des rubans. Je lui demandai s'il s'était battu ou si on l'avait agressé. Il ne s'en souvenait plus ; il se rappelait seulement avoir laissé son poignard dans le ventre d'un tricheur.

— Cette blessure, dis-je en défaisant le pansement, pourrait bien te conduire au cimetière.

Il eut un rire amer avant de répondre :

— Le *cimitero*, Julio, c'est comme si j'y étais déjà.

Le médecin du pape, qui consentit à venir le visiter sur les instances d'Anglic, constata qu'il avait dû perdre beaucoup de sang et que, d'autre part, il était atteint d'une maladie vénérienne à sa phase terminale.

Le praticien ôta ses bésicles et me dit :

— Votre ami n'en a plus pour longtemps à vivre. Il lui faut du repos. Plus de sorties en ville…

Surveiller Matteo me posait un problème. Anglic me proposa de le faire garder par un jeune clerc de son entourage. Ce n'était pas une sinécure : le malade exigeait qu'on lui tînt la main, qu'on lui lût des pages de son livre de chevet, *Le Nymphée de Fiesole*, de Giovanni Boccaccio.

À certains moments, me raconta le jeune clerc, son malade se jetait furieusement hors de son lit, se précipitait vers l'un des murs de sa cellule et, à grands gestes désordonnés, faisait mine de le barbouiller, puis il retombait inanimé sur les dalles.

Mon pauvre ami passa ainsi plusieurs semaines entre la folie, la vie et la mort. À chacune de mes visites, il me suppliait de le laisser sortir. Je l'accompagnerais ; il me ferait rencontrer des chevaliers d'aventure décavés, des courtisanes pas trop vérolées, des servantes d'étuve bien grasses, de gentils pages androgynes…

— Une dernière fois, Julio, me disait-il d'une voix suppliante. Je veux revoir une nuit de Rome avant de crever. Julio, *un ultima volta, per favore...*

— Qui te parle de mourir ! m'écriai-je. D'ici à quelques jours, tu pourras recommencer à travailler. Sa Sainteté ne reste pas une journée sans demander de tes nouvelles.

Un sourire carnassier découvrait ses dents pourries.

— Je sais bien que c'est la fin, Julio. *Guardare !*

Il soulevait sa chemise, montrait son sexe rosâtre, enflammé, son ventre et ses cuisses couverts de pustules.

— Et mes *coglione* ! Tu les as vus ? Ridés, vides comme ceux de Mathusalem...

Matteo Giovanetti mourut le dimanche de Quasimodo, peu avant l'heure de vêpres.

Dans la matinée, il avait traversé un délire de trois heures qui l'avait épuisé. Je prenais sa main gluante, épongeais l'écume rosâtre qui moussait aux commissures de ses lèvres. Il me souriait, me priait de lui relire tel passage du *Nymphée de Fiesole*. Mes yeux se brouillaient, les mots obstruaient ma gorge. Il prenait ma main qu'il pressait de légères contractions lorsque j'arrêtais ma lecture, pensant que je venais de m'endormir.

Comme le jour baissait, j'arrêtai ma lecture pour allumer la chandelle. Quand je voulus la reprendre, je cherchai le pouls du malade : il ne battait plus.

Peu à peu l'autorité du Saint-Père avait ramené dans les clergés régulier et séculier l'ordre et la discipline.

Les moines abandonnaient leurs demeures urbaines pour réintégrer leurs couvents ; les monastères de femmes fermaient leurs portes aux laïcs ; les prélats regagnaient leurs diocèses ou leurs paroisses. On vit, de plus en plus dense, la foule se presser aux offices de Saint-Pierre, la grande basilique de Rome, que l'on s'attachait à restaurer.

En revanche, l'ambiance de la curie se gâta au cours de cet été de l'an de grâce du Seigneur 1368.

Il faut dire que la chaleur, à Rome, était pire qu'en Avignon. Le soir, pour peu que le vent se levât, il montait des quartiers populaires une puanteur de cloaque. Le Saint-Père convint qu'il n'échapperait aux effets pernicieux de la canicule qu'en se retirant avec une partie de sa curie au nord de la ville, à Montefiascone. Anglic me fit part de son désir et de celui exprimé par son illustre frère de me voir le suivre dans cette résidence.

Montefiascone se situe non loin de Viterbe, dans les États de l'Église, sur une colline dominant la via Cassia et l'étendue couleur de plomb du lac Bolsena.

Nous passâmes dans cette résidence tout l'été, loin des odeurs nauséeuses, des intrigues, des tumultes de Rome. Le Saint-Père avait repris ses habitudes d'Avignon : les entretiens de la vesprée, qui se déroulaient sur une terrasse ombragée d'une treille muscate, dominant les plaines et les collines du sud, qui se fondaient dans une brume de chaleur.

Je me mêlais à ces assemblées, mais avec une discrétion à laquelle le pape se montrait sensible. À plusieurs reprises, il me pria de l'entretenir de ce pauvre Matteo Giovanetti qu'il tenait pour un grand peintre et sur lequel il avait fondé des espoirs. Je lui cachai les causes de sa mort et l'existence sordide dans laquelle il avait vécu ses derniers jours ; un pieux mensonge de ma part parvint à le convaincre qu'il avait succombé aux fièvres dont plusieurs clercs avaient été victimes dès le début de la saison chaude, mais je crois qu'il n'était pas dupe.

Nous mangions avec appétit les anguilles fameuses de la Marta et buvions avec modération, à cause de la chaleur, ce muscat parfumé qu'on appelle Est-Est-Est. Cette curieuse appellation, m'expliqua un serviteur, venait de la manie d'un prélat de décerner un « Est » aux lieux où il avait bu un vin agréable. Montefiascone avait mérité trois « Est ».

Profitant de l'ambiance détendue qui régnait dans cette agréable résidence, Sa Sainteté avait procédé à la nomination de nouveaux cardinaux. Depuis le début de son pontificat, il n'avait autorisé que quatre promotions : son frère Anglic en premier, puis un Limousin, Guillaume Sudre, un Italien de Viterbe, Marco, et un Français, Guillaume d'Aigrefeuille. Parmi les nouveaux cardinaux, au nombre de huit, un seul Italien : Francesco Tebadelschi, de Rome.

— Je ne saurais désapprouver mon illustre frère, me confia Anglic, mais je crains que ce choix ne provoque des remous, et pas seulement au sein du Sacré Collège. Les Italiens comptaient avoir la majorité. Il n'en est rien. Si cette décision ne provoque pas une révolution, c'est que Dieu nous protège.

Dieu nous protégeait.

Ceux qui pensaient que le Saint-Père était décidé à retourner en Avignon eurent la surprise de le voir rentrer dans Rome, en septembre, son cheval tenu à la bride par Charles IV, empereur d'Allemagne, venu dans l'intention de faire couronner son épouse en la basilique Saint-Pierre. Lors de cette cérémonie, on vit le souverain officier lui-même, à titre de diacre.

Cette belle ambiance se désagrégea peu de temps après, lorsque le Saint-Père procéda à la canonisation d'un prélat de Provence : Elzéar de Sabran. Certains virent dans cette cérémonie l'intention du pape de déserter Rome.

L'espoir renaquit à l'occasion de la visite, l'année suivante, de Jean Paléologue, empereur de Constantinople, venu dans l'intention de mettre fin au schisme qui déchirait depuis des siècles les Églises d'Occident et d'Orient. La promesse d'unité qui avait un moment brillé sur l'horizon s'éteignit comme un feu de paille, Paléologue ayant mis une réserve draconienne à son acte de soumission : que le Saint-Père prêchât une croisade contre les Turcs qui assiégeaient son territoire. Le refus du Saint-Père de s'engager dans cette aventure redoutable mit fin à ce rêve.

Le chef de bande Arnaud de Cervole, dit l'Archiprêtre, était mort dans la Bresse, tué par ses propres hommes qu'il avait décidé d'entraîner contre leur volonté dans je ne sais quelle aventure. Bertrand du Guesclin guerroyait dans les Espagnes au côté d'Henri de Trastamare. Nous pensions que le fléau des Grandes Compagnies allait s'effacer de notre horizon.

C'était compter sans un certain John Hawkwood, condottiere d'origine anglaise rendu disponible par une trêve entre la France et l'Angleterre. Ce capitaine de ribauds avait conduit une bande anglaise de trois mille hommes en Italie dans l'intention de louer ses services aux grandes familles qui n'avaient pas renoncé à en découdre. Il se faisait appeler pour la circonstance Giovanni Acuto et avait donné à sa horde un nom que nous connaissions déjà : la compagnie Blanche, alors qu'elle n'avait rien de virginal.

Durant le deuxième été de notre séjour à Montefiascone, nous nous délections, sous les treilles muscates, d'anguilles de la Marta et de vin Est-Est-Est, quand une nouvelle alarmante nous parvint : à une dizaine de lieues de Montefiascone, à Pérouse, un conflit venait d'éclater, suscité par je ne sais qui ni pour quel motif. Toujours est-il qu'il s'agissait d'une véritable guerre, dans laquelle se trouvait engagée la fameuse compagnie Blanche.

Comme Montefiascone ne possédait pas de défenses suffisantes, nous nous repliâmes prestement sur Viterbe. Des terrasses du *palazzo papale*, nous assistâmes au déferlement de ces démons, aux incendies qui éclataient dans les campagnes, aux scènes violentes qui se déroulaient sous nos murs et qui nous rappelaient les exactions des bandes de l'Archiprêtre dans les campagnes d'Avignon.

Pour comble de malheur, les hordes de mercenaires à la solde du vieux Barnabo Visconti se mirent de la partie : elles se ruèrent sur la Toscane, somnolente dans la chaleur de l'été, mettant le feu aux moissons, coupant les arbres fruitiers, arrachant les vignes, faisant de cette campagne fertile une terre brûlée.

La guerre se réveillait après un long sommeil et déployait ses bannières de sang. Fallait-il que cette époque fût entraînée par un vent de folie pour que la vie humaine eût moins d'importance qu'une feuille arrachée à l'arbre par la bourrasque ?

Un soir, après le souper que nous prenions parfois en commun dans le grand réfectoire du palais, Son Éminence Anglic de Grimoard, qui, malgré sa promotion, me gardait son amitié, me raccompagna jusqu'à ma cellule.

Il me dit, en s'asseyant au bord de ma couchette :

— Je vais te confier une nouvelle que tu devras garder secrète : depuis quelques jours, mon illustre frère a pris la décision de retourner en Avignon.

Je sentis mon cœur bondir de joie dans ma poitrine. Peu à peu, sans plaisir, je m'étais fait à l'idée de terminer mon existence en Italie ; j'en éprouvais tant de chagrin que je regrettais parfois de n'avoir pas cédé à l'intention manifestée par Matteo de fausser compagnie à la curie et de regagner les bords du Rhône.

— En êtes-vous certain, Éminence ?

— La nouvelle sera rendue officielle dès notre retour à Latran, si tant est que nous y parvenions. La compagnie Blanche rôde encore dans les parages, et les intentions de Hawkwood sont des plus claires : il souhaite enlever le Saint-Père pour l'échanger contre une rançon, comme naguère pour le roi Jean le Bon. Ce démon ne recule décidément devant aucune folie ! Mon illustre frère a pris conscience d'avoir entrepris prématurément et un peu à la légère le retour à Rome, qui nous a menés de déception en déception. Il a fini par comprendre que notre place n'est pas ici.

Les anathèmes de la princesse Brigitte, qui annonçait publiquement son intention de mourir si le pape quittait Rome, les diatribes et les sarcasmes de François Pétrarque, les réticences des cardinaux italiens ne purent persuader le Saint-Père de renoncer à sa décision. C'est une des qualités qu'il faut bien lui reconnaître : la constance. C'est l'attitude d'un bon nautonier qui garde l'œil rivé sur l'horizon sans se soucier des murmures de l'équipage.

Alors que nous venions, sans encombre, de regagner Latran, je m'enquis auprès de Grimoard de la date du retour.

— Elle est fixée, me répondit-il d'un air sombre, mais, hélas, vous partirez sans moi. Mon illustre frère tient à ce que je reste à Rome pour tâcher d'y maintenir l'ordre. Une tâche qui, je le crains, dépasse ma compétence et mon autorité.

L'an de grâce du Seigneur 1370, le 5 du mois de septembre, trente-quatre galères de France nous attendaient dans le port de Tarquinia.

Je n'ai pas souvenir qu'un incident notable eût marqué notre traversée jusqu'à Marseille, où nous accostâmes une dizaine de jours plus tard. La foule qui, à notre départ, avait versé des larmes d'affliction retentit de cris joyeux et nous accompagna en triomphe jusqu'à l'abbaye Saint-Victor. Nous passâmes là quelques jours de repos avant de reprendre en remontant le Rhône le chemin d'Avignon.

J'ai versé quelques larmes, je l'avoue, en voyant les côtes de la Provence se dessiner dans la brume, en respirant les odeurs de cette terre qui nous arrivaient par bouffées. Je n'étais pas le seul. Après les tribulations que nous avions traversées dans la Sodome transalpine, ce retour suscitait en nous une telle émotion que nous demeurions muets au bastingage. Si les battements de nos cœurs avaient pu se percevoir, ils auraient composé, au-dessus du pont et des vergues, dans le ciel gris-bleu du matin, un hymne de joie.

Matteo me manquait.

Anglic de Grimoard me manquait.

Il avait promis, en m'embrassant sur le quai de Tarquinia, de m'écrire régulièrement ; il ne le fit jamais, ce qui n'altère en rien les sentiments de respectueuse amitié que je continue à lui porter. J'étais seul et j'allais le demeurer longtemps.

Je me réinsérai avec délices dans les services de la curie et retrouvai ma *scriptoria* en bon ordre. La vie reprenait dans le palais, dont les derniers travaux venaient de se terminer. Nous y étions enfermés désormais comme dans une coquille. La dernière construction refermant le quadrilatère de cette citadelle ajoutait à la perfection de cet ensemble colossal auquel six papes français avaient apporté pierre sur pierre, conscients d'élever dans le ciel de Provence le plus vaste et le plus beau monument dédié à la chrétienté.

Des rumeurs alarmantes couraient sur la santé du pape Urbain.

Très affecté par les épreuves qu'il avait traversées durant ce que je considère un exil, il avait pris la mine et l'allure d'un vieillard égrotant. Il avait été contraint de renoncer à ses entretiens quotidiens, sous la galerie Roma, avec sa *familia* ; il abrégeait ses audiences sur les conseils de son médecin qui l'avait à diverses reprises surpris à somnoler benoîtement en écoutant des importuns. Il marchait péniblement et semblait flotter dans sa robe noire.

À la fatigue qui l'accablait s'ajoutaient les déceptions subies.

Son règne, qui avait débuté d'une manière éclatante et avait donné lieu aux plus grandes espérances, s'achevait sur un constat d'échec : il avait manqué son retour sur le trône de saint Pierre ; il n'avait pu mener à bien les croisades projetées ni secourir le royaume chrétien de Chypre ; il avait été impuissant à ramener la paix entre la France et l'Angleterre ; il avait échoué à rétablir avec les chrétiens d'Orient, sur la suggestion de l'empereur Jean Paléologue, l'unité de l'Église ; il avait cédé aux Grandes Compagnies et laissait un trésor pour ainsi dire vide… Il devait se sentir frustré à mort de tous ses espoirs.

Le pape Urbain passa de vie à trépas en l'an de grâce du Seigneur 1370, le 19 du mois de décembre, à quelques jours de Noël. C'était au début d'un après-midi grisâtre et maussade. Il neigeottait sur Avignon.

Devinant que la mort était proche, il avait demandé à être conduit dans la livrée de son frère Anglic, qu'il aimait et respectait. Il avait ordonné que les portes fussent laissées ouvertes, de manière que les gens d'Avignon pussent voir comment mourait un pape, dans la dignité et la sérénité. Son agonie se déroula comme un sommeil après les onctions funèbres.

Le pape Urbain avait exigé que sa dépouille fût portée à l'abbaye Saint-Victor de Marseille, chère à son cœur. On l'inhuma *ad sanctos* dans le chœur de la basilique, au mois de mai de l'année suivante.

Sur le passage du cortège funèbre, dont je faisais partie, il fallut à plusieurs reprises écarter la foule qui se jetait sur le drap mortuaire pour en arracher quelques bribes.

7

La Naine rouge

Jour de la Saint-Sylvestre.
Dimanche.

Il souffle ce matin sur la ville un vent de neige venu je ne sais d'où. Ce n'est pas la tramontane ni la montagnère. Ce n'est pas non plus le mistral. Il semble que ce soit un vent perdu, tombé par hasard des Cévennes, des Alpes ou du cul du diable. Après avoir pris le palais pour cible, il tourne en rond autour de lui comme un chien fou, faisant lever au milieu de la cour des tourbillons de neige, chantant à travers les galeries et les couloirs des cantiques de mort. Il descend les escaliers en hurlant et vient souffler sous ma porte sa colère et quelques postillons blancs.

Le froid qui m'a saisi dès mon lever ne me quitte plus. Il ne reste dans mon charbonnier que quelques bûchettes de charbon de bois que je brise avec une pierre en recueillant la moindre brindille. Je me mettrais bien en quête de fagots, quitte à les payer dix fois leur valeur, mais on meurt de froid en ville, où il serait miraculeux de trouver le moindre combustible. Ma foi, cela durera ce que

Dieu voudra que cela dure, le mieux étant que la mort vienne me surprendre dans mon sommeil. Deo juvante…

Si je puis encore écrire, c'est grâce à mes mitaines et à la flamme de la chandelle qui réchauffe mes doigts engourdis. Il me reste sous le coude une vingtaine de feuillets d'un mauvais papier de chanvre et suffisamment d'encre.

Je me suis demandé, après le départ des gueux, la première chute de neige et l'arrivée du froid, ce qu'il était advenu de la Naine rouge. Elle trouvait sa subsistance dans les restes qu'ils laissaient traîner, la disputant sans doute aux chiens, elle s'abreuvait au puits du jardin, volait un peu de bois, mais je ne vis jamais la moindre fumée insolite sortir de quelque endroit que ce fût.

Pour la piéger, j'ai décidé de disposer sous la galerie, devant ma porte, une cruche de vin, du pain et du fromage prélevés sur les nourritures que Barthélemy Cadan dépose chaque jour à mon intention dans la salle de garde.

Le premier jour — ou la première nuit —, il ne s'est rien passé. Un matin, deux jours plus tard, la cruche était vide et la nourriture avait disparu. J'ai demandé au sergent de garde s'il était coupable de ce larcin, mais il a nié.

J'ai renouvelé cette expérience les jours suivants et, chaque fois, comme par un coup de baguette magique, tout a disparu. Souhaitant pousser plus avant mes observations, j'ai décidé de passer une partie de la nuit dans l'embrasure d'une porte proche de celle de ma cellule, emmitouflé de tout ce que j'ai pu trouver en fait de guenilles.

La nuit était à peine tombée, une nuit blanche, transparente, balayée par le vent, lorsque je vis une ombre courte se dessiner au bout de la galerie : on eût dit un sac de raves qui soudain se fût mis en mouvement. Immobile, retenant mon souffle, je l'ai vue boire goulûment à même la cruche, fourrer sous ses vêtements le pain et le fromage et repartir en se dandinant comme une oie.

Je l'ai suivie à bonne distance pour ne pas l'effrayer. Elle a traversé la cour, s'est enfoncée dans l'ombre d'un couloir, a escaladé des escaliers, en a redescendu d'autres, comme si elle cherchait à m'égarer. Enfin elle a pénétré dans la tour des Anges qui, sur la façade orientale, domine la galerie Roma et les jardins.

Pourquoi a-t-elle emprunté ce parcours compliqué, alors que, pour accéder à la tour des Anges, il suffit de traverser la cour ?

Malgré la luminescence de la nuit, j'avais parfois de la difficulté à la suivre, d'autant que c'est un endroit du palais où j'ai rarement à me rendre. Je n'ai rien de particulier à y faire, la tour des Latrines où je vais vider mon pot étant l'un des rares lieux où la nécessité me conduit.

Parvenu à mi-hauteur de la tour des Anges, essoufflé, le cœur agité d'un mouvement désordonné, je me suis demandé si cette apparition ne s'était pas fondue dans la muraille. Incapable de pousser plus loin ma poursuite, je suis retourné piteusement dans ma cellule.

Du moins avais-je acquis deux certitudes : la Naine rouge avait bien une existence réelle et, d'autre part, je savais où elle nichait.

Il me restait à la débusquer, ce que j'entrepris le lendemain au lever du jour, fort excité par la perspective d'une rencontre.

J'ai traversé la cour en longeant les murs pour me rendre à la tour des Anges. Je me suis arrêté à chaque étage, prenant mon temps, inspectant le moindre recoin de cette bâtisse vide comme une coquille de noix, sans le moindre mobilier.

En accédant à la loggia qui couronne la tour, légèrement en retrait par rapport à la surface du dernier étage, je me suis dit que j'avais fait chou blanc. Une porte s'était présentée, je l'avais ouverte. À ma grande surprise, on y respirait une présence humaine, avec des relents d'urine, d'excréments, mêlés à l'odeur surie de la cendre froide tassée sur une dalle au centre de la pièce.

Il restait dans cette loggia en forme de soleiladou quelques meubles délabrés et vermoulus que les déménageurs avaient dû dédaigner et que les ribauds ne seraient pas venus chercher là : une table à laquelle manquait un pied, poussée contre le mur pour la maintenir en équilibre, un escabeau, une grande huche qui était peut-être un coffre.

Je m'apprêtais à rebrousser chemin lorsque je me suis dit que cette huche réduite en morceaux pourrait me donner du combustible pour quelques jours. Il me suffirait de la traîner hors de la pièce et de la faire basculer dans l'escalier.

En soulevant le couvercle j'ai poussé un cri et failli m'évanouir : elle *était là !* Elle *me fixait de ses yeux de grenouille, aussi terrorisée que moi, semblait-il.*

Dans le lit de peilles et de couvertures qui l'enveloppait, seul surnageait son visage : c'était le faciès un peu monstrueux d'une femme qui devait approcher la quarantaine, gras, lourd, cireux, avec un nez épaté, des lèvres épaisses et brunes…

Nous sommes restés un moment à nous regarder, incapables de proférer une parole. J'ai fini par lui dire :

— Enfin, te voilà ! Depuis que je te cherche… Sors de ta niche. Nous avons des choses à nous dire.

Quand je lui ai tendu la main pour l'aider à quitter sa bauge, elle a poussé un cri strident, d'une intensité telle que j'ai cru en avoir le tympan fêlé. J'ai ajouté, d'une voix radoucie :

— Je ne te veux pas de mal. Nous sommes les deux derniers survivants de ce palais. Alors autant vivre en bonne intelligence. Quel est ton nom ?

Elle me fixait du même regard inexpressif, sans bouger d'un pouce, sans répondre.

— Tu n'es pas stupide, dis-je, et pas muette non plus ? Alors sors de ta niche avant que je t'en fasse sortir de force !

Comme elle demeurait muette et immobile, j'ai fermé la porte à la barre pour qu'elle ne puisse s'enfuir et, soulevant la huche avec le manche d'un balai en guise de levier, je l'ai fait basculer au risque de me rompre les reins. La naine a roulé sur le sol, soufflant sa colère par la bouche et le nez ; elle a saisi un escabeau, l'a soulevé au-dessus de sa tête et l'a projeté dans ma direction. J'ai pu l'éviter de justesse et me suis jeté sur elle pour la maîtriser, mais elle était plus robuste. Nous avons roulé sur les dalles et je suis parvenu à la maintenir sous moi, toute frémissante de fureur, me soufflant au visage, avec des mots sans suite, une haleine de poisson gâté.

— Vas-tu me dire enfin qui tu es et ce que tu fais là ?

Elle cracha un nom :

— Maria Sobirats !

Je me suis souvenu que Sobirats était le nom d'un cardinal espagnol qui venait de partir pour Rome une semaine ou deux auparavant, si j'en crois ce que m'en dit Barthélemy.

Elle répétait :

— Sobirats ! Sobirats ! Maria Sobirats !

Ce nom a remué un vague souvenir dans mon esprit. Et soudain m'est revenu à la mémoire l'aveu que m'avait fait Faïaga : elle avait cédé aux instances de ce prélat et en avait eu un enfant difforme que l'on avait caché comme une tare ou une punition du Ciel. Ce prélat était d'origine catalane et je me souvins de son nom que m'avait révélé Faïaga : Pablo Sobirats. Maria était leur fille ; elle portait le véritable prénom de ma femme.

J'ai tenté de faire comprendre à la naine combien elle m'était proche, de lui expliquer qu'elle était la fille naturelle de cette femme qui avait été ma compagne durant des années, mais les mots semblaient glisser sur elle sans pénétrer son esprit. Son seul souci devait être de se dégager de mon étreinte et de s'enfuir, mais je la tenais ferme.

Comment Maria s'était-elle retrouvée dans la tour des Anges ? Je l'ignorais, mais il était aisé de l'imaginer, d'autant que le cardinal Sobirats n'était pas, loin de là, un inconnu pour moi. On peut supposer qu'après le départ pour Rome de la curie et l'abandon du palais le cardinal s'était débarrassé de sa fille en la cachant dans la tour des Anges, peut-être en confiant à un serviteur le soin de veiller sur sa subsistance et sa sécurité, une mission que ce dernier dut abandonner au départ de son maître, laissant Maria livrée à elle-même. Sans pitié. Sans remords. Comme on jette au Rhône un chien galeux.

Alors que cette éventualité s'imposait à moi comme une certitude, j'ai cherché à distinguer dans le visage de la Naine rouge quelque ressemblance avec Faïaga. Maria ne rappelait en rien sa mère ; elle ne ressemblait pas davantage à son parâtre ; elle n'était que l'image monstrueuse du péché, un masque de carnaval, une dérision de la nature.

— Si tu me promets de te tenir tranquille, dis-je, je te rendrai ta liberté. Sinon, je t'assomme et te livre à la maréchaussée. Et Dieu sait ce qu'elle pourra bien faire de toi...

Cette situation était devenue pour moi si incongrue et si inconfortable que j'aurais été contraint de relâcher ma pression, même si cela avait pu être dangereux pour moi. Maria a poussé un grognement dans lequel j'ai cru deviner un consentement. Je me suis relevé prudemment et l'ai libérée en lui disant :

— Maria, tu ne peux rester seule ici. Il faut t'habiller et me suivre afin que je prenne soin de toi. Est-ce que tu me comprends ?

Elle aboya en signe d'assentiment, fouilla dans son coffre-lit, en sortit une défroque de cardinal puisée sans doute dans une antique garde-robe, un chapeau à quinze glands, s'entortilla dans la première, coiffa le second, ce qui lui donnait l'aspect d'un gros champignon.

— C'est bien! dis-je en réprimant une envie de rire. Maintenant, tu vas me suivre bien sagement. Je vais te faire réchauffer une soupe et nous irons voir si Barthélemy a pensé à nous.

Nous sommes sortis dans le grand froid immobile, les vents ayant cessé de souffler. Tandis que je m'escrimais à fermer la porte dont la serrure était rouillée, elle s'est éloignée vers la balustrade et soudain, sans que j'eusse le temps de réagir, elle l'a enjambée et s'est lancée dans le vide avec un cri strident. Je me suis précipité et l'ai vue tournoyer comme une feuille morte, membres écartés, ses vêtements pourpres déployés autour de son corps comme des ailes, et s'écraser dans le jardin enneigé, à quelques pas de la galerie Roma.

Curieusement, j'ai perçu cette mort comme un événement naturel, une sorte de délivrance. Qu'aurais-je pu faire de ce monstre ? La conduire à Bédoin ? Elle y aurait été mal acceptée. À l'hospice de la Pignotte ? On l'aurait enfermée comme une lépreuse ou une folle et elle aurait été malheureuse. La lâcher en liberté dans la ville ? Ç'aurait été la condamner à vivre l'enfer...

J'ai beau me secouer l'esprit comme un vieil arbre, aucun fruit de sentiment n'en tombe. Suis-je devenu inaccessible à la pitié ? Faut-il, pour parvenir à susciter en moi une émotion, que le sujet revête une apparence séduisante ? La vieillesse nous propulse sur les chemins arides de l'égoïsme, et d'une manière si naturelle qu'il nous arrive de ne plus y prendre garde et d'omettre de nous juger.

Je me bats les flancs depuis ce matin pour savoir ce que je vais faire de la dépouille de Maria : la laisser se dissoudre comme celle du moine Bonagratia ? L'inhumer au risque de n'avoir pas la force d'aller jusqu'au bout et d'être victime d'une faiblesse ? Prévenir la maréchaussée, qui me soumettrait à des questions embarrassantes ?

Jadis, j'aurais pris ma décision sur-le-champ. Aujourd'hui, j'atermoie.

Au cours de la matinée, je suis descendu jusqu'à la salle de garde : elle était déserte et je n'y ai pas trouvé le paneton garni de victuailles et de vin que Barthélemy y dépose habituellement. La porte des Champeaux est fermée, comme si l'on avait condamné le palais à être coupé du monde et à faire de moi un anachorète.

Cette perspective a fait courir un frisson dans ma nuque et un souffle de folie dans ma tête. Je ne suis plus le gardien du temple puisque ce temple est vide et qu'il le restera peut-être jusqu'à la fin des temps.

Il faut que je trouve une issue. Il le faut absolument. Je ne veux pas mourir ici. La solitude, pour laquelle j'avais naguère encore quelque attirance, me devient de plus en plus insupportable. Elle me fait comprendre aujourd'hui que je ne suis plus rien.

Plus rien !

Celui que je considère comme le dernier pape d'Avignon, Pierre Roger de Beaufort-Turenne, a pris le nom de Grégoire XI. Né en Limousin, comme Clément, comme Innocent, il était le neveu du premier, fruit du népotisme qui a corrompu l'Église de Pierre.

Lorsque le Sacré Collège, après une délibération qui ne dura qu'une journée, lui apprit qu'il était désigné pour être le successeur du pape Urbain, il n'avait que quarante ans, mais on lui eût donné davantage car il est de complexion fragile.

Sa carrière a de quoi surprendre : il a été chanoine de Rodez à l'âge de onze ans, diacre puis cardinal à dix-huit ans sans être passé par la prêtrise — un inconvénient auquel on a vite porté remède : quelques jours plus tard, ordonné, il disait sa première messe.

Alors qu'il n'était encore qu'un simple diacre et qu'il gravitait discrètement dans l'orbe de son oncle puis du pape Urbain, Pierre Roger venait souvent me rendre visite à la chancellerie, me parler de Pétrarque, pour lequel il professait une véritable vénération, en lui pardonnant ses excès de sévérité sur Avignon. Outre le *Canzoniere*, qui était son livre de chevet, et *Mon secret*, qui lui donnait la clé de la passion que le poète vouait à son égérie, il avait été séduit par la bonhomie et le naturel de *L'Ascension du mont*

Ventoux, qui l'avait incité à tenter à son tour cette aventure dont il était revenu ébloui. Les lectures auxquelles il s'adonnait l'avaient rendu aussi savant que Marsile de Padoue et Jean de Jandun réunis, et apte, au cours des réunions vespérales du pape Urbain, à disserter avec autant d'aisance que le plus profond des philosophes.

Est-ce cette propension à l'étude, cette ferveur dans la foi, le fait qu'il eût vécu en Italie, et notamment dans la *familia* du pape Urbain, qui l'avaient désigné à l'attention du conclave ?

Du jour où Grégoire occupa la cathèdre papale, je ne le vis pour ainsi dire plus à la chancellerie. Il est vrai qu'il avait hérité de la mauvaise situation laissée par Urbain : un bilan qui eût exigé de la rapidité de décision et d'exécution, qualité dont il semblait dépourvu.

À peine installé dans la dignité suprême, Urbain avait renoncé à la fastueuse cavalcade qui, traditionnellement, parcourait les rues d'Avignon, comme jadis celles de Rome. De même, il avait condamné les fêtes et les festins qui accompagnaient cet événement. Grégoire, lui, renoua avec la coutume.

J'ai gardé de ces quelques journées l'image d'un tourbillon de plaisirs : un tournoi de chevaliers dans le pré des Dominicains, un concours de tir avec les célèbres arbalétriers de Carpentras, des courses à la quintaine le long du fleuve à moitié pris par les glaces, car cet hiver-là fut des plus rigoureux.

Je garde de ces réjouissances une autre image : celle du duc d'Anjou, frère du roi Charles : au cours de la cavalcade, il tenait la bride du cheval blanc monté par le Saint-Père. Le pouvoir temporel tenant la bride au pouvoir spirituel… Il aurait dû y avoir pour ce pape érudit matière à méditer et peut-être à s'inquiéter.

La visite du duc d'Anjou n'était pas désintéressée : il souhaitait, au nom du roi Charles, s'assurer que le nouveau pontife ne céderait pas aux sirènes de Rome ; d'autre part, il voulait avoir la certitude que Grégoire intercéderait pour que cesse le conflit entre la France et l'Angleterre, qui menaçait de s'éterniser.

Revenu d'Espagne avec ses compagnies et le titre de connétable de France, Bertrand du Guesclin était au mieux de sa condition. Sous les assauts furieux qu'il leur livrait, les Anglais perdaient du terrain ; le Prince Noir, las et désabusé, avait repris le chemin de son île, laissant à ses frères Cambridge et Lancastre le soin de poursuivre la lutte.

Le nouveau pape prêta une oreille distraite au duc d'Anjou, mais une attention soutenue à la princesse Brigitte, qui n'avait pas désarmé et lui adressait des pathos comminatoires pour l'attirer à Rome.

C'était prêcher un convaincu.

J'eus en main les messages de cette harpie, adressés au souverain pontife. Elle n'y allait pas de main morte, dictait ses *volontés*, menaçait, s'il ne se pliait pas à ses objurgations, d'inviter la rigueur divine à l'accabler de maux et à abréger sa vie. Les *Révélations* de cette illuminée prétendaient faire entendre la voix du Seigneur. Une prétention que je n'étais pas le seul à juger insupportable. Le pape Grégoire les écoutait benoîtement, persuadé que ces messages allaient dans le sens de sa volonté profonde mais que chaque chose viendrait en son temps.

Personne, dans toute la curie et chez les cardinaux, ne pouvait ignorer que le but suprême du Saint-Père était de réussir là où ses prédécesseurs avaient échoué. À peine avait-il coiffé la tiare, sa décision était prise. Restait à la réaliser, mais comme il n'était pas de nature à presser les événements certains gardaient l'espoir qu'il finirait par renoncer.

C'était mal le connaître.

Ma solitude, au retour de Rome, fut distraite par l'arrivée dans le personnel de la chancellerie d'un nouveau scribe frais émoulu de notre université, bachelier en droit canon, qui nous avait été envoyé par la *familia* du pape Urbain.

Guido était le bâtard d'un cardinal d'origine italienne, Andrea Spontini. Son père naturel demeurait dans une livrée située à Villeneuve, au pied du mont Andéon. Sans se prévaloir de cette ascendance clandestine, Guido ne faisait rien pour la dissimuler. Cela ne partait pas d'un sentiment de provocation mais d'une simple indifférence. Il n'avait de goût que pour la lecture des ouvrages profanes, licencieux de préférence, et une assez belle écriture.

Dès le premier jour, malgré la différence d'âge qui nous séparait, il avait tenté une manœuvre d'approche que je n'avais pas découragée ni encouragée, persuadé qu'il cherchait à se faire noter honorablement et à amorcer une carrière qui pourrait le conduire au cardinalat, ce en quoi il se faisait des illusions.

Je n'avais pas à me plaindre de ses services : il était assidu, acceptait assez bien la compagnie des autres scribes, sinon leurs facéties, et manifestait un certain talent pour tourner la lettre gothique, à la manière de l'illustre Raoulet d'Orléans, qui a laissé son nom dans l'histoire de la calligraphie.

Au physique, rien de séduisant : un gros garçon un peu blet déjà, malhabile dans ses mouvements et timide dans ses propos. Je retrouvais en lui les traits et le comportement de son géniteur, qui avait, en plus, la réputation d'un jouisseur.

Guido se prit d'affection pour moi, mais sans que rien

de trouble n'intervînt dans nos rapports. Je crois qu'il était à la recherche d'un vrai père apte à sonder les profondeurs mystérieuses de sa nature et, comme je regrettais de n'avoir pas eu d'enfant, cette approche, d'une certaine manière, ne me déplaisait pas.

Il m'apprit un jour, ce qui ne me surprit pas, que le cardinal Spontini aurait bien aimé me rencontrer. J'accédai volontiers à ce souhait et me rendis au souper auquel on me conviait. Comble de bienveillance, Son Éminence mit à ma disposition un cheval qui m'attendait à l'heure convenue à la porte des Champeaux, avec un harnachement digne d'un prince et un esclave maure pour me guider.

La cour cardinalice d'Andrea Spontini n'atteignait pas en magnificence celle d'Annibal Ceccano. Sa livrée n'était pas la plus imposante par ses dimensions ni par son élégance, avec sa façade austère, composée d'éléments disparates, mais la vue, de quelque ouverture qu'on la contemplât, était sans égale, sur le mont Andéon, notamment, où l'on achevait la construction de la forteresse du roi Charles.

Il en allait tout autrement pour l'intérieur.

D'une mission du Sacré Collège au temps du pape Clément VI dans la Byzance des Paléologue, Son Éminence avait ramené le goût du faste à l'orientale, des chevaux de Hongrie, un lot de dix prisonniers turcs dont il avait fait ses esclaves, six femmes qu'il appelait ses *servantes* mais qui constituaient un véritable harem, des meubles, des tapis, ainsi que des pastilles qui, disait-il, lui ouvraient les portes du paradis et le faisaient communiquer directement avec le Seigneur.

Avec l'âge — il était né dans la première décennie du siècle —, le cardinal Spontini se montrait de plus en plus exigeant dans ses turpitudes auxquelles il conférait le nom singulier d'*affections*.

Au fur et à mesure qu'elles vieillissaient et perdaient de leur séduction, les esclaves femelles ramenées de Byzance étaient reléguées aux cuisines, aux soins du ménage ou revendues à des tenanciers de bordel. Il renouvelait son harem avec un goût très sûr, ne faisait le choix de ses servantes qu'après les avoir examinées de la tête aux pieds, dans le plus simple appareil, et vérifié qu'elles fussent vierges, comme le personnage de l'empereur dans le *Conte du Potier*, car il redoutait que quelque maladie ne vînt affecter son ardeur ou même abréger son existence.

La plupart de ces pucelles, achetées très jeunes, étaient d'innocentes petites paysannes qui n'avaient rien vu du monde, ignoraient ce qu'était un cardinal, n'avaient jamais foulé un tapis de haute laine de leurs pieds nus. Comme il se montrait avec elles tendre et généreux, elles se pliaient sans réticence à ses caprices.

Il s'était ainsi composé une sorte de gynécée où il puisait à sa convenance.

Guido me révéla que son père, chaque soir, allait jouer avec ses femmes, se faire baigner, laver les cheveux qui lui restaient, épouiller le cas échéant et étriller le cuir, en les écoutant babiller et chanter. Il fallait, pour qu'il les revendît, qu'elles eussent commis une faute grave. C'était un gentil satrape, au demeurant assidu aux exercices de la foi ; il se purgeait l'âme de ses perversités dans une petite chapelle qui n'avait de byzantin que le tapis recouvrant les dalles, lequel d'ailleurs venait de Perse.

Comme je m'étonnai auprès de Guido de l'indifférence du pape et du Sacré Collège concernant ces mœurs orientales qu'ils ne pouvaient ignorer, il me répondit :

— Mon père est riche et influent. Il possède plusieurs domaines dans les environs de Milan et une flotte de navires marchands à Venise…

Cela signifiait que sa générosité s'étendait aux membres

de la curie et suffisait à entretenir la complicité favorable à ses mœurs dépravées.

Nous soupâmes, le cardinal, son fils, le régisseur et moi, sur la terrasse. Le soir d'été sentait la lavande et le thym. La lumière coulait comme du miel sur les flancs fauves du mont Andéon où tintaient les clarines des troupeaux que le bayle ramenait à la bergerie proche de la livrée.

Nous avons parlé, autant qu'il m'en souvienne, des auteurs profanes comme Giovanni Boccaccio, dit Boccace, dont la sereine amoralité plaisait à mon hôte. Il me confia le désir qu'il avait de le rencontrer et de lui faire les honneurs de son domaine s'il passait par Avignon. Son livre de chevet était le *Décaméron*, mais il ne dédaignait pas les poèmes érotiques dont il faisait réaliser des copies par son frère qui résidait à Venise.

— Je souhaite que vous lisiez cet auteur, me dit-il. Il est leste, soit, mais plus profond qu'on ne veut bien le dire. Plus que les œuvres des philosophes, ses ouvrages sont le reflet de notre temps. De plus, l'agrément de la lecture est plus intense. N'est-ce pas, Guido ?

Guido avait, depuis l'adolescence, écumé la bibliothèque de son père, qui n'avait d'équivalent que celle du pape Clément VI. Il avait lu les œuvres de Boccace qu'elle contenait.

Je m'attendais à un festin ; le souper fut sinon frugal, du moins sans recherche.

— J'espère, mon ami, me dit Spontini en se levant, que vous n'êtes pas pressé de regagner vos pénates, puisque personne ne vous y attend. J'ai prévu à votre intention un petit divertissement. Vous n'avez rien contre une pointe d'exotisme pour pimenter une soirée ?

J'aurais eu mauvaise grâce à refuser.

L'intérieur de la livrée rappelait une demeure byzantine plus que le palais d'un cardinal. Les lampes de métal et de verre multicolore suspendues au plafond laissaient filtrer une lumière diaprée sur les tapis, les murs, les sofas, les meubles de bois précieux, les bibelots de cuivre ou d'or.

— Prenez vos aises, me dit Son Éminence. Considérez que vous êtes ici chez vous.

En me retournant, je constatai que nous étions seuls, lui et moi. Il s'excusa de m'abandonner quelques instants, se retira dans un cabinet attenant, en ressortit vêtu d'une tunique de soie chamarrée sous laquelle son corps adipeux de vieillard disparaissait, ne laissant apparaître qu'un visage ridé mais césarien. Il était nu en dessous ; il avait chaussé des sandalettes brodées d'or et de perles qu'il appela, je crois, *babouches* ; je constatai que ses jambes maigres étaient épilées.

— On vous attend dans le cabinet, me dit-il. Vous devez étouffer dans votre tenue de cérémonie. Il fait très chaud et, dans un moment, la température montera encore…

Une vieille servante mauresque ou peut-être byzantine me dévêtit pour me faire revêtir une tunique identique à celle de mon hôte. Ces préparatifs m'amusaient et m'inquiétaient en même temps ; ils me rappelaient la nuit que j'avais passée avec Bellejambe, Pétrarque et Arnaud Fabri dans la chambre des petites juives.

Une jolie fille habillée à l'orientale vint nous servir des friandises à la pâte d'amandes, des liqueurs aux couleurs suaves dans des verres de cristal. Deux autres écartèrent les tentures du fond et s'assirent à même le sol avec de curieux instruments : une *guzla*, ou *gusla*, et un tambourin orné de clochettes d'argent. On avait commencé à faire brûler de l'encens dont les fumerolles dessinaient des arabesques en s'élevant.

— Ces deux musiciennes, me confia Son Éminence, m'ont été envoyées par mon frère Luciano qui les a achetées à un montagnard d'Illyrie pour quelques florins. Elles étaient l'innocence même, mon ami : des pucelles. Elles ne connaissaient d'autre langue que leur charabia. Elles n'ont guère fait de progrès depuis mais elles sont fort habiles dans une forme d'art que comprennent toutes les races du monde.

Son Éminence frappa ses mains sèches et elles commencèrent à chanter des mélopées illyriennes douces et sauvages, qui remuaient le cœur. Je fermai les yeux : Myriam et Sarah, nues dans la clarté parcimonieuse des lampes, la délicatesse et la fraîcheur du corps de Sarah sous ma main, la brume d'encens... C'était il y a un siècle. C'était hier.

Lorsque les musiciennes se furent retirées sur un geste du satrape, une vieille servante vint nous présenter des coupelles pleines de pastilles blanches.

— Prenez-en deux, me dit Son Éminence. Cela suffira pour vous faire rêver. Davantage, cela pourrait être dangereux.

D'autres filles venaient de surgir de derrière les tentures qui paraissaient dissimuler tous les trésors de l'Orient. C'étaient des femmes jeunes, presque des adolescentes à en juger par la gracilité de leur corps dont la nudité transparaissait sous leurs robes.

— Ce sont des filles de Provence, me confia Son Éminence. Je les ai louées à un tonnelier d'Orgon qui en avait six et ne savait qu'en faire. Ces servantes sont particulièrement attachées à mon service pour des soins qui me sont indispensables. Mon fils prétend que ce sont des esclaves, mais elles peuvent quitter cette demeure à tout moment. N'est-ce pas, Sibylle ? N'est-ce pas, Delphine ?

Il ajouta à voix basse, avec un sourire salace :

— Faites votre choix, mon ami. Elles sont aussi expertes l'une que l'autre et pour la beauté, vous en conviendrez, c'est du premier choix.

Sans attendre une réponse que j'étais incapable de

formuler, il tendit la main à Delphine qui, sans marquer la moindre hésitation, s'agenouilla devant son maître et ouvrit le devant de la tunique. Sibylle imita sa sœur et — Dieu me pardonne ! — je la laissai faire, les yeux perdus dans les volutes des fumées d'encens qui s'étiraient en nappes bleuâtres sous le plafond peint.

Il pouvait être minuit passé lorsque les deux filles se retirèrent.

— Suivez-moi, me dit Son Éminence. Vous devez avoir comme moi besoin de faire toilette.

Deux grandes baignoires pleines d'une eau fumante nous attendaient dans la pièce voisine, petite salle aux murs nus où régnait une chaleur intense. Les vieilles femmes qui somnolaient, assises contre le mur, se levèrent à notre arrivée et nous ôtèrent nos tuniques. Je constatai avec stupeur que le dos blanchâtre, gras et poilu de Son Éminence était marbré de cicatrices fraîches.

— Vous pouvez regarder mon dos, me dit-il. Il paie le salaire du péché. La bête qui sommeille en moi se réveille encore trop souvent à mon gré, malgré mon âge.

Il se mit à se lamenter d'une voix pitoyable, indécente, s'accusant de jeter ses péchés comme des poignées de boue à la face du Christ, d'insulter à la dignité de sa charge, de profiter de sa richesse pour rechercher des plaisirs qui le conduisaient aux premières marches de l'enfer. Il pleurait en se couvrant le visage de ses mains, si bien que sa voix ne me parvenait que brisée, une voix aiguë d'enfant blessé ou malade. Il se mit à gesticuler d'une façon obscène dans la baignoire en faisant rejaillir l'eau sur les dalles. Il semblait se battre contre quelque chose ou quelqu'un. Peut-être contre lui-même. J'attribuai ce comportement aux pilules blanches dont il avait sans doute abusé.

Agenouillé dans la baignoire, il réclama le fouet, supporta le supplice sans un murmure, avec simplement, à chaque cinglon que lui infligeait la vieille servante préposée à cet office, un cri : «*Deo gratias!*»

— La chair souffre, me dit-il. Elle n'a que ce qu'elle mérite, mais si vous saviez quelle lumière m'inonde à l'intérieur!... Me voici en règle avec moi-même et avec le Seigneur. *Amen!*

Il se laissa glisser dans le bain fumant, jusqu'au cou, respirant avec force, puis il finit par s'endormir. Quant à moi, sévèrement étrillé par la brosse qu'une vieille maniait avec dextérité, je finis par céder à la fatigue et aux émotions.

Un moment plus tard, c'est le cardinal qui me réveilla en me secouant l'épaule.

— Vous n'allez pas passer la nuit dans ce bain qui est en train de refroidir ! me dit-il joyeusement. Il est trop tard pour que vous retourniez en Avignon. J'ai fait préparer un lit à votre intention. Si vous souhaitez qu'une de mes filles vous tienne compagnie, vous tirez le cordon : il est à portée de votre main.

Il me demanda comment je me sentais; je lui répondis qu'on ne pouvait être mieux au paradis. Quant à lui, malgré les traces de sa volée d'étrivières, il semblait radieux.

— J'espère, me dit-il en m'aidant à sortir de la baignoire sur laquelle surnageait une crasse de plusieurs semaines, que vous n'aurez pas une trop mauvaise opinion de moi après cette soirée et que vous ne jugerez pas trop sévèrement la créature pécamineuse que je suis.

— Je me garderais bien de juger Votre Éminence. Quand la chair est faible, le cœur peut la racheter.

— Mon ami... Je suis heureux que vous me compreniez. Revenez quand vous voudrez. Cette demeure est la vôtre.

Je ne suis pas revenu dans la livrée du cardinal Andrea Spontini, bien qu'il m'eût invité à diverses reprises par l'intermédiaire de Guido. Le souvenir de cette soirée me suffisait ; je le retrouvais comme la saveur de cette pâtisserie un peu écœurante qu'il m'avait fait goûter et qu'il appelait, je crois, *lokoum*. J'avais ramené de cette folle soirée une impression réconfortante : malgré mon âge, ma virilité ne m'avait pas trahi.

J'avais détecté dans le comportement singulier du cardinal cette propension des gens perdus de vice à susciter des complices, comme pour se faire pardonner leurs turpitudes en coupant le péché en deux. Malgré le désir qui me poussait à reprendre le chemin de ce bouge doré, je m'y refusais, de crainte de sombrer à mon tour dans la perversion et d'y perdre à la fois mon âme et ma santé.

Et puis, il faut bien l'avouer, j'avais atteint un âge où les plaisirs de la chair supportent mal les excès.

Le nouveau pontife avait la foi chevillée à l'âme. Il disait ou suivait les offices dans la chapelle Clémentine avec une assiduité si stricte qu'elle faisait craindre pour sa santé, qui était chancelante.

Depuis son arrivée en Avignon, quelques années avant son élection, il avait voué une haine tenace à toutes les formes de l'hérésie. L'attitude pleine de mansuétude de son oncle Clément pour les excès des fraticelles et autres engeances diaboliques qui minent les fondements de l'Église l'exaspérait. Le petit diacre sans importance qu'il était rongeait son frein sans mot dire.

Avec la perspective du retour dans la ville de Pierre, la lutte contre les hérétiques et les hérésiarques était devenue son obsession majeure.

Il commença à remettre au pas les ordres, Hospitaliers et Dominicains notamment, qui n'en faisaient qu'à leur tête, interprétaient la règle à leur manière, dédaignaient leurs devoirs et visaient à constituer des Églises dans l'Église.

Le frère Sulpice, dont on m'avait annoncé la mort, dans un village du désert, aux marches de l'Asie, après une vie édifiante, eût été satisfait de la mesure que prit le pape

Grégoire : il avait décidé de redonner de la vigueur à l'esprit de mission, qui semblait péricliter.

Quant aux hérétiques qui renaissaient à la faveur des troubles agitant les nations d'Occident, à l'égal de la peste et des Grandes Compagnies, il ne se contenta pas de les rappeler à la stricte observance, d'interdire cultes fautifs, réunions clandestines et prêches au coin des rues ; il réactiva l'Inquisition qui, sous le règne des pontifes précédents, somnolait dans les chambres de torture inemployées. Il rappela le roi Charles à ses devoirs, l'adjura de traquer dans son royaume les hérétiques, à commencer par les cathares qui reprenaient vigueur dans les provinces des Pyrénées. Il fit jeter au mur les imprudents qui venaient chanter leurs cantiques impies sous les murs du palais et en fit rôtir quelques-uns, pour l'exemple, dans le pré des Dominicains.

Si les intentions de Grégoire étaient louables, ses méthodes l'étaient moins. On critiqua sa sévérité excessive dans le Sacré Collège, dans la curie, en ville et dans le Comtat. Il s'en moquait ; il se sentait investi d'une mission à laquelle rien ni personne n'aurait pu le faire renoncer.

Julio me ressemblait.

Mon filleul était un garçonnet vif, curieux et, me confiait son père qui en prenait ombrage, déjà porté à la lecture. On disait qu'il tenait cela de son parrain. Jordan, cédant à cet engouement qu'il approuvait mollement, avait fini par accepter qu'il apprît des rudiments de lecture et d'écriture au couvent de Malaucène où j'avais moi-même fait mes classes en compagnie de frère Sulpice. Il en venait presque à regretter l'accord qu'il avait donné à contrecœur.

— Ce que je crains, me dit-il un jour, c'est que Julio se laisse prendre au jeu et qu'il m'annonce son intention d'entrer dans les ordres. C'est sur lui que je comptais pour prendre ma succession sur notre domaine qui, grâce à toi, a pris de l'importance.

Je rassurai mon neveu de mon mieux.

— Laisse faire la nature. Si le tempérament de Julio le porte vers les études et la religion, tu dois t'en réjouir. Il peut y trouver sa voie et, qui sait ? peut-être deviendra-t-il un jour cardinal, ou même pape…

Jordan haussait les épaules, insensible à ce genre d'humour. Il a fini pourtant par admettre que l'avenir de son fils et son bonheur passaient avant sa propre satisfaction. Il n'a pas eu à le regretter, et d'ailleurs d'autres garçons lui sont nés.

Jordan, à chacune de ses visites, me répétait :

— Le jour où tu te décideras à prendre ta retraite, tu seras le bienvenu à Bédoin. Tu y as ta place. N'en as-tu pas assez de ce travail de gratte-papier ?

S'il savait comme cette activité m'est légère et combien, aujourd'hui, j'y prends plaisir…

Réanimée par je ne sais quel souffle venu des enfers, la guerre flambait de nouveau aux quatre coins du continent, avec une impétuosité accrue.

L'Italie était devenue un immense champ de bataille ; on s'étripait de ville à ville, de village à village, de famille à famille, avec une cruauté inhumaine. Il en était de même, mais avec une moindre intensité, en Allemagne, en Espagne, au Portugal. En France, après d'inutiles négociations à Bruges, le conflit avait gagné en ampleur comme un feu de forêt attisé par le mistral ; c'était à croire que les deux belligérants avaient juré de s'exterminer mutuellement. Le pape porta le deuil de son frère, Roger, capturé par les *godons* qui proposaient sa libération contre une rançon d'une telle importance que le Saint-Père ne put s'en acquitter.

J'avais parfois, dans les locaux de la chancellerie, la visite d'un chapelain confesseur du Saint-Père : Pierre Ameilh de Brennac, évêque du diocèse de Siniglia, dans les États sardes. C'était un petit bonhomme, presque un nabot, mais vif, remuant, toujours en train de susciter et d'animer quelque intrigue malgré la réserve à laquelle il était tenu de par ses fonctions.

De nature fragile, souvent alité sur les conseils des médecins du pape, il pestait contre les courants d'air qui au moindre vent traversaient le palais en filtrant par toutes ses issues. Lorsqu'il pénétrait dans mon bureau, que je partageais avec une poignée de mes meilleurs scribes, il traquait le moindre souffle d'air, fermait d'autorité nos fenêtres, obturait les petits carreaux en losange dont le verre avait éclaté.

— Comment pouvez-vous, me disait-il, vivre dans cette atmosphère de crypte ? Il fait chez vous un froid d'Islande !

— Vous exagérez, Pierre. Regardez : je transpire.

— Vous verrez ! Vous verrez ! Lorsque vous serez alité avec la fièvre et la migraine, vous regretterez de n'avoir pas suivi mes conseils.

Pierre Ameilh écrivait. Sur tout et sur rien. De la prose et des vers. Il était capable d'aligner cent alexandrins pour célébrer une fleur, un nuage, un repas chez une Éminence, de rédiger une épopée en vers sur les papes Innocent et Urbain qu'il avait bien connus, étant de leur *familia*. Il était intarissable sur la peste ou les exactions des Grandes Compagnies. Chaque événement de quelque intérêt déclenchait en lui le moulin à poèmes qui ne cessait de fonctionner que lorsque l'eau de l'inspiration venait à manquer.

Lorsque je le voyais surgir, tard dans la matinée car il craignait la fraîcheur insidieuse du petit jour, je ne pouvais réprimer un sentiment d'animosité car je ne savais que trop ce qu'il attendait de moi, mais je ne pouvais interdire ma porte à ce personnage important de la curie.

Il s'asseyait sur un escabeau et, emmitouflé de lainages quel que fût le temps, il me disait :

— Je suis monté hier soir, à la nuit tombée, au sommet de la tour des Anges. Le ciel était superbe au-dessus des plateaux, avec de jolis nuages roses comme le char de Vénus, au-dessus des aiguilles de Montmirail…

Il sortait de sa manche quelques feuillets, se mettait en devoir de lire le poème que ce spectacle fascinant lui avait inspiré. Et le char de Vénus commençait à rouler dans sa tête. Je lui disais, d'un air excédé qui le laissait indifférent :

— Laissez-moi votre poème, Pierre. Je le lirai à tête reposée. Pour le moment, voyez-vous, je suis très occupé.

La plupart du temps, il n'insistait pas ; parfois, si.

— J'en ai pour quelques instants ! Vous ne le regretterez pas, Julio, vous qui aimez la poésie…

Les scribes, autour de moi, pouffaient sur leurs pupitres. Pierre Ameilh avait le sens du spectacle : dressé sur ses ergots, un bras levé vers le ciel, son index traçant des signes mystérieux, il déclamait ses ineptes alexandrins traversés de prétentieuses réminiscences de l'Antiquité et d'allusions mythologiques. Ses poèmes étaient aussi creux qu'un bassin d'eau claire sur lequel auraient surnagé quelques pétales de roses fanées.

S'il ne fit jamais la moindre allusion aux états d'âme de son maître, avec lequel il avait des entretiens quotidiens, en revanche, il ne manquait pas de me tenir au courant des événements qui agitaient le monde et dont il était parmi les premiers informés.

C'est Pierre Ameilh qui m'a annoncé la mort de la princesse Brigitte. Elle était, m'apprit-il, la fille d'un prince suédois nommé Birger. Mariée à un grand personnage,

Ulf, ou Ulaf Gudmarsson de Néricie, elle lui avait donné huit enfants puis, lasse de procréer, elle avait fait vœu de continence. Ulf se fit moine dans un couvent de Cisterciens et Brigitte fonda un ordre à sa convenance auquel elle donna le nom de Saint-Sauveur, qui recevait, comme celui de Fontevrault, en Poitou, des gens des deux sexes. Lorsque Ulf mourut, Brigitte, répondant, disait-elle, à la voix du Seigneur, partit pour la Ville éternelle et s'installa au monastère de Saint-Laurent. Elle aurait pu y finir ses jours, fulminant contre les excès du siècle, distribuant grâces et anathèmes, mais le Père éternel lui montra la voie de Jérusalem. Elle prit la route sans hésitation, en revint épuisée, malade, pour mourir à Rome, entourée de ses moniales. Je présume que l'Église ne va tarder à faire une sainte de cette illuminée.

— Cela devrait être pour vous, dis-je à Pierre, l'occasion d'un poème.

Il m'avoua qu'il en avait déjà écrit plus de deux cents vers, mais il ne devait pas le terminer. Je suppose qu'il a été bridé dans son inspiration par le souvenir des attitudes arrogantes, des excès de langage de celle qui apostrophait les grands de ce monde, le pape lui-même, comme s'ils eussent été à sa dévotion, et cela dans un style de commère hystérique. Dieu ait son âme. Ce n'est pas moi qui irai me recueillir sur ses reliques.

Pierre Ameilh de Brennac était d'accord avec moi : seule une croisade bien conduite aurait pu mettre un terme aux conflits qui jaillissaient dans tout l'Occident chrétien comme sous les pas d'un incendiaire diabolique.

— Une croisade, certes ! me lançait-il de sa voix claironnante. Sa Sainteté est bien d'accord sur ce principe. Si les princes chrétiens qui se font une guerre acharnée réunissaient leurs forces pour aller couper la route aux infidèles, Turcs et Maures, l'Église et tout l'Occident pourraient enfin respirer. Quel rêve, Julio ! Quel rêve ! Hélas..., les princes font la sourde oreille et Sa Sainteté n'a pas les moyens de se lancer dans cette aventure car le trésor est vide.

L'évêque-poète en avait les larmes aux yeux.

Le pape Grégoire ne s'attendait pas à trouver à son avènement une montagne d'or ; il savait trop bien, pour avoir été le témoin du retour manqué à Rome, ce que cette expédition malheureuse avait coûté. L'encaisse était pratiquement réduite à néant ; on en était contraint à emprunter, car les différentes formes de fiscalité qui permettaient à la papauté de vivre laissaient à désirer.

Cette grande pitié des finances pontificales interdisait à

la fois les perspectives d'une croisade et d'un retour à Rome.

Pierre Ameilh, quant à lui, ne semblait guère pressé de prendre le bateau pour l'Italie, encore que ce grand chambardement eût pu lui inspirer une épopée dans le genre homérique. Ce que d'ailleurs il devait réaliser plus tard.

— Je suis de l'avis du roi Charles, me dit-il : « Rome est là où est le pape. » Sa Sainteté ne peut résider en Italie. Si elle accepte de s'y rendre, elle fera comme ses prédécesseurs et retournera vite dans la quiétude d'Avignon.

En l'an de grâce du Seigneur 1374, la peste frappa de nouveau.

Elle dura quatre mois, entre avril et juillet, faisant, à Avignon et dans le Comtat, des milliers de victimes. La disette qui l'accompagnait ajouta à ses ravages. Des groupes faméliques se pressaient aux portes du palais, de la Pignotte, des monastères pour réclamer du pain, mais les greniers étaient vides et les vivres ne parvenaient jusqu'à nous ni par le fleuve ni par les routes.

L'épidémie, une nouvelle fois, frappa rudement le Sacré Collège, qui perdit cinq de ses cardinaux. Parmi eux, Andrea Spontini. Guido, son bâtard, fit enfermer sa dépouille dans une futaille remplie de miel et la fit transporter dans un monastère proche de Milan.

Cette mort ne me causa ni pitié ni chagrin. Je fus sensible, en revanche, à la nouvelle qui me parvint après le reflux de l'épidémie : deux des enfants de Jordan étaient morts ; mon filleul, Julio, devenu moine à Malaucène, avait survécu.

Ce n'est pas l'amitié, à vrai dire, qui me rapprocha de Guido, mais un simple mouvement d'humanité.

Avant de disparaître, couvert de bubons purulents, son

père lui avait laissé un pécule qui lui aurait permis de vivre de ses rentes, mais l'oisiveté lui répugnait et l'ambiance de la chancellerie lui plaisait.

Il avait envisagé, me confia-t-il, d'entrer dans les ordres, chez les Dominicains, mais il y avait dans l'expression de sa foi certaines incertitudes : il était du siècle et souhaitait y demeurer.

En attendant qu'il pût se loger à sa convenance, je lui proposai de s'installer dans mon logis de Saint-Didier. Il accepta avec chaleur. Il s'y plaisait tant, en compagnie de mes livres, avec le spectacle animé de la place sous les yeux, qu'il ne se montra guère pressé de déménager. Il offrit de me dédommager, mais je refusai cette offre qui eût concrétisé un état de fait.

Son temps de deuil terminé, il me confia les sentiments qu'il vouait à son géniteur : il le haïssait. Le peu qu'il m'en révéla, guère loquace qu'il était, me conforta dans l'idée que cette mort était pour lui une délivrance. Il restait dans son âme et dans son cœur un noyau de honte qu'il parvenait mal à extirper. Plutôt que d'être le fils de ce *monstre*, il préférait n'être le fils de personne.

Ce qu'il reprochait à son père, c'est moins d'être corrompu (il se refusait à le juger) que de l'avoir incité à le suivre dans ses perversions. Tout jeune encore et puceau, il l'avait enfermé dans sa chambre en compagnie d'une esclave illyrienne en guettant par le trou de la serrure la tournure des événements. Il en avait été pour ses frais : non content de se refuser à obtempérer, Guido avait malmené la donzelle qui entreprenait de le dépuceler par ordre supérieur. Déçu mais nullement découragé, Son Éminence se disait que le temps n'était pas venu, que les humeurs de son bâtard étaient encore trop tièdes. Il patienta. Comme il l'avait prévu, le temps fit son œuvre, et même au-delà de ce qu'il avait espéré, car le pauvre Guido, malingre comme il l'était dans son adolescence, faillit y laisser sa santé.

Guido s'était vite requinqué. Il avait repris ses cours de droit à l'université, mais avec des mines de songe-creux et une allure balourde.

C'est alors que je l'avais hébergé. Il avait hérité, quant à lui, d'une rancœur farouche contre son père et d'une timidité insurmontable envers les femmes, dont il ne dut jamais guérir.

L'ajournement de la croisade avait eu comme première conséquence de pousser l'empereur de Byzance, Jean Paléologue, dans les bras du sultan ottoman Amurat, ou Murad, qui en fit son vassal, tandis que le sultan d'Égypte s'apprêtait à envahir l'Arménie... Moi qui avais longtemps rêvé de voir les armées des princes d'Occident déferler sous les bannières du Christ et descendre le Rhône comme un fleuve jumeau, j'en fus pour mes frais d'imagination. Je crois que c'est une entreprise d'un autre âge : celui où l'on avait le sens de l'épopée, de l'aventure, et une vision universelle de la chrétienté.

En Italie, depuis la mort du légat Albornoz, qui était parvenu, l'épée au poing, à faire respecter les États pontificaux par ces grands fauves qu'étaient les Visconti de Milan et les Florentins, les choses allaient de mal en pis.

L'animosité de Barnabo Visconti contre le pape français s'exaspérait depuis qu'il avait annoncé, à quelques jours de son couronnement, son intention de prendre dès que possible le chemin de Rome.

Anglic de Grimoard, le frère du pape Urbain, qui avait rencontré ce tyran sénile dans son antre milanais, m'en avait fait un portrait hallucinant. La justice de Barnabo était arbitraire et expéditive. La chasse était sa distraction favorite; ses meutes comptaient près de cinq mille molosses ; comme leur entretien coûtait cher et qu'il était avare de ses deniers, il l'avait confié à ses sujets et tous les quinze jours en faisait l'inspection : s'il trouvait ses meutes mal nourries et mal soignées, les contrevenants écopaient d'une amende ; s'ils n'avaient pas la possibilité de s'en acquitter, le tyran les privait de leurs biens. Il avait interdit la chasse sur ses domaines pour d'autres que lui ; ceux qui étaient pris avec du gibier prohibé avaient les yeux crevés.

— Un jour, me dit Anglic, deux pauvres moines sont venus lui présenter une monition pour l'inciter à se montrer moins cruel ; il les a écoutés et leur a promis une récompense : il allait leur permettre de se retrouver dans le sein du Seigneur, sous forme de fumée. Le lendemain, sous prétexte d'*hérésie*, il les faisait brûler sur la piazza Castello.

Florence n'avait pas à la tête de son gouvernement un tyran comparable à ce monstre. Elle avait fait depuis quelques années la paix avec son ennemi héréditaire, Milan, et, dans le conflit permanent qui opposait cette dernière ville à la papauté, se cantonnait dans une prudente neutralité. En fait, cette cité ombrageuse et hypocrite intriguait pour former, avec Sienne et quelques autres villes relevant de l'autorité pontificale, une ligue à laquelle Barnabo Visconti fut invité à participer afin de défendre la Toscane contre le pape de retour à Rome. Plusieurs villes s'étant rétractées, le projet avait échoué. Le pape convia les Florentins à faire amende honorable en Avignon, mais, pour montrer leur souci d'obéissance, ils envoyèrent Catherine de Sienne.

La première fois que je vis dans les couloirs du palais Catherine Benincasa, fille d'un teinturier de Sienne, je crus être la proie d'une hallucination et m'appuyai au mur pour la regarder passer, en discussion avec Pierre Ameilh, accompagnée d'une théorie de cardinaux et de son confesseur, Raymond de Capoue.

Je m'attendais à voir surgir une harpie vêtue de noir comme la princesse Brigitte, et c'est l'ange de la Paix qui m'apparut.

Quelques jours plus tard, Pierre Ameilh m'expliqua que cette femme de moins de trente ans avait fait des débuts éclatants dans sa ville natale, alors qu'elle n'était qu'une adolescente. Le gouverneur de la ville, un certain Nanès, jouait périodiquement à la guerre, comme d'autres aux quilles ou à la pelote. Il avait pour sa distraction quatre conflits qu'il mettait à tour de rôle à réchauffer. La fille du teinturier lui demanda audience et s'enferma avec le maître des orages. Ce qu'ils se dirent, nul ne le saura jamais. Toujours est-il...

— Toujours est-il, ajouta Pierre, que Nanès renonça à son jeu favori, licencia ses troupes et fit cadeau à la jeune femme d'une maison proche de la ville, qu'elle transforma en couvent de Dominicaines. Je compte en faire un poème...

Durant tout son parcours le long de la galerie, je ne quittai pas Catherine des yeux. De temps à autre, elle s'arrêtait, se penchait sur la balustrade pour regarder les porteurs d'eau s'agiter autour du puits et un troupeau de moutons se diriger vers la boucherie.

Je ne sais que dire de son visage : ni qu'il était beau, ni qu'il était laid, ni qu'il m'était indifférent. Il semblait ne pas être de ce monde, éclairé de l'intérieur par une lumière qui estompait ses traits au point que, de loin, elle ressemblait à l'une de ces *sinopie* de Matteo Giovanetti dont il n'aurait tracé que le contour.

— Si la paix doit régner de nouveau dans le monde chrétien, ajouta Pierre, c'est elle qui l'aura imposée. Sais-tu à qui elle me fait penser ? À Daniel dans la fosse aux lions ! Les pires des chefs de guerre, les capitaines des

Grandes Compagnies, s'agenouilleront devant elle dès qu'elle aura commencé à leur parler.

C'était bien connaître Catherine, mais très mal le monde. Il eût fallu les troupes d'une légion céleste pour faire entendre raison à ces sourds. La guerre est comme l'amour : quand on y a goûté, on n'a de cesse d'y revenir. J'en parle par ouï-dire pour ce qui est de la guerre, car je n'ai jamais tenu une arme, sinon pour défendre ma vie, mais toujours avec répulsion.

Le style des monitions de Catherine différait radicalement de celui de Brigitte. La sombre visionnaire eût fait brûler le monde pour en extirper l'hérésie comme l'ivraie dans les champs du Seigneur ; Catherine, cette sainte fille qui ne savait ni lire ni écrire mais qui avait le don de la parole, disait :

— Arborez l'étendard de la Très Sainte Croix et vous verrez les loups devenir des agneaux… Demeurez dans la sainte et douce dilection… Doux Jésus, Jésus-amour… Par amour du Très Doux Sang, permettez-nous, Très Saint-Père, de donner notre corps à tous les tourments… Levez le gonfanon de la Très Sainte Croix, mon doux Père, parce que son parfum vous vaudra la paix, et que la guerre tombe sur les infidèles…

Certains étaient excédés de ce pathos à goût de miel et à parfum de rose, de ces gants de velours qu'elle prenait pour brandir l'épée de la croisade, du récit qu'elle faisait des apparitions de la Vierge.

Un matin que Catherine se disait en extase dans une petite chapelle basse du palais, une virago, Marie de Bourgogne, épouse de Raymond de Turenne, neveu du pape, voulut en avoir le cœur net : elle s'approcha de la sainte fille et lui piqua le bas du dos avec une aiguille. L'extase ne devait pas être aussi profonde que le prétendait Catherine, car elle poussa un cri.

Le charme était rompu. Le bruit courut que la fille du teinturier était une simulatrice, tout comme, ajoutait-on, la princesse Brigitte qui prétendait avoir des entretiens avec Dieu.

Qu'en est-il et comment pourrais-je connaître la vérité, les avis étant contradictoires ? Ce qui est certain, c'est que ces deux pythies en robe de moniale prenaient un peu trop d'importance et s'attribuaient trop de pouvoir. Les vapeurs dans lesquelles elles lisaient, disaient-elles, le destin du monde commençaient à faire tousser.

J'hésite à porter un jugement sévère, comme d'autres l'ont fait, sur les atermoiements du Saint-Père quant à son départ pour Rome.

Au début de son règne, il avait fait naître des espoirs en annonçant sa volonté de réaliser ce projet. Après la trêve de Bruges, qui semblait annoncer la fin des hostilités entre la France et l'Angleterre, également exsangues, il avait annoncé qu'il différait son voyage pour veiller à ce que cette paix fût respectée. C'était en l'an de grâce du Seigneur 1374. La guerre devait reprendre et tous les espoirs de quitter Avignon s'effondrer. L'année suivante, nouvelle trêve, nouveau report du départ. Une autre date fut fixée, puis annulée, Florence ayant repris les armes.

Nous crûmes un moment que c'en était fini de l'autorité du Saint-Père en Italie et qu'il ne lui restait plus qu'à s'enfermer jusqu'à la fin de ses jours dans sa citadelle des bords du Rhône. La guerre qui suivit la prise d'armes des Florentins fut appelée guerre des *Huit Saints*, mais les *saints* en question n'étaient que des chefs de guerre.

Riposte de Grégoire : l'interdit jeté sur Florence et une expédition guerrière sous la conduite du cardinal Robert de Genève qui, à la tête d'une troupe formée de mercenaires bretons libérés par les trêves successives de la guerre franco-anglaise, fonça sur l'Italie.

Ces bandouliers bretons, excréments du diable, nous ne les connaissions que trop bien : quelques années auparavant, ils avaient porté la terreur et la mort entre Tarascon et Arles. Leur chef, neveu du connétable de France, était Olivier Du Guesclin. Bon sang ne saurait mentir ! Le pape Clément VI les avait excommuniés, ce qui ne les avait pas empêchés de sévir. Cependant, quand il eut fait miroiter à leurs yeux les *monts et merveilles de la Péninsule*, ils avaient répondu présent.

Au cours de cette campagne contre les *Huit Saints* et leurs alliés, les Bretons se conduisirent comme les démons de l'enfer. Le moine que les Florentins, par le passé, avaient écorché vif aux cris de « Mort aux chrétiens ! Tuons tous les légats ! » était bien vengé.

Il le fut bien davantage quelques mois plus tard, avec ce qu'on a appelé l'« affaire de Cesena ».

Dans cette cité de modestes dimensions, proche de Rimini, dans la province d'Émilie, les compagnies bretonnes avaient installé leur garnison et prenaient quelque repos.

Alors que la famine régnait dans la région, ils entrèrent en conflit avec les bouchers de la ville qui refusaient ou ne pouvaient leur livrer la viande qu'ils exigeaient. Il s'ensuivit une rixe qui dégénéra en bataille au cours de laquelle Olivier du Guesclin perdit quatre cents hommes massacrés par la population en délire. Ce qui restait se replia sur la citadelle où était installé le légat du pape, Robert de Genève. Assiégés par la population, privés de subsistance, assoiffés, ils étaient sur le point de mettre bas les armes ou d'effectuer une sortie quand ils virent se dessiner à l'horizon de l'Émilie une troupe qui arborait les bannières du capitaine anglais Hawkwood venant leur porter secours.

Pris entre les assiégés qui effectuaient une sortie et les routiers qui les débordaient, les habitants de Cesena demandèrent grâce, mais en vain. Quatre mille d'entre eux furent passés au fil de l'épée, tous gens du peuple, paisibles artisans, négociants et bourgeois. Ceux qu'ils avaient en face d'eux étaient des diables déguisés en soldats.

Soudain, tout parut basculer autour de moi : le palais, la ville, le monde entier. Le temps avait pris une accélération telle qu'il passait avec la rapidité du vent, emportant les personnages, les jetant sur les chemins de terre ou dans le courant du fleuve, des images de cauchemar où les événements se précipitent comme par l'attirance d'un vertige.

Une triste agitation…

De toutes les semaines qui ont précédé ce jour de septembre de l'an de grâce du Seigneur 1376 où le Saint-Père a quitté Avignon pour n'y plus revenir, je n'ai pas rencontré un seul visage avenant ou radieux, pas un sourire, même sur les lèvres des cardinaux italiens qui eussent pourtant dû exulter. Dans le palais comme dans la ville, l'affliction était générale. Avignon avait soudain pris un autre visage : celui de la détresse. Tous ces gens qui avaient vécu dans la prospérité et s'étaient imaginé que l'*alter Roma*, Avignon, était et resterait jusqu'à la fin des temps le siège de la papauté se trouvaient soudain promis à des lendemains misérables.

J'ai vu des prélats, des clercs, des serviteurs de la curie pleurer, s'arrêter dans leur marche, sous une galerie ou dans un escalier, frapper les murs de leurs poings en gémissant. J'ai vu des groupes de gens du peuple agglutinés contre les portes du palais comme des essaims d'abeilles, priant à haute voix et se lamentant. J'ai vu des cardinaux comme Pierre de Monteruc proclamer avec véhémence leur décision de ne pas partir. J'en ai vu d'autres se disputer dans toutes les langues d'Occident, soit qu'ils fussent pour, soit qu'ils fussent contre cet exode.

Pierre Ameilh m'a confié qu'une réunion de la famille du Saint-Père, dans ses appartements privés, avait failli mal tourner. Grégoire avait tenu à la rassembler pour lui communiquer son intention de quitter la terre de Provence. Son père, le vieux Guillaume Roger, ses frères, ses neveux l'avaient écouté sans broncher. Ils l'avaient ensuite supplié de rester, de ne pas trahir sa patrie et sa famille. Cette scène fut si pénible pour Grégoire qu'il dut s'aliter et prendre une tisane.

Le 9 juillet précédent, un événement nous avait mis en alerte : la chapelle pontificale avait pris le chemin de Rome. Quelques jours plus tard, le cardinal Orsini m'avait confié une série de missives à l'intention des seigneurs siciliens, leur demandant de se trouver à Ostie, port voisin de Rome, le 20 du mois de septembre, pour une mission importante. Chacune de ces nouvelles avait été comme une épingle qui m'aurait percé le cœur.

Je me demandais quelle serait mon attitude si le Saint-Père sollicitait ou exigeait mon départ. Pour me dérober, irais-je arguer de mon grand âge, de mon état de santé ? Je ne tardai pas à prendre ma décision : ce serait un refus, quoi qu'il dût m'en coûter.

On ne me laissa pas longtemps dans l'embarras.

C'est le cardinal Orsini qui fut chargé par le Saint-Père de m'indiquer la mission qu'on allait me confier.

— Mon fils, me dit Orsini, notre très cher pontife a pris sa décision pour ce qui vous concerne. Il ne veut pas vous imposer les incertitudes et les fatigues de ce voyage qu'il a si longtemps lui-même hésité à entreprendre. Votre qualité de clerc laïc ne peut faire de vous un chancelier en bonne et due forme. Voici ce que nous attendons de vous, qui connaissez si bien cette ville et cette forteresse.

Ce que l'on attendait de moi, c'est que je reste au palais, que j'y poursuive ma tâche, que je fasse comme par le passé fonction de vice-chancelier sans en avoir le titre ni les émoluments. Mon travail serait allégé du fait que la plus grande partie de ce service s'installerait à Latran.

— Vous comprenez bien, avait ajouté Orsini, que la curie ne peut quitter cette ville d'un bloc, comme on déménage une maison de son mobilier. Il faut maintenir sur place un embryon de service, une administration de relais.

Son Éminence m'apprit que le vicomte Raymond de Turenne, neveu de Sa Sainteté, assumerait le gouvernement de cet État de la papauté qu'est le Comtat, assisté du cardinal Jean de Blauzac. Six cardinaux resteraient pour veiller à l'ordre religieux. Ils étaient tous les six d'origine française.

— Raymond de Turenne, me dit en terminant Orsini, devra s'absenter le temps d'escorter Sa Sainteté jusqu'en terre romaine. Il sera vite de retour…

Raymond de Turenne quitta Avignon avec cent vingt lances vives, dont treize chevaliers, et douze lances mortes, ce qui constitue une petite armée. Des mois, une année entière ont passé depuis son départ. Le vicomte, devenu peu après un redoutable chef de bande, a trouvé une telle insécurité en débarquant à Ostie que le Saint-Père a jugé qu'il serait plus utile à Rome qu'en Avignon.

Je m'explique mal cette sympathie des pontifes et de leur *familia* pour le modeste clerc laïc que je suis. Peut-être me crédite-t-on du fait que, différent d'eux par mes origines, mon éducation, ma carrière, hétérodoxe dans le milieu de la curie, j'étais mieux à même d'apporter à la chancellerie un sang nouveau. Cela pourrait expliquer la curiosité de quelques grands prélats, leurs visites, leurs questions, parfois leurs confidences pour le modeste personnage que je suis.

Anglic m'a beaucoup manqué dans les premiers temps de l'exode, car il était le seul des cardinaux restant en Avignon à m'honorer de son amitié. J'ai prié durant des semaines pour que les tribulations de ce voyage lui soient légères et pour qu'il revienne. Je sais aujourd'hui qu'à moins d'un miracle nous ne nous reverrons jamais.

Le temps, en ce jour néfaste du 13 du mois d'octobre, n'était guère en accord avec l'ambiance qui présidait au départ. L'air était doux, avec de légères risées de vent sur les eaux du fleuve. Au loin le Ventoux nageait dans une lumière de vitrail au-dessus des campagnes rousses et dorées. Les platanes commençaient à perdre leurs feuilles rissolées par les rudes chaleurs de la fin de l'été.

J'ai suivi le cortège au pas lent des chevaux. Le Saint-Père allait devant, voûté, bénissant d'un geste las, comme indifférent, la foule muette qui s'agenouillait sur son passage. De loin on eût dit un vieillard que le moindre sursaut de sa monture blanche risquait de faire choir. Il n'était escorté que d'une dizaine de lances, la troupe du vicomte de Turenne ayant pris les devants par voie de terre, sous la conduite de Pesteil de Merle.

Le chagrin de la foule n'éclata que lorsque le pape eut posé le pied sur la passerelle menant au navire qui allait l'emporter. On eût dit que, jusqu'au dernier moment, elle espérait que le Saint-Père reviendrait sur sa décision. Je surpris des cris hostiles que, par bonheur, Grégoire n'entendit pas. Lorsqu'il se retourna vers la foule pour la bénir une ultime fois, son visage était baigné de larmes.

Les derniers jours du pape en Provence ont pris l'allure d'un pèlerinage. La flottille a descendu le Rhône jusqu'à son confluent avec la Durance, remonté cette rivière jusqu'à Noves et la chartreuse de Bonpas avant de poursuivre vers Salon et Marseille.

Il n'a pas fallu moins de dix jours au pape Grégoire pour s'arracher à cette terre de Provence.

Je ne tardai pas à comprendre ce que l'on attendait de moi, après l'extinction lente et progressive du service de la chancellerie : que je veille sur le palais, que je remplisse la charge de *concierge* de cette citadelle vide et déserte.

Après le départ de la curie, j'étais vraiment le maître de mon service, avec sous mes ordres six clercs somnolents dont j'attendais autant de secours que d'une barque sans fond, et qui semblaient se demander ce qu'ils faisaient là. Devant le refus du cardinal vice-chancelier Pierre de Monteruc de suivre l'exode, Grégoire avait failli le licencier ; il y avait renoncé sur l'intervention du roi Charles, qui l'avait bien connu et avait apprécié ses qualités.

Je le voyais paraître de temps en temps, enfoui dans une pelisse de petit-gris, son visage sillonné de longues rides desquamé par places, les yeux bordés de rouge, son long nez portant toujours une goutte en pendentif. Il avait paru se défier de moi, comme si j'avais intrigué pour le remplacer, puis il se familiarisa, en vint à des confidences qui peuvent se résumer en quelques mots : qu'aurait-il été faire dans ce *trou punais*, grouillant de vipères, qu'était Rome, alors qu'il connaissait la paix et le bonheur dans sa livrée ?

Il me confia de même qu'il priait chaque jour pour le Saint-Père, dans son oratoire privé ou dans la chapelle Clémentine où, par les baies sans vitrage, soufflaient les vents noirs de l'hiver.

Ses visites se faisaient de plus en plus rares et de plus en plus brèves. Il prenait connaissance d'un œil distrait du courrier urgent, me laissait le soin de le distribuer et d'y répondre : c'étaient principalement des réclamations de banquiers qui avaient avancé les prêts destinés à faciliter le retour à Rome.

Outre qu'il avait engagé le trésor pontifical qui contenait encore quelques objets précieux à gager, Grégoire avait emprunté des sommes importantes au duc d'Anjou et au roi de Navarre : des dizaines de milliers de florins dont nul n'aurait pu affirmer qu'ils seraient remboursés. J'ignorais quant à moi si les quelques florins qui constituent mes émoluments mensuels pourraient franchir la Méditerranée — ils y parvinrent, mais avec retard, jusqu'au mois de juillet dernier. Aujourd'hui, il semble que le grand trésorier m'ait rayé de ses registres.

Peu à peu mon service se désagrégeait.

Le vice-chancelier Pierre de Monteruc, devenu grabataire, mouillait mes mains de ses larmes quand je lui rendais visite, en s'accusant de négliger ses fonctions. Les autres cardinaux se retirèrent un à un au cours de cette triste année du Seigneur 1378 qui fut aussi calme en Avignon qu'elle fut agitée à Rome, où le pape devait se morfondre et souhaiter un prompt retour dans la Provence.

Le courrier se faisant rare, je congédiai un à un mes scribes. Les deux que je pris la précaution de conserver me quittèrent pour aller tenter leur chance, l'un à Marseille, l'autre à Rome, chez des négociants qui les payaient mieux. Alors que l'hiver débutait, je me retrouvai seul dans cette citadelle avec, pour en garder l'accès, une poignée de sergents commandés par le capitaine Barthélemy Cadan.

Peu à peu j'abandonnai moi-même mon service, me contentant de confier aux rares courriers qui passaient encore par le palais la correspondance à destination du pape. L'essentiel de ma tâche, qui n'était pas une sinécure, consistait à surveiller les opérations de déménagement qui durèrent des mois et des mois, à veiller à ce que les truands qui s'étaient infiltrés dans le palais et occupaient les bas étages ne pussent commettre de déprédations, à me tenir informé de la situation en ville, à adresser des rapports, une fois par semaine, à la curie de Latran, jusqu'à ce que plus le moindre courrier ne daignât s'arrêter au palais.

C'est dire qu'il me restait un peu de temps libre pour prier, lire et relire les quelques ouvrages que j'avais rassemblés autour du livre d'heures du frère Sulpice, rédiger ces mémoires qui, j'en ai aujourd'hui la conviction, ne me survivront pas.

Jour de l'Épiphanie.
Samedi.

Il faudra bien que je me décide à faire enlever le cadavre de la Naine rouge avant qu'il ne pue.

Hier, prenant mon courage à deux mains, je me suis avancé jusqu'à lui à travers le jardin enneigé sur lequel roulait par foucades une brise acérée. J'ai dépouillé Maria de sa défroque cardinalice, par respect pour les Éminences qui l'ont portée. Nue, elle ressemblait à un crapaud surpris par le gel sur un lit de neige.

L'inhumer dans un coin du jardin est impossible, la terre étant gelée en profondeur. J'attendrai la visite de Barthélemy Cadan pour lui demander de faire creuser par ses hommes une fosse, lorsque le froid aura molli. Cette misérable créature, l'enfant de Faïaga, mérite mieux, en fait de sépulture, que les eaux du Rhône : elle aura sa tombe, elle aura sa croix, elle aura mes prières.

J'ai cru, en m'en retournant, que je n'atteindrais pas ma cellule. J'ai dû à plusieurs reprises m'adosser au mur, m'appuyer à la margelle du puits, m'asseoir sur les marches pour reprendre mon souffle et laisser s'apaiser les battements de mon cœur. Je suis dans un état de si grande faiblesse que la mort peut m'emporter à tout moment.

Depuis deux jours, je n'ai mangé que ce qui me restait de pain, la subsistance que j'attendais n'étant pas arrivée. Pour me désaltérer, à défaut de vin, j'ai fait fondre de la neige. À plusieurs reprises, pris de vertiges — le froid et la faim sans doute —, j'ai bien cru que ma dernière heure était venue, mais la carcasse est solide et, si le cœur tient bon, il me restera encore quelques années à vivre dans la paix et la sérénité du mas de Bédoin où m'attendent Jordan, Jehan et toute ma famille.

J'ai dû renoncer cet après-midi à la visite que je fais depuis quelques semaines, quotidiennement, aux appartements du Magnifique. Je n'en ai ni la volonté ni la force, mon seul espoir étant que Barthélemy ne m'ait pas oublié, que la grande porte s'ouvre de nouveau et que je reçoive les vivres qui me sont nécessaires. Ce matin, d'une fenêtre donnant sur la place du Palais, j'ai tenté d'attirer l'attention des passants pour qu'ils préviennent la maréchaussée et que l'on vienne m'apporter de quoi ne pas mourir de faim et de froid. Les passants étaient rares, courbés par la bise, et ne m'entendaient pas ou ne voulaient pas m'entendre.

Ces appartements du pape Clément VI, je connais tous les détails de leur ornementation. La salle que je préfère, au premier étage de la tour accolée à celle des Anges, est celle qu'on appelle la « chambre du Cerf », dont les fresques ont été réalisées par Matteo Giovanetti.

Chaque fois que je pénètre dans cette pièce, la même émotion me saisit. Il me semble entendre, venue de très loin dans le temps, la voix de Matteo jetant à ses exécutants et à ses élèves :

— *Giacomo, termine cette cage à oiseaux.* Presto !

— *Luigi,* mio amico, *soigne un peu mieux le bonnet à résille du fauconnier !*

— *Carmello, la patte arrière du chien blanc, un peu plus cambrée,* per favore. Ecco ! Grazie…

À chacune de ces visites, j'ai l'impression de me trouver dans l'antichambre du paradis.

Je m'assieds sur un escabeau encore barbouillé de peinture, au centre de la chambre, et les scènes qui ornent les murs se mettent à bouger autour de moi, à vivre. Je respire l'odeur des fleurs et des fruits, j'entends les rires des pêcheurs qui plongent leurs épuisettes dans le bassin, le bruit cristallin de l'eau, les ramages des oiseaux, les voix des cueilleurs juchés dans les arbres, l'appel du chasseur de cerf, cet animal fabuleux que la forêt vient d'abriter en se refermant sur lui. Je m'imprègne du vent doux et des parfums légers qui baignent cet éden. Tour à tour, je suis le maître fauconnier au visage sévère, le chasseur à la pipée, l'oiseleur qui brandit son appeau…

Je me dis : comme la vie serait simple et facile si le vieux fonds de méchanceté déposé en l'homme par les démons des origines ne faisait de lui un fauve toujours prêt à mordre, à déchirer, à dévorer hommes et animaux, ses égaux sous le regard de Dieu. Comme le monde serait aimable…

Un jour, je me souviens, j'ai dit à Matteo :

— Pourquoi n'y a-t-il pas de femme dans la chambre du Cerf ? Un paradis sans la femme, c'est inconcevable !

Il m'a répondu :

— Ma, innocente, *cette chambre, cette* camera cerus, *cette chambre close, est le* studium *du pape. Il ne faut pas le distraire de ses études et de ses méditations. Ce serait trop* pericoloso. *Et puis les femmes, tu ne les vois pas, mais elles sont là, derrière les arbres et les buissons, dans cette forêt, dans les reflets de ce bassin bleu.* Guardare bene, amico !

J'ai dû, à plusieurs reprises, interrompre cette relation et m'allonger sur ma couchette dont je n'ai pas changé les draps depuis des mois et qui pue. Le sang bourdonne en moi comme un essaim dans une ruche, monte à ma tête, descend, affole mon cœur, gonfle mes artères, menace de crever ce vieux parchemin qu'est mon enveloppe charnelle.

Dans un coin de la cour du Cloître, près du puits, j'ai découvert quelques branches oubliées que j'ai pu, à grand-peine, rapporter jusqu'à ma cellule. J'en ai gardé une partie pour me chauffer et réservé les moins noueuses pour en faire les deux branches d'une croix que je placerai sur la tombe de Maria. Il a fallu les tailler au hachereau, gratter l'écorce, mettre à nu l'aubier encore tendre et mouillé de sève et de neige, lier les deux bras par un lien de chanvre.

Demain, si le temps le permet et si j'en ai la force, j'irai déposer cette croix près de la morte afin qu'on n'oublie pas de la planter sur sa fosse quand on l'aura creusée.

J'en profiterai pour dire une prière destinée au salut de mon âme pécheresse.

Moi, Barthélemy Cadan, capitaine des sergents du palais, déclare avoir découvert, ce dimanche du mois de janvier de l'an de grâce 1379, fête de Septuagésime, sur la façade orientale du palais, au pied de la tour dite des Anges, entre le pied de ladite tour et la fontaine du pape Clément VI, deux cadavres bien conservés en raison du froid.

Le premier est celui d'une femme entièrement dénudée, de très petite taille et d'origine inconnue. Le second est celui d'un clerc laïc faisant fonction de vice-chancelier de la curie et de concierge du palais, du nom de Julio Grimaldi.

J'ai relevé entre les deux corps, tenue en main par le ci-devant Grimaldi, une croix faite de deux branchettes et nouée de chanvre.

Dans la cellule d'iceluy Grimaldi, qui vivait seul au palais et qui, selon toute apparence, est mort d'épuisement, de froid et de faim, j'ai découvert :

— une couchette ordinaire avec deux draps et une couverte rapiécée ;

— item : un coffre avec de vieilles peilles et touailles sans valeur marchande ;

— item : un escabeau couvert de peintures de couleurs diverses ;

— item : un crucifix d'assez belle facture taillé et façonné dans un bois d'olivier ;

— item : une table de scribe autrement dite pupitre, sur laquelle j'ai relevé des liasses de papier et de parchemin, certains écrits, d'autres non, et un encrier en forme de corne ;

— item : un bougeoir en cuivre avec un quart de chandelle ;

— item : un brasero avec quelques restes de charbon de bois ;

— item : contre le mur, une étagère avec un livre d'heures et divers ouvrages dont liste ci-jointe ;

— item : dans une niche du mur, un coffret de bois en mauvais état avec quelques lettres dont liste ci-jointe et un chapelet d'herbes dit *chapelet d'amour* ;

— item : un pot pour les besoins et divers ustensiles servant à la cuisine, dont liste jointe.

Mobilier et objets ont été déposés par mes soins dans la salle de garde dudit palais où les autorités compétentes pourront en prendre possession ou les détruire par le feu, car ils ne paraissent guère dignes d'intérêt, conservés ou vendus à l'encan, sauf peut-être le crucifix et le livre d'heures.

Fait par-devant maître X..., notaire en Avignon, en présence de trois témoins soussignés.

Au nom de Dieu, amen.

La mort de Julio Grimaldi succédait de peu à celle du pape Grégoire XI, qui gagnait le Ciel l'an de grâce du Seigneur 1378, à Rome.

C'est alors que commença pour la papauté une période de tribulations qui devait conduire au grand schisme d'Occident. Une lutte sans merci pour la domination de l'Église romaine débuta entre le pape italien Urbain VI et le pape avignonnais Clément VII. Le premier avait dans son obédience l'Angleterre, une partie de l'Allemagne, la Hongrie, la Pologne, le Danemark, la Suède et la Norvège ; le second, la France, l'Écosse, l'Espagne et le royaume de Naples.

Urbain était un violent, presque un *aliéné*, a-t-on dit ; Clément était davantage un homme politique qu'un religieux.

Les pontifes des deux parties se succédèrent sans parvenir à un accord, s'excommuniant les uns les autres et se traitant mutuellement d'*antipapes*.

Il fallut attendre la mort, à Peñiscola, en Espagne, du pape avignonnais Benoît XIII, Pedro de Luna, le plus acharné de tous, le 23 novembre de l'an de grâce du

Seigneur 1423. Du haut de son rocher, il accablait l'univers entier, chaque matin, d'anathèmes. Il ne restait que trois cardinaux autour de lui. Le matin de sa mort, il leur fit promettre de lui donner un successeur. Une promesse qu'ils se hâtèrent d'oublier.

Annexes

Les Papes d'Avignon

Clément V (1305-1314) — Bertrand de Got, gascon, archevêque de Bordeaux. Créature de Philippe le Bel (l'affaire des Templiers). Couronné à Lyon, s'installe à Avignon, après une longue errance à travers la France. L'année 1309 ouvre ce que l'on est convenu d'appeler la « seconde captivité de Babylone ».

Jean XXII (1316-1334) — Jacques Duèse, né à Cahors, juriste, évêque d'Avignon de 1310 à 1312, cardinal.

Benoît XII (1334-1342) — Jacques Fournier, cistercien, théologien, inquisiteur, évêque de Pamiers (voir Emmanuel Le Roy Ladurie, *Montaillou, village occitan*), cardinal.

Clément VI (1342-1352) — Pierre Roger de Beaufort, limousin. Docteur en théologie et en droit canonique de l'université de Paris ; archevêque de Sens puis de Rouen ; chancelier du roi Philippe VI.

Innocent VI (1352-1362) — Étienne Aubert, limousin, cardinal.

Urbain V (1362-1370) — Guillaume de Grimoard, abbé de Saint-Victor de Marseille. Tente le retour à Rome, revient à Avignon, où il meurt.

Grégoire XI (1370-1378) — Neveu et homonyme de Clément VI, limousin. Retourne à Rome en 1376.

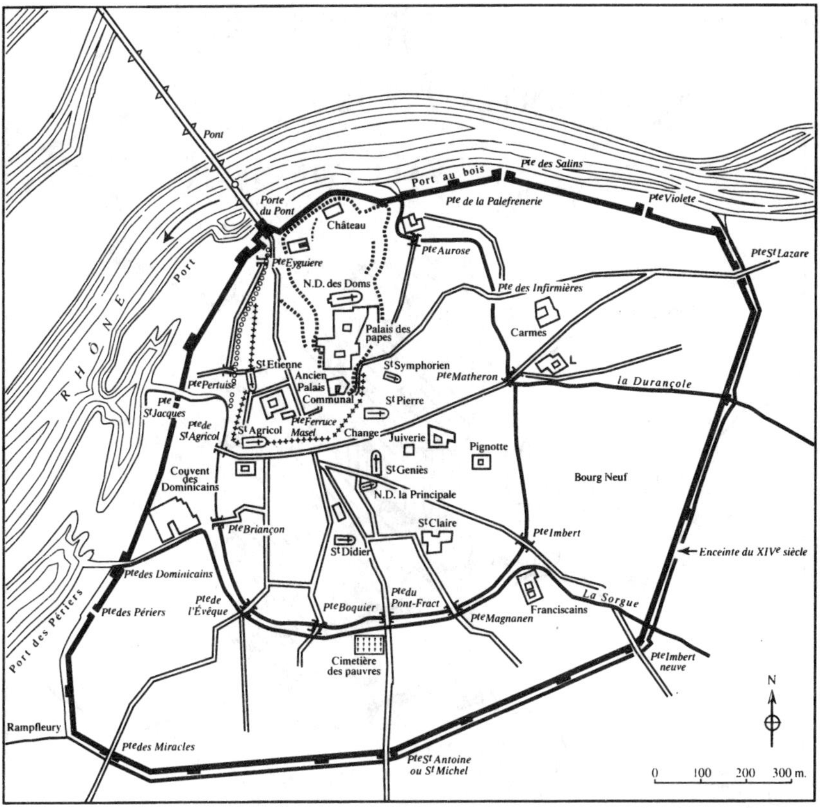

Avignon au temps des papes.

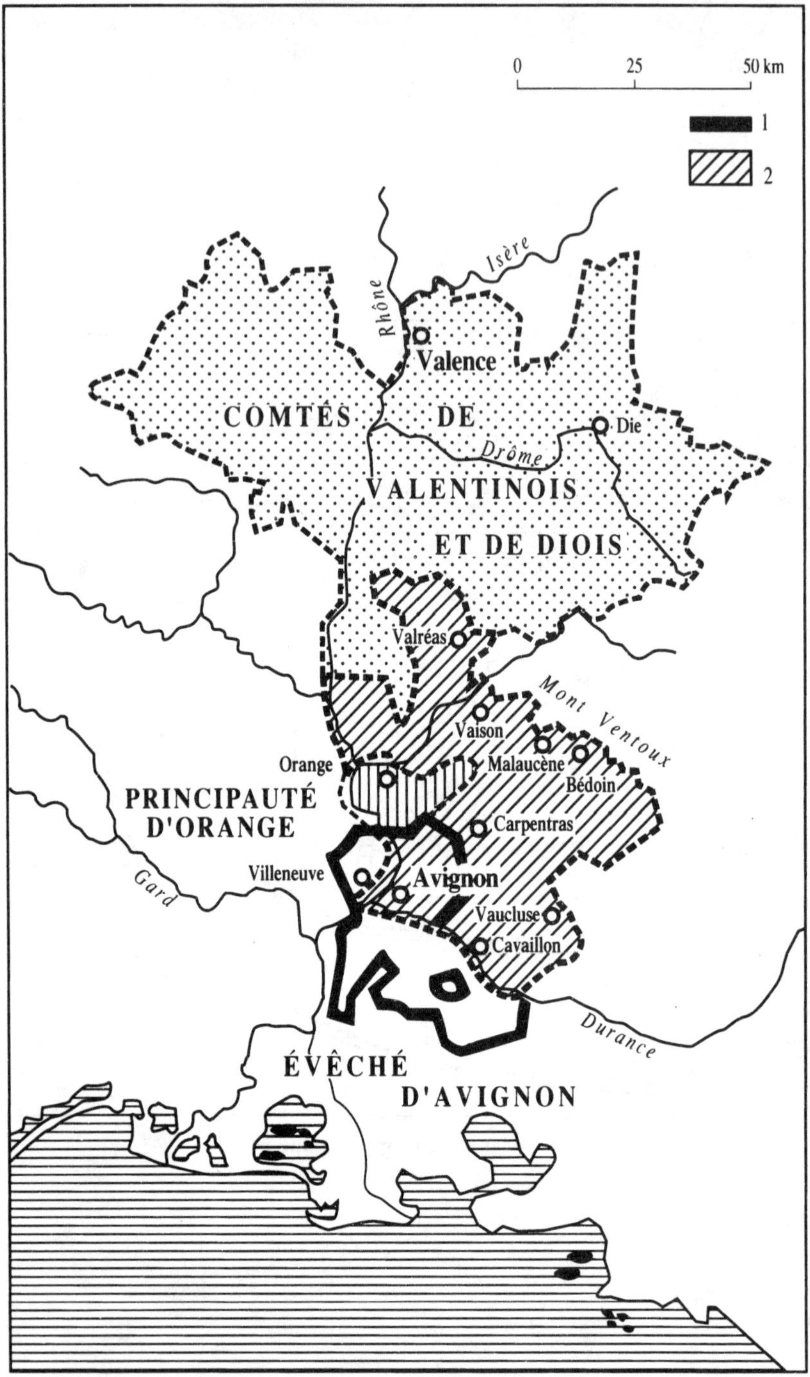

L'évêché d'Avignon et le Comtat Venaissin au début du XIVe siècle.

1. Limites du diocèse d'Avignon - 2. Territoire pontifical.

Table des matières

1. L'Exil de Babylone 7
2. Le Pape vert 55
3. Le Pape blanc 203
4. Le Magnifique 261
5. Les Grandes Compagnies 355
6. Le Voyage de Rome 417
7. La Naine rouge 463
Annexes 517

La fascination que la Provence a exercée sur moi ne s'est pas démentie au cours du temps. J'ai gardé la passion de ces vastes étendues léthargiques, brûlantes, comme si la fin du monde allait débuter là, dans une immobilité d'attente, un silence funèbre quand les cigales se taisent. La Provence est une terre baignée de cette détresse qui imprègne les grands cimetières des civilisations : Carthage, l'Egypte, la Provence gallo-romaine... et Avignon où les papes qui ont subi l'exil de Babylone ont implanté, sur les rives du Rhône, une principauté mystique éphémère mais vivace dans la mémoire des hommes.

FICHE D'IDENTITÉ

Michel Peyramaure est né à Brive-la-Gaillarde, en Corrèze, en janvier 1922, d'un père maître imprimeur renommé. Il a pris à domicile, grâce à des invendus de librairie, le goût de la lecture, puis de l'écriture.

À l'âge de 12 ans, il publia dans un journal local un dessin humoristique qui déclencha une polémique. Dans le même temps il écrivait ses premiers poèmes et un roman illustré.

La guerre venue, il fit comme apprenti ses débuts à l'imprimerie et en profita pour éditer lui-même ses poèmes et une revue culturelle éphémère.

Le contact quotidien avec des journalistes régionaux lui donna l'assurance qu'il devait s'engager dans cette voie. Ce qu'il fit sans quitter sa ville natale où il vit toujours.

Depuis *Paradis entre quatre murs* (1954), son premier roman publié, Michel Peyramaure n'a cessé d'écrire et d'éditer. À ce jour, la liste de ses ouvrages dépasse la cinquantaine.

En 1973, à l'occasion de la première Foire du Livre de Brive, sur le marché Georges-Brassens, naquit l'idée de la création d'un groupe d'écrivains locaux auquel Jacques Duquesne donna le nom d'École de Brive, avec comme manager l'écrivain-éditeur Jacques Peuchmaurd, lui-même d'origine corrézienne. Rappelons que la Corrèze est la région de France la plus riche en écrivains.

Michel Peyramaure vit et travaille dans un modeste pavillon des hauteurs au sud de la ville, entre sa femme, Renée et son teckel Émile. Sa fille, Martine, conservateur du Patrimoine pour la Région, rédige des ouvrages techniques ; son mari, Jean-Paul Chavent, a publié à la NRF, à Acte Sud et dans diverses autres maisons d'édition.

L'EXIL DE BABYLONE

Au début du XIVe siècle, Rome était devenue la ville de tous les dangers. Une tempête permanente venait secouer les murailles du Vatican et ébranler la souveraineté du pape. En face de cette situation, le Saint-Père décida le repli sur sa modeste principauté du Comtat Venaissin, avec Avignon comme capitale. C'est ce que l'histoire appela l'*Exil de Babylone.*

C'est ainsi que, de 1309 à 1376, Avignon devint l'*Alter Roma*, la Rome française. Sept papes allaient y siéger, dans une ambiance plus sereine que celle de Rome, mais non de tout repos.

La guerre de Cent Ans opposait la France à l'Angleterre et, de temps à autre, venait battre la butte des Doms où les papes français édifiaient leur Vatican : un palais dont les structures ont survécu à la guerre et au vandalisme.

Les partis adverses employaient des bandes de mercenaires qui, libérés par une paix provisoire, se répandaient dans les campagnes et vivaient impunément sur les populations. Les capitaines de ces Compagnies avaient nom Arnaud de Cervole, dit l'*Archiprêtre*, l'Anglais John Hawkwood et le Breton Du Guesclin. Ce roman raconte leurs exploits dans les campagnes et les cités du Comtat.

S'ajoutèrent à ces calamités la sécheresse qui suscitait des mouvements migratoires vers les villes, l'agitation créée par des moines illuminés : les *fraticelles,* et enfin la peste qui apparut à plusieurs reprises, causant chaque fois des hécatombes.

En dépit de tous ces aléas, l'édification du Palais se poursuivait, comme si les successeurs de Pierre sur le trône pontifical avaient décidé une fois pour toutes de fixer la capitale de la Chrétienté en terre provençale.

Qu'ils aient adopté les noms de Clément, de Jean, de Benoît, d'Innocent, d'Urbain ou de Grégoire, les souverains pontifes originaires de France se comportèrent ni mieux ni plus mal que ceux qu'élisaient les consistoires romains.

Le plus brillant de tous, celui dont on garde encore la mémoire, était originaire du Limousin, comme d'ailleurs deux autres pontifes avignonnais. Clément VI, dit le Magnifique, s'était promis de planter en terre provençale un « rosier limousin » capable de prendre racine et de défier les siècles. Clément n'avait pas inventé la pratique du népotisme mais il a su l'exploiter sans vergogne.

Cette intention de demeurer en France se heurtait en permanence aux partisans du retour dans la maison de Pierre. Le poète Pétrarque, sainte Brigitte de Suède, sainte Catherine de Sienne adressaient aux papes des mises en demeure comminatoires et firent même le déplacement en Avignon pour mieux plaider leur cause.

Le pape Urbain se laissa convaincre. Il prit avec armes et bagages, accompagné de la curie, la route de Rome mais ne tarda pas à faire demi-tour : l'air de la capitale romaine était proprement irrespirable. Il faudra attendre quelques années avant que le pape Grégoire ne décide d'abandonner le Comtat, laissant Avignon en proie à la détresse.

S'en tenir à ces événements incontournables serait oublier que ce livre est un roman. L'auteur a eu le souci constant d'intégrer à l'histoire elle-même des personnages et des situations relevant de la fiction, faisant en sorte que la vraisemblance soit respectée.

Le personnage principal se nomme Julio Grimaldi, Provençal d'origine italienne par son père, Cesare, qui a épousé la fille d'un paysan des environs du Ventoux. Il s'installe en Avignon où son père, devenu veuf, tient, avec le concours de la capiteuse Liénor, une auberge louche. À la suite d'une querelle avec son père, Julio entre dans l'administration curiale avec un titre de clerc laïc employé

Avignon, Palais des Papes : maquette du Palais. (*Photo : © Editions Gaud*)

à la chancellerie. Il occupera ce poste jusqu'à la décision du pape Grégoire XI de retourner à Rome.

Dans l'attente d'un légat apte à gérer les possessions du Vatican dans le Comtat, Julio remplira l'office de gardien du temple, avec une mission particulière : veiller au déménagement de cet immense édifice abandonné aux vents de l'histoire. Il partagera cette citadelle avec une compagnie de sergents d'armes, une communauté de truands et une sorte de feu follet insaisissable : la naine rouge.

Jusqu'au terme de l'exil de Babylone, Julio sera mêlé à la vie de la grande cité rhodanienne, du palais et de la province. Il se fera des amis parmi les peintres, italiens pour la plupart, appelés par la curie pour décorer de fresques les salles du palais : notamment Simone Martini et Matteo Giovanetti.

L'un de ses amis d'enfance, originaire comme lui des parages du mont Ventoux, le frère Sulpice, ira se perdre, emporté par des élans mystiques, dans de lointaines contrées qu'il avait l'ambition de christianiser.

Plusieurs femmes nourriront la vie sentimentale de Julio : sa belle-mère, Liénor, la petite Clémence, voisine de l'auberge, la juive Sarah, la clarisse Agnès, et Faïaga, une fringante mythomane qui se dit nièce du pape Clément VI...

Centre économique important, pôle de civilisation durant le séjour de la papauté, Avignon fut aussi un foyer de culture.

Pétrarque, le plus grand poète du siècle, a sa place dans ce roman. Transfiguré par l'amour insensé qu'il voue à Laure de Sade (ou de Noves), il la rendra immortelle dans ses écrits, sans qu'elle s'en émeuve.

L'exil de Babylone demeure un phénomène unique dans notre histoire. Il s'en est fallu de peu que Rome, abandonnée à ses tourmentes intérieures, ne cède le trône de Saint Pierre à Avignon, et que cette ville abrite le nouveau Vatican.

Aubin Imprimeur
LIGUGÉ, POITIERS

Cet ouvrage, composé
par Bussière (Saint-Amand-Montrond),
a été imprimé sur du papier bouffant sans bois et sans acide Lac 2000
de la papeterie Salzer
par Aubin Imprimeur (Ligugé-Poitiers)
et relié par la Nouvelle Reliure Industrielle (Auxerre)
pour France Loisirs

N° d'édition 29187 / N° d'impression L 54913

Dépôt légal, novembre 1997

Imprimé en France